Alle Rechte, einschließlich das des vollständigen oder
auszugsweisen Nachdrucks in jeglicher Form, sind vorbehalten.

Sämtliche Personen dieser Ausgabe sind frei erfunden.
Ähnlichkeiten mit lebenden oder verstorbenen Personen sind rein zufällig.

Der Preis dieses Bandes versteht sich einschließlich
der gesetzlichen Mehrwertsteuer.

Umwelthinweis:
Dieses Buch wurde auf chlor- und säurefreiem Papier gedruckt.

Christie Ridgway

Der Klang des Sommers

Roman

Aus dem Amerikanischen von
Sonja Sajlo-Lucich

MIRA® TASCHENBUCH
Band 25843
1. Auflage: Juni 2015

MIRA® TASCHENBÜCHER
erscheinen in der HarperCollins Germany GmbH,
Valentinskamp 24, 20354 Hamburg
Geschäftsführer: Thomas Beckmann

Copyright © 2015 by MIRA Taschenbuch
in der HarperCollins Germany GmbH
Deutsche Erstveröffentlichung

Titel der nordamerikanischen Originalausgabe:
The Love Shack
Copyright © 2013 by Christie Ridgway
erschienen bei: HQN Books, Toronto

Published by arrangement with
Harlequin Enterprises II B.V./S.àr.l

Konzeption/Reihengestaltung: fredebold&partner GmbH, Köln
Umschlaggestaltung: pecher und soiron, Köln
Redaktion: Mareike Müller
Titelabbildung: Thinkstock/Getty Images, München
Autorenfoto: © Harlequin Enterprises S.A., Schweiz;
Damon Kappell/Studio 16
Satz: GGP Media GmbH, Pößneck
Druck und Bindearbeiten: CPI books GmbH, Leck – Germany
Printed in Germany
Dieses Buch wurde auf FSC®-zertifiziertem Papier gedruckt.
ISBN 978-3-95649-189-4

www.mira-taschenbuch.de

Werden Sie Fan von MIRA Taschenbuch auf Facebook!

Liebe Leser,

der Sommer in Crescent Cove neigt sich langsam dem Ende zu, aber die Magie in Strandhaus Nr. 9 ist noch immer präsent und stark wie eh und je. Surf-Songs erklingen, in die Ozeanbrise mischt sich der Duft von Kokosnusssonnenöl und Salzwasser. Lauft barfuß durch den Sand und genießt die Sonne, die Euch warm ins Gesicht scheint ... denn die nächste Liebesgeschichte bahnt sich an.

Skye Alexander sucht keineswegs nach der Liebe, auch nicht, als der Mann, mit dem sie seit Monaten eine Brieffreundschaft pflegt, in Strandhaus Nr. 9 einzieht. Schließlich hat Gage Lowell nur vor, eine kurze Pause einzulegen und neue Energie zu tanken, bevor er wieder zu den Krisenherden in Übersee zurückkehrt, um die Gefahr dort in ausdrucksstarken Bildern festzuhalten. Von einer Zeit danach zu träumen wäre also völlig unsinnig. Gage ist begierig darauf, seine Brieffreundin näher kennenzulernen, und der hübschen Skye könnte es sogar gelingen, seine Pläne zu durchkreuzen. Eigentlich hält es Gage nie lange an einem Ort ... Wenn er wieder aus Strandhaus Nr. 9 abreist, lässt er dann vielleicht sein Herz zurück?

Ich hoffe, Ihr habt Spaß dabei, den beiden zuzusehen, wie sie mit dem, was die Zukunft verheißt, und mit ihren Gefühlen füreinander zurechtkommen.

Ich habe es enorm genossen, zusammen mit Euch einen Sommer der Liebe an diesem bezaubernden Ort zu verbringen, und ich hoffe, Ihr werdet Euch noch lange an das Lachen und die Tränen, an die Unbeschwertheit und das erotische Prickeln erinnern.

Genießt den Sonnenschein!

Christie Ridgway

Für meine Mutter
und die vielen Sommer voller Bücher.

Schöne Träumerin, draußen auf dem Meer,
Meerjungfrauen huldigen der wilden Loreley,
Über dem Bach steigen Nebel auf,
Bis das helle Morgenlicht sie zerstäubt.
Schöne Träumerin, Sonnenstrahl auf meinem Herzen,
Gleich dem Morgenlicht auf Bach und Meer,
Und alle Wolken des Kummers lösen sich auf.
Schöne Träumerin, wach auf für mich!
Schöne Träumerin, wach auf für mich!

„Beautiful Dreamer" von Stephen Foster, zweite Strophe

1. KAPITEL

Die letzten zehn Jahre hatte Gage Lowell für die Gefahr gelebt. Er brauchte sie wie andere Leute ihr Koffein. Gefahr war sein Muntermacher am Morgen, sie war das Aufputschmittel, das ihm über das Nachmittagstief hinweghalf, und sein Dessert nach dem Abendessen. Und eben deshalb ergab es überhaupt keinen Sinn, dass sich sein Magen vor Aufregung zusammenzog, während Crescent Cove, diese friedliche wunderschöne Bucht, in Sicht kam.

Es war ja nicht so, als näherte er sich der Durand-Linie, der Demarkationslinie zwischen Afghanistan und Pakistan, wo er sich Gefahren ausgesetzt gesehen hatte, die von Talibanbeschuss bis zu angreifenden wilden Bullen reichten. Wenigstens waren die Einheimischen dort weniger misstrauisch gewesen als die syrischen Rebellen, die er im Frühjahr zuvor fotografiert hatte. Und obwohl das Haus, das er hier angemietet hatte, direkt am Strand und nur wenige Meter vom Pazifischen Ozean entfernt lag, bezweifelte er stark, dass ihm in diesem Urlaub das Gleiche passieren würde wie in seinem letzten vor ein paar Jahren – damals war er um sein Leben gerannt.

Schön, ein Tsunami war ohne Vorwarnung aus der See herangedonnert.

Gage konnte sich aber nicht vorstellen, dass dieser Aufenthalt eine solche Überraschung für ihn bereithielt.

Dennoch summte erregende Unruhe in seinen Adern. „Lass mich hier aussteigen", sagte er zu seinem Zwillingsbruder, während der auf die schmale Straße einbog, die vom Highway entlang der Küste abging. Sie waren direkt vom Flughafen hierhergekommen. „Ich laufe zum Verwalterbüro und hole die Schlüssel. Fahr du mit meinem Gepäck zu Nr. 9 durch. Wir treffen uns dort."

Griffin runzelte die Stirn. „Was denn? Sehe ich aus wie dein persönlicher Leibdiener?"

Es war die gutmütige Frotzelei zwischen Geschwistern, dennoch lag etwas in der Miene seines Bruders, das ihn stutzig machte. „Willst du mir irgendwas sagen?", fragte Gage.

Sein Zwillingsbruder trat auf die Bremse, antwortete allerdings nicht. Vor ihnen lag die erste der ungefähr fünfzig völlig unterschiedlichen Strandhütten. In dieser Siedlung hatte die Lowell-Familie die Sommer verbracht, bis er fünfzehn war. Der Stil der Holzhütten war ausgefallen, jede anders, alle schon ein wenig älter, aber auf jeden Fall farbenfroh. Sie lugten zwischen der üppigen Vegetation hervor – Palmen, Hibiskusbüsche und andere blühende exotische Stauden. Die wiederum waren in der Ära des Stummfilms hier gepflanzt worden, als die Bucht mit dem zwei Meilen langen Sandstrand als Filmkulisse gedient hatte, um die unterschiedlichsten Orte darzustellen: die unbewohnte Insel, den Dschungel, in dem Kannibalen hausten, das alte Ägypten.

Für ihn und Griffin war es das Paradies auf Erden gewesen, genau wie für den Rest der Kindermeute, die hier jedes Jahr von Juni bis September frei und ausgelassen herumgetollt war.

Gage ließ das Seitenfenster herunter und atmete tief die salzhaltige, sonnenwarme Luft ein. Die seltsame innere Unruhe verdrängte er. Ihm blieben ein paar Wochen, um auszuschlafen und seinen Akku wieder aufzuladen, bevor er seinen nächsten Auftrag in Übersee antrat, und diese Zeit würde er nutzen. Zum Ausruhen gab es keinen besseren Ort auf der Welt als Crescent Cove. „Die alte Magie liegt noch immer über diesem Ort, nicht wahr?", flüsterte er und fasste nach dem Türgriff.

„Warte!" Griffin hielt ihn zurück. „Vielleicht sollten wir die Schlüssel gemeinsam abholen."

Oho. Die Unruhe meldete sich wieder. „Was genau ist eigentlich los?"

„Hör zu, wegen Skye …"

„Stopp! Keinen Ton mehr!" Es reichte ihm schon jetzt. Griffin war nur ganze elf Minuten älter als er, tat aber so, als wäre er wesentlich weiser und erfahrener. „Ich kenne Skye genauso gut wie du. Nein, besser als du."

„Du hast sie nicht mehr gesehen, seit wir Kinder waren. Du könntest … nun, ich weiß nicht … Ihr Aussehen überrascht dich vielleicht."

„Mir ist völlig gleich, wie sie aussieht", erwiderte Gage. Ihm war klar, dass er sich womöglich verärgert anhörte. Glaubte sein Bruder wirklich, er wäre so oberflächlich, wenn es um das andere Geschlecht ging? Zugegeben, in gewisser Hinsicht mochte das stimmen, sobald es sich dabei um eine bestimmte Art von weiblicher Begleitung handelte, doch in diesem Falle traf das ja nicht zu.

„Ihr Äußeres interessiert mich nicht." Er drückte die Beifahrertür mit der Schulter auf. „Für mich ist sie keine Frau."

Durchaus möglich, dass sein Zwilling „Oh, verflucht!", gemurmelt hatte, aber Gage lief bereits auf den Pfad zu, der ihn direkt zu Skye Alexander führen würde.

Er wusste, wo das Büro der Verwaltung lag, und er kannte auch alle anderen wichtigen Orientierungspunkte in der Bucht von den abenteuerlichen Expeditionen in seiner Kindheit. Damals war Skyes Vater hier der Verantwortliche gewesen, immer in Kakihose, verwaschenem Jeanshemd und mit Strohhut, seinem Markenzeichen. Skye und ihre Schwester hatte man früher oft in seinem Büro finden können, wo sie mit Papierfiguren oder ihrer Muschelsammlung spielten ... was Mrs Alexander genügend Zeit einräumte, sich ihrem geliebten Hobby mit Staffelei und Pinsel zu widmen.

Inzwischen hatte Skye den Job ihres Dads übernommen. Gage wusste das aus der regelmäßigen Korrespondenz, die sie beide jetzt seit fast einem Jahr führten. Als er vor Monaten begonnen hatte, seinen Urlaub zu planen, hatte er an sie, die Bucht und an die idyllischen Sommer seiner Kindheit denken müssen und seine Entscheidung spontan gefällt. Als er dann eine dieser Hütten mietete, benutzte er einen falschen Namen – er wollte seine Brieffreundin überraschen.

Nun konnte er es kaum abwarten, ihre Reaktion mitzuerleben, wenn er unerwartet vor ihr stand.

Seine Handflächen juckten, und für einen Moment bedauerte er es, dass seine Kameraausrüstung gut verpackt im Kofferraum lag. Seine Hände schienen ihm leer, wenn er keine Kamera hielt, obwohl ... In letzter Zeit hatte er selten das Bedürfnis verspürt zu fotografieren, was ihn ein wenig beunruhigte.

Wenn er ehrlich war, es beunruhigte ihn sogar sehr.

Vielleicht war der Aufenthalt in Strandhaus Nr. 9 auch dafür ein Heilmittel.

Vor ihm befand sich die aus Brettern gezimmerte Hütte, in der das winzige, aus einem einzelnen Raum bestehende Büro untergebracht war. Gage ging langsamer, ließ sich Zeit, um das Bild in sich aufzunehmen: der kleine Vorgarten, eingezäunt mit einem weiß gestrichenen Staketenzaun, die üppig blühende Bougainvillea in Weiß und den unterschiedlichsten Rottönen. Die Eingangstür war offen, im Innern war eine Frauenstimme zu hören, doch die kühle Brise wehte die Töne davon, bevor er auch nur ein Wort ausmachen konnte.

Er stieg über das niedrige Tor, statt es zu öffnen. Quietschende Angeln hätten ihn nur verraten. Dann schlenderte er den schmalen Weg entlang und blieb auf der Schwelle stehen. Die Vormittagssonne strahlte hell und gleißend, im Vergleich dazu war es im Büro stockfinster. Er sah in das dämmrige Innere.

Eine Frau stand halb mit dem Rücken zu ihm und sprach in ein Telefon: „Ja, natürlich. Ich kann Ihnen die eingescannte Kopie von Ediths Brief an Max mailen. Richtig, das sind meine Urgroßeltern. Ja, gut." Sie schwieg und hörte eine Weile dem Teilnehmer am anderen Ende zu.

Gage konnte sich beim besten Willen keinen Grund für Griffins Warnung denken. Sicher, seine Erinnerung an Skye war die an ein ungefähr elfjähriges Mädchen, aber diese erwachsene Version widersprach keineswegs dem Bild, das er sich von ihr ausgemalt hatte. Die Frau vor ihm hatte langes kaffeebraunes Haar, wie sie es als kleines Mädchen schon gehabt hatte. Sie war durchschnittlich groß, würde er sagen, und schlank, obwohl sie weite Jeans und ein langärmeliges Sweatshirt trug, das von ihrem Vater stammen könnte.

Das Telefonat näherte sich dem Ende, und erneut stieg in Gage diese aufregende Erwartung auf. An Skyes Augenfarbe konnte er sich nicht erinnern, er hätte auch ihre Nase nicht beschreiben können, doch nun würde sie sich jeden Moment umdrehen, dann hätte er endlich ein Gesicht, das er mit den Briefen in Verbindung bringen konnte, die besonders während der zwei Wochen Hölle mitten im Nichts überlebenswichtig für ihn waren.

„Es freut mich ungemein, dass Sie demnächst einen Artikel über die Bucht in Ihrer Zeitschrift veröffentlichen wollen. Vielen Dank. Falls Sie irgendwelche Fragen haben, können Sie mich jederzeit anrufen. Auf Wiederhören, Ali." Sie legte auf, allerdings wandte sie sich nicht zur Tür um.

Unwillkürlich musste Gage lächeln. Weder rührte er sich noch sagte er etwas, um sich bemerkbar zu machen, er verharrte einfach regungslos und ließ die Ozeanbrise mit seinen Hemdschößen spielen. Es mochte albern sein, doch er hatte das Gefühl, als stünde er an der Schwelle zu etwas Neuem, und für einen Moment fragte er sich tatsächlich, ob er einen Blumenstrauß hätte besorgen sollen.

Er verdrängte den seltsamen Gedanken und hob einen Fuß, um Skyes Territorium zu betreten. Die Bewegung musste sie alarmiert und ihr verraten haben, dass jemand anwesend war. Sie drehte sich abrupt zu ihm um ...

... und begann gellend zu schreien.

15. September

Lieber Gage,
Grüße von einer Kindheitsfreundin. Das kleine Lebenszeichen von Dir an Deinen Bruder ist bei mir in der Verwaltung von Crescent Cove angekommen. Eigentlich hättest Du doch wissen müssen, dass Griffin erst im April hier in Strandhaus Nr. 9 erwartet wird. Das Foto auf der Postkarte hat mir sehr gut gefallen – ist das eins von Deinen? Über die Jahre ist mir immer wieder Dein Name unter den Fotos in Zeitschriften und Zeitungen aufgefallen. Ich erinnere mich noch gut an die Kamera, die Du jeden Sommer in den Ferien um den Hals getragen hast, als wäre sie so etwas wie Dein zweites Herz.
Ich hoffe, es geht Dir gut.
Skye Alexander

*Skye,
danke für die Info zu Griffin. Ich sehe Dich noch immer vor mir, wie Du früher in Crescent Cove am Schreibtisch im Büro Deines Vaters Teeparty gespielt hast. Unsere Sommer waren großartig, nicht wahr? Wenn es hier brütend heiß ist, bin ich in Gedanken in der Bucht und stelle mir vor, wie ich im nassen Sand liege und den kühlen Pazifik über meine Haut schwappen lasse. Und wenn es eisig kalt ist, sehe ich unseren Stamm der Cove-Kids am Strand in der sengenden Mittagssonne Fußball spielen. Quietschst Du noch immer so schrill auf, sobald Du eine Strandkrabbe erblickst?
Gage*

Polly Weber, Skyes Freundin und Nachbarin, lehnte sich zu ihr herüber und flüsterte ihr zu: „Du hast mit keinem Sterbenswörtchen angedeutet, wie fantastisch Gage Lowell aussieht."

„Du bist doch mit Griffin befreundet. Da sie Zwillinge sind, dürfte das also keine große Überraschung sein." Skye vermied es, den Mann anzuschauen, der am Kopfende des Tisches saß. Sie waren im Captain Crow's, dem Restaurant am Nordende der Bucht, auf der Terrasse zu einem Begrüßungsdinner für Gage zusammengekommen. Außer ihr, Polly und Gage waren noch fünf weitere Personen anwesend: Griffin und seine Verlobte, dann Tess, die Schwester der Zwillingsbrüder, mit ihrem Mann und ein älterer Herr, ein langjähriger Freund der Familie. Sie alle hatten sich um den Ehrengast versammelt.

Skye hatte bewusst den Stuhl gewählt, der am weitesten von Gage entfernt stand. Sie hoffte, der Abstand würde helfen, ihren Puls zu beruhigen. Der schlug wie wild, seit sie sich am Morgen im Büro umgedreht und die dunkle Gestalt im Türrahmen gesehen hatte.

Gerade jetzt erzählte Gage diese Geschichte mit erhobener Stimme, damit auch Rex Monroe, der fast Neunzigjährige, der seinen ständigen Wohnsitz in einer der Hütten in der Bucht hatte und zudem fast taub war, ihn hören konnte.

„Es klingelt noch immer in meinen Ohren, so laut hat sie geschrien", sagte Gage. „Eigentlich hatte ich ja nur vor, sie zu überraschen, ich wollte nicht, dass sie einen Herzinfarkt bekommt."

„Sie ist schon seit Monaten so gereizt", meinte Rex kopfschüttelnd. „Nervös wie ein Kaninchen. Seit März."

„Tatsächlich?"

Gage horchte auf, und Skye fühlte seinen Blick, mit dem er sie über die Gläser und Gedecke hinweg neugierig musterte. Sie heuchelte Interesse für ihren Weißwein und starrte in das Glas, während sie verzweifelt versuchte, die Hitze zu ignorieren, die an ihrem Nacken emporkroch. Nur gut, dass sie einen Rollkragenpullover zu der schlichten schwarzen Hose trug.

„Seit dem Frühjahr also, sagen Sie?", wandte Gage sich wieder an Rex.

Bevor der alte Mann noch mehr preisgeben konnte, tischte Skye ihm hastig einen logischen Grund auf. „Es ist die Flaute, wenn die Saison zu Ende ist, die mir zusetzt. Und nicht zu vergessen die kleine Anzahl an Dauergästen." Sollte es ihr nicht gelingen, diese nagende Unruhe unter Kontrolle zu bringen, müsste sie sich wahrscheinlich ernsthafte Gedanken machen, ob sie den Übergang von der hektischen Aktivität des Sommers zur herbstlichen Ruhe dieses Jahr überleben würde. „Mehr nicht."

Sie hob den Kopf, um festzustellen, wie Gage diese Erklärung aufnahm.

Fehler. Ihre Blicke trafen sich. Seine türkisblauen Augen schienen direkt den nächsten Stromstoß in ihr Herz zu senden, prompt hämmerte es wieder wild und unregelmäßig gegen ihre Rippen.

„Fenton Hardy", hörte sie sich selbst sagen. Ihr Mund war so staubtrocken, dass ihre Zunge ein Geräusch machte, als sie sich vom Gaumen löste.

„Ja … was genau sollte das eigentlich?", wollte Jane Pearson, Griffins Verlobte, jetzt wissen. „Als Skye mir erzählte, dass das der nächste Mieter für Nr. 9 sei, musste ich natürlich sofort an die Jugendbuchserie denken. Deinem Bruder war sofort klar, dass du es bist."

Skye riss den Blick von Gage und schaute Griffin durchdringend an. „Du wusstest es also?"

Griffin zuckte mit den Schultern. „Das war unser Deckname, als wir noch Kinder waren. Fenton Hardy ist der Vater der beiden Jungen in den Hardy-Boys-Jugendkrimis. Ich dachte mir, dass Gage wohl einen Grund haben muss, wenn er sich so geheimnisvoll gibt."

„Hatte ich dir doch gesagt ... ich wollte Skye überraschen. Ich wollte euch alle überraschen, um genau zu sein. Nur war mir nicht klar, dass Skye mit dir über ihre nächsten Mieter spricht."

„Das war Zufall", meinte Jane. „Es kam heraus, während wir die Details für die Hochzeit durchgingen." Glücklich lächelnd sah sie zu Griffin, danach grinste sie Gage an. „Das passt ja wirklich bestens, dass du es bist, den wir belästigen, wenn wir uns am Ende des Monats das Jawort auf der Terrasse von Nr. 9 geben."

Gage schüttelte den Kopf. „Ich kenne dich ja erst seit ein paar Stunden, Jane, aber selbst ein Blinder kann erkennen, dass du etwas Besseres kriegen kannst als den guten alten Griff. Ich könnte da zum Beispiel mich vorschlagen ..."

„Ich halte mich lieber an den Zwilling, der mit seinen Globetrottertagen abgeschlossen hat", erwiderte Jane nachdrücklich.

„Gage würde einen unmöglichen Ehemann abgeben", erklang eine andere Stimme – Tess Quincy, die ältere Schwester der Zwillingsbrüder. „Er ist rastlos und egoistisch ... und vermutlich wäscht er weder sich noch seine Kleidung oft genug."

„Na, herzlichen Dank, Schwesterherz." Gage hob einen Arm, um an seinem Hemdsärmel zu riechen. „Ich hab dich auch lieb."

„Ich meine ja nur." Die Augen seiner Schwester glänzten mit einem Mal verräterisch. „Stell dir doch nur vor, irgendeine arme Frau verliebt sich in dich, und dann verschwindest du wieder einmal für zwei Wochen, als wärst du wie vom Erdboden verschluckt."

Schweigen lastete plötzlich über der Gruppe, denn Gage war tatsächlich für diesen Zeitraum verschwunden gewesen, bevor er vor ein paar Tagen aus der Versenkung aufgetaucht war. Freunde und Familie hatten sich ernste Sorgen um ihn gemacht.

„Du weißt doch, dass dort, wo ich bin, es einfach unmöglich ist, sich regelmäßig zu melden, Tessie", entgegnete er. Seine Stimme hörte sich angespannt an.

„Griffin hat sich um dich gesorgt, weil sein Zwillingssinn angeschlagen hat."

„Griff sieht immer gleich so schwarz." Gage lächelte, doch es wirkte gezwungen. „Ich bin ja jetzt hier, oder? Gesund und heil in einem Stück."

„Trotzdem ... du bist zu spät. Fenton Hardy hätte schon am Ersten des Monats einchecken sollen." Skye konnte den Mund nicht halten. Auch sie hatte vermutet, dass irgendetwas nicht stimmte, als so lange Zeit zwischen seinen Briefen verstrich. Ihre Beunruhigung hatte sich erst gelegt, nachdem Griffin ihr erzählt hatte, dass er mit Gage gesprochen hatte. Nur hätte sie nicht mal im Traum damit gerechnet, dass er hier in der Bucht erscheinen würde.

Dieses Mal war es Gage, der ihren Blick mied, als er sagte: „Pläne ändern sich manchmal, auch Reisepläne. Aber ... kann mir jetzt mal jemand etwas über diese bevorstehende Hochzeit am Ende des Monats erzählen? Ich habe noch immer Mühe, mir vorzustellen, dass irgendjemand freiwillig den Rest seines Lebens mit meinem Bruder verbringen will."

Nach dieser neckenden Bemerkung hellte sich die Stimmung am Tisch deutlich auf, und man widmete sich wieder den Speisen und den Getränken.

Neben ihr ließ Polly einen schweren Seufzer hören. Skye schaute Polly an. „Alles in Ordnung mit dir?"

„Ja, sicher." Polly richtete sich gerade auf.

Schallendes Gelächter von der anderen Seite des Tisches lenkte ihre Aufmerksamkeit dorthin.

„Wie gesagt", meinte Polly, während ihr Blick auf Gage verweilte, „wirklich absolut fantastisch."

Skye erlaubte es sich, ihn für einen Moment zu betrachteten.

„Doch ... schon möglich." Ihr fiel sein wirres schwarzes Haar und die gebräunte Haut auf. Ausgeprägte Wangenknochen, ein markantes Kinn, unter dichten Wimpern und dunklen Brauen strahlten die unglaublichsten Augen hervor. Dass sich der Bartschatten bereits wieder über Wangen und Kinn zog, betonte nur seinen vollen Mund und das strahlende Grinsen, bei dem jedes Mal weiße Zähne aufblitzten.

„Kein Wunder, dass du mit Dalton Schluss gemacht hast", raunte Polly ihr zu.

Rückartig blickte Skye zu ihrer Freundin. „Das war doch nicht wegen Gage." Auf keinen Fall wollte sie daran denken, weshalb sie die Beziehung zu Dalton beendet hatte. Sie schlug die Beine übereinander und rieb sich über die Oberarme.

Tiefes Männerlachen ertönte vom Kopfende des Tisches. Gage ging völlig in einem Flirt mit Tina, der Kellnerin, auf. Skye konnte mitverfolgen, wie Tina am Namensschildchen an ihrer Bluse fingerte, um die Aufmerksamkeit auf ihr Dekolleté zu lenken. Sie hätte schwören können, dass diese Bluse vorhin, während sie den Schwertfisch mit gedämpftem Gemüse bei Tina bestellte, noch nicht so weit offen gestanden hatte. Die Bedienung hatte offensichtlich eine kleine Änderung vorgenommen ... und alles nur für den heutigen Ehrengast.

„Siehst du?", meinte sie zu Polly. „Das ist die Art Frau, die Gage attraktiv findet."

Ihre Freundin runzelte die Stirn. „Und was für eine Art wäre das?"

Skye wedelte unbestimmt mit einer Hand durch die Luft. *Die Art Frau, die es ertragen kann, Haut zu zeigen.*

„Du siehst doch zehnmal besser aus als dieses Frauenzimmer."

„Ich war nicht auf Komplimente aus." Skye schnitt eine Grimasse.

„Das war auch nicht als Kompliment gemeint. Reine Tatsache, Ma'am. Aber wenn du mich nach meiner Meinung fragst ... Ich würde vorschlagen, du vergisst den burschikosen Look und holst endlich wieder das Make-up raus. Ich weiß, dass du richtig nette Sachen in deinem Kleiderschrank hängen hast, und kann mich gut daran erinnern, als dir Lippenstift und Mascara noch etwas bedeutet haben."

Ja, das konnte sie ebenfalls, doch inzwischen waren ihr Ruhe und Seelenfrieden wichtiger. Auch wenn sie eingestehen musste, dass überweite Sweatshirts und farbloser Lippenbalsam ihr die nicht unbedingt gebracht hatten. Den Kopf gesenkt haltend strich sie mit der Zeigefingerspitze immer wieder über den Rand ihres Wasserglases.

„Möchtest du tanzen?", vernahm sie da eine Stimme an ihrem Ohr.

Ihr Kopf schoss hoch, ihre Augen weiteten sich, sowie sie Gages leicht vorgebeugte Gestalt neben sich bemerkte. Er wollte tanzen? Ausgerechnet mit ihr? Erst jetzt bemerkte sie, dass die Sonne untergegangen war, nur noch ein orangeroter Streifen zeigte sich am Horizont. Die Strandfackeln um das Terrassendeck herum brannten bereits, die Atmosphäre im Captain Crow's lud sich langsam auf, an der Bar standen die Pärchen zusammen. Auf der kleinen Tanzfläche im Innern drehten sich die Paare zum Rhythmus von Bob Marleys „Three Little Birds", darunter auch Griffin und Jane, die Arme umeinander geschlungen. Tess zog ihren Mann David hinter sich her Richtung Tanzfläche, während der laut lachend protestierte.

„Also, tanzen wir?", wiederholte Gage.

Wahrscheinlich hat er zu lange still gesessen, dachte Skye. Schon als Kind hatte er ständig in Bewegung sein müssen, es gab sicher einen guten Grund, weshalb seine Schwester ihn als „rastlos" bezeichnete. Skye wusste zum Beispiel, dass er nur sechs Stunden pro Nacht schlief – das war eins der persönlichen Details, die er ihr in den Briefen verraten hatte.

Gages Augen blitzten amüsiert auf, da sie weiterhin zögerte.

„Spreche ich vielleicht die falsche Sprache?"

„Du fragst die falsche Frau", erwiderte sie. „Polly will es bestimmt."

„Wieso?" Polly schaute von ihrem Smartphone auf und hielt die Daumen in der Luft über dem Touchscreen schwebend. „Mich hat er doch nicht aufgefordert."

„Du tanzt aber gerne."

„Ich texte mit Teague." Sie schüttelte den Kopf. „Er steckt gerade in einer emotionellen Krise."

Skye blickte zu Gage auf. „Erinnerst du dich noch an Teague White? Er war in den Sommern auch immer hier."

Er blinzelte. „Tea... Nein! Doch nicht etwa Tee-Wee White?"

„So schmächtig, wie das ‚Tee-Wee' vermuten lässt, ist er gar nicht mehr", murmelte Polly, während ihre Daumen über den Touchscreen flogen, „viel eher ein dicker dummer Trottel."

Nicht dick, formte Skye mit den Lippen in Gages Richtung.

Er lachte, schließlich beugte er sich vor, fasste sie beim Ellbogen und zog sie schwungvoll auf die Füße. „Komm schon, Skye, tanz mit mir."

Wie versteinert starrte sie auf die Männerhand, deren lange kräftige Finger sich um ihren Oberarm gelegt hatten. In ihrem Kopf focht die Vernunft eine Schlacht gegen ihren Flucht-oder-Kampf-Reflex. Weder zurückscheuen noch zuschlagen, befahl sie sich stumm. Beides würde eine Menge peinlicher Fragen heraufbeschwören.

„Alles in Ordnung mit dir?"

„Si... sicher." So sicher, wie eine Frau nur sein konnte, die einen Schlussstrich unter die Beziehung mit ihrem Freund gezogen hatte, weil sie eine Aversion dagegen entwickelt hatte, berührt zu werden.

Bevor sie sich überlegt hatte, wie sie ihm einen Korb geben konnte, ohne ihre Würde zu verlieren oder unhöflich zu sein, bugsierte Gage sie auch schon zu den anderen sich im Takt wiegenden Paaren. Der Song endete gerade, der nächste lief an – die Klänge einer Ukulele und Iz Kamakawiwo'oles sanfte Stimme, mit der er „White Sandy Beach of Hawai'i" sang, schwebten leicht wie Federn in der Luft.

Er ließ ihren Arm los. Skye erkannte ihre Chance und wich einen Schritt zurück, doch Gage fasste nach ihrer Hand und presste sie an sich.

Jeder klare Gedanke verflüchtigte sich.

Alle ihre Sinne erwachten zum Leben, richteten sich allein auf ihn. Auf seine große schlanke Gestalt, auf seine gebräunte Haut.

Er hatte lange Finger, sie konnte die Schwielen spüren, die rauen Stellen glitten leicht über ihre weiche Handfläche. Sie glaubte nicht, dass sie noch atmete, während er die andere Hand über dem Pullover an ihre Taille legte und sie dort liegen ließ.

Nein, er hielt sie nicht eng, es war sogar eher unpersönlich ... dennoch schoss das Blut heiß wie ein Kometenschauer durch ihre Adern. Ihr wurde unbehaglich zumute. Die Unruhe raubte ihr den Atem, ebenso fehlten ihr die Worte, die sie hätte sagen müssen, um von der Tanzfläche zu entkommen. Stumm sah sie ihn an.

Er erwiderte den Blick mit nicht zu deutender Miene, aber seine außergewöhnlichen Augen leuchteten auf wie ... Skye hatte keine Ahnung, wie sie es beschreiben sollte, es fühlte sich jedoch beruhigend an, als er ihre Finger in seiner Hand leicht drückte.

Oder doch nicht? Sie war schon seit Monaten so durcheinander, dass ihr Verstand nicht einmal mehr die normalsten Signale zu interpretieren wusste. Plötzlich spürte sie das verräterische Brennen von Tränen in den Augen, und der nächste Hitzeschwall stieg ihren Nacken empor, da sie sich ausmalte, wie peinlich es für alle Beteiligten sein würde, sollte sie unerwartet in Tränen ausbrechen. Reiß dich zusammen, ermahnte sie sich. Sie wollte nicht wie eine komplette Närrin vor diesem hinreißenden Mann dastehen.

Er seufzte leise, während er sie langsam zum Rhythmus der Musik im Kreis drehte. Ihre Körper berührten sich an keiner Stelle, dennoch konnte Skye nicht umhin, festzustellen, wie stark und muskulös seine schlanke Gestalt war.

„Das Dinner war exzellent. Es gibt nichts Besseres als eine Riesenportion Pommes und dazu ein anständiges Steak."

Skye richtete den Blick auf seine Schulter, ein unverfänglicher Körperteil, und befahl sich, sich endlich zu entspannen. „Dir hat das amerikanische Essen gefehlt."

„Schon seit Monaten träume ich von einem blutigen Steak."

„Unmöglich." Sie schüttelte den Kopf. „Du magst dein Steak nicht blutig."

„Großer Gott, habe ich dir das etwa verraten?", stieß er regelrecht entsetzt hervor.

„Ja, hast du." Ein kleines Lächeln bahnte sich den Weg durch ihre Anspannung.

„Was muss ich tun, damit du das niemandem weitererzählst?", wollte er wissen. „In den meisten Kreisen wird es nämlich als unmännlich angesehen, wenn man sein Steak lieber durchgebraten isst."

Erneut musste sie lächeln „Oh, du bist männlich genug", sagte sie und sah auf, ohne vorher nachzudenken.

Er grinste, seine Augen blitzten. Dann trafen sich ihre Blicke, und sein Grinsen erstarb.

Ein neuer Schub dieser Unruhe, die sie atemlos machte und bei der sie sich unwohl fühlte, durchrieselte sie. Eine Gänsehaut überlief sie.

Der Song verklang. Gage ließ die Hände sinken. Obwohl nun kein Körperkontakt mehr bestand, beruhigten ihre Nerven sich dennoch nicht. Sie und Gage blieben auf der Tanzfläche stehen und starrten einander stumm an.

Ein langer Augenblick verstrich, schließlich lachte Gage trocken auf und schüttelte den Kopf. „Jetzt ist es vermutlich zu spät, zu bereuen, dass du so viele von meinen Geheimnissen kennst."

Skye schwieg, weder bestritt noch bestätigte sie es, aber sie verstand seine Sorge genau. Ihrer Meinung nach war es absolut unerlässlich, dass er von ihren Geheimnissen nichts erfuhr.

2. KAPITEL

Gage schlief tief und fest in dieser Nacht, trotz oder vielleicht wegen des Jetlags, den eine Reise über siebentausendneunhundert Meilen mit sich brachte. Als er in dem sonnendurchfluteten Raum aufwachte, langte er zur Seite und schaltete die Nachttischlampe aus. Eine neue Angewohnheit, bei Licht einzuschlafen wie ein Dreijähriger. Für eine Weile würde er gar nicht erst versuchen, sich das wieder abzugewöhnen.

Er stand auf und zog eine Cargohose und ein T-Shirt an, das wahrscheinlich älter war als er mit seinen einunddreißig Jahren, dann prüfte er den Proviant, den er in der Küche verstaut hatte. Er fand einen Apfel, rieb ihn an der Hose ab und trat durch eine der Schiebeglastüren des Wohnraums hinaus auf das Terrassendeck, von dem aus man freien Blick auf den Ozean hatte.

Nr. 9 war eindeutig die beste Hütte in der ganzen Bucht. Er zumindest war immer davon überzeugt gewesen. Eine lange Reihe von Sommern waren sie mit der Familie hergekommen, und es sah nicht so aus, als hätte sich seither viel verändert – falls überhaupt irgendetwas. Dunkelbraune Schindeln deckten das Dach des zweistöckigen Gebäudes, und die Rahmen der Fenster und Türen waren nach wie vor blaugrün gestrichen. Die Hütte lag am Südende der Bucht in der Nähe der Klippen, die aus dem Ozean ragten. Die Trampelpfade, die sich die Felsen hinaufwanden, sagten Gage, dass wahrscheinlich noch immer besonders Wagemutige die Felsvorsprünge als Absprungplattform nutzten, so wie Griffin und er es als Kinder getan hatten.

Der Ozean rief nach ihm, daher joggte er locker die Stufen hinab, die auf den Strand führten. Der Sand fühlte sich wie Maismehl an seinen bloßen Fußsohlen an, er ging weiter, bis er am Wasserrand auf die nassen Körnchen stieß und Feuchtigkeit an seinen Zehen leckte. Den Apfel zwischen den Zähnen beugte er sich hinunter, um die Hosenbeine bis auf Wadenhöhe umzukrempeln.

Obwohl er sich darauf eingestellt hatte, fluchte er leise, als die erste Welle über seine nackten Füße rollte. *Verdammt kalt!* Zumindest anfangs. Auch während des südkalifornischen Hochsommers wurde das Wasser nie sonderlich warm. Die nächste Welle schwappte ihm über die Füße, und er zuckte zusammen. Er kam sich vor wie einer der naiven Touristen, die nach Kalifornien kamen mit den Bildern der Fernsehserie „Baywatch" oder dem alten Gidget-Film „April entdeckt die Männer" im Kopf. Hollywoods Traumwelt schaffte es, die Gänsehaut zu überdecken, und so sorgte die erste Erfahrung mit den Wassertemperaturen des Pazifiks bei jedermann für verdutztes Erstaunen.

Während seine Zehen langsam vor Kälte taub wurden, schlenderte Gage weiter den menschenleeren Strand entlang, spritzte das flach hereinrollende Wasser auf und atmete tief die frische feuchte Salzluft ein, wobei er seinen Granny Smith verputzte. Er hatte kein definitives Ziel, plante nichts Größeres, hatte nichts weiter vor, als die warmen Sonnenstrahlen auf seinen Schultern und seinem Rücken, das nie versiegende Rauschen der Brandung und dieses glorreiche Gefühl von Freiheit auszukosten. Es hatte Zeiten gegeben, da hatte er ernsthaft daran gezweifelt, ob er jemals wieder die Chance erhalten würde, das zu genießen.

Obwohl es noch so früh war, dass er sich den Strand mit niemandem außer den Möwen und ein paar Strandläufern teilen musste, steuerte er eine der Standhütten an, die moosgrün gestrichen war, mit Rahmen in zartem Rosé gehalten. Wie Nr. 9 war auch diese Hütte größer als die anderen Strandhäuser in der Siedlung, sie lag zudem inmitten eines gepflegten Gartens.

Er sah, dass jemand auf den Knien saß und ein Blumenbeet bearbeitete – Skye, in langer Hose und langärmeligem Oberteil, einen Anglerhut mit schmaler Krempe auf dem Kopf, dessen beste Tage lange vorüber waren. Ihm wurde klar, dass diese Hütte von Anfang an sein Ziel gewesen war.

Eine Tatsache, die ihn weniger überraschte, als sie sollte. Er begann absichtlich laut zu pfeifen, als er weiterging. Er hatte nicht vor, die Frau ein zweites Mal halb zu Tode zu erschrecken. Dennoch konnte er sehen, wie sie leicht zusammenzuckte, als er sich hinter sie stellte und sein Schatten auf das kleine Rasenstück fiel.

„Schon seltsam, dass unser Lied von einem Strand handelt, der in einem anderen Bundesstaat liegt."

Sie sah auf, die Augen mit der Hand gegen die Sonne abgeschirmt. „Wir haben ein Lied?"

Wegen des Schattens, den die Hand spendete, konnte er nicht viel von ihren mit dichten Wimpern umrandeten Augen erkennen. Am Abend zuvor hatte er die Farbe bestimmen können – dunkelgrün wie tiefes Wasser. Beim Tanzen hatte er den bernsteinfarbenen Ring um ihre Iris gesehen. Jetzt pfiff er noch einige Takte von „White Sandy Beach of Hawai'i".

Skye zuckte mit einer Schulter, wobei ihr übergroßes T-Shirt verrutschte und einen hellrosa Träger ihres BHs freigab.

„Die Bucht hat ausreichend Erfahrung damit, als Ersatz herzuhalten."

„Ja, das weiß ich noch." Sein Blick haftete an dem Fleck nackter Haut, auch wenn er keine Ahnung hatte, weshalb ihn ein Schlüsselbein derart faszinieren sollte. „Früher sind hier Stummfilme gedreht worden."

Sie ließ die Hand sinken, senkte den Kopf wieder über das Blumenbeet und zupfte Unkraut. Jetzt konnte er ihr hübsches Gesicht überhaupt nicht mehr sehen. Sie hatte die feinen Züge einer klassischen Schönheit, große Augen, eine kleine Nase und einen vollen, aber dennoch ernst wirkenden Mund. Ein langer Zopf hing ihr über den Rücken, in der dunklen Fülle fand die Sonne die willkürlich verteilten roten und goldenen Fäden.

„Wenn du dich dafür interessierst ... wir haben jetzt hier eine Art Museum für die Sunrise Pictures mit allen möglichen Originalausstellungsstücken", sagte sie.

„Wirklich?"

„Der Raum ist an die Galerie neben dem Captain Crow's angegliedert. Du kannst es dir ja mal ansehen, wenn du Lust dazu hast. Du musst dir nur vorher den Schlüssel bei Maureen, der

Galeriemanagerin, holen. Seit dem Ärger im letzten Monat halten wir die Tür verschlossen."

Gage runzelte die Stirn „Ärger? Was ist geschehen?"

„Wir haben einen Einbrecher überrascht, der offensichtlich nach etwas Bestimmtem suchte."

Er ging in die Hocke, sodass er ihr in die Augen sehen konnte. „Großer Gott, Skye. Dir ist doch hoffentlich nichts passiert, oder? Was war denn da los?"

„Wir wollten mit einer kleinen Gruppe – Teague und zwei Frauen, die damals in Nr. 9 wohnten – spontan eine Führung machen, dabei haben wir den Eindringling aufgescheucht. Leider zu spät, er hatte schon alles verwüstet. Er rannte an uns vorbei zur Tür hinaus und stieß eine von den Frauen gegen den Türrahmen. Sie hatte eine dicke Beule am Kopf."

„Konntet ihr erkennen, wer es war?"

„Nein. Wir haben natürlich sofort die Polizei verständigt, aber der Mann war ganz in Schwarz gekleidet gewesen und hatte sich zudem mit einer Skimütze maskiert – als käme er frisch von einem Casting mit dem Motto ‚Einbrecher des Monats'."

Gage setzte sich ins Gras und rieb sich das stoppelige Kinn. „Und was meinte die Polizei dazu? Es scheint mir doch ziemlich… beunruhigend, dass so etwas ausgerechnet hier vorfallen sollte."

Sie warf ihm einen knappen Seitenblick zu. „So sehe ich das auch. Die Polizei kann natürlich nichts unternehmen."

„Hm." Er sah den Strand hinunter. Nr. 9 lag ungefähr eine Viertelstunde zu Fuß entfernt. Wenn er rannte, konnte er die Strecke in der halben Zeit schaffen. „Falls du Hilfe oder irgendetwas brauchst, weißt du ja, wo du mich findest."

Sie zuckte die Achseln. „Danke. Aber ich bin daran gewöhnt, allein zurechtzukommen. Ich kümmere mich ja um alles hier in der Bucht, seit Mom und Dad in die Provence übergesiedelt sind. Dass Starr, meine Schwester, jetzt in San Francisco lebt, habe ich dir ja in einem meiner Briefe geschrieben."

„Ich kann mich an sie erinnern, als wir alle noch Kinder waren", meinte Gage und wurde nachdenklich. „Starr. Starr und Skye … sehr ungewöhnliche Namen."

„Auch eine ungewöhnliche Schreibweise." Skye schüttelte den Kopf. „Es war Dads Idee, das zusätzliche ‚r' und das unnötige ‚e' bei den Namen hinzuzufügen. Seiner Meinung nach lässt sie das gewichtiger erscheinen."

Gage lachte. „Dein Dad war schon immer ein echter Charakter. Aber Starr nennt sich doch jetzt Meg, oder nicht?"

„Richtig", bestätigte Skye. „Und sie ist verheiratet. Sie und ihr Caleb hatten eine Wirbelwindromanze. Sie lernten sich im Mai hier in der Bucht kennen, haben ein paar Tage zusammen verbracht und standen bereits kurze Zeit später vor dem Traualtar. Ich nehme an, die Liebe hat die spontane Seite bei Starr herausgekehrt."

„Das ist doch gut. Und schön für die beiden."

Eine Weile schwiegen sie, dann fragte Skye: „Da wir gerade von Familie sprechen ... wie geht es deiner?"

„Denen geht es gut." Vor allem, da er sie im Dunkeln über sein letztes missratenes Abenteuer gelassen hatte. „Meinen Bruder und meine Schwester hast du ja gestern Abend gesehen, und meine Eltern werden zu Griffins Hochzeit herkommen."

Wieder warf sie ihm einen Seitenblick zu, dieses Mal länger.

„Und du bist damit einverstanden?"

„Womit? Dass Griffin an die Kette gelegt wird?" Als er ihr Stirnrunzeln sah, lächelte er und versuchte, es schnell wiedergutzumachen. „Sollte nur ein kleiner Scherz sein. Ich finde Jane wirklich sehr sympathisch. Du hast mir ja schon in deinen Briefen prophezeit, dass es so sein würde."

„Sie tut deinem Bruder gut ... und umgekehrt. Hatte ich dir auch geschrieben, dass sie vorher jahrelang für Ian Stone gearbeitet hat?"

Er verdrehte die Augen. „Doch nicht etwa *der* Ian Stone? Der Autor jener vor Kitsch triefenden Liebesgeschichten, die du immer verschlingst?"

„Niemand sollte sich für das entschuldigen müssen, was er liest", murrte sie.

Selbst im Profil konnte Gage die tiefe Falte auf ihrer Stirn erkennen.

„Jeder sollte das lesen, was ihm am besten gefällt."
„Und Skye Alexander gefallen nun mal diese melodramatischen Geschichten."
Mit zusammengekniffenen Augen sah sie zu ihm hoch. „Das Ende besitzt immer den größten Reiz, du weißt schon ... wenn der Held an einer unheilbaren Krankheit dahinsiecht oder urplötzlich einen ebenso unerwarteten wie schmerzhaften Tod stirbt."
Erneut lachte er auf. „Hey, ist ja gut. Ich will bestimmt nicht, dass du mir ein ähnlich tragisches Schicksal wünschst. Bei meinem nächsten Auftrag kann ich Pech nicht gebrauchen."
Sie widmete sich ihren Blumen und dem Unkrautzupfen. „Griffin hat beschlossen, mit der Kriegsberichterstattung aufzuhören."
„Ich muss wieder zurück", erwiderte er schnell. Es musste wohl *zu* schnell gewesen sein, denn sie warf ihm einen forschenden Blick zu.
„Aha", sagte sie jedoch nur.
„Ich habe schon einen neuen Auftrag angenommen." Er hatte etwas zu beweisen. Diese Mistkerle hatten ihn nicht kleingekriegt. Weil er es nicht zugelassen hatte und es nicht zulassen würde.
„Aha", meinte sie noch einmal.
Als ihm klar wurde, dass er seine Finger zu Fäusten geballt hatte, unternahm er eine bewusste Anstrengung, sie zu lockern. Er atmetet tief ein und ließ den Blick über die Bucht gleiten, in der er entspannen und sich ausruhen wollte. Direkt nebenan stand ein Mini-Cottage, so klein, dass es wie ein Puppenhaus wirkte. Während er die Hütte genauer betrachtete, ging die Tür auf. Eine hübsche Blondine trat aus dem Haus und winkte ihm zu, als sie ihn sah, dann verschwand sie um die Hausecke.
Er winkte zurück. „Wie heißt deine Freundin gleich wieder? Polly ...?"
„Polly Weber."
„Süß."

Blitzschnell hatte Skye sich aufgerichtet und stand vor ihm, das kleine Schippchen in ihrer Hand auf seine Kehle gerichtet wie einen Dolch. „Denk nicht mal daran!"

„Woran?

„Polly unterrichtet Vorschulkinder und ist gerade erst in das Cottage eingezogen, so wird sie außer Rex und mir die Einzige sein, die noch hier wohnt, wenn der Herbst kommt."

„Ja, und?"

„Falls du ihr das Herz brichst, wird sie aus der Bucht wegziehen. Meine Schwester hat das auch getan. Sie ist weggelaufen und zehn lange Jahre nicht mehr zurückgekommen. Ich will nicht, dass das Gleiche mit Polly passiert. Ich finde es nämlich schön, dass meine Freundin direkt neben mir wohnt."

„Wie kommst du darauf, ich würde ..."

„Drei Worte nur." Sie hielt inne, fuhr dann bedeutungsvoll fort: „Gages unbeherrschte Völlerei."

Oh Herrgott! Hitze kroch von seinem Nacken in seine Wangen. „Davon habe ich dir auch geschrieben?"

„Das hat dein Zwilling mir erzählt."

„Welcher Tod ist qualvoller – Ertrinken oder Ersticken?"

„Weiß ich nicht", meinte sie kühl.

Sie sollte auch nichts von „Gages Völlerei" wissen. „Nur um das richtigzustellen – der Ausdruck stammt von Griffin, nicht von mir."

Ihr Schweigen war sehr beredsam.

„Hör zu, jeder, der monatelang mit kargen Mahlzeiten und miserablem Bier auskommen muss, würde das Gleiche tun. Da ist es doch völlig normal, dass ich mich so oft wie möglich mit großzügigen Portionen meines Lieblingsessens vollstopfen will und nach einem kalten süffigen Bier lechze, oder?" Für den Rest seines Lebens würde er keine Cracker, keinen vakuumverpackten Käse und erst recht keinen Fruchtsaft mehr anrühren.

Da Skye noch immer nichts sagte, zupfte er betont an seinem T-Shirt und hielt es sich vom Bauch ab. „Ich habe abgenommen."

Er hatte Angst gehabt, die Ruhr zu bekommen, als man ihm Wasser, von dem er nicht gewusst hatte, woher es kam, in einer rostigen Dose gebracht hatte. Deshalb hatte er sich an die Päckchen mit Mangosaft gehalten. Aber von dem sämigen süßen Saft war es ihm letztlich schlechter gegangen, als jeder Bakterienstamm im Trinkwasser es zu erreichen vermocht hätte.

„Natürlich kannst du deinen Lastern frönen, so viel du willst", kommentierte sie im gleichen distanzierten Tonfall. „Das geht mich schließlich nichts an ... solange du nicht nach meinen Freundinnen und meiner Nachbarin lechzt."

Okay, jetzt übertrieb sie eindeutig! Sie betonte das Wort „lechzen" ja, als hätte er es auf eine Orgie abgesehen. Und es war überdeutlich, dass sie sich auf etwas ganz anderes bezog als auf Nahrungsaufnahme. „Es ist kein Verbrechen, wenn man ab und an auch mal an Sex denkt."

„Nur heißt ‚Gages unbeherrschte Völlerei' doch wohl eher, dass du so oft wie möglich an Sex denkst, oder?"

Er öffnete den Mund, um zu widersprechen, überlegte es sich anders und schloss ihn wieder. Erst holte er ein paarmal tief Luft, dann setzte er erneut an: „Ich glaube, mit diesem Gerede wollte mein Bruder ... äh ... meine Reputation stärken."

Über die Schulter warf sie ihm einen vernichtenden Blick zu. „Du meinst, es hätte etwas mit Reputation zu tun, wenn man in Casanovas Fußstapfen tritt?"

„Ich bin kein Casanova. Meine Güte, Skye. Ich bin einfach nur ein Mann, der gern Sex hat. Und wenn ich monatelang keine Gelegenheit dazu hatte, dann ... dann hätte ich eben gern welchen."

Sie stand auf und klopfte sich die Erde von der Hose. „Und dann noch mehr ... und noch mehr ... und noch mehr ..."

Auch Gage erhob sich und funkelte sie böse an, er hatte keine Ahnung, weshalb er sich jetzt schuldig fühlen sollte. „Ich bitte vielmals um Entschuldigung, Schwester Josephina Henry."

„Wer?"

„Die gemeinste Nonne, die mir je untergekommen ist. Als ich sieben Jahre alt war, hat sie mir streng und ernst vorausgesagt, dass ich ganz bestimmt in der Hölle brennen werde. Eine hässliche alte Schachtel ... mit einer dicken Warze am Kinn."

An ihrer Miene konnte er sehen, dass er etwas Falsches gesagt hatte. Als er sich noch einmal genauer überlegte, was er da von sich gegeben hatte, wurde er blass. „Hey, tut mir leid, ich wollte damit nicht sagen, dass du eine Warze am Kinn hast."

„Nur, dass ich eine hässliche alte Schachtel bin."

„Nein! Nein, warte, lauf jetzt nicht eingeschnappt davon ..."

Doch das tat sie, verschwand im Haus und drückte entschieden die Tür hinter sich ins Schloss. Gage starrte ihr nach und zermarterte sich das Hirn, ab wann genau und wieso die Sache schiefgelaufen war.

Er war ziemlich sicher, dass es etwas mit Sex zu tun hatte. Aber weshalb es Skye interessieren sollte, wie er es mit dem Sex hielt, war ihm schleierhaft. Das ist alles nur Griffins Schuld, dachte er. Nein, Skyes. Nein, noch anders – die beiden hatten Schuld, entschied er und trat wütend in den weichen Sand, sodass er aufspritzte.

Verdammt sollten sie sein.

Und er gleich mit, weil er die Frau verärgert hatte, die sich irgendwann im Laufe der Zeit während ihrer Korrespondenz von einer unverbindlichen Brieffreundin zu seinem überlebenswichtigen Talisman gewandelt hatte.

Auch am nächsten Morgen war Gage wieder früh auf den Beinen und ging spazieren. Doch dieses Mal hielt er sich an den feuchten Sand und begnügte sich mit der Gesellschaft der Seevögel. Es herrschte Ebbe, und so schlug er die Richtung zu seinem bevorzugten Schlupfwinkel aus Kindertagen ein. Dort, wo eine weitere Felswand sich aus dem Ozean erhob, ließ die Ebbe immer eine Reihe von Tümpeln zurück, manche klein und flach, andere doppelt so groß und tief wie eine Badewanne.

Den Blick sorgsam nach unten vor seine Füße gehalten, suchte er sich einen Weg um die Tümpel herum. Vorsichtig achtete er darauf, den scharfen Felskanten auszuweichen, die besetzt waren von Seepocken und dunklen Muschelkolonien, die sich zusammenrotteten wie kriegerische Dörfler gegen den übermächtigen Feind. Er betrachtete gerade interessiert das wimmelnde Leben in einer kleinen Pfütze, deren Umfang nicht größer war als eine Tasse, als jemand seinen Namen rief. Er zuckte zusammen, und seine Ledersandalen gerieten auf dem schlüpfrig nassen Felsgrund ins Rutschen.

Er ruderte mit den Armen, um das Gleichgewicht wiederzufinden, dann sah er in die Richtung, aus der der Ruf gekommen war. Skye. Sie stand ganz in der Nähe, trug eine leichte Leinenhose und eine passende Tunika in der Farbe trockenen Sandes, das Haar hatte sie zu einem Pferdeschwanz zusammengebunden. Ungeachtet der Art und Weise, wie sie am Tag zuvor auseinandergegangen waren, lächelte er ihr zu. Zwei Wochen lang hatte ihr Bild seine Gedanken beherrscht. Ihr hatte er es zu verdanken, dass er nicht den Verstand verloren hatte. Sie jetzt hier in Fleisch und Blut vor sich zu sehen, war der Beweis, wie viel Glück er gehabt hatte. Er hatte es geschafft und war zurückgekommen.

Wer würde da nicht lächeln?

Der Wind frischte auf, wirbelte dunkle Strähnen um ihr Gesicht, die sich aus dem Band gelöst hatten, und presste den leichten Stoff an ihren Körper. Zum ersten Mal konnte Gage die Konturen ihrer Figur erkennen: hohe kleine Brüste, schmale Taille, weiblich gerundete Hüften. Jähe Hitze schoss über seinen Rücken, konzentrierte sich in seinem Schritt. Seine männliche Anatomie reagierte auf unmissverständliche Weise, das Lächeln auf seinen Lippen erstarb.

Verdammt. Sie hatte überdeutlich gemacht, dass sie nichts davon hielt, wenn er nach ihren Freundinnen und Nachbarinnen „lechzte", also nahm er an, dass das für sie selbst ebenfalls zutraf. Und er schloss sie doch sowieso von so etwas aus, schließlich wollte er nicht zerstören, was sie für ihn war – Kindheitsfreundin, amüsante Briefeschreiberin, Überlebenshelferin.

Daher verdrängte er seine niederen Instinkte und ging langsam auf sie zu, das Lächeln wieder fest auf den Lippen. „Hey", grüßte er. „Guten Morgen."

„Einen guten Morgen zurück." Ein Träger ihres Rucksacks hing über ihrer Schulter. Jetzt ließ sie den Rucksack an ihrem

Arm hinabgleiten und setzte ihn auf dem Felsen ab. „Ich habe Kaffee dabei."

Nicht nur erwiderte sie seinen Gruß, sondern auch sein Lächeln.

Er sah ihr zu, wie sie eine silberne Thermoskanne aus dem Rucksack zog. „Ist das eine Einladung?"

Sie warf ihm einen Blick zu, während sie dampfende Flüssigkeit in einen Becher goss. „Eher ein Friedensangebot."

Der Duft des Kaffees wehte ihm in die Nase, als sie ihm den Becher hinhielt.

„Ich muss mich wegen gestern entschuldigen. Ich ... ich hatte nicht sehr gut geschlafen."

„Ich auch nicht." Er nahm den kleinen Becher und führte ihn an den Mund. „Vielleicht sollten wir uns öfter frühmorgens treffen."

Sie kramte wieder im Rucksack und holte eine leere Plastikbox hervor. Dann ging sie zu einem höher gelegenen trockenen Felsen, setzte sich und stellte den Rucksack ab. Gage folgte ihrem Beispiel, setzte sich neben sie auf den Stein und bot ihr den Becher mit Kaffee an.

Nach kurzem Zögern nahm sie ihn und nippte an dem Getränk, reichte ihn dann wieder an ihn zurück. In einvernehmlichem Schweigen teilten sie sich den heißen Kaffee, während sie auf den Ozean hinaussahen.

„Ich habe deine letzten beiden Briefe noch abgeholt, bevor ich in die Staaten zurückgekehrt bin", sagte er irgendwann schließlich. „Tut mir leid, wenn du dir meinetwegen Sorgen gemacht hast."

Sie hielt den Blick auf die helle Linie hinten am Horizont gerichtet. „Die Sorgen habe ich mir gemacht, weil du einen neuen Kontakt erwähnt hattest, der dich in eine Region bringen wollte, in der du vorher noch nie gewesen warst. Irgendwie hörte sich das gefährlich an."

Vermutlich war seine eigene Unruhe in seiner Wortwahl zum Ausdruck gekommen. Tagelang hatte er mit sich debattiert, ob er diesem Typen trauen sollte oder nicht. Er war ja nicht naiv.

In jenem Teil der Welt fanden Journalisten sich oft in bedrohlichen Situationen wieder, das reichte von Raubüberfall bis Mord. In Ländern, in denen Krieg herrschte, war jeder einzelne Schritt Ermessenssache. Als Berichterstatter musste man jedoch bereit sein, Risiken einzugehen, wenn man Lorbeeren einsammeln wollte. Zu dem Zeitpunkt war es ihm wie ein fairer Handel erschienen.

Gage spürte Skyes Blick abwartend auf sich ruhen. „Was ist?"

„Ich fragte, wie es gelaufen ist ... mit deinem neuen Kontakt."

Er zögerte. Eine Windbö wehte ihm eine von Skyes langen Haarsträhnen ins Gesicht und über seine Lippen. Ihr Haar war seidenweich und duftete nach Blumen und Sommerwind. Er hielt die flatternde Strähne fest und wollte sie Skye hinters Ohr stecken, doch sie wich zurück, fing seine Hand ab, übernahm die Aufgabe selbst und schob sich das Haar auf die andere Schulter.

„Dein Kontakt?", hakte sie noch einmal nach.

Gage musste sich zusammenreißen, um nicht auszuspucken, als er an Jahandar dachte. „War nicht besonders ergiebig." Eine maßlose Untertreibung.

Schweigen dehnte sich wieder zwischen ihnen aus.

„Wie geht es der Witwe deines Freundes?", beendet Skye die Stille schließlich. „Und was macht ihr Sohn?"

„Denen geht es ganz gut, so weit." Er wusste sofort, von wem sie sprach. Vor zehn Monaten war ein Kollege, Charlie Butler, entführt und von den Taliban als Geisel festgehalten worden, um Lösegeld zu erpressen. Seine Frau Mara, die Mutter seines vierjährigen Sohnes, war gezwungen gewesen, sich durch den Irrgarten von Verhandlungen und Vermittlungen zu kämpfen, zusammen mit dem Krisenstab, den Charlies Zeitung angefordert hatte. Die Gemeinschaft der Auslandskorrespondenten hatte sich zusammengetan und zu helfen versucht, alle hatten Unterstützung angeboten, wo sie nur konnten, vor allem hatten sie die Story aus den Nachrichten herausgehalten. Das war immer sicherer für Geiseln. „Ich werde sie noch besuchen, solange ich hier bin. Sie wohnen gar nicht so weit weg."

„Du könntest sie einladen, in die Bucht zu kommen. Sonne und Sand haben oft heilende Wirkung."

Genau darauf hoffe ich ja, dachte Gage, bevor seine Gedanken wieder zu Mara und ihrem Sohn gingen. Die beiden könnten eine gehörige Dosis Sonne und Sand gebrauchen. Als nächste Angehörige war es schließlich an Mara hängen geblieben, das Einverständnis zum Sturm auf das Lager zu geben, in dem ihr Mann gefangen gehalten wurde. Charlie hatte das Befreiungsmanöver durch das Militär nicht überlebt. Einer der Entführer hatte ihn erschossen, sobald die Soldaten das Lager stürmten.

„Ich bin froh, dass Griffin sich entschieden hat, bei seiner Frau zu bleiben", sagte er abrupt. „Wenn man jemanden liebt, setzt man ihn nicht einer solchen Angst aus."

„Er liebt Jane wirklich sehr."

„Ja, ich weiß", stimmte Gage zu. Dann schüttelte er die düsteren Gedanken ab und atmete tief die frische Meerluft ein. „Da wir gerade von Liebesleben sprechen ... wie sieht es denn mit deinem aus?"

Es schien Skyes gesamte Konzentration zu erfordern, den leeren Becher wieder auf die Thermoskanne zu schrauben.

„Ach, reden wir nicht über mich."

„Wieso nicht? Ist etwas zwischen dir und Dagwood schiefgelaufen?"

Sie wandte ihm das Gesicht zu und kniff die Augen leicht zusammen. „Dalton."

„Dalton ... Dagwood ..." Mit einer vagen Geste wischte er seinen Irrtum beiseite. Tatsache blieb, dass er Dalton immer als Missgriff angesehen hatte, obwohl er den Typen nie getroffen hatte. Von Skye wusste er, dass der Mann Immobilienmakler war. Wahrscheinlich trug er sieben Tage die Woche Anzug und ließ kein Körnchen Sand oder Salzwasser an seine Füße kommen.

„Wir haben uns getrennt", sagte Skye.

„Gut ... Moment!" Er drehte sich um, sodass er sie ansehen konnte. „Wann ist das denn passiert?"

„Schon eine Weile her." Jetzt war sie es, die leichthin mit der Hand wedelte. „Ab und zu lässt er sich noch blicken, aber es ist definitiv vorbei."

„Und davon hast du mir nichts geschrieben?"

Sie zuckte nur stumm mit den Schultern.

Vielleicht musste man ihn neugierig nennen, doch das konnte er nicht so einfach übergehen. In ihren Briefen hatten sie sich immerhin eine ganze Menge voneinander erzählt. „Was war denn das Problem?"

Röte schoss ihr in die Wangen, nervös leckte sie sich über die Lippen. Gage beobachtete, wie sie mit der Zungenspitze über die Ober-, dann über ihre Unterlippe strich, und prompt machte die Erregung sich wieder bemerkbar. Verdammt. Da sie so lange zögerte, richteten sich seine Nackenhaare auf.

„Skye?"

„Wir ... nun ..." Sie musste sich räuspern. „Es gab da ein paar Probleme physischer Natur."

Verständnislos starrte er sie an. Er hatte zu hören erwartet, dass der Typ verheiratet war oder dass er sie mit einer anderen betrogen hatte, aber Probleme physischer Natur? Was, zum Teufel, sollte das heißen?

Ohne nachzudenken, rutschte er an sie heran und packte sie beim Oberarm, um sie zu sich umzudrehen. Er musste es wissen. „Ist er etwa gewalttätig geworden? Wenn er dir was angetan hat, bringe ich den Kerl um."

Sie schüttelte den Kopf. „Nein, er war es nicht, er hat mir nichts getan."

Er runzelte die Stirn und musterte sie forschend, ob sie auch die Wahrheit sagte. „Na gut." Und dann riss er sie an sich, barg sein Gesicht in ihrem Haar und atmete tief ihren süßen Blumenduft ein. „Oh Mann, für eine Minute hast du mich wirklich zu Tode erschreckt."

Es dauerte noch eine weitere Minute, bis er merkte, wie steif sie sich in seiner Umarmung hielt. Großer Gott, dachte er und gab sie frei, um wieder ein Stück von ihr abzurutschen. Wahrscheinlich hielt sie ihn für verrückt. Und ja, er musste auch irgendwie auf einen Schlag den Verstand verloren haben, denn er meinte nach wie vor ihre zierliche Figur an seine Brust gepresst zu fühlen, meinte zu spüren, wie ihre weichen Rundungen sich an seinen Oberkörper drückten. In seinem Schritt begann es zu puckern. Er fuhr sich mit der Hand durchs Haar und ermahnte sich, schnellstens zu vergessen, wie gut sie sich in seinen Armen angefühlt hatte.

Mist. Er brauchte dringend eine Frau, ob das nun Skyes prüde Moralvorstellungen beleidigte oder nicht. Außerdem würde sie nicht erfahren, was er in seinem Schlafzimmer trieb oder nicht trieb. Mit Diskretion kannte er sich aus.

Nur fragte er sich im Moment, was er hinsichtlich der unmissverständlichen Ausbeulung in seinem Schritt unternehmen konnte, denn dieser Teil seiner Anatomie verlangte noch immer drängend nach unmittelbarer Action.

Er sprang auf die Füße. „Ich denke, ich sollte zurückgehen. Ich rufe Griffin an und finde heraus, was er vorhat." Wenn sein Bruder sich weigerte, auf Beutezug zu gehen, kannte Jane vielleicht eine nette Freundin, die bereit war, sich auf ein Abenteuer einzulassen. Genau das brauchte er jetzt.

Skye stand ebenfalls auf, die Plastikbox in der Hand. „Also, bis dann."

„Und was planst du heute noch so?"

„Oh, alles Mögliche." Sie ging vorsichtig über den unebenen Felsen und blickte suchend in die ihr am nächsten gelegene Pfütze. „Erst mal suche ich mir etwas Meersalat zusammen."

„Was?"

„Das ist hellgrüner Seetang. Sieht genau so aus wie Salat."

„Ich weiß, was das ist, mir ist nur nicht klar, was du damit anfangen willst."

Sie lächelte ihm zu. „Ich werde daraus einen Salat zubereiten. Wenn du Lust hast, kannst du heute Abend zum Dinner rüberkommen, dann teilen wir ihn uns."

„Solange du keine Seegurke dazugibst." Diese hässlichen Kreaturen, die aussahen wie stachelige Nacktschnecken, hatten die Länge einer Männerhand und lederartige Haut.

Sie lenkte den Blick wieder auf die Pfütze. „Ich glaube, ich habe hier schon eine oder zwei gefunden."

Er ging zu ihr und beugte sich hinunter, um sich mit eigenen Augen zu überzeugen. „Du isst diese Biester doch nicht wirklich, oder?"

„Nein, ich esse diese Biester nicht wirklich", wiederholte sie seine Worte und schaute suchend in den nächsten kleinen Pool. „Oh, hier ist ein Tintenfisch."

Wer könnte einem achtarmigen Tierchen schon widerstehen? Gage trat interessiert noch ein Stückchen näher und wäre fast auf dem mit schlüpfrigen Algen bedeckten Stein ausgerutscht.

„Sei vorsichtig!", warnte sie ihn.

Er grinste ihr zu. „Ja, Mom." Vor der Pfütze ging er in die Hocke, und Skye folgte seinem Beispiel, direkt an seiner Seite. So hockten sie Schulter an Schulter und starrten ins Wasser, bis sie auf etwas zeigte.

„Siehst du? Dort ... in der kleinen Höhle unter Wasser!"

Gage blickte suchend in das vergängliche Goldfischglas, das Mutter Natur mit den Gezeiten erschaffen hatte. Es dauerte einen Moment, bis er es erkannte, aber dann sah auch er den mit dunklen Punkten gesprenkelten Oktopus, der Körper nicht größer als seine Faust. Während sie das Tierchen beobachten, streckte es einen Fangarm über die Wasserfläche und fuhr tastend über den Felsgrund. Dabei berührte der Oktopus eine hellgrüne Seeanemone, die sofort ihre Tentakel einzog. Ein Trio von Seesternen, einer orange, der andere braun und der dritte in blassem Pink, klammerte sich an einen Felsen in der Nähe. Ein Stichling, der über den sandigen Boden schwamm, war wohl in eigener Mission unterwegs.

„Das ist wirklich wunderschön." Gage hob den Blick und schaute Skye grinsend an.

Auch sie drehte den Kopf und erwiderte das Lächeln.

Ja, wirklich wunderschön, wiederholte er in Gedanken und musterte ihr Gesicht, bis sein Blick auf ihre weichen vollen Lippen fiel und dort verharrte. Das Lächeln schwand aus ihren Zügen, ihr Mund wirkte nun regelrecht ernsthaft. Als wäre es ernsthaft nötig, dass er geküsst wurde.

Gage lehnte sich langsam vor ...

... und Skye wich zurück. Sie strauchelte, als sie sich viel zu eilig aufrichtete. Hastig stand er ebenfalls auf, ihre abrupte Bewegung hatte ihn erschreckt. Mit der linken Leinensandalette blieb sie an einem kleinen Felsvorsprung hängen, ihr rechter Fuß rutschte auf einem glitschigen Algenstück weg. Sie ruderte mit den Armen, dann landete sie auch schon unsanft mit dem Po voran in einer der größeren, tieferen Tümpel.

Sie ging nicht ganz unter, ihr Kopf blieb über Wasser, aber natürlich war sie vom Hals an pitschnass, als sie sich wieder aufrappelte, ihr Haar war das einzig Trockene an ihr. Gage und sie starrten sich einen Moment lang an, dann brach Skye in schallendes Gelächter aus.

„Damit ist meine Würde dahin", brachte sie schnaubend zwischen Kicheranfällen heraus. „Ich komme mir wie ein Trampel vor."

„Du siehst auch so aus", bestätigte Gage und streckte einen Arm aus, um ihr aus dem Wasser zu helfen. Nach einem kurzen Moment des Zögerns legte sie ihre tropfnassen Finger in seine Hand und er zog. Sie war leicht wie eine Feder, es bereitete ihm überhaupt keine Mühe, sie auf festen Boden zu hieven. Wasser tropfte aus ihren Kleidern und sammelte sich in einer Pfütze um ihre Füße.

„Jetzt habe ich bestimmt irgendein armes Meerestier zu Tode erschreckt." Sie drehte sich um und sah auf den Tümpel. Die Wasseroberfläche im Felsbecken hatte sich noch nicht wieder beruhigt, sondern wogte heftig hin und her.

Gage war wie hypnotisiert. Sein Blick ruhte auf ihrem Hinterteil. Das nasse Leinen verdeckte nichts mehr, klebte durchsichtig an ihrem Körper wie eine zweite Haut. Großer Gott! Sie hatte den süßesten aller festen kleinen Pos. Genau die Form, die er schon immer bevorzugte.

Schließlich drehte sie sich um. Auch an ihrer Vorderseite bot der klatschnasse Stoff keinen nennenswerten Sichtschutz. Gage konnte alles deutlich erkennen – die Konturen ihrer Schultern und Schlüsselbeine, die sanfte Rundung ihres Busens, die vor

Kälte zusammengezogenen Brustwarzen, die hervorstachen, ihren flachen Bauch, ihre Beckenknochen, die leichte Wölbung ihres Venushügels.

Hitze schoss durch ihn hindurch, wollte ihn verbrennen. Er war steinhart.

„Wir sollten zusehen, dass wir dich nach Hause bekommen." Er war schockiert von der Macht und der anhaltenden Intensität seiner Reaktion. Will sie haben, schrie sein Körper, muss sie haben.

Gage beschlich die ungute Ahnung, dass keine andere Frau als Skye dieses Verlangen würde stillen können.

3. KAPITEL

Für den Nachmittag hatte Skye sich mit Polly zu einer Koffeindosis in Form eines Latte im Captain Crow's verabredet. Die Freundin saß bereits an der Bar und rührte in der übergroßen Tasse, als Skye zu ihr stieß. „Hi, wie geht's dir?", fragte sie.

Polly antwortete wie üblich strahlend lächelnd. „Mir geht's immer gut, das weißt du doch."

Skye setzte sich auf einen freien Barhocker und sah sich um. Gegen vier würde die Bar sich mit Menschen füllen, die auf ein Bier oder auf einen Cocktail herkamen, aber im Moment war es noch relativ ruhig. Der junge Mann, der die Profi-Kaffeemaschine bediente, schien neu zu sein. Jetzt drehte er sich um und kam hinter dem Tresen auf sie zu.

„Was darf ich Ihnen bringen, Skye?"

Sie runzelte die Stirn. Er musste ungefähr Mitte zwanzig sein, hatte langes schwarzes Haar und war ziemlich mager. Sein Gesicht kam ihr nicht bekannt vor. „Entschuldigung, kennen wir uns?"

„Oh, Sie erinnern sich sicher nicht an mich."

Er schien plötzlich sehr verlegen.

„Ich heiße Steven. Ich war mit Addy auf der Uni … Addison March, die den letzten Monat hier in der Bucht verbracht hat. Wir haben uns mal auf einen Drink getroffen, und sie hat mir die ganzen Sachen von Sunrise Pictures gezeigt."

„Ja, sicher." Skye erinnerte sich. Addy studierte Filmwissenschaften. Als Examensstudentin hatte sie angeboten, das Katalogisieren der Gegenstände und das Archivieren der Dokumente zu übernehmen, wenn sie dafür Einblick in die Unterlagen und Originalhandschriften erhielt. „Hatten wir da miteinander zu tun?"

Der Barista lief rot an. „Nein, nein. Ich glaube, sie hat uns nur als Gruppe vorgestellt, mehr nicht. Möchten Sie auch einen Latte?"

„Ja, gerne." Skye sah ihm nach, als er sich wieder an der großen Maschine am anderen Ende der Bar zu schaffen machte.

„Noch ein weiterer deiner Bewunderer", murmelte Polly neben ihr.

„Was? Nein! Ich kenne den Typen nicht einmal." Und sie wollte ihn auch nicht kennenlernen, denn er strahlte etwas Unangenehmes aus, bei dem sich ihr Magen zusammenzog. Obwohl ... wollte sie fair bleiben, dann strahlten alle Männer für sie dieser Tage etwas Unangenehmes aus, sodass sich ihr Magen immer zu einem harten Stein zusammenballte.

„Gage Lowell schien mir doch gestern sehr angetan zu sein. Ich habe ihn mit dir zusammen im Garten gesehen."

„Nein, du bist diejenige, von der er angetan ist. Er hat gesagt, er findet dich süß." Und da sie jetzt daran zurückdachte, wie sie ihn angefaucht hatte, die Finger von ihrer Freundin zu lassen, krümmte sie sich innerlich ein wenig.

„Ich hasse diese Bezeichnung."

Polly sah plötzlich aus, als hätte sie in etwas sehr Saures gebissen.

„Süß." Polly schnaubte. „Ich bin überzeugt, genau das ist die Barriere, die mich davon abhält, ein erfülltes Liebesleben zu haben."

„Ich dachte, ‚putzmunter' sei die Bezeichnung, die dir aufstößt. Zumindest war das letzte Woche noch so."

„Ich habe darüber nachgedacht und meine Meinung geändert. Ich arbeite mit Kindern, da gehört das praktisch zur Qualifikation für den Job. Ich muss putzmunter sein."

Der Barista kam zurück und stellte den Latte vor Skye hin. Als ein anderer Gast seine Bestellung aufgeben wollte, sodass der Mann hinter der Bar keine Gelegenheit hatte, ihr ein Gespräch aufzuzwingen, stieß sie erleichtert die Luft aus – womit sie das Bildchen aus schaumiger Sahne auf ihrem Kaffee verzerrte. „Wir beide wissen doch, was in deinem Fall der größte Stolperstein für ein erfülltes Liebesleben ist – Teague." Auch wenn ihre beste Freundin es sich nicht eingestehen wollte, sie hatte sich bis über beide Ohren in den Mann verliebt, der in ihr ebenfalls seine beste Freundin sah.

Die tiefe Falte auf Pollys Stirn war ein eindeutiges Zeichen, sie war nach wie vor nicht bereit, es zuzugeben, obwohl verräterische Röte in ihre Wangen kroch.

„Ich weiß nicht, was du meinst", behauptete sie und starrte sie durchdringend an. „Und was ist es bei dir?"

Skye blinzelte. „Was? Mein größter Stolperstein? Nun ... wie wäre es mit: Ich suche nicht nach einem erfüllten Liebesleben."

„Nein, du suchst nach überhaupt keinem, weder erfüllt noch unerfüllt", sagte Polly brummig. „Wieso nicht? Seit Dalton, dem Speichellecker, hast du dich mit niemandem mehr verabredet, und das ist schon Monate her."

„Er ruft mich wieder an", gestand Skye und wich damit bewusst vom Thema ab. „Wieso können manche Männer kein Nein als Antwort akzeptieren?"

„Vielleicht hast du einfach nur noch nicht den Mann gefunden, der die richtige Frage stellt. Dass du Nein zu Dalton sagst, kann ich nachvollziehen. Aber nehmen wir mal an, ein anderer Typ, zum Beispiel ein gewisser Gage Lowell, der letztens darauf bestanden hat, dass du mit ihm tanzt, würde fragen ... Ich meine, wenn er sich an dich heranmachen würde ..."

„Gage würde sich niemals an mich heranmachen." Das am Morgen bei den Felsen konnte man ganz bestimmt nicht so nennen, oder? Sie hatten einfach nur Seite an Seite gehockt und in die Ebbetümpel gestarrt ... und dann hatten sie einander in die Augen gestarrt.

Prompt hatte sie wieder ein panischer Hitzeschwall überkommen, der ihre Haut glühen und das Herz in ihrer Brust viel zu schnell und viel zu hart schlagen ließ. Für einen Moment hatte sie wirklich geglaubt, Gage würde sie küssen. Etwas tief in ihrem Körper unterhalb der Gürtellinie hatte sich zusammengezogen. Aus Panik, wie sie vermutete. Sie hatte sich verzweifelt bemüht, Ruhe zu bewahren, dennoch war sie so nervös gewesen, dass sie rückwärts gestrauchelt war.

Alberne Närrin.

Überhaupt war dieses ganze Gespräch albern. „Können wir eigentlich nur über Männer reden?", fragte sie mürrisch. „Ich komme mir ja vor wie ein Teenager auf einer Pyjamaparty."

„Habe ich etwa deinen BH in die Gefriertruhe gesteckt?", wollte Polly leicht eingeschnappt wissen. „Und haben wir etwa schon ausgelost, welcher Junge aus der aktuell angesagten Boygroup wen von uns zum Prom-Ball eskortiert?"

„Ah ..." Skye lächelte verträumt. „Ich wollte immer den, der aussah, als wäre er der Wildeste. Die anderen Mädchen aus meiner Klasse schmachteten regelmäßig den blonden Schönling an ... oder den Leadsänger, der aussah, als würde er demnächst für das Amt des Schulsprechers kandidieren."

„Von welcher Band reden wir hier?" Polly nahm einen Schluck aus ihrer Tasse.

Auch Skye nippte an ihrem Kaffee. „Ist doch völlig gleichgültig. Jede dieser Bands setzt sich aus Mitgliedern zusammen, die je einen bestimmten Typus verkörpern. Ich fand immer den am interessantesten, der nach Ärger aussah."

Polly warf ihr einen listigen Seitenblick zu. „Nun, er mag vielleicht nicht in einer Band sein, aber meiner Meinung nach sieht Gage nach garantiertem Ärger aus."

„Wieso redest du ständig von Gage? Der Mann ist völlig gegen Beziehungen eingestellt. Er bleibt nicht einmal lange genug an einem Ort, um Two-Night-Stands zu haben."

„Ich rede ja auch nicht von einer Beziehung. Du meine Güte, es ist Sommer. Er ist nur für ein paar Wochen hier. Lass dich einfach auf einen kleinen Urlaubsflirt mit ihm ein."

Ein Urlaubsflirt mit Gage Lowell? Skye fühlte wieder Hitze in sich aufsteigen, als sie an seinen muskulösen Körper, seine breite Brust und seine fantastischen türkisblauen Augen dachte. Er hatte ihre Hand gehalten, seine langen Finger stark und sicher um ihre gelegt, und nun, da sie sich daran erinnerte, sah sie diese Finger, wie sie sich an Blusenknöpfen und BH-Verschlüssen zu schaffen machten und Haut freilegten. In dieser Region in ihrem Unterleib begann es wieder zu puckern, genau wie auf dem Felsen bei den Tümpeln.

„Du solltest es dir wirklich überlegen", fuhr Polly fort. „Es ist doch Ewigkeiten her, seit du das letzte Mal Sex gehabt hast."

Gage. Sex. Skye schob ihre Tasse von sich. Ihre flatternden Nerven und dieses nicht zu kontrollierende Gepucker brauchten

nicht noch zusätzlich aufputschendes Koffein. Sie wünschte, Polly hätte dieses Thema nicht aufgebracht, denn jetzt blitzten Bilder in ihrem Kopf auf und ließen sie an Dinge denken, die sie nicht haben konnte.
Mit niemandem.

„So richtig fasse ich es noch immer nicht – ich bin tatsächlich hier", sagte Gage, als er auf der Terrasse des Captain Crow's saß und sich zusammen mit seinem Zwillingsbruder das tägliche Fünf-Uhr-Nachmittagsritual ansah. Ein Mann in Surfershorts stand neben einem Flaggenmast im Sand und blies in die Schale einer Meeresschnecke von der Größe eines Footballs, dann wurde die Fahne gehisst – ein blaues Stück Stoff, auf dem das Martini-Logo prangte.

Gage hob seine Bierflasche und toastete dem flatternden Lappen zu. „Auf die Happy Hour!" Dann stieß er mit Griffin an. „Ja, ja, das Leben geht eben immer irgendwie weiter."

Griffin ging nicht auf diesen philosophischen Kommentar ein, sah ihn nur mit kritischem Blick an. „Du hast deine Kamera nicht dabei."

„An deiner außergewöhnlichen Beobachtungsgabe hat sich also nichts geändert. Kein Wunder, dass du all die namhaften Preise für deine Reportagen abräumst."

„Warum hast du deine Kamera nicht dabei?"

Auch auf seine spöttische Bemerkung ging Griffin nicht ein. Gage zuckte mit den Schultern. Er konnte es sich selbst nicht erklären, wieso das Objekt, das er jahrelang als lebenswichtiges Attribut erachtet hatte, ihn plötzlich nicht mehr interessierte.

„Irgendetwas stimmt nicht", sagte Griffin tonlos. „Verdammt, ich wusste es doch. Schon seit Wochen weiß ich es!"

Gage nahm einen langen Schluck aus seiner Flasche. „So? Kannst du Beweise vorlegen? Ich bin hier, gesund und munter …"

„Und ohne Kamera."

„Die muss ich doch nicht ständig mit mir herumschleppen."

„Doch, du hast immer eine Kamera dabei. Außer beim Sex.

Und da nimmst du sie laut deiner eigenen Aussage nur deshalb nicht mit, weil das die Frauen verklemmt werden lässt. Sie befürchten nämlich, sie könnten das Objekt in deiner Linse werden."

„Und ich habe keine Lust, Zeit mit verklemmten Frauen zu vergeuden, stimmt. Dafür ist das Leben zu kurz." Gage trank noch einen Schluck von seinem Bier und genoss den Anblick der Menschen um sich herum.

Griffin sagte nichts, dennoch konnte Gage seinen Blick auf sich liegen spüren.

„Und wieso sitzt du hier so ruhig? Du trommelst nicht mit den Fingern auf dem Tisch und wackelst nicht nervös mit den Knien", fragte sein Zwillingsbruder schließlich doch. „In deinem ganzen Leben hast du noch nie still gesessen."

„Vielleicht habe ich mit zunehmendem Alter Geduld gelernt." Enge Räume, aus denen es keinen Ausweg gab, konnten Wirkung auf einen Mann zeigen. Als Griffin nur schnaubte, richtete Gage den Flaschenhals auf ihn. „Du hast dich auch verändert. Großer Gott, ich meine ... du bist verlobt."

Griffin kniff die Augen zusammen. „Du weichst meiner Frage aus."

„Dann stelle mir eine, die Sinn ergibt."

„Warum Crescent Cove?"

Gage blinzelte. Das hatte er nicht vorausgesehen. „Du heiratest hier Ende des Monats."

„Das wusstest du aber nicht, als du dich als Fenton Hardy in Nr. 9 eingemietet hast."

„Ist das denn wirklich so wichtig?" Er nahm an, dass Griffin die Idee in ihm gesät hatte, als der ihm erzählte, dass er für drei Monate in die Bucht ziehen würde, um seine Memoiren über die Zeit als Kriegsberichterstatter zu schreiben. Er musste allerdings zugeben, dass es da noch etwas anderes gegeben hatte – jemand anderen –, der die Entscheidung dann endgültig besiegelt hatte. Selbst vor den zwei Wochen in der Hölle hatte er öfter mit dem Gedanken gespielt, Skye „mit dem unnötigen e" zu besuchen.

Als er an sie dachte, musste er lächeln.

Von der anderen Seite des Tisches ertönte ein lautes Stöhnen. „Also gut, wer ist sie?"

„Wer ist wer?"

„Du denkst gerade an irgendeine Frau, die du nagelst."

Gage zog die Brauen zusammen. „Das hört sich wirklich sehr unschön an."

„Das ist die Redewendung, die *du* immer benutzt."

„Soll ich auch so über dich und deine Jane reden, wenn ihr beide Liebe macht?"

Griffin verschluckte sich fast. „*Liebe machen* nennst du das jetzt?" Mit je zwei Fingern malte er Anführungszeichen in die Luft. „Und nur zu deiner Information ... solltest du Jane in irgendeiner Weise, verbal oder anders, beleidigen oder verärgern, trete ich dir kräftig in den Hintern. Und sie wird dir ebenfalls einen Tritt versetzen, wahrscheinlich noch härter ... und mit sexy Schuhen."

„Hoppla!" Gage legte abschätzend den Kopf schief. „Dich hat's ja mächtig erwischt."

Griffins Miene wurde nachgiebiger. „Sie ist das Beste, was mir je passiert ist. Ich ... ich war ziemlich fertig, als ich zurückkam. Sie hat mir geholfen, mein Gleichgewicht wiederzufinden. Sie *ist* mein Gleichgewicht."

Gage nickte stumm. Ein ganzes Jahr lang hatte Griffin die Truppen in Afghanistan begleitet, er wusste, wie schrecklich diese Zeit für seinen Bruder gewesen war.

Sein Zwilling trank noch einen Schluck Bier, zögerte, dann. „Ich bin in Therapie."

„Na endlich!" Es gelang Gage, Erleichterung vorzutäuschen, ohne auch nur einen Sekundenbruchteil des Erschreckens durchblicken zu lassen, das ihn überfallen hatte. „Das mit der vorzeitigen Ejakulation war ja schon immer dein Problem, aber heute kann man da Abhilfe schaffen."

Griffin grinste, das war enorm beruhigend.

„Wegen posttraumatischer Belastungsstörung, du Trottel."

Gage achtete sehr genau darauf, weder einen Kommentar noch Rat zu geben. Er nickte nur. „Hilft es?"

„Ja, schon." Das Grinsen kehrte zurück. „Regelmäßiger Sex schadet auch nicht."

„Apropos …" Gage runzelte die Stirn. „Musstest du Skye unbedingt das mit ‚Gages Völlerei' erzählen? Also wirklich!"

Griffin lachte laut. „Ich kann mich gar nicht erinnern, dass ich deine kleine Marotte erwähnt habe."

„Das ist keine Marotte. Es ist … es ist …" Böse funkelte er seinen Bruder über den Tisch hinweg an. „Hey, dir macht Sex auch Spaß."

„Und wie. Und Sex mit einer festen Partnerin ist überhaupt das Beste, was es gibt", erwiderte Griffin überlegen.

„Oh, komm schon." Nun war es an ihm, zu schnauben.

„Denk doch mal nach. Du lernst jeden Zentimeter an ihr kennen, weißt genau, welchen magischen kleinen Knopf du drücken musst. Und es funktioniert jedes Mal, immer wieder."

„Hört sich langweilig an."

„Ganz im Gegenteil. Die Palette reicht vom wilden Ritt bis zur gemütlichen Kutschfahrt – und alles, was dazwischenliegt. Ich habe mir selbst diese kleinen Ziele gesteckt, die ich erreichen will. Zum Beispiel, eine Dreiviertelstunde nur Küssen. Oder nur meinen Zeigefinger zu benutzen, um sie zum Höhepunkt zu bringen. Mein ehrgeizigster Plan ist der, es nur mit heißem Liebesgeflüster und flüchtigen Berührungen oberhalb der Gürtellinie zu schaffen."

„Das wiederum klingt nach richtiger Arbeit, Bruderherz." Allmählich rutschte er unruhig auf dem Stuhl hin und her.

„Nicht, wenn du es mit jemandem tust, für den du echte Gefühle hast. Wenn du das einmal erlebt hast … danach sind es die unverbindlichen One-Night-Stands, die dir wie schweißtreibende Arbeit vorkommen."

Ohne dass er darum gebeten hätte, schossen Bilder in seinen Kopf – nein, nicht von Griffin und Jane, Gott sei Dank! –, sondern von langen dunklen Haaren und dunkelgrünen Augen mit bernsteingelben Sprenkeln, von kleinen Brüsten und einem hinreißenden Hinterteil. Dann sah er sich selbst, wie er sich zum Kuss vorbeugte, und Skye, die erschreckt zurückwich, als wäre er Gift.

Als hätte sie panische Angst.
Es gab da ein paar Probleme physischer Natur.
Kaum hatte sie das gesagt, hatte er sich in einen Höhlenmenschen verwandelt, sofort bereit, Dagwood an die Gurgel zu gehen, sollte der Typ ihr wehgetan haben – was sie bestritten hatte. Warum hatte sie das überhaupt gesagt?

Er brauchte unbedingt eine Antwort darauf. „Was bedeutet es, wenn eine Frau von ‚Problemen physischer Natur' zwischen ihr und einem Mann spricht?"

Dieses Mal war es Griffin, der nicht antwortete ... es nicht konnte oder nicht wollte, und ihm saß das ungute Gefühl im Nacken, dass da etwas ganz und gar nicht stimmte.

Die Sonne stand schon tief am Horizont, als Skye auf die Veranda ihres Hauses trat und zu dem kleinen Zitronenbäumchen ging, das in einem Kübel an der Hauswand stand. Frischer Zitronensaft würde den Lachs, den sie auf Holzkohle grillen wollte, schön saftig halten. Gerade pflückte sie eine reife gelbe Frucht von dem Bäumchen, als ein Mann urplötzlich auf der Veranda auftauchte. Erschreckt schrie sie auf.

„Dalton!" Mit beiden Händen hielt sie die Zitrone an ihre Brust gepresst, dort, wo ihr Herz wild hämmerte. „Was willst du denn hier?" Er sah gut aus, hatte eine gute Figur, war groß und attraktiv in dem leichten Sommeranzug, dem weißen Hemd und der in Braun- und Goldtönen gehaltenen Krawatte, die zu seinem dunkelblonden Haar und den hellbraunen Augen passte.

„Darf ein Mann an einem lauen Sommerabend nicht am Strand spazieren gehen?"

Sie zog nur skeptisch eine Augenbraue in die Höhe.

Weiße Zähne blitzten auf, als er lächelte – ein wenig zerknirscht.

„Oder vielleicht sollte ich es anders ausdrücken: Darf ein Mann nicht die Frau besuchen, die ihn an einem lauen Sommerabend kurzerhand abserviert hat?"

„Ich habe dich nicht ..."

Jetzt war er es, der fragend eine Augenbraue hob.

Skye presste die Lippen zusammen. Sie wünschte, sie könnte es mit Überzeugung bestreiten. Allerdings war ihre Beziehung eigentlich eher locker gewesen. Ja, sie hatten sich öfter verabredet und waren miteinander ausgegangen, aber es hatte nie so ausgesehen, als würde daraus etwas Festes, Ernstes werden, zumindest von ihrer Seite nicht. Erst nachdem sie ihm mitgeteilt hatte, dass sie sich nicht mehr mit ihm treffen wollte, war sein Interesse sprunghaft angestiegen.

Er stellte sich so hin, dass er ihr den Weg hinein versperrte, obwohl sie sich bereits mit der Schulter an den rosé gestrichenen Türrahmen drückte.

„Willst du mich nicht hereinbitten?"

Schon seit Monaten hatte sie keinem Mann mehr Zutritt zu ihrem Haus erlaubt. „Ich wollte mir gerade etwas zu essen zubereiten", sagte sie. Offenbar erwartete er, dass sie ihn dazu einlud. Als sie das nicht tat, zuckte er leicht die Achseln.

„Warum führe ich dich nicht aus? Wir könnten zu dem kleinen Lokal in Laguna fahren …"

„Dalton, das haben wir doch schon alles besprochen."

„Aber es ergibt keinen Sinn!" Frustriert zog er die Brauen zusammen. „Wir sind schließlich bestens miteinander ausgekommen, haben uns mehrmals in der Woche getroffen. Wir haben sogar darüber geredet, ob wir uns nicht Tickets für die Trainingsspiele besorgen und im Frühjahr nach Arizona fahren sollen."

Dalton war ein loyaler Fan der Dodgers, für ihn war Baseball eine sehr ernste Angelegenheit.

„Ich weiß. Und es tut mir leid, wenn es so … so abrupt scheint. Du bist wirklich ein netter Mann …"

„Und warum hast du mir dann von jetzt auf gleich den Laufpass gegeben?"

Anscheinend hatte Dalton bisher wenig Erfahrung mit Ablehnung. Auf jeden Fall trug er es nicht gerade mit Würde. Fairerweise musste Skye zugeben, dass sie den Schlussstrich ohne Vorwarnung gezogen hatte.

„Ich weiß wirklich nicht, was ich noch sagen sollte, Dalton …"

„Vielleicht ist es an der Zeit, mit dem Reden aufzuhören", erwiderte er und kam auf sie zu. „Vielleicht hilft es, wenn ich dir ein paar Dinge in Erinnerung rufe."

Skye erstarrte, Angst stieg bitter in ihrer Kehle auf. Dalton wird mir nichts tun, sagte sie sich. Dalton würde mir niemals etwas antun. Er hielt jedoch weiter auf sie zu, ein verlangendes Glitzern in den Augen. Selbst die leichteste Berührung wäre unerträglich für sie.

Als er nach ihr griff, stieß sie erstickt einen Schrei aus. Plötzlich hing Zitronenduft in der Luft, und Dalton sprang fluchend zurück. Zitronensaft lief an seiner Hose hinunter und auf seine Schuhe. Benommen senkte Skye den Blick. Sie hatte die unschuldige Zitrone zwischen ihren Fingern völlig zerquetscht, Fruchtfleisch und Saft tropften von ihren Händen.

„Was, zum Teufel, Skye …?" Konsterniert starrte Dalton sie an, trat dann wieder einen Schritt vor.

„Gibt es hier ein Problem?", hörte sie da eine andere Männerstimme.

Ruckartig wandte Skye den Kopf nach links. Gage kam durch den Garten an der Seite ihrer Hütte. Er hielt eine weiße Tüte in der Hand, trug die olivgrüne Cargohose, die sie schon kannte, und ein T-Shirt, das so verwaschen war, dass sich die Aufschrift nicht mehr entziffern ließ. „Bitte, ich …"

Bitte – was? Sie wusste es selbst nicht genau, wusste nur, dass sie überglücklich über die Unterbrechung war. Sie hatte ein flaues Gefühl im Magen, und inzwischen wurde ihr schwindlig, weil sie den Atem angehalten und keinen Sauerstoff mehr im Blut hatte.

„Gage Lowell", stellte er sich gelassen dem anderen Mann mit ausgestreckter Hand vor und schob gleichzeitig einen Fuß in den Raum zwischen sie und Dalton.

Ihr Exfreund trat unwillkürlich zurück, ergriff jedoch die dargebotene Hand.

„Dalton Bradley."

Gleich darauf verzog er seltsam das Gesicht. Vielleicht, weil Gages Händedruck zu fest war?

Gage lächelte, als könnte er kein Wässerchen trüben. Locker wandte er sich an sie: „Ich habe mich doch hoffentlich nicht allzu sehr verspätet?"

Als sie ihn nur mit leerem Blick anstarrte, fügte er hinzu: „Zum Dinner, meine ich", und schwenkte die weiße Plastiktüte vor ihren Augen hin und her. „Das Dessert habe ich mitgebracht."

„Oh. Äh ..."

Gage schob einen Arm um sie herum und drehte den Türknauf. Die Tür ging auf, und Skye beeilte sich, ins Haus zu gehen. Gage folgte ihr. Da er direkt hinter ihr blieb, hatte sie keine andere Wahl, als weiter in den Wohnraum vorzugehen.

„Nett, Sie kennengelernt zu haben", sagte er zum verdattert dreinschauenden Dalton, bevor er ihm die Tür vor der Nase zuschlug.

Dann drehte er sich zu ihr um, betrachtete intensiv ihr Gesicht und musterte sie schließlich von Kopf bis Fuß. Sie hielt nach wie vor die zerquetschte Zitrone in der Hand, die Zehen ihrer bloßen Füße hatte sie auf dem Holzboden gekrümmt.

„Entspann dich, Kleines."

Als sie sich weder rührte noch etwas sagte, schwenkte er wieder die Tüte vor ihren Augen. Skye blinzelte.

„Hey, atme. Hol endlich Luft, Skye."

Sie stellte fest, dass sie es konnte ... trotz der starken männlichen Präsenz direkt vor ihr. In ihrem Haus.

„Hast du Wein da?"

„Du trinkst Wein?", fragte sie ungläubig. „Ich hätte dich eher für den Biertrinker-Typ gehalten."

„Ich mag beides." Er zuckte leicht die Achseln. „Du siehst auf jeden Fall aus, als könntest du etwas gebrauchen, das dir hilft, dich zu beruhigen."

Dem konnte sie nicht widersprechen, und so führte sie ihn weiter in ihr Haus. In der Küche entledigte sie sich des traurigen Rests der Zitrone und wusch sich die Hände, während Gage seine Tüte in die Gefriertruhe stellte. Er suchte in den Schränken nach Weingläsern und fand im Kühlschrank eine offene Flasche Sauvignon blanc, dann dirigierte er sie auf einen der Barhocker an der Frühstückstheke und stellte ein gefülltes Glas vor sie hin.

Mit seinem stieß er an ihres. „Wenn du mit Kamelen zu tun hast, stelle sicher, dass deine Türschwelle hoch genug ist."

Das holte sie aus ihrer Starre. Sie neigte den Kopf zur Seite und blinzelte. „Was?"

„Altes afghanisches Sprichwort."

„Und was soll das bedeuten?"

„Woher soll ich das wissen?" Grinsend schob er ihr Glas näher an sie heran. „Vielleicht wussten schon die alten Afghanen, dass man darauf achten sollte, den Ex aus seinem Leben herauszuhalten."

„Ich habe ihn nicht gebeten, in meinem Leben zu bleiben."

„Das mit der Zitrone war ein guter Trick. Er wirkte nicht gerade begeistert darüber, dass er den Anzug jetzt in die Reinigung bringen muss."

„Dalton ist harmlos." Trotzdem hatte die Begegnung mit ihm sie aufgewühlt zurückgelassen und ihr Übelkeit verursacht. Das lag an der Angst, die sie seit Monaten empfand. Vielleicht hätte sie nach einem Weg suchen sollen, es Dalton zu erklären, aber die intensive Abscheu vor der Berührung eines Mannes beschämte sie. Erniedrigte sie. Ließ sie sich nicht als Frau fühlen.

„Also, was ist nun? Gibt es zum Dinner wirklich Seetangsalat?"

Sie öffnete schon den Mund, um Gage wissen zu lassen, dass diese Dinnereinladung bei den Ebbetümpeln eigentlich nicht ernst gemeint gewesen war, andererseits ... warum sollte er nicht bleiben? Falls Dalton es sich in den Kopf gesetzt hatte, es an diesem Abend noch einmal zu versuchen, wäre Gage zumindest da, als eine Art Leibwächter. „Und Lachssteaks", sagte sie. „Aber wir brauchen eine neue Zitrone."

Die Nachwirkungen der unangenehmen Konfrontation mit Dalton hielten sich während des gesamten Dinners. Gage schien ihre gedrückte Stimmung nicht zu stören, im Gegenteil. Er fragte nicht nach, unternahm keine Annäherungsversuche, und als er in der Küche seinen Teil des Aufräumens übernahm, achtete er auf gebührenden Abstand zu ihr.

Danach führte er sie in den Wohnraum zurück und drückte sie sanft auf das Sofa, er selbst nahm in der Sofaecke auf der anderen Seite Platz. Jeder von ihnen hielt sein nachgefülltes Weinglas in der Hand.

„Was wollte er überhaupt hier?", fragte er schließlich.

„Könnten wir bitte nicht über ihn reden?"

„Sein Auftauchen hat dich völlig durcheinandergebracht."

Sie hatte nicht vor, ihm zu gestehen, weshalb jeder Mann sie nervös machte. „Ich verstehe nur nicht, wieso sein Interesse an mir plötzlich so zugenommen hat, nachdem ich die Beziehung mit ihm beendet habe."

„Es stachelt seinen Ehrgeiz an. Er glaubt, du zierst dich absichtlich, um dich interessant zu machen."

„Aha." Ärger verdrängte den Rest Nervosität. „Jetzt fange ich sogar an, ihn unsympathisch zu finden. Er sollte mich besser kennen, er müsste doch wissen, dass ich solche dummen Spielchen nicht spiele."

„Ich gehe jede Wette ein, dass er da anders denkt. Sonst wäre er wohl kaum auf die Idee gekommen."

„Na dann ..." Skye ließ sich in die Kissen zurückfallen. „Dann tut es mir auch nicht mehr leid, dass ich einen Schlussstrich gezogen habe."

Gage grinste. „Das ist mein Mädchen."

Mein Mädchen. Sie spürte Hitze in ihre Wangen kriechen. Gleichzeitig wurde ihr übermäßig bewusst, dass sie in ihrem Haus saß, bei geschlossenen Türen und vorgezogenen Vorhängen, in genau der Situation, die sie seit Monaten zu vermeiden suchte – mit einem großen und kräftigen Mann, dem das Testosteron aus jeder Pore troff. Ihre Pulsrate beschleunigte sich, ihr Unterleib verkrampfte sich.

Ein seltsamer Ausdruck huschte über Gages Gesicht. Langsam nahm er die Fernbedienung auf, die auf dem Tischchen neben ihm lag. „Sollen wir fernsehen?"

Sie schluckte. „Solange es kein Baseball ist."

Gage schaltete den Fernseher ein und fand eine Dokumentation über die Mayakultur. Vielleicht lag es an der tiefen beruhigenden Stimme des Sprechers, vielleicht war der Grund in der Tatsache zu finden, dass sie schon seit Monaten nicht mehr richtig schlief, auf jeden Fall wurden ihre Lider immer schwerer, und sie tat genau das, was sie auf keinen Fall tun wollte: Sie döste ein, während ein fremder Mann in ihrem Haus war.

Als eine Hand sie an der Schulter rüttelte, schlug sie schlaftrunken danach. „Lass mich in Ruhe, Polly."

Ein leises tiefes Lachen bahnte sich den Weg in ihr Bewusstsein.

„Ich werde mein Bestes geben, nicht beleidigt zu sein."

„Das ist schön", murmelte sie und drehte den Kopf, um sich bequemer hinlegen zu können.

„Du wachst morgen mit einem steifen Hals auf, wenn ich dich die ganze Nacht hier liegen lasse."

Ihr Verstand tauchte langsam aus der Schlaftrunkenheit auf, wurde klarer. „Du bist nicht Polly", sagte sie, ohne die Augen zu öffnen.

„Nein. Es sei denn, sie hat bisher verheimlicht, dass sie ein Zwitter ist."

Abrupt hob sie die Lider und funkelte Gage böse an – soweit ihr das so verschlafen gelang. „Das war grob."

„Grob ist mein zweiter Vorname."

Er hockte vor ihr, genau dort, wo sie es sich mit dem Kopf auf der Armlehne gemütlich gemacht hatte. Hastig setzte sie sich auf und versuchte, den Schlaf abzuschütteln. „Hätte ich nicht erwartet, dass du das zugibst."

„Auch ich halte nichts von Spielchen. Ich gebe nicht vor, jemand anders zu sein. Das solltest du aus meinen Briefen wissen."

Er war so nah vor ihr, dass sie seinen Duft erhaschte. Frisch, sauber ... und doch mit einer unbekannten würzigen Note. „Ich bin sicher, da gibt es viele verborgene Nischen und Tiefen in deiner Seele."

„Genau da halte ich das Grobe versteckt."

Sie konnte nicht anders, sie lächelte. „Du hältst dich wohl für amüsant, was?"

„Hey, ich verbringe viel Zeit allein. Wenn ich mich nicht selbst zum Lachen bringen kann, dann stecke ich in Schwierigkeiten."

Skye runzelte die Stirn. Darüber hatte sie nie nachgedacht ... dass er während seiner Aufträge in unerforschten und gefährlichen Gebieten keineswegs immer mit einem Team von Helfern unterwegs war, manchmal sogar gänzlich ohne Begleitung. „Fühlst du dich nicht ab und zu einsam?"

Gage überlegte einen Moment. „Ich glaube, das werde ich wohl demnächst."

Demnächst? Was genau meinte er damit? Sie öffnete den Mund, um ihn zu fragen, doch er war schneller.

„Lust auf Eis? Das war es nämlich, was ich in deiner Gefriertruhe untergebracht habe. Oder soll ich dich jetzt lieber allein lassen, damit du zu Bett gehen kannst?"

Sie wollte nicht, dass er ging. Noch nicht. „Eis", entschied sie.

Er spazierte in die Küche und kam mit einem Schüsselchen ihrer Lieblingseissorte zurück ins Wohnzimmer. „Rocky Road, richtig? Eiscreme mit Schokoladenstückchen, Nüssen und Marshmallows. Oh Mann, meine Geschmacksknospen haben gebettelt, als du mir von deiner Lieblingseisdiele in Newport geschrieben hast."

„Hast du das wirklich bei Icy Delights geholt?" Jetzt war sie hellwach und streckte eine Hand nach der kleinen Schüssel aus.

„Du solltest deine Spülmaschine anstellen. Es gab nur noch eine saubere Schale im Schrank. Wir werden also zusammen daraus essen müssen." Er häufte Eiscreme auf den Löffel und hielt ihn ihr an die Lippen.

Willig öffnete sie den Mund und leckte den Löffel danach gründlich ab, um auch wirklich den letzten Krümel zu ergattern. „Mmh ..." Hingerissen schloss sie die Augen.

Ein seltsames Knurren stieg aus Gages Kehle. Skye sah ihn an und wunderte sich, wieso die Eiscreme nicht sofort zu einer zuckrigen Brühe schmolz, als sie die Hitze in seinem Blick erkannte. Sie übertrug sich auf sie, ließ die Temperatur ihres Blutes ansteigen, das durch ihre Adern rauschte und eine Schneise der Verwüstung durch ihre Nervenbahnen zog.

Er ist so stattlich, dachte sie. Lange Beine, breite Schultern, große Füße und Hände. Unter der gebräunten Haut seiner Arme konnte sie die Bewegungen seiner Muskeln und Sehnen sehen. An seinem linken Handgelenk saß eine Taucheruhr. Dieses ausgeklügelte Stück Technologie betonte nur noch seine ursprüngliche Männlichkeit.

Der Atem stockte ihr.

Die allumfassende Panik vor Männern kehrte mit Wucht zurück. Eigentlich sollte sie sich doch längst an diese Angstattacken gewöhnt haben. Nur ... bei Gage war es irgendwie anders. In seiner Gegenwart ließ die Angst ihre Haut brennen und sich spannen, so als wäre sie mit einem Mal zu eng für sie geworden. Dieses seltsame Prickeln, die plötzliche Atemnot, die unerklärliche Ruhelosigkeit ... das waren völlig andere Alarmsignale als sonst.

Während ihr Puls sich beschleunigte, schien sich in ihrem Unterleib alles zusammenzuziehen. Reaktionen ihres Körpers, die keineswegs Angstsignale waren. Nur war es schon so lange her, dass sie sie nicht direkt als das erkannt hatte, was sie in Wirklichkeit waren.

Verlangen.

4. KAPITEL

Skye stand an der offenen Fahrertür ihres Wagens und warf ihre Handtasche auf den Beifahrersitz, als sie hinter sich das Knirschen von Schritten auf dem Muschelschalenweg hörte. Sie wappnete sich, bevor sie den Kopf hob. Es gab keinen Grund, aus der Haut zu fahren, nur weil sich jemand näherte.

„Ah, da bist du."

Als sie Gages Stimme erkannte, sprang ihr das Herz in die Kehle und sackte dann im Sturzflug in ihren Magen, auf den sie eine Hand presste. Sie setzte ein freundlich-unverbindliches Lächeln auf und drehte sich halb zu ihm um, entschlossen, Würde zu wahren. „Hallo."

„Ich dachte, ich könnte dich vielleicht zum Lunch einladen."

Er kam weiter auf sie zugeschlendert, bis er fast Nase an Nase vor ihr stand. Heute trug er ausgewaschene Jeans und ein Poloshirt, das eine Maßanfertigung nur für ihn sein musste, es hatte das gleiche Blau wie seine Augen.

„Als kleines Dankeschön für das gestrige Dinner."

Ihr Herz zuckte so ruckartig wie eine schlecht geführte Marionette. „Das ist wirklich nicht nötig." Dieses Dinner war etwas, das sie verzweifelt zu vergessen versuchte, denn sobald Gage die Schüssel Eiscreme leer gegessen hatte, hatte sie ihn nach Hause geschickt. Ihr hatte der eine Löffel gereicht.

Den Kopf leicht schief gelegt betrachtete er ihr Gesicht. Sie fühlte, dass ihre Wangen brannten. *Mist.*

„Ist dir nicht zu heiß in dem Aufzug?"

Skye fingerte am Saum ihres überweiten Tops, das ihr bis zu den Schenkeln reichte. „Nein, für mich ist es perfekt." Weil sie vom Hals bis zu den Zehen bedeckt war mit dem weiten Pulli und der großzügig geschnittenen Kakihose.

Einen Moment sagte Gage nichts, dann zuckte er mit den Schultern. „Also ... was ist nun mit dem Lunch?" Als ahnte er, dass sie ablehnen wollte, zauberte er ein schmeichlerisches Lächeln auf seine Lippen. „Komm schon, sei nett und tu einem armen Mann den Gefallen."

Er bildete sich offensichtlich ein, unwiderstehlich zu sein. Skye schluckte, sie war fest entschlossen, ein entschiedenes Nein hervorzubringen, teils aus Prinzipientreue, teils aus purer Selbsterhaltung. Wenn sie Zeit in seiner Gesellschaft verbrachte, musste sie nur noch stärker unter der unerwünschten Reaktion ihres Körpers leiden. Genau in dem Moment, als sie die Lippen öffnete, um Gage ihre ablehnende Antwort zu geben, frischte der Wind auf und wehte ihr eine Strähne des eigenen Haars in den Mund.

Bevor sie sie herausziehen konnte, lagen Gages Finger bereits an ihrer brennenden Wange, und er steckte ihr die Strähne hinters Ohr. Sein Daumenballen berührte ihr Ohrläppchen, in das sofort heiß das Blut schoss, als er leicht über die zarte Haut strich.

Sie fühlte diese Berührung wie einen Flächenbrand, der sich über ihren Hals zog. Das erotische Feuer lähmte sie, sie kam sich bei dieser Liebkosung hilflos vor und schwach unter dem hypnotisierenden Blick aus den blauen Augen.

„Sag einfach Ja", forderte er sie auf.

Wie das Opfer eines Hypnotiseurs nickte sie, doch dann fing sie sich hastig. „Warte, Moment. Ich ..."

„Du trägst keine Ohrringe", stellte er fest und berührte mit der Spitze seines Zeigefingers ihr Ohrläppchen.

Jede Frau wäre unter dieser leichten Berührung erschauert, und jede Frau hätte dieser abrupte Themenwechsel irritiert. Sie blinzelte. „In letzter Zeit nicht, nein ..."

„So zart", murmelte er.

Noch immer spielte er mit ihrem Ohr, seine Fingerknöchel strichen über die empfindsame Haut dahinter.

„Und ohne jeden Schmuck. So unschuldig und ... nackt."

Oh Gott. Nackt. Das Wort in Kombination mit seiner Hand, die sacht ihren Hals berührte, ließ sie schwindeln. Skye atmete tief durch, sog damit jedoch seinen Duft ein, dieselbe exotische, lockende Note nach Mann wie am Abend zuvor. Das ließ sie an ein seltenes kupferrotes Gewürz denken, gesondert aufbewahrt hinter dem Vorhang des letzten Standes auf einem fremdländischen Basar.

Am liebsten hätte sie ihr Gesicht an seinem Hals geborgen.

„Ich hab Hunger", sagte Gage, und noch immer lag seine Hand an ihrem Ohr.

Nackt. Hunger. Sie schien dahinzuschmelzen. Die Hitze war überall, brennend heiß. „Ich auch", hörte sie sich sagen.

„Dann also zum Lunch." Er ließ die Hand sinken. „Hast du was dagegen, wenn du fährst?" Er hatte bereits die Beifahrertür geöffnet, schob ihre Handtasche beiseite und glitt auf den Sitz.

„Nein, ich ..." Endlich fiel ihr auf, was er tat. „Was machst du da?"

„Ich bin hungrig und du ebenso. Wir brauchen etwas zu essen." Die Tür klickte ins Schloss.

Überrumpelt setzte sie sich hinters Steuer. „Ich wollte gerade zum Einkaufszentrum fahren." Es stimmte, und es war der letzte Versuch, der ihr einfiel, um ihn loszuwerden. Männer hassten es, einkaufen zu gehen.

„Klingt perfekt." Gage stellte den Sitz zurück, damit er seine langen Beine unterbringen konnte. „Ich brauche ein Geburtstagsgeschenk für meine Mom. Und vielleicht finde ich ja etwas Nettes für das verlobte Paar."

Er wandte ihr das Gesicht zu, weil sie noch immer nichts sagte und ihn nur anstarrte.

„Was ist? Macht so ein Einkaufstrip nicht mehr Spaß, wenn man mit einem Freund loszieht?"

Was sollte sie darauf antworten? Natürlich waren sie Freunde, seit Monaten schrieben sie sich regelmäßig, und er würde sicher kein Verständnis dafür aufbringen, wenn sie jetzt eine Szene inszenierte und ihn nicht mitfahren ließ.

Und außerdem, sie wünschte sich doch, dass sie Freunde waren.

Nicht mehr ... aber auch nicht weniger. Sie hatte den Briefwechsel mit ihm immer sehr geschätzt.

Daher protestierte sie nicht weiter, sondern fuhr die gute halbe Stunde an der Küste entlang bis zur nächsten größeren Stadt, wo es eine Ladenstraße mit den verschiedensten Geschäften gab.

Für Autos war die Fußgängerzone gesperrt, dennoch mussten sie Radfahrern, Skatern und jungen Müttern mit riesigen Kinderwagen ausweichen. Gage war sehr schweigsam, während sie durch die Passagen schlenderten, er besah sich die unzähligen Cafés und Restaurants und die Läden, in denen angeboten wurde, was ein Südkalifornier, daran gewöhnt, alles und noch mehr zu haben, sich wünschen konnte.

„Was ist? Stehst du etwa unter Kulturschock?", fragte sie ihn.

Er riss den Blick von den Auslagen eines Geschäftes los, das nichts anderes führte als Baseballkappen, und schaute sie leicht verwundert an. „Ich vergesse immer wieder, wie viel ... Zeug es hier zu kaufen gibt."

„Höre ich da so etwas wie Kritik heraus?" Abschätzend legte sie den Kopf schief. „Dieses ganze *Zeug* stört dich?"

„Ich muss zugeben, ich besitze nicht viel. Ich bin ja die meiste Zeit unterwegs. Ich bin wie ein Einsiedlerkrebs ... alles, was ich brauche, trage ich auf dem Rücken bei mir."

„Und es gibt nichts, das wie ein Klotz an dir hängt?"

„Nein." Er zuckte die Achseln. „Es stimmt, ich lebe genügsam und daher leicht. Ich ..."

Seine Worte erstarben, da die langen Beine einer Frau auf hohen Plateausohlen und in knappen Shorts seinen Blick anzogen. Er verfolgte das Schwingen ihrer Hüften, bis sie in einer Dessous-Boutique verschwand.

„Nun, der Überfluss der westlichen Welt hat definitiv auch seine angenehmen Seiten." Er grinste vor sich hin. „Wenn man sich all die reizvollen Kleinigkeiten anschaut ..."

An den Schaufensterpuppen des Ladens wurden knappe BHs und noch knappere Slips ausgestellt.

„Ein Widerspruch in sich", brummte Skye. „Der westliche Überfluss scheint einen chronischen Mangel an Stoff zu bewirken, mit dem man Oberweiten und Hinterteile vernünftig bedecken könnte."

Er lachte. „Sollen wir in den Laden gehen?"

„Nein!" Vor Verlegenheit begann ihre Haut zu brennen. „Ich gehe doch nicht mit dir da rein!"

„Komm, ich spendiere dir etwas …"

„Nein", wiederholte sie entschlossen und betrat eiligst einen Laden, der sich auf Körperpflege und Badeartikel spezialisiert hatte. Statt mit knapp bekleideten Schaufensterpuppen und Postern von Top-Models in Dessous war das Innere dieses Geschäfts mit Wandmalereien dekoriert, die wogende Blumenfelder und üppig grüne Weinberge zeigten. Verschiedene Serien von Naturkosmetik und Pflegeprodukten waren in den Regalen nach ihrem Duft arrangiert. Skye ging tiefer in den Verkaufsraum hinein bis in die hinterste Ecke.

„Warte."

Gage, der ihr gefolgt war, wurde von einer Produktserie weiter vorn im Laden angezogen. Dort standen Fläschchen und Tiegel in einem blassen Grünblau. Gleich daneben lagen handgemachte Seifenstücke in derselben Farbe. Die Seife roch nach frischem Wasser und Blumenblättern.

„Das hier", sagte er und zeigte mit ausgestrecktem Arm auf die Produkte, „das bist du."

Skye zuckte mit einer Schulter. Einerseits war sie verlegen, andererseits freute sie sich, dass er es erkannt hatte. „Du hast recht. Das ist die Melusine-Serie. Die benutze ich."

Er nahm ein Seifenstück auf und schnupperte daran. „Es gefällt mir. Und es passt zu dir. Frisch und gleichzeitig lieblich."

Ein weiterer Schub Freude wärmte sie, auch wenn das Prickeln ihrer Nerven sie warnte. Sie fragte sich, ob sie sich jetzt besser eine andere Pflegeserie aussuchen sollte. Es behagte ihr nicht, dass ihr persönlicher Duft so leicht zu erkennen war. Früher war das anders gewesen, aber heute fühlte sie sich unwohl, wenn sie Aufmerksamkeit auf sich zog, ganz gleich, ob mit der äußeren Erscheinung oder einer Duftnote. Während sie Gage beobachtete, schloss er die Augen und sog tief den Duft der Seife ein, man sah ihm an, wie viel Spaß er dabei hatte.

Ihre Nerven begannen wieder zu flattern. Vielleicht fällt diese Art Detail ja nur Gage auf, dachte sie, was keineswegs half, ihre Unruhe zu vertreiben.

Sie trat von ihm zurück und räusperte sich. „Du musst nicht unbedingt ständig mit mir zusammenbleiben. Ich meine, sieh dich ruhig in anderen Geschäften um, die interessanter für dich sind. Ich finde dich schon. Ich will hier nur das Hochzeitsgeschenk für Jane zusammenstellen."

Sollte sie geglaubt haben, bei der Erwähnung einer Hochzeit würde der Mann die Beine in die Hand nehmen, so hatte sie sich getäuscht. Er blickte ihr interessiert über die Schulter, als sie eine Pflegeserie aus Orangenblüten, die Schachteln in weißem Tüll verpackt, genau musterte. Sich seiner Nähe extrem bewusst, wählte sie mehrere Produkte aus und legte sie in den Geschenkkorb, für den sie sich vorher schon entschieden hatte.

„Kann ich Ihnen helfen?"

Gleichzeitig wandten Skye und Gage sich zur Verkäuferin um. Platinblondes langes Haar umrahmte schnurgerade und schimmernd ihr Gesicht, ihr Blick aus leuchtend blauen Augen ruhte ausschließlich auf Gage, dessen Mund sich zu einem breiten Lächeln verzog.

„Ich weiß nicht."

Auch er hielt den Blick auf die junge Frau gerichtet, die drei verschiedenfarbige Tanktops übereinander und einen Rock trug, der kaum größer war als eine Briefmarke.

„Was meinst du, Skye? Brauchen wir Hilfe?"

Apropos Düfte ... Sie konnte den Sex-Appeal riechen, den er für die hübsche Blondine aussandte. „Danke, ich komme schon zurecht", sagte sie und drehte sich weg, um dem Mann Raum und Privatsphäre für seinen kleinen Flirt mit der Verkäuferin zu geben, die er dann auch weidlich nutzte. Er flirtete mit tiefer warmer Stimme, dass sich die Balken bogen, und bat die Frau um Rat zu einem Geburtstagsgeschenk für seine Mutter.

Skye hörte nur mit halbem Ohr zu, aber als die junge Frau die Melusine-Serie empfahl, entging ihr nicht, dass Gage sofort ablehnte. Dann schritten die beiden die Regale mit den verschiedenen Pflegeserien ab, und Skye verdrehte die Augen, als die junge Verkäuferin darauf bestand, sich die Düfte aus den Testern auf die eigene Haut zu sprühen – Handgelenk, Handrücken, Ellenbeuge –, um sie dann Gage unter die Nase zu halten, damit er schnuppern konnte.

Auch als sie mit ihrer Auswahl an die Kasse ging und dort alles als Geschenk verpacken ließ, roch Gage noch immer an der Blondine. Er warf ihr über die Schulter einen Blick zu; als er sah, dass sie beim Ausgang wartete, runzelte er die Stirn.

„Du bist schon fertig? Entschuldige."

„Lass dir ruhig Zeit", sagte sie und nickte leicht mit dem Kopf.

Er trat jedoch sofort von der blonden Verkäuferin weg, ließ sie stehen mit hocherhobenem Arm, den sie ihm gerade mit dem nächsten Duft ans Gesicht hatte halten wollen.

„Ich nehme das Frangipani-Set." Er fischte in seiner Hosentasche nach dem Portemonnaie. „Sie sagten, Sie verschicken es auch?"

Es dauerte ein paar Minuten, bis alles geregelt war, dann ließ er die eindeutig enttäuschte Blondine zurück, um sich zu ihr zu gesellen. Skye wollte die Tür aufdrücken, doch er war schneller, versetzte der Tür mit seiner großen Hand einen Stoß, sodass sie aufschwang.

„Warum hast du dich nicht eher gemeldet?"

„Ich wollte dir genug Zeit lassen, damit du dich mit ihr verabreden kannst."

Aus zusammengekniffenen Augen warf er ihr einen Blick zu. „Skye …"

„Hey, die Gage-Völlerei verlangt doch sicher bald nach …"

„Lass das Thema einfach fallen, ja?", unterbrach er sie. „Zwischen uns ist das tabu."

„Muss es aber nicht sein", widersprach sie. „Ich habe durchaus Verständnis für …"

„Tabu", wiederholte er entschieden.

Dennoch konnte Skye nicht umhin, all die gut aussehenden Frauen zu bemerken, die Gage während des gemeinsamen Einkaufbummels unmissverständliche Blicke zuwarfen. Ihnen gefiel ganz offensichtlich sein gepflegtes Aussehen und sein lässiger Gang. Eine kleine Gruppe von Pilates-Jüngerinnen in Lululemon-Trikots, die jede einen Coffee-to-go-Becher in der Hand hielten, musterte ihn genauestens. Büroangestellte in engen Kostümröcken und Sneakers drosselten automatisch ihr Tempo beim Power-Walking, als sie an ihm vorbeigingen. Eine sexy junge Frau, die Werbezettel für ein neues Restaurant verteilte, kritzelte schnell noch ihre Telefonnummer auf das Flugblatt, bevor sie es Gage reichte. Strahlend lächelnd forderte sie ihn mit der unmissverständlichen Geste von Daumen und kleinem Finger auf, sich bei ihr zu melden, während er geistesabwesend das Blatt in seiner Hosentasche verstaute.

„Du lässt dir da eine Menge Chancen entgegen", sagte Skye schnippisch. „Auf meine Anwesenheit brauchst du keine Rücksicht zu nehmen."

Er warf ihr einen düsteren Blick zu. „Legst du es darauf an, mich zu verärgern?"

Möglich. Dabei war sie sehr viel mehr über sich selbst verärgert. Eifersucht stach schmerzhaft zu, wenn sie sich vorstellte, wie er sich mit einer anderen Frau vergnügte. „Ich weiß wirklich nicht, weshalb du so schlechte Laune hast", murmelte sie leicht vorwurfsvoll, versuchte so, die eigene schlechte Laune zu kaschieren.

„Ich brauche dringend etwas zu essen." Er blieb stehen, den Blick auf ein Bistro auf der anderen Straßenseite geheftet. „Und das Schicksal ist gnädig und hat ein Einsehen", sagte er fast ehrfurchtsvoll. „Fisch-Tacos."

Innerhalb weniger Minuten saßen sie an einem kleinen Tisch, beide ein Glas Eistee und einen Teller mit Tacos vor sich. Der panierte weiße in warme Maistortillas eingewickelte Fisch in Kombination mit Salat, geriebenem Cheddar, Remoulade und einem Spritzer Zitrone roch gut und schmeckte noch besser.

Gage nahm einen Taco auf. „Die junge Gans ist ein guter Schwimmer", sagte er.

Es klang wie ein Tischgebet. Dann verschlang er den Taco mit drei Bissen. Lächelnd beobachtete Skye ihn dabei. „Besser?"

„Fast."

Die zweite Runde war genauso schnell vorüber wie Runde eins. Skye, die gerade ihren ersten Taco zum Mund führte, machte große Augen. „Ich glaube, bisher hatte ich keine Vorstellung über das Ausmaß deines Appetits."

Er sah auf. „Hast du das denn nicht schon gestern Abend bemerkt?"

Sie wurde plötzlich sehr still, da sie sich an den Ausdruck in seinem Blick erinnerte und daran, wie er sie mit Eiscreme gefüttert hatte. Aber sie war sicher, dass das Knistern zwischen ihnen nur ihrer Einbildung entsprungen war, wenn sie nicht sogar von sich selbst auf ihn geschlossen hatte. Trotzdem … ihre Hand begann zu zittern, der Taco fiel ihr aus den bebenden Fingern, und die Füllung verteilte sich über den Teller. Sie war dankbar für die Ablenkung, senkte den Kopf und beschäftigte sich angelegentlich damit, alle Zutaten zurück in die Tortilla zu stopfen.

„Vielleicht sollten wir darüber reden", sagte Gage leise.

Die Verlegenheit brannte sich von ihrem Nacken um ihren Hals herum bis in ihre Wangen. Wollte er andeuten …? Ahnte er etwa …?

Ihr Verstand weigerte sich, diese unangenehmen Gedanken zu Ende zu denken. Als er am vergangenen Abend gegangen war, hatte sie gehofft, ihm wäre nicht aufgefallen, welche Wirkung er auf sie ausübte.

Die gleiche Wirkung, die er auch jetzt auf sie hatte.

„Skye?"

Sie wollte ihn nicht ansehen, dennoch zwang sie sich dazu und gab sich gespielt ahnungslos. „Über was sollten wir denn reden? Es gibt doch nichts zu besprechen."

Zu ihrer Erleichterung ließ er das Thema fallen. Sie wollte sich nicht durch ein Gespräch quälen müssen, in dem er ihr klarmachte, wie unangebracht und zwecklos ihr Interesse an ihm war. Mit ihrer unförmigen weiten Kleidung und ohne jede Spur von Make-up auf dem Gesicht war sie ungeeignet für „Gages Völlerei". Das brauchte nicht offen ausgesprochen zu werden, diese peinliche Situation konnten sie sich beide ersparen.

Nach dem Lunch kehrten sie nach Crescent Cove zurück. Skye fuhr auf die Auffahrt hinter ihrem Strandhaus und stellte den Motor ab. Die Rückfahrt war schweigend verlaufen, und sie hatte sich unbehaglich gefühlt. Wieso Gage kein Wort mehr gesagt hatte, blieb ihr ein Rätsel. Vielleicht war er einfach nur müde. Oder gelangweilt. Oder er dachte bereits an die Frau, deren Telefonnummer er in seiner Hosentasche verstaut hatte.

„Wir müssen über die Anziehung reden", sagte er urplötzlich.

Verschreckt ruckte ihr Kopf zu ihm herum. „Wie?"

„Glaub nicht, ich hätte es nicht bemerkt."

Er nagelte sie förmlich auf dem Sitz fest mit seinem Blick aus türkisblauen Augen.

Mist. Sie hatte sich eingebildet, ihn täuschen zu können, doch mehr war es nicht gewesen – Einbildung. Ein erfahrener Mann wie Gage wusste natürlich sofort, wenn eine Frau ... sich zu ihm hingezogen fühlte.

„Das stand schon gestern Abend im Raum, genauso groß wie das Leben selbst, und ich möchte es eigentlich lieber schnell aus dem Weg räumen, Skye. Es ist nicht ..."

„Du brauchst nichts mehr zu sagen!" Offensichtlich war es ein Gefühl, das er nicht erwiderte. Und wer könnte es ihm verübeln? Sie wusste doch, wie sie aussah – fade und uninteressant in ihrer unförmigen Tarnkleidung. So wollte sie es haben. Sie musste so sein. Trotzdem ... die ganze Sache kratzte an ihrem Stolz.

Gage räusperte sich. „Ich will damit nur sagen, dass ich ..."

„... dass du aus der Übung bist. Oder vielleicht hat auch nur die Aufmerksamkeit, die du wegen deiner Rückkehr erfährst, dir den Kopf verdreht."

„Was?"

Sie hüllte sich in Stolz und Selbstrespekt wie in einen Umhang. „Nicht jede Frau auf der Welt sinkt dir automatisch zu Füßen, weißt du?"

„Skye ..."

„Dein Ego ist wirklich aufgeblasen, Gage. Ich wäre niemals so dumm und ... und würde dich wollen. Es ist kategorisch undenkbar, dass eine Frau, die aussieht wie ich", sie zeigte an ihrem weiten Sweatshirt und ihrer zerknitterten Hose hinab, „sich vorstellen könnte, mit einem Mann wie *dir* zusammen zu sein."

Nach diesen entwürdigenden letzten Worten beeilte sie sich, so schnell wie möglich aus dem Wagen herauszukommen.

Gage gab sich Mühe, ein fröhliches Gesicht zu machen, während er sich an seine zukünftige Schwägerin wandte. Normalerweise war es sein Zwillingsbruder, dem eine tiefe Falte auf der Stirn stand, war Griffin doch immer der Ernstere, eher Düstere von ihnen beiden gewesen – bis er seine Jane gefunden hatte.

„Und? Wie kommen die Hochzeitsvorbereitungen voran?", erkundigte er sich höflich und griff nach seinem Bier.

Griffin, der ihm am Tisch im Captain Crow's gegenübersaß, lachte. „Oh Mann, genau. Du bist ja sooo an den Details interessiert."

Das Paar war vor einer Stunde in Strandhaus Nr. 9 angekommen, um Maß zu nehmen für … irgendetwas. Zugegeben, er hatte abgeschaltet, als es zu sehr in die Details gegangen war. Wieder teilgenommen an der Unterhaltung hatte er erst, als vorgeschlagen wurde, zur Happy Hour in die Bar am Strand zu gehen. Er war mit anderen Gedanken beschäftigt.

Jane beugte sich zu ihm herüber und drückte seine Finger. „Achte nicht auf ihn. Die Vorbereitungen laufen genau nach Plan. Aber erzähl uns doch lieber, was du heute unternommen hast."

Er zuckte die Achseln. „War einkaufen, zusammen mit Skye."

„So?" Jane runzelte die Stirn. „Du verbringst also Zeit mit ihr?"

„Ab und zu." Obwohl die heutige Exkursion die letzte gewesen sein könnte. Die verdammte Frau ließ ihn und sein Ego sich wie Idioten fühlen, weil er versucht hatte, über diese gegenseitige Anziehung zu sprechen, die zwischen ihnen schwelte. Sollte er sich hinsichtlich der Funken, die ständig aufzusprühen schienen, sobald sie zusammen waren, geirrt haben? Nein, das glaubte er nicht. Und wenn dem tatsächlich so wäre, dann war es keineswegs falsch, dass sie darüber redeten.

Skye war sein Leitstern und sein Talisman. Er wollte das nicht gefährden, indem er bei ihrer warmherzigen Freundschaft Sex mit ins Spiel brachte.

Nur, rief er sich in Erinnerung und merkte, wie die Falte sich wieder in seine Stirn grub, gar so warmherzig war die Freundschaft von Skyes Seite her wohl nicht. So viel, wie er angenommen hatte, schien sie sich nicht aus ihm zu machen. Er legte den Kopf zurück und nahm einen Schluck aus seiner Bierflasche. Sein Blick landete zufällig auf einem wirklich hübschen Ding, das allein an einem Tisch in der Nähe saß. Ihre Blicke trafen sich, und ein kleines Lächeln spielte um die Lippen der Frau.

Ihm gefiel ihr hellbraunes Haar, das sie gekonnt locker aufgesteckt hatte. Ihm gefiel auch ihr T-Shirt mit dem V-Ausschnitt, der gerade tief genug war, um ein Stückchen Dekolleté freizugeben.

Und ihm gefiel es, dass er ihr gefiel – ganz im Gegenteil zu der stacheligen Frau, die praktisch aus ihrem Wagen hinausgestürzt war, nachdem sie ihn hatte wissen lassen, dass er ihrer Meinung nach ein arroganter Irgendwas war.

Wie war das noch? Weshalb genau war sie sein Leitstern?

Was er wesentlich dringender brauchte, war ein Sexstern. Okay, ganz so ätherisch musste es nicht sein, er wollte einfach nur jemanden, der die scharfen Kanten seiner niederen Bedürfnisse abschliff. Er prostete der hübschen Lady mit seinem Bier zu und grinste, als sie halb verlegen, halb kokett die Wimpern niederschlug.

Von Griffin kam ein Schnauben. „Oh Mann, nimm dir ein Zimmer, Bruderherz."

„Hab schon eins." Langsam lenkte Gage den Blick zurück zu seinem Zwilling. „Muss mir nur noch die Frau dazuholen."

„Hab wenigstens so viel Anstand und warte, bis Jane und ich abgefahren sind, okay?"

Seine zukünftige Schwägerin runzelte die Stirn. „Ich dachte, du und Skye, ihr … äh … verbringt Zeit miteinander."

„Das war vorher." Jetzt wollte er dieses aufreibende, ärgerliche, beleidigende Frauenzimmer nur noch vergessen. *Dein Ego ist wirklich aufgeblasen, Gage.*

Die Falte auf Janes Stirn wurde tiefer. „Aber Skye ..."

„Hör zu, könnten wir bitte nicht von ihr reden?" Wenn er eine Chance auf Sex haben wollte, musste er so tun, als würde sie gar nicht existieren. Die Erinnerung an ihr Ohrläppchen, an ihren frischen Blumenduft, an die Art, wie sie die Nase krauste, wenn sie diesen unmöglichen Ausdruck – Gages Völlerei – benutzte, fing langsam an, eine erstickende Wirkung auf seine völlig normalen Bedürfnisse auszuüben. Bedürfnisse, für die er sich nun wirklich nicht zu schämen brauchte. „Hiermit erkläre ich diesen Tisch und den ganzen Abend zur Skye-freien Zone."

Griffin und Jane tauschten einen Blick, den er nicht einmal zu interpretieren versuchen würde. Stattdessen gab er der Bedienung ein Zeichen, dass er noch ein Bier wollte ... und dass sie „was immer die Lady trinkt" am Tisch nebenan servieren sollte.

Als sein Zwilling und Jane ihre Gläser geleert hatten und sich verabschiedeten, wurde er damit belohnt, dass die hübsche Fremde aufstand und seinen Tisch ansteuerte.

Genau. Er pfiff auf den Tag. Der Abend würde sehr viel besser für ihn verlaufen ...

Stunden später starrte Gage mit zusammengekniffenen Augen auf seine Armbanduhr und versuchte, die Zeiger zu erkennen. Die Biester wollten einfach nicht stillhalten. Er hob den Arm und hielt das Handgelenk dem Mann auf der anderen Seite des Tresens vor die Nase. „Heißt das, es ist jetzt Wackelzeit?"

Sogar er selbst runzelte die Stirn. Das hatte sich ja komplett idiotisch angehört. Wie viele Drinks hatte er schon intus? Um seinen Kopf zu klären, atmete er tief ein, und ein zarter Duft, den er nicht vergessen konnte, stieg ihm in die Nase. „Verdammtes Frauenzimmer", brummte er. „Nicht einmal meine Luft zum Atmen kann sie in Ruhe lassen."

„Was war das?" Der Barkeeper beugte sich näher. „Ich hab's nicht verstanden, Kumpel."

„Das ist es, was wir angeblich sein sollen", beichtete er dem Barmann. „Ich und Skye. Freunde."

Jemand setzte sich auf den Barhocker neben ihm. Den Kopf noch immer über seine Armbanduhr gebeugt, fragte er den Neuankömmling: „Gehören Sie auch zur holden Weiblichkeit? Denn da haben schon zwei ... nein, drei hübsche Frauen vor Ihnen gesessen."

„Ist es das, worauf du wartest?", sagte sie leise.

„Offensichtlich nicht", brummelte er als Antwort, „schließlich habe ich die drei – oder waren es doch vier? – wieder weggeschickt."

„So viele", murmelte die Person an seiner Seite.

„Heute war Ladies Night", bot der Barmann erklärend an. „Und er hat ständig sein Portemonnaie gezückt."

„Und was habe ich für mein Geld bekommen? Nichts!", fügte Gage düster an. Mit glasigem Blick starrte er auf den Fernsehschirm über der Bar. Wieso hatte David Letterman so schütteres Haar? „Ich werde wohl auch alt."

„Oder vielleicht einfach nur etwas anspruchsvoller."

Bei dem moralinsauren Ton riss Gage den Kopf abrupt hoch. Seine so schon üble Laune steigerte sich, und er wurde noch grimmiger, als er Skye auf dem Hocker neben sich erkannte. Sie trug wieder eins von ihren ausgeleierten Sweatshirts, die als Zirkuszelt hätten herhalten können, und weite Jeans. „Was, zum Teufel, tust du denn hier? Ich hatte dich zur Tabuzone erklärt."

„Das Memo ist wohl nicht bei mir angekommen."

„Schieb die Schuld auf mich, Kumpel", mischte sich der Barmann ein. „Ich weiß, dass du hier in der Bucht wohnst, und ich war mir keineswegs sicher, ob du noch mit dem Wagen bis zu deiner Hütte fahren kannst."

„Ich bin zu Fuß hergekommen", brummte Gage.

„Schön, aber ich war mir auch nicht sicher, ob du laufen kannst."

„Natürlich kann ich ..." Er brach ab. Wenn er ehrlich war, musste er sich eingestehen, dass er seine Füße nicht einmal mehr spürte.

„Gib uns bitte zwei Tassen Kaffee, Tom", bestellte Skye jetzt. „Schwarz oder mit Zucker?"

Als die dampfenden Kaffeebecher vor sie hingestellt wurden, nahm sie ihren auf und sah zu ihm. „Ich bin also Tabuzone."

„Richtig. In mehr als nur einer Hinsicht", murmelte er und trank einen kräftigen Schluck von dem heißen Gebräu. Obwohl sie wie das Paradies roch ... sein Interesse an ihr war anders gelagert als das, das er für andere Frauen hatte.

„Und was bedeutet das?"

Er nahm noch einen Schluck. „Hör zu, ich wollte nicht, dass du mitbekommst, wenn ich ... wenn ich ..."

„Wenn du völlst?"

Aus zusammengekniffenen Augen sah er sie an. „Hatten wir das mit diesem Ausdruck nicht bereits abgehandelt?"

„'tschuldigung."

„Genau das hat mir nämlich wahrscheinlich den Abend verdorben. ‚Was immer die Lady trinkt' war mir schon so gut wie sicher. Sonnentop behauptete, sie könne mir die Zukunft aus dem Schaum auf meinem Bierglas lesen, und Tiffany ..."

„Zumindest bei einer hast du dir die Mühe gemacht, ihren Namen herauszufinden."

Er runzelte die Stirn und starrte sie an. „Das war in den Herzchenanhänger eingraviert, der ihr um den Hals hing."

„Was für ein Typ!" Skye verdrehte die Augen. „Das ist der Juwelier, woher sie die Kette hat, nicht ihr Name."

„Wie ich schon sagte ...", fuhr Gage ungerührt fort. „Jedes Mal, wenn ich gerade vorschlagen wollte, wir könnten doch nach Nr. 9 gehen, um ... um uns in Ruhe zu unterhalten, hörte ich deine verdammte tadelnde spitze Stimme in meinem Kopf."

„Ich dachte, das wären die Margaritas gewesen", warf der Barkeeper ein, als er die Kaffeebecher nachfüllte. „Zumindest hast du denen vorhin noch die Schuld gegeben."

„Auch dafür trägt allein Skye die Verantwortung", folgerte Gage mit der Logik des Alkoholisierten. „So etwas kann sich nur eine Frau einfallen lassen ... keine Ahnung, wie man eine perfekte Margarita aus Tequila nur mit einem Schuss Triple Sec und einem Spritzer Limonensaft so verderben kann. Margaritas mit Fruchtgeschmack sind definitiv eine weibliche Erfindung."

„Mango-Margaritas waren heute das Special", erklärte Tom. Er stellte ein Glas vor Skye hin und goss ihr den Rest Cocktail aus dem Mixer ein. „Ich finde es gar nicht so übel."

Gage starrte entsetzt auf das orangefarbene Gemisch, als hätte er eine züngelnde Schlange vor sich. Selbst an seinem Platz konnte er das süßliche Aroma riechen. So, wie der Geruch von Kürbis ihn immer an Thanksgiving denken ließ oder Pfefferminz ihn automatisch an Weihnachten erinnerte, atmete er jetzt den süßen Mangoduft ein und wurde sofort in eine andere Zeit und an einen anderen Ort zurückkatapultiert. Er schloss die Augen, meinte den Dreck an seinen Handflächen zu fühlen, hörte den eigenen harten, unregelmäßigen Pulsschlag in seinen Ohren. Die Kehle wurde ihm eng, verweigerte sich dem Befehl zu schlucken, und sein Magen zog sich zusammen, weil er das ekelige Bild vor sich sah, wie sämige Flüssigkeit zäh in das Verdauungsorgan tropfte.

„Gage? Gage!"

Er riss die Lider auf, für einen Moment lag sein Blick völlig leer auf Skye. „Tausendmal habe ich mir da unten dein Gesicht vorstellen wollen", sagte er abwesend, „aber ich konnte deine Züge nie wirklich zu fassen bekommen."

„Was?" Ihre Brauen zogen sich besorgt zusammen. „Da unten? Wo? Gage, was ist los mit dir?"

Er schüttelte den Kopf, wie um einen bösen Traum abzuwehren. „Nichts." Das Glas mit dem Mangofruchtfleisch stand noch immer auf dem Tresen, schien ihn zu verspotten. Er glitt vom Hocker und richtete sich auf. „Wird Zeit, dass ich hier rauskomme."

Gleich beim ersten Schritt strauchelte er.

„Gage."

Skye streckte eine Hand aus, um ihn zu stützen. Er schob sie unsanft weg und steuerte den Ausgang an. „Das schaffe ich schon allein."

Sie kam ihm nach. „Ich komme mit bis zu Nr. 9."

„Vergiss es."

„Dann begleite du mich bis zu mir nach Hause", schlug sie vor.

Er wurde langsamer. *Verdammt.* „Du bist gelaufen?"

Da sie stumm nickte, stählte er sich in Gedanken dafür, noch mehr Zeit in ihrer Gesellschaft verbringen zu müssen. Bis sie zum Restaurant hinaus waren und im Sand standen, war es der Kombination von starkem Kaffee und kühler klarer Nachtluft gelungen, sein Hirn ein wenig zu klären. Gage atmete tief durch und legte den Kopf in den Nacken. Dort oben funkelten Abermillionen Sterne am schwarzen Himmel. Ihm wurde etwas schwindlig.

„Alles in Ordnung mit dir?"

„Mir ginge es besser, wenn ich jetzt mit einer anderen Frau zusammen wäre", erwiderte er düster und setzte sich den Strand entlang in Bewegung. Leise schnaubend nahm sie sein Tempo auf. Mondlicht fiel auf ihr Gesicht und ließ es silbern schimmern.

„Wenn du wirklich mit dem Herzen dabei gewesen wärst, glaube ich nicht, dass irgendetwas von dem, was ich gesagt habe, dich hätte aufhalten können. Auch keine Mango-Margaritas."

Er wollte nicht an diese ganze Mango-Sache denken. „Mein Herz war nie dabei, das ist nämlich nicht der Körperteil, der nach Aufmerksamkeit schreit. Du verstehst, was ich damit meine, oder, Skye?"

Sie warf die Arme in die Luft. „Dann verschaff dir selbst Erleichterung. Ist doch kein großes Ding."

Ungläubig starrte er sie an.

Flüchtig erwiderte sie seinen Blick, wandte die Augen aber hastig ab.

„Was denn? Ich bin sicher, das mit den behaarten Handflächen ist reine Erfindung."

Er lachte lauthals heraus. „Trotzdem, Süße … Es ist nicht dasselbe."

Sie zuckte ruckartig mit einer Schulter.

„Die ganze Sache wird sowieso überbewertet", murmelte sie kaum vernehmlich.

Gage hatte sie dennoch gehört. Hatte sie etwa das gemeint, als sie von „Problemen physischer Natur" zwischen ihr und Dagwood gesprochen hatte?

„Nicht alle Männer sind Egoisten im Bett." Er konnte sich vorstellen, dass so etwas schwierig war. „Ich achte immer darauf, dass meine Partnerin genauso viel Spaß hat wie ich."

„Glaube ich dir unbesehen", sagte sie desinteressiert.

Sie waren bei ihrer Hütte angekommen. Skye zog den Schlüssel aus der Hosentasche, steckte ihn ins Schloss. Ein Klicken war zu hören, als sie ihn drehte und die Tür ein Stückchen aufschob. Sie wandte sich zu ihm um.

„Bist du sicher, dass du meine Hilfe nicht brauchst, um nach Hause zu kommen? Es ist ja nicht mehr weit, und du scheinst auch wieder ... äh ... klarer zu sein, aber ..."

Er sah, dass ihre Lippen sich bewegten, aber nach ihrer beleidigenden Äußerung, sie glaube ihm unbesehen, hatte er kein Wort von dem, was sie sagte, mitbekommen. Ihr wenig überzeugter Tonfall bürstete ihn gegen den Strich, kratzte an seinem männlichen Stolz und schlängelte sich unter seine Haut, genau wie ihr paradiesischer Duft, ihre langen Wimpern, ihre weichen Ohrläppchen und ihr ungeschminkter Mund. Es war ihre Schuld, dass er heute allein zu Bett ging, und jetzt sprach sie ihm auch noch seine Fähigkeiten als Liebhaber ab?

Angriffslustig trat er einen Schritt vor, zwang sie so, sich an die Tür zurückzuziehen, um dem Körperkontakt mit ihm auszuweichen. Sie standen so nah voreinander, dass er den Sog an seinem Hals spürte, als sie scharf nach Luft schnappte. „Ich schwöre, bei dir würde ich mein Bestes geben, Baby. Bei meiner Ehre ... ich würde dich mindestens zweimal zum Höhepunkt bringen, bevor ich dich nehme."

Sie drehte so abrupt den Kopf weg, dass sie gegen das Holz schlug. Mit aufgerissenen Augen starrte sie ihm ins Gesicht. Das schwache silberne Mondlicht zeigte ihm ihre brennenden Wangen.

Bei meiner Ehre ... ich würde dich mindestens zweimal zum Höhepunkt bringen, bevor ich dich nehme. Großer Gott! Was brachte ihn dazu, so etwas laut auszusprechen? Es gab fiebriges Verlangen, und dann gab es noch „klotzig", „tölpelhaft", „grob", „bäurisch" und ...

... und, oh Gott, er sah es genau vor sich. So oft hatte er ihr Bild in seiner Fantasie heraufbeschworen, dass sie jetzt mühelos in sein Bett schlüpfte und er ihre Haut an seinen Handflächen fühlte, seine Zunge bereits über ihre Rundungen gleiten ließ ...

„Das wird niemals passieren", wisperte sie, ihre Augen so groß wie das Monster, für das sie ihn nun wahrscheinlich hielt.

„Natürlich nicht." Er trat von ihr zurück. Sein Bett, seine Fantasie, sein Sexleben ... sie alle waren Skye-freie Zonen und würden es auch immer bleiben. Die anderen Arten, auf die er sie brauchte, waren viel zu wichtig.

5. KAPITEL

*P*olly saß auf dem kleinen Zweisitzer in ihrem Wohnzimmer und bearbeitete braune Papiertüten mit einer Schere, als Teague White den Kopf zur offenen Haustür hereinsteckte. Sie sah, wie er mit einem schnellen Blick den Stapel Tüten, die überall auf dem Boden verstreuten Schnipsel sowie die Schablonen und Bleistifte registrierte, die vor ihr auf dem Kaffeetisch lagen.

„Und, was geht ab?", fragte er zur Begrüßung.

Meine Pulsrate, dachte sie, aber da sie inzwischen genügend Übung darin hatte, ihre körperliche Reaktion auf ihn unter Kontrolle zu halten, schickte sie ein lockeres Lächeln etwa in Höhe seiner Schultern – sie musste es nur vermeiden, das faszinierende Gesicht gleich darüber anzusehen. Diese schönen maskulinen Züge, eingerahmt von kurzem Haar, das fast genauso dunkel war wie seine Augen, hatten die Macht, ihre Welt aus den Angeln zu heben. Sie musste sich räuspern, um seine Frage beantworten zu können. „Ich bastle gerade Hüte für den australischen Busch."

„Hm", kam es von ihm, „ob braune Papiertüten den harschen Bedingungen dort standhalten?"

Sie versteifte sich unwillkürlich, als er näher kam, bereitete sich auf das übliche Begrüßungsküsschen auf die Wange vor. Er hatte sich nicht rasiert, und seine Bartstoppeln kratzten leicht über ihre Haut. Wie tausend kleine Nadeln fuhren die Stiche ihr direkt ins Herz, als wäre es ein Nadelkissen. Die Knie eng zusammengepresst zwang sie sich, den Blick von Teague fernzuhalten, während er den Stapel ausgeschnittenes Papier vom Sitz neben ihr aufhob und den Platz für sich beanspruchte.

„Polly?"

Verzweifelt bemüht zu ignorieren, wie nahe er ihr war, konnte sie dennoch seine Körperwärme über die wenigen Zentimeter Abstand hinweg spüren. Es verwirrte sie derart, dass sie seine Frage gar nicht gehört hatte. „Äh …'tschuldigung?"

„Ich habe noch mal nach den Papierhüten gefragt, Süße."

„Oh." Ein helles Lachen stieg aus ihrer Kehle. Und nein, es klang nicht nervös. Nach all der Zeit wäre es albern, in Teagues Nähe nervös zu sein. Über die Jahre, die ihre Freundschaft schon andauerte, hatte sie sich doch längst an ihn gewöhnt. „Die sind für meine Klasse, wie du dir vermutlich gedacht hast."

„Es erstaunt mich immer wieder, was ihr Lehrerinnen mit Papier und Schere erschaffen könnt. Ganz zu schweigen von Wolle. Ich kann mich noch an die fingergewebten Gürtel und Armbänder erinnern, die du im letzten Jahr mit den Kids gebastelt hast."

Sie spürte, wie die Grübchen in ihren Wangen sich vertieften, als sie lächelte. Es freute sie, dass er sich daran erinnerte. „Ja, ein paar von denen sind richtig gut geworden."

Er schlug seine langen Beine übereinander. „Allerdings muss ich sagen, du versetzt meiner Hochsommerlaune einen gehörigen Dämpfer, wenn du schon so früh Vorbereitungen für den September triffst."

„Ich enttäusche dich ja nur ungern, aber ... der Hochsommer ist vorbei. In drei Wochen sitze ich wieder im Klassenzimmer."

„Dann sollten wir die Zeit, die uns noch bleibt, besser voll ausnutzen."

Polly hatte bereits an der nächsten Tüte zu schneiden begonnen und hielt nun die Hand mit der Schere abrupt inne. Nein, es würde sobald kein „wir" geben. Sollte es auf jeden Fall nicht. Deshalb bestand auch keine Chance dafür.

Diese Entscheidung hatte sie nach dem Kaffee mit Skye getroffen. Die Worte ihrer besten Freundin hatten sie wie eine Ohrfeige mitten ins Gesicht erwischt. *Wir beide wissen doch, was bei dir der größte Stolperstein für ein erfülltes Liebesleben ist – Teague.* Wie hatte Skye das erraten können? Schließlich war es Skye, die sie immer „die übertrieben diskrete Polly", nannte. Wenn ihre Gefühle für Teague trotz aller Anstrengung für andere deutlich wurden, steckte sie in Schwierigkeiten.

Teague streckte einen Arm aus und zog leicht an ihrem Pferdeschwanz. „Alles in Ordnung mit dir?"

„Ja, sicher, mir geht es gut. Es geht mir immer gut."

„Dann sehen wir doch zu, dass es dir noch *guter* geht, bevor der August zu Ende ist."

„Guter?"

Er grinste breit. „Hey, ich bin nur ein einfacher dummer Feuerwehrmann."

Sie wandte den Blick von seinen blitzenden weißen Zähnen ab. Er war nicht dumm, sie war es. Weil sie es nie geschafft hatte, ihn aus ihrem Leben auszuschließen. Seit viereinhalb Jahren sehnte sie sich nach ihm. Sehnte sich danach, dass er mehr in ihr sah als nur eine Freundin. Und obwohl ihre Beziehung nie über harmlose Küsschen auf die Wange und ein spielerisch-neckisches Zupfen an ihrem Pferdeschwanz hinausging, gelang es ihr nicht, ihr Herz gegen ihn abzuschotten.

Vielleicht kam das daher, dass sie zusammen geschlafen hatten, gleich am ersten Abend, als sie sich getroffen hatten, im wortwörtlichen Sinne. Sie waren bei Skye zu einer Silvesterparty eingeladen gewesen, hier in der Bucht. Teague und Skye waren seit Kindheitstagen Freunde, sie hatte Skye auf dem College in einem Kurs für asiatische Dichtung kennengelernt, den sie beide belegt hatten. Die Party war bis weit nach Mitternacht gegangen, und jeder hatte sich irgendwo im Strandhaus ein Plätzchen zum Übernachten gesucht, statt das Risiko einzugehen, so spät noch nach Hause zu fahren. Eigentlich ging sie immer früh zu Bett, hatte jedoch lange durchgehalten, doch um drei Uhr morgens hatte sie schließlich kapituliert und erleichtert ein dunkles Schlafzimmer und ein weiches Kissen gefunden.

Als sie am Neujahrsmorgen die Augen öffnete, hatte sie entdecken müssen, dass sie das Bett mit dem attraktivsten Mann teilte, der ihr je untergekommen war. Verwirrt hatte sie in seine aufregenden Augen direkt vor sich gestarrt, dann war sie so erschreckt zurückgewichen, dass sie fast aus dem Bett gefallen wäre. Als der Fremde rau geflüstert hatte: „Hey, nur die Ruhe", da hatte sie, die in der Nähe von Männern grundsätzlich unruhig wurde, sich tatsächlich einfach wieder hingelegt und völlig entspannt noch ein bisschen weitergeschlafen.

Dieser seltsame Gegensatz in ihrer Reaktion auf ihn hatte seither immer existiert. Einerseits jagte er ihren Puls in die Höhe, andererseits dämpfte er gleichzeitig ihr angeborenes Misstrauen. Eine verführerische Kombination. Nach diesem Morgen, an dem sie beide einträchtig das Frühstück für die anderen übermüdeten Partygäste zubereitet hatten, waren sie enge Freunde geworden.

Doch sie wollte mehr, so viel mehr.

Sie würde sich jedoch woanders umsehen müssen, das wusste sie.

„Diesen Monat werde ich Tess wohl sehr oft begegnen", sagte er, und sein Blick wurde leer.

Das war der Grund für ihre Probleme – dieser Ausdruck von Verzweiflung in Teagues Augen. Alles wegen Tess, der Frau, die er liebte.

„Warum versuchst du nicht einfach, ihr aus dem Weg zu gehen?", fragte sie. Dabei wusste sie doch selbst, wie schwierig es war, dem Objekt seiner Begierden fernzubleiben. Von jetzt an würde sie das tun. Bestimmt.

Teague seufzte. „Würde ich ja auch. Glaubst du, ich habe eine masochistische Ader? Bis zu Griffins und Janes Hochzeit finden allerdings eine Menge Feierlichkeiten statt, und von mir wird erwartet, dass ich teilnehme. Schließlich sind wir gut befreundet. Als Schwester des Bräutigams wird sie natürlich jedes Mal anwesend sein."

Verheiratete Schwester des Bräutigams, die seit über fünfzehn Jahren glücklich verheiratete Schwester des Bräutigams und Mutter von vier Kindern. So wie Teague es ihr erzählt hatte, musste es während des Sommers wohl eine holprige Strecke im ehelichen Glück des Paares gegeben haben, weshalb er sich kurz Hoffnungen gemacht hatte. Aber jetzt hatte sich alles wieder eingerenkt.

„Ich werde sie nie bekommen, oder?", fragte er bedrückt.

Polly hielt ihren Blick sorgsam auf die Schere gerichtet. „Nein, du wirst sie nie bekommen", bestätigte sie ihm. Wie sie gehört hatte, war es auch nicht so gewesen, als hätte Tess ihn glauben lassen, dass überhaupt eine Chance bestand. Aber er hatte die schöne Frau am Strand gesehen, hatte sich an die früheren Sommer in Crescent Cove erinnert und war ihr mit dem Tempo eines Steins, der ins Wasser platscht, komplett verfallen. Vermutlich hatte es etwas damit zu tun, dass sie damals in den Werbespots für eine beliebte Kaugummimarke, OM, zu sehen gewesen war. Das Kaugummi hatte mit dem Slogan „OM zähmt den unruhigen Geist" Furore gemacht. Das Poster von Tess in hautengem Trainingszeug und in Yoga-Stellung hatte wohl bei mehr als nur einem Heranwachsenden an der Innenseite seines Kleiderschrankes gehangen.

Teague bückte sich, sammelte die Papierschnipsel vor ihren Füßen vom Boden auf und knüllte sie zu einem Ball zusammen. „Also, was planst du noch, bevor die Schule wieder anfängt?"

Etwas anderes finden als dich, auf das ich mich konzentrieren kann. Einfach würde es sicher nicht werden, sie ging davon aus, dass sie den Kontakt von jetzt auf gleich abbrechen und auf kalten Entzug würde gehen müssen. „Ich bin ziemlich beschäftigt", behauptete sie. „Ich weiß nicht, ob mir überhaupt Zeit bleibt, was mit dir zu unternehmen."

Sie spürte Teagues Stirnrunzeln mehr, als dass sie es sah.

„Immer nur arbeiten."

„Hey, das heißt nicht, dass ich langweilig bin." Doch wie sollte man jemanden sonst nennen, der viereinhalb Jahre vor Sehnsucht nach einem Mann verging, der in einem nur den Kumpel sah?

„Pol ..." Er wartete, bis sie ihn endlich ansah. „Was ist los mit dir?"

„Nichts, mir geht es gut." Das war ihre Standardantwort, die automatisch kam. „Mir geht es immer gut."

Seine Brauen zogen sich über der großen geraden Nase zusammen. „Du bist zugeknöpfter als Fort Knox. Was verbirgst du hinter dieser Cheerleader-Maske?"

Jetzt war sie es, die die Brauen zusammenzog. „Du weißt, ich mag es nicht, wenn du mir das dauernd vorwirfst. Ja, ich war im

Team. Ich habe aber auch Leichtathletik gemacht und war Sekretärin des Schachklubs."

„Dann sag mir ... welche Züge stehen dem Läufer offen?"
Mist. Erwischt.
Er lachte sie breit an. „Diesen Mythos habe ich doch schon in unserem Skiurlaub vor zwei Jahren enttarnt, weißt du nicht mehr? Da wolltest du mir auch unbedingt beweisen, dass du mehr bist als nur Pompons und Spagatsprünge."

„Wundert mich, dass du überhaupt weißt, was ein Spagatsprung ist", murmelte sie vor sich hin.

„Süße, ich habe Football gespielt. Jeder im Team kannte alle Schritte und Figuren der Cheerleader, glaub mir. Ist dir das nie aufgefallen?"

„Ich habe es immer vermieden, mit Footballspielern auszugehen."

Er warf den Papierball aus Schnipseln von einer Hand in die andere. „Jetzt wird's interessant. Du bist total verschlossen, sobald es um solche Details geht. Also, wenn du nicht mit Footballspielern ausgegangen bist ... mit wem dann?"

„Mit niemandem von meiner Highschool." Mit niemandem von *keiner* Highschool. Schon damals hatte Polly Weber ihre Geheimnisse gehabt. Nach außen das Musterbeispiel des fröhlichen, selbstbewussten amerikanischen Teenagers, hatte es in ihrem Innern ganz anders ausgesehen. Dort hauste dieses verletzliche junge Mädchen, das an verhängnisvollen Orten nach Bestätigung suchte, die es so dringend gebraucht hätte.

Aber auch, wenn die Polly Weber von heute einen Mann liebte, der ihre Gefühle nicht erwiderte, hieß das nicht, dass sie noch immer das unsichere und selbstzerstörerische Kind von einst war.

„... ich könnte dich wirklich brauchen", drang Teagues Stimme an ihr Ohr. „Und für dich könnte es auch von Vorteil sein."

Polly legte die Schere auf ihrem Schoß ab. „Wovon redest du da?"

„Ich rede davon, dass Hochzeiten und das ganze Drumherum die Leute generell in romantische Stimmung versetzen. Das erweckt den Wunsch, sich mit jemandem zu einem Paar zusammenzutun. Du könntest da vielleicht den einen oder anderen Kandidaten finden."

„Kandidaten?"

Teague schüttelte den Kopf. „Du hast mir überhaupt nicht zugehört. Ich habe alle Gründe dafür aufgeführt, weshalb du mitmachen solltest."

Während sie in Erinnerungen versunken gewesen war, hatte sie offenbar den Großteil der Konversation verpasst. Sie konnte sich nicht entsinnen, dass er sie um etwas gebeten hätte. „Warum fängst du nicht noch mal von vorn an?"

„Du fürchtest dich doch nicht etwa vor Verabredungen, oder?"

„Unsinn!" Sie plusterte sich empört auf. „Ich fürchte mich vor nichts."

„Komm schon." Teague schnaubte. „Du hast Höhenangst. Und was ist mit Axt-Mörder-Filmen? Außerdem wären da noch die Clowns."

„Jeder hat Probleme mit Clowns."

„Stimmt. Aber das ist nicht der Punkt. Wie lange nimmst du dir inzwischen eine Auszeit von Männern?"

„In meinem Leben gibt es viele Männer."

„Und sie alle sind zwischen vier und sechs Jahre alt, Polly. Die zählen nicht."

„Du bist ja auch noch da", sprudelte es aus ihr heraus.

„Ich zähle ebenfalls nicht." Er wackelte mit den Augenbrauen. „Ich meine Männer, die mit dir …" Seine Stimme erstarb, ein sonderbarer Ausdruck erschien auf seinem Gesicht.

„Männer, die was wollen?"

„Die Dinge mit dir tun wollen, bei denen ich mich, wenn ich mir das vorstelle, ungemütlich fühle", beendete er den Satz, wobei er weiterhin die Stirn runzelte.

„Oh." Seltsam, nun vermied Teague es, sie anzusehen. „Ich hätte nichts gegen einen solchen Mann." Sie sagte sich, dass es genau das war, was sie brauchte, einen neuen Mann kennenlernen. Ein anderer Fokus als Teague.

Der zerquetschte den Papierball in seiner Hand. „Das passt ja dann perfekt für uns beide, wenn du als meine Begleitung mitkommst."

„Was?", fuhr sie entsetzt auf.

„Hast du heute Watte in den Ohren? Das habe ich doch schon alles erklärt. In nächster Zeit finden alle möglichen Hochzeitsveranstaltungen statt. Ich brauche eine Begleitung."

„Frag eine Andere."

„Eine Andere bildet sich vielleicht ein, ich hätte Interesse an ihr. Du dagegen weißt genau, ich hänge noch immer an …"

„Tess."

„Genau. Und sie wird bei allen Feiern dabei sein. Ich brauche dich an meiner Seite, damit du mir hilfst, nicht wie ein Trottel dazustehen."

Der Trottel hier war sie, ihr fester Vorsatz wankte bereits. *Ich brauche dich an meiner Seite.*

„Du lernst neue Leute kennen, und mit etwas Glück ist sogar der Richtige für dich darunter."

Zusammen mit Teague auf Vorhochzeitspartys gehen? Wie sollte ihr das dabei helfen, im September vor ihre Vorschulklasse zu treten, ohne den falschen Mann in ihrem Herzen zu tragen?

„Bitte, Pol …", sagte er, hielt inne und musterte plötzlich durchdringend ihr Gesicht. Er hob eine Hand, um ihr mit dem Daumen die Falten von der Stirn zu streichen. „Nein, vergiss es einfach."

Er ließ die Hand wieder sinken, doch Polly packte spontan nach seinem Handgelenk, ohne nachzudenken. Es war ein kräftiges, ein starkes Handgelenk, die Länge ihrer Finger reichte nicht, um es zu umfassen. „Teague …"

„Ich bin schuld an diesem tiefen Stirnrunzeln. Ich würde niemals etwas von dir verlangen, das dich unglücklich macht."

Seine Haut war warm an ihrer Handfläche. Sie sollte ihn loslassen, doch es war ein so gutes Gefühl, diesen einen Moment mit ihm zu haben. Ihr Puls schlug hart bis in ihren Hals hinauf, ihr war leicht schwindlig, weil sie kaum noch atmen konnte. Jäh wurde ihr klar, dass sie es vielleicht schaffte, Teague aus ihrem Leben auszuschließen, nicht aber aus ihrem Herzen.

Dafür würde eine bewusste Anstrengung nötig sein.

Wenn sie den nächsten Monat als seine Begleitung fungierte, würde ihr das die Möglichkeit bieten, zu beobachten, welche Fortschritte sie erzielte. Sie würde eine Art Zeugnisheft in ihrem Kopf anlegen, so eins wie das kleine Buch, in dem sie Noten und Anmerkungen zu ihren Kindern eintrug. Der Tag, an dem sie gelernt hatten, die Schnürsenkel ohne Hilfe zu binden, wann sie die einzelnen Buchstaben des Alphabets selbstständig erkannten und benennen konnten.

Sie könnte daran arbeiten, nicht mehr zusammenzuzucken, wenn sie seine Stimme hörte. Oder sich nicht mehr danach zu sehnen, seinen frischen Zitronenduft einzuatmen.

Und vielleicht würde sie endlich eine Nacht ohne erotische Träume verbringen können, ohne sich vorzustellen, wie sein stoppeliges Kinn durch das Tal zwischen ihren Brüsten strich.

Der Ort in der Bucht, an dem sich Skye am sichersten fühlte, war nicht etwa das Strandhaus, in dem sie geboren worden war und noch immer lebte, sondern das kleine schlichte Verwaltungsbüro, das nur aus einem Raum bestand, zu dem ein winziges WC gehörte.

In den letzten Monaten hatte sie viel Zeit in diesem Büro verbracht. Eingeschlossen von vier soliden Wänden, nur mit dem Geräusch der Brandung draußen. Manchmal brachte sie ihr Dinner mit hierher, wie an diesem Abend. So saß sie an ihrem Schreibtisch, aß ihr Sandwich und trank ihre Limonade.

Langsam wurde es dunkel, daher schaltete sie die Schreibtischlampe ein, erhob sich, ging durch den Raum und knipste zusätzlich die kleine Leselampe an, die auf einem Seitentischchen neben dem Ledersessel stand, der immer der Lieblingsplatz ihres Vaters gewesen war. Schließlich schaltete sie auch noch die Deckenlampe im WC ein und ließ die Tür einen Spalt offen stehen.

Die Vorhänge an den beiden Fenstern waren bereits vorgezogen. Da auf ihnen ein dickes Futter als Schutz gegen das Sonnenlicht an der Innenseite aufgenäht war, würde wohl kein Licht von innen nach außen dringen. Von draußen musste man annehmen, dass sich niemand in dem kleinen Gebäude aufhielt.

Es gab nichts zu sehen.

Uninteressant.

Niemand da, den man belästigen konnte. Den man ängstigen konnte.

Skye wandte sich um und betrachtete die verschiedenen Dinge, berührte sie flüchtig, als wären sie Glücksbringer. Da war das alte Filmposter, „Der Ägypter", der letzte Film, den ihre Urgroßeltern Max Sunstrum und Edith Essex in den Sunrise Studios produziert hatten. Sie die Hauptdarstellerin und er der Regisseur und Produzent einer Vielzahl erfolgreicher Kinofilme, die in den Zwanzigerjahren in der Bucht gedreht worden waren. Bis zum vergangenen Monat war es ein Geheimnis gewesen, weshalb Max die Studios schließlich aufgegeben und geschlossen hatte. Es war Addy zu verdanken, dass das Rätsel gelöst war.

Die Filmstudentin war bei ihren Archivierungsarbeiten auf einen Brief von Edith an ihren Mann gestoßen, der alles erklärte. Der Hollywoodintrigen und des Klatsches müde, hatte Edith ihn darum gebeten, dass sie sich zusammen aus dem Business zurückzogen. Doch ein Gerücht hielt sich beharrlich bis heute. Angeblich hatte ein Schauspielerkollege Edith ein wertvolles Collier geschenkt, und es wurde behauptet, dass es hier irgendwo in der Bucht versteckt sein sollte. Nur war es seit über fünfundachtzig Jahren verschollen, niemand hatte es seither zu Gesicht bekommen.

Gegenüber dem Kinoposter hing eines der Gemälde ihrer Mutter, eine im naturalistischen Stil festgehaltene Momentaufnahme der Bucht, ein häufiges Motiv der vielen Künstler, die sich früher hier zusammengefunden hatten. Immer wieder bewunderte Skye, wie perfekt ihre Mutter den Sand, die Brandung und einige der Strandhäuser in den Farben des Sommers eingefangen hatte. Weiter hinten am Strand auf der Leinwand bauten zwei Kinder eine Sandburg, ein kräftiger Junge und ein Mädchen mit langen braunen Zöpfen. Fast brauchte man eine Lupe, um die kleine Szene zu erkennen, aber sie wusste auch so, wer die beiden waren: Gage und sie.

Sie wandte sich von dem Werk ihrer Mutter ab und ging zum Bücherregal, auf dem ein großer Glasbehälter stand, in dem sie ihre Sanddollarsammlung aufbewahrte. „Ich wäre ein reicher Mann, wenn ich einen Penny für jeden Sanddollar bekäme, den ihr beiden Mädchen mit nach Hause bringt", hatte ihr Vater früher häufig gesagt. Sie und ihre Schwester waren nie müde geworden, die flachen Seeigel zu sammeln. Damals waren sie der festen Überzeugung gewesen, dass es sich dabei um das Geld der Meerleute handelte.

In der Bucht aufzuwachsen, hatte die Fantasie beflügelt, sie hatten eine wunderschöne, eine perfekte Kindheit gehabt. Die Sommer brachten immer reichlich Aufregung mit sich, wenn die ersten Familien in die Strandhütten einzogen und die Urlauber kamen und gingen. Dann waren da auch noch die Ausflügler gewesen, die einen Tag lang Sonne und Meer erleben wollten und sich am Strand tummelten. Sobald die Saison vorbei war, hatten die Hütten oft leer gestanden, doch in ihren Köpfen, in ihrem und dem ihrer Schwester, hatten die Abenteuer weiter stattgefunden. Ihre Fantasie hatte nie aufgehört, sich aufregende Dinge auszudenken, ganz gleich, wie ruhig es in der Bucht geworden war.

Vermutlich lag es an der überaktiven Fantasie in ihrer Familie, dass sie die Unruhe in ihrem Innern, die mit dem Ende des Sommers kam, umso intensiver empfand. Ihre Vorfahren hatten Filme gedreht, sie und ihre Schwester hatten Tausende von Geschichten erfunden, und sie ahnte schon jetzt, dass sie in diesem Winter hinter jeder Ecke den schwarzen Mann sehen würde.

Wollte sie nicht den Verstand verlieren, würde sie von hier weggehen müssen. Die anderen Alexanders, die die Bucht liebten, aber nicht mehr hier lebten, würden ihr sagen, dass es an der

Zeit war, den Besitz zum Verkauf auf den Markt zu bringen. Selbst falls sie ihn noch ein paar Jahre länger behalten wollten, würde es das für sie nicht einfacher machen, weil sie dann meilenweit weg wäre.

Wenn sie nicht hier leben konnte, wäre es auch kein Zuhause mehr für sie.

Seufzend kehrte Skye zu ihrem Stuhl hinter dem Schreibtisch zurück. Gleich würde sie in ihre Hütte hinübergehen. Sie würde alle Schlösser verriegeln und die Ketten vorlegen, und sie würde Kuhglocken an die Türgriffe hängen. Die würden sie warnen, falls jemand ins Haus eindringen sollte. Dann würde sie für eine weitere rastlose Nacht zu Bett gehen. Aber bis dahin ...

Sie zog die untere rechte Schublade auf. Hinter dem Aktenstapel hatte sie eine alte Holzkiste versteckt, die die Wellen eines Tages an den Strand gespült hatten, als sie noch ein Mädchen gewesen war. Diese Kiste musste aus einem ganz besonderen Holz sein, denn das Bad im Salzwasser hatte ihr nichts anhaben können, das Holz war nicht aufgeplatzt und hatte sich nicht verzogen. Früher hatte sie darin ihre Kleinmädchen-Schätze aufbewahrt: ein Babydoll von der Größe eines Daumens, einen winzigen Schildkrötenpanzer, das kleine Büchlein mit lustigen Reimen, das Rex Monroe ihr geschenkt hatte. Inzwischen war ein Stapel Briefe hinzugekommen.

Als sie gerade nach der Kiste greifen wollte, meldete ihr Handy den Eingang einer SMS. Skye zuckte zusammen, verfluchte sich in Gedanken für ihre Schreckhaftigkeit und griff nach dem Gerät. Die Nummer auf dem Display war ihr unbekannt, als sie die Nachricht antippte, erschien ein Foto auf dem Bildschirm: eine offene Aspirinschachtel, eine leere Dose Gingerale, die auf der Seite lag, und ein offensichtlich nasses Handtuch, das wie eine Kompresse zusammengelegt war.

Das konnte nur von einer Person stammen – von dem Mann, den sie nicht mehr gesehen hatte, seit er sie am Abend zuvor nach Hause eskortiert hatte.

Autsch, textete sie zurück.

Von Gage kam: *Redest du noch mit mir?*
Ihre Daumen flogen über die Tasten. *Du tust mir leid.*
Kein Mitleid verdient, nehme trotzdem an. Entschuldigung.
Sie lächelte, als sie die stichwortartige Nachricht las. Nach dem explosiven letzten Austausch gestern hatte sie sich gefragt – besorgt gefragt –, wie sich ihr erstes Aufeinandertreffen danach gestalten würde. *Entschuldigung unnötig*, tippte sie. *War nicht sicher, ob du dich überhaupt erinnerst.*

Wenn sie ehrlich war, sie hatte gehofft, dass er es vergessen hätte, denn dann würde sie ihre Reaktion auf seine Worte nicht erklären müssen. Natürlich hatte er sich nur einen Scherz mit ihr erlaubt, einen äußerst derben Scherz, dennoch hatte er damit einen wunden Punkt getroffen. *Bei meiner Ehre ... ich würde dich mindestens zweimal zum Höhepunkt bringen, bevor ich dich nehme.*

Ihr war bewusst, dass sie ihn erschüttert bis ins Mark mit weit aufgerissenen Augen angestarrt hatte.

Gage schickte die nächste Nachricht: *Du hast ausgesehen, als hätte ich dir angedroht, Ratten auf dich zu hetzen, damit sie dir bei lebendigem Leib die Eingeweide aus dem Körper nagen.*

Skye verzog angeekelt das Gesicht und tippte: *Idee aus „Game of Thrones"?*

Und ob, Baby.

Gestern Abend hatte er sie auch so genannt. Baby ... in diesem rauen, männlich überlegenen Ton. *Ich schwöre, bei dir würde ich mein Bestes geben, Baby.* Ein Schauer lief ihr über den Rücken. Die Erinnerung daran machte sie benommen, reglos starrte sie auf den kleinen Bildschirm. Gage war in angriffslustiger Stimmung und frustriert gewesen, und eigentlich hatte das alles gar nicht ihr gegolten. Ein Teil von ihr, irgendwo tief unter schlottriger Kleidung, angespannten Nerven und Albträumen versteckt, hatte dennoch auf ihn reagiert, auf einem rein weiblichen, rein körperlichen Level. *Vielleicht sollte ich sogar froh darüber sein*, dachte sie.

Die Tränen, die in ihren Augen brannten, fühlten sich aber nicht nach Glück an, sondern vielmehr nach Trauer. Was immer sich da tief in ihr regte, es lagen zu viel Eis und Angst zwischen ihr und egal welchem Mann.

Nie wieder würde sie einem Mann körperlich nahe kommen können.

Ihr Handy meldete sich wieder.

Skye?
Ja, hier.
Alles okay?
Klar! Das Ausrufezeichen bekräftigte es noch, radierte hoffentlich jedwede Unsicherheit oder Ungereimtheit aus, die er vielleicht aufgeschnappt haben könnte. Er sollte denken, dass mit ihr alles völlig in Ordnung war. Wie dieses kleine Büro, ihr Zufluchtsort, war auch die Freundschaft mit Gage eins von den Dingen, die sie sich sicher fühlen ließen, fast sogar schon normal.

Der Schaden, den sie davongetragen hatte, musste unentdeckt bleiben.

Sehen wir uns morgen? textete sie.
Sicher. Bis dann.

Danach blieb ihr Telefon ruhig, und sie ließ sich seufzend in den Stuhl zurückfallen. Sollten dies ihre letzten Wochen in der Bucht werden, dann wollte sie das Beste daraus machen und die gemeinsame Zeit mit ihrem Brieffreund, der bald schon wieder abreisen würde, auskosten.

Sie würde ihre Schwäche kaschieren, ihre unangebrachten Reaktionen und alles Sonstige, das womöglich zu viel bloßlegen würde.

Sie stieß einen Seufzer aus und lehnte den Kopf an die gepolsterte Lehne zurück. Noch immer hielt sie das Handy in der Hand, es fühlte sich warm an ihrer Haut an, und unwillkürlich umklammerten ihre Finger das kleine Gerät ein wenig fester. Es schien ihr wie eine reale Verbindung zwischen ihr und Gage. Vielleicht war es gefährlich, sich so sehr an ein Stück von ihm zu klammern, egal, wie klein es war. Sie wusste doch, dass er nicht bleiben würde. Und selbst wenn ... so oder so hatte sie nicht das, was nötig wäre, damit sich die Sehnsucht nach ihm befriedigen ließe.

Was, wenn er im Sommer vor einem Jahr gekommen wäre, fragte sie sich.

Aber er war nun mal nicht da gewesen, und vermutlich war das ein Segen. Vielleicht war dieser dumpfe Schmerz nützlich, um zu unterstreichen, wie sinnlos es war, Gefühle für einen Mann zu hegen, der sich niemals an einem Ort niederlassen würde. Der sich niemals mit einer einzigen Frau begnügen würde.

Sie musste wohl eingedöst sein, denn sie schreckte plötzlich auf, alle Sinne in Alarmbereitschaft. Das Handy war ihr aus den Fingern geglitten und lag auf dem Schreibtisch. War es das, was sie aufgeweckt hatte?

Ihre flachen Atemzüge hallten laut durch den Raum. Draußen vor dem Büro war das stete Rauschen der Brandung zu hören, Skye lauschte, um deren Warnung zu verstehen. Etwas hatte ihren Instinkt alarmiert, vorsichtig drehte sie den Kopf, um sich umzusehen.

Alles schien normal zu sein, diese vier Wände waren ihr sicherster Hafen.

Das sind nur deine überspannten Nerven, sagte sie sich. Reiß dich zusammen. Atme tief und regelmäßig, das wird die Angst vertreiben. Du benimmst dich wie eine dumme Gans.

Noch war es Sommer, sie konnte es sich nicht leisten, die Angst jetzt schon die Oberhand gewinnen zu lassen.

Von draußen drang ein anderes Geräusch bis zu ihr, etwas wie ein Schaben oder Kratzen. Metall auf Holz? Etwa jemand, der sich an der verschlossenen Tür zu schaffen machte?

Jemand versuchte einzubrechen!

Sie konnte die Worte in ihrem Kopf wie ein Kreischen hören. Ihr wurde eiskalt, wie bei Rigor Mortis verkrampften ihre Muskeln sich zu absoluter Starre. Ihr Blick klebte wie festgeschweißt an der Eingangstür. Drinnen war nichts zu bemerken, doch dann hörte sie erneut das Schaben.

Kratz, kratz, kratz.

Skye sprang jäh vom Stuhl auf. Mit eckigen Schritten bewegte sich ihr halb gelähmter Körper wankend wie Frankensteins

Monster auf das WC zu. Sie würde sich dort einschließen, der Gedanke schoss ihr in Panik durch den Kopf. Es gab einen Haken und ein Drehschloss und ...

... und weder das eine noch das andere würde irgendjemanden aufhalten können.

Sie wusste, *ihn* würde es niemals aufhalten.

Vor Angst erstarrte sie mitten im Raum. Panik trocknete ihren Mund aus und schnürte ihr die Kehle zu. An jenem Abend hatte sie nur einen einzigen Schrei herausgebracht, bevor sie seine fleischige, feuchte Hand gespürt hatte, dann hatte er sie mit einem Küchenhandtuch geknebelt. Hinterher war ihr klar geworden, dass sie hätte schreien können, bis ihr die Stimme versagte, und es hätte keinen Unterschied gemacht. Es war keine Saison, niemand war in der Nähe gewesen, der ihre Schreie über dem nie versiegenden Rauschen der Brandung hätte hören können.

Kratz, kratz, kratz.

Sie meinte, das Kratzen an ihren überspannten Nerven zu spüren. Ihre Haut zuckte, sie starrte auf ihre Füße. Bewegt euch, so lauft doch endlich, befahl sie ihnen.

Laufen? Wohin denn, hielt eine dumpfe Stimme in ihrem Kopf dagegen. Diese Stimme hatte sich bereits dem ergeben, wovor sie sich seit Monaten fürchtete. *Er wird dich finden. Er wird dich wieder anfassen. Er hatte geschworen, zu Ende zu bringen, was er angefangen hat.*

Dann dachte sie an den Mann, der sie zuletzt angefasst hatte. Es war nicht dieser widerliche Mistkerl gewesen, sondern Gage. Gage, der mit ihr im Captain Crow's getanzt hatte. Gage, bei dem sie sich wie eine normale Frau gefühlt hatte. Das erste Mal seit langer Zeit.

Gage. Gage!

Sie hätte nicht sagen können, wie sie dorthin gekommen war, aber sie stand plötzlich wieder vor dem Schreibtisch und griff hastig nach dem Handy. Mit fahrigen Fingern drückte sie Knöpfe und Tasten. Das Display leuchtete auf, sie schaffte es, den Rufknopf zu finden. Dann hörte sie seine Stimme aus dem kleinen Lautsprecher dringen.

Die Mischung aus Erleichterung und Angst ließ sie schwindeln. „Ich bin im Büro", flüsterte sie erstickt. „Ich brauche dich."

„Was ist?", fragte er verständnislos. „Skye?"

Sie schluckte, und dann gab sie das preis, wovon sie sich geschworen hatte, es ihn niemals wissen zu lassen. „Ich fühle mich nicht sicher. Hilf mir!"

6. KAPITEL

Gage rannte über den Strand. Sein Handy hatte er hastig in die Hosentasche gesteckt, aber den Notruf hatte er vorerst nicht gewählt, auch wenn er daran gedacht dachte. Nicht nur wusste er nicht genau, um welche Art Notfall es sich handelte, er wäre außerdem sehr viel schneller bei Skye als jeder Streifenwagen.

Um ihn herum gab es nichts als Stille. Bei einigen der Strandhäuser waren die Strahler auf den Dächern eingeschaltet, darauf ausgerichtet, die Brandung und den Ozean zu beleuchten, doch der Strand selbst lag menschenleer im Dunkeln. Am nördlichen Ende, aus der Richtung des Captain Crow's, fiel ein Lichtschein in die Nacht, Skyes Büro lag eine gute Viertelmeile südlich davon und schien ihm dunkel und verlassen zu sein, als er sich näherte.

Ein mulmiges Gefühl breitete sich in seinem Magen aus, er beschleunigte sein Tempo noch, während er gleichzeitig versuchte, ruhig zu bleiben. Im Laufe seiner Karriere hatte er sich in Dutzenden von gefährlichen Situationen befunden, und es war ihm immer gelungen, einen kühlen Kopf zu bewahren. Jetzt jedoch fühlte sein Kopf sich an, als würde er jeden Moment explodieren. Genau wie seine Brust, in der sein Herz wild gegen die Rippen schlug.

„Skye!", rief er laut und jagte die Stufen zur Eingangstür hinauf. Mit den Fingerknöcheln trommelte er an die Tür. „Skye? Ist alles in Ordnung mit mir?"

Nichts, nur Stille. Seine gefasste Haltung bröckelte rasant und er hämmerte mit beiden Fäusten an die Tür. „Skye!"

Noch mehr Stille.

Er riss sein Handy aus der Tasche und wählte hektisch ihre Nummer. War sie verletzt? War sie einfach gegangen?

Unzählige Fragen blitzten durch seine wirren Gedanken, fast hätte er nicht bemerkt, dass die Tür von innen einen Spalt aufgezogen worden war. Ein schmaler Streifen Licht wurde sichtbar, und eine schwache Stimme krächzte: „Gage?"

Er drückte gegen die Tür, schaffte Platz für sich. Skye schnappte erschrocken nach Luft, doch das bemerkte er nicht wirklich. Ihm war nur wichtig, sich endlich ein Bild von der Situation machen zu können. Er blinzelte, als er im hell erleuchteten Raum stand, versuchte, sich zu fassen.

Alles schien in Ordnung zu sein. Er wusste nicht, was er erwartet hatte. Umgeworfene Möbel? Einen bedrohlichen Fremden? Das Büro sah ordentlich aus wie immer, alles befand sich an seinem Platz ...

Oh, Mist.

Alles war normal – bis auf Skye. Sie hatte sich in die hinterste Ecke zurückgezogen und rutschte mit dem Rücken an der Wand entlang auf den Boden. Dort zog sie die Knie an und rollte sich zu einem Ball zusammen, die Arme um die Schienbeine geschlungen, den Kopf auf die Knie gelegt. Ihre hilflose Verzweiflung drückte ihm die Kehle zu.

„Was, zum Teufel, ist hier los?", verlangte er barsch zu wissen und hätte sich sofort treten mögen. Skye zuckte erschrocken hoch, dann krümmte sie sich, als würde sie sich unsichtbar machen wollen.

Gages Blick glitt erneut einmal durch den Raum, und noch immer konnte er nichts Alarmierendes feststellen. Mit ausholenden Schritten ging er auf die WC-Tür zu und riss sie auf. Die winzige Kabine war leer, mehr als die Toilette, ein kleines Waschbecken mit Seifen- und Papierhandtuchspender gab es hier nicht.

Trotzdem meinte er, eiskalte Füße würden ihm den Rücken hinauf- und hinabtrippeln, und Skye hatte sich noch immer nicht gerührt. Erneut zog ihm die Angst den Magen zusammen, dennoch achtete er darauf, seine Miene neutral zu halten, als er vor Skye in die Hocke ging. „Skye?"

Sie zuckte heftig, wie in heller Panik, es erschütterte ihn bis ins Mark.

Ruhig bleiben und einen kühlen Kopf bewahren, ermahnte er sich. Du musst sie beruhigen.

„Skye, Kleines." Dieses Mal rührte sich überhaupt nichts an ihr, und er sah das als Fortschritt an. „War ... war jemand hier?"

Er konnte sehen, wie mühsam es für sie war, sich auf seine Frage zu konzentrieren. Endlich sprach sie, die Worte gepresst, die Stimme belegt und leise: „Ich weiß es nicht."

Seinen rasenden Puls ignorierend betrachtete er forschend, welchen Anblick sie bot. Übergroße, schlotterige Kleidung, die nackten Füße in Turnschuhe ohne Schnürsenkel geschoben. Sie schien nicht verletzt zu sein, dennoch entging ihm nicht, dass sie am ganzen Körper zitterte.

„Warum hast du mich gerufen?", fragte er.

„Ich musste mich in Sicherheit fühlen."

Also gut. „Weshalb hast du dich nicht in Sicherheit gefühlt?"

„Ich dachte, ich hätte gehört, wie sich jemand an der Tür zu schaffen macht, um einzubrechen."

Sie hob den Kopf ein Stückchen und warf ihm einen Blick zu, ihre Pupillen waren so geweitet, dass das Schwarz fast bis an den bernsteinfarbenen Ring reichte.

„Hast du da draußen jemanden gesehen?"

Langsam schüttelte er den Kopf, als wäre sie ein scheues Tier, das bei einer zu heftigen Bewegung sofort fliehen würde. „Nein, aber ich werde besser noch einmal nachsehen." Er wollte sich aufrichten, doch ihre Hand schoss vor und fasste nach seinem Knie. Dann zog sie sie hastig zurück, als hätte sie sich verbrannt.

„Bleib! Lass mich nicht allein! Bitte, lass mich nicht allein!"

„Schon gut, natürlich." Leise blies er die Luft aus der Lunge und versuchte zu entscheiden, wie sein nächster Schritt aussehen sollte. Offensichtlich war sie völlig verängstigt, womöglich stand sie sogar unter Schock. Er wollte nichts falsch machen und eventuell alles noch verschlimmern. Vielleicht wäre es besser, ihre Freundin Polly herzuholen, aber Skye hatte nicht Polly, sondern ihn angerufen.

„Möchtest du eine Tasse Tee?" Er sprach bewusst leise. „Ich begleite dich zu dir nach Hause und …"

„Nein!" Ihre Panik kehrte mit Wucht zurück, dann unternahm sie eine bemühte Anstrengung, um sich zu entspannen. „Gleich. Nur noch ein paar Minuten."

So blieben sie in der Zimmerecke hocken, sie mit dem Rücken an der Wand, er mit seinem Körper wie ein Schutzschild vor ihr. Er nahm ihren Duft nach kühlem Wasser und Blumen wahr und atmete ihn tief ein, versuchte so, seinen wild hämmernden Herzschlag zu beruhigen. Skye war unverletzt, eine direkte Bedrohung gab es nicht, trotzdem waren alle seine Sinne in Alarmbereitschaft, seine Nerven angespannt. Er klaubte seine gesamte neu erlernte Geduld zusammen, um nicht aufzuspringen und im Raum auf und ab zu marschieren.

Erst kürzlich hatte er erkennen müssen, dass manchmal die einzige Macht, die er hatte, im Aussitzen und Warten lag.

Sehr viel später hob Skye endlich den Kopf, aber sie vermied es, ihm ins Gesicht zu sehen.

„Da draußen ist niemand? Bist du sicher?"

„Ich habe niemanden gesehen. Ich werde noch einmal nachsehen, wenn du so weit bist."

„Ich habe ein Kratzen gehört. Bestimmt am Türschloss …"

„Wenn du so weit bist", wiederholte er. „Dann überprüfe ich es." Nichts wollte er mehr, als sie in seine Arme ziehen und sie sicher an sich drücken, doch er rührte sich nicht und blieb genau dort, wo er war. „Soll ich die Polizei verständigen?"

„Nein." Wild schüttelte sie den Kopf. „Ist schon in Ordnung. Ich … Vermutlich sollte ich jetzt nach Hause gehen." Sie stützte sich an der Wand ab und stand auf.

Gage erhob sich ebenfalls. „Sicher, wenn du es sagst …"

Der Knackpunkt war jedoch das, was sie nicht sagte. Auf ihren leichten Wink hin untersuchte er die Eingangstür genau. Sowohl Schloss als auch Holz waren alt, abgenutzt vom ständigen Gebrauch, die Farbe aufgeplatzt vom Wind und der salzhaltigen Luft. Das rustikale Aussehen passte in die Bucht, doch festzustellen, ob sich jemand kürzlich mit einem Werkzeug daran zu schaffen gemacht hatte, erwies sich als so gut wie unmöglich. Schließlich eskortierte er Skye die Dreiviertelmeile bis zu ihrem Haus über den Strand. Sie war erschreckend still während des gesamten Fußmarsches, und als sie die Haustür aufschloss und ins Haus schlüpfte, sagte sie noch immer keinen Ton.

„Skye?", fragte er verdattert. Das war's?

Sie hielt inne, lächelte ihn matt an. „Tut mir leid, dass ich dich bemüht habe. Danke."

Danke? Sein Temperament schäumte auf. Sie hatte ihn zu Tode erschreckt – erschreckte ihn nach wie vor –, und jetzt erwartete sie, dass er sich einfach ohne ein Wort der Erklärung wieder trollte?

„Für was für einen jämmerlichen Freund hältst du mich eigentlich?", brauste er auf.

Sie krümmte sich.

Ruhig bleiben und immer einen kühlen Kopf bewahren. Er steckte die geballten Fäuste in die Hosentaschen und sog scharf die Luft durch die Nase ein. Dann setzte er noch einmal an. Dieses Mal achtete er bewusst auf einen beherrschten Ton. „Und was für ein Freund bist du, wenn du deinem Helfer aus der Not nicht mal etwas zu trinken anbietest?" Ohne ihr Zeit zu einer Erwiderung zu lassen, schob er sich an ihr vorbei und drückte hinter ihnen beiden die Tür ins Schloss.

Auf dem Weg in die Küche warf er einen Blick über die Schulter zurück zu ihr. „Ich nehme ein Bier, wenn du eins da hast. Oder auch ein Glas von dem Wein, der noch im Kühlschrank steht."

Er hörte ihre Schritte auf dem Holzboden, als sie ihm durch den zentralen Raum des Hauses folgte. Er riss die Kühlschranktür auf und sah sie an.

Seine plötzlich tauben Finger glitten vom Griff. *Oh Gott.* „Skye! Was ist denn, Kleines? Was stimmt nicht?"

Sie stand mitten in der Küchentür und starrte in den gefliesten Raum, als würde sich vor ihr ein Horrorszenario abspielen, das er nicht sehen konnte.

„Hier in diesem Raum hat er mich gefesselt", flüsterte sie tonlos. „Ich dachte, heute Abend wäre er zurückgekommen. Ich dachte, er hätte mich im Büro aufgespürt."

Mit einem Sprung, als wäre er Superman, war er bei ihr. Zumindest musste es so gewesen sein, denn in der einen Sekunde stand er noch fünf Meter von ihr entfernt und in der nächsten war er so nah vor ihr, dass er ihren abgehackten flachen Atem auf seiner Haut spürte. Nur hätte er nicht mit Gewissheit sagen können, ob sie sich seiner Gegenwart überhaupt bewusst war, während sie an ihm vorbei zum Tisch und den Stühlen am anderen Ende der Küche starrte.

„Im einen Augenblick sehe ich in aller Ruhe die Post durch, und im nächsten packt er mich und fesselt mir die Arme auf dem Rücken."

Gage hob die Hände, wollte Skye bei den Schultern fassen … im letzten Moment hielt er sich zurück. *Ruhig bleiben, immer einen kühlen Kopf bewahren.* „Sollen wir woanders hingehen, Liebes? Vielleicht nach Nr. 9? Wir können auch die Bucht verlassen, irgendwo hinfahren …"

„Nein, noch nicht." Jetzt huschte ihr Blick kurz über sein Gesicht. „Noch verlasse ich die Bucht nicht."

„Dann lass uns in den Wohnraum gehen."

„Nein."

Rote Flecke erschienen auf ihren blassen Wangen.

„Nein. Ich bin in dieser Küche aufgewachsen. Ich habe viel mehr schöne Erinnerungen als schlechte."

Er trat beiseite, als sie an ihm vorbeiging. Entschlossenheit lag in ihren Schritten.

„Auf dieser Anrichte habe ich Kürbisse ausgehöhlt. Jeden Abend hat die ganze Familie sich hier zum Essen an den Tisch gesetzt." Sie steckte den Kopf in den Kühlschrank, richtete sich mit zwei Flaschen Bier in der Hand wieder auf und hielt sie hoch. „Ist das okay für dich?"

„Für mich ist gar nichts okay!" Nein, überhaupt nichts war okay. „Herrgott, Skye, was, zum Teufel, hast du mir verschwiegen?"

Er sah, wie ihre Finger sich um die Flaschenhälse verkrampften, sie schaute zu Boden.

„Ich habe es niemandem erzählt – außer der Polizei natürlich. Und ich will nicht …"

„Was genau ist passiert?"

Ihr Blick flog zu ihm auf.

„Ich ... ich wurde Opfer eines Einbruchs. Vor fünf Monaten sind zwei Männer in mein Haus eingedrungen."

Benommen konnte Gage sie nur anstarren.

Skye runzelte die Stirn. „Du wolltest es ja unbedingt wissen", murmelte sie, ging zum Tisch und stellte die beiden Biere ab, sodass es dumpf klackte. Mit einer abrupten Bewegung zog sie einen Stuhl hervor und setzte sich. Ihre Hand zitterte, als sie nach einer der Flaschen griff.

Gage nahm ihr gegenüber Platz und schwieg so lange, bis er es nicht mehr aushielt. „Was, zur Hölle, ist dir passiert?"

„Ich will nicht ..."

„Was. Ist. Dir. Passiert?"

Ihr Blick streifte ihn, dann wandte sie die Augen wieder ab. „Fein, wie du meinst."

Sie hörte sich wütend an.

Wütend war sie ihm wesentlich lieber als so panisch verängstigt. „Spuck's schon aus, Skye."

„Es war spätabends. Noch keine Saison. Wie gesagt, ich war hier in der Küche, sah die Post durch. Und dann packte mich ein Mann von hinten. Es waren zwei Männer, aber nur einer ... nur einer war ... er ..."

„Konntest du sie erkennen?"

„Nein." Sie schüttelte den Kopf. „Ich konnte nur einen kurzen Blick auf sie erhaschen, bevor mir die Augen verbunden wurden. Einer von ihnen trug eine Baseballkappe und ein Tuch vor dem Gesicht, der andere eine Skimütze. Der mit der Skimütze durchsuchte das Haus, riss Schubladen heraus und Schränke auf, suchte wohl nach Wertsachen, die sich verkaufen lassen würden. Der andere ..." Sie brach ab.

Vor fünf Monaten hatten sie regelmäßig korrespondiert. „Warum hast du mir nichts davon erzählt? Du hast mir Dutzende von wichtigen Erlebnissen in deinem Leben beschrieben."

Sie lächelte matt. „Und Hunderte unwichtige."

Es hatte sie einander nahegebracht. Unter einer nackten flackernden Glühbirne hatte er jedes noch so kleine Detail immer und immer wieder gelesen. Er hatte wirklich geglaubt, Skye in-

und auswendig wie sich selbst zu kennen, nachdem er ihre amüsanten Schilderungen gelesen hatte, von ihrer ersten Verabredung mit fünfzehn bis hin zu dem Clinch, in dem sie aktuell mit der Kabelfernsehgesellschaft lag. „Du hast das vor mir geheim gehalten."

„Was hätte ich denn sagen sollen?", fragte sie, hob hilflos eine Hand und spreizte die Finger. „Lieber Gage, Schreckliches ist hier vorgefallen. Ein Mann hat mir die Augen verbunden, mich gewürgt und gefesselt. Dann hat er mit einem Messer meine Kleider zerschlitzt. Er hat mich überall angefasst und mich bedroht. Ich war sicher, er würde mich vergewaltigen. So in etwa?"

Gage schoss so abrupt auf, dass der Stuhl umkippte und klappernd zu Boden fiel. Skye zuckte erschrocken zusammen, und er verfluchte sich, weil er sich nicht an seinen Vorsatz gehalten hatte, ruhig zu bleiben und einen kühlen Kopf zu bewahren. Er bückte sich und stellte den Stuhl wieder auf, setzte sich und strich sich frustriert durchs Haar.

Als er sich wieder unter Kontrolle hatte, sah er Skye direkt in die Augen. „Wie schlimm war es, Kleines? Wurdest du verletzt?", fragte er, so sanft er konnte.

„Vor Angst wäre ich fast verrückt geworden", gestand sie. „Ich glaube, das hat er richtig genossen. Er hat die Messerspitze über meine Haut gezogen und mir ausführlich beschrieben, was als Nächstes kommen würde."

Gage konnte kaum noch atmen. „Und was ist als Nächstes gekommen?"

„Der, der das ganze Haus auf den Kopf gestellt hat, kam in die Küche und zerrte meinen ... meinen Peiniger in den Wohnraum. Demnach, was ich verstanden habe, war er ehrlich entsetzt über das, was sein Partner getan hatte. Sie stritten sich, wenn auch nur leise. Dann sind sie verschwunden. Ich bin mit dem Stuhl Zentimeter für Zentimeter zum Telefon gerückt. Eine Hand konnte ich aus den Fesseln befreien und habe den Notruf gewählt."

Großer Gott. Gage kühlte sich mit der Bierflasche die Stirn, rollte sie hin und her. „Ich nehme an, man hat die Mistkerle nicht gefasst?"

Skye schüttelte den Kopf. „Sie haben weder Fingerabdrücke noch andere Spuren hinterlassen."

Hinterlassen hatten sie nur die Angst, mit der Skye seither lebte. „Und wie bist du danach zurechtgekommen?"

„Ich …" Sie kaute auf ihrer Unterlippe. „Wie schon gesagt, ich habe sehr viel mehr gute Erinnerungen an die Bucht als schlechte. Und schließlich begann gleich darauf die Saison. Es wurde Sommer, die Strandhäuser füllten sich mit Menschen, lachende Leute hatten ihren Spaß am Strand. Es war fast so, als wäre es nie passiert."

Nur war dem nicht so, wurde ihm klar. Nicht, wenn ein unbekanntes Geräusch ausreichte, um die Erinnerungen wieder aufleben zu lassen, die sie völlig aus der Bahn warfen. Sein Mädchen aus der Bahn warfen, den Talisman, der ihm geholfen hatte, nicht den Verstand zu verlieren. Sein Leitstern, der ihn sicher nach Hause geführt hatte.

Er massierte sich die Schläfen. „Und jetzt?"

„Jetzt?"

„Ich kann dich nicht einfach hier alleinlassen."

Ein Ausdruck, den er nicht deuten konnte, huschte über ihr Gesicht.

„Du wirst mich alleinlassen, noch bevor der September kommt. Das ist uns doch beiden klar."

„Ich meinte jetzt, Skye …"

„Mach dir deshalb keine Gedanken. Mit diesen kleinen Panikattacken werde ich fertig. Inzwischen ist es nichts Neues mehr, dass ich mich selbst erschrecke." Sie stand auf. „Komm, ich bringe dich zur Tür."

Ungläubig starrte er sie an. Sie warf ihn ja praktisch hinaus. „Und wenn ich noch gerne mein Bier trinken würde?"

„Du willst dein Bier nicht trinken."

Was er nicht wollte, war das hier. Skye, seine Skye, hatte etwas Grässliches durchleben müssen. *Er hat mich überall angefasst und mich bedroht. Ich war sicher, er würde mich vergewaltigen.* Gage bemerkte ihr stur vorgeschobenes Kinn, dann musterte er sie in ihren viel zu weiten, viel zu männlichen Sachen, die ihre Figur verbargen.

Er hatte zu Griffin gesagt, sie sei keine Frau für ihn, doch blutete sein Herz für sie, denn er verstand jetzt, weshalb sie sogar vor sich selbst vorgab, keine Frau zu sein. „Oh, Kleines", murmelte er. „Ich hasse es, was er dir angetan hat."

„Ich auch."

„Hast du Albträume?" Er kannte die Monster, die in der Dunkelheit hausten.

„Manchmal." Sie zog den Saum ihres Sweatshirts noch weiter nach unten und starrte auf ihre Fußspitzen. „Wahrscheinlich ist dir klar geworden, dass ich ... dass ich mich verkleide."

„Die Erfahrung hat deine Gefühle abgetötet."

Ihr Kopf ruckte hoch, sie sahen sich an.

„Genau. Ich bin kalt und gefühllos, durch und durch. Wenn Leute mich ansehen ... wenn Männer mich ansehen, dann fühle ich immer *seinen* Blick auf mir, wie er mich anstarrt. Ich fühle, wie das Messer über meine Haut schabt. Ich kann seine rauen Hände auf mir spüren, höre die Worte, die er nah an meinem Ohr flüstert, wie er mir beschreibt, was er mit mir tun wird. Und dann wird mir eiskalt. Ich fühle mich schmutzig und besudelt. Dann bin ich nicht mehr Skye. Ich bin etwas ... jemand, den ich nicht im Spiegel ansehen möchte."

In seinem Magen brodelte die Wut auf den Mann, der ihr das zugefügt hatte, wie schwarzer Teer, aber er hielt seine Stimme bedacht ruhig und nüchtern. „Du bist noch immer da, Skye. Nichts von deiner warmen weichen Weiblichkeit ist verloren gegangen, sie hat sich nur für eine Weile zurückgezogen, um sich zu erholen."

„Ja, vielleicht."

Sie schenkte ihm ein ungläubiges schmales Lächeln und drehte sich dann um, um die Küche zu verlassen.

„Ich komme schon wieder in Ordnung. Ich brauche nur etwas Ruhe."

Was blieb ihm anderes übrig, als ihr zur Haustür zu folgen? An der Tür wandte er sich um. Wut und Mitgefühl tobten in ihm, vermischten sich. Zwei Wochen lang hatte er absolute Hilflosigkeit erfahren und jeden einzelnen Moment gehasst, doch er würde es zehnmal durchstehen, würde es helfen, Skyes Qualen und Kummer auszumerzen.

„Wirst du auch bestimmt zurechtkommen?", wollte er wissen.

„Sicher. Für den Sommer schon. Was ich tun werde, wenn wieder Ruhe in die Bucht einkehrt, kann ich noch nicht sagen."

Er zog die Brauen zusammen. „Was soll das heißen?"

„Wahrscheinlich bleibe ich nicht länger hier", sagte sie achselzuckend.

Ihre Worte waren wie ein Schlag. Die Bucht ohne Skye? Das wäre wie ein Sommer ohne Sonne. Das Meer ohne Wellen. Möwen ohne Flügel.

„Wohin würdest du denn gehen wollen?", fragte er.

„Vielleicht in ein Kloster", antwortete sie und lächelte humorlos und matt. „Ein zölibatäres Leben scheint so oder so eine realistische Option zu sein."

Oh, Skye. Er blickte in ihr ernstes feines Gesicht und konnte sich nicht mehr zurückhalten. Der Drang, sie zu berühren, wurde übermächtig. Er murmelte etwas, das wohl halb Entschuldigung, halb Versicherung sein sollte, dann streckte er die Arme nach ihr aus und zog sie an sich.

Sie versteifte sich, doch er hielt sie fest. „Erlaube es mir", flüsterte er dicht an ihrem Haar. „Erlaube es mir, das zu tun." Und dann, als sie sich nach einem Moment tatsächlich entspannte und an seinen Oberkörper sackte, schloss er die Augen und sandte ein Dankgebet gen Himmel, während er tief ihren lieblichen süßen Duft einatmete.

Es schien das Natürlichste auf der Welt zu sein, mit seiner Wange über ihr seidiges Haar zu streichen, hinunter zu ihrer Schläfe. Er drückte einen flüchtigen Kuss auf die samtene Haut, nur mit leichtem Druck. Doch als er ihren flatternden Puls an seinen Lippen spürte, drängte es ihn, mit der Zunge darüberzugleiten und den Geschmack zu erkunden.

Skye erschauerte bei dem Kontakt und hob das Kinn an. Als sie einander in die Augen sahen, nahm dieses nicht mehr zu unterdrückende Verlangen bei ihm noch weiter zu, ein atemloses Drängen, genau wie vorhin, als er über den Strand zu ihr gerannt war.

Und jetzt, da er bei ihr war ...

Er verlor die Beherrschung.

Sein Mund suchte ihren. Er hielt sie an den Oberarmen fest, aber statt sich zu wehren und gegen ihn anzukämpfen, wurde ihr Körper nachgiebig und weich, als gäbe es keinen einzigen Knochen in ihrem Leib. Dennoch beruhigte er sie weiter. „Ich bin's nur", murmelte er, bevor er mit der Zungenspitze die Konturen ihres Mundes nachzog.

Sie öffnete prompt für ihn die Lippen.

Doch er erlaubte es sich nicht, hastig mit der Zunge vorzudrängen. Stattdessen spielte er mit ihr, strich über die geschwungene Kurve, saugte leicht an ihrer vollen Oberlippe, knabberte an der unteren. Skyes Atem ging flach und schnell, streifte warm sein Kinn, dann hörte er ihr leises Stöhnen ...

Erst jetzt eroberte er stürmisch ihren Mund.

Ein rauer Laut kam aus ihrer Kehle. Einen Arm um ihre Taille geschlungen, presste er Skye an sich und genoss es. Dieses intensive Verlangen, sie unbedingt besitzen zu wollen, ihren Geschmack gänzlich auskosten zu müssen, war verrückt, aber er konnte sich nicht von dem Bann befreien. Ihr schien es ebenso zu ergehen, sie versank völlig in dem Kuss, ihre Lippen weit offen für ihn, ihre Finger in sein Hemd gekrallt. Als er sich zurückzog, einfach nur deshalb, weil er Luft holen musste, blieb sie an ihn geschmiegt, ihre Körperhitze mit seiner vermengt.

Eine Wange an ihrem Haar, erkannte er genau den Moment, wann der Bann brach. Er hörte ihr leises protestierendes Wimmern. Sie ließ die Hände sinken und löste sich aus seiner Umarmung.

Er versuchte nicht, sie zurückzuhalten.

„Das hätte nicht passieren dürfen", erklärte sie.

Was sie damit meinte, war wohl eher, sie hätte es niemals für möglich gehalten, dass es passieren könnte. Sie konnte offenbar nicht fassen, dass sie es einem Mann erlaubt hatte, sie zu küssen, und dass sie sich selbst und die Angst, die sie beherrschte, bei diesem Vergnügen verloren hatte.

Sein Kuss.

„Das hätte wirklich nicht passieren dürfen." Sie trat noch weiter zurück, die Panik stand ihr jetzt ins Gesicht geschrieben.

Gage dagegen fühlte nach ihrem aufgewühlten Anruf nun Ruhe und Ausgeglichenheit, er war mit sich im Reinen und sah seinen nächsten Schritt klar vor sich. Er stand so tief in Skyes Schuld, wie sie es niemals ahnen würde, und nun konnte er diese Schulden endlich begleichen – indem er sie davon überzeugte, dass dieses süße Feuer kein Irrtum war.

Ja, das Feuer ihrer Sinnlichkeit brannte noch immer, und er würde derjenige sein, der ihr das zeigte. Nicht nur, weil überdeutlich war, dass es zwischen ihnen eine gewisse Anziehung gab, sondern auch, weil er wusste, dass er ihr Vertrauen besaß.

Dieses Vertrauen würde er niemals missbrauchen. Er würde alles in seiner Macht Stehende tun, um Skye zu beweisen, dass sie trotz allem eine Frau war.

Wozu sonst waren Freunde schließlich da?

Noch vor dem Morgenrauen war Skye angezogen. Sie hatte sich vorgenommen, endlich die Idee, die ihr schon vor Wochen gekommen war, in die Tat umzusetzen. Das Koffein eines Bechers Kaffee, den sie schnell heruntergestürzt hatte, würde ihr genug Energie liefern, um ihre Muskeln an die Arbeit gehen zu lassen. Sie schob alle Möbel in die Mitte des Wohnzimmers. Als Nächstes rollte sie den Läufer in der Diele auf. Dann folgten die Küchenstühle, die sie alle auf den Tisch stellte. Schließlich deckte sie alles mit alten Laken ab und holte ihr Werkzeug – Farbrollen, Teleskopstab, flache Schüsseln und Pinsel. Sie schleppte gerade die Eimer mit der pastellgelben Wandfarbe ins Zimmer, als sie Schritte auf der Veranda hörte.

Ihr Herzschlag stolperte, sie versteifte sich. Ihr Instinkt sagte ihr, wer da draußen vor ihrer Tür stand. Und derselbe Instinkt schlug eine Schlacht in ihrem Innern und gab ihr widersprüchliche Befehle: *Tu so, als wärst du nicht da! Bitte ihn mit einem Lächeln herein!*

Teils war sie erleichtert, dass Gage die Wahrheit kannte. Jetzt musste sie sich keine Ausreden mehr für ihre unverständliche Gereiztheit ausdenken. Er würde verstehen, weshalb sie nervös war, würde verstehen, wieso sie eine Aversion gegen Berührungen entwickelt hatte.

Allerdings ... gestern Abend hatte sie sich von ihm berühren lassen.

Sie hatte sich von ihm küssen lassen.

Und sie war keineswegs vor Panik in Ohnmacht gefallen.

Es klopfte erneut.

„Ich kann bis hier draußen hören, wie sich die Rädchen in deinem Kopf drehen", rief Gage durch die Tür. „Hol tief Luft und dann mach endlich auf, Skye."

Noch immer zögerte sie.

„Ich habe auch ganz edlen Kaffee mitgebracht."

Da sie sich albern vorkam, setzte sie die Farbeimer ab und ging zur Tür. Nur weil er sie einmal geküsst hatte, um sie zu trösten, hieß das nicht automatisch, dass er jetzt eine Fortsetzung erwartete. Vermutlich war sie sowieso eine so miserable Partnerin gewesen, dass er sie gar nicht mehr küssen wollte. Hatte sie überhaupt eine Reaktion gezeigt? Sie konnte sich nur daran erinnern, dass sie sich in ihm verloren hatte – in seiner Wärme, seine Stärke, seinem exotisch-würzigen Duft.

Während sie die Tür aufzog, stieg ihr das Rot in die Wangen, und bei seinem Anblick stockte ihr der Herzschlag. Die Ozeanbrise hatte sein Haar zerzaust, seine türkisblauen Augen strahlten, auf seinen Lippen lag ein kleines Lächeln. Mit seinem hellwachen Blick musterte er sie intensiv, und sie hatte die ungute Ahnung, dass er jedes unruhige Hin- und Hergewälze im Bett, jede schlaflose Minute und alle Gedanken erraten konnte, die sie gehabt hatte, seit sie ihm am Abend zuvor eine gute Nacht gewünscht hatte.

Sie hätte ihn nicht anrufen sollen.

Sie hätte ihm nicht ihr Geheimnis beichten sollen.

Sie hätte ihm nicht erlauben sollen, sie zu küssen.

„Denk nicht so viel", riet er ihr, trat über die Schwelle und drückte ihr einen Pappbecher in die Hand.

„Danke." Sie schnupperte nach dem Duft des frisch gebrühten Filterkaffees. „Wie weit musstest du fahren, um den zu bekommen?"

„Nur bis zum Captain Crow's."

Ihre Augen wurden groß. „Die öffnen doch erst um elf."

„Tja, es sei denn, du machst es wie ich und freundest dich mit der Küchenhilfe an, die bereits um sieben Uhr anfängt."

„Ah …"

„Du solltest dir wirklich die schmutzigen Gedanken abgewöhnen." Mit dem Zeigefinger der Hand, in der er seinen Kaffee hielt, zeigte er auf sie. „Die Küchenhilfe heißt George, ist verheiratet und Vater von drei Kindern."

„Ich habe keine schmutzigen Gedanken!" Nun, zumindest nicht mehr, seit sie nach zwanzig Minuten Schlaf, den sie gegen Mitternacht doch noch hatte finden können, aus einem Traum aufgeschreckt war. In diesem Traum hatte sie sich auf dem Bett ausgestreckt gesehen und Gage am Fußende stehend – Gage, der sich langsam für sie auszog.

Er grinste sie breit an, griff vorn in seine Hosentasche und zog eine kleine Kamera hervor. Mit dem Kaffeebecher jonglierend brachte er die Linse an eins seiner Augen und betätigte den Auslöser. „Über dieses Foto werde ich den Titel ‚Schuldig im Sinne der Anklage' setzen."

„Das ist Verletzung der Privatsphäre", warf sie ihm vor und runzelte böse die Stirn.

„Ich denke, diese leuchtend roten Wangen sind ein eindeutiges Indiz dafür, dass du meine längst verletzt hast."

„Gage!"

Er lachte. „Entspann dich. Keiner außer uns wird das Foto zu sehen bekommen."

„Ich will das aber nicht. Auch du sollst mich nicht ansehen", murrte sie.

Er ging nicht darauf ein, sah sich stattdessen im Wohnraum um. „Was treibst du hier eigentlich?"

Sie nahm einen Schluck Kaffee, dann sagte sie: „Ich hatte schon länger geplant, einige der Zimmer zu streichen und ein paar Möbel umzustellen. So eine Art Renovierung."

„Dein Territorium neu markieren?"

„Ja." Sie war froh, dass sie sich eine Erklärung sparen konnte. Er hatte sie sofort verstanden. „Genau."

„Du hättest mir davon schreiben sollen, als es passiert ist", sagte er leise. „Ich hätte etwas tun können, irgendwas ..."

„Gage, du warst Tausende von Meilen weit weg."

„Ich weiß, aber ..." Frustriert stieß er die Luft aus. „Aber jetzt bin ich hier, und jetzt kann ich etwas tun. Lass mich dir helfen. Ich bin der beste Möbelpacker weit und breit, einen besseren wirst du nicht finden."

Sie beäugte ihn kritisch. „Hast du nichts anderes zu tun?"

„Ehrlich gesagt ... nein. Du würdest mir damit sogar einen Gefallen tun. Dieser Tage werde ich meiner eigenen Gesellschaft schnell überdrüssig."

Jetzt war sie es, die ihn forschend musterte. „Das ist neu. Du hast doch ständig erklärt, dass man in deinem Job immer viel Zeit allein verbringt."

Er hob leicht eine Schulter. „Zu viel Zeit, wie es scheint. Überlass mir eine Farbrolle, ich flehe dich an, Skye."

Wie sollte sie ablehnen, wenn ihr Brieffreund es so ausdrückte?

Es stellte sich heraus, dass seine Unterstützung bei dem Projekt in mehr als einer Weise hilfreich war. Nicht nur war er groß und stark, hantierte geschickt und erfahren mit dem Werkzeug und war bereit, alles zu erledigen, was sie ihm auftrug – mit ihm zusammenzuarbeiten, ließ auch die Verlegenheit schwinden, die sie wegen des Kusses empfunden hatte –, obwohl sie in verschiedenen Räumen strichen. Sie übernahm die Küche, er das Wohnzimmer.

Sie hatten abgemacht, dass sie sich in der Diele treffen würden. Doch bevor es dazu kam, ertappte sie ihn dabei, wie er weitere Fotos schoss.

„Was soll das denn?", fragte sie ihn empört von ihrem Platz auf der Haushaltsleiter herunter.

„Ich übe nur. Seit Wochen habe ich die Welt nicht mehr durch eine Kameralinse gesehen."

Noch etwas Neues. Sie konnte sich nicht erinnern, ihn seit seinem neunten oder zehnten Lebensjahr ohne einen Fotoapparat gesehen zu haben. „Wieso nicht?"

Er zuckte nur die Achseln und ließ den Auslöser klicken. Wenn sie nicht alles täuschte, hatte er soeben eine Aufnahme von ihrer Hand voller gelber Farbspritzer gemacht. „Das kann unmöglich ein schönes Foto werden."

„Schönheit liegt im Auge des Betrachters", meinte er philosophisch und schlenderte weiter.

Eine halbe Stunde später brachte sie ihm ein Glas Eistee mit Eiswürfeln. Er hatte die Haustür offen stehen lassen, damit die Ozeanbrise den Farbgeruch aus dem Haus vertreiben konnte. Automatisch ging Skyes Blick zur sperrangelweit offenen Tür. Sie bemühte sich, die spontan aufsteigende Unruhe in Schach zu halten. Normalerweise war die Tür immer verschlossen und die Kette vorgelegt, nicht zu vergessen die Kuhglocke.

„Ich stehe zwischen dir und deinen Albträumen", murmelte er, als er das Glas von ihr annahm.

Sie wandte den Blick von seinen wissenden Augen ab. Zufällig sah sie seine Kamera, die er auf das mit einem Laken abgedeckte Sofa gelegt hatte. Sie räusperte sich. „Ich habe dich nie gefragt ... wie bist du eigentlich zur professionellen Fotografie gekommen?"

Er schürzte die Lippen, dachte nach. „Ich glaube, angefangen hat das Ganze mit Rex Monroe."

„Rex?" Der Mann war Anfang neunzig und hatte schon seit Langem seinen festen Wohnsitz in der Bucht. Als ehemaliger Kriegsberichterstatter und Pulitzer-Preisträger hatte er sich jeden Sommer bitter über die Lowell-Zwillinge beschwert, kaum dass die Familie in Nr. 9 eingezogen war.

„An einem nebelverhangenen Nachmittag hatten Griffin und ich uns eine lautstarke Rangelei ausgerechnet in seinem

Garten geleistet. Bei unserem Geschrei kam er herausgestürmt, packte uns am Kragen und zerrte uns in sein Haus, um uns eine kräftige Standpauke darüber zu halten, dass Brüder sich niemals prügeln sollten. In seinem Arbeitszimmer stand eine alte Schreibmaschine auf dem Schreibtisch, gleich daneben eine Kodak Brownie. Die Kamera war schon damals ein Klassiker, er besaß sie seit den Fünfzigerjahren, und er hat mir tatsächlich erlaubt, sie in die Hand zu nehmen. Hat mir auch gezeigt, wie sie funktioniert. Griffin war völlig fasziniert davon, schwarze Buchstaben auf weißes Papier zu tippen, aber ich ... Die Welt sah ganz anders aus, als ich durch diese Linse schaute."

„Wieso anders?"

„Weil ich sie kontrollieren konnte." Er trank seinen Eistee und stellte das Glas auf dem Fenstersims ab. „Die Teile, die mir nicht gefielen, konnte ich einfach auslassen, konnte mich allein auf das konzentrieren, was es meiner Meinung nach wert war, gesehen zu werden. Diesen Reiz hat der Blick durch die Linse nie für mich verloren."

„Und an der Universität hast du dann ..."

„Ich habe Politologie studiert, nicht Fotojournalismus. Eines Frühjahrs während der Semesterferien habe ich mich einer Gruppe angeschlossen, die nach Mexiko reiste. Tagsüber wollten wir dort Schulen bauen, abends dem Tequila zusprechen. In der Zeit, in der wir uns da aufhielten, gab es ein Erdbeben der Stärke 7,9. Die Fotos, die ich damals aufgenommen habe, waren die ersten, die veröffentlicht wurden ... Sie waren der Anfang, auf ihnen habe ich meine Karriere aufgebaut."

„Und seither ziehst du um den Globus und schießt deine Fotos", sagte Skye, ohne zu wissen, weshalb diese Worte Melancholie in ihr heraufbeschworen. Es war doch schön, dass Gage seinen Platz in der Welt gefunden hatte. Genau, wie ihr Platz hier in der Bucht war. Oder ... gewesen war.

Gut, jetzt wusste sie, woher die Melancholie kam.

Auf Gages Stirn erschien eine Falte. „Was ist, Kleines? Stimmt was nicht?"

Sie wollte es nicht aussprechen. *Hier endet es. Wir werden nie wieder hier zusammenkommen. Sobald der Sommer vorbei ist, werden wir überhaupt nirgendwo mehr zusammenkommen.*

Die Brauen noch immer zusammengezogen, kam er auf sie zu. Sie bewegte sich nicht, konnte die Füße nicht heben, weil die genauso schwer wurden wie ihr Herz bei der Erkenntnis, dass dies das traurige Ende war. Von allem.

„Skye", flüsterte er, seine Stimme so sanft wie seine Finger, mit denen er ihr sacht eine Haarsträhne von der Stirn strich.

„Nicht", wisperte sie. Sie hatte das Gefühl, als würde sie schwankend auf dem Plateau auf der hohen Klippe am Südende der Bucht stehen, nur das eiskalte wirbelnde Wasser und die zerklüfteten Felsen unter sich, die darauf warteten, dass sie fiel. *Stoß mich nicht hinunter. Ich würde den Fall niemals überleben.*

Statt ihre unausgesprochene Aufforderung zu befolgen, trat Gage näher an sie heran.

Sie zuckte zurück, ihr Puls schnellte in die Höhe.

Er lächelte nur. „Süße Skye. Keine Angst, ich werde dich nicht noch einmal küssen."

Er beugte sich vor und griff um sie herum, um einen Lappen vom Schaukelstuhl zu nehmen, auf dem ebenfalls ein Laken lag.

„Ich habe nicht ... Ich dachte nicht ..."

Sein Lächeln wurde frecher. „Es sei denn natürlich, du bittest mich darum."

Ihr Puls raste, und sie sah ihm benommen zu, wie er zurück an die Arbeit ging. Sie hätte nicht sagen können, was sie bei seiner provozierenden Bemerkung empfunden hatte. War es Erleichterung ... oder Enttäuschung?

7. KAPITEL

Teague White war in seine Gedankenwelt abgetaucht und starrte in sein Bier, doch eine Stimme holte ihn daraus hervor. „Hey, alles okay mit dir?"

Er sah auf und kehrte in die Gegenwart zurück. Es war ein Abend im August, er befand sich auf dem Terrassendeck des Captain Crow's. Tische waren aneinandergeschoben worden, damit alle Freunde zusammensitzen konnten. Eine fröhliche Gesellschaft, die trank und lachte und sich angeregt unterhielt, schließlich gab es gleich zwei Anlässe zu feiern: Gage Lowells Urlaub und Griffin Lowells bevorstehende Hochzeit.

Teague wandte sich der Person zu, die ihm die Frage gestellt hatte. Jane Pearson, die zukünftige Braut, saß ihm mit ihrem Bräutigam gegenüber, in seiner unmittelbaren Nähe hatten Skye, Polly und Gage Platz genommen. „Sorry", entschuldigte er sich, „ich bin ein bisschen mitgenommen. Habe letzte Nacht nicht unbedingt viel geschlafen." In seiner Vierundzwanzigstundenschicht hatte es kaum Gelegenheit dazu gegeben.

Polly musterte sein Gesicht. „War viel los auf der Arbeit?"

Er stieß nur einen unverständlichen Laut aus und nahm sein Bier auf, um einen Schluck zu trinken.

„Ich weiß nicht, wie du das schaffst, Teague", meinte Jane bewundernd. „Bei deiner Arbeit siehst du schreckliche Bilder, und dann kommst du direkt auf eine Party."

Griffin lehnte sich in seinen Stuhl zurück. „Ich habe mal einen Bericht über ‚Ärzte ohne Grenzen' geschrieben. Die Männer und Frauen, die eine solche Aufgabe übernehmen, sind Experten darin, das Elend auf einem hohen Regal abzustellen und hinter sich zu lassen."

„Vermutlich müssen sie das auch, wenn sie in dem Job bleiben wollen", murmelte Jane.

Teague blieb es erspart, dass seine Psyche weiter analysiert wurde, da das laute Lachen einer Frau vom anderen Ende des Tisches zu ihnen herüberklang. Sie alle drehten den Kopf in die Richtung. Tess Quincy zog ihren sich sträubenden Ehemann beim Ellbogen vom Stuhl hoch. Sein brummiger Protest ließ ihr Lachen nur noch heller werden.

Gott, wie schön sie ist, dachte er.

Mit dreiunddreißig war sie nicht mehr das langbeinige Mädchen, das er von Weitem angehimmelt hatte, als sie als Kinder die Sommer hier in der Bucht verbracht hatten. Und sie war auch nicht länger der fantastisch aussehende Teenager-Star, den die Kaugummi-Werbung mit neunzehn unerwartet zum Liebling des gesamten Landes gemacht hatte. Damals hatte ihr Poster in seinem Zimmer gehangen. Der Bildschirmschoner seines ersten Laptops war ihr Konterfei gewesen.

Als er ihr dann hier im Juni zufällig vor Nr. 9 am Strand begegnet war, hatte er schon geglaubt, es sei die Magie des Strandhauses, die sie heraufbeschworen hatte. Allein für ihn. Er hatte sich sofort erneut Hals über Kopf in sie verliebt.

Nun, da er sie mit David, ihrem Ehemann, beobachtete, wünschte er sich nicht mehr, dass die beiden sich nicht wieder versöhnt hätten. Es war für jedermann offensichtlich, dass der Mann sie anbetete. Und Tess strahlte vor Glück. Trotzdem ließ sich sein Selbstmitleid nicht gänzlich unterdrücken.

„Hey, Engelchen", sagte Griffin jetzt zu seiner Fast-Ehefrau. „Sie spielen dein Lied."

„Gesungen von Teagues erster großer Liebe", ergänzte Skye.

„Was? Erzähl!"

Neugier blitzte aus Pollys blauen Augen.

Teague setzte sich unruhig um und verfluchte in Gedanken den DJ, der „Sweet Jane", im Original von The Velvet Underground, dann gecovert von den Cowboy Junkies und jetzt in der Version von The Jewels aufgelegt hatte. „Könnten wir bitte über etwas anderes reden?"

„Aber auf gar keinen Fall!"

Polly schickte ihm eins ihrer strahlenden Lächeln. Dann drehte sie sich zu Skye um, die er praktisch schon sein ganzes Leben kannte. Offensichtlich also schon viel zu lange.

„Komm, schieß los", forderte Polly sie auf.

Skye tippte sich nachdenklich mit dem Zeigefinger ans Kinn.

„Wenn ich es mir recht überlege ... es war seine zweite Liebe, denn seine erste Liebe war wohl diese belgische Austauschschülerin, die damals in der Oberstufe zu uns auf die Schule kam. Monatelang hat er ihr nachgetrauert, als sie wieder in das Land der Waffeln und Pralinen zurückkehrte. Und danach ..."

„Ich hatte auch andere Freundinnen", fiel er ihr ins Wort. Er war eindeutig verschnupft.

„Aber keine, die dich wirklich umgehauen hätte ... bis dann Amethyst Lake in dein Leben platzte."

Polly schnaubte kichernd. „Amethyst Lake? Das klingt wie der Name einer Anime-Figur."

„Sie hieß Amy Lake", korrigierte Teague steif. „Amethyst war ihr Künstlername. Sie ist die Leadsängerin der Jewels."

Polly, sein bester Kumpel, der gleichzeitig auch eine Frau war, prustete jetzt haltlos.

„Und wann war das?"

„Lass mich nachdenken ..." Skye kniff die Augen zusammen. „Das müsste jetzt ungefähr fünf Jahre her sein. Kurz bevor ihr beide euch kennengelernt habt. Amethyst ist mit ihrer Band auf Tour gegangen und nie wieder zurückgekehrt."

„Wow", kam es von Griffin. „Das ist der Stoff, aus dem die Träume sind – mit der heißen Leadsängerin einer All-Girl-Rockband auszugehen."

„Warum weiß ich nichts darüber?", fragte Polly vorwurfsvoll und wandte sich dann an ihn. „Wieso hast du mir nie davon erzählt?"

Sein Nacken brannte wie Feuer. „Können wir vielleicht jetzt endlich jemand anderen grillen? Ich bin doch sicher nicht der Einzige, der eine Beziehung hinter sich hat, die er lieber vergessen möchte, oder?"

Gage zog eine Augenbraue hoch und sah seine zukünftige Schwägerin an. „Ich habe mir sagen lassen, dass Jane eine Beziehung mit dem berühmten Schriftsteller Ian Stone gehabt haben soll."

Griffin lehnte sich vor und warf seinem Bruder einen vernichtenden Blick zu. „Wir erwähnen Ian Stone nicht."

„Hey, ist ja schon gut." Gage hielt beschwichtigend beide Hände hoch und schaute in die Runde. „Polly, du siehst aus wie jemand mit einer haarsträubenden Geschichte."

Fast hätte Teague geschnaubt. Polly sah aus wie die Pfadfinderin, die gerade den ersten Preis im Kekse-verkaufen-Wettbewerb gewonnen hatte und den Sieg bei einem Eisbecher feierte, den sie sich mit dem Jungen aus dem Priesterseminar teilte. „Polly schweigt diskret über ihre Vergangenheit, nichtsdestotrotz darf man wohl davon ausgehen, dass sie eine blütenweiße Weste hat."

Skye stieß ihrer Freundin leicht den Ellbogen in die Rippen und beugte sich zu ihr hinüber. „Heißt das, er weiß gar nichts von …"

„Der Song für alle weiblichen Wesen dieser Erde!", rief Polly laut und riss Skye vom Stuhl hoch.

„It's Raining Men" von den Weather Girls schallte aus den Lautsprechern.

„Jane, du kommst auch mit auf die Tanzfläche!"

Seinen Blick mied sie ganz bewusst. Und so saß keine einzige Frau mehr am Tisch, bevor er überhaupt Zeit hatte, zu überlegen, was „Heißt das, er weiß gar nichts von …" bedeuten könnte. Die Gruppe strömte auf das kleine Parkett, und alle schwangen die Hüften und Schultern im Rhythmus der Musik, wie man es nur in Filmen wie *Dirty Dancing* sah – oder eben dann, wenn Frauen miteinander auf der Tanzfläche standen. Teague war fasziniert. Er hätte niemals vermutet, dass Polly sich so bewegen konnte.

„Schon in der Highschool fand ich das heiß, wenn ich bei so was zugesehen habe", lautete Gages Kommentar. „Aber ich muss sagen, mit zunehmendem Alter wird es immer besser."

„Weil du mit zunehmendem Alter immer lüsterner wirst", foppte Griffin seinen Bruder. „Da wir gerade davon sprechen … Fortschritte bei der Völlerei gemacht?"

Gage warf seinem Bruder einen bösen Blick zu. „Das ist ein Thema wie Ian Stone – wir erwähnen es nicht."

„Oh Mann." Griffin stöhnte. „Das ist nicht gut … Ich habe Jane versprechen müssen, dass ich es dir ausrede, dich mit Skye einzulassen. Also genauer, dich unter allen Umständen davon abhalte. Läuft da was zwischen euch?"

Mit Skye? Teague sah von einem Bruder zum anderen. Skye war schließlich auch seine Freundin.

„Das geht dich nichts an", brummte Gage.

„Du weißt nicht ..."

„Ich weiß sehr viel mehr als du", gab Gage knurrig zurück und trank den Rest seines Biers auf einen Zug. „Halt dich da raus, Griffin."

Die plötzlich angespannte Atmosphäre war fast greifbar. Teague sah über die Schulter zu den Frauen, zufällig gerade in genau dem Augenblick, als der schnelle Song ausklang und der nächste begann, ein Blues-Titel. Die Bewegungen der Frauen wurden langsamer. Ein Mann, der an einem Tisch gleich hinter Polly saß, bedeutete ihr mit einem Zeichen, dass sie beide zusammen tanzen sollten, und machte Anstalten, sich von seinem Stuhl zu erheben.

Teague wusste nicht, was in ihn gefahren war, auf jeden Fall war er bei Polly und legte die Hände auf ihre Hüften, noch bevor der andere Typ Gelegenheit hatte, sich überhaupt vorzustellen. Er schlang die Arme um ihre Taille und bewegte sich tanzend mit ihr zur Seite, weg von ihrem potenziellen anderen Tanzpartner. Sie hob den Kopf und sah ihn perplex an. Er war selbst auch ziemlich verblüfft.

Verblüfft, wie gut sie sich in seinen Armen anfühlte.

Hatten sie eigentlich schon mal zusammen getanzt?

Er versuchte sich zu erinnern, während sie sich zum schwülen Rhythmus von Etta James' „At Last" drehten. Sie waren wandern und Ski fahren gewesen, hatten Fahrradtouren gemacht, Dinge, die Freunde eben so zusammen unternahmen, oft auch in einer größeren Gruppe, aber getanzt hatten sie noch nie miteinander.

„Du bist so zierlich", murmelte er verdutzt. Er hatte sie immer für athletisch und durchtrainiert gehalten, voller Energie, doch unter seinen Handflächen konnte er ihre grazile Figur fühlen. Sie hatte ein sehr hübsches, sehr weibliches Gesicht, das wusste er ja, das blonde Haar und die blauen Augen passten gut zusammen. Nur war ihm bisher nicht aufgefallen, wie unglaublich feminin sie war. Da sie weit genug auseinander tanzten, konnte er an ihr herabsehen. Zu Jeans trug sie ein fließendes Oberteil im Hippiestil, dazu Riemchensandaletten mit Absatz, die sie um mehrere Zentimeter größer machten. Die offenen Spitzen gaben den Blick auf ihre gebräunten Zehen frei.

Es waren ganz hinreißende Zehen, die Nägel in Gelb und Blau oder mit beiden Farben lackiert, jeder anders. Am zweiten Zeh ihres linken Fußes steckte ein silberner Ring, auf dem ein winziger Emailleschmetterling mit ausgebreiteten Flügeln saß, so, als würde er gleich zum Flug ansetzen.

Teague lenkte den Blick zurück auf ihr Gesicht. „Du bist ein richtiges Mädchen." Er wusste, es hörte sich an, als wäre es ihm gerade erst aufgefallen, doch das stimmte nicht. Natürlich hatte er von Anfang an gewusst, dass sie zum weiblichen Geschlecht gehörte, und Teufel noch eins, er war immer stolz gewesen, eine so enge Freundschaft zu einer Angehörigen des anderen Geschlechts zu unterhalten.

Das hatte er aber nur erzielen können, indem er, wenn er an sie dachte … nun, wenn er dann den Sex ausschloss.

Nun waren ihm diese lackierten Fußnägel aufgefallen, dieser kecke Schmetterling, und er war sich bewusst geworden, dass sie praktisch den Prototyp des „American Sweetheart" verkörperte und … *Mist.*

Ihre hellen Augenbrauen stießen fast zusammen, als sie die Stirn runzelte und ihn anschaute, und ihre pink geschminkten Lippen zogen sich an den Mundwinkeln nach unten.

„Wozu soll das gut sein?", fragte sie.

Er wusste es nicht, konnte es nicht erklären. Irgendwie schienen sich die Dinge verlagert zu haben, jetzt, da er eine Hand an ihrer Hüfte und ihre schmalen Finger in der anderen hielt. „Äh …"

Sie seufzte. „Suchst du nach einer Möglichkeit, deiner Tess näher zu kommen?", wisperte sie.

Wer? „Oh, Tess."

Polly verdrehte die Augen und zog ihn bei der nächsten Drehung mit, sodass er freien Blick über auf die Tanzfläche hatte.

„Los, hol dir schon deine Dosis", murmelte sie.

Und da war sie, die wunderschöne Tess, direkt in seinem Blickfeld. Verträumt lächelnd schmiegte sie eine Wange an die Schulter ihres Mannes.

„Besser?", fragte Polly.

„Perfekt", erwiderte er, zog sie enger an sich und schloss die Augen. „Genau richtig." Er erlaubte es sich, das Gefühl noch eine Minute länger zu genießen.

Und dann, wie zum Beweis, dass Griffin mit seinem Kommentar durchaus recht hatte, holte Teague tief Luft und schob Polly mitsamt seinem neuen Bewusstsein für ihre Weiblichkeit von sich ab. In seiner Vorstellung sah er Bilder, wie er beides auf das höchste Regal in seinem Kopf abstellte, wohin alle verstörenden und beunruhigenden Erlebnisse und Erinnerungen gehörten.

Gage streckte die Arme über den Kopf und drehte sich in der Hüfte, als er und Skye den Strand entlangschlenderten, um sich zu dehnen. Sie hatten beschlossen, den Ebbetümpeln bei den Felsen einen Besuch abzustatten, und kamen gerade am Captain Crow's vorbei, wo sie das Fünfuhrnachmittagsritual miterlebten. Vor einer knappen halben Stunde hatten sie das Renovierungsprojekt abgeschlossen, nach drei Tagen gemeinsamer harter Arbeit.

Es tat gut, draußen zu sein, selbst wenn sie sich zwischen den Pärchen und Gruppen von Sonnenanbetern hindurchschlängeln mussten, die den Nachmittag am Strand genossen. Im August zeigte sich der Sommer in Crescent Cove von seiner besten Seite. Der Himmel war von einem leuchtenden Blau wie mit Tempera gemalt, und die Sonne strahlte herab wie eine wohlmeinende, gütige Gottheit. Die Wellen veranstalteten ein Wettrennen, welche zuerst die nackten Füße der Kinder küssen durfte, die mit ihren Plastikeimerchen und -schippchen im feuchten Sand buddelten. Die Luft schmeckte frisch und klar wie eine salzige Knabberei, und selbst die Brise war angenehm warm und färbte Skyes Wangen rosig und ihre Lippen rot.

Sie sah auf, als sie seinen Blick spürte, und steckte sich eine lose Strähne zurück in den langen Zopf, der ihr über den Rücken fiel. „Du solltest mir eine Rechnung schicken."

„Was? Wieso?"

„Ich schulde dir etwas für all die Stunden, die du in die Arbeit gesteckt hast."

„Unsinn, das habe ich doch ...", setzte er an, brach abrupt ab und zerrte sie am Ellbogen aus dem Weg. Sonst wäre sie von einem jungen Mann überrannt worden, der mit seiner Freundin auf den Armen zum Wasser spurtete. Das Mädchen trommelte lachend mit den Fäusten auf ihn ein, und Skye und er sahen zu, wie der Typ bis zu den Hüften in die Wellen watete, um sein Mädchen dann kurzerhand in das kühle Nass zu werfen. Keine zwei Sekunden später ging er selbst abrupt unter – entweder das Opfer eines Seemonsters oder weil ihm unter Wasser die Beine weggezogen worden waren.

Skye lachte – ein wenig melancholisch – und setzte sich wieder in Bewegung.

Gage trottete im Slalom hinter ihr her, um den Sonnenanbetern, Frisbee-Spielern und im Bau befindlichen Sandburgen auszuweichen. Ihre Schritte stockten kurz, als sie an einem Pärchen vorbeigingen, das sich eng umschlungen auf einem Badelaken küsste, völlig selbstvergessen ließen sie sich nicht davon stören, dass sie sich an einem öffentlichen Strand befanden.

Skye warf einen Blick zu ihm zurück und schlug einen Bogen um das Pärchen. Gage, der es ihr nachtat, ließ es sich jedoch nicht nehmen, den feurigen Galan im Vorbeigehen mit der Fußspitze anzutippen. Der Mann hob abrupt den Kopf und funkelte den Störenfried böse an.

„Hier gibt's viele kleine Kinder", ermahnte Gage ihn. „Zusammen mit ihren Großmüttern."

Skye lächelte ihm zu, als sie weitergingen, und deutete mit dem Daumen auf sich. „Danke."

Er grinste. „Keine Ursache. Aber ich kann's dem Typen nicht verübeln. An einem Tag wie heute lässt man sich leicht mitreißen."

„Da werde ich mich wohl auf dein Urteil verlassen müssen."

Sie hatten die Tümpel bei den Felsen erreicht, und Skye ging vor einem der Becken in die Hocke. Trotz ihrer üblichen überweiten Uniform bewegte sie sich mühelos und geschmeidig. Diesmal trug sie eine Zimmermannshose, die mindestens drei Nummern zu groß war, und ein langärmeliges T-Shirt, das ihm gepasst hätte.

Er hockte sich neben sie und bestaunte die kleine Welt, die die Ebbe geschaffen hatte. Seesterne, ein winziger Einsiedlerkrebs und silberne Fischchen, deren Namen er nicht kannte. Bunte Seeanemonen wiegten ihre Tentakel im Wasser, um ihre Beute anzulocken.

„Hoppla, Vorsicht!", rief da plötzlich eine Stimme hinter ihrem Rücken, und sie drehten sich um, gerade noch rechtzeitig, um den Zusammenstoß mit einem o-beinigen Kleinkind auszuweichen, das einem großen Ball nachjagte. Der rote Ball landete laut platschend im Tümpel, und nur Gages blitzschnelle Reaktion bewahrte den Jungen davor, dem Weg seines Balls zu folgen. Geistesgegenwärtig schlang er einen Arm um den Bauch des Kleinen und zog ihn zurück.

„Danke", sagte die Frau atemlos, als sie bei ihnen ankam. Sie hatte das gleiche kastanienbraune Haar wie ihr Sohn, den sie aus seinen Armen entgegennahm. „Jamie!", schimpfte sie. „Du sollst auf Mommy hören."

Der Kleine übte anscheinend schon jetzt für seine Teenagerzeit – er ignorierte seine Mutter völlig, für ihn existierte sie gar nicht.

„Danke", wiederholte sie noch einmal an ihn gewandt und bedankte sich dann ebenfalls bei Skye, die inzwischen den Ball aus dem Wasser gefischt hatte und ihn ihr zurückgab.

„Entzückend", murmelte Gage, der Mutter und Kind nachsah, als sie davongingen, der Kleine sicher auf der Hüfte der Frau sitzend.

„Wer von den beiden?"

Die Stirn gerunzelt drehte er sich zu Skye um, aber sie betrachtete schon wieder die Unterwasserwelt im Felsbecken. „Nicht jede Frau ist automatisch eine potenzielle Verabredung in meinen Augen. Ich meinte den kleinen Jungen."

„Vermutlich habe ich einfach nicht erwartet, dass du dir viele Gedanken über kleine Kinder machst."

„Ich habe drei Neffen und eine Nichte, und ich mag die vier sehr gern."

Sie sah zu ihm. „Aber du willst doch keine eigenen Kinder haben."

„Weil ich einen miserablen Vater abgeben würde, da mich mein Job ständig um die ganze Welt treibt", begründete er das. „Und wie sieht es bei dir aus?"

Mit vorsichtigen Schritten stieg sie über die Felsen zur nächsten Pfütze. „Ich habe die schönste Kindheit hier in der Bucht verbracht, die man sich vorstellen kann. Ich hätte das gerne weitergegeben."

Hätte. Konjunktiv. Gage trat hinter sie und gab der Versuchung nach, über ihren seidigen langen Zopf zu streichen. „Und warum tust du es dann nicht auch?"

Sie ging in die Hocke, beugte sich weit über den Tümpel, vermied es, ihn anzusehen. „Vielleicht würde ich es tun, wenn ich Nachwuchs bekommen könnte wie eine Seeanemone. Manche von denen sorgen für den Fortbestand, indem sie sich einfach teilen."

„Und wo bleibt da der Spaß?"

Sie strich mit einer Fingerspitze über die Wasseroberfläche und seufzte leise. „Ich wünschte …"

Er hockte sich zu ihr an ihre Seite und erlaubte es sich noch einmal, sacht über ihren Zopf zu fahren. „Ja? Du wünschtest …?", hakte er nach.

„Ich wünschte, ich könnte mich wieder normal fühlen", gestand sie unter angehaltenem Atem.

Ihre so schon rosigen Wangen wurden puterrot vor Verlegenheit. Flüchtig warf sie ihm einen Blick zu.

„Vergiss am besten, dass ich das gesagt habe, ja?"

„Warum? Es ist doch nur verständlich, das du dich wieder normal fühlen möchtest." Er zögerte, fragte sich, ob es der richtige Zeitpunkt war, das möglicherweise sehr heikle Thema anzusprechen. „Skye ... ich würde gerne helfen."

„Wobei?"

Sie warf ihm einen zweiten, ebenso flüchtigen Blick zu.

„Ich würde dir gern helfen, über ... über deine Aversion hinwegzukommen."

Falls überhaupt möglich, wurde das Rot auf ihrem Gesicht noch dunkler.

„Ich suche nicht nach einem Freiwilligen."

„Es ist ein Angebot. Das Angebot, zu versuchen, ob ich dir helfen kann, das zu verarbeiten."

„Dein Mitleid kannst du dir sparen." Sie schüttelte den Kopf.

„Das, was ich für dich fühle, hat mit Mitleid nichts zu tun, Skye." Nein, er fühlte ... Zärtlichkeit, Verständnis und ein seltsames, fast lebenswichtiges Bedürfnis. Vielleicht war es arrogant von ihm, aber er glaubte wirklich, dass er etwas für sie tun konnte. Er hatte das Gefühl, dass er es zumindest versuchen musste.

„Was würde schon für dich dabei herausspringen?", brummelte sie.

„Es hat mir großen Spaß gemacht, dich zu küssen."

Skye starrte so angestrengt in die Ebbepfütze, als würden sich ihr dort im Wasser alle Mysterien des Universums offenbaren. Vielleicht war es auch nur die sicherste Möglichkeit, seinem Blick nicht begegnen zu müssen.

„Du hast gesagt, dass es nicht wieder vorkommen wird."

„Und ich habe hinzugefügt, es sei denn, du bittest mich darum", korrigierte er. „Aber stellen wir das mit dem Küssen vorerst zurück. Komm mit mir zu Nr. 9. Ich möchte dir dort etwas zeigen."

„Einen Pornofilm? Die habe ich noch nie gemocht."

Er lachte. „Nein, keinen Pornofilm. Du hast ja eine wirklich miserable Meinung von mir. Die Erwachsenenfilme hole ich erst nach dem dritten oder vierten Date hervor."

Als sie die Augen leicht zusammenkniff, lachte er wieder, dann legte er ihr die Finger um den Ellbogen und zog sie auf die Füße. „Komm schon. Was hast du zu verlieren?"

„Meine Selbstachtung?"

Er beugte sich nah an ihr Ohr. „Oder deine Selbstbeherrschung? Erlaube es dir auch mal, dich ein wenig gehen zu lassen, Skye." Er begann am Band zu zupfen, das ihren Zopf zusammenhielt.

„Was tust du denn da?"

Mit den Fingern löste er die Strähnen, befreite sie aus ihrem akkuraten Gefängnis. „Lass den Wind mit deinem Haar spielen, Kleines. Du siehst so hübsch aus, wenn es ein bisschen zerzaust ist."

Auf dem Weg zurück zum anderen Ende der Bucht wirbelte ihr das Haar um die Schultern. Ungemütliches Schweigen drohte einen Keil zwischen sie beide zu treiben, aber Gage ließ es nicht zu. Er griff nach Skyes Hand und hielt ihre Finger fest, es überraschte ihn nicht, dass sie sie sofort aus seinem Griff winden wollte. „Entspann dich", meinte er leise.

„Ich glaube es nicht, dass ich mich darauf einlasse", murmelte sie vor sich hin.

„Es gibt kein ‚Einlassen', über das du dir Sorgen machen müsstest", versicherte er ihr. „Das habe ich dir doch schon gesagt. Ich möchte wirklich nur, dass du dir etwas anschaust, an dem ich seit Längerem arbeite. Vielleicht bewirkt es ja etwas."

„Gage ..."

„Es ist wenigstens einen Versuch wert, oder? Falls es nicht funktioniert, bleibe ich eben nur Gage, der gute alte Brieffreund." Und wenn es funktioniert, fragte eine kleine Stimme in seinem Hinterkopf. Was dann? Wie weit war er bereit zu gehen? Er konnte es nicht sagen.

Bis sie am Südende der Bucht angekommen waren, schien Skye sich halbwegs entspannt, halbwegs in ihr Schicksal ergeben zu haben.

„Na schön. Ich werde versuchen, dir das nicht nachzutragen", sagte sie und fügte nach kurzer Überlegung hinzu: „Es sei denn, es handelt sich doch um einen Pornofilm."

Er zog eine Augenbraue in die Höhe, während er die Schiebeglastür, die von der Terrasse in den Wohnraum führte, aufschloss. „Das scheint dich aber wirklich sehr zu faszinieren."

„Tut es nicht!"

Eine Hand leicht an ihren Rücken gelegt, dirigierte er sie ins Haus. „Es ist nichts Verwerfliches daran, wenn man von visuellen Eindrücken stimuliert wird." Er lächelte, als sie ihm einen vernichtenden Blick zuwarf. „Eigentlich hoffe ich sogar ein bisschen darauf, Kleines."

„Also doch ein Pornofilm!"

Er lachte nur und lenkte sie an den Schultern zu dem kleinen Raum, den er als Arbeitszimmer nutzte. Es war dämmrig darin, die Vorhänge hielt er gegen die Sonne vorgezogen, damit das Licht nicht im Bildschirm seines Laptops, der auf dem Schreibtisch stand, reflektierte.

Er zog den wuchtigen Bürostuhl hervor und drückte Skye sacht darauf nieder. Schnell ein paar Tasten angetippt, und der Computer fuhr hoch, die Bilder, die er ihr zeigen wollte, erschienen auf dem Bildschirm. Sobald Skye sie sah, erstarrte sie.

„Das bin ja ich", sagte sie.

Ja, es war sie. Er hatte mit dem Foto von ihr angefangen, auf dem sie in der Dämmerung am Wasserrand stand. Der Himmel, der weite Ozean, der Strand ... alles in unterschiedlichen Grauschattierungen, Skye war nur als Silhouette zu erkennen, die mit dem Rücken zur Kamera stand. Er hatte tatsächlich ein außergewöhnliches Talent, Fotos auf dem Computer zu bearbeiten – das musste angemerkt werden, auch wenn er es trotz aller Bescheidenheit selbst tat –, und er hatte es geschafft, ihre unförmigen Kleider so zu retuschieren, dass ihre Gestalt weibliche Konturen aufwies. Ihr Kopf, ihre Hände und die Füße blieben dunkel auf dem Foto, während es aussah, als trüge sie einen engen Catsuit, zusammengesetzt wie ein Quilt aus den verschiedensten Farben. Nur ...

„Oh." Sie hatte es bemerkt und ließ den Cursor über die kleinen Rechtecke des „Quilts" gleiten. Das ausgewählte Rechteck wurde größer, es war die Aufnahme einer Möwe im Segelflug hoch oben am Himmel.

Die Hand auf der Maus klickte sie das nächste Rechteck an, und das Bild wandelte sich von winzig zu groß. Es zeigte den Anfang eines Briefes an ihn, das „Lieber Gage" in ihrer markanten Handschrift. Die Handschrift, bei deren Anblick jedes Mal ein Schub von Wärme und freudiger Erwartung ihn durchrieselte, sobald er sie auf dem ungeöffneten Umschlag erkannte.

Ihre Finger führten die Maus über das Pad, sie öffnete neue Bilder: die Martini-Flagge im Captain Crow's, die Buchrücken ihrer Lieblingsromane von Ian Stone bis George R. R. Martin, eine Aufnahme von einem der Himmelgemälde ihrer Mutter, ein Teenager, der, die Augen auf sein Boogie Board geheftet, durch das flache Wasser am Strand watete.

„Wann hast du denn überhaupt Zeit dafür gehabt?", fragte sie. „Du warst doch tagelang bei mir und hast mir beim Renovieren geholfen."

„Ich brauche nicht viel Schlaf." Es wäre unsinnig, den Albträumen mehr Raum zu bieten.

„Oh Gage." Sie ließ sich gegen die Lehne zurückfallen, starrte auf das Rechteck, das sie als Letztes geöffnet hatte. Ein Foto von ihrem Strandhaus, fröhlich und willkommen heißend mit dem kleinen Zitronenbäumchen in seinem Kübel und dem von blühenden Rankenpflanzen überwucherten Geländer.

„All das ist noch immer Teil von dir, es ist in dir und macht dich zu etwas Besonderem. Es sind die Dinge, die diesen Ort zu etwas Besonderem machen. Niemand kann dir das wegnehmen."

Sie sprang geradezu vom Stuhl auf. Der Sitz drehte sich und schob sie ein wenig vor, aber sie brauchte keine Ermunterung, um einen Schritt auf ihn zuzumachen und die Arme um ihn zu legen. Es war eine freundschaftliche, eine schwesterliche Umarmung.

Er hatte keinen Grund, mehr darin zu sehen.

Doch er wollte mehr. Um ihretwillen.

Sanft löste er sich von ihr, trat um sie herum und setzte sich auf den Stuhl. „Ich habe noch so eins für dich gemacht." *Alles für dich.*

Er rief die nächste Datei auf, das nächste Bild. Wieder Skye in der Dämmerung, wieder der eng anliegende bunte Catsuit. Nur war es eine andere Art von Fotos, die er verarbeitet hatte. Persönlichere Aufnahmen. Intimere.

Als er eines aufgerufen hatte und auf dem Bildschirm stehen ließ, drehte er sich zu ihr, um ihre Reaktion zu sehen. Und in diesem Moment kam ihm die Erkenntnis.

Diese Collage hatte er nicht allein für sie angefertigt. Er hatte sie auch für sich selbst zusammengestellt.

8. KAPITEL

Skye starrte auf diese zweite Präsentation ihrer selbst. Auf der ersten war sie in bunte Farben gehüllt gewesen, und es hatte sie begeistert, als sie entdeckte, dass all die kleinen Karrees in Wahrheit Bucht-Blumen, Bucht-Menschen, Bucht-Geborgenheit porträtierten. Noch hatte sie sich nicht alle angesehen, aber sie wusste schon jetzt, dass jedes einzelne Foto ein Lächeln auf ihre Lippen zaubern würde. Eher ein breites Grinsen, denn Gage hatte sie für sie ausgesucht.

Doch diese hier ... diese Auswahl war anders. Nicht in der gleichen Bedeutung.

Alle zeigten sie. Ausschließlich sie.

Gage klickte ein Rechteck an, und das Foto nahm den gesamten Bildschirm ein. Hautfarben, eine sanfte Erhöhung.

Skye schluckte. „Das ist einer meiner Fußknöchel."

„Hübsche Füße", sagte er nur.

Das nächste Foto zeigte ein Stück ihres Rückens. Sie musste sich in dem Augenblick gestreckt haben, wahrscheinlich, um eine Stelle hoch oben an der Wand noch einmal zu überpinseln. Der Saum ihres Sweatshirts hatte sich in die Höhe gezogen, die weite Hose hing tief auf ihren Hüften. Man konnte die Rundung ihrer Taille sehen ... und die Mulde gerade oberhalb der Grübchen auf ihrem Po.

Genau an dieser Stelle begann es jetzt zu prickeln. Skye trat von ihrem Platz hinter Gages Stuhl hervor, wie magisch angezogen von dem Bild, obwohl dieser Körperteil ihr schon seit Monaten kein Vergnügen mehr verschafft hatte. Scharf sog sie die Luft ein, als Gage einen Arm um ihre Taille legte und sie auf seinen Schoß zog.

Sie wäre hektisch wieder ausgesprungen, hätte er nicht genau in diesem Moment das nächste Motiv aufgerufen – das Foto ihrer Hand mit gelben Farbspritzern. Es war ein lustiger Schnappschuss und gleichzeitig seltsam anrührend, weil sie daran denken musste, wie gut sie beide zusammengearbeitet hatten. Wie sehr er sich bemüht hatte, damit sie sich in seiner Nähe entspannte.

Ohne nachzudenken, nahm sie die Maus und übernahm das Öffnen der Bilder. Da war der dunkle Kranz ihrer dichten Wimpern, die schlanke Säule ihres Halses, das empfindliche Halbrund ihrer Handfläche, ihre Finger leicht gekrümmt, als würde sie behutsam etwas sehr Wertvolles darin halten.

Sie runzelte die Stirn. „Wann hast du das aufgenommen?" Die Hand wirkte so ... so verletzlich.

„Als du gestern nach dem Lunch kurz eingedöst bist."

Ihr wurde leicht mulmig. Es war schon das zweite Mal, dass sie geschlafen hatte, obwohl sie allein mit ihm war. Es sollte undenkbar sein – und doch war es von Anfang an so gewesen. Trotz des Drucks, unter dem sie seit Monaten stand, wusste sie tief in ihrem Innern, überlagert von ihrer Angst und ihren Schutzmechanismen, dass sie ihm vertrauen konnte.

Natürlich vertraute sie ihm. Er war ihr Freund. Ihr Brieffreund Gage.

Trotzdem zitterten ihre Finger, als sie mit dem Cursor das nächste Rechteck anklickte. Das Motiv erschien auf dem Bildschirm ... ihr Mund, die vollen Lippen leicht geöffnet ... als würden sie erwartungsvoll einem Kuss entgegenfiebern.

Ihre Brust zog sich zusammen, Hitze schoss ihr ins Gesicht. Ihre Lippen – die echten – begannen zu prickeln. Dieses verkrampfte Zucken in ihrem Unterleib war plötzlich wieder da. Die Nerven ... Nein, sie wusste doch, was es war, hatte es sich schon vor Tagen eingestanden.

Verlangen.

Es rauschte durch ihr Blut, ihr Herz schlug hart gegen ihre Rippen, wie der Klöppel einer Glocke, die die frohe Botschaft von ... von Glück verkündete.

Sie war glücklich, dass sie den Wunsch zu küssen verspürte. Und sie wollte Gage küssen.

Es schien keine Luft zum Atmen mehr zu geben, als sie den Kopf drehte und ihn anschaute. Selbst in dem dämmrigen Raum erkannte sie das Feuer in seinen unglaublichen Augen. Die Intensität, mit der er ihr Gesicht ansah, ließ sie erschauern.

Dennoch rührte er sich nicht. Sie war wie eingehüllt von ihm, seine Schenkel hart unter ihren, seine Brust, die sich hob und senkte, um den Sauerstoff einzuziehen, den sie nicht finden konnte. Und noch immer blieb er völlig reglos, während die Hitze sich wie ein Flächenbrand in ihrem Körper ausbreitete.

„Gage ...", wisperte sie. Als sie sich mit der Zunge über ihre trockenen Lippen strich, verfolgten seine Augen die Bewegung. „Ich ..."

Er ließ eine der Fingerspitzen ihre Wange entlanggleiten. Die flüchtige Berührung jagte eine neue Hitzewelle über ihre Haut.

„Für dich alles", sagte er mit leiser rauer Stimme. „Was immer du willst."

Sie wollte diesen Kuss.

Vorsichtig setzte sie sich auf seinem Schoß um, sodass es bequemer für sie auf seinen Beinen war. Als sie die Hände auf seine breiten Schultern legte, spürte sie ein Zucken an ihrem Po. Es ließ sie für einen Moment innehalten. Der Beweis seiner Erregung rief ihr in Erinnerung, dass er aus Fleisch und Blut war. Ein Mann.

In ihrem Hinterkopf meldete sich eine flüsternde Stimme, die mit jeder vorbeitickenden Sekunde lauter wurde. *Seine* Stimme. Sie meinte, das Kratzen der kalten Messerklinge auf ihrer noch kälteren Haut zu spüren, fühlte wieder die brutal grapschende Hand an ihrer Brust. *Gefällt dir das? Bestimmt wird dir noch besser gefallen, was jetzt gleich kommt.*

Sie begann zu zittern. Ihre Finger krallten sich in die Rundung aus Muskeln und Knochen. Diese Schultern ... sie waren so breit. Maskulin. Viel stärker als sie ...

„Komm zurück, Skye", raunte Gage. „Komm zurück zu mir!"

Sofort kehrte sie in die Gegenwart zurück, zurück zu dem Moment mit ihm, ihrem Brieffreund. Zu ihrem Freund, der bis in ihr Innerstes zu blicken vermochte. Der sie so gut kannte, dass er ihr all das Zerbrochene vor Augen halten und die Hoffnung in ihr aufleben lassen konnte, sein Kuss würde alles wieder zusammenfügen.

Bevor der Mut sie verließ, beugte sie sich vor. Sein Mund fühlte sich warm und fest auf ihrem an. Seine Lippen waren weich, ein totaler Gegensatz zu seinen rauen Bartstoppeln. Diese Empfindung löste ein Flattern in ihr aus. Sie hob eine Hand und berührte ihn an der Wange, drehte leicht seinen Kopf, damit sie den Mund noch fester auf seinen pressen konnte.

Seine Lippen teilten sich, und sie stieß mit der Zunge vor.

Ihr Herz hämmerte nun doppelt so heftig, obwohl sie beide verharrten. Dann glitt Gage mit den Zähnen über ihre Zunge, und als er zärtlich zubiss und sie gefangen hielt, schnappte Skye leise nach Luft. Er begann daran zu saugen, langsam und sacht, ließ sich Zeit, hatte keine Eile. Es war so sinnlich, dass ihre Brüste anzuschwellen schienen und spannten, die Brustwarzen zogen sich hart zusammen, sehnten sich verzweifelt danach, berührt zu werden.

Stattdessen berührte sie Gage. Sie ließ ihre Hände unter sein T-Shirt wandern, erkundete mit den Fingerspitzen seine Bauchmuskeln. Er hielt den Atem an, und sie löste ihren Mund von seinem. Auch sie musste Luft holen, wollte jedoch nicht, dass es schon vorbei war. Noch nicht. Mit den Lippen fuhr sie über sein Kinn, über die kratzigen Stoppeln. Mit jedem seiner heftigen Atemzüge drängte sich seine Brust an ihre Handflächen, spürte die Hitze zwischen ihnen. Als sie mit den Daumen seine Brustwarzen rieb, stöhnte er auf. Sie unterdrückte ihr eigenes Stöhnen, erschauerte, da sie ihre Zunge an seinem Kinn entlangstreichen ließ. Er schmeckte salzig wie die Luft in der Bucht, sie kostete den Geschmack, schleckte wie eine Katze die Milch.

Gages Rechte schoss in die Höhe an ihren Nacken, seine gespreizten Finger schoben sich in ihr Haar. Seine Muskeln waren angespannt, das konnte sie unter ihrer Handfläche fühlen, dennoch nahm er die Hand sofort wieder zurück und ließ den Arm sinken. Sie massierte seine Brustmuskeln, genoss das Kitzeln von samtener Haut und seidigen Härchen an ihren Fingerspitzen. Liebte es, dass er es ihr überließ, die Regeln für dieses Spiel aufzustellen.

„Zieh das aus." Sie zog die Hände unter seinem Shirt hervor und zupfte am weichen Baumwollstoff. „Bitte …"

„Für dich alles", murmelte er erneut. „Alles, was du willst." Er fasste mit einer Hand an den Kragen, um sich das T-Shirt über den Kopf zu streifen. Die Bewegung brachte seine Brust näher an ihren Oberkörper heran, und plötzlich brauchte Skye mehr. Sie umfasste den Saum ihres eigenen Shirts und zog sich gleichzeitig mit ihm aus.

Sie starrten einander an, beide atmeten sie schwer. Noch hatte Gage sich nicht wieder in den Stuhl zurückgelehnt, sein nackter Brustkorb, der sich mit jedem Atemzug hob und senkte, war verlockend nah an ihren aufgerichteten Brustwarzen, die sich durch die Seide ihres BHs drückten. Im gleichen langsamen Tempo, wie ein Seestern sich über die Felsen bewegt, glitten Gages Hände um ihre Taille. Mit sanftem Druck dirigierte er sie, bis Skye nicht mehr quer auf seinen Schenkeln saß, sondern rittlings.

Ihre pulsierende Mitte berührte jetzt direkt die harte Wölbung in seinem Schritt. Ohne nachzudenken, drängte sie sich an ihn, rieb sich daran und verschaffte sich Vergnügen, linderte das schmerzhafte Pochen an der Stelle und fachte es gleichzeitig an.

Gage spreizte die Finger, wanderte mit der flachen Hand ihren Rücken hinauf und stieß auf ihren BH. Die Barriere ärgerte sie. Sie wollte, dass sie verschwand, wollte nackte Haut auf nackter Haut fühlen.

Deshalb sorgte sie eilig selbst dafür, öffnete den Verschluss an der Vorderseite und schob sich die Träger von den Schultern. Den Blick auf ihre bloßen Brüste geheftet, ließ Gage sich an die Stuhllehne zurücksinken.

Ein eiskalter Schauer rann ihr über den Rücken. *Er* hatte sie auch angestarrt, obwohl ihre Augen verbunden gewesen waren, hatte sie seine Lüsternheit gespürt. Und sie hatte trotz des Knebels vor Schmerz gewimmert, als seine rauen Finger sich grob in ihr weiches Fleisch gebohrt hatten. Sie hatte sich gehasst, weil sie diesen Laut der Angst nicht hatte zurückhalten können. Die grässliche Erinnerung baute sich auf, wuchs mehr und mehr an,

Wort um Wort hörte sie, Bild um Bild sah sie hinter ihren geschlossenen Lidern.

„Nicht, Skye." Gages Stimme klang scharf. „Öffne die Augen! Öffne die Augen und schau mich an! Ich bin es."

Sie hob halb die Lider.

Er neigte den Kopf zur Seite, bis er in ihr Blickfeld geriet. „Ich bin es", wiederholte er. Er nahm eine Hand hoch und ließ die Fingerknöchel sacht über ihre Brustwarzen gleiten. „Es sind meine Berührungen."

Skye erschauerte, und das Vergnügen kehrte zurück. Gage umfasste eine ihrer Brüste, sein Körper strahlte Wärme auf ihren aus. Sanft hob er die Rundung an und drückte einen Kuss auf die aufgerichtete Spitze, ohne den Blick von ihren Augen abzuwenden, strich mit der Zunge darüber, umkreiste die Brustwarze. Skye sog scharf die Luft ein, als das süße Ziehen direkt in ihren Unterleib schoss. Mit den Händen hielt sie seinen Kopf an der Stelle fest, sein seidiges Haar streichelte über die empfindsame Haut an ihren Fingerinnenseiten. Er begann zu saugen, sog ihr Fleisch in seinen warmen Mund, und sie wand sich, zwischen ihren Oberschenkeln schien es zu pulsieren.

„Oh Gott", stieß sie aus, während er sich der anderen Brust widmete. Seine Hände spielten dabei mit der feuchten Spitze, kneteten und reizten sie. Vor Verlangen wurde ihr schier schwindlig, währenddessen er sie weiter liebkoste. Es war eine süße Folter, als er ihre Sehnsucht anheizte, indem er sie seine Zähne spüren ließ und zärtlich an ihr knabberte.

Sie drängte ihre Hüften fester an seine, schmiegte sich an seinen harten Schaft unter der Jeans, der so perfekt an ihren Schoß passte, doch das war nicht genug.

Ihre Anspannung wuchs, aber es war nicht die gleiche Art Spannung wie vorher, vielmehr fühlte sie frustrierte Rastlosigkeit. Jetzt, konnte sie nur denken. Genau in dieser Sekunde bot sich ihr die Chance, alles wiederzubekommen, was sie verloren hatte. Die Erlösung schien reglos in greifbarer Nähe zu schweben, und Skye befürchtete, dass sie nie wieder Erlösung finden würde, wenn es nicht sofort geschähe.

Ein heiseres Stöhnen entrang sich ihrer Kehle. Ihre Finger krallten sich fester in sein Haar, flehten wortlos um andere Liebkosungen, um mehr Berührungen, um … um mehr. „Gage …"

Er löste den Mund von ihrer Brust und hob den Kopf. „Sollen wir zum …"

„Nein. Nein. *Bitte.*"

„Schh …", versuchte er sie zu beruhigen und schätzte mit seinem Blick die Situation ab. „Ist ja schon gut …"

„*Bitte.*" Sie drängte sich an ihn, Verärgerung und Ungeduld drohten das Verlangen zu zersplittern, obwohl es gerade jetzt des letzten Schliffs bedurfte.

„Warte, Baby, hier." Er rutschte auf dem Stuhl tiefer, damit sie sich noch näher waren. Als Skye heiser keuchte, wanderte er mit einer Hand ihren Rücken entlang bis unter ihren Hosenbund, dann in ihren Slip. In dem Moment, als sie seine warme Handfläche an ihrem Po fühlte, setzte ihr Herz aus, und sie rückte dieses winzige und doch so unerlässliche Stückchen vor.

Genaudortgenaudortgenaudort!

Das war alles, was sie denken konnte, sowie er seine Lippen zu einem wildem Kuss auf ihre presste. Unter dem Jeansstoff drängte sein harter Schaft sich ihr entgegen. Gage schob seine freie Hand zwischen sie beide und rieb kreisend ihre Mitte.

Vergnügen über Vergnügen durchrauschte sie und schwoll an. Skye ließ sich mitreißen, glitt auf der heranwogenden Lustwelle dahin wie ein Surfer. Sie schlang die Arme um Gages Nacken und stieß mit ihrer Zunge in seinen Mund vor, wobei sie sich ihm entgegenbog, sowie er sich aufbäumte.

Statt die Gefühlswelle hinabzusurfen, stieg sie weiter auf, bis sie hoch auf dem Kamm dahinritt und ihren zuckenden und erschauernden Körper an seinen drückte. Das Blut pochte heiß durch ihre Adern, und Tränen brannten ihr in den Augen, während die unterschiedlichsten Emotionen sie erfassten: physische Erfüllung, maßlose Erleichterung und ungetrübte Freude.

Sie hatte das wiedergefunden, was sie für immer verloren geglaubt hatte.

Dann wurde sie wieder sie selbst, und die Realität holte sie schlagartig ein, sie erkannte, was diese Genesung sie gekostet hatte. Sie lag halb nackt in Gages Armen, die Stirn an seine Schulter gepresst, während er unablässig über ihren Rücken strich.

Sie hatte ihren Freund, ihren Brieffreund, zu körperlicher Intimität verführt und damit womöglich die andere Beziehung mit ihm, die ihr so wichtig war, ruiniert.

Sie kam sich egoistisch vor, fühlte sich maßlos verlegen und peinlich berührt. „Das ist schrecklich." Hastig rappelte sie sich von seinem Schoß auf, sie wagte es nicht, ihn anzusehen, riss ihr T-Shirt vom Boden hoch und streifte es sich hektisch über den Kopf, stieß die Arme mit ruckartigen Bewegungen in die Ärmellöcher. Ihr Blick fiel auf achtlos fortgeworfene Seide, abrupt bückte sie sich danach und stopfte ihren BH mit fahrigen Fingern in ihre Hosentasche.

„Skye...", begann Gage sanft.

„Nein." Sie wich von ihm zurück, richtete ihre Aufmerksamkeit auf eine neutrale Zone – seine Kniescheiben. „Du hättest nicht ... ich hätte nicht ..." *Oh Gott!* „*Für dich alles*, hast du gesagt, *nur für dich*. Und jetzt ist alles aus dem Gleichgewicht geraten." Alles war ruiniert. Sie hatte zugelassen, dass ihre physischen Bedürfnisse die beste Freundschaft mit einem Mann zerstörten, die sie je gehabt hatte.

„Gar nichts ist aus dem Gleichgewicht geraten", erwiderte er trocken. „Würde es dich trösten zu wissen, dass du einen Lügner aus mir gemacht hast?"

Ihr Blick ruckte zu seinem Gesicht.

Er setzte sich auf dem Stuhl auf und fuhr sich durchs Haar. „Du warst nicht die Einzige, die gekommen ist, Baby. Während ich meine Jeans noch anhabe! Das ist mir nicht mehr passiert, seit ich vierzehn war. Hilft dir das, dich besser zu fühlen?"

Skye schüttelte den Kopf und wich weiter zurück. Höchste Zeit, zu verschwinden, denn die einzige Möglichkeit, sich besser zu fühlen, wäre, wenn sie herausfände, dass dies nur einer ihrer Albträume gewesen war.

Polly suchte gerade ihren Autoschlüssel, als es an der Haustür klopfte. Dieses Klopfen erkannte sie sofort. Sie seufzte leise und wägte ab, ob sie vorgeben sollte, nicht da zu sein, doch damit würde sie wohl nicht durchkommen. Teague hatte vermutlich ihren VW-Käfer auf der Auffahrt hinter dem Haus parken gesehen.

Das nächste Klopfen war zu vernehmen, und wie kleine metallene Kügelchen von einem Magnet angezogen wurden, strebte sie auf die Tür zu. Als sie sie aufzog, hielt Teague ihr eine Bäckertüte vor die Nase.

„Deine Lieblingsmuffins. Ganz frisch."

„Das hättest du nicht tun sollen", sagte sie, schnupperte aber schon den verführerischen Duft, der der Tüte entströmte. Der war so köstlich, dass sie automatisch einen Schritt zurücktrat und Platz machte, damit Teague eintreten konnte.

„Kam nach meiner Schicht auf der Wache an der Bäckerei vorbei."

Wie nett und aufmerksam von ihm, dachte sie, nach seiner Vierundzwanzigstundenschicht, die von sieben Uhr morgens bis sieben Uhr morgens dauerte, bei der Bäckerei anzuhalten. „Ich werde noch fett und kugelrund", protestierte sie, obwohl ihr bereits das Wasser im Mund zusammenlief, als sie den Duft von Zucchini, Zimt und Walnüssen einatmete.

„Deine Figur ist perfekt."

Etwas lag in seiner Stimme, das ihren Blick unwillkürlich zu ihm fliegen ließ, aber er sah sie gar nicht an, war damit beschäftigt, die Tüte auf der Frühstückstheke zu deponieren, die den Wohnbereich von der kleinen Kochnische mit der Küchenzeile abtrennte. Polly ging zu einem Schrank und nahm zwei Teller heraus.

„Du hast doch einen für dich mitgebracht, oder?", fragte sie.

„Ich habe keinen Hunger."

„Dann sollte ich auch später essen", sagte sie. „Ich wollte gerade zur Schule fahren und in meinem alten Unterrichtsraum die letzten Sachen zusammenpacken – für den Umzug in das neue Gebäude."

„Brauchst du Hilfe? Ich muss erst morgen früh um sieben wieder auf der Wache sein."

„Nein!" Sie riss sich zusammen und senkte die Stimme. „Nein, das kann ich nicht von dir verlangen, wo du doch gerade von der Arbeit kommst und den Tag freihast." Auch wenn sie zugesagt hatte, während der Hochzeitsfeierlichkeiten die Rolle als seine Begleitung zu übernehmen, musste sie versuchen, seine spontanen Besuche irgendwie abzuwenden. Diese Aktion sollte dazu dienen, ihre Fortschritte beim Abgewöhnungsprozess von ihm zu kontrollieren, wie sollte sie das jedoch ohne echten Abstand überhaupt beurteilen können?

„Das macht mir nichts aus."

„Aber mir." Sie erledigte die letzten Handgriffe, verknotete die Arme ihres Sweatshirts vor ihrem Bauch und hängte sich die Handtasche über die Schulter. „So, jetzt müsste ich nur noch wissen, wo mein Autoschlüssel ist."

Teague schob sich an ihr vorbei in die kleine Küche, zog die schmale Tür zum Vorratsschrank auf, steckte den Kopf hinein, verschob hier etwas und dort etwas und kam mit dem Schlüssel in den Fingern daraus hervor. Er hielt das Bund vor ihre Augen und ließ es klimpern. „Hier, bitte."

Polly runzelte die Stirn. Es war nicht das erste Mal, dass er ihren verlegten Schlüsselring sofort gefunden hatte. „Wie schaffst du das immer wieder?"

„Das ist simpel. Wenn du spät nach Hause kommst, gießt du dir gerne noch eine Tasse Tee auf. Du bist gestern mit deinen Kolleginnen ins Kino gegangen ... ergo hast du den Schlüssel neben der Teedose ‚Himmlische Mischung' liegen lassen."

„Ergo", wiederholte sie verwundert und sagte: „Nicht jedes Mal, wenn ich nach Hause komme, bereite ich mir einen Tee zu."

„Wie ich schon sagte ... nur, wenn es spät wird. Kannst du den Schlüssel nach dem Training im Fitnessstudio nicht finden, sieh als Erstes im Bad nach. Weil du dir nämlich immer zuerst die Hände wäschst, wenn du vom Gewichtestemmen zurückkommst. Warst du einkaufen, dann stehen die Chancen gut, dass sie im Kühlschrank liegen."

„Jetzt weiß ich nicht, worüber ich mich mehr ärgern soll – über meine Durchschaubarkeit oder meinen Mangel an Disziplin. Eine kluge Frau würde eine Schale auf den Tisch neben der Haustür stellen, in die sie die Schlüssel gleich hineinwerfen kann, sobald sie das Haus betritt."

„Eine von deinen wenigen Schwächen, Pol. Sei nicht zu streng mit dir."

Wenige Schwächen? Oh, sie war wirklich alles andere als perfekt. „Trotzdem verstehe ich noch immer nicht, wieso du dir Dinge von mir merkst, derer ich mir nicht einmal selbst bewusst bin."

Er zuckte nur mit den Schultern und tippte sich zum Gruß mit zwei Fingern an die Stirn. „Dann bis später, Gator."

Gator. Das war sein Spitzname für sie, abgeleitet von Bill Haleys „See You Later, Alligator", nachdem sie sich bitter über das sich geradezu aufdrängende und nervige „Pollywog" – Kaulquappe – beschwert hatte. Dass er diesen Namen jetzt benutzte, ließ sie aufhorchen. „Warte!" Sie besah ihn sich genauer. Etwas stimmte nicht mit ihm, seine Haltung … „Bist du verletzt?"

Im Türrahmen blieb er stehen und drehte sich um. „Nein, nur müde."

Polly kniff abschätzend die Augen zusammen. Teague redete nie über seine Arbeit als Feuerwehrmann, außer dass er vielleicht einen Witz erzählte, den er auf der Wache gehört hatte. Oder er holte sich Rat, was er kochen sollte, wenn er an der Reihe war, das Abendessen für die Kollegen zuzubereiten. Es wäre absolut naiv von ihr, nicht davon auszugehen, dass er schreckliche Szenen und Bilder sehen musste, sobald er zum Einsatz gerufen wurde. Es konnte nicht nur darum gehen, Katzen von Bäumen herunterzuholen.

Ihr Instinkt sagte ihr, dass er heute Probleme damit hatte, das Erlebte auszublenden und die Erinnerung daran auf das „hohe Regal" zu stellen, von dem Griffin gesprochen hatte. Teague brauchte Ablenkung, und sie brachte es nicht über sich, ihm die zu verweigern. Außerdem arbeiteten sie ja beide im öffentlichen Dienst.

„Würdest du mir wirklich mit dem Klassenzimmerumzug helfen wollen?"

Er drehte sich zu ihr um, ein erleichtertes Lächeln zog auf sein Gesicht.

„Ja, sehr gern."

Und sie würde ihn gern um sich haben, sagte sie sich. Nur weil sie jetzt ein zusätzliches Paar Hände zur Verfügung hatte, hieß das ja nicht, dass sich ihr Plan ändern musste. Ja, sie würde ihre albernen Träume von ihm endlich aufgeben, sogar während er neben ihr auf dem Beifahrersitz im Auto saß und sie über die Küstenstraße auf dem Weg zur Grundschule waren, die im Zentrum der kleinen Küstenstadt lag.

Zusammen mit Teague ging sie zu ihrem Klassenzimmer und schloss die schwere Tür auf. „Manche von diesen Bauten stammen noch aus der Zeit vor dem Zweiten Weltkrieg. Solange sie renoviert werden, hat man mir einen Klassenraum in einem Gebäude am gegenüberliegenden Ende des Geländes zugewiesen."

Teague zeigte auf den Stapel Kartons, die sie bereits gepackt hatte. „Du hast ja schon einiges geschafft."

„Ich habe langsam Stück für Stück zusammengesammelt", sagte sie. „Aber die Leseecke ist noch übrig." Mit dem Kopf deutete sie zum hinteren Teil des Raums, wo rund um eine Öffnung in einer Trennwand aus Paneelen das weit offene Maul eines Wals aufgemalt war. „Mir wird es auf jeden Fall nicht leidtun, den guten alten Jonas zurückzulassen. Den habe ich von meinem Vorgänger geerbt, und wenn du mich fragst, die Kids sind nicht besonders begeistert, jedes Mal in den Schlund eines vorsintflutlichen Säugetiers steigen zu müssen, damit sie sich ihre Bücher anschauen können."

Sie schnappte sich zwei leere Kartons und duckte sich unter Jonas' abblätternden weißen Zähnen hindurch. Teague folgte ihr, und zusammen traten sie an die Bücherregale, die an den Wänden standen. Große Kissen lagen auf dem Boden verteilt, boten den Kindern, die mutig genug waren und sich zutrauten, im Maul des Wals zu verschwinden, bequeme Polster beim Lesen. Teague nahm ihr eine Kiste ab.

„Gibt es ein bestimmtes System?"

Sie winkte ab. „Wie es gerade kommt. Wahrscheinlich sortiere ich im neuen Klassenzimmer sowieso alles um. Ich überlege mir noch immer, ob ich auch ein Thema für die Leseecke wählen oder es schlicht und simpel bei Regalen belassen soll. Um ehrlich zu sein, ich hätte gar nicht die Fähigkeiten, so was wie den guten alten Jonas aufzubauen."

Teague platzierte die erste Handvoll Bücher im Karton, worauf man ein dumpfes *Plopp* hörte. „Woran hast du denn gedacht?"

„Vielleicht eine Burg? Auf jeden Fall etwas, das ihre Fantasie anregt."

„Ich kann mich von meinem Besuch im letzten Jahr noch gut erinnern, dass die Kids Fantasie im Überfluss haben."

Polly lachte. Die Kinder hatten von ihm wissen wollen, ob er einen Dalmatiner besaß oder ob er jemals jemanden hatte retten müssen, der auf der Toilette feststeckte – das war von Barrett gekommen, dem Oberlümmel im vergangenen Schuljahr –, und als was er sich zu Halloween verkleidete, wo doch so viele der Kids ein Feuerwehrmannkostüm trugen. „Trotzdem ist es mir wichtig, alles, was mit dem Alphabet und dem Lesen zu tun hat, so aufregend wie möglich zu gestalten. Wir nutzen sogar meine alten Pompons, Jungen wie Mädchen."

Er hielt abrupt inne. „Was?"

„Klapp den Mund wieder zu, Mr Macho." Sie grinste ihn an. „Wir stellen Buchstaben mit Armbewegungen dar. Die Kinder sind immer ganz begeistert, wenn sie zum Cheerleader des Tages gewählt werden. Derjenige darf dann nämlich mit den großen Plastikbüscheln vor der Klasse stehen."

„Das würde ich mir zu gern ansehen", meinte er.

„Ich bereite was vor, wenn du irgendwann zur Berufsberatung kommst." *Wenn du irgendwann kommst.* In Gedanken verfluchte sie sich. Hörte sich das etwa nach Distanz an? Andererseits konnte sie den Kindern doch nicht ihren Lieblingsbesucher vorenthalten, oder? Feuerwehrmänner waren so etwas wie Rockstars für Fünfjährige.

Teague trug eine volle Bücherkiste aus der Leseecke und kehrte mit einer leeren zurück. Als er an ihr vorbeiging, kickte er versehentlich mit der Fußspitze eine Plastikkiste ohne Deckel um. Der kunterbunte Inhalt ergoss sich über den Boden.

„Hoppla! Sorry", entschuldigte er sich.

„Kein Problem." Beide hockten sie sich hin und griffen gleichzeitig nach einem rot-weißen Stück Stoff. Ihre Finger stießen zusammen.

Beide zuckten sie zurück, als hätten sie einen Stromstoß bekommen. Polly schaute auf. Teague starrte sie an – durchdringend und nachdenklich. Dieser Blick brachte ihren Puls ins Stocken, trieb ihr die Luft aus der Lunge, weckte bei ihr das Bedürfnis, sich vorzulehnen. Sich an ihn zu lehnen.

Teague schoss regelrecht in die Höhe. „Hoppla ... ich ..." Er rieb sich das Gesicht und schüttelte den Kopf, als müsste er seine Gedanken ordnen. „Was ist das denn?", fragte er verdattert.

„Ich ..." Erwartete er tatsächlich von ihr, dass sie diese explosive Reaktion erklärte? Dann allerdings fiel ihr auf, dass er auf das rot-weiße Stück Stoff in ihrer Hand starrte. „Oh, das." Um ihre Verlegenheit zu überspielen, stülpte sie es sich auf den Kopf. „Das gehört zu einem Kostüm – ‚Ein Kater macht Theater'. Das trage ich, wenn wir Dr. Seuss lesen."

Er riss die Brauen in die Höhe. „Trägst du etwa auch Schnauzhaare und Schwanz?"

Sie stopfte den Hut zurück in die Plastikkiste. „Und die rote Fliege um den Hals, falls du die ganze Wahrheit wissen willst."

Er trat an eins der Regale, um weitere Bücher herauszunehmen. „Ich hätte nie vermutet, dass du mich noch immer überraschen kannst, Polly."

Worauf genau bezog er sich jetzt damit? Auf den Stromstoß, der sie bei der flüchtigen Berührung getroffen hatte, oder auf ihre Vorliebe, sich zu verkleiden? „Ich bin eben eine Frau mit vielen Geheimnissen", gab sie sich gespielt rätselhaft.

„Was denn, versteckst du hier irgendwo auch ein Mata-Hari-Kostüm?", fragte er.

Als er sich wieder dem Einpacken der Bücher widmete, holte sie ein altes Großmutterkleid aus der Kiste, ein Spitzenhäubchen und eine kleine Nickelbrille und zog die Sachen über. „Nein, Mata Hari nicht, aber Großmutter Hubbard."

Teague brach in schallendes Gelächter aus, als er sich umdrehte und sie erblickte. „Du machst dir wirklich so viel Mühe, Pol?"

„Und noch mehr", erwiderte sie. Sie nahm einen Ordner aus dem Regal. „Sieh dir das Jahrbuch meiner letzten Klasse an. Da habe ich mich unter anderem als Lumpenpuppe Raggedy Ann, als freundliche Piratin und als einer von Maurice Sendaks ‚wilden Kerlen' kostümiert."

Teague sah über seine Schulter auf die Seiten, die sie umblätterte. Auf den Fotos war sie immer von den Kindern umringt, die sie in diesem Jahr unterrichtet hatte und die jetzt nach den Sommerferien im nächsten Monat eingeschult werden würden. Polly seufzte. „Sie werden mir fehlen."

„Die sind alle verdammt niedlich", stimmte er ihr zu und stieß ebenfalls einen Seufzer aus.

Über den Rand der Nickelbrille musterte sie ihn. „Was ist?"

„Ich musste nur gerade an etwas denken. Du weißt, dass ich mal Kinder haben will."

Ja, er ließ selten eine Gelegenheit aus, zu erwähnen, dass er sich eine große Familie wünschte. „Die meisten Männer in deinem Alter sind lange nicht so auf Familie erpicht wie du", bemerkte sie.

„Mag sein. Aber ich habe dir auch von meiner Kindheit erzählt. Das Ganze war eine richtig einsame Angelegenheit. Und ich würde wirklich zu gerne mit meinem eigenen Stamm losziehen ... zum Fußballspielen oder zum Schwimmunterricht. Mich beim Scrabble kabbeln. Draußen im Garten im Zelt schlafen und Gespenstergeschichten erzählen ..."

„Das kannst du doch alles haben."

„Sicher. Ich muss nur noch die richtige Frau dafür finden", meinte er. „Eine Zeit lang dachte ich wirklich ... Tess hat diese vier großartigen Kinder. Es war gerade so, als wäre die Familie schon fertig, nur für mich gemacht."

Polly schluckte, ihre Kehle war plötzlich staubtrocken. „Das ist Davids Familie. Die Kinder sind von Tess und David."

„Ja, genau." Er fuhr sich mit der Hand übers Haar.

„Außerdem bleiben anderer Leute Kinder nie lange großartig und niedlich."

Er warf ihr einen Seitenblick zu. „Pol, du arbeitest ständig mit anderer Leute Kinder, und du findest sie alle großartig und niedlich."

„Mmh." Sie schloss den Ordner und wandte sich um, um das Jahrbuch in den leeren Karton zu legen.

„Polly?"

Da sie nicht antwortete, zog er sie bei den Schultern zu sich herum. „Was ist?", fragte er, fasste sacht ihr Kinn und hob es an, damit sie ihn ansah. „Irgendetwas stimmt doch nicht. Was verschweigst du schon wieder?"

Du bist ein Trottel! Am liebsten hätte sie ihn angeschrien. *Hier stehe ich vor dir, eine Frau, die Kinder offensichtlich genauso liebt wie du, die ähnliche Interessen und Vorlieben hat wie du.* Hatte er denn den sinnlichen Blitzschlag nicht gespürt, als sich ihre Finger berührten? Nahm er sie denn überhaupt nicht als Frau wahr?

Steckte sie auf ewig in der Rolle als „Kumpel Polly" fest?

„Pol?"

„Nichts", behauptete sie und trat einen Schritt zurück. Zumindest nichts, was sie ändern könnte. Ihre Finger tasteten nach der Schleife des Großmutterkleids, sie würde es wieder ausziehen. Doch dann ließ sie die Arme sinken.

War es das, was hier falsch lief? Dieses Rollenspiel? Da stand sie und hoffte, das Interesse eines Mannes für sich zu wecken, und das einzige Mal, bei dem sie die Kumpel-Rolle ablegte, zog sie sich ein uraltes Großmutterkleid samt Spitzenhäubchen über.

Vielleicht sollte sie nicht ihren Traum aufgeben, sondern schlicht ihre Taktik ändern. Statt sich weiter mit der Rolle der stets verständnisvollen und anspruchslosen Freundin zu begnügen, war es womöglich an der Zeit, Teague dazu zu zwingen, sie in einem völlig neuen Licht zu sehen. In ein paar Tagen stand die nächste Festivität an, bei der sie als seine Eskorte fungierte. Tess schmiss eine Verlobungsparty. Und sie würde mitgehen.

Aufgedonnert und zurechtgemacht, sodass Teague endlich bewusst wurde, dass sie eine attraktive, sexy Frau war.

9. KAPITEL

15. Februar

Skye,
dies scheint ein besonders düsterer Tag zu sein. Ein Dolmetscher, der mir oft geholfen hat, verlor heute Morgen beide Beine und ein Auge, als der Wagen, mit dem er unterwegs war, über eine Sprengladung fuhr – eine von diesen selbst gebauten Sprengfallen, von denen Du schon so viel gelesen hast, wie Du sagst. Ich bin zu seiner Familie gegangen und habe ihnen etwas Geld dagelassen. Wenn er jetzt nicht mehr arbeiten kann, wird es sicher schwer für sie werden. Ich habe seine Frau und die Kinder vor ein paar Monaten kennengelernt und seinen Söhnen dabei geholfen, eine Rampe zu bauen. Sie hatten von einem Marine, der auf dem Weg zurück in die Heimat war, ein Skateboard geschenkt bekommen. Ihre Mutter hat sich schrecklich darüber aufgeregt, wie gefährlich dieser Sport sei, aber ihr Mann und ich haben nur gelacht. Was denn das Schlimmste sei, was ihren Jungs passieren könnte, haben wir sie gefragt – aufgeschlagene Knie, vielleicht ein verstauchter Knöchel, mehr nicht. Im Vergleich zu dem, was wir gesehen und erlebt haben, ist das gar nichts.
Der älteste Sohn ist zwölf, und als ich heute wieder bei ihnen war, habe ich ihm und seinem kleinen Bruder die Schokolade und die Kaugummis geschenkt, die mit dem letzten Paket von meiner Mutter angekommen sind. Das war alles, was ich für die traumatisierte Familie hatte – ein paar Geldscheine und eine Handvoll Süßigkeiten. Der Zwölfjährige hat sich höflich bedankt, bevor er mich zur Seite zog und wissen wollte, ob ich nicht Arbeit für ihn hätte. Er könne doch dolmetschen, wie sein Vater. Als ich ihn fragte, ob er keine Angst vor einem so gefährlichen Job habe, meinte er, das Skateboarden habe seinen Mut gestärkt.

Ich kenne das Gefühl selbst gut genug. Der Adrenalinschub in riskanten Situationen macht süchtig. Aber deshalb saß sein Vater an jenem Morgen nicht als Dolmetscher in dem Wagen, der ausgebombt wurde. Er versuchte lediglich, seine Familie zu ernähren.

Ich ziehe jetzt weiter an einen Ort, von dem ich weiß, dass man mir da guten russischen Wodka servieren wird. Man trinkt ihn dort aus Teetassen, und ich habe vor, mir mehrere Tassen davon zu genehmigen und mich zu betrinken. Und ich werde immer dankbar dafür sein, dass keine Frau und keine Kinder unter meiner Berufswahl und meinen Entscheidungen zu leiden haben.

Gage ... der hofft, dass Du die regelmäßige Korrespondenz mit ihm nicht bereust.

Lieber Gage,
natürlich bereue ich das Korrespondieren mit Dir nicht! Schrecklich finde ich jedoch, was dem Dolmetscher zugestoßen ist. Du darfst aber nicht vergessen, dass Du zwar weder Frau noch Kinder hast, doch eine Familie und Freunde, die Dir alle sehr nahestehen! Pass auf Dich auf, tu es für uns.

In dem Paket mit diesem Brief sind ein paar Naschereien, die Dir hoffentlich Freude bereiten ... oder vielleicht bereitet es Dir Freude, sie mit anderen zu teilen. Aber hebe wenigstens eins der Kaugummis für Dich selbst auf, und wenn Du es kaust, dann denke an die Wettbewerbe im Kaugummiblasen zurück, die wir früher hier in Crescent Cove abgehalten haben (war es nicht meist Griffin, der zum offiziellen Champion im Kaugummikauen ernannt wurde?).

Außerdem möchte ich Dir noch sagen, dass ich heute Morgen eine Kerze für Dich angezündet habe. Wegen der Zeitverschiebung wäre das also bei Dir in der Nacht. Auch wenn ich auf der anderen Seite der Welt sitze, so hoffe ich doch, dass der warme Lichtschein Dich erreicht.
Alles Gute, Skye

In ihrer Rolle als Postbotin von Crescent Cove ging Skye zum Strandhaus von Rex Monroe, dem Neunzigjährigen, der in der Bucht wohnte, seit sie denken konnte. Sie hatte den Pfad gewählt, der sich hinter den Häusern über die Anhöhe schlängelte, um den Weg am Strand entlang zu vermeiden, auch wenn der kürzer war. Rex' Hütte stand gleich neben Nr. 9, und sie wollte nicht, dass Gage sie sah.

Sie war nicht erpicht darauf, ihm zu begegnen, vermutlich würde er sich verpflichtet fühlen, über die peinliche Episode in seinem Arbeitszimmer zu reden, da käme sie sich erst recht wie eine Idiotin vor, weil sie ihm aus dem Weg ging. In diesem Falle wären sie dann wieder genau da, wo sie angefangen hatten. Sie würden Zeit miteinander verbringen, und sie würde erneut diese Sehnsucht verspüren. Eine Sehnsucht, die absolut unsinnig und falsch war.

Weil sie dem falschen Mann galt.

So wirr, dass sie sich nicht mehr als sinnliches Wesen sehen *wollte*, war sie nicht. Dennoch war sie weit davon entfernt, einen Orgasmus, bei dem ihr Oberkörper entblößt war, als Heilung zu bezeichnen. Und vor Gage zu versagen – mit ihm zu versagen –, wenn er sie vielleicht in einem gut gemeinten Versuch durch den gesamten Prozess, also von Anfang bis Ende des Liebesakts führen wollte, das würde sowohl ihr Selbstwertgefühl als auch die so spezielle Beziehung, die sie schon fast seit einem Jahr miteinander führten, endgültig zerstören.

Es war besser, Abstand zu wahren. Wenn er aus der Bucht abgereist war, konnte sie den Kontakt mit ihm wieder aufnehmen – auf dem Papier und über Tausende sichere Meilen entfernt.

Als Skye sich von der hinteren Seite des Hauses der Vordertür von Rex' Hütte näherte, hörte sie vertraute Stimmen. Sie zuckte zurück und musste sich an der Wand mit ockerfarbenem Gipsputz abstützen, um das Gleichgewicht zu halten. Gage war hier, saß mit dem alten Kriegsberichterstatter zusammen auf dessen Terrasse.

Gejohle und laute Rufe drangen zu ihr, sie linste vorsichtig um die Hausecke. Männer kletterten auf die Klippen am Südende der Bucht, einige standen auf den Felsplateaus weiter unten, andere liefen den Trampelpfad hinauf zu den höher gelegenen Vorsprüngen. Kopfschüttelnd zog Skye eine Grimasse. Die Warnschilder zeigten offenbar keinerlei Wirkung, schmälerten nicht den Reiz.

„Ich habe dich bisher noch gar nicht auf die Klippen klettern sehen", hörte sie Rex zu Gage sagen. „Das war doch immer das Erste, was ihr, du und dein Bruder, mit jedem neuerlichen Sommer ausprobieren musstet – ob ihr von einem höheren Punkt aus als im Jahr zuvor ins Wasser springen konntet."

„Als Kinder haben wir viel Unsinn angestellt", lautete Gages Erwiderung.

„Da kann ich nur zustimmen! Ihr habt Glück gehabt, dass ich euch nicht beim Kragen gepackt und euch höchstpersönlich ins Jugendgefängnis geschleppt habe."

Gage lachte. „Stattdessen haben Sie uns diesen Officer auf den Hals gehetzt, der uns dann seine Version von ‚Kinderschreck' geliefert hat."

Der Greis schnaubte. „Jemand musste eurer Mutter doch unter die Arme greifen. Die arme Frau war mit ihrem Latein am Ende, vor allem, da euer Vater immer nur die Wochenenden hier im Ferienhaus verbringen konnte."

„Und deshalb haben Sie sichergestellt, dass Sie die Rolle des neugierigen Nachbarn übernehmen, der sich in alles einmischen muss."

„Neugierig! Mich einmischen!"

„Was denn? Habe ich jetzt etwa Ihre Gefühle verletzt?" Humor schwang unüberhörbar in Gages Stimme mit. „Ich dachte immer, neugierig sein und sich einmischen sehen Sie als Ihre brillantesten Eigenschaften an."

Rex gab einen Laut von sich, der verdächtig nach einem unterdrückten Lachen klang.

„Na, auf jeden Fall bist du sehr viel höflicher und umgänglicher als dein Zwillingsbruder. Der war ja übelster Laune, als er Anfang des Sommers hier in Nr. 9 einzog."

„Ja, das habe ich mir sagen lassen."

„Und natürlich ist er wieder von den Klippen gesprungen – was du ja inzwischen als dummen Jungenstreich ansiehst. Jane ist ebenfalls gesprungen. Ein Mal."

„Jane? Teufel noch eins ... Er sollte besser auf sie aufpassen."

„Die genauen Hintergründe dafür kenne ich nicht", gab Rex zu. „Aber ich weiß, er liebt sie ... Dabei hätte sie wirklich Besseres verdient."

„Das habe ich ihr auch schon gesagt. Habe ihr vorgeschlagen, sich lieber für den netteren Zwillingsbruder zu entscheiden."

Rex schnaubte. „Als ob du je sesshaft werden würdest."

„Ja, keine Chance", erwiderte Gage.

Ein weiterer sehr guter Grund, weshalb sie Abstand zu ihm halten musste, sagte Skye sich. Er gab selbst zu, dass er nicht der Typ war, der sich niederließ, und sie wusste das ebenso gut. Daher sollte sie nicht einmal an die Möglichkeit denken, dass ihr Herz sich vielleicht etwas anderes wünschen könnte.

„Ist schon alles für deinen nächsten Auftrag geregelt?", fragte Rex jetzt.

Gage ließ nur ein Brummen hören.

„Scheinst nicht sonderlich erpicht darauf zu sein, wieder da rauszukommen", schloss Rex daraus.

Nicht? Skye riskierte es, noch einmal um die Ecke zu schauen. Gage hatte den Kopf an die Hauswand zurückgelehnt, die Augen hielt er geschlossen.

Rex stieß ihn mit der Fußspitze an. „Nun, Junge?"

„Doch sicher, natürlich", beeilte Gage sich zu antworten, ohne jedoch einen Muskel zu rühren. „Aber lassen Sie mich vorerst in Frieden damit. Die Erholung und das Ausspannen haben gerade erst angefangen. Ich will jetzt wirklich nicht an die Arbeit denken."

„Hm", meinte Rex nachdenklich. „Mir war nie bewusst, dass du deinen Beruf, dein Lebenswerk als ... nun, als Arbeit bezeichnest."

Lastendes Schweigen dehnte sich.

„Nichts hat sich geändert", brach Gage die Stille schließlich, seine Stimme klang angespannt. „Ich liebe das, was ich tue. Ich kann's kaum abwarten, wieder loszuziehen."

Skye runzelte die Stirn und betrachtete von ihrem Versteck aus sein Gesicht. Seine Züge schienen ihr härter geworden zu sein. Sie wusste ja, dass ihn der Anschlag auf seinen Dolmetscher bedrückte, und sie wusste auch von seiner Trauer um seinen Freund Charlie, aber bisher hatte sie noch nie diese seltsame Gereiztheit an ihm gespürt, die heute seine Stimmung trübte.

Vielleicht sollte sie ihn zum Dinner einladen und …

Nein. Genau das durfte sie nicht tun. Erst, wenn er die Bucht verlassen hatte und zurück bei seiner Arbeit war, die er so sehr liebte und die ihm die Herausforderungen und Risiken bot, die er anscheinend brauchte, in irgendeinem fremden Land weit, weit weg, erst dann würde sie den Versuch unternehmen, ihn aus der Reserve zu locken.

„Dein Bruder wird sich nicht mehr der Gefahr aussetzen."

„Er hatte Schwierigkeiten damit, es zu verarbeiten", sagte Gage. „Ich hatte schon überlegt, ob ich in die Staaten zurückkommen soll, als ich hörte, dass er mit der Arbeit an seinen Memoiren in Verzug geraten war. Da wusste ich sofort, dass etwas mit ihm nicht stimmte. Er brauchte einen anständigen Tritt in den Hintern."

„Den hat Jane ihm dann auch verpasst."

„Ich weiß. Sie hat ihm den Kopf zurechtgerückt."

„Da ist aber sicher noch mehr, denke ich", bemerkte Rex. „Dein Bruder … was er durchgemacht hat, erhielt über die Jahre viele verschiedene Bezeichnungen … Kriegsneurose, Kampfmüdigkeit …"

„Er hat mir erzählt, dass er zur Therapie geht. Wegen posttraumatischer Belastungsstörung."

Vielleicht hätte Skye sich schuldig gefühlt, weil sie lauschte, wenn Griffin ihr gegenüber nicht schon selbst davon gesprochen hätte. Den Sommer über war sie Gages Zwilling und dessen Braut nähergekommen. Die beiden gingen relativ offen mit dem Thema um, welchen Herausforderungen sich Griffin hatte stellen müssen, nachdem er aus dem Krieg zurückgekehrt war.

„Und wie sieht das bei dir aus, Junge?"

„Was soll wie bei mir aussehen?"

„Griffin hat inzwischen akzeptiert, dass man die Waffe nicht selbst abdrücken muss, um auf lebensbedrohliche Situationen zu reagieren."

„Bei mir ist das anders. Griffins Job verlangt von ihm, dass er immer alles sieht, alles fühlt, alles in Worte fasst, um es weiterzugeben. Ich bin eher neutraler Beobachter."

„Genau das dachte Griffin auch. Er war überzeugt, aufgrund seiner Objektivität als Reporter wäre er immun. War er aber nicht."

„Er hatte ja auch keine Kamera, so wie ich. Die Kamera ist wie eine Rüstung … der Puffer zwischen mir und dem, was ich sehe. Sie ist mein Schutzschild."

„Manchmal gibt es Dinge, die einen Schutzschild durchdringen", murmelte Rex.

Wieder dehnte sich drückendes Schweigen. Dann räusperte Gage sich.

„Stimmt, die Kamera konnte mich nicht vor allem beschützen. Ich gehe trotzdem auf jeden Fall zurück."

„Niemand will dich davon abhalten, Junge", meinte Rex milde. „Worum handelt es sich also bei deinem nächsten Auftrag genau?"

„Ich soll das Bildmaterial für einen ausführlichen Bericht über Geiselfarmen liefern."

„Was, zum Teufel, soll das nun wieder sein?"

„Eine Möglichkeit für organisierte Banden, überall schnell zu Geld zu kommen, wo es Reiche und weniger Reiche und einen korrupten oder überforderten Polizeiapparat gibt."

„Also Kidnapping", folgerte Rex.

„Richtig, und zwar in großem Ausmaß und ausschließlich des Geldes wegen, nicht etwa politisch motiviert. Dutzende von Menschen, die an abgeschiedenen Orten gefangen gehalten und nur gegen Lösegeld wieder freigelassen werden von Verbrechern, die sich in zum Abriss stehenden Gebäuden, in Felsenhöhlen und manchmal auch in Bunkern einnisten."

„Zur Hölle", murmelte Rex. „Kein Wunder, dass du Ruhe und Erholung brauchst, wenn so etwas auf dich wartet. Bist du dir ganz sicher, dass du es dir nicht noch mal überlegen willst, ob du wieder zurückgehst?"

„Diese Geschichte muss unbedingt erzählt werden. Und das ist es, was ich tun muss."

Das war der Moment, in dem Skye sich unbemerkt zurückzog. Gages entschlossener Tonfall war die nächste Warnung an sie, sich nicht zu sehr an ihn zu binden. Eine Gänsehaut überkam sie, als seine Worte in ihren Ohren widerhallten. *Diese Geschichte muss unbedingt erzählt werden. Und das ist es, was ich tun muss.*

Und was sie tun musste, war, sich von ihm fernzuhalten, ganz gleich, wie stark sie sich auch zu ihm hingezogen fühlen mochte.

Skye schlenderte mit Jane und Polly durch einen der vielen Schuhläden im Einkaufszentrum, als Jane verkündete: „Ich werde barfuß heiraten."

Sie und Polly tauschten verblüfft einen Blick, dann starrten sie beide die zukünftige Braut an. Hatten sie da vielleicht etwas missverstanden? „Äh ... sagtest du, barfuß?"

Skye blinzelte, als Jane nur nüchtern und knapp nickte. „Aber ... aber das geht doch nicht. Jeder weiß von deinem Schuhtick oder muss man es schon Schuhfetisch nennen?", brachte sie schließlich heraus.

„Und genau deshalb trage ich an meinem Hochzeitstag keine Schuhe. Ich habe mich halb verrückt gemacht damit, die perfekten Brautschuhe zu finden." Jane schnitt eine Grimasse. „Und Griffin gleich mit. So ist er auf die Idee gekommen."

„Noch ein Grund, diese ganze Sache mit der Liebe zu vermeiden", murmelte Polly in sich hinein. „Eine Frau sollte ihren Schuhfetisch nicht aufgeben müssen."

„*Müssen* habe ich gar nichts gemusst", betonte Jane. „Außerdem ist es ja nur für ein paar Stunden. Und eigentlich ist es genau diese Sache mit der Liebe, die alles in die richtige Perspektive rückt. Natürlich freue ich mich auf den Tag der Hochzeit, aber das wirklich Wichtige ist doch der Rest unseres Lebens."

Polly zuckte mit den Achseln „Also, ich entscheide mich trotzdem lieber für Schuhe."

Skye zog die Augenbraue in die Höhe. „Wie ist es, Polly, funktioniert dieses Liebevermeiden bei dir?"

„Gehen wir doch endlich weiter in die Damenabteilung", sagte Polly, statt zu antworten. Ihr Pferdeschwanz hüpfte auf und ab, als sie entschlossen auf die Aufzüge zusteuerte.

Ein Shoppingtrip mit Freundinnen hatte definitiv seine Schlüsselmomente. Als Erstes war da die freudige Erwartungshaltung, wenn man das ausgewählte Kleid anprobierte. Danach der hysterische Aufschrei aus der verschlossenen Umkleidekabine, wenn das Teil, das auf dem Bügel ganz hinreißend ausgesehen hatte, sich in einen kolossalen Flop wandelte, sobald es am realen Körper der potenziellen Käuferin saß. Und dann das Betteln der anderen beiden Flop-Trägerinnen, sie doch bitte, bitte, bitte an dem Entsetzen teilhaben zu lassen.

Nachdem sie, die drei Shopping-Girls, so sehr gelacht hatten, dass ihnen die Tränen gekommen waren, wurde es Zeit für den Lunch, den sie in einem kleinen Bistro im Einkaufszentrum einnahmen. Polly und Jane waren noch immer auf der Jagd nach etwas Passendem zum Anziehen für die große Party bei Tess.

Während sie darauf warteten, dass man ihnen ihren Salat servierte, meldete Skyes Handy mit einem Summen den Eingang einer Textnachricht. Ohne vorher nachzudenken, kramte sie es aus ihrer Handtasche – und erstarrte, als sie auf dem Display erkannte, von wem die Nachricht stammte.

Seit vier Tagen hatte er keinen Versuch unternommen, sich bei ihr zu melden … seit jenem … jenem Zwischenfall. Sie sah auf, als sie die fragenden Blicke der Freundinnen spürte. „Von Gage", sagte sie.

Jane kniff die Augen zusammen. „Ist er also wieder aus der Versenkung aufgetaucht?"

„Wie meinst du das?", wollte Skye wissen.

„Er hat keine von Griffins Nachrichten beantwortet, und bei Griffin hat sich prompt wieder der Zwillingssinn geregt."

Skyes Magen verkrampfte sich. Sie kannte das. Letzten Monat waren alle ihre Instinkte aufgeschreckt gewesen, als Gage sich so lange nicht gemeldet hatte. Da hatte er sich allerdings am anderen Ende der Welt aufgehalten. Wie er bei seiner Ankunft in der Bucht angemerkt hatte, konnte man sich keineswegs immer auf die Post verlassen in den Gebieten, in denen er sich aufhielt. Sie war so erleichtert und erfreut gewesen, ihn vor sich stehen zu sehen, dass sie nicht weiter darauf eingegangen war.

Und nun war er schon wieder abgetaucht? Natürlich wusste sie, dass er noch in Nr. 9 wohnte, und sie hatte ihn ja auch bei Rex gesehen, was ihr jetzt seltsam vorkam, da er nicht auf die Nachrichten seines Bruders reagierte.

„Willst du nicht nachsehen, was er von dir will?", drängte Polly.

Das war ärgerlich, bis jetzt hatte es so gut funktioniert, Distanz zu wahren.

Der Unwille musste sich auf ihrem Gesicht widerspiegeln, denn Polly lächelte ihr aufmunternd zu und meinte leise: „Es ist doch nur eine SMS."

„Na schön", murmelte sie, weil sie sich albern vorkam, und öffnete die Nachricht.

Vermisse Dich.

Zwei kleine Worte, die ihr direkt ins Herz fuhren. Schwermütige Wärme floss plötzlich durch ihre Adern, machte sie nachgiebig und erweichte sie – auch in Bezug auf ihren Vorsatz, jeden Kontakt zu ihm zu meiden. *Er vermisst mich.* Ihre Finger flogen über die Tasten, um die Antwort zu tippen: *Ich dich auch.*

Mit uns alles in Ordnung?

Sicher. Skye brachte es nicht über sich, eine andere Antwort zurückzuschicken.

Seine nächste Nachricht ließ sie schmunzeln. Der Mann war wirklich amüsant. Sie konnte sich denken, dass er es darauf anlegte, sie zum Lachen zu bringen, um ihr über die Verlegenheit hinwegzuhelfen, von der er wusste, dass sie sie verspürte. Dennoch war es ihrer Meinung nach nicht fair, dass er dieses Zwischenspiel mit ihr auf seinem Schoß so völlig selbstverständlich verarbeitet hatte, ohne einen einzigen Kratzer an seiner Selbstsicherheit davonzutragen. *Männer.*

„Also, was schreibt er?", erkundigte sich Polly.

„Er hat erfahren, dass wir drei uns treffen, und fragt, ob wir auch wieder zusammen tanzen werden. Falls ja, möchte er wissen, wohin wir gehen, damit er kommen und zusehen kann."

Polly lehnte sich zurück, sodass die Bedienung den Salatteller vor sie hinstellen konnte. „Nein, nicht tanzen. Sag ihm, wir würden eine Kissenschlacht in Dessous machen."

Grinsend schickte Skye genau diese Nachricht an Gage. Mehrere Minuten vergingen, ehe eine Antwort zurückkam, sie hatte sogar genug Zeit, einige Bissen ihres Salats zu essen. Als ihr Handy die eingegangene SMS verkündete, öffnete sie sie sofort.

Sorry, hat länger gedauert, Notarzt gerade erst aus dem Haus.
Erschreckt textete sie zurück: *WAS?*
Herzstillstand bei der Vorstellung.

Kichernd ließ sie die anderen die Nachricht lesen, was Jane auf die Idee brachte, die Sache nach dem Essen in die Tat umzusetzen. In der Möbelabteilung konnten sie tatsächlich einen gelangweilten Verkäufer dazu überreden, mit dem Handy Fotos von ihnen zu schießen, während sie sich mit den Ausstellungskissen eine Schlacht lieferten. Sie schickten die Bilder an beide Lowell-Brüder.

„Vielleicht ist das der Anstoß, damit sie wieder miteinander reden", überlegte Jane.

Skye jedoch starrte mit gerunzelter Stirn auf die Fotos. Auf den Aufnahmen trat der Kontrast zwischen ihr und ihren Freundinnen krass zutage. Die beiden trugen luftige Sommerkleider und hübsche Sandalen, Lippenstift betonte bei ihnen den Mund, und sie strahlten vor Lebensfreude. Sie dagegen wirkte farblos, regelrecht unglücklich in der weiten Hose und dem langärmeligen Hemd, dessen Knöpfe sowohl am Hals als auch an den Manschetten geschlossen waren.

Weil sie unglücklich war.

„Dann also zurück ins Getümmel, auf zur Jagd nach dem perfekten Kleid", sagte Polly und riss sie damit aus ihrer Grübelei. „Willst du dir wirklich nichts Neues zulegen?"

Nun, natürlich hätte sie gern ein hübsches neues Kleid, nur würde sie es auch über sich bringen, es zu tragen? Sie warf noch einen Blick auf ihr trübes, fades Abbild und biss sich auf die Unterlippe. Einst war sie eine junge Frau gewesen, die gern Kleider trug, die Make-up benutzte und mit Frisuren experimentierte. Sie wollte wieder diese Frau sein.

„Vielleicht kann ich das eine oder andere ja mal anprobieren", gestand sie zögernd zu.

Polly griff sie sofort beim Ellbogen und zog sie zu den Aufzügen, als befürchtete sie, Skye könnte ihre Meinung ändern.

„Ich habe da eins gesehen, als ich vorhin die Kleider durchgegangen bin ... Als wäre es für dich gemacht worden!"

Noch eine Sache gab es, mit der man rechnen sollte, wenn man mit Freundinnen einkaufen ging: Sie drängten einen dazu, etwas zu kaufen, das man nie im Leben für sich ausgesucht hätte, doch hinter der Tür der Umkleidekabine konnte sie sich nicht über Pollys Wahl beschweren. Es war wirklich so, als wäre dieses Kleid für Skye Alexander aus Crescent Cove entworfen worden.

Das ärmellose moosgrüne Oberteil wurde von schmalen Trägern gehalten. Tief ausgeschnitten war es nicht, aber es ließ die Schultern frei und brachte die Einkerbungen über den Schlüsselbeinen zur Geltung – und es hatte genau die Farbe ihrer Augen. Der schwingende knielange Rock war eine Spur dunkler. Aufgedruckte Fische schwammen durch aufgedruckten sich wiegenden Seetang. Wegen des Futters wirkte der Rock leicht ausgestellt.

„Komm, es wird Zeit, es uns vorzuführen." Das war Polly, die an die Kabinentür klopfte.

Skye zögerte, aber dann öffnete sie das Schloss. Ihre beiden Freundinnen standen direkt vor der Tür und sahen ihr prüfend entgegen.

Ihr Nacken begann zu prickeln, Gänsehaut breitete sich aus. „Ich glaube, ich kann das nicht", sagte sie leicht panisch, obwohl sie wusste, dass der Schnitt des Kleides relativ züchtig war. Der Spiegel hatte ihr allerdings gezeigt, wie viel Haut es den Blicken freigab, Haut, die sie monatelang versteckt hatte. „Das bin ich einfach nicht."

Bloße Arme, bloße Schultern, bloßer Hals und Nacken. „Oder vielleicht ist das zu viel von mir", murmelte sie.

„Das haut Gage garantiert von den Socken", meinte Jane.

Es lag ihr auf der Zunge zu sagen, dass er bereits wesentlich mehr von ihr gesehen hatte. Er hatte ihre nackten Arme gestreichelt, ihre nackten Schultern, hatte seine stoppeligen Wangen an ihren nackten Hals geschmiegt.

Da sie ihm das erlaubt hatte, überlegte sie, und ein jäher Stich von Sehnsucht durchzuckte sie, konnte sie sich auch in diesem Kleid zeigen. Sie wollte wieder hübsch sein. Wieder normal sein.

So, wie sie mit dem Streichen ihrer Küche und dem Umstellen der Möbel ihr Territorium neu abgesteckt und zurückgewonnen hatte, so würde sie sich selbst zurückgewinnen.

„Ich nehme es", sagte sie, bevor der Mut sie verließ.

Als sie in der Schlange vor der Kasse warteten, räusperte Jane sich neben ihr. „Wegen Gage …"

Skye wandte ihr das Gesicht zu und runzelte die Stirn über den ernsten Ton der anderen. „Macht ihr euch wirklich Sorgen um ihn?"

Jane nickte. „In der Hinsicht vertraue ich Griffins Instinkt völlig", versicherte sie, zögerte dann. „Vielleicht kannst du ihn dazu bewegen, sich zu öffnen und darüber zu reden."

„Ich? Wenn er nicht einmal seinem Zwillingsbruder gegenüber …"

„Aber ihr beide seid euch doch mit der Zeit nahegekommen."

Wenn du wüsstest, wie nah, dachte Skye. Das war ja Teil des Problems. In ihre Beziehung hatte sich ein Ungleichgewicht geschlichen. Gage war derjenige, der den sorgenfreien Part in ihrer Verbindung innehatte.

„Griffin ist überzeugt, dass irgendetwas während Gages letztem Auftrag vorgefallen sein muss", fuhr Jane fort. „Etwas, von dem er niemandem erzählt hat."

Ihr Griff um das Kleid wurde unwillkürlich fester. Also vielleicht doch nicht so sorgenfrei, dachte sie. „Es gab da einen Dolmetscher, mit dem er zusammengearbeitet hat …"

„Nein, das ist es nicht, davon hat er uns berichtet. Es muss was viel Größeres sein, Skye."

Jetzt nagte die Sorge auch an ihr, zumal da noch die Äußerungen waren, die er seit seiner Ankunft in der Bucht eher zufällig hatte fallen lassen. Seine schlaflosen Nächte. Sein Drang, der eigenen Gesellschaft zu entkommen. Die Bemerkung, die er Rex gegenüber gemacht hatte. *Die Kamera konnte mich nicht vor allem beschützen.*

Trotzdem … wieso sollte sie sich das Recht nehmen, die Nase in seine Angelegenheiten zu stecken?

Allerdings hatten Geheimnisse die Unart, dass sie zu schwären begannen, wenn man sie zu lange mit sich herumtrug. Sie wusste das besser als jeder andere.

„Wirst du versuchen, mit ihm zu reden?", fragte Jane.

Das bedeutete, dass sie ihren Vorsatz, ihm fernzubleiben, vergessen müsste, doch ihr war jetzt schon klar, dass sie es tun würde. Still seufzte sie. Gage war der Mann, der zu ihrer Rettung geeilt war, der bis in ihre Seele sehen konnte, der sie in seinen Armen gehalten und ihr das Vergnügen geschenkt hatte, das sie für immer verloren geglaubt hatte. Ja, natürlich würde sie alles für ihn tun.

Ihr Freund war ihr wichtiger als ein unverletztes Herz.

10. KAPITEL

Teague setzte sich auf das Sofa in Pollys Wohnzimmer und strich über das neue Hemd, das er sich speziell für die Verlobungsparty bei Tess gekauft hatte. Danach fingerte er am Kragen herum und schaute an sich herab. Plötzlich kamen ihm Bedenken wegen der Farbe – ein helles Cremeweiß. So, wie er sein Glück kannte, würde er wahrscheinlich innerhalb von Minuten etwas verschütten und sich bekleckern, und dann musste er den ganzen Abend mit Flecken auf dem Hemd herumlaufen. Er hörte Polly in ihrem Schlafzimmer und im Bad rumoren. Sie machte sich fertig für die große Party. Er war zu früh gekommen, sie hatte ihm die Tür im Bademantel geöffnet, und er entschied, dass es nicht schaden konnte, ihr noch einmal ihre Aufgabe in Erinnerung zu rufen.

„Pol", rief er, „wenn ich Tess zu lange anstarren sollte, stoße mir unauffällig mit dem Ellbogen in die Rippen, ja? Ich zähle auf dich, dass du mich davon abhältst, mich zum Narren zu machen."

Die Stimme seines besten Freundes, der zufällig eine Frau war, drang durch den offenen Spalt der Schlafzimmertür zu ihm. „Wie gut kennst du sie eigentlich, Teague?"

„Was?"

„Weißt du, was ihre Lieblingsfarbe ist? Mag sie Musicals? Welchen Ort will sie auf jeden Fall sehen, bevor sie den letzten Atemzug tut?"

Teague stand auf, er war zu rastlos für gemütliche Couchkissen. Seit diesem Tanz, bei dem er sich mit Polly in den Armen zur Melodie von „At Last" auf der Tanzfläche gedreht hatte, nagte eine seltsame Unruhe an ihm – völlig untypisch für einen Mann, den eigentlich nichts aus der Bahn werfen konnte. „Ihre Lieblingsfarbe? Rot, so wie die Lifesavers Kirschbonbons. Und klar mag sie Musicals, angefangen von Filmen mit Nelson Eddy und Jeanette MacDonald bis hin zu den neuesten Inszenierungen am Broadway. Und sie will auf jeden Fall nach Indien, bevor sie stirbt."

Lange blieb es still, schließlich sagte Polly: „Teague, die, die du da beschreibst ... das bin ich."

Er ging zum Fenster und sah den Wellen zu, wie sie an den Strand rauschten, doch auch dieser nie endende Rhythmus konnte seine flatternden Nerven nicht beruhigen. „Na, deine Antworten gefallen mir eben."

Wieder Schweigen. Dann steckte Polly den Kopf zur Schlafzimmertür heraus. „Du weißt, dass das überhaupt keinen Sinn ergibt, oder?"

Er drehte sich halb zu ihr um. Das Haar hing ihr wie ein Vorhang über die nackte Schulter, floss wie flüssiges Gold weiter hinunter bis zu ihren Bürsten, die unter dem Frotteehandtuch verborgen waren. Hastig wandte er sich zum Fenster um und konzentrierte sich ausschließlich auf die Brandung. „Wieso werde ich das Gefühl nicht los, dass du nicht viel von Tess hältst?"

„Hier geht es doch gar nicht um Tess."

Ihre Stimme wurde leiser, er nahm an, dass sie wieder ins Bad verschwunden war.

„Ich muss allerdings zugeben, dass es mir nicht gefällt, wie du sie anhimmelst. Sie ist verheiratet."

„Wir können nun mal nicht ändern, für wen wir Gefühle entwickeln", sagte er brummig.

„Bis zu einem gewissen Punkt stimme ich dir da sogar zu, aber ... ich verzehre mich doch nicht vor Sehnsucht nach ... ich weiß nicht ... nach einem Hollywoodschauspieler oder einem Typen, den ich zufällig in der Obst- und Gemüseabteilung gesehen habe."

„Welcher Schauspieler?", wollte er sofort wissen. „Und welcher Typ in der Gemüseabteilung? Bist du etwa im Supermarkt auf Männerfang gegangen, ohne mir etwas davon zu sagen?"

Aus dem Schlafzimmer kam ein frustriertes Schnauben. „Ich war nirgendwo auf Männerfang. Ich will damit doch nur sagen, dass ich mich nicht in jemanden verliebe, bei dem keine Chance besteht, dass ich ihn je näher kennenlerne oder ihn wiedersehe. In jemanden, mit dem es nie möglich sein wird, eine echte Beziehung aufzubauen. Denn täte ich das ... oder tätest du das, wäre es reine Zeitverschwendung. Es sei denn natürlich ..."

Er drehte sich um, stand jetzt mit dem Rücken zum Fenster und verschränkte die Arme vor der Brust. „Ja? Was?"

„Es sei denn, du nutzt das als Selbstschutz. Du lenkst deine Gefühle auf eine Person, die keine Bedrohung darstellt. So kannst du dir sicher sein, dass dein Herz nicht in Gefahr gerät."

In seiner momentanen Stimmung war dieses Konzept viel zu kompliziert für ihn. Seufzend brachte er es auf den Punkt. „Du willst damit sagen, dass ich sie niemals bekommen werde."

Ganz in Rot, ihrer Lieblingsfarbe, und mit roten High Heels kam Polly in den Wohnraum. „Nein, du wirst sie niemals bekommen."

Abrupt drehte er sich wieder zum Fenster um. „Mist."

„Teague." Ihre Stimme war milde. „Das ist doch nichts Neues für dich. Was für ein Problem belastet dich also jetzt?"

Der Hemdkragen schien ihn allmählich zu erwürgen. Er schob zwei Finger darunter, zerrte am glatten Baumwollstoff, um sich mehr Platz zu verschaffen. „Das ist dieses idiotische neue Hemd", sagte er vor sich hin. Obwohl er eher den Eindruck hatte, dass seine Haut plötzlich zu eng geworden war. Warum musste sie ausgerechnet in diesem ... diesem appetitlichen Aufzug erscheinen?

„Du siehst sehr attraktiv damit aus", meinte Polly. „Aber ich glaube nicht, dass es das ist, was dich stört."

„Tess ..."

„Sie ist es auch nicht", unterbrach sie ihn sofort. „Irgendetwas anderes nagt an dir. Ist es deine Arbeit? Du sprichst nie darüber."

„Weil es darüber nichts zu sagen gibt." Bereits vor langer Zeit hatte er gelernt, den Job von seinem Privatleben und seinem privaten Freundeskreis strikt getrennt zu halten. Die Bilder, die sich manchmal in seinem Kopf hielten, brauchten nicht an andere weitergegeben zu werden. Das hatte sein Vater, ebenfalls Feuerwehrmann, ihm schon früh beigebracht.

Teague hörte seinen besten Freund, der zufällig eine Frau war, hinter sich treten. Er konnte sie auch riechen – denn es duftete plötzlich nach Rosen. Wahrscheinlich hatte diese Duftnote Suchtpotenzial, auf jeden Fall war sie verstörend. Aus dem Augenwinkel sah er Pollys blondes Haar schimmern und bemerkte ihr hübsches Profil. Ihre Lippen waren genauso rot wie ihr Kleid. Hastig lenkte er den Blick davon weg, sah stattdessen wieder starr auf die Brandung hinaus. Pollys rote Lippen halfen nicht dabei, seine überspannten Nerven zu beruhigen.

Dann legte sie eine Hand auf seinen bloßen Arm. Die Berührung jagte einen Stromstoß durch ihn hindurch. Er zuckte vor ihr zurück und starrte auf die Stelle, als würde er dort eine Brandwunde zu sehen erwarten. Oder Rauchwölkchen.

„Teague. Jetzt sag schon, was mit dir los ist."

Es war die automatische Antwort, auch wenn er weiter seinen unverletzten, aber dennoch brennenden Arm inspizierte. „Tess …"

„Du kennst die Frau doch überhaupt nicht!", brauste Polly ungeduldig auf und warf die Arme in die Luft. „Herrgott, du kennst mich ja nicht mal richtig, und angeblich gehöre ich seit fast fünf Jahren zu deinen besten Freunden!"

Verdattert starrte er sie an. Er war sicher, dass er sie noch nie so verärgert erlebt hatte. Sie beide waren eigentlich immer total lässig, ihre heiteren Gemüter ergänzten sich perfekt. Deshalb achtete er auch bewusst darauf, ruhig und vernünftig zu bleiben. „Natürlich kenne ich dich. Du bist wie ein offenes Buch für mich."

Sie verdrehte die Augen, eine ihrer Fußspitzen begann zu wippen, was seinen Blick automatisch auf die Bewegung und zu ihren Zehen zog. Heute waren ihre Zehennägel in Neonpink und Scharlachrot lackiert, lauter kleine Wirbel – Farben, bei denen er unverständlicherweise sofort an einen Zungenkuss dachte. Mit diesen Farbtönen würde er es auf jeden Fall darstellen, falls sich so etwas überhaupt darstellen ließ.

„Da gibt es noch so vieles, und du hast dir nie die Mühe gemacht, es herauszufinden", murmelte sie.

Meinte sie damit vielleicht, wie es wäre, seine Zunge zwischen diese perfekten Lippen zu schieben? Oder seine Hand in die Korsage ihres Kleides zu stecken und die feste Rundung ihrer

Brust zu umfassen? Teague räusperte sich bemüht und nahm seine streunenden Gedanken an die Kandare. Er schob die Hände in die Hosentaschen, weil die verdammte Hose plötzlich am Schritt enger geworden war. „Cheerleader, Mitglied des Leichtathletikteams, Alibi-Sekretärin des Schachklubs ... und eigentlich die ausgeglichenste Person mit dem sonnigsten Gemüt, die ich kenne."

„Bitte benutzte jetzt nicht noch den Begriff ‚putzmunter'."

„Vorschullehrerinnen müssen putzmunter sein."

„Das sage ich auch immer", murmelte sie, den Blick auf den Boden gerichtet. „Aber ich bin mehr als das. Sonniges Gemüt! Ich habe meine Schattenseiten. Dunkle Punkte in der Vergangenheit."

„Ja, du hast recht", meinte er. „Ich weiß zum Beispiel, dass dein Dad dir und deiner Mom übel mitgespielt hat."

Ihr Kopf ruckte hoch. „Was?"

„Ich habe einfach die Stückchen und Fetzen zusammengesetzt, die du immer wieder mal hast fallen lassen. Du warst dreizehn, als deine Eltern sich scheiden ließen, und das einzige Kind, das noch zu Hause lebte. Deine Mom hat versucht, sich zusammenzureißen und durchzuhalten, aber das ist ihr wohl nicht sehr gut gelungen. Also hast du dich bemüht, die Durststrecke mit Munterkeit und Unbeschwertheit hinter dich zu bringen."

Polly starrte ihn an, ihre Augen so groß und blau wie der wolkenlose Himmel da draußen an diesem perfekten Augustnachmittag.

„Das habe ich dir nie erzählt."

„Das brauchtest du auch nicht. Ich habe deine Mutter kennengelernt, weißt du nicht mehr? Wirklich eine nette Lady, aber es ist offensichtlich, wie sehr sie sich auf dich verlässt. Du erledigst ihre Steuererklärung. Du hast ihr geholfen, dieses ganze Chaos mit ihren Arztrechnungen in Ordnung zu bringen."

„Weil ich gut in Mathe bin."

„Du bist verdammt gut in vielen Sachen. Vielleicht ist das der Grund, weshalb du keinen Typen an deiner Seite hast ... manche Männer finden so was einschüchternd."

„Ich habe *Typen* ..."

„Wir hatten uns doch schon darauf geeinigt, dass die Jungs im Kindergarten nicht zählen." Fragend legte er den Kopf schief. „Hast du eigentlich Kontakt zu deinem Dad?"

„Der interessiert sich nicht für mich", murmelte sie.

Teague runzelte die Stirn. Mit zwei Schritten war er bei ihr. Er legte einen Finger unter ihr Kinn und hob es an, zwang sie so, ihn anzusehen. Ihr Blick aus großen blauen Augen ruhte auf seinem Gesicht. „Was hast du gesagt?"

„Er hat mich aus seinem Leben ausgeschlossen. Meine Brüder ... sie hatten ihre Ausbildung beendet, waren bereits ausgezogen. Mit ihnen hat er Zeit verbracht, verbringt er heute noch. Aber ich war die, die zu Hause lebte und die den Kummer meiner Mutter miterlebt hat. Und ich habe auch durchblicken lassen, dass ..." Sie brach ab und schluckte. „Ich denke, er hat sich schuldig gefühlt, wenn er mich sah."

„Oh Pol ..." Mit dem Daumen strich er ihr über die weiche Wange, sein Herz blutete für sie. Und dann blieb sein Blick an ihren halb geöffneten roten Lippen haften, und Sehnsucht nach ihr wallte in ihm auf. Ihr Parfüm führte ihn in Versuchung, lockte ihn wie ein unsichtbarer gekrümmter Zeigefinger, zu ihr zu kommen. Alles in ihm verspannte sich, Erregung machte sich in seinem Schritt bemerkbar, in seinen ganzen Körper. Langsam senkte er den Kopf ...

„Polly", wisperte er mit heiserer Stimme. Der Moment dehnte sich, dauerte eine kleine Ewigkeit ...

Sie rührte sich nicht, stand still da, aber er hörte, wie sie leise nach Luft schnappte, sah, wie ihr Busen sich hob und sich gegen den Stoff ihres Kleides presste. Ihm fiel jetzt auch auf, wie dieser Stoff sich über ihr Dekolleté wand. Das Oberteil schien nur mit einem einzigen Knopf auf der linken Seite gleich unterhalb ihrer Brust geschlossen gehalten zu werden. Hitze kroch über seinen Nacken und seinen Rücken hinunter, an seiner Hand spürte er das Beben, das Polly durchlief.

Es war dieses Beben, das ihn wieder zu Verstand brachte. Das hier war Pol, sein bester Kumpel! Er trat von ihr zurück und sah auf seine Armbanduhr. „Hey, wir sollten uns besser in Bewegung setzen, wenn wir nicht zu spät kommen wollen. Ich möchte Tess nicht enttäuschen ..."

„*Tess* nicht enttäuschen?"

Oh, oh. Die Augen seines besten Freundes, der zufällig eine Frau war, sprühten Funken. Er hatte Polly nie für überspannt oder reizbar gehalten, aber vielleicht würde er seine Meinung noch einmal überdenken müssen. „Äh ..."

„*Tess* nicht enttäuschen?", wiederholte sie aufgebracht.

„Ja ... wen denn sonst?", fragte er arglos.

Aufrührerisch schürzte sie die Lippen. Vermutlich sollte er es sich besser verkneifen, ihr ausgerechnet jetzt zu sagen, dass ihr Mund dadurch herzförmig wirkte, vor allem mit dem roten Lippenstift.

„Wen denn sonst? Also wirklich!" Sie wirbelte herum, stürmte davon. „Du bist ... du bist einfach ... Mir fehlen die Worte."

„Na, du kannst dir ja was einfallen lassen, wenn wir unterwegs sind." Im Moment hielt er es nicht für klug, mit Polly allein zu bleiben, nicht, da ihr Temperament derart schäumte und er weder für seine Nerven noch für seine Libido garantieren konnte. Er war nur einen Sekundenbruchteil davon entfernt, etwas so Dummes zu sagen wie: Du bist wunderschön, wenn du wütend bist.

Sie war seine Freundin, nicht schön.

Und er war dankbar dafür, dass er sich auf die Zunge gebissen und es nicht herausposaunt hatte, denn im Moment funkelte sie ihn an, als versuchte sie sich zu erinnern, wo sie das große Fleischmesser verstaut hatte.

Sein inneres Alarmsystem lief auf Hochtouren, unruhig schabte er mit den Füßen. „Pass auf, Pol ..."

„Nein, *du* passt jetzt auf", sagte sie.

Die Finger ihrer Rechten glitten über ihr Oberteil und fassten nach dem einzelnen kleinen Knopf unter ihrem Busen.

Teague wich hastig zurück, doch es war zu spät. Innerhalb zweier Atemzüge hatte sie den Knopf geöffnet, und genau wie er vermutet hatte gab es sonst nichts, was den kirschroten Stoff noch an ihrem Körper hielt. Sie schüttelte sich das Kleid von den Schultern, es rutschte an ihr hinab und bauschte sich zu ihren Füßen. Er musste an Blütenblätter denken, von Hibiskus vielleicht, aus deren Mitte Pollys fast nackter Körper aufragte.

Pollys fast nackter Körper.

Großer Gott. Da war er, ihr zierlicher und doch so starker Körper, von nichts anderem mehr bedeckt als diesen hohen Riemchensandaletten und einem hautfarbenen Spitzenslip. Ihre Brust hob und senkte sich mit jedem heftigen Atemzug und zog seinen Blick magisch auf ihre kleinen festen Brüste, deren pinke Brustwarzen sich zusammengezogen und aufgerichtet hatten. Ihre Brüste würden perfekt in seine Hände passen ... Sein Magen wurde hart wie Stein – sein Schaft ebenfalls.

Und dann traf ihn die Erkenntnis. Genau von einem solchen Moment hatte er fantasiert. In den dunkelsten Stunden der Nacht in seinen Träumen, und wann immer sie bei hellem Tageslicht durch seinen Kopf gezuckt waren, hatte er sein Bestes getan, um diese Fantasien zu unterdrücken und zu verdrängen.

Er stand unter Schock. Tat einen weiteren Schritt rückwärts, dann noch einen und noch einen, bis er mit den Schulterblättern gegen die Haustür stieß. Alles in seinem Kopf drehte sich, wie gelähmt stand er an der Tür, völlig benommen. Er riss sich zusammen, versuchte, irgendetwas Zusammenhängendes, etwas Vernünftiges hervorzubringen. „Polly ..." Er beschrieb eine vage Geste mit der Hand. „Das ist ..."

Du haust mich um, dachte er, aber sein Mund war zu trocken, um die Worte zu formen, und ich verstehe nicht, was hier gerade passiert.

„Geh!" Auf dem Absatz wirbelte sie herum. „Geh einfach!"

Und genau das tat er, gehorchte ihr widerspruchslos, ohne die Gelegenheit wahrzunehmen und sich ihr hübsches Hinterteil anzusehen. Denn eins wusste er mit Gewissheit: Die Gefahr, sich auf Tess' Party zum Narren zu machen, war geringer als hier in Pollys Strandhaus.

Gage ging den Pfad hinauf, der zu dem eleganten Haus seiner Schwester im Hazienda-Stil führte. Es lag in einer oberen Mittelklassegegend am Stadtrand von Cheviot Hills, und er wünschte sich verzweifelt, Skye wäre bei ihm. Er hatte ihr getextet und sie gefragt, ob sie mit ihm kommen würde – sie kommunizierten wieder miteinander, wenn auch nur per SMS –, doch sie musste noch auf den Handwerker warten, der etwas in einer der Hütten zu reparieren hatte, danach wollte sie nachkommen.

Vor der Türschwelle auf der Veranda zögerte er. Ihm war klar, dass er nur Zeit schindete, aber war er erst einmal im Haus, saß er fest. Verdammt, warum hatte er nicht auf Skye gewartet? Dann hätte er einen Puffer zwischen sich und dem gehabt, was ihn da drinnen erwartete. Diese Party würde ihm einen weiteren Kulturschock versetzen, genau, wie er ihn im Einkaufszentrum erlebt hatte. Hier gab es Unmassen von Leuten, und mit allen musste er Small Talk halten. Zudem hatte er die ungute Ahnung – Verlobungsparty oder nicht –, dass sein Zwilling ihn in die Ecke drängen würde. Vielleicht hätte er Griffins Anrufe besser nicht ignorieren sollen. In den Tagen und Nächten, die er sich in Nr. 9 eingeigelt und darauf gewartet hatte, dass Skye endlich ihre komplett unnötige Verlegenheit abschüttelte und wieder zu ihm zurückkam, hatte er nicht viel Schlaf gefunden. Das lag aber nicht an dem kleinen Schoß-Tänzchen, das sie beide, er und seine Brieffreundin, genossen hatten. Als Mann ließ er sich von völlig natürlichen Bedürfnissen, verständlichen körperlichen Reaktionen und ein paar sehr hübschen Halbnacktheiten nicht aus der Bahn werfen. Nein, es waren die Nachwirkungen der Fast-Katastrophe, die er in Übersee erlebt hatte, die die Schuld daran trugen.

Sein Bruder hätte sofort gewusst, dass etwas nicht stimmte, wenn er seine erschöpfte Stimme am Telefon gehört hätte. Vielleicht merkte er es auch jetzt noch, obwohl er immerhin zwölf Stunden am Stück durchgeschlafen hatte, natürlich bei brennendem Licht, nachdem seine Brieffreundin ihm per SMS versichert hatte, dass zwischen ihnen alles in Ordnung war.

Ein ihm unbekanntes Pärchen kam hinter ihm an, und ihm blieb gar nichts anderes übrig, als das Haus zu betreten. Eine Haushaltshilfe – für den Anlass angeheuert, wie er vermutete – öffnete ihnen die Tür, und er ließ dem Paar den Vortritt. So hatte er noch ein wenig länger die Möglichkeit, sich an der Peripherie aufzuhalten. Unbemerkt. Am meisten schien beim Pool los zu sein, und er blieb im Schatten des großen Gartens stehen und beobachtete die Gäste. Männer und Frauen waren mit der typischen Lässigkeit Südkaliforniens gekleidet, hier gab es die gesamte Bandbreite von zerknitterter Baumwolle mit Sandalen – aus Segeltuch mit Bastsohle – bis hin zu Sommerkleidern aus Seide mit Pailletten und glitzernden Glasperlen besetzt. Gut ein Dutzend Kinder planschte im Pool, der Kleinste im flachen Wasser gleich am Rand des sanft abfallenden „Baja shelf", andere jagten flink durchs Becken wie Mantarochen. Lachen und Geplauder der Partygäste drangen bis zu ihm, und er hörte den Ruf über dem Geräuschpegel: „Marco …!" Und die dazu gehörige Antwort: „Polo!"

Das Wasserspiel katapultierte ihn prompt zurück in die eigene Kindheit. Er war in einer ähnlichen Gegend aufgewachsen, einer Nachbarschaft mit jungen Familien, in der sich alles um Kinder und Bequemlichkeit drehte. Es war ihm immer gegen den Strich gegangen. Es war nicht so, dass er seine Familie und die Privilegien seiner angenehmen Kindheit nicht zu schätzen gewusst hätte, aber er hatte ständig das Gefühl gehabt, zwischen zwei Stühlen zu sitzen, und darin war er in seinem ganzen Leben noch nicht gut gewesen.

Sein Blick fiel auf den Erwachsenen, der mit den Kindern im Pool spielte. Der Mann seiner Schwester, David Quincy. Schnarchnase David. Er hatte ihn gleich von Anfang an so getauft. Wenn er jetzt daran dachte, kam er sich vor wie eine Laus. David war Buchhalter, der oberste Zahlenjongleur in einer großen Talentagentur. Er war der Erbsenzähler, der Typ, der die Punkte auf das I setzte und kein T ohne den Strich durchgehen ließ, aber er war auch der Mann, der seine Ehefrau seit vierzehn Jahren glücklich machte. David nun mit seinem jüngsten Sohn

Russ spielen und lachen zu sehen, ließ Schuldgefühle bei ihm aufwallen. Wie kam er dazu, den Mann zu kritisieren? Welches verdammte Recht nahm er sich da heraus? Das hier war eine gut funktionierende, glückliche Familie.

In einer guten, glücklichen Umgebung. Nach allem, was er in den letzten zehn Jahren gesehen und erlebt hatte, würde er sich nicht mehr über den Luxus der Ersten Welt beschweren. Vielleicht waren Erfahrungen mit der Dritten Welt notwendig, damit einem die Augen geöffnet wurden und man alles aus einer neuen Perspektive betrachten konnte. Auf jeden Fall engte ihn diese Atmosphäre längst nicht mehr so ein wie früher.

Wahrscheinlich erkannte man den Unterschied erst, wenn man in einem echten Käfig gesessen hatte.

„Da bist du!"

Gage versteifte sich, als er die Stimme seines Bruders hörte, und ging innerlich in Habtachtstellung. Dann erinnerte er sich an den Grund dieser Feier. Er drehte sich um und streckte die Hand aus. „Hey, nochmals herzlichen Glückwunsch. Ein toller Tag für eine Party."

Griffins Handschlag war fest, sein Blick prüfend und scharf.

„Hatte schon befürchtet, wir müssten einen Trupp ausschwärmen lassen, um dich einzufangen, damit du erscheinst."

„Habe ich mich etwa verspätet?"

„Nein, natürlich nicht." Jane gesellte sich zu ihnen und küsste ihn, ihren zukünftigen Schwager, zur Begrüßung auf die Wange.

Er nahm ihre Hand und bewunderte ihr luftiges zitronengelbes Sommerkleid und die farblich passenden Schuhe mit den großen Schleifen. „Jedes Mal, wenn ich dich ansehe, überkommt mich dieser Drang. Dann möchte ich dich irgendwo an einem sicheren Platz unterbringen, so wie ein sehr hübsches, sehr kostbares Spielzeug. Dir ist klar, dass Griff dir mit seinen schmutzigen Pranken das Kleid ruinieren wird … oder womöglich eine Naht zerreißt, weil er beim Spielen mal wieder zu grob ist."

Lachend warf Jane ihrem Fast-Ehemann einen Blick zu. „Na, das hoffe ich doch."

Sein Bruder bedachte sie mit einem Lächeln, bei dem Gage lieber die Augen senkte. Oh Mann, konnte er nur denken. Bei der Hitze, die von den beiden ausstrahlte, verbrannte er gleich mit. Vielleicht hatte Griff recht, vielleicht war Sex mit nur einer speziellen Person wirklich etwas Besonderes.

„Entschuldigt mich", sagte Jane jetzt, „aber da hinten ruft mich jemand."

Griffin sah ihr mit funkelnden Augen nach, und Gage stieß einen leisen Pfiff durch die Zähne aus, als er den wachsamen Blick seines Bruders bemerkte. „Du brauchst nicht den Wachhund zu spielen, Bruderherz. Am Himmel steht keine einzige Wolke, also können wir einen Blitzschlag wohl ausschließen. Und die Chancen, dass ein führerloser Bus in eine Gartenparty hinter dem Haus rast, sind verschwindend gering."

„Ich gehe kein Risiko mehr ein", murmelte Griffin. Noch immer starrte er ihr nach. „Ich hätte sie schon einmal fast verloren."

Skye, dachte er alarmiert. *Er hat mich überall angefasst und mich bedroht. Ich war sicher, er würde mich vergewaltigen.* Er zog sein Handy heraus, denn er hatte plötzlich das unerträgliche Bedürfnis, von ihr die Bestätigung zu erhalten, dass es ihr gut ging. Seine Daumen flogen über die Tasten. *Wo bleibst du?*

„Ich frage mich, ob ich dich auch fast verloren hätte", redete Griffin weiter.

„Wie?" Gage war abgelenkt, weil er sich um Skye Sorgen machte. Er starrte auf den kleinen Bildschirm, als könnte er ihn mit seinem Willen dazu zwingen, ihm ihre Antwort anzuzeigen.

„Hätte ich dich fast verloren?"

„Oh, sie haben mich irgendwann schließlich wieder gehen lassen", murmelte er und schrieb noch eine SMS. *WO BLEIBST DU?*

„Großer Gott." Griffin stieß die Worte aus wie einen Fluch. „Ich wusste es doch. Was ist passiert? Wo warst du in Gefangenschaft?"

Im selben Moment erreichte ihn Skyes Antwort: *Schau hoch.*

Gage hob den Kopf, und ihm stockte der Atem, ein schmerzhafter Stich fuhr ihm durch die Brust.

Sie stand am anderen Ende des Pools, ungefähr zwanzig Leute in ihrer Nähe, aber die Menge verschwamm zu einem unkenntlichen bunten Wirrwarr, ähnlich einem Aquarellgemälde, das man draußen im Regen vergessen hatte. Nur Skye und er existierten in dieser neuen Welt. In einem Kleid von der Farbe dunkelgrünen Meerwassers schien sie durch die Tiefen des Ozeans zu waten, das Grün wogte um sie herum, Fische schwebten an ihren Beinen vorüber.

Griffin sagte etwas, vermutlich stellte er weitere Fragen, aber Gage hatte sich längst in Bewegung gesetzt. Wie von der Ebbe hinausgezogen, glitt er dahin zu der dunkelhaarigen Schönheit dort drüben, unwiderstehlich angezogen wie von einer Sirene. Seit dem Abend in seinem Arbeitszimmer hatte er sie nicht mehr gesehen. Ihm war nicht entgangen, dass sie maßlos verlegen gewesen war, er hatte jedoch gedacht, er selbst sei relativ unbeschadet aus der Erfahrung hervorgegangen.

Aber ... etwas zwischen ihnen hatte sich verändert.

War es, weil sie anders aussah? Das schimmernde lange Haar trug sie offen, es floss ihr über die Schultern. In ihren Augen, umrandet von einem Kranz dichter dunkler Wimpern, schienen sich alle Geheimnisse des Ozeans zu spiegeln. Er musste zu ihr, würde von ihr verlangen, dass sie die Geheimnisse mit ihm teilte, dass ihre rosigen Lippen sie für ihn preisgaben.

Es fühlte sich an, als würde er durch einen Traum wandeln. Die Luft war lau, alle Geräusche gedämpft, seine Beine waren schwer. Als er bei ihr ankam, hielt er die Arme verkrampft an den Seiten, die Hände hatte er zu Fäusten geballt. Womöglich würde sie verschwinden, falls er sie berührte – wie eine mystische Gestalt, auf die man nur während der Sonnenwende oder vielleicht einer Sonnenfinsternis einen Blick erhaschen durfte, oder wenn die launischen Götter sich einen Spaß daraus machten, das Herz eines Sterblichen zu zerschmettern.

Ein kleines Lächeln spielte um ihre betörenden Lippen.

„Nun?"

Er schüttelte den Kopf, versuchte, dieses Gefühl, das sich zur Hälfte aus Bedrohung, zur Hälfte aus Faszination zusammensetzte, abzuschütteln. Es wollte ihn einwickeln wie ein Schiffstau. Mit Meuterern war man früher so verfahren, von den Schultern bis zu den Füßen hatte man sie in dickes Tau eingewickelt, bevor sie von einer Planke ins Meer gestoßen worden waren.

Er hatte das Gefühl, unterzugehen.

Sein Blick glitt über Skyes perfekten Hals, zu ihren feinen runden Schultern, über ihre schlanken bloßen Arme, weiter hinunter zu der unter dem Rock sichtbaren Andeutung ihrer Knie und noch weiter zu ihren bloßen Waden und Knöcheln. Völlig reglos hielt sie seiner Musterung stand, er wusste, wie viel Kraft sie das kosten musste.

Trotzdem hatte er kein schlechtes Gewissen, nicht eine Sekunde lang, denn er ahnte, dass er den Rest seines Lebens für diesen einen Augenblick würde zahlen müssen.

„Ich ... ich trage ein Kleid", sagte sie irgendwann schließlich.

„Ja, du trägst ein Kleid", stimmte er ihr ernst zu.

Sie neigte den Kopf ein wenig seitwärts. „Sogar Parfüm."

Der Duft stieg ihm in die Nase. Es war eine Mischung aus ihrem dezenten frischen Duft und etwas Intensiverem, Schwererem. Etwas sehr Weiblichem und Verführerischem, das über seinen Rücken strich, um seine Seiten bis in seinen Schritt und ihn dort wie kundige sanfte Finger umfasste. Er sog scharf die Luft ein, hatte das unbestimmte Gefühl, dass sich die Verteilung der Macht zwischen ihm und seiner fragilen Brieffreundin gerade zu ihren Gunsten verschoben hatte.

Unsicherheit überschattete ihren Blick.

„Gefällt es dir nicht?"

Ein leichtes Lächeln umspielte seinen Mund. Nein, vermutlich nicht. Und nicht nur wegen der Wirkung, die dieser neue Look der Eremitin Skye auf ihn hatte. Andere Männer würden jetzt ebenfalls einen Blick riskieren. Auch einen zweiten ... und einen dritten und vierten. Nein, die Vorstellung behagte ihm ganz und gar nicht. Ein Urinstinkt regte sich in ihm. Sie sollte ihm gehören, ihm allein.

Unerbittlich unterdrückte er den Gedanken.

„Gage?"

Was er jedoch nicht zurückhalten konnte, war der Impuls, ihr zu sagen, wie schön sie war, schon deshalb nicht, weil er bemerkte, dass eine Welle des Zweifels sich in ihrem Kopf auftürmte. Er streckte eine Hand aus und strich sacht mit einer Fingerspitze über einen der Träger ihres Kleides. „Du siehst unglaublich aus. So unglaublich, dass es mir für einen Moment die Sprache verschlagen hat."

Ihre steifen Schultern lockerten sich, das Lächeln kehrte zurück auf ihre Lippen. „Das ist genau das, was eine Frau gerne hört."

„Du hast diese Veränderung doch für dich selbst vorgenommen, stimmt's?", fragte er und sah ihr dabei tief in die Augen, die die Farbe des Ozeans hatten. Sosehr ihre Verwandlung ihn auch freute ... ob sie nun Tarnkleidung trug oder ein fantastisches Kleid, bei ihm würde Skye immer einen Spitzenplatz einnehmen. „Denn wichtig ist nur, wie du dich fühlst, Kleines."

Sie musterte sein Gesicht, schien seine Worte zu überdenken, dann nickte sie.

„Ja, ich habe es für mich getan."

Sie legte eine Hand auf seinen Arm, ließ sie weiter hintergleiten über die nackte Haut, bis ihre Finger auf seine stießen und sich um sie klammerten.

„Du bleibst doch in meiner Nähe, ja?"

Er sollte ablehnen, dieses neue Gefühl, das er ihr gegenüber verspürte, barg enorme Risiken, aber er war längst jenseits des Punkts, an dem er ihr etwas abschlagen konnte. Und als sie ihre Finger mit seinen verschränkte, da meinte er zu spüren, wie ein weiteres Schiffstau um ihn gewickelt wurde, ein Spannseil, das ihn und Skye sicherte. Seemannsknoten hatten ihn schon immer fasziniert – Doppelter Palstek, Engländerschlaufe, Rattenschwanzstopper. Müsste er eine Bezeichnung für den Knoten finden, der ihn jetzt an Skye band, würde wohl „Großes Problem" am besten passen.

Je weiter der Nachmittag voranschritt, desto klarer wurde Gage, dass er sich umsonst Sorgen gemacht hatte. Seite an Seite schlenderten er und Skye unter den Partygästen umher, und er stellte fest, dass er sich sogar amüsierte. Im Grunde kannten sie die meisten Leute. Er stellte Skye einigen Lowell-Verwandten vor, danach zog sie ihn zu einem Paar beim Dessert-Tisch und machte ihn mit Layla Parker und Vance Smith bekannt, die im Juli in Strandhaus Nr. 9 gewohnt hatten. Vance hatte als Feldsanitäter die Einheit betreut, bei der Griffin ein Jahr in Afghanistan akkreditiert gewesen war. Vance war verwundet worden, als er versucht hatte, das Leben seines kommandierenden Offiziers zu retten – Laylas Vater.

Der letzte Wunsch des sterbenden Soldaten hatte die beiden zusammengebracht, und heute waren sie ein Paar. Layla, so erfuhr Gage, hatte die großartigen Champagner-Cupcakes gebacken, an denen er sich während der Unterhaltung gütlich hielt. Sie ließ auch jeden den neuen Verlobungsring bewundern, den sie am Finger trug, und erzählte Skye aufgeregt von ihren Hochzeitsplänen und dem neuen Haus in Avocado-Country ganz in der Nähe von Vances Familie. Sie schäumte regelrecht über vor Begeisterung, sodass Gage ihren Bräutigam breit angrinste.

„Sie können sich glücklich schätzen", sagte er an Vance gewandt. „Das hört sich an, als könnte sie es gar nicht mehr abwarten, Ihre Frau zu werden."

Mit einer zärtlichen Geste strich Vance seiner Verlobten übers Haar. „Es hat schon reichlich Überredungsarbeit gekostet – und wahrscheinlich war eine Menge der Magie in Strandhaus Nr. 9 nötig, aber ich bin verdammt glücklich, weil ich mit Überzeugung bestätigen kann, dass Sie recht haben."

Eine Erwiderung zu dem Kommentar über die Magie wurde ihm erspart, da jemand von der anderen Seite des Pools nach dem Paar rief. Er und Skye schlenderten weiter auf der Suche nach seinen Neffen. Rebecca, seine Nichte, hatte die Kindheit hinter sich gelassen und war in die große Stadt weitergezogen, so wie jedes junge Ding aus der Kleinstadt, mit wenig Gepäck, dafür aber mit einem schnellen Transportmittel. Duncan und Oliver jedoch waren nach wie vor die Lausebengel, an die er sich erinnerte. Klein Russ hatte noch im Bauch seiner Mutter gesteckt, als Gage die Familie zum letzten Mal gesehen hatte, doch inzwischen hatte er sich zu einer richtigen, wenn auch winzigen Person gemausert. Schläfrig und zufrieden saß er auf Skyes Schoß, den Kopf mit dem feinen Babyhaar direkt an ihren bloßen Hals gelegt.

Gage warf den größeren Jungen einen Wiffleball zu und feuerte sie aufmunternd an, als sie den Hartplastikball mit den Plastikschlägern durch das abgesteckte Spielfeld schlugen. Seine Schwester lächelte ihm sogar zu, als sie herüberkam, um ihre Kinder einzusammeln und zum Essen zu rufen.

Nach seiner Rückkehr war Tess eingeschnappt gewesen, weil er sich nicht bei der Familie gemeldet hatte, aber jetzt sah es so aus, als wäre sie endlich darüber hinweg.

Allerdings erstarb ihr Lächeln, als sie sich mit Russ auf dem Arm an ihm vorbeischob. „Ich gehe dir an die Gurgel, wenn du ihr wehtust", zischelte sie ihm zu.

„Was? Wem?" Natürlich wusste er genau, wovon sie sprach.

Tess kniff leicht die Augen zusammen, blickte von ihm zu Skye und wieder zurück.

Er stellte sich nicht länger dumm, hielt stattdessen abwehrend die Hände vor sich hoch. „Ich habe nur die besten Absichten", behauptete er und meinte es auch so.

Schließlich waren sie Freunde, sehr enge Freunde, könnte man wohl sagen, aber weiter würde die körperliche Beziehung sicher nie gehen. Er hatte Skye an physische Freuden erinnert, hatte ihr gezeigt, dass sie sich trotz allem darin verlieren konnte, doch da hörte es schon auf. So stark er sich auch zu ihr hingezogen fühlte, einen neuerlichen Kontakt von Haut auf Haut würde es vermutlich nicht geben. Es war nicht nötig.

Was nicht hieß, dass er sie jetzt auf Abstand halten wollte. Sie war ein höchst wirkungsvoller Puffer zwischen ihm und seinem neugierigen Bruder. Griffin bombardierte ihn mit Blicken, sobald er in der Nähe war, und er gab vor, es nicht zu bemerken, weil er Skye gerade eine Frage stellte oder einen Drink für sie besorgte.

Irgendwann jedoch standen sie mit dem verlobten Paar zusammen, Jane und Skye unterhielten sich, und Griffin nutzte die Unterhaltung der beiden Frauen als Deckmantel, um sich leise an ihn zu wenden, und sagte: „Bevor du heute Abend gehst, wirst du noch eine Erklärung abliefern."

„Sorry, ist nicht in meinem Terminkalender vermerkt", erwiderte Gage mit seiner harmlosesten Miene. „Hab der Herrin der Bucht versprochen, dass ich sie nach Hause bringe, sobald sie gehen will. Sie ist mit Rex hergekommen, aber der ist schon weg."

Wenig später ertappte er besagte Herrin dabei, wie sie ein Gähnen unterdrückte. Da es längst dunkel war und er sein Glück nicht unnötig in Versuchung führen wollte – er traute es Griffin durchaus zu, dass der ihn in ein Zimmer einschloss und nicht eher herausließ, bis er nicht die Beichte abgelegt hatte –, schlug er vor, sich zu verabschieden und sich auf den Weg zurück zur Bucht zu machen.

Es ging tatsächlich problemlos über die Bühne – wenn man von dem Blick absah, mit dem Griffin ihn bedachte. Darin lag das Versprechen, dass sein Zwilling ihn nicht auf ewig ohne die Konfrontation davonkommen lassen würde. *Nun, man wird sehen.* Auf jeden Fall brauchte er heute keinen Seelen-Striptease hinzulegen. Als er Skye zur Tür hinaus eskortierte, erblickte er zufällig Teague, der abseits in einer dunklen Ecke saß und vor sich hin starrte.

„Was ist denn mit dem los?" Mit dem Ellbogen versetzte er Skye einen leichten Stoß in die Rippen und deutete mit dem Kopf zu Teague.

Sie blickte in die Richtung, in die er gezeigt hatte. „Oh", sagte sie und seufzte. „Er schwärmt für deine Schwester."

Der arme Kerl. Da bestand nicht die geringste Chance, Tess war völlig auf David und ihre Kinder fixiert. Plötzlich stutzte er. „Tess steht doch gleich dort drüben, aber er scheint sie gar nicht zu sehen. Also, ich würde ja behaupten, es ist etwas anderes – jemand anderes, der ihn beschäftigt."

Skye stieg auf der Beifahrerseite in seinen Wagen ein, und Gage drückte die Tür auf ihrer Seite ins Schloss. Als er sich hinter das Steuer gleiten ließ, sah sie von ihrem Handy auf.

„Ich kann dir nur sagen, dass er mit Polly hätte herkommen sollen, aber im letzten Moment hat sie sich geweigert, ihn zu begleiten. Sie hat mir getextet, dass es eine lange Geschichte ist."

„Ach so." Er drängte nicht weiter. Sollte jeder ruhig seine Geheimnisse für sich behalten. Er gedachte das ja auch zu tun.

Die Rückfahrt nach Crescent Cove verlief in einvernehmlichem Schweigen. Gage entspannte sich, hatte er doch die Hindernisse dieses Tages, vor denen er sich so gefürchtet hatte, mit Bravour genommen. Die Party war gar nicht so schlecht gewesen, seinem neugierigen Zwilling war er geschickt ausgewichen, und selbst dieses alarmierende Gefühl von Veränderung, als er Skye erblickt hatte, hatte sich wieder gelegt.

Alles war also bestens abgelaufen und unter Kontrolle.

Allerdings fuhr er ohne nachzudenken direkt zu Nr. 9 und stellte den Motor auf der Auffahrt ab. „Oh, verdammt", entfuhr es ihm, als er seinen Fehler bemerkte. Automatisch fasste er an den Schüssel und wollte ihn drehen. „Ich muss dich erst noch bei dir absetzen."

„Lass uns einfach eine Minute hier sitzen bleiben." Skye legte eine Hand auf sein Knie.

Bei der Berührung schoss Hitze seinen Schenkel hinauf bis in seinen Schritt, und die Alarmsirenen in seinem Kopf schrillten lauter denn je. *Mist.* Er krampfte die Finger um das Steuer und mahlte mit den Zähnen.

„Gage …"

Ihre Stimme erstarb, dann räusperte Skye sich, als wüsste sie nicht, was sie als Nächstes sagen sollte.

Er warf ihr kurz einen Blick zu und sah hastig wieder nach vorn. Auf der Party hatten Tess und David und all die anderen Gäste, vor allem aber seine Familie, ihn von dem wuchtigen Schlag abgelenkt, den er bei ihrem Anblick in diesem Kleid hatte einstecken müssen, doch jetzt überwältigte ihn das Bewusstsein für ihre veränderte Erscheinung erneut. Die Luft stockte ihm in der Brust, das Bild, wie ihre Haut sanft wie Perlen im Licht geschimmert hatte, hatte sich in seinen Kopf gebrannt.

Einiges an ihr war ... nackt. Auch wenn er natürlich wusste, dass der Schnitt dieses Kleides relativ züchtig war. Vermutlich war das alles Ansichtssache ... oder es lag einfach an Skye selbst. Allein der Mut, den es sie gekostet haben musste, ihre verhüllenden üblichen Stofflagen abzulegen, war sexy.

Sie räusperte sich ein zweites Mal, zog damit seinen Blick auf sich, den er nun nicht mehr abwenden konnte. Es war ihm gut gelungen, jenen Nachmittag in seinem Büro zu verdrängen und die Erinnerung an das Gewicht ihrer satinfeinen Brüste in seinen Händen zu ignorieren. Zu vergessen, wie sich ihre Brustwarzen unter seiner Zunge hart aufgerichtet hatten. Wie sich die heiße Haut ihrer Pobacken an seinen Handflächen angefühlt hatte. Das alles kehrte jetzt mit Macht zurück, in Dolby-Surround-Sound und Technicolor. Mit sanften Zuckungen war sie auf seinem Schoß gekommen und hatte damit seinen eigenen Höhepunkt ausgelöst. Das Einzige, was er an diesem Zwischenspiel bereute, war, dass sie sich hinterher so schnell zurückgezogen hatte. Er hätte sie gern länger in seinen Armen gehalten, ihren befriedigten Körper eng an seinen gepresst.

Wenn er ehrlich mit sich war, musste er sich eingestehen, er würde alles tun, um das noch einmal zu erleben. Die Lust verbrannte das Versprechen förmlich, das er Tess und sich selbst gegeben hatte, zu Asche. *Na und,* flüsterte ihm das Teufelchen zu, das plötzlich auf seiner Schulter saß. *Du hast doch schon bewiesen, dass du Köperkontakt mit ihr haben kannst, ohne dass es die Beziehung zu ihr ruiniert.* Also setzte er sich in seinem Sitz um, damit er sie ansehen konnte.

Sie war eine faszinierende Schönheit. Oder vielleicht auch nicht. Herrgott, er wusste nicht, wie das Urteil einer neutralen Person zu dieser Frage ausfallen würde. Von ihm durfte auf jeden Fall niemand Neutralität verlangen, wenn es um die Herrin der Bucht ging. Denn in seinen Augen war sie schön, innerlich und äußerlich. Eigentlich alles an ihr – ihr Mut, ihr Wesen, ihre verwundete Seele. Sie war die Freundin, die wie ein Licht die dunkelsten Nächte seines Lebens erhellt hatte, sie war die Geliebte, die er zufriedenstellen wollte ... wieder und wieder und immer wieder.

Möglich, dass seine aufflammende Lust sich in etwas Reales, etwas Greifbares verwandelt hatte, denn plötzlich stieß Skye einen erstickten Laut aus und nahm ihre Hand von seinem Knie.

Gage pfiff auf die Vorsicht, er wollte diese Hand zurück! Er wollte, dass Skye ihn überall berührte. Deshalb war er es, der den ersten Schritt machte.

So langsam, als wäre er unter Wasser, streckte er die Hand aus. Legte sie an ihre Wange. Streichelte sie sacht mit der Handfläche, zog dann die Fingerspitzen an der Seite ihres Halses und an den Mulden an den Schlüsselbeinknochen entlang.

Der Atem stockte ihr in der Kehle. „Gage", wisperte sie, „was tust du da?"

„Ich kann dir nicht widerstehen", gestand er und hob mit einem Finger den Träger ihres Kleides von ihrer Schulter. Das Band fiel über ihren Arm wie der geknickte Stängel einer verwelkten Blume. Er wiederholte den Vorgang mit dem zweiten Träger. „Ich muss dich anschauen Skye. Wirst du es mir erlauben?"

Statt zu antworten, riss sie die Augen auf und verharrte absolut regungslos. Er deutete das als ein Ja und steckte den Zeigefinger in den geraden Ausschnitt ihres Kleides. Erwartungsvolle Erregung breitete sich in ihm aus, alles in ihm spannte sich an, während er an dem Stoff zupfte, ihn langsam, Stück für Stück, ihren Busen herabschob.

Mit einer Mischung aus Begierde und Verwunderung starrte sie auf seine Hand hinunter, als hätten seine Finger sie mit einem Bann belegt. Noch immer rührte sie sich nicht, ein leichtes Beben erfasste sie. Sie war eindeutig nicht immun gegen ihn. Um genau zu sein, er vermutete, dass sie in den gleichen tranceähnlichen Zustand verfallen war wie er am Nachmittag.

„Skye", flüsterte er fast ehrfürchtig, da sein leichtes Rucken am Stoff ihren Busen freigelegt hatte. Es schien, dass sie beide den Atem anhielten, während die rosigen Spitzen sich wie von allein zusammenzogen und hart aufrichteten.

„Ich …" Sie schluckte, musste ihre trockene Kehle benetzen. „Schon erstaunlich, wie wenig Zeit man braucht, um sich daran zu gewöhnen, mehr Haut zu zeigen."

Es klang wie ein Scherz, aber sie sagte es mit todernster Miene. Mit den Fingerknöcheln strich er über die harten Brustspitzen. Skye schnappte nach Luft, da er eine davon sacht zwischen den Fingerspitzen rollte. „Das kommt daher, weil du mir vertraust", murmelte er.

„Ja, das tue ich."

Sie schien zu überlegen, wollte anscheinend wieder ihre Gedanken ordnen, wobei sie fasziniert auf seine Finger starrte, mit denen er ihre Brust verwöhnte.

„Aber … aber du kannst mir auch vertrauen."

„Mmh." Er beugte sich vor, presste seine Lippen auf ihre Schläfe. Zärtlichkeit und Lust gehörten in seiner Vorstellung nicht unbedingt zusammen, doch sobald es um Skye ging, fühlte er beides gleichzeitig.

„Warte."

Er drückte kleine Küsse auf ihre Stirn, und ihre Stimme klang fast verdrießlich, als sie sagte: „Wenn du das tust, vergesse ich alles. Da war was, worüber ich mit dir reden wollte … Ich wollte dich was fragen …"

Er intensivierte das Streicheln, sie schnappte nach Luft. „Dann frag", murmelte er dicht an ihrem Ohr und ließ seine Zungenspitze über das weiche Fleisch gleiten.

„Etwas …" Weiter kam sie nicht, stöhnte stattdessen auf.

„Ja? Etwas?", hakte er nach. An ihrer Wange lächelte er. Gott, wie er ihre unwillkürliche Reaktion auf ihn, ein leises Zittern, liebte! Ihr ganzer Körper antwortete auf seine Berührungen. Er konnte fühlen, wie sie erschauerte, spürte das Brennen ihrer Haut.

Nun drehte sie den Kopf, suchte seinen Mund.

Er zog sich ein Stück zurück, neckte sie und hielt sie hin, um ihr Verlangen noch zu steigern. „Was wolltest du mich fragen?"

Ihre Finger krallten sich in seine Oberarme. „Was?"

„Deine Frage, Baby." Er war erregt, alles in ihm schien fiebrig zu pulsieren, doch es fühlte sich gut an, die Macht zu haben, sie keinen vernünftigen Gedanken mehr fassen zu lassen. „Was möchtest du wissen?"

Sie blinzelte mehrere Male, ihr verhangener Blick klärte sich halbwegs. „Ich ... ich möchte wissen, was dir passiert ist", sagte sie, ihre Stimme rau und heiser vor Verlangen. „Denn irgendetwas ist dir zugestoßen. Und zwar, kurz bevor du zurückgekommen bist."

Gage erstarrte. Er hatte den Tag also doch noch nicht überstanden, auch sie wollte heute unbedingt seine Geheimnisse aufdecken. „Nein, Skye ..."

Sie machte einen Schmollmund und stieß seine Hand fort, zerrte am Oberteil ihres Kleides, um es wieder zu richten. Die Temperatur im Wagen kühlte sich merklich ab.

„Vertrauen beruht auf Gegenseitigkeit." Mit jeder Sekunde klang sie entschlossener und klarer. „Du weißt, dass du es mir erzählen kannst."

Er würde niemandem einen Gefallen tun, wenn er es erzählte, ganz abgesehen davon, dass er auch gar nicht bereit dazu war. Deshalb blieb ihm nur eine Möglichkeit – er musste sie in eine andere Richtung steuern, und zwar schnellstens. Hätte sie nicht angefangen, Fragen zu stellen, hätte er es sich womöglich noch überlegt, ob er wirklich auf mehr Intimität mit ihr drängen wollte. Vielleicht hätte er das Teufelchen auf seiner Schulter mit ein paar Küssen abgespeist und Skye dann gehen lassen. So jedoch gab es nur einen Weg, um Ablenkung zu garantieren, und am besten fing er sofort damit an.

Er beugte sich vor und küsste sie.

11. KAPITEL

Gages Lippen waren heiß, genau wie seine Zunge, die sich Einlass in Skyes Mund verschaffte und ihr den Atem raubte ... und die Fähigkeit zu klarem Denken gleich mit. Sie hatte es geschafft, sich von dem sinnlichen Bann zu befreien, mit dem er sie belegt hatte, nun stürzte er sie kopfüber wieder hinein. Die Tatsache, dass er ihrer Frage damit geschickt auswich, bekam sie kaum mit.

Sie klammerte sich an seine Oberarme, versuchte, nicht unterzugehen, doch sie sank so schnell. Ihr schwindelte, als prickelnde Hitze sie überflutete – ihre nackte Haut ebenso wie die, die von Kleidung bedeckt war ... und ihre sensibilisierten intimsten Stellen, die genauso zu pochen schienen wie ihr hämmerndes Herz.

Trotzdem flackerte Protest in ihrem Kopf auf ähnlich wie Fernsehbilder in einem abgedunkelten Raum. Skye schloss die Augen und ignorierte es, konzentrierte sich auf die stetig anwachsende Lust. Es war ein so gutes Gefühl, berührt und gestreichelt zu werden, Gages wärmende männliche Präsenz gleich neben sich zu spüren. Sie fühlte sich geborgen und sicher und gleichzeitig erregt. Sie hatte sich davor gefürchtet, den Versuch eines Liebesspiels von Anfang bis Ende zu wagen, da es fehlschlagen könnte, aber alles schien sich rasant auf dieses Ziel hinzubewegen. Warum also sollte sie sich nicht einfach vom Strom treiben lassen und es genießen?

Er strich mit seinen Lippen über ihre Wange und weiter bis auf ihren Hals hinunter. Sie ließ den Kopf zurückfallen, und er umfasste ihren Nacken, um sie in dieser Position zu halten. Es war, als würde er den Anblick ihrer Haut in sich aufsaugen, sodass ihr Blut wie Lava unter der Oberfläche brodelte. Ihre Brüste spannten, drängten gegen das Kleid, und sie stöhnte. Blindlings griff sie nach Gages Hand, damit er ihr endlich Erleichterung verschaffte.

Sie spürte, wie er lächelte, sowie sie seine Handfläche auf ihre stoffbedeckte Brust drückte, doch weder streichelte er sie noch massierte er sie, ließ einfach die Hitze seiner Finger durch den

Kleiderstoff strahlen und fachte das Feuer, das in ihr brannte, weiter an.

„Vielleicht sollten wir besser den Veranstaltungsort wechseln", murmelte er.

Den Veranstaltungsort wechseln? In ihren Ohren klang das so nüchtern, so sachlich, reduziert auf primitive Reaktionen. „Ich weiß nicht, was du damit meinst", wisperte sie und stöhnte auf, als er an ihrem Ohrläppchen knabberte.

Das Lachen, das er hören ließ, wirkte sinnlich in seiner arroganten Selbstsicherheit. Eigentlich hätte es sie stören müssen, doch in dem Zustand, in dem sie sich im Moment befand, und wegen der eigenen Unsicherheit war sie sogar dankbar dafür, dass er genau zu wissen schien, wie es weiter abzulaufen hatte.

Ja, sie überließ ihm die Führung. Anstandslos. *Bitte, gern.* Und dann sprach sie es aus, flüsterte es mit brüchiger Stimme, weil sie so verzweifelt mehr brauchte. „Bitte, Gage. Bitte."

Er lachte leise und nachsichtig. „Lass uns ins Haus gehen."

Sie fasste nach dem Türgriff, aber sie war zu fahrig. Gage drückte die Tür auf, bevor sie dazu kam. Ihr fiel ein, dass sie ihre Sandaletten abgestreift hatte, und sie drehte sich, um sie von der Rückbank zu holen. Wieder war Gage schneller als sie. Die zerstoßenen Muschelschalen auf der Auffahrt knirschten, während er zu ihr kam, sich vor ihr hinhockte und einen ihrer Füße nahm, um ihr den Schuh überzustreifen. Seine Finger streichelten ihre Haut, dann fühlte sie seinen Mund auf ihrem Knöchel.

Scharf sog sie die Luft ein, als sie die feuchte Wärme spürte, ein prickelnder Schauer überlief sie bei dem unerwarteten Vergnügen. Gage drückte einen weiteren Kuss auf ihr Schienbein und einen auf ihr Knie, löste damit ein sinnliches Summen in ihr aus, das schnell ihren ganzen Körper erfasste. Eine Hand auf die Stelle gelegt, auf die er eben noch seinen Mund gepresst hatte, zog er sie im Ledersitz zu sich herum, ihr linker Schuh wurde ihr ebenso geschickt angezogen wie der rechte.

Zitternd wartete sie auf die zweite Serie von Küssen, und Gage enttäuschte ihre Erwartungen nicht. Mit den Lippen glitt er über ihren Knöchel, ihre glatte Wade, die Seite ihres Knies. Schließlich drängte er sanft seine Hände zwischen ihre Knie und drückte sie mit den Handrücken auseinander. Der Saum ihres Kleides, der auf seinen Handgelenken lag, rutschte bei der Bewegung hoch, fast hinauf bis zu ihrem Slip.

Die kühle Nachtluft streichelte ihre glühende Haut. Gefesselt von dem Schauspiel, verfolgte Skye gebannt mit, wie Gage den Kopf senkte, schließlich fühlte sie das leichte Kratzen seiner Bartstoppeln an der weichen Innenseite ihrer Oberschenkel. Sie schob die Finger in seine seidigen dunklen Locken, aber sie fand nicht die Kraft, ihn wegzustoßen, oder die Entschlossenheit. Sie erschauerte, als er zärtlich an ihr knabberte, und stöhnte auf, als er danach hart an der Stelle saugte. Das süße Ziehen hatte sich noch nicht wieder gelegt, da ließ er auch der anderen Seite diese erregende Behandlung zukommen.

Verlangen überwältigte sie und sie war überzeugt, dass sie nicht würde laufen können, als er die Hände um ihre Taille legte und sie auf die Füße hob. „Ich kann nicht einmal stehen", protestierte sie.

„Ich stütze dich", versicherte er ihr. „Komm, Kleines."

Sie schwankte, als sie senkrecht stand, und Gage musste einen Arm um ihre Hüfte schlingen, damit sie nicht zusammensackte. Er zog sie an seine Seite und hielt sie fest. „Siehst du, ich habe es dir doch gesagt", meinte sie und schmiegte sich an seine Brust.

Er küsste sie auf die Wange, auf ihr rechtes Ohr, ihre Schläfe. „Du solltest irgendwo ein Warnschild tragen."

„Was?" Verständnislos blickte sie ihn an.

„Vorsicht, leicht entflammbar." Er lächelte. „Ich hätte erwartet, dass du wesentlich länger brauchst, um aufzutauen, Lady."

„Ich brauche auch viel länger. Ich habe immer viel länger gebraucht, selbst bevor ..." Sie brach ab, wollte den Gedanken nicht aussprechen. Der hatte hier nichts zu suchen. Nicht jetzt, nicht heute Nacht.

Nicht, da Gage wieder auf diese nachsichtige und gleichzeitig arrogante Art lachte, die ihm zu eigen war.

„Dann muss es wohl an mir liegen", meinte er und sah sehr zufrieden mit sich aus.

Skye war im Moment zu dankbar und zu erregt, um sich mit ihm darüber zu streiten. Sie stellte sich auf die Zehenspitzen und presste ihren Mund auf seinen, küsste ihm das überhebliche Lächeln von den Lippen. Mit einer Hand fasste er an ihren Nacken, und ihre Zungen fanden sich gierig, genossen den Geschmack des anderen, suchten die beste Stellung, um sich noch näher zu sein, bis Skye nach Luft schnappend zurückwich.

Ohne ihn loszulassen, sog sie tief die Nachtluft in die Lunge. „Oh Gott!"

„Ja, und ob!" Sein warmer Atem strich über ihre Stirn. „Das wird so großartig werden."

Es wird alles das werden, von dem ich befürchtet hatte, dass ich es nie wieder erlebe, dachte sie, während sie sich von ihm zu Strandhaus Nr. 9 führen ließ. Auf dem Weg zur Haustür hauchte er unablässig Küsse auf ihr Gesicht und ihr Haar, als könnte er es nicht ertragen, wenn er sie nicht mit dem Mund berührte. Und sie klammerte sich an ihn, hielt die Finger einer Hand an seinem Rücken in sein Hemd gekrallt.

Sie stiegen die wenigen Stufen hinauf, und Gage kramte nach dem Hausschlüssel. Skye lehnte sich an ihn, unterdessen er die Tür aufdrückte. Seine Finger mit ihren verschränkt zog er sie ins Haus.

Mitten hinein in gleißendes Licht.

Skye blinzelte geblendet. Sie hatte das Gefühl, als hätte man sie soeben höchst unsanft aus dem Schlaf gerissen. Das hektische Schlagen ihres Pulses legte sich sofort, das brennende Verlangen kühlte sich ab. Über die Schulter blickte sie zurück in die Dunkelheit. Jeder behauptete, Strandhaus Nr. 9 besäße eine eigene Magie, doch für sie lag die Magie da draußen in den Schatten, dort, wo Gage ihre Sehnsucht mit gierigen Küssen angefacht hatte.

„Was ist denn?", fragte er jetzt.

„Es ist … so hell."

Ein seltsamer Ausdruck huschte über sein Gesicht, aber sie wusste nicht, wie sie ihn zu deuten hatte. Es war fast so hell im Haus wie in einem OP-Saal.

„Stimmt", sagte Gage und steckte ihr eine Haarsträhne hinters Ohr. Mit dem Daumen rieb er ihr über die Unterlippe. „Lass mich es eben dimmen ... oder möchtest du lieber in deine Hütte gehen? Hat die Beleuchtung deine Stimmung verdorben?"

Etwas Positives hatte das Licht auf jeden Fall – es zeigte deutlich, wie maskulin und attraktiv der Mann war, der nach wie vor ihre Hand hielt. Wenn sie früher an Gage gedacht hatte, war es immer zuerst seine Stimme gewesen, die praktisch aus den Briefen, die er ihr geschickt hatte, zu ihr sprach. Und natürlich hatte sie durch seine Fotos die Welt mit seinen Augen sehen können. Nun ließen sich seine markanten Züge und seine Männlichkeit gar nicht ignorieren. Zur hellen Hose aus schwerem Leinen trug er ein weißes locker sitzendes Hemd. Er wirkte elegant und exotisch zugleich darin, so, als käme er gerade aus einer verrauchten Dschungelbar, in der er sich mit einem abgeschirmt lebenden Warlord getroffen hatte. Oder als wäre er mit seinem Propellerflugzeug auf dem Weg in ein kleines südamerikanisches Land.

Ihn umgab eine Aura lässiger Wachsamkeit, als wäre er ständig auf einen Aufstand von Rebellen vorbereitet ... oder auf eine Messerstecherei mit einem Kleingauner. Auf jeden Fall würde er seinen Spaß dabei haben, sollte es tatsächlich dazu kommen.

Während sie ihn weiter anschaute, kniff er nachdenklich die türkisblauen Augen zusammen und blickte sie forschend an.

„Kleines?", fragte er und glitt erneut mit dem Daumen über ihren Mund, löste damit ein Pulsieren in ihren Lippen aus. Ihr Herz hämmerte hart und schnell gegen ihre Rippen.

Ganz gleich, ob im Dunkeln oder bei gleißender Helligkeit – sie wollte diesen Mann.

Diesen Mann mit den markanten Zügen und dem männlichen Ego, mit seinen dunklen Bartstoppeln und den brennenden Küssen. Ihre Finger drückten die Hand, mit der er sie hielt, mit der anderen fasste sie sein Handgelenk und zog ihn zu sich heran. Ihre Körpertemperatur stieg an, sie meinte, vor Fieber zu glühen.

„Ich will dich", stieß sie aus, es war die reine Wahrheit, und eine solche Chance würde sich vielleicht nie wieder ergeben. „Ich will das hier."

Er legte seine Stirn an ihre. „Setz dich für eine Minute auf die Terrasse. Ich schenke dir ein Glas Wein ein und drehe die Beleuchtung herunter."

Erregung strömte wild durch ihren Körper und Skye gehorchte. Draußen stand sie mit dem Rücken zum Haus, den Blick auf die Brandung gerichtet, dennoch konnte sie aus dem Augenwinkel mitverfolgen, wie die Lichter im Haus gelöscht und Lampen gedimmt wurden, und wenig später spürte sie den Holzboden unter ihren Füßen von Gages Schritten vibrieren.

Vor Aufregung erschauerte sie, während er ihr Haar zur Seite schob und eine Hand auf ihren Nacken presste. Sacht zog er sie zu sich herum und reichte ihr das Glas mit dem Wein, den er für sie eingeschenkt hatte.

Flackerndes Kerzenlicht zog ihren Blick an. Sie drehte den Kopf zum Haus und sah, dass im Wohnzimmer nur noch die dicken Kerzen auf dem Kaminsims und auf dem niedrigen Kaffeetisch brannten, ansonsten lag der Raum in Dunkelheit. Sie fragte sich, ob er wohl auch die Kerzen im Hauptschlafzimmer unten im Parterre angezündet hatte. Auf der langen Kommode dort befand sich eine, das wusste sie, und je eine auf den kleinen Nachttischchen an den gegenüberliegenden Seiten des Bettes.

Das Bett, in dem sie heute Nacht mit Gage liegen würde, nackt und eng umschlungen. Sie schluckte und schaute zu ihm hin. „Ich …" Als ihr Blick über seine Schulter fiel, erstarrte sie. „Oh nein", brachte sie hervor.

„Was ist?"

„Oh nein!" Sie drückte eine Hand auf ihre Brust, ihr Herz pochte wie wild, aber nun aus einem völlig anderen Grund. „Sie sind wieder hier", wisperte sie. Das Blut gefror ihr zu Eis in den Adern, erstickte jegliches Verlangen. „Sie sind zurückgekommen."

Gage drehte sich um, sah hinter sich. „Wer ist zurückgekommen? Liebling, was …?"

„Die Männer", krächzte sie. „Der Mann."

„Wovon redest du da?"

Mit zitternden Fingern zeigte sie auf eine der Hütten weiter oben am Strand. „Die Rutherfords sind nicht da. Sie wollten für ein paar Tage die Küste entlangfahren. Aber da ist jemand im Haus, das sieht man."

„Vielleicht haben sie ihren Trip verschoben."

Skye schüttelte den Kopf. „Ich habe ihnen nachgewinkt, als sie losfuhren. Sie waren knapp eine Stunde weg, als Mary Rutherford mich anrief und bat, ich solle doch nachsehen, ob sie das Bügeleisen auch wirklich ausgeschaltet hat. Ich weiß, dass die Hütte leer steht, und ich habe abgeschlossen, als ich wieder gegangen bin."

Gage drehte sich um und sah zu dem Haus hinüber. Hinter den vorgezogenen Vorhängen schimmerte Licht, das war eindeutig. „Ich gehe rüber und sehe nach. Du bleibst hier."

Sie packte nach ihm. „Nein! Das ist zu gefährlich. Wir sollten die Polizei verständigen, oder …"

„Das werde ich auch sofort, sobald ich ein echtes Problem erkenne", meinte er beruhigend. „Geh du ins Haus und schließe die Tür ab. Ich bin gleich wieder zurück."

Nachdem er gegangen war, marschierte Skye im Wohnraum von Nr. 9 auf und ab. Ihr Magen war steinhart. Sie hatte die große Deckenlampe eingeschaltet, und obwohl alle Türen abgeschlossen waren, schnürte Angst ihr die Kehle zu. Gage war da draußen, setzte sich der Gefahr aus. Bei dem Gedanken wurde ihr eiskalt. Sie riss den gehäkelten Überwurf von der Couch und wickelte sich darin ein.

So gänzlich von Stoff verhüllt zu sein, beruhigte sie etwas. Sie ließ sich auf die Kante eines Sitzkissens nieder und wiegte sich vor und zurück. Das Rauschen der Brandung drang bis ins Zimmer. Sie versuchte, im Rhythmus der Wellen zu atmen, doch nichts konnte ihren verkrampften Magen und ihre auf Hochtouren laufende Fantasie beruhigen. Sie stellte sich alle möglichen Schreckensszenarien vor.

Um sich vor dem imaginären Horror zu verstecken, zog sie sich den Überwurf über den Kopf, legte die Stirn auf die Knie und flüsterte unablässig vor sich hin: „Alles kommt in Ordnung, alles kommt in Ordnung, alles kommt in Ordnung …"

Als es an der Fensterscheibe klopfte, zuckte sie zusammen, unterdrückte einen Aufschrei und richtete sich abrupt auf. Ihr Verstand weigerte sich, gleich zu funktionieren, aber dann erkannte sie Gage, der auf der Terrasse stand. Sie wickelte sich aus der gehäkelten Decke und eilte zur Schiebeglastür, fingerte hektisch am Schloss. „Entschuldige", rief sie hinter der Scheibe. „Moment noch ... es tut mir so leid. ..."

„Ist schon in Ordnung, Kleines", rief er. „Atme tief durch, alles ist in Ordnung."

Als es ihr endlich gelang, die Tür aufzuschließen, hatte sie nicht mehr die Kraft, die Schiebetür zu öffnen. Das übernahm Gage dann. Als er ins Haus trat, brachte er den Geruch von Salzwasser und Ozean mit herein.

Erwartungsvoll blickte sie ihn an. „Waren sie es? Hast du die Polizei benachrichtigt?" Sie huschte an ihm vorbei, um das Schloss wieder zuzudrehen. „Haben sie dich gesehen?"

„Skye."

Er berührte sie an der Schulter und sie zuckte vor dem Kontakt zurück, wirbelte herum und presste sich an die Glasscheibe. Ihr Fluchtreflex hinterließ einen bitteren Geschmack in ihrem Mund, sie starrte Gage an, zitternd wie Espenlaub.

Er blieb reglos stehen. „Langsam, beruhige dich. Es hat überhaupt nichts mit dem zu tun, was du dir vorgestellt hast."

„Was ..." Sie schluckte, versuchte, ihren trockenen Gaumen zu befeuchten. „Was ... wer ist es dann?"

„Monica Rutherford zusammen mit ein paar von ihren Teenagerfreunden."

„Monica?" Das Mädchen war siebzehn und absolvierte das letzte Jahr an der Highschool. Ihre Familie verbrachte seit Ewigkeiten jeden Sommer einen Monat in der Bucht, um der Sommerhitze im nahe gelegenen San Gabriel zu entfliehen. „Ihre Mom sagte doch, sie würde bei einer Schulfreundin bleiben, während die Eltern auf dem Ausflug sind."

„Monica und ihre Clique dachten sich aber, es wäre viel angenehmer, der Aufsicht der Erwachsenen zu entkommen und im Strandhaus zu übernachten."

Skye stieß bebend die Luft aus. „Ach so."

„Unsere junge Freundin hat ein gut funktionierendes Schuldbewusstsein. Kaum dass ich bei ihnen auftauchte und sie wissen ließ, dass du als Verwalterin davon ausgingst, dass das Haus leer steht, konnten sie und der Rest der Bande gar nicht schnell genug in ihre Autos springen."

„Waren sie etwa ...?"

„Ich habe keine Spur von Alkohol oder anderen Drogen entdeckt. Sie haben versprochen, direkt zurück nach Pasadena zu fahren."

Skye stolperte auf die Couch zu und ließ sich darauf niedersinken.

„Ich habe alles sicher verriegelt und abgeschlossen", fügte Gage hinzu. „Das war's dann. Sie werden dir nie wieder einen solchen Schrecken einjagen."

Resigniert schloss sie die Augen und legte den Kopf an die Rückenlehne. Sie war so unendlich müde. „Ich glaube nicht, dass es das war."

„Natürlich war es das", versicherte Gage überzeugt. „Das kann ich dir garantieren."

Sie drehte sich um, um ihn anzusehen. „Bis zum nächsten Mal, wenn etwas Unerwartetes, aber völlig Harmloses passiert. Dann werde ich wieder einen Anfall bekommen. Sieh den Tatsachen ins Gesicht. Ich bin wahnsinnig."

„Skye ..."

„Immer ziehe ich sofort die falschen Schlüsse, drehe jedes Mal durch und fahre aus der Haut. Ich werde nie mehr ein normales Leben führen können."

„Natürlich wirst du das."

Zweifelnd und bedrückt streckte sie eine Hand aus und sah ihn an. „Meinst du? Sieh doch nur, wie ich zittere."

„Atme ein paarmal tief durch", riet er ihr, „und ich hole eben den Wein, der noch immer in der Küche steht. Ich kann jetzt auch ein Glas gebrauchen."

„Falls ich mir Mut antrinken soll ... vergiss es. Du brauchst dich nicht länger um mich und meine verkorkste Sexualität zu kümmern. In einer Minute bin ich verschwunden ... Ich gehe nach Hause."

Er sah über die Schulter zu ihr zurück und hob nur eine Augenbraue.

„Ich bin zu verrückt, als dass du ... nun, noch interessiert sein könntest. Verstehe schon. Niemand hat Lust, sich mit einer Irren einzulassen, selbst wenn derjenige für ‚Gages Völlerei' bekannt ist."

Gage murmelte einen Fluch und verschwand in der Küche.

„Ich werde dir das bestimmt nicht vorhalten", sagte sie lauter. „Darauf kannst du dich verlassen. Wir vergessen es einfach und verlieren kein Wort darüber."

„Sag mal ... redest du eigentlich auch im Bett so viel?"

Seine Stimme schwebte durch die Küchentür zu ihr herüber.

„Ich kann mich gar nicht mehr daran erinnern, wie es ist, mit jemandem im Bett zu sein", rief sie ihm zu. „Für mein Kurzzeitgedächtnis ist es zu lange her, und bis ins Langzeitgedächtnis haben die Erfahrungen es nicht geschafft, weil sie nicht erinnerungswürdig waren."

„Gut", sagte er und kam zurück zu ihr, ein Glas in jeder Hand.

Seine Miene war völlig entspannt und gelassen. Als er am Lichtschalter vorbeikam, drückte er ihn mit dem Ellbogen aus, und der Raum lag wieder in romantischem Kerzenlicht.

„Hast du auch nur ein Wort von dem gehört, was ich gesagt habe?", fragte sie und nahm das Weinglas an, das er ihr reichte.

Er setzte sich in die andere Ecke des Sofas und streckte die langen Beine vor sich aus. „Ich habe gehört, dass das Tabu gebrochen wurde und der verbotene Ausdruck ‚Gages Völlerei' gefallen ist. Die Strafe dafür folgt stehenden Fußes."

Sie riss die Augen auf. „Haha." Dann senkte sie den Blick und starrte in ihr Weinglas. Noch immer war ihre Kehle staubtrocken, und in ihrem Unterleib breitete sich wieder dieses sehnsüchtige Ziehen aus. „Was meinst du mit ... Strafe?"

Er zuckte mit den Schultern. „Bewege deinen süßen Hintern ins Schlafzimmer und ich zeige es dir."

Sie konnte nicht verhindern, dass ihre Haut zu prickeln begann. Er erlaubte sich einen Scherz, oder? „Ist das irgendein exotisches Ritual, das du während deiner Reisen gelernt hast?"

„Ich war in vielen fremden Ländern, Skye, und ich habe feststellen müssen, dass der Hang zum Puritanismus uns Amerikaner nicht sehr abenteuerlustig wirken lässt."

Jetzt machte er sich definitiv über sie lustig. „Aber du bildest da die Ausnahme, nicht wahr?", sagte sie und nippte an ihrem Wein – wobei sie Gage unter halb gesenkten Wimpern ansah. „Wer hat denn als Erste die Segel auf dem Floß gesetzt, das wir in dem einen Sommer zusammengezimmert haben?" Bei der Erinnerung daran musste sie grinsen. „Ich glaube, alle Mütter in der Bucht waren wütend auf meinen Dad, weil er uns erlaubt hat, diese Dokumentation über die Fahrt der Kon-Tiki im Fernsehen anzuschauen."

„Zugegeben, wir hätten mehr Sorgfalt verwenden und auf Qualität achten sollen, das steht wohl fest", gab Gage zu. Er hob den Saum seines Hemdes an und legte so seinen flachen Bauch frei. „Die Narbe, die ich mir eingehandelt habe, als wir mit dem Floß an den Felsen zerschellt sind, habe ich immer noch."

Skye rutschte näher. Bei dem dämmerigen Licht war es unmöglich, von so weit entfernt etwas zu erkennen. „Wo?"

Gage stellte sein Glas auf dem Seitentisch ab und schob sein Hemd höher. Skye war jetzt nahe genug bei ihm, um die wohldefinierten Muskeln seines Waschbrettbauchs zu sehen, sogar den dunklen Warzenhof weiter oben auf seiner Brust, aber keine Narbe. „Wo denn?"

„Du musst noch näher kommen", erwiderte er.

Es war, als hätte Luzifer seinen Platz eingenommen, Gages Stimme klang rauchig und dunkel. Sie blickte in sein Gesicht auf, seine sonst strahlenden Augen wirkten dunkler als sonst. Ohne sie zu berühren, nahm er ihr das Weinglas aus den plötzlich tauben Fingern und setzte es neben seins auf das Tischchen ab. Danach griff er mit beiden Händen an den Saum seines Hemdes, streifte es sich über den Kopf und warf es achtlos beiseite.

„Oh", hauchte sie. „Das ist nicht fair."

„Das ist eins von den Dingen, die ich unterwegs gelernt habe." Er deutete auf die obere Hälfte seines Brustkorbs. „Die alte Wunde sitzt hier oben irgendwo."

Im Grunde wollte sie unbedingt noch näher rutschen und seiner Einladung folgen, aber ihre flatternden Nerven und der verbliebene Rest von Unsicherheit ließen sie innehalten. Alle Scherze und alles lässige Geplänkel der Welt halfen ihr nicht über die Zweifel hinweg, ob sie mit dem Ausmaß dessen, was als Nächstes passieren würde, umgehen könnte.

„Möchtest du wissen, wie deine Strafe aussieht, Skye?"

Beim Klang des S-Worts rauschte eine weitere Hitzewelle über ihren Körper, Funken schienen aufzusprühen. „Wa... was?"

„Ich werde dich nicht berühren."

Langsam hob sie den Blick zu seinem Gesicht.

„Du kannst mich überall anfassen, ganz wie du möchtest. Aber wenn du meine Haut auf deiner fühlen willst ... musst du die Initiative ergreifen."

Sie blinzelte. „Wie?"

Er lächelte teuflisch, träge und selbstsicher.

„Nimm meine Hand und führe sie, wohin du willst. Nähere dich selbst meinem Mund."

Sie begann wieder zu zittern, jetzt war es jedoch ein angenehmes Zittern, die Art, bei der es ihr heiß über den Rücken lief, die Art, bei der ihre Brüste sich spannten und die in ihrem Schoß ein Pulsieren auslöste. Die Stellen, die Gage an den Innenseiten ihrer Oberschenkel gestreichelt hatte, schienen zu brennen. Sie war nach wie vor in die Häkeldecke eingehüllt, doch plötzlich wurde ihr viel zu heiß, so heiß, dass sie wahrscheinlich gleich in Flammen aufgehen würde. Atemlos kämpfte sie sich aus der Decke heraus und ließ sie zu Boden gleiten.

Gage hatte noch immer keinen Muskel gerührt, doch sein Blick haftete fest auf ihr.

„Willst du mich berühren, Skye?"

Seine Hände lagen locker auf seinen Schenkeln, ihre dagegen hatte sie zu Fäusten geballt. Einen nach dem anderen streckte sie die Finger, spreizte sie, bis sie aussahen wie einer der Seesterne in den Ebbetümpeln. Dann hob sie ihren rechten Arm und legte ihre Hand an seine Wange.

Gage schloss die Augen, ein tiefes Knurren drang aus seiner Kehle, ein Laut der Zufriedenheit. Seine Bartstoppeln kitzelten rau an ihrer empfindsamen Handfläche, und Skye kostete das Gefühl aus, rieb leicht sein Kinn. Mit dem Daumen strich sie über seine weiche, volle Unterlippe.

Gage senkte den Kopf ein wenig, nahm die Kuppe zwischen die Zähne und hielt sie fest.

Skye schnappte nach Luft und merkte, dass sie feucht wurde. Seine Zunge wirbelte über ihre Daumenspitze, dann saugte er daran. Unwillkürlich dachte sie an jenen Nachmittag, als sie auf seinem Schoß gesessen und er ihre Brustwarzen verwöhnt hatte.

Anscheinend erinnerten die sich ebenfalls, denn hart und aufgerichtet drängten sie sich an die eingenähten Körbchen in ihrem neuen Kleid. Skye bewegte die Schultern, sodass der Stoff darüberstrich, erlaubte sich diese Liebkosung.

Gage gab ihren Daumen frei. „Oh, und da ist noch eine Regel", sagte er in leichtem Ton.

„Und die wäre?" Sie zog die Hand von seiner Wange, ließ sie auf ihren Schoß sinken.

„Es wird sich nicht selbst gestreichelt. Ich habe dieses kleine Schulterwackeln gesehen."

Sie fühlte, wie sie rot wurde. „Ich habe mich nicht selbst gestreichelt."

„Oh doch, das hast du." Er hielt ihr mahnend einen Finger vor die Nase. „Kein Wackeln. Und kein heimliches Anspannen von Muskeln."

Prompt spannten sich ihre Muskeln an, fast hätte sie vor Lust aufgestöhnt. Sie merkte, dass ihre Wangen noch heißer wurden. Seit wann wirkte Verlegenheit wie ein Aphrodisiakum? „Ich habe keine Ahnung, wovon du sprichst", log sie. An ihrem Tonfall hörte sie, dass sie in die Defensive ging. „Und mir ist auch nicht klar, woher … woher du das überhaupt wissen solltest."

„Ich weiß es, weil ich genau aufpasse", raunte er ihr in dieser dunklen Stimme zu. „Meine gesamte Aufmerksamkeit gehört allein dir."

Sie erschauerte, die Erregung stieg. Gage zog sie an, wie der Mond seine Anziehungskraft auf den Ozean ausübte. Sie rutschte näher, bis sie erkennen konnte, dass auch sein Gesicht erhitzt war. Im flackernden Kerzenlicht stachen seine Wangenknochen hervor, und rote Streifen prangten darauf.

Ohne nachzudenken, presste sie ihren Mund auf seine warme Haut, fuhr mit den Lippen bis zu seiner Nase, über den Nasenrücken und weiter, um sich einen Kuss zu stehlen.

Er ließ es zu, gewährte ihrer Zunge Einlass. Sie hörte ihr eigenes Aufstöhnen, während sie den Geschmack von Trauben genoss, fruchtig und erdig zugleich. Als sie sich an ihn lehnte, schien seine Körperhitze ihren Oberarm zu verbrennen.

Sie wollte mehr davon und schmiegte sich an ihn, sodass sie ihr Gesicht an seine muskulöse, perfekte Brust pressen konnte. Sie hörte, wie er scharf den Atem einsog, aber er blieb still und bewegte sich nicht, erlaubte ihr, mit Wangen und Mund über die samtene Haut und die seidigen Härchen zu reiben, wie eine Katze es tun würde.

Ihre Lippen stießen auf seine Brustwarze, die sich hart zusammenzog. Sie reizte sie mit ihrer Zungenspitze, leckte flüchtig darüber und hörte ihn aufkeuchen. Sie hob den Kopf und sah auf seine Brust, die sich heftig hob und senkte, die Hände hatte er zu Fäusten geballt.

„Wer bestraft jetzt hier wen?", wisperte sie. Ihre eigene Stimme, heiser und lasziv, erstaunte sie.

„Hexe", nannte er sie lächelnd. „Gib mir einen Kuss."

Sie tat es, und obwohl er sie noch immer nicht anfasste, verführte er sie dennoch – mit seinen Lippen, mit seinem würzig-exotischen Duft, der sie beide einhüllte. Seine Küsse hielten sie gefangen wie einen Fisch im Netz, sie wurde völlig verzehrt von ihnen. Ihre Hände lagen auf seinen Schultern, sie saß auf seinem Schoß, und als sie flatternd die Lider hob, bemerkte sie seine Finger. Er hatte sie in den Stoff ihres Kleides gekrallt. Es war diese offensichtliche Anstrengung, mit der er sich zurückhielt, die ihr die nötige Sicherheit verlieh.

„Bring mich ins Bett", flüsterte sie und leckte an seinem Kinn entlang. „Wenn es sein muss, ertrage ich die Strafe eben."

„Wenn ich dich ins Bett bringe, hat das nichts mit Strafe zu tun, dann übernimmt das Vergnügen."

„Oh Gott."

Er lachte. Luzifer war zufrieden mit seiner Verruchtheit. Und plötzlich saß sie nicht mehr mit ihm auf der Couch. Wie sie ins Schlafzimmer gelangt war, hätte sie jedoch nicht sagen können. Wie erwartet brannten Kerzen in dem Raum, die flackernden Flammen glichen ihrem unruhigen Puls. Das Bett war riesengroß, die Decken bereits aufgeschlagen. Noch immer starrte sie reglos darauf, da hörte sie Gages Stimme.

„Zieh dich aus."

Ihr Blick glitt zu ihm. Er grinste sie an. Luzifer hatte sich also zurückgezogen, vielleicht in die Tiefen des Ozeans, geblieben war nur Gage. Ihr Gage. „Wie dezent", spöttelte sie.

Er hob die Hände in die Höhe und deutete mit dem Kopf auf ihr Kleid. „Ich fürchte, die hier werden dieses hübsche kleine Stück Versuchung nicht mit der nötigen Sorgfalt zu behandeln wissen."

Letztendlich musste er doch mithelfen, da Skye mit dem verdeckten Reißverschluss im Rückenteil nicht allein zurechtkam. Nachdem er ihr einen Moment zugesehen hatte, wie sie sich vergeblich bemühte, schritt er zu ihr. Er senkte den Kopf und hauchte einen Kuss auf ihre Schultern, während seine Finger schnell und geschickt die Lasche fanden und den Reißverschluss heruntergeschoben.

Mit den Lippen erkundete er die nackte Haut hinunter bis zu ihrer Rückenmulde, danach ließ er sich auf die Knie nieder und zupfte an dem Kleid, bis es sich zu ihren Füßen bauschte. Gage schmiegte sein Gesicht an die Grübchen in ihrem Rücken, die sich gerade oberhalb des Saums ihres Slips befanden. Als Nächstes spürte sie seine Zunge von einer Hüfte zur anderen am elastischen Rand entlanggleiten.

„Oh Gott", stieß Skye inbrünstig aus.

Schließlich richtete Gage sich wieder auf, und gleich darauf war sie nicht mehr auf den Füßen, sondern lag auf den kühlen Laken, und er kam zu ihr. Die Ellbogen neben ihrem Kopf aufgestützt, widmete er sich ganz dem Vergnügen, sie zu küssen. Skye suchte nach Halt in einer Welt, die aus den Angeln gehoben worden war und kopfüber stand. Eine Hand hatte sie in das Laken gekrallt, mit der anderen hielt sie sich am Bund seiner Leinenhose fest. Ihr rechtes Bein schwang sie über seine Hüfte, versuchte, ihn an sich zu drücken.

Er löste sich von ihr und streifte Hose und Boxershorts ab, seine Miene war jetzt ernst. Nun gab es nichts mehr zwischen seinem und ihrem Körper außer dem Schimmern des Kerzenlichts, das Schatten auf Einbuchtungen und Aushöhlungen warf. Gage war erregt, Mutter Natur hatte ihn großzügig ausgestattet, und Skye holte tief Luft, um vorsorglich die Panik zurückzudrängen, die jedoch gar nicht erst in ihr aufstieg.

Denn es war doch Gage. Gage war hier und beobachtete genauestens ihr Gesicht, um ihre Reaktionen abzuschätzen. *Ich stehe zwischen dir und deinen Albträumen.* Das hatte er an dem Tag gesagt, während sie die Räume in ihrem Haus gestrichen hatten. Jetzt glaubte sie ihm, dass es die Wahrheit war.

„Ich fühle mich gut", meinte sie und war verlegen über ihr Geständnis. „Mit mir ist alles in Ordnung."

Gage stieß einen inbrünstigen Seufzer aus. „Dem Himmel sei Dank."

Sie drehte sich zu ihm und schmiegte sich an ihn, wollte seine Hitze und seine Erektion spüren. Allerdings ging er nicht gleich zum nächsten Level über. Es war, als würden sie wieder bei null anfangen. Sanfte Küsse auf ihrem Gesicht, sachtes Streifen mit der Zunge, ein flüchtiges Streicheln mit seinen großen Händen an ihrem Busen.

Skye bog sich den Berührungen entgegen, bettelte still um mehr. Und er gab ihr mehr. Rutschte tiefer, um ihre Brüste zu küssen, an den harten Spitzen zu saugen und ihren Bauchnabel mit seiner Zunge zu kitzeln. Er schob ihr den Slip über die

Beine, endlich war er zwischen ihren Oberschenkeln, drückte sie mit den Ellbogen weiter auseinander und erkundete sie mit den Daumen.

„Oh." Skye stützte sich alarmiert auf. „Nun ... äh ..."

Er sah auf. „Lecker? Genau das, was ich auch denke."

Ihre Wangen brannten. „Gage", protestierte sie.

„Skye."

Er seufzte leise, und sein Atem strich warm über ihre feuchte Hitze.

„Wenn es hilft, betrachte es als Teil der Bestrafung."

„Was?"

„Oder als Teil des Vergnügens. Wie du möchtest", sagte er, und senkte den Kopf.

Schon beim ersten Zungenschlag ließ sie sich in die Kissen zurücksinken. Gage widmete sich jedem Zentimeter, öffnete sie, sodass all ihre Geheimnisse offenlagen. Skye atmete keuchend und versuchte, den bevorstehenden Höhepunkt hinauszuzögern. Seine Daumen glitten über seidige Feuchte, arbeiteten sich vor, um den empfindsamen Punkt zu berühren. Ihre Lustperle zuckte, sowie sie der kühlen Luft und Gages Blicken ausgesetzt wurde. Unwillkürlich wartete Skye darauf, dass sie Angst verspürte und dass das Gefühl von Verletzlichkeit ihr das Vergnügen raubte.

Doch nichts konnte das schaffen, nicht, da es Gage war, der sie anschaute, als hätte er einen versunkenen Schatz entdeckt. Er ließ die Zungenspitze über den sensiblen Knopf streichen, und Skye setzte sich abrupt auf, nicht, um vor ihm zurückzuweichen, sondern um ihm näher zu sein. Dann schlossen sich seine Lippen um die kleine Perle, und er begann daran zu saugen und katapultierte sie damit direkt in ein Universum der Lust, die sie laut hinausschrie.

Ihr war jedoch klar, dass es nur so köstlich war, wenn sie nicht vergaß, wer es war, der sie mit leidenschaftlicher Ehrfurcht so behandelte.

Gage stöhnte lustvoll, als Skye sich gehen ließ. Sie erschauerte, zitternd und zuckend ließ sie sich von ihrem Orgasmus mitreißen. Er fühlte sich überlebensgroß und erregter als je zuvor, gewährte ihr eine kleine Ruhepause, liebkoste sie sanfter und richtete sich schließlich auf.

Eine ihrer Hände fiel auf seine Schulter. Er nahm sie in seine, führte ihre Finger an seinen Mund und drückte einen Kuss darauf, während er sich auf das Kissen neben ihr legte. Sie beobachtete ihn dabei unter halb geschlossenen Lidern.

„Nun, das war ..."

„Genau", ergänzte er.

Ihre Lippen waren angeschwollen von seinen Küssen, sie wirkten röter. Voller. Ihre Mundwinkel hoben sich zu einem zögerlichen Lächeln.

„Du bist wirklich schlimm."

„Nein, ich bin gut." Er beugte sich zu ihr, liebkoste ihr Kinn, ihre Wangen, ihre hochgezogenen Augenbrauen. „Ich bin sogar sehr gut. Gib's zu."

„Das streite ich ja gar nicht ab, aber ..." Ihre Miene wurde ernst.

„Es ist in Ordnung, wenn man ein wenig Spaß hat, Skye. Hier können wir spielen, Liebling, niemand wird uns stören."

Sie schien noch immer unsicher zu sein, deshalb neckte er sie mit einer Serie kleiner Küsse. Hauchte sie auf ihr Gesicht, ihren Hals und weiter ihren Körper hinunter, bis seine kitzelnden Lippen sie zum Lachen brachten und sie die Hände gegen seine Brust stemmte. Das war der Moment, in dem er sie bei den Schultern fasste und sie mit sich herumzog, sodass er auf dem Rücken zu liegen kam und sie auf ihm.

Sie verharrte reglos, sowie seine Erektion sich an ihren Bauch presste. Ihre Augen wurden groß, ihre Muskeln spannten sich an.

„Hast du Kondome da? Denn wenn du keine hast ..."

„Ich habe Kondome da."

Sie entspannte sich. „Oh, gut."

Abwartend schaute sie ihn an. Als er sich nicht rührte, runzelte sie die Stirn.

„Möchtest du, dass ich sie hole?"

„Was, die Kondome?"

„Natürlich die Kondome." Sie rieb sich an ihm, und er griff mit beiden Händen ihren Po und hielt sie fest – sonst würden sie gleich keine Kondome mehr brauchen.

„Vorher müssen wir noch etwas erledigen", erklärte er.

„Ach. Und was?"

Wieder rekelte sie sich auf ihm, und er gab ihr dafür einen Klaps auf ihr verführerisches Hinterteil.

„Autsch! Wofür war das denn?", fragte sie protestierend.

„Du hast das Versprechen vergessen, das ich dir gegeben habe."

Die Falte auf ihrer Stirn wurde tiefer.

„Welches Verspre...?"

Er konnte sehen, wann sie sich wieder erinnerte. Sie riss die Augen auf, und ihr Körper schien plötzlich mehr Hitze auszustrahlen.

„Ich kann nicht", flüsterte sie. „Und du wirst nicht ..."

„Oh doch! Du kannst, und ich werde." Sie würde einen zweiten Höhepunkt erleben, bevor er zum Zuge kam. Mindestens zweimal, genau, wie er es zu ihr gesagt hatte.

Er beobachtete, wie sie den Mund öffnete, erwartete weiteren Protest, stattdessen senkte sie den Kopf und küsste ihn sinnlich und großzügig. Er stöhnte auf, rollte sich erneut mit ihr herum, sodass er sich auf ihr befand, aber sie wand sich wie ein Aal, rutschte unter seinem viel größeren und schwereren Körper hervor, um sich einen Vorteil zu verschaffen.

Das Bett wandelte sich in ein Liebesschlachtfeld. Gage hatte den Eindruck, dass Skye entschlossen war, ihn zu bezwingen und zu unterwerfen, vor allem, als sie ihn mit beiden Händen an seinen Schultern auf die Matratze drückte und sich weitere Küsse von ihm stahl. Vermutlich wollte sie es so weit treiben, bis er um Hilfe rief oder endlich die Kondome holte. Doch er war ebenso entschlossen wie sie, und sie war längst wieder bereit, das hörte er an ihren Atemzügen, während er sie schwungvoll zurück auf den Rücken warf und seine ganze Aufmerksamkeit ihren Brüsten widmete.

Die Rundungen waren so hübsch, so voll, gleichzeitig fest und weich, mit aufgerichteten Spitzen, die er mit Zunge und Lippen reizte, bis Skye stöhnte. Eine Hand ließ er über ihren Bauch auf ihre Hüfte gleiten. Er wusste, dass er gewonnen hatte, als sie eins ihrer angewinkelten Beine zur Seite fallen ließ. Es war die instinktive Bitte, sie zu berühren. Ohne sich von ihren Brüsten abzuwenden, legte er eine Hand auf ihre feuchte Hitze, drang mit einem Finger in sie ein und ließ den Daumen über den empfindsamen Punkt kreisen, wobei er gleichzeitig hart an einer ihrer Brustwarzen saugte. Es dauerte nicht lange, und sie kam erneut. Die Augen fest zusammengepresst, während ihre Hüften zuckten und sie sich aufbäumte.

Danach lag sie matt auf dem Bett, Arme und Beine von sich gestreckt. Gage ließ den Blick über sie gleiten und lachte leise. „Du siehst aus wie ein Katastrophenopfer."

Sie hob ein Lid. „Katastrophe? So nennst du dich also?"

Er grinste sie an. „Ich nenne mich Sexman. Der Fantastische Sexman, um genau zu sein, denn ich kann mit Gewissheit behaupten, dass ich dir soeben zu zwei spektakulären Orgasmen verholfen habe."

Jetzt öffnete sie auch das andere Auge und starrte ihn an. „Der Fantastische Sexman?"

„Ja, der neue Superheld. Wechselt von Schlafzimmer zu Schlafzimmer, um schönen Frauen unvergessliche Erfahrungen zu bereiten."

Sie runzelte die Stirn. Er schätzte, dass sie sich am Plural in seiner Arbeitsbeschreibung, an dem Wort „Frauen", störte. Doch sie stach ihm mit dem Zeigefinger in die Brust.

„Ich will auch einen Namen als Superheldin. Wie soll ich heißen?"

„Weiß nicht … Musstest du nicht heute auf einen Handwerker warten? Wie wäre es mit ‚Die Gehilfin des Klempners'?"

Das brachte Bewegung in sie. Erst setzte sie sich auf, dann ging sie zum Angriff über, presste ihn mit erstaunlicher Kraft auf die Matratze – wobei eins ihrer Knie in bedrohliche Nähe des empfindsamsten Teils seiner Anatomie kam. „Hey, hey, Vorsicht!" Er lachte so hart, dass er kaum Luft kriegte. „Fast hättest du den Fantastischen Sexman entmannt."

„Das hast du davon. Die Gehilfin des Klempners. Wie fade! Ich will auch einen sexy Namen."

„Dann beweise dich erst einmal, Baby", forderte er sie noch immer lachend heraus.

„Oh, keine Sorge, ich werde mich schon beweisen."

Im nächsten Moment drückte sie ihre Lippen auf seine.

Sie küsste ihn, bis ihm das Lachen verging. Er versuchte, sich daran zu erinnern, dass sie nur spielten, dass das Spaß war, dass er der Fantastische Sexman war, doch als Skye den Kopf hob und er sie anschaute, raubte es ihm den Atem, während er ihre feinen Züge, umrahmt von langem Haar wie bei einer Meerjungfrau, betrachtete. Dieses seltsame Gefühl, das er schon auf Tess' Party gehabt hatte, überwältigte ihn wieder.

Die Luft wirkte mit einem Mal zu dick zum Atmen, seine Bewegungen verlangsamten sich, alles wurde träge, abgesehen von seinem Puls. Verwundert umfasste er mit beiden Händen ihr Gesicht, und sie starrte ihn an, als würde auch sie den plötzlichen Stimmungsumschwung spüren.

Aus Spaß war Ernst geworden.

Das Blut rauschte durch seine Adern, seine Erektion verlangte sofortige Erleichterung. Alles lief wie in Zeitlupe ab … das Flattern ihrer Wimpern, wie sie sich auf die Seite drehte und sich für ihn öffnete, wie er nach dem Kondom griff und es sich überrollte. Ihre Lippen schimmerten im Kerzenlicht feucht von seinem Kuss, und Gage heftete den Blick auf ihren Mund und nestelte sich zwischen ihre Schenkel.

Sie gab einen erstickten Laut von sich, sowie er in sie eindrang. Ein Stöhnen, ein Flehen … es klang so, als wäre er unter Wasser. Sein Körper zitterte, obwohl er gerade erst ein paar Zentimeter in sie geglitten war. Mit kreisenden Hüftbewegungen schob er sich weiter vor.

Geflüsterte Worte schwebten durch den Raum. Es waren seine.

„Entspann dich, lass dich gehen. Ja, genau so. Oh, so süß, so eng. So verdammt eng."

Und dann war er tief in ihr, und ihre Muskeln spannten sich an, als würden sie ihn umfassen. Als Nächstes folgten Reibung, Gleiten, Stoßen. Und obwohl es dunkel war hinter seinen geschlossenen Lidern, war diese Dunkelheit in Ordnung, denn Skye war bei ihm. Nicht die imaginäre Skye, nicht die Skye in den Briefen, sondern die Skye aus Fleisch und Blut, die Sirene der Bucht. Sie klammerte sich an seine Schultern und hauchte kleine Seufzer in sein Ohr.

Lange würde er nicht durchhalten. Er biss die Zähne zusammen, denn es wäre eine echte Katastrophe, sollte es zu früh enden. Der Rhythmus wurde schneller, härter, Gage spürte den Schmerz in seinen Oberarmen, denn krallte Skye die Nägel in sein Fleisch, und als er einen Kuss auf ihren Hals drückte und leicht daran saugte, erlöste ihr vielsagendes Beben ihn von der Anstrengung, sich zurückzuhalten. Sein Puls raste, er beschleunigte seinen Rhythmus, und Skye bäumte sich auf und bog sich ihm entgegen. In dem Moment schob er eine Hand zwischen ihre Körper und öffnete sie weiter für sich, damit er noch tiefer in sie eindringen und die empfindsame Stelle stimulieren konnte.

Es war diese letzte Liebkosung, die sie loslassen ließ.

Er ergab sich dem eigenen Höhepunkt, wurde mitgerissen von dem Band, das sie zusammenhielt.

12. KAPITEL

Im Morgengrauen färbte der Himmel sich schillernd graupink. Die gleiche Farbe wie die Perlen der langen Kette, die ihrer Urgroßmutter gehört hatte, der berühmten Stummfilmschauspielerin Edith Essex, ging es Skye durch den Kopf. Anders als bei dem berüchtigten Collier, dem Grund für einen Skandal und die Quelle zahlloser Gerüchte, war der Aufenthaltsort dieser Perlenkette bekannt. Ihre Schwester hatte sie an ihrem Hochzeitstag getragen. Anfang Juni hatte sie mit strahlenden Augen und freudig glühendem Gesicht dem Mann ihr Eheversprechen gegeben, der ihren Glauben an die Liebe wiederhergestellt hatte, nachdem sie einen so tragischen Verlust hatte verkraften müssen. Bevor sie sich auf den Weg in die Flitterwochen begeben hatten, hatte ihre Schwester ihr die Perlen mit der Begründung überreicht, dass sie, Skye, die Nächste sei, die sie tragen würde.

Das war zu einer Zeit gewesen, als sie sich vor Männerblicken versteckte, ganz zu schweigen davon, dass sie nicht einmal den Gedanken ertrug, ein Mann könnte sie anfassen. Damals war sie überzeugt gewesen, die nächste Hochzeit in ihrer Familie würde erst in der folgenden Generation stattfinden. Doch jetzt? Skye sah zurück zu Strandhaus Nr. 9, wo sie Gage allein im Bett zurückgelassen hatte, ausgestreckt schlafend und reglos wie ein wunderschönes Stück Treibholz, das die Wellen an den Strand gespült hatten.

Sie war beim ersten Tageslicht aufgewacht, und als sie nun durch den Sand zu ihrer Hütte ging, sah es so aus, als wäre sie der einzige Frühaufsteher in der Bucht. Tess hatte es einmal als die „grausame Wahrheit des Sommers" beschrieben: Kinder und Urlauber hatten sich gerade daran gewöhnt, dass sie ausschlafen konnten, da wurde es schon wieder Zeit, in die Alltagsroutine zurückzukehren, und alle mussten früh aufstehen, um entweder zur Schule oder zur Arbeit zu gehen. Der Gedanke erinnerte sie daran, dass der September sich unaufhaltsam näherte. Bald war die Saison zu Ende, und die meisten Hütten würden leer stehen.

Gage wäre dann auch fort. Doch das, wobei er ihr geholfen hatte, es wiederzufinden, würde bleiben. Die Nacht mit ihm hatte ihr gezeigt, dass sie noch immer eine Frau war, fähig zu Wünschen und Sehnsüchten und einem Verlangen, das stark genug war, um die schlimmen Erinnerungen und ihre Ängste zu überwinden. Die kühle Morgenbrise spielte mit ihrem Haar und jagte eine Gänsehaut über ihre bloßen Arme und Beine, und Skye dachte, dass sie vielleicht endlich auf die weiten Hosen und Shirts und die strengen Zopffrisuren – Dinge, die ihr in den letzten Monaten als Schutzschild gedient hatten – verzichten konnte.

Ihre wiedergefundene Freiheit würde jedoch nichts daran ändern, dass die Saison zu Ende ging. Es würde still und menschenleer werden in der Bucht, genau so, wie sie an diesem Morgen dalag.

Skye erschauerte, dann verdrängte sie diese Gedanken entschieden und rief sich die Bilder der letzten Nacht in Erinnerung. Der Fantastische Sexman! Ihre Lippen verzogen sich zu einem Lächeln. Die Arroganz, die dieser Mann an den Tag legte! Aber Himmel, er war tatsächlich hinreißend sexy, genau wie all die Charaktere, die er verkörpert hatte – der lockende Teufel, der verspielte Liebhaber, der ernste Mann, der so langsam und behutsam in sie eingedrungen war, dass ihr eine heiße Träne über die Schläfe gelaufen war, weil sie sich so sehr danach gesehnt hatte, endlich mit ihm vereint zu sein.

Sie hatte sich danach verzehrt, ihn in sich zu spüren, und als er sie schließlich ausfüllte, als ihre Herzen so nah beieinander geschlagen hatten, da hatte eine Erkenntnis sie durchzuckt. Etwas wie ... wie Schicksal.

Oder Verhängnis.

Direkt danach, so wie Donner auf Blitz folgte, hatte tief in ihrem Innern eine Warnglocke angeschlagen.

Vielleicht wäre sie nach ihrem dritten Orgasmus – drei! – weggelaufen, wäre vor *ihm* weggelaufen, aber er hatte sie so fest mit seinen Armen umschlungen gehalten nach seinem Höhepunkt, dass es ihr nie gelungen wäre, unbemerkt aus dem Bett zu schlüpfen. Sie war eingeschlafen, genau wie er. Als sie wach geworden war, stellte sie fest, dass er sie losgelassen hatte.

So, wie sie ihn loslassen musste.

Nun, da diese Nacht vorüber war und die lodernden Flammen und gierigen Küsse sich abgekühlt hatten, war ihr klar, dass sie gescheitert war mit ihrem Plan, ihn dazu zu bewegen, sich ihr zu öffnen. Stattdessen hatte er sie aus der Reserve gelockt.

Es würde sicher nicht noch einmal passieren. Dafür bestand keine Notwendigkeit, und es wäre auch unklug … jemand könnte das Ganze zu ernst nehmen. Sie musste sogar die Hoffnung aufgeben, dass er ihr sein Geheimnis preisgab, denn es ihm zu entlocken erforderte eine Nähe, die sie sich nicht mehr leisten konnte.

Sie stieß geräuschvoll die Luft aus, als sie sich der Haustür ihres Heims näherte. Sie war fast da, als Polly aus ihrer kleinen Hütte trat. Kaum dass ihre Freundin sie erblickte, riss sie die Augen auf.

„Da kommt sie, und die Scham steht ihr ins Gesicht geschrieben!"

Hitze kroch an Skyes Nacken empor. „Pol …"

„Ich bin ja so unglaublich stolz auf dich." Polly grinste breit. „Endlich bist du mit dem Mann ins Bett gegangen, nach dem du schon monatelang schmachtest."

„Schmachten? Nein …"

„Gesteh es dir ein, Skye. Jedes Mal, wenn die Post ankam, hast du vor Erwartung gezittert. Also … was war der Auslöser? Hat Tess einen Liebestrank serviert?"

Das erinnerte sie daran, dass Polly nicht auf der Party erschienen war. „Was ist denn mit dir passiert? Wieso bist du nicht mit Teague gekommen?"

„Weil Männer Trottel sind. Nun, Teague auf jeden Fall. Vielleicht ist dein Typ ja anders."

„Gage ist nicht mein Typ."

Polly legte den Kopf leicht schief. „Wirklich nicht? Ist er etwa so mies im Bett?"

„Nein!" Skye konnte fühlen, wie ihre Wangen wieder zu brennen begannen, und erhaschte den wissenden Blick ihrer Freundin. „Um genau zu sein, er ist der Fantastische Sexman."

Polly verschluckte sich fast. „Wer?"

Skye erlaubte sich ein Lächeln. „Ein Superheld. Noch unbekannt. Vielleicht schreibe ich demnächst Comic-Geschichten. Damit die Welt von seinen Superkräften erfährt."

Polly fasste sie beim Ellbogen. „Okay, wir werden jetzt einen langen Spaziergang machen und in Ruhe reden. Ich wollte ja eigentlich zu den Ebbetümpeln, aber diese Sache gibt dir einen Freibrief, du darfst wählen, wohin wir gehen."

„Mir ist ziemlich kalt", sagte Skye und sträubte sich, doch Polly zog sie gnadenlos und unnachgiebig zum Strand zurück.

„Deine Beschreibungen werden uns beide warm halten."

Also gingen sie Richtung Norden, und Skye machte hier und da ein paar Andeutungen, ohne zu sehr ins Detail zu gehen oder zu persönlich zu werden. Polly seufzte hingerissen oder stöhnte entsetzt an den passenden Stellen auf, und die gute Laune ihrer Freundin hellte auch ihre Stimmung auf.

„Ich brauche unbedingt Fantastischer-Sexman-Sex", meinte Polly, als sie bei den Felsenbecken angekommen waren.

„Dann wirst du dir deinen eigenen Superhelden suchen müssen." Skye warf ihr einen kurzen Blick zu. „Obwohl er nicht mein Typ ist", fügte sie hastig hinzu.

„Ich sehe dein Problem nicht. Wieso eigentlich nicht? Weißt du nicht mehr, dass ich dir zu einem Urlaubsflirt geraten habe?"

„Davon war aber nicht die Rede zwischen ihm und mir. Letzte Nacht ... dazu ist es nur gekommen, weil er mir ein guter Freund sein wollte."

„Wir alle sollten solche guten Freunde haben", murmelte Polly.

„So wie du und Teague?"

Unter gerunzelten Brauen bedachte die Blondine sie mit einem mürrischen Blick.

„Lass uns nicht mehr von Teague reden. Er ist aus meinem Leben gestrichen."

Skye schaute südwärts den Strand entlang zurück. Die Stille war so präsent in der Bucht. Bald würde der Herbst Einzug halten. „Dann bleiben wohl nur noch du und ich übrig", sagte sie. Mit Polly gleich nebenan würde sie es vielleicht schaffen.

Dennoch schien ihr das zweifelhaft. Zwar hatte sie sich ihre Weiblichkeit zurückerobert, aber sie konnte spüren, dass der Schwarze Mann nur darauf wartete, sie anzufallen. Bei der Vorstellung begann ihr Herz ungut zu klopfen.

„Nur du und ich", wiederholte Polly. „Das könnte richtig lustig werden. Was ist das Äquivalent für ‚Bruder vor Luder'?"

Skye dachte einen Moment nach, zuckte dann die Achseln.

Polly schnippte mit den Fingern. „Natürlich! Freundinnen vor Männer." Sie hielt ihr die geballte Faust hin. „Auf immer!"

Skye tippte mit ihrer Faust gegen Pollys. „Freundinnen vor Männer. Auf immer", stimmte sie zu und lächelte schwach.

Na schön. Diese Aussicht könnte sie vielleicht in der Bucht halten.

Polly saß auf dem Sofa und hatte eine feste Unterlage auf den Knien, auf der sie die Namensschildchen für ihre neuen Vorschüler beschriftete. Die Vordertür stand offen, ließ die laue Nachmittagsluft ins Haus wehen. Von draußen drang helles Kinderlachen und fröhliches Kreischen zu ihr herein und erinnerten sie an die Pausen in der Schule. Vielleicht wurde da Fangen gespielt, oder ein paar kleine Mädchen rannten ihrem Schwarm nach. Als hätte sie ihn mit diesen Gedanken herbeigerufen, stand plötzlich ihr Schwarm auf der Schwelle und warf einen Schatten auf den Boden ihres Wohnzimmers. So, wie Teague White da am Türrahmen lehnte, wirkte er ein wenig unsicher und nervös.

Vor allem sah er zum Anbeißen aus.

Für einen Moment erlaubte sie es sich, ihn zu betrachten. Der Mann war faszinierend attraktiv – er schien nur aus breiten Schultern und schmalen Hüften zu bestehen, trug eine alte Jeans und ein T-Shirt mit einem Aufdruck von einem Zehntausendmeterlauf. Da waren sie zusammen mitgelaufen, er hatte sein Tempo ihrem angepasst, obwohl er viel längere Beine hatte als sie. Nach dem Rennen waren sie im Park spazieren gegangen, versorgt mit Gratis-Joghurts und Energydrinks. Ihr waren damals so einige Frauen aufgefallen, die Teague interessiert gemustert hatten, und einmal hatte sie ihn auch dabei ertappt, wie er zurückgeschaut hatte. Doch statt ihn zu ermuntern, sie anzusprechen, hatte sie eine Hand auf seinen Arm gelegt und eine Grimasse geschnitten.

Die Frau war weitergezogen, wohl davon ausgehend, dass Teague zu ihr gehörte – was ja der Sinn der Übung gewesen war. „Die Sehnenentzündung meldet sich wieder", hatte sie als Erklärung abgegeben und hatte sich von ihm zu einem Stuhl führen und ihn ein Kühlpack für sie besorgen lassen, ohne sich auch nur ein Quäntchen schuldig zu fühlen.

Böse Polly.

Teague stützte sich mit einer Hand an den Türrahmen. „Du hast meine Anrufe nicht beantwortet. Und meine Textnachrichten hast du ebenfalls ignoriert."

Falls man es „ignorieren" nennen konnte, dass sie jedes Mal hektisch nach ihrem Handy griff, sobald ein Anruf oder eine SMS von ihm hereinkam, und dann ewig mit sich kämpfte, ob sie antworten sollte oder nicht. Sie legte die Pappe beiseite, auf die sie den Namen „Madison" geschrieben hatte, und machte mit „Noah" weiter. „Ich war sehr beschäftigt. Die Schülerliste ist eingetroffen."

Seine Schritte hallten laut auf dem Hartholzboden, als er ins Zimmer kam. Polly warf einen kurzen Blick auf sein Gesicht. Falls er sich daran erinnerte, dass er sie dort an genau der gleichen Stelle hatte stehen sehen, und zwar praktisch nackt, so war ihm nichts davon anzumerken. Sie fragte sich, wie er vorhatte, mit der Situation umzugehen. Teague war ein gradliniger Typ, und sie nahm an, dass er sich treu bleiben und den Stier direkt bei den Hörnern packen würde. Während sie „Olivia" schrieb, wappnete sie sich dafür, jeden Moment von ihm zu hören: *Was, zum Teufel, sollte das?*

Sie hatte keine Ahnung, was sie antworten würde, falls er diese Frage tatsächlich stellen sollte. Getrieben von einem Impuls, hatte sie sich das Kleid ausgezogen in der schwachen Hoffnung, die Lust würde ihn überwältigen und er würde die Barrieren zwischen ihnen einreißen – ihre jahrelange platonische Freundschaft und seine eingeschworene Ergebenheit für eine andere Frau. Als er stattdessen mit diesem Ausdruck von Entsetzen auf dem Gesicht vor ihr zurückgewichen war, hatte sie es endlich eingesehen. Es wurde Zeit, ihn aufzugeben.

Jetzt räusperte er sich, und ihre Finger griffen den Stift fester. In Gedanken überschlug sie hektisch alle Möglichkeiten, die ihr einfielen, wie sie ihm auf die unvermeidliche Frage antworten könnte.

„Deine ..." Er zögerte. „Deine Blockbuchstaben sind so perfekt."

Vor Erstaunen ruckte ihr Kopf hoch, und sie starrte ihn an. Nahm die markanten Züge wahr, das kräftige Kinn, die Miene, die absolut nichts preisgab. Er hatte also vor, die nackte Frau im Wohnraum zu übergehen? Sie war sich nicht sicher, ob sie erleichtert sein oder das als die nächste Beleidigung ansehen sollte. „An mir ist nichts perfekt."

Jetzt sah er verblüfft aus. „So ... wie sieht es denn mit deiner neuen Klasse aus?"

„Mehr Jungen als Mädchen", antwortete sie. „Einschließlich eines Bradleys, eines Brodys und eines Bobbys."

Ein Grinsen huschte über Teagues Gesicht. „Die nächste Möglichkeit, um die völlig unwissenschaftliche Theorie zu Namen, auf die nur du hast kommen können, zu überprüfen."

Sie nickte ernst. „Genau. Ich bin sicher, es wird sich erneut beweisen, dass Jungen, deren Namen mit B beginnen, sich in schlechtem Benehmen besonders hervortun."

„Aber wie ich weiß, sind sie auch oft deine Lieblinge."

„Böse Buben gefallen den Mädchen immer."

Er lächelte freudlos. „Vermutlich liegt da ja mein Fehler."

Polly seufzte. „Teague ..."

„Ich bin nur vorbeigekommen", fiel er ihr ins Wort, „um dich wissen zu lassen, dass die nächste Party für Griffin und Jane ansteht. Soll wohl so eine Art Babyparty werden."

Natürlich wusste sie das bereits. Nur dass zu dieser „Babyparty" nicht nur Frauen, sondern Paare eingeladen waren. „Ich habe keine Zeit."

Teague runzelte die Stirn. „Polly, du hast es versprochen ..."

„Tut mir leid, da bin ich beschäftigt."

Seine Brauen stießen jetzt fast über den schokoladenbraunen Augen zusammen. Er musterte ihr Gesicht, und sie fühlte, wie das Rot ihren Nacken hinaufkroch, weil sie so offen gelogen hatte. Es ließ ihre Haut überempfindlich werden, und für einen Moment stellte sie sich vor, es wäre sein Mund, der für die Hitze und das Prickeln verantwortlich war. Dass sie sich derart nach seiner Berührung sehnte, entsetzte sie. Sie legte die Unterlage zur Seite und stand auf. Es war dringend nötig, die Richtung ihrer Gefühle zu ändern.

Sie sah auf ihre Armbanduhr. „Hör zu ..."

„Ich habe dir nicht einmal gesagt, wann die Party stattfindet", meinte er argwöhnisch.

Sie holte tief Luft, straffte die Schultern und sah ihm direkt in die Augen. „Datum und Uhrzeit sind unwichtig. Wann immer es ist ... ich weiß, dass ich da nicht kann."

„Polly ..."

„Ich stehe nicht länger zur Verfügung." Es brachte sie schier um, die Worte auszusprechen, aber sie musste mit ihrem Leben fortfahren. Teague würde nie mehr in ihr sehen, er würde nie unter die Oberfläche blicken wollen. Er war nicht einmal neugierig, wie es mit ihnen weitergehen könnte, wenn sie ihre Beziehung in eine andere Richtung lenkten. „Und jetzt muss ich los."

„Wohin?"

Sie antwortete auf eine Frage, die er, wie sie vermutete, so gar nicht gemeint hatte. „Ich habe eine Verabredung", sagte sie und tippte auf ihre Uhr. „Ich treffe mich mit jemandem im Captain Crow's. Wenn ich jetzt nicht gehe, komme ich zu spät."

Er riss die Brauen in die Höhe. „Du hast eine Verabredung?"

„Sieh nicht so schockiert drein. Es gibt auch Männer, die mich attraktiv finden."

„Das ist es doch gar nicht", erwiderte er sofort. „Ich meinte nur … ich … ich …"

Ohne darauf zu warten, dass er sich aus der Affäre stotterte, stapfte sie zur Tür und griff auf dem Weg nach ihrer Handtasche. Sie fischte nach dem Hausschlüssel und schob Teague zur Tür hinaus, die sie hinter ihnen beiden verschloss.

Ohne ihn noch eines Blickes zu würdigen, setzte sie sich den Strand entlang in Bewegung.

„Dann bis später, Gator", rief er ihr nach.

Fast wäre sie stehen geblieben. Der Spitzname schlug einen weiteren Splitter aus ihrem Herzen. Sie ignorierte den Schmerz und ging schneller.

Im Captain Crow's wartete ihre Verabredung bereits an der langen Theke mit freiem Blick auf den Strand. Auf dem Hocker neben ihm lag ein Dodgers Baseballkäppi, das Erkennungszeichen, auf das sie sich geeinigt hatten. Polly setzte ihr strahlendstes Lächeln auf und streckte die Hand aus. „Ben?" Ihr entging nicht, dass sein Name mit B anfing.

Er sprang auf und begrüßte sie mit einem festen Händedruck. Er schien überhaupt nichts von einem „bösen Buben" an sich zu haben. Mitte dreißig, mit sandblondem Haar und graugrünen Augen, ähnelte er seiner Schwester Maureen – die Lehrerkollegin, die diese Verabredung für sie arrangiert hatte. Er nahm die Kappe vom Barhocker, sodass sie sich setzen konnte, und fragte: „Was kann ich dir bestellen?"

Es dauerte nur wenige Momente, bis das Glas Weißwein vor ihr stand. Damit stieß sie an seine Flasche Negra Modelo an.

„Worauf trinken wir?", fragte sie.

„Auf neue Freundschaften", lautete Bens Antwort.

Sie achtete darauf, dass das Lächeln fest an seinem Platz saß, obwohl ihr eigentlich nicht nach Lächeln zumute war. Freundschaften hatte sie genug, und das Letzte, was sie brauchte, war eine weitere Freundschaft mit einem Mann.

Sie musste feststellen, dass sie Ben sympathisch fand. Er glich tatsächlich seiner Schwester, nicht nur äußerlich. Wie Maureen war auch er nett und locker, man konnte sich gut mit ihm unterhalten.

Als er begann, über seine Arbeit in der IT-Branche zu reden, ließ Polly ihre Gedanken schweifen. Nicht, dass es sie nicht interessiert hätte, aber es huschte ein seltsames Gefühl ihren Nacken hinauf. Und als sie einen Blick über die Schulter warf, erkannte sie sofort den Grund für die plötzliche Unruhe.

Teague! Er saß am gegenüberliegenden Ende auf der Terrasse, hielt eine Bierflasche in der Hand und starrte zu ihr herüber. Ihr Temperament flammte auf. Wie konnte er es wagen, ihr nachzuschnüffeln?

Sie strafte ihn mit Verachtung und drehte ihre Stuhl ein Stück, sodass sie mit dem Rücken zu ihm saß, und richtete ihre ganze Aufmerksamkeit auf Ben. Er erzählte gerade eine lustige Anekdote über einen Kollegen, der grundsätzlich eine Verschwörung unterstellte, sobald er mal wieder sein neues Computerpasswort vergessen hatte. Immer, wenn er sich nicht einloggen konnte, war er überzeugt, die Schuld läge bei der Regierung – oder bei den Freunden seines Sohnes. Seiner Ansicht nach hatten die einen wie die anderen ein ruchloses Vergnügen daran, sich in seinen Computer einzuhacken.

Polly lachte über die amüsante Geschichte und warf verstohlen einen Blick über ihre Schulter – obwohl sie sich dafür selbst verfluchte. Eine Frau hatte sich zu Teague an den Tisch gesetzt. Brünett und kurvig. Sie schien die Unterhaltung allein zu bestreiten, ohne dass Teague sich groß daran beteiligte. Bei ihm bezweifelte Polly sowieso, dass er etwas von seiner Arbeit erzählen würde, das tat er nie, anders als Ben. Und das, dachte sie mit einem vernichtenden Blick auf Miss Oberweite, war gut so. Auf den Partys mit seinen Kollegen, zu denen sie Teague begleitet hatte, hatte sie mitbekommen, dass Feuerwehrmänner sozusagen eine Freikarte bei den meisten Frauen hatten.

Ben entpuppte sich als so nett, dass sie bereitwillig noch ein zweites Glas Wein akzeptierte, doch als die Sonne langsam unterging, waren sie beide gerne bereit, das Treffen zu beenden.

„Meine Schwester ist clever", sagte er. „Ihr Tipp, das Ganze nicht über zwei Stunden hinausgehen zu lassen, heißt auch, dass es keinen Druck gibt."

Das hatte Maureen ihr versprochen, nur deshalb war Polly überhaupt auf den Vorschlag eingegangen. Natürlich war sie entschlossen, den nächsten Schritt zu tun und ihren besten Freund/jetzt größten Fehler Teague zu vergessen, aber von Blind Dates hielt sie eigentlich grundsätzlich nichts. „Es war wirklich sehr nett", sagte sie zu Ben, als sie ihm die Hand reichte. Sie erlaubte es sich nicht, sich umzusehen, als sie sich verabschiedeten und unverbindlich ein zweites Treffen in Aussicht stellten.

Diese Lockerheit gefiel ihr an Ben, deshalb gab sie ihm ihre Handynummer, bevor er zu seinem Wagen auf dem Parkplatz und sie zurück zu ihrem Cottage ging. Dort angekommen schloss sie die Vordertür auf, überlegte es sich dann aber anders und ging noch nicht hinein. Auf der kleinen Veranda standen zwei schmiedeeiserne Vintage-Gartenstühle, und sie ließ sich auf einem davon nieder, um zu beobachten, wie die Sonne langsam am Horizont ins Meer versank. Das Ende des Tages brachte immer etwas Melancholie mit sich, vermutlich wegen der ersten Monate, nachdem ihr Vater die Familie verlassen hatte. Mit jedem neuerlichen Dämmerungseinbruch hatte sie akzeptieren müssen, dass ein weiterer Tag vergangen war, ohne dass ihre Eltern sich versöhnt hatten.

Ein weiterer Tag, ohne dass ihr Vater den Kontakt zu seiner Tochter gesucht hatte. Schließlich hatte sie auch akzeptieren müssen, dass er sich von ihr mit derselben Endgültigkeit getrennt hatte wie von ihrer Mutter.

Polly schloss die Augen und lehnte den Kopf an die Hauswand. Alles kommt wieder in Ordnung, sagte sie sich. Früher hatte sie sich das immer vorgesagt. Heute war sie älter und erwachsen genug, um auf ihrer Suche nach Ersatz für eine Vaterfigur in ihrem Leben die dummen Fehler zu vermeiden, die sie in ihrer Jugend gemacht hatte. In ein paar Wochen würde es viele kleine Persönlichkeiten geben, die sie tagsüber beschäftigt hielten, und ihre Abende würde sie mit Papierkram und Unterrichtsvorbereitungen füllen.

Wozu brauchte sie einen Mann, wenn sie sich auf die liebevollen Umarmungen von Fünfjährigen freuen konnte? Ein romantisches Bouquet Rosen war auch nicht besser als ein Sträußchen Löwenzahn, das ihr einer von den anscheinend stets präsenten B-Boys mit schmutzigen Pummelfingerchen überreichte. Das klaffende Loch der Einsamkeit würde schon bald gestopft werden von Elternabenden und Besprechungen mit ihren Lehrerkolleginnen nach dem Unterricht.

„Polly."

Sie öffnete die Augen. Der Himmel war jetzt silbergrau, die Wärme des Tages hatte sich verloren, und die männliche Gestalt, die vor ihr stand, konnte sie nur als Silhouette erkennen. Sie brauchte das Gesicht auch nicht zu sehen, um zu wissen, wer es war.

„Was willst du hier?" *Hat es mit Miss Oberweite etwa nicht geklappt?*

„Ich dachte mir nur, ich ... ich schau lieber noch mal nach dir. Irgendwie schien es mir, als ob ..."

„Nach mir schauen?" Sie ließ ihn nicht ausreden. „Wieso? Um mich zu kontrollieren? Du bist nicht mein großer Bruder, Teague."

„Das ist mir auch klar. Aber ich sah dich mit diesem Typen, und daher ..." Seine Stimme erstarb.

„Und daher was? Wolltest du etwa sehen, ob ich ihn mit zu mir abschleppe?"

Es war zu dunkel, um den Ausdruck auf seinem Gesicht zu erkennen, doch Polly fühlte geradezu sein Entsetzen bei dieser Vorstellung.

„Großer Gott, nein, Pol."

„Wieso nicht?" All die Emotionen, die in letzter Zeit in ihr rumorten – Frustration, zerstörte Hoffnungen, Eifersucht, Einsamkeit –, sie alle knüllten sich zu einem hässlichen Ball zusammen, der in ihrem Magen herumhüpfte. „Du hältst mich also nicht für attraktiv genug, dass ich ihn ins Bett bekommen hätte?"

„Polly, so habe ich das doch gar nicht gemeint." Er setzte sich auf den Stuhl neben ihr. Die Sitzfläche war schmal, seine Beine waren lang, und eins seiner Knie stieß gegen ihres.

Sie zuckte zurück. „Was hast du dann gemeint?"

„Ich kenne dich. Ich weiß, dass du nicht irgendeinen Mann gleich nach dem ersten Rendezvous mit nach Hause nehmen würdest. Dazu bist du einfach zu ... ich weiß nicht. Aber so etwas würdest du niemals tun."

Ein bitteres Lachen stieg aus ihrer Kehle auf. „Das beweist nur, wie sehr du dich irrst. Du hältst mich für unschuldig und blütenrein ... dieses Image ist so voll daneben."

Er hielt sich völlig reglos. „Ist das wahr?"

„Ja, das ist wahr."

Lange blieb es still.

„Gibt es da etwas, das du mir sagen möchtest?", fragte er schließlich.

Sie hatte ihm mindestens ein Dutzend Dinge zu sagen. Dass sie manchmal auf seine Hände starrte, wenn er aß, und sich vorstellte, er würde sie im Bett mit den saftigen Scheiben eines reifen Pfirsichs füttern. Oder dass Erregung sie erfasste, wenn sie seinen Rücken mit Sonnenschutz eincremte. Dass sie ihn nur deshalb nie bat, den Gefallen zu erwidern, weil sie befürchtete, er könnte erraten, weshalb seine Berührung ihr eine Gänsehaut über den ganzen Körper jagte.

„Pol?"

Sie verschränkte die Arme vor der Brust. „Ja, da gibt es tatsächlich etwas, das du wissen solltest. Du solltest den Grund erfahren, warum ich all den bösen Buben eine zweite Chance gebe ... weil ich selbst einmal ein böses Mädchen war."

Man brauchte kein Genie zu sein, um zu verstehen, wieso sie das bisher vor ihm geheim gehalten hatte. Zwar hatte sie immer widersprochen, sobald er sie als „perfekt" bezeichnet hatte, aber die Wahrheit hatte sie fein für sich behalten, weil sie davon ausging, dass er sie lieber als perfekt ansah. Jetzt jedoch, da sie wusste, dass er sie überhaupt nicht ansah – zumindest nicht mit romantischen Augen –, konnte sie seine Illusionen auch höchst eigenhändig zerstören.

„Wie böse kannst du schon gewesen sein?"

Er schnaubte, doch sie meinte, eine gewisse Unsicherheit in seiner Stimme wahrzunehmen.

„Sogar ziemlich böse", sagte sie sachlich. „Meine Jungfräulichkeit habe ich an den privaten Tennislehrer verloren, den meine Mutter angeheuert hat, nachdem mein Vater gegangen war. Der Mann war fünfunddreißig."

Teague versteifte sich. „Und du warst ...?"

„Fünfzehn. Ein wirklich heißer Typ, hatte sich gerade von seiner Frau getrennt. Meine Rückhand hatte längst nicht so viel Training nötig wie einige meiner anderen sportlichen Talente."

„Großer Gott." Teague rieb sich übers Gesicht. „Großer Gott, Polly."

„Im darauf folgenden Jahr machte ich ein Praktikum in einer kleinen Buchhalterkanzlei. Ich weiß gar nicht, wie alt Greg war – das hat er mir nie sagen wollen –, aber auch er war gerade frisch geschieden und einsam."

Dieses Mal gab Teague keinen Ton von sich, doch Polly merkte, dass er die Luft anhielt. Ganz offensichtlich wartete er auf den Ausgang der Geschichte. Nun denn ...

„In der Oberstufe gab es da dieses wirklich gemeine Mädchen. Sie machte sich lustig über die eine Freundin, die sich weigerte, sich von mir abzuwenden, obwohl ich alle anderen während der Scheidung meiner Eltern bereits weggestoßen hatte. Diese Hexe startete eine grausame Kampagne und ließ nicht einmal davon ab, als sie meine Freundin als Homecoming Queen übertrumpft hatte. Ich habe es ihr heimgezahlt."

„Wie?", fragte er gepresst.

„Ich bin mit ihrem vergötterten Daddy ins Bett gegangen", sagte Polly vollkommen kalt. „Danach habe ich ihr ein Bild per E-Mail geschickt, auf dem ihr selig lächelnder *Papá* sich zwischen den Laken in einem fremden Bett rekelte."

„Oh Gator."

Sein persönlicher Spitzname für sie löste ein schrilles Pfeifen in ihren Ohren aus. Wahrscheinlich würde sie dieses Wort nie wieder von ihm hören. Sie stählte sich, drückte den Rücken durch und bedachte ihn mit einem eisigen Blick. „Nun, wie denkst du jetzt über die perfekte Polly?"

Er streckte einen Arm aus und ergriff ihre Hand. „Ich denke, sie hat an all den falschen Orten nach Liebe gesucht."

Wegen des Mitgefühls in seiner Stimme begann sich ihr Magen zu drehen. Sie sprang auf, wand ihre Finger aus seinem Griff, rannte zur Haustür und riss sie auf. Die Hand am Türknauf, erlaubte sie es sich, noch einmal zu ihm zurückzusehen. „Du hast den Nagel auf den Kopf getroffen. Schon komisch, wenn man bedenkt, dass du mich nie genagelt hast."

13. KAPITEL

1. Juni

Lieber Gage,
meine Schwester hat ihre Koffer gepackt und ist abgereist. Ich hatte gehofft, ich könnte sie zum Bleiben bewegen, dann hätten wir die Verwaltung in der Bucht zusammen übernehmen können. Doch wieder ist es ein Mann, der die Unruhe bei ihr auslöst. Dieses Mal jedoch rennt sie immerhin nicht weg ... Gott sei Dank ist es ein froher, kein tragischer Auslöser. Trotzdem ändert das nichts an der Tatsache, dass ich jetzt die Einzige der Alexanders bin, die nach wie vor in Südkalifornien lebt. Vielleicht sollte ich mir mein stures Durchhalten noch einmal überlegen. Vielleicht ist es an der Zeit, Crescent Cove in die Verantwortung eines anderen zu übergeben.
Skye, die nach neuen Horizonten Ausschau hält.

Skye,
würdest Du einem anderen überhaupt zutrauen, die Magie zu erhalten? Ich will natürlich keinen Druck ausüben (ha), aber ich glaube wirklich nicht, dass es einem anderen gelingen kann. Schon jetzt sehe ich vor mir, wie ich eines Tages in der Zukunft wieder in die Bucht komme und Fotos von Dir im Kreis Deiner Kinder schieße – Fotos von der nächsten Generation, die Kuratoren des lebenden Museums Crescent Cove. Oder sollte ich vielleicht früher zurückkehren? Damit meine Kamera und ich Dir Dein außergewöhnliches und wunderbares Erbe noch einmal deutlich vor Augen führen.
Ein alarmierter Gage

Lieber Gage,
komm nicht! Ich weiß, das hört sich schrecklich unfreundlich an, aber ich bin wirklich davon überzeugt, dass es bes-

ser ist, wenn man sich an manche Dinge nur aus großer Ferne erinnert.
Deine Skye

Als Gage nach der Nacht mit Skye in seinem Bett aufgewacht war, wusste er zweifelsfrei, in welcher Stimmung sie sich befunden hatte. Hätte sie neben ihm gelegen, hätte er sich wahrscheinlich ernste Sorgen gemacht, aber ihre Abwesenheit war eine deutliche Botschaft.

Was sich ereignet hatte, besaß keine Bedeutung.

Nicht, dass es nichts gewesen wäre, nein, das nun wirklich nicht ... doch es hatte nichts zwischen ihnen geändert. Ihm hatte nach ihr gelüstet, ihr hatte nach ihm gelüstet, und nachdem sie den kleinen Stolperstein in Form von mutmaßlichen Einbrechern in dem Strandhaus weiter oben überwunden hatten, da hatten sie ihr eigenes, sehr zufriedenstellendes Abenteuer zusammen erlebt.

Es freute ihn, dass er ihr hatte zeigen können, wie viel Spaß das machte. Sicher, da hatte es auch diesen ernsten Moment gegeben, als er sich ihr in einer tieferen Weise verbunden gefühlt hatte als nur körperlich, aber das war durchaus verständlich. In ihren Briefen hatten sie so viele persönliche Ansichten ausgetauscht, dass es nur natürlich war, wenn die Intimi... wenn der Sex auf einer etwas anderen Ebene ablief als üblich.

Obwohl er sich keine großen Gedanken über die gemeinsam verbrachte Nacht machte, wünschte er dennoch, er hätte Skye am Tag danach sehen können, doch er war in Eile gewesen. Sein Agent von der Fotoagentur hatte eine ganze Reihe von Terminen für ihn arrangiert. Der Verkehr in Los Angeles war wie erwartet abscheulich gewesen, hatte ihn komplett vereinnahmt und erst wieder nach dem letzten Dinnermeeting gegen zehn Uhr abends freigegeben. Erschöpft von den geschäftlichen, gesellschaftlichen und verkehrsbedingten Manövern war er todmüde in Nr. 9 ins Bett gefallen. Es war die zweite Nacht, die er tief und fest durchgeschlafen hatte, seit sein Kontaktmann Jahandar ihn zu diesem schicksalhaften Treffpunkt inmitten der ausgedörrten Wüstenlandschaft mitgenommen hatte.

Jetzt jedoch, nachdem er seine lange vernachlässigten Bedürfnisse unterhalb der Gürtellinie befriedet hatte, nach einer Dusche und einem ausgiebigen Frühstück beschloss er, Skye suchen zu gehen. Am Tag zuvor hatten sie sich in den knappen Leerlaufphasen zwischen seinen Meetings hintersinnige SMS-Texte geschickt, und sie schien guter Stimmung zu sein, aber er wollte sich mit eigenen Augen überzeugen, dass alles in Ordnung mit ihr war. Da sein Aufenthalt in der Bucht sich dem Ende näherte, würde er nicht zulassen, dass sich auch nur die Spur irgendeiner Unbehaglichkeit zwischen sie beide drängte.

Er musste sich versichern, dass Skye wusste, sie konnte während seiner letzten Tage mit ihm zusammen sein, ohne mit ihm *zusammen* zu sein.

Es war beinah Mittag, als er den Strand entlangging. Er nahm an, dass sie um die Lunchzeit zu Hause war. Vielleicht würde er sie einfach bei der Hand nehmen und für ein Sandwich mit sich zum Captain Crow's ziehen.

Als Gage sich ihrem Bungalow näherte, erkannte er, dass ihm jemand zuvorgekommen war. Ein Mann stand auf der Veranda und verdeckte fast völlig ihre schlanke Gestalt. Gage beschleunigte seine Schritte, um schnellstmöglich über den asphaltierten Pfad zu ihrer Haustür zu gelangen.

„Skye!"

Sie schaute um den Typen herum, und das war der Augenblick, in dem Gage auffiel, dass da Hände auf ihren Schultern lagen. Männerhände, und es waren nicht seine.

Fast wäre er über die eigenen Füße gestolpert. Beißende Säure sammelte sich in seinem Magen, er blieb abrupt stehen. Hatte er etwa etwas Verdorbenes zum Frühstück gegessen? Im gleichen Moment wurde ihm allerdings klar, dass es die Vorstellung war, ein anderer Mann könnte *seine* Sirene der Bucht berühren, die dieses ätzende Brennen auslöste.

Mist. Das war nicht gut.

„Gage?" Sie lächelte ihm unverbindlich zu. „Brauchst du was Bestimmtes?"

Ihr Begleiter – es war dieser Ex – drehte sich jetzt um und sah zu ihm. Dabei ließ er die Arme sinken.

„Oh, Sie sind es."

Gage musterte die flotte Erscheinung des Mannes. Offensichtlich spielte der Typ öfter Golf, es war natürlich auch möglich, dass es der letzte Schrei in Kalifornien war, sich wie ein Eismann zu kleiden und weiße Quastenloafer zu tragen. „Dagwood." Gage nickte dem anderen zu.

„Dalton", korrigierte der Ex, er war keineswegs amüsiert.

„Ups, 'tschuldigung", sagte er, gab allerdings nicht vor, es würde ihm tatsächlich leidtun.

Skye verdrehte die Augen und trat um ihren Besucher herum. „Brauchst du etwas?", fragte sie noch einmal.

Es war der erste Blick, den er auf sie werfen konnte, seit er in Löffelchenstellung an ihrem Rücken eingeschlafen war. Er hatte an ihrem Hals und an ihrer Schulter geknabbert, hatte das Gemisch aus ihrem typischen Duft und ihrer gemeinsamen Lust eingeatmet und war in den Schlaf geglitten.

Vielleicht musste sie auch gerade daran denken, denn ein Hauch Rot kroch auf ihre Wangen. Das Haar trug sie wieder offen, die herrliche dunkle Mähne war nicht länger eingezwängt, sondern durfte ihr frei über den Rücken fallen. Auf ihrem weichen Mund schimmerte dezenter Lippenstift, und die weiten Männersachen hatte sie ausgetauscht gegen ein hübsches T-Shirt und einen ausgestellten Sommerrock aus leichter Baumwolle, dessen Saum ihr um die Knie schwang.

Genau wie das Kleid war auch diese Kombination eher züchtig, aber sie zeigte jedem sehr deutlich, dass Skye sich wieder wohler in ihrer Haut fühlte.

Ihre Haut ... Seine Gedanken glitten ab. Er erinnerte sich an die samtene Hitze ihrer Schenkel, das seidige Fleisch an den Innenseiten. Er hatte daran geknabbert und gesaugt und blaue Flecke hinterlassen. Er fragte sich, ob er seine Male dort noch finden würde, wenn er ihr den Rock hochzöge und ihre Beine seinem Blick bloßlegte.

„Gage?", hakte sie abwartend nach.

Er räusperte sich. Er war aus einem bestimmten Grund hergekommen, nur konnte er sich nicht mehr daran erinnern. „Ich ... äh ..."

Dalton mischte sich ein. „Ich habe nur ein paar Minuten, bis ich losmuss, um rechtzeitig zurück zu sein."

„Wenn Sie nicht viel Zeit haben", meinte Gage und trat einen Schritt vor, „sollten Sie besser gleich losfahren. Der Verkehr ist heute mal wieder die Hölle."

Dalton runzelte die Stirn. „Danke für den Hinweis, aber ..."

„Keine Ursache." Gage sah zu Skye und deutete mit dem Kopf in Richtung Restaurant am Ende des Strands. „Du und ich ... zusammen zum Lunch?"

„Oh, ich wollte nicht ..."

Sie beendete den Satz nicht, weil er ihre Hand nahm. Ihr Blick haftete gebannt auf ihren verschränkten Fingern, ihre Miene zeigte Faszination.

Gage wusste auch, wieso. Dies war der Doppelte Palstek, die Engländerschlaufe, der Rattenschwanzstopper. Das „Große Problem", wie er es vor zwei Tagen noch genannt hatte. Dieses Gefühl, dass sie untrennbar verbunden waren, überkam ihn wieder.

Weil sie so gute Freunde waren, deshalb. Als er das dachte, hielt er ihre Hand unwillkürlich fester.

Brieffreunde.

Nur lieferte keine dieser Beschreibungen eine Erklärung für dieses extreme Bewusstsein von ... von Zusammengehörigkeit, das ihn überfiel, wenn er sie so berührte. Beide hoben sie gleichzeitig den Blick, und er starrte in ihre Augen ... in diese meergrünen Augen, in denen alle Geheimnisse des Universums sich spiegelten. Es raubte ihm den Atem.

„Skye", brachte Dalton sich ungeduldig in Erinnerung. „Ich brauche wirklich noch ein wenig mehr Zeit mit dir."

Gage brauchte ein wenig mehr von Skye – nein, sehr viel mehr von ihr, wie er sich eingestand. Die Option, wieder zum Status der platonischen Brieffreunde zurückzukehren, existierte nicht länger, das wurde ihm immer bewusster. Solange er nicht vorhatte, früher aus der Bucht abzureisen, die Hochzeit seines Zwillingsbruders zu verpassen und gleich heute Nachmittag noch in ein Flugzeug zu steigen, das ihn Tausende von Meilen weit wegbrachte, würde er auch mehr von Skye bekommen.

Vorausgesetzt, sie ließ es zu.

Ihre Augen waren tellerrund, und er drückte ihre Finger noch einmal. „Lass uns zusammen zum Captain Crow's zum Lunch gehen", schlug er mit rauer Stimme vor.

„Ich …" Sie sah zu Dalton. „Im Moment kann ich nicht. Wartest du dort auf mich?"

Er sollte sie hier alleinlassen? Mit einem Mann, der offensichtlich den Sinn des Wortes „Nein" nicht kannte? Gage schüttelte den Kopf. „Ich glaube nicht, dass …"

„Ich komme schon klar", versicherte sie. „Wirklich."

Er musterte sie lange, wägte ab, musste ein eigenes Urteil fällen.

„Na gut", gab er schließlich nach. „Aber bilde dir nicht ein, dass du mir entkommst." Es kostete ihn Mühe, die Warnung mit einem schmalen Lächeln zu entschärfen.

Das Rot auf ihren Wangen wurde dunkler. „Ich bin mir nicht sicher, ob Entkommen je eine Option war", murmelte sie und zog ihre Hand aus seiner zurück. „Ich komme gleich nach."

Dalton bedachte ihn mit einem triumphierenden Blick, den Gage jedoch ignorierte, trotz der Sintflut ätzender Säure, die durch seinen Körper raste. Dein Sieg ist nur von kurzer Dauer, dachte er und verdrängte die ungute Ahnung, dass, egal welches Zugeständnis er selbst von Skye erhalten haben mochte, es ebenfalls nicht sehr lange andauern würde.

Sein Unbehagen legte sich auch nicht, als man ihn im Restaurant zu einem freien Tisch unter einem großen Sonnenschirm auf dem Terrassendeck führte. Es war ein so perfekter Tag, dass es glatt wehtat – ein wolkenloser azurblauer Himmel, die Gischt auf den heranrauschenden Wellen schneeweiß, die Glimmer im Sand fingen die Sonnenstrahlen ein und warfen sie blitzend zurück, sodass der ganze Strand funkelte. Gage kniff die Augen gegen das helle Licht zusammen und trommelte mit den Fingern auf die laminierte Tischplatte. Er legte ungeduldig die Speisekarte auf den Tisch und wartete darauf, dass Skye ankam.

Der bestellte Eistee wurde ihm serviert. Er hielt sich das schwitzende Glas an die Stirn, hoffte, dass es ihn ein wenig abkühlte. Seine Nerven waren angespannt wie eine Feder, und seine Libido hüpfte unruhig auf und ab wie eine mexikanische Springbohne. So nervös war er noch nie gewesen, wenn es um eine Frau ging. *Großer Gott.*

Was würde passieren, falls sie Nein sagte?

Was, zum Teufel, hat sie mir da eigentlich angetan, dachte er aufgebracht. Eine beständige Beziehung hatte nie zum Plan gehört. Er hatte sich entschieden, mit ihr ins Bett zu gehen, um … nun, um ihr eine Art Freundschaftsdienst zu erweisen. Die gemeinsame Nacht hatte so eine Art Verschreibung sexueller Natur für sie sein sollen. Stattdessen war er jetzt derjenige, der sich krank fühlte.

Vor Eifersucht. Vor Sehnsucht.

Vor Verlangen.

Frauen!

Da gerade eine an seinem Tisch vorbeiging, funkelte er sie böse an, bis er merkte, dass es Polly war, Skyes beste Freundin. Sie stockte kurz, als sie an ihm vorbeikam.

„Alles in Ordnung?", erkundigte sie sich und warf ihm einen argwöhnischen Blick zu.

Er brummte etwas Unverständliches, dann gab er dem Stuhl gegenüber einen Stoß mit dem Fuß. „Möchtest du dich setzen?"

„Ich bin mir nicht sicher, ob ich es wagen soll", sagte sie, und ihre Augen blitzten amüsiert auf. „Du siehst ziemlich bedrohlich aus."

„Ich brauche Ablenkung."

Sie sah sich betont um. „Dieser wunderschöne Tag ist nicht Ablenkung genug?"

„Vielleicht ist dieser Flecken einfach zu schön", erwiderte er. „Davon wird man weich und träge." *Und dumm.*

„Ach ja, richtig. Du bist der Typ, der immer die Herausforderung braucht", sagte sie und setzte sich. „Ist es dir bei uns zu langweilig?"

Bisher hatte er sich noch keine Minute gelangweilt. Obwohl er sich vorstellen konnte, dass eine Dauerdosierung von Crescent Cove monoton sein könnte. In einem festen Haus wie dem von Tess und David in Cheviot Hills würde er innerhalb eines Monats irre werden, aber hier ... Der Ozean veränderte sich ständig, kein Sonnenuntergang glich dem anderen, und der Horizont verhieß endlose Möglichkeiten.

„Ich habe Verpflichtungen in Übersee", sagte er.

„Und deine Dosis Crescent Cove kannst du ja jederzeit aus den Briefen bekommen", meinte Polly heiter. „Ich meine, ich gehe davon aus, dass ihr euch weiterhin schreibt, nicht wahr?"

„Ja, natürlich ..." Er stutzte. Was, wenn Skye nicht mehr wollte? Falls er die Sache mit ihr verbockt hatte und es einen Misston zwischen ihnen gab, wenn er abreiste, hätte er seinen Leitstern verloren, der ihn davor bewahrt hatte, den Verstand zu verlieren. *Oh Mann.*

Vielleicht sollte er doch besser die Finger komplett von ihr lassen.

Mit leerem Blick starrte er in seinen Eistee, da hörte er ein Räuspern. Eine weibliche Stimme. Er hob den Kopf, und da stand sie. Die Brise frischte auf, spielte mit dem Stoff an ihren Knien und fing sich in ihrem Haar. Sie schlug auf den Rock, um ihn hinunterzudrücken. Gage sprang auf und kümmerte sich sofort um ihre Frisur, strich ihr die schimmernde Mähne mit beiden Händen über den Rücken zurück und steckte ihr die Strähnen hinters Ohr. Dann umfasste er ihre Wangen und genoss die feine Schönheit ihrer Züge.

Sein Körper ging in Alarmbereitschaft, seine Muskeln spannten sich an. Sein Instinkt befahl ihm, sich zwischen sie und die Böen zu stellen, ihr Schatten vor der Sonne zu spenden und überhaupt ... sie vor allen Elementen zu beschützen, die ihr schaden könnten. Zweifel und Bedenken verpufften. Er wollte Skye halten, wollte zu ihrer Burg und ihrem Zufluchtsort werden. Und wenn er nicht mehr hier wäre, wollte er der Lover sein, den sie niemals vergessen würde.

„Ich lasse euch beide wohl besser allein."

Gage zuckte zusammen bei der Unterbrechung. Als er den Kopf drehte, sah er, wie Polly aufstand. Die hatte er völlig ausgeblendet. „Ja. Und danke noch, dass du mir Gesellschaft geleistet hast."

Ohne abzuwarten, bis Polly gegangen war, wandte er sich sofort wieder Skye zu. Sie zog ihn zu sich wie eine gefährliche Strömung, aber er scherte sich keinen Deut mehr ums Überleben. Er legte die Stirn an ihre und fühlte an seinen Händen, wie sie zitterte. „Weißt du, wir beide zusammen scheinen eine wirklich mächtige Magie heraufzubeschwören", murmelte er.

Sie nickte stumm und erschauerte erneut.

Er packte seine Karten offen auf den Tisch. „Vergiss den Lunch. Komm mit mir zurück und in mein Bett. Und bleib dort, bis es Zeit für mich wird und ich gehen muss."

Skye ließ sich mitziehen, während seine Worte noch in ihren Kopf sickerten. *Komm zurück in mein Bett und bleibe dort, bis es Zeit für mich wird und ich gehen muss.* Es war jedoch Polly, die sie am Arm gepackt hatte, und so, wie es aussah, hatte die Freundin nicht vor, sie loszulassen.

„Ich bringe sie dir gleich zurück, es dauert nicht lang", sagte Polly an Gage gewandt in ihrem fröhlichsten Vorschullehrerinnenton. „Du setzt dich da hin und rührst dich nicht von der Stelle."

Gage öffnete den Mund, wollte protestieren, aber dann schloss er ihn wieder. Er musste wohl dieselbe Unnachgiebigkeit in Pollys Miene erkannt haben wie sie. Auch wenn Polly eine Sonnenbrille trug ... ihre Züge wirkten entschlossen, ihr Kinn hart.

„Ich muss nur ein paar Minuten mit meiner Freundin reden – unter Mädchen, sozusagen", fuhr Polly fort und zog sie mit sich zur Bar. Dort angekommen wurde Skye praktisch von ihr auf einen der Barhocker gehoben. Für eine so zierliche Person hatte sie erstaunliche Kraft. Die stammte wohl daher, dass sie ständig kleine Rabauken bändigen musste.

„Bedanke dich bei mir", forderte Polly sie auf.

„Wofür?" Skye sah zu Gage. Er hatte sich wieder auf seinem Stuhl niedergelassen und starrte auf den Ozean hinaus. „Was soll das hier werden?"

Komm zurück in mein Bett und bleibe dort, bis es Zeit für mich wird und ich gehen muss.

„Ich habe es dir ermöglicht, es genau zu durchdenken, ohne unter dem Einfluss des Fantastischen Sexman zu stehen."

„Du hast gehört, was er gesagt hat?" *Komm zurück in mein Bett und bleibe dort, bis es Zeit für mich wird und ich gehen muss.*

„Ich stand doch direkt neben euch. Auch wenn mir klar ist, dass keiner von euch beiden das bemerkt haben kann ... bei den ganzen Pheromonen, die um euch herumgewirbelt sind wie Elektronen um das Atom."

„Mächtige Magie", murmelte Skye.

Polly rief nach dem Barmann. „Hey, Steve, bringst du uns bitte zwei Latte?"

Es war derselbe junge Mann, der sie schon einmal bedient hatte, Addys Film-Studienkollege. Er brauchte nicht lange, um zwei große Tassen von der Kaffee-Milch-Mischung zuzubereiten, und lächelte sie freundlich an, als er sie vor sie hinstellte.

„Schön, Sie wieder mal zu sehen, Skye. Sie kommen nachmittags ja nicht oft her. Das ist aber die Zeit, wenn ich normalerweise für meine Schicht eingeteilt bin."

„Stimmt." Höflich erwiderte sie das Lächeln. „In diesem Sommer bin ich ziemlich beschäftigt."

„Auf der Jagd nach dem berühmten Juwelencollier oder war es ein Kragen?", fragte er und wischte mit einem Küchenhandtuch die Theke ab. „Ist er wieder aufgetaucht?"

„Nein." Er sah sie so erwartungsvoll an, dass sie sich verpflichtet fühlte, hinzuzufügen: „Aber Addy hat einen Brief von meiner Urgroßmutter an meinen Urgroßvater gefunden, der zumindest die Bestätigung liefert, dass das Collier existiert hat. Um genau zu sein ... ein hiesiger Reporter wird einen Artikel darüber im Lifestyle-Teil der Sonntagszeitung veröffentlichen. Er soll in der letzten Ausgabe dieses Monats erscheinen."

Seine Hand, mit der er hin- und hergewischt hatte, hielt inne. „Da bin ich ja mal gespannt. Sicher interessant."

Skye hob die Tasse an die Lippen. „Entweder dieses Wochenende oder nächstes."

„Ich freue mich schon auf die Gelegenheit, mich mit Ihnen darüber zu unterhalten." Er lächelte. „Ich habe nämlich ein paar Abendschichten abstauben können, vielleicht sehen wir uns dann öfter."

Etwas an seinem Lächeln versetzte Skyes Nerven in Alarmbereitschaft. „Äh ... ja, sicher", erwiderte sie zögernd und war froh, dass eine der Kellnerinnen an die Theke kam und ihre Bestellungen abgab. Sie lehnte sich zu Polly hinüber. „Sag mal, kriegst du bei dem Typen auch Gänsehaut, oder geht das nur mir so?"

Polly schob sich die Sonnenbrille ins Haar und betrachtete den Barista genauer. Skye wich zurück, besorgt wegen der dunklen Schatten, die sie unter den Augen der Freundin erkannte. „Polly, was ist los mit dir? Was stimmt nicht?"

Die kleine Blondine warf ihr einen kurzen Blick zu. „Mir geht's gut. Wie immer."

Skye runzelte die Stirn. „Ich lasse mich nicht mit deiner üblichen lapidaren Antwort abspeisen."

„Es ist nichts. Davon brauchst du nichts zu wissen."

„Willst du mich auf den Arm nehmen? Du hast dich gerade massiv in mein Leben eingemischt. Sei also nicht überrascht, wenn ich auch neugierig werde, was in deinem Leben läuft. Das ist wohl nur fair, oder?"

Polly bedachte sie mit einem abschätzenden Blick und seufzte. „Na schön, vielleicht lernst du ja was daraus." Sie beugte sich vor und blies leicht in ihr Getränk, dann richtete sie sich wieder auf, ohne etwas getrunken zu haben. „Ich habe Teague mein Geheimnis gebeichtet. Du weißt schon ... über meine Teenagerrebellion."

Skye achtete darauf, sich ihre Überraschung nicht anmerken zu lassen. „Wundert mich, dass du das bisher noch nicht getan hattest. Ihr beide steht euch doch so nah."

Polly zuckte mit den Schultern. „Wahrscheinlich hatte ich Angst, seine Illusionen zu zerstören. Er glaubt, dass ich nichts falsch machen kann."

Skye legte der Freundin eine Hand auf den Arm. „Pol, du warst ein Kind und hast aus kindlichem Trotz gehandelt. Du hast nichts falsch gemacht, du hast einfach nur ..."

„Es war dumm und hat andere verletzt."

„Weil du verletzt warst. Das ist dir doch klar, nicht wahr?"

Polly lächelte, dadurch sah sie jedoch nicht weniger müde aus.

„Die Polly, die die Ausbildung in Psychologie und Erziehung abgeschlossen hat, weiß das, ja." Sie tippte sich an die Brust. „Aber hier drinnen gibt es einen Teil, der sich da nicht so sicher ist."

„Was hat Teague gemeint?"

„Ich habe ihm keine Chance gelassen, viel dazu zu sagen."

„Trotzdem." Skye zeigte ihre Loyalität. „Der Typ ist ein Trottel."

„Habe ich dir doch gesagt."

Eine Weile schwiegen sie, dann nahm Skye ihre Tasse auf. „Aus reiner Neugier ... wie kommst du auf den Gedanken, dass ich deine Situation mit Trottel-Teague lehrreich finden könnte?"

„Woher soll ich das wissen?" Polly schaute zu Gage zurück. „Vielleicht ist es besser, wenn man seine Geheimnisse für sich behält."

Ist es dafür nicht schon längst zu spät, fragte Skye sich. Sie hatte ihm vom Einbruch und den Problemen erzählt, die dieses Ereignis für sie geschaffen hatte ... aber er wusste nicht alles. Auch sie blickte jetzt zu ihm hin. Er saß lässig auf dem Stuhl, wirkte locker und entspannt, doch sie konnte sehen, wie er mit den Fingern auf den Tisch trommelte.

Er hatte ja keine Ahnung, wie kurz sie davor war, sich in ihn zu verlieben.

Wüsste er es, so nahm sie an, hätte er ihr wohl kaum ein so verlockendes Angebot unterbreitet. *Komm zurück in mein Bett und bleibe dort, bis es Zeit für mich wird und ich gehen muss.*

„Also ... wirst du?", fragte Polly jetzt.

Skye wandte der Freundin das Gesicht zu. „Werde ich was?"
„Wieder zu ihm ins Bett zurückgehen."
„Es wäre so oder so nur befristet. Nach der Hochzeit reist er aus der Bucht ab."
„Und genau aus diesem Grund solltest du es dir noch einmal überlegen … besser gleich zweimal. Und dreimal und viermal."
Skye zuckte mit einer Schulter. „Warst nicht du diejenige, die mich zu einem Urlaubsflirt ermuntert hat? Es ist noch gar nicht allzu lange her, da hast du mir voller Überzeugung eine kurzfristige sexuell befriedigende Affäre nahegelegt."
Mit geschürzten Lippen schien Polly diesen Kommentar zu überdenken, dann blinzelte sie und setzte sich gerader auf dem Hocker auf. „Hörst du das?"
„Hörst du jetzt etwa schon Stimmen?"
„Ha, ha." Polly zeigte auf den Lautsprecher über der Bar. „Das ist ein Zeichen. Eine Warnung. ‚Cruel Summer' von Bananarama."
Der Barista hinter der Theke blieb bei ihnen stehen. „Wir spielen den ganzen Sommer über diese Summer-Songs. Gefällt der euch nicht?" Bevor sie antworten konnten, wandte er sich zu dem unteren Regal um, in dem die offenen Spirituosen und ein Computer standen. Schnell ein paar Tasten gedrückt, und schon lief ein anderer Song.
Justin Timberlake besang, dass es unmöglich nur „Summer Love" sein konnte.
Das ist die Warnung, dachte Skye, und ein kalter Schauer lief ihr über den Rücken.
Genau in diesem Augenblick legte sich von hinten eine schwere Hand auf ihre Schulter. „Die Zeit ist um", stieß eine tiefe Stimme dicht an ihrem Ohr hervor.
Ihr stockte der Atem, weil Verlangen sie durchzuckte, ein schwindelerregender Cocktail aus Hitze und berauschender Aufregung. In ihrem Unterleib zog sich alles zusammen. Langsam, unendlich langsam drehte sie den Kopf und sah Gage an. Seine blauen Augen stachen aus dem gebräunten Gesicht heraus. Er hatte sich heute Morgen offensichtlich nicht rasiert, und sie

wusste schon jetzt, wie die Bartstoppeln sie kratzen würden. Er würde Spuren an ihrem Körper hinterlassen, gerötete Haut – um ihren Mund, an ihrem Hals, über die hellen Hügel ihrer Brüste, bis hinunter zu den empfindlichen Innenseiten ihrer Schenkel. Und sie würde in Wollust und Vergnügen schwelgen.

Seine Hand drückte leicht ihre Schulter. „Also, was ist?"

Die Erinnerung an einen anderen Sommer schoss ihr durch den Kopf. Ihre Mutter hatte sie einmal für eine Woche in einem Zeltlager angemeldet, vor der Abfahrt damals hatte sie genau die gleiche Mischung aus Übelkeit, Traurigkeit und Aufregung verspürt. Und war sie nicht unversehrt von dieser Erfahrung wieder zurückgekommen?

Skye rutschte vom Barhocker herunter. Gage trat zurück und warf Polly einen Blick zu. Die wedelte mahnend mit dem Zeigefinger, dann zuckte sie ergeben mit den Schultern, was wohl heißen sollte: Was lässt sich schon dagegen unternehmen?

Nichts, dachte Skye und legte ihre Hand in Gages. Als er seine Finger um ihre schloss, flammte die Erregung wieder auf, mischte sich mit einer nahezu melancholischen Akzeptanz des Unvermeidlichen. Bilde dir nicht ein, dass du mir entkommst, hatte er zu ihr gesagt.

Sie hatte immer gewusst, dass das unmöglich war.

Nur eine Frage blieb jetzt noch offen: Würde es ihr gelingen, sich ein gebrochenes Herz zu ersparen?

14. KAPITEL

Polly hätte nicht sagen können, was sie an diesem späten Abend dazu veranlasste, die Vorhänge ein Stückchen zur Seite zu ziehen und aus dem Fenster zu blicken. Aber irgendein Instinkt trieb sie an, das Wohnzimmer zu durchqueren. Die langen Hosenbeine ihres Flanellpyjamas schlugen ihr um die Fußknöchel. Von Skyes Strandhaus nebenan erhellte ein Strahler die Brandung und den Strand, tauchte alles in Silber. Und am Rand des Schattens, näher zu ihrem Haus als zu dem ihrer Freundin, sah Polly einen Mann im Sand sitzen, mit dem Rücken zu ihr.

Teague.

Sie ließ den Vorhang zurückfallen und wich ein paar Schritte vom Fenster zurück. Was, zum Teufel, hatte er so spät da draußen noch verloren? Es war fast Mitternacht ... Aber das sollte nicht ihr Problem sein. Normalerweise schlief sie um diese Uhrzeit bereits tief und fest, doch heute hatte die Schlaflosigkeit aus irgendeinem Grund beschlossen, sich zu ihr in die kleine Hütte zu schleichen.

Auf ihrer Unterlippe kauend, schaute Polly zur Haustür. Sollte sie ...? Nein! Diese vier Wände waren zu eng für sie, die Schlaflosigkeit und Teague. Der gesunde Menschenverstand hielt sie davon ab, zu ihm nach draußen zu gehen. Seit sie ihm ihr Böses-Mädchen-Geheimnis erzählt hatte, fühlte sie sich noch unsicherer und verletzlicher. Und in diesem Zustand ... wer konnte voraussagen, ob sie sich nicht verplappern und viel gefährlichere Informationen preisgeben würde? *Ich liebe dich, liebe dich schon seit Jahren ...*

Deshalb zog sie sich ins Schlafzimmer zurück und schlüpfte zitternd unter die kühlen Laken. Dieses Zimmer war der einzige Raum, der groß genug gewesen war, das schmiedeeiserne Gestell ihres schmalen Doppelbetts mit der hohen Matratze sowie die Kommode aufzunehmen. Der dazugehörige Schminktisch hatte im begehbaren Schrank untergebracht werden müssen, aber so hatte sie immerhin direkten Zugang zu all den Dingen, die sie brauchte.

Als sie Ende des vergangenen Monats eingezogen war, hatte Teague ihr noch ein kleines Schmuckregal an der Tür angebracht.

Ein echter Freund.

Und als Dank ließ sie ihn da draußen in der kalten Nacht hocken.

Sie verdrängte den Gedanken und schloss die Augen, versuchte, sich ihre neuen Schüler vorzustellen – die Olivias, die Beaus, die Bobbys.

Doch das Bild, wie Teague da am Strand saß, nur in T-Shirt und Jeans, drängte sich immer wieder dazwischen. Sie begann selbst zu zittern, wenn sie sich vorstellte, wie durchgefroren er inzwischen sein musste.

Oder auch nicht. Möglicherweise war er ja schon auf dem Nachhauseweg. Seine Wohnung lag nur zwanzig Minuten Fahrt von hier entfernt, und vielleicht saß er längst gemütlich in seinem Wagen und hatte die Autoheizung auf Höchststufe gestellt, während sie dalag und sich völlig unnötig um ihn sorgte.

Die Stirn verärgert gerunzelt über seine Unverfrorenheit schlug sie die Bettdecke zurück und eilte ins Wohnzimmer. Sie nahm sich nicht einmal die Zeit, in ihre Pantoffeln zu schlüpfen. Grimmig fasste sie nach dem Vorhang und zog ihn schwungvoll zur Seite, wie ein Zauberer es tun würde, um seinem Publikum zu zeigen, dass das Kaninchen verschwunden war.

Das Kaninchen saß noch immer da draußen.

Verflucht sollten seine langen Ohren sein! Polly stapfte zur Haustür, entriegelte alle Schlösser und riss die Tür auf. Es lag ihr auf der Zunge, „husch, husch" zu rufen, doch da hörte sie einen melodischen Klang über der Brandung. Musik?

Ihre Neugier ließ sich nicht zügeln und sie eilte über den kalten Sand zu ihrem ehemals besten Freund. Als sie bei ihm war und den ersten direkten Blick auf ihn warf, blieb sie abrupt stehen und drückte die Fersen in den feuchten Untergrund. Ja, das war Teague, der da im Schneidersitz saß, eine Flasche in eine braune Papiertüte eingewickelt vor sich in den Sand gestellt. Er hielt eine Ukulele an die Brust gepresst.

Polly konnte ihn nur anstarren. „Seit wann spielst du ein Instrument?"

Er hob den Kopf, sah zu ihr auf mit halb zusammengekniffenen Augen, als würde ihr Gesicht ihn blenden.

„Was'n?"

Sie ließ sich auf die Knie nieder und schnupperte an der Flasche in der brauen Tüte. „Du bist betrunken", rutschte es ihr verblüfft heraus. Er war doch sonst immer so vorsichtig, was Alkohol betraf.

Teague klimperte auf der Ukulele und zupfte an den Saiten. „Schon möglich", lallte er.

„Warum?"

„Darf nich' drüber schpreschen." Mit einer ausholenden Geste tat er so, als würde er einen Reißverschluss an seinen Lippen schließen, drehte einen imaginären Schlüssel um und warf ihn von sich. „Rat meinesch alten Herrn. Niemalsch drüber schpreschen."

Polly beschloss, erst gar nicht zu versuchen, herauszufinden, was mit ihm los war. Wie sie sich ja schon seit Wochen vorsagte, musste sie den nächsten Schritt in ihrem Leben tun, von ihm weg … aber das würde sie erst können, wenn sie ihn von ihrem Strand entfernt hatte. Sie fasste nach seinem Handgelenk und zog. „Komm, lass uns gehen."

Seine Haut war eiskalt, sein Arm schlaff und schwer.

„Kam hierher", sagte er, ohne sich zu rühren.

Er hockte da wie ein großes zusammengesacktes Bündel betrunkener Mann.

„Wollte ich gar nich'." Er drehte langsam den Kopf, als würde er seine Umgebung erst jetzt wahrnehmen. „Aber …"

„Du bist hier." Sie wurde ungeduldig. „Ich versichere dir, ‚drinnen hier' ist viel gemütlicher als ‚draußen hier'." Sie stand auf und zog mit mehr Anstrengung an seinem Arm.

Endlich erhob er sich und tappte hinter ihr her wie ein Schlafwandler. Sie hielt ihn am Handgelenk, aus Furcht, er würde in die falsche Richtung wandern, sollte sie ihn loslassen. Die Ukulele umklammerte er mit der anderen Hand am Steg. Sie zog ihn die Stufen zu ihrer Veranda hinauf und in ihr Wohnzimmer hinein. Erleichtert atmete sie durch, als sie die Tür hinter ihnen verschließen konnte. Um ihn aus ihrem Haus und ihn sich vom Hals zu halten, war der erste Schritt, ihn in ihr Haus zu holen und ihn auszunüchtern.

„Wann hast du denn mit dem Ukulele-Spielen angefangen?", fragte sie und sah auf das Instrument in seiner Hand. „Und warum überhaupt?"

„Is'n Hobby. Gegen Stress." Er blinzelte sie an. „Wo is' mein Schnaps? Der hilft auch."

Stress? Er war einer der ausgeglichensten und gelassensten Männer, die sie kannte. Sie schob ihn zur Frühstückstheke. „Du brauchst keinen Alkohol mehr. Ich werde dir eine Suppe und ein Sandwich zubereiten."

„Danke, Pol."

Er sagte es mit der ergriffenen Ernsthaftigkeit Betrunkener, während er sich abmühte, sich auf den Barhocker vor dem Tresen zu setzen. Die Ukulele fiel ihm aus der Hand und landete klappernd auf dem Boden, es schien ihn nicht zu stören.

„Ich bin dir was schuldig ... wirklich ... Ich schulde dir ..." Er starrte auf die Obstschale. „Ich schulde dir einen Apfel."

Eine Erklärung schuldete er ihr, das war es, aber darauf würde sie jetzt nicht beharren. Stattdessen wärmte sie eine Dosensuppe auf und belegte ein paar Scheiben Brot mit Käse und Aufschnitt. Sie schenkte ein Glas Milch für ihn ein und holte sogar noch eine Decke, die sie ihm über die Schulter legte, als wäre er ein kleiner Junge.

Bei dem Gedanken durchzuckte sie scharfer Schmerz. Sie konnte es sich mühelos vorstellen ... ein kleiner Teague mit dem gleichen dunklen Haar und den dunklen Augen, dem sonnigen Gemüt und dem herzerwärmenden Charme. Es war albern, das wusste sie, aber plötzlich brannten Tränen in ihren Augen. Sie hatte nie nach Reichtum oder Ruhm gestrebt, hatte sich immer nur die einfachen Dinge im Leben gewünscht – eine Laufbahn als Lehrerin, eine Familie .., einen Ehemann, dem sie vertrauen und an den sie glauben konnte.

Teague.

Das ist ein Traum, der sich nie erfüllen wird, rief sie sich in Erinnerung. Sie drehte Teague den Rücken zu, spülte den Topf aus und brühte frischen Kaffee auf. Sie sah nicht mehr zu ihm hin, bis sie den Becher mit dem dampfenden starken Getränk neben das inzwischen leere Milchglas stellte.

Teague starrte in die Suppenschüssel vor sich und sah elender aus, als Polly ihn je erlebt hatte. Selbst als Tess seine Hoffnungen zerstört hatte, kaum dass diese aufgeblüht waren, war seine Miene nicht so grimmig gewesen.

Die Polly, die die Milch ausgeteilt hatte, wollte sich erkundigen, wieso er so bedrückt war, aber die Frau, die über eine unerwiderte Liebe hinwegkommen musste, ließ das nicht zu. Sie durfte es sich nicht erlauben, sich emotional noch mehr zu engagieren.

Teague griff nach der Ukulele, die sie vom Boden aufgehoben und auf den Hocker neben ihn gelegt hatte. Mit der linken Hand fasste er um den Instrumentenhals, den Daumen der rechten ließ er über die Seiten gleiten. Es schmerzte in den Ohren.

Ein Hobby, das angeblich gegen Stress half.

Er schlug noch einen misstönenden Akkord an, und Polly krümmte sich innerlich. „Das klingt wirklich scheußlich, weißt du das?"

Er hob den Kopf, und sie konnte sehen, dass Suppe und Kaffee gute Arbeit geleistet hatten. Teague wirkte schon nüchterner.

„Ja, ich weiß." Er schnitt eine Grimasse und legte das Instrument beiseite.

Drückendes Schweigen dehnte sich zwischen ihnen aus. Sollte sie darauf bestehen, dass er nun ging? War es nicht ein Risiko für ihn, jetzt Auto zu fahren? Aber wenn er blieb, setzte er sich auch einem Risiko aus. Hier goss er nur Öl ins Feuer ihrer Träume. Wenn er blieb, ließ er sie immer stärker Dinge fühlen, von denen sie sich geschworen hatte, sie niemals auszusprechen.

„Ich nehme an, du möchtest wissen …", begann er.

„Nein, ich will überhaupt nichts wissen!" Sie wirbelte herum, griff nach dem Spültuch und wischte mit unnötiger Kraft die blitzsaubere Anrichte ab. Wieder blieb es lange still, dann hörte sie Stuhlbeine über den Boden scharren.

„Okay. Du hast recht, vielleicht ist es das Beste."

Als nichts passierte, riskierte sie einen Blick über die Schulter. Teague war aufgestanden und starrte auf die Klassenliste, die sie auf der Frühstückstheke liegen gelassen hatte. Neben den kleinen Fotos ihrer neuen Schüler waren auch die Namen eingetragen. Er strich mit einer Fingerspitze darüber, immer und immer wieder.

„Was ist? Was stimmt nicht?", fragte sie trotz aller Vorsätze und wünschte sich im gleichen Moment, sie hätte sich das Küchenhandtuch in den Mund gestopft. Jetzt jedoch war es zu spät.

Teague sah zu ihr auf, Müdigkeit hatte sich in seine Züge gegraben.

„Ich …" Er brach ab und schüttelte den Kopf. „Nein. Ich gehe besser. Entschuldige, dass ich dich gestört habe."

Jetzt sorgte sie sich ernsthaft um ihn. Solange er betrunken war, konnte sie ihn einfach ignorieren, aber so müde und bedrückt … das war eine ganz andere Sache. „Was genau ist es, worüber du nicht sprechen willst?" Sie erinnerte sich, dass er am Strand einen Rat seines Vaters erwähnt hatte. Nicht darüber sprechen, hatte er gellt.

„Hatte ein paar anstrengende Schichten. Das ist alles."

Diese Schichten, über die er nie sprach. Der Beruf, von dem er nie mehr mit nach Hause brachte als platte Witze und neue Kochrezepte. Auch sein Vater war Feuerwehrmann gewesen. Hatte er den Sohn dazu angehalten, nicht über den Stress bei der Arbeit zu reden? Niemals etwas von den Einsätzen zu erwähnen? Mitgefühl schwappte über ihr zusammen. „Jetzt sag schon, was los ist."

Er ließ sich wieder auf den Barhocker sinken und stützte den Kopf in eine Hand, massierte sich die Schläfen mit den Daumen. „In den letzten Wochen mussten wir zu ein paar anstrengenden Einsätzen raus. Ich brauche einfach nur Ruhe, um das zu verarbeiten."

Um das Erlebte auf das hohe Regal zu stellen, wurde ihr jäh klar. Aber würde nicht irgendwann eine Zeit kommen, da das Regal voll war und kein Platz mehr blieb? Musste man dann nicht aufräumen und manches entsorgen, damit man mit den nächsten Bildern fertigwerden konnte?

„Willst du nicht wenigstens mit mir darüber reden?", fragte sie und legte ihm eine Hand auf die Schulter.

Ohne aufzusehen, schüttelte er den Kopf. „Es ist besser, wenn die Dinge hier ... nett und sauber bleiben. Ich muss den aufwühlenden Schutt nicht bei dir abladen und deine Gedanken auch noch damit füllen."

„Dein Vater hat deine Mutter ebenfalls davor bewahren wollen." Und dennoch – oder vielleicht gerade deshalb – hatte sie Mann und Sohn letztendlich verlassen, das wusste Polly.

„Die meisten Feuerwehrmänner erzählen ihren Frauen oder Freundinnen oder dem Freundeskreis nicht viel über ihre Arbeit."

„Ich bin hart im Nehmen, das weißt du doch." Sie legte einen scherzhaften Ton in ihre Stimme. „Ich bin nicht einmal in Ohnmacht gefallen, als ich dich auf der Ukulele habe spielen hören."

Noch immer schüttelte er unnachgiebig den Kopf, stumm und elend.

Sie ertrug es nicht. „Ein Wort nur", lockte sie. „Nur ein einziges Wort."

Schweigen legte sich wieder über den Raum. Dann plötzlich öffnete er den Mund. „Schuhe."

Er sprach es aus, als hätte ihm eine brutale Macht das Wort entrissen. Polly sagte nichts, nur ihr Griff an seiner Schulter wurde fester.

„Die ganze verdammte Woche ... überall nur Schuhe." Seine Stimme klang rau und heiser.

„Schuhe ..."

Bevor sie mehr sagen konnte, packte er sie und zog sie an sich, legte den Kopf an ihre Schulter und barg sein Gesicht an ihrem Hals. Er klammerte sich an sie wie ein Ertrinkender, als wäre sie sein Rettungsring in reißendem Wasser.

Ohne nachzudenken, legte sie die Arme um ihn und hielt ihn fest umschlungen. „Sprich mit mir", murmelte sie und presste ihre Wange an sein Haar. „Erzähle mir von den Schuhen."

Wieder blieb es lange still, schließlich sprach er mit tiefer, leiser Stimme. „Ein Mädchen wird von einem Auto angefahren, und es reißt sie aus den Schuhen. Wenn du dann ankommst, findest du das Kind irgendwo am Straßenrand im Gebüsch, aber die Schuhe, pinkfarbene Sneakers mit funkelndem Strassbesatz, stehen völlig unversehrt auf der Straße."

Tröstend strich sie ihm über den Rücken.

„Oder du kommst zu der Unfallstelle, wo eine Familie sich mit ihrem Minivan überschlagen hat. Alles, was im Auto war, liegt überall verstreut herum. Menschen stöhnen vor Schmerzen, Kinder weinen. Und dann ist da dieses Baby, das ohne einen einzigen Kratzer in den Gurten seines Kindersitzes hängt und zufrieden grinsend am Arbeitsgummistiefel seines Daddys kaut." Er holte tief Luft. „Und dann gestern Nacht ... Oh Gott, Gator. Gestern Nacht ..."

Sie schluckte, versuchte, den eigenen galoppierenden Puls zu beruhigen. „Was ist gestern Nacht passiert?"

Seine Finger bohrten sich in ihre Arme, als müsse er sich davon überzeugen, dass sie real war. „Ein Hausbrand. Fraß sich rasend schnell durch das ganze Gebäude. Einer der Söhne der Familie fehlte. Wir konnten ihn nicht finden."

Die Qualen, die er gefühlt hatte, stachen ihr in die Seiten, drängten sich bis in die Mitte ihres Herzens. Sie wollte zurückweichen, wollte sich die Ohren zuhalten, aber Selbstschutz war längst nicht mehr möglich. „Wie ..." Sie musste sich erst räuspern, musste ihren trockenen Mund befeuchten. „Wie ist es weitergegangen?"

„Es war ein großes Haus. Zwei Stockwerke. Wir haben Raum für Raum durchforstet. Ich bin über ein Paar Schuhe gestolpert und gegen einen Schrank mit Lamellentüren gefallen. Die gesamte Skiausrüstung der Familie ist mir entgegengekommen und herausgefallen. Und da im Schrank, in der hintersten Ecke, hatte der Junge sich zu einem Ball zusammengerollt und hielt sich die

Arme über den Kopf. Ich hätte ihn nie gefunden, wenn ich nicht über die Schuhe gestolpert wäre und die Ausrüstung umgestoßen hätte, hinter der er sich versteckt hatte. Ich hätte vielleicht die Schranktüren aufgezogen, aber hinter den Skiern und Stöcken hätte ich ihn niemals gesehen."

„Er hat Glück gehabt, dass die Schuhe im Weg lagen", murmelte sie. Vor Erleichterung wollten ihr die Knie einknicken.

„Er hatte gerade neue Basketball-Hightops bekommen. Als ich ihm später erzählte, wie ich ihn gefunden hatte, fürchtete er sich davor, dass seine Mom wütend werden würde, denn ihm war gesagt worden, dass er die neuen Schuhe ordentlich wegräumen sollte."

Teague hob den Kopf, seine Augen leuchteten intensiv, als er direkt in ihre sah.

„Der Junge heißt Brett. Einer von deinen B-Boys, Pol. Ein böser Bube zu sein, hat ihm das Leben gerettet. Als ich daran dachte ..."

„Ja? Als du daran dachtest?", hakte sie flüsternd nach, als er nicht weitersprach.

„Ich weiß nicht." Er zuckte mit den Schultern. „Ich musste einfach zu dir kommen."

Tränen schossen ihr brennend in die Augen. Um es zu verbergen, schloss sie die Lider. Deshalb sah sie auch nicht, wie Teagues Mund immer näher kam, doch sie spürte seine Lippen sacht über ihre feuchten Wimpern streichen und weiter über ihre Wangen.

Es war eine sanfte, freundschaftliche Geste, so platonisch wie alle anderen, die sie miteinander tauschten. Dann fanden sie sich zu einem Kuss, und sie konnte das Salz ihrer Tränen auf dem warmen weichen Fleisch schmecken. Sie dachte nicht nach, sondern öffnete die Lippen, um den Geschmack auf ihrer Zunge zu spüren.

Sie hörte und fühlte, wie Teague scharf die Luft einsog. Heiße Scham durchflutete sie, hastig wollte sie sich zurückziehen, doch sein Griff wurde fester.

Und der Druck seiner Lippen härter. Was als Tröstung begonnen hatte, wandelte sich zu einem echten Kuss.

Polly schwindelte. Das war es, was sie sich immer gewünscht hatte. Der Traum, an den sie nicht mehr geglaubt hatte. Ihre Zungen berührten sich, wanden sich umeinander, und sie spürte, wie das Verlangen über sie schwappte, von Kopf bis Fuß. Sie wurde feucht.

Teague schob seine Finger am Nacken in ihr Haar. Es war eine sehr männliche, sehr erfahrene Geste, mit der er sie hielt, um ihren Mund in Besitz zu nehmen. Polly erschauerte vor fiebrigem Entzücken, genoss die meisterhafte Fertigkeit seines Griffs.

Seine andere Hand lag auf ihrer Schulter, glitt jetzt jedoch hinunter, bis er auf die Rundung ihrer Brust stieß. Für einen Moment hielt er inne, dann umfasste er sie langsam, schien mit der Handfläche das Gewicht abschätzen zu wollen. Ihre Brustwarzen zogen sich schmerzhaft zusammen und richteten sich hart auf. Polly musste sich an Teagues Schultern klammern, um nicht zu wanken.

Er unterbrach den Kuss, und sie sah, dass sich rote Streifen über seine Wangenknochen ausbreiteten. Seine Finger glitten zu den Knöpfen ihres weiten Pyjamaoberteils, machten sich daran zu schaffen. Ihr stockte der Atem, als er einen nach dem anderen geschickt öffnete.

Der richtige Mann in einem Notfall, dachte sie benommen. Ihr war schwindlig, weil ihr Sauerstoff fehlte. Dann streifte Teague ihr den Flanellstoff von den nackten Schultern, und sie schnappte jäh nach Luft, füllte ihre Lunge. Er betrachtete sie stumm mit funkelnden Augen. Sein Atem ging schwer, während er auf ihren nackten Busen starrte.

Sie erschauerte, und er legte die Hände auf ihre Brüste. Polly stöhnte auf, die harten Spitzen drückten in seine heißen Handflächen. Ohne den Blick von ihrem Busen abzuwenden, als wäre er zu fasziniert vom Anblick seiner Finger auf ihrer Haut, beugte er sich vor und leckte ihr über das Kinn.

Polly drängte sich in die feuchte Liebkosung hinein, und er gab ein leises Knurren von sich, wobei er seine Zunge weiter an ihrem Hals entlanggleiten ließ. Mit einer Hand strich er über ihre Rippen den Rücken hinunter und presste sie mit sanftem Druck an sich, dann fühlte sie seinen Mund an ihren Brüsten.

Polly schnappte nach Luft und schloss die Augen, als er an einer der harten Spitzen zu saugen begann, sacht nur, aber unablässig. Die Muskeln in ihren Oberschenkeln zuckten, und sie spürte erneut, wie sie feucht wurde, und schob die Hände in sein Haar.

So war es noch nie für sie gewesen. Ihr war heiß, sie glühte förmlich, innen und außen, von den Haarspitzen bis zu den Zehen. Jeder Zentimeter Haut sehnte sich danach, von Teague berührt zu werden, aber sie hatte Angst, es auszusprechen, weil es vielleicht den Schleier der Leidenschaft zerreißen könnte und Teague sich bewusst werden würde, dass es sich hier um seine platonische Freundin handelte.

Er löste seinen Griff und sah auf. „Polly", murmelte er, „Polly..."

Was immer er hatte sagen wollen ... sie erstickte seine Worte mit einem verzweifelten Kuss, aus Furcht, ihm würde klar werden, dass er sie, seinen Kumpel Polly, in den Armen hielt, sollte er ihren Namen ein drittes Mal aussprechen. Sie stieß die Zunge in seinen Mund, und er umfasste hart ihre Hüften, glitt mit den Fingern unter den Elastikbund ihrer Flanellhose, griff ihren Hintern mit beiden Händen und stöhnte.

Der Laut vibrierte prickelnd an ihren Lippen. Teague massierte ihre Pobacken, und Polly ließ sich von fiebriger Hitze einhüllen und berauschen. Sie hatte sich schon vorher nach ihm gesehnt, nach seinem Lächeln, seinem Charme. Seine erstaunlichen Fähigkeiten hatten sie von Anfang an fasziniert – nicht jeder Mann brachte ein so wunderbar leichtes und luftiges Omelett zustande! –, aber das hier war etwas völlig anderes. Nie hätte sie ahnen können, was seine Hände auf ihrem Körper bei ihr auszulösen vermochten.

Es hatte keinen Sinn, zu versuchen, die Notbremse zu ziehen.

Sie bezweifelte sowieso, dass sie je wieder seine Freundin würde sein können wie bisher, da konnte sie ebenso gut alles geben, um sich ihm als Liebhaberin zu präsentieren. Da diese

Entscheidung nun einmal getroffen war, schüttelte sie sich das Flanelltop von den Schultern, und ohne den Kuss zu unterbrechen, zerrte sie die Pyjamahose an ihren Schenkeln hinab, sodass sie bis auf ihre Knöchel rutschte.

Jetzt stand sie splitterfasernackt vor ihm.

Ruckartig löste Teague sich von ihren Lippen. Sie hörte ihn scharf die Luft einziehen, als er ihre nackte Gestalt erfasste. Zitternd hielt sie der prüfenden Musterung stand. Sie wusste, sie war weder mit besonderen Kurven ausgestattet noch sehr groß ... und ganz gewiss war sie nicht Tess.

Aber sie war bereit für ihn.

Als hätte sie es laut ausgesprochen, riss er sie an sich. Im einen Moment standen sie voreinander, im nächsten hetzten sie den Korridor entlang zu ihrem Schlafzimmer. In dem dämmrigen Raum fasste er sie bei den Schultern und schob sie rückwärts, bis sie mit ihrem Hintern gegen die hohe Matratze stieß und auf das Bett sank.

Sie starrte zu ihm auf, atmete schwer und sie fühlte einen prickelnden Schauer durch sich hindurchrieseln, als er mit einer Hand an seinen Nacken fasste und sich das T-Shirt über den Kopf riss. Er kickte die Schuhe von den Füßen, zog Jeans und Boxershorts gleichzeitig hinunter und stand in glorreicher Nacktheit vor ihr. Der angriffslustig aufgerichtete männliche Teil seiner prächtige Anatomie verriet ihr, dass er bei ihr sein wollte.

Erwartungsvolle Aufregung breitete sich in ihr aus, ihr Magen flatterte. Sie wollte höher bis zu den Kissen rutschen, doch Teague packte ihre Fußknöchel und zog sie mit einem Ruck zurück. Das Bett war hoch genug, er brauchte nur einen Schritt vorzutreten ...

Was er auch tat. Er spreizte ihre Beine und stellte sich dazwischen. Seine Erektion zuckte an der Innenseite ihrer Schenkel, und Polly erschauerte. Seine Haut schien heiß wie Feuer zu brennen, es war wie ein Brandzeichen auf ihrer. Mit einer Hand hielt er sie fest, mit der andern umschloss er sein bestes Stück. Doch statt es in sie einzuführen, bereitete er sie mit sachten Stupsern und angedeuteten Stößen für sich vor. Ihr Körper öffnete sich ihm. Sie war mehr als bereit, er spielte jedoch weiter mit ihr, reizte sie, liebkoste sie, strich über ihre Klitoris und tiefer, mit dem verheißungsvollen Versprechen, in sie einzudringen.

Polly krallte die Finger in die Laken und bäumte sich auf, versuchte, ihn mit ihrer Hitze zu locken. Mit seiner Hand an ihrem Oberschenkel kontrollierte er sie allerdings, und ein Laut frustrierter Lust stieg aus ihrer Kehle.

Teague lenkte seinen Blick von der Stelle, an der sie nach wie vor nicht ganz vereint waren, zu ihrem Gesicht. Seine Augen strahlten, seine Haut spannte sich straff über die Wangenknochen. Noch nie hatte er so schroff ausgesehen, seine attraktiven Züge wirkten fast bedrohlich vor Verlangen. Ein erregendes Prickeln durchrann sie auf den kühlen Laken unter einer neuen Welle sexueller Begierde. „Bitte", murmelte sie, „bitte, lass mich keine Sekunde länger warten."

Ihre Haut glühte, ihre Muskeln zogen sich rhythmisch zusammen. Ihr Körper flehte um Erlösung, sie war so überreizt, dass Polly sich aufbäumte, als Teague flüchtig ihren Lustknopf berührte und sie damit einen riesigen Schritt auf den Orgasmus zutrieb.

„Das werde ich auch nicht", sagte er fast knurrend und schob ihre Schenkel weiter auseinander.

Damit er sie anschauen konnte. Enthüllte alles.

Fasziniert starrte er auf die Stelle, dann drang er in sie ein, langsam, Stück für Stück, und weitete sie kraftvoll. Stöhnend schloss Polly die Augen. Es war ein köstliches Gefühl. Sie war schon so weit, dass sie nur eine winzige, eine süße Pein bemerkte, als er erneut tief in sie glitt. Oh ja. Er war heiß und hart und gleichzeitig samten und ...

Und er benutzte kein Kondom.

Ihre Lider hoben sich flatternd, sie wollte ihn warnen, doch genau in diesem Moment stieß er kräftig vor, und sie schnappte nach Luft. Sie fühlte, wie ihre Muskeln ihn umschlossen, als versuchten sie ihn dazu zu animieren, sich in ihr zu bewegen. Vor Ungeduld stöhnte sie auf.

„Schh", murmelte er und streichelte ihre Hüfte. „Lass deinem Körper Zeit, sich an mich zu gewöhnen."

Wellen des Vergnügens rollten über sie hinweg. Kondom, dachte sie benommen. Ihr Verstand bemühte sich, das Wort über ihre Zunge zu bringen. Sie nahm die Pille, ungewollt schwanger würde sie also nicht werden, aber ...

„Großer Gott, Pol."

Teague zuckte jäh zusammen, fast hätte er sich aus ihr zurückgezogen, deshalb presste sie die Knie an seine Hüften, um ihn festzuhalten.

„Nein, warte. Ich habe keinen Schutz übergezogen."

Seine schockierte Stimme drang zu ihr durch und klärte ihre Gedanken ein Stück weit. „Brauchen wir den denn unbedingt? Weil ... weil ... Ich meine, den brauchen wir nicht."

Er verharrte, starrte sie an. „Polly ..."

Sie sah ihm offen in die Augen. „Ich glaube wirklich nicht, dass es nötig ist", bekräftigte sie noch einmal. Teague wusste doch, dass sie die Pille nahm. Gerade erst im letzten Monat, als sie zusammen mit einigen Freunden an einem Wochenende zu einer Weinprobe aufgebrochen waren, hatte sie ihn bitten müssen, umzudrehen und zurück zu ihr zu fahren, weil sie ihre Pillenpackung vergessen hatte. Und was das Thema Geschlechtskrankheiten anging ... sie kannten einander gut genug, um zu wissen, dass da kein Risiko bestand.

„Bist du sicher?", fragte er heiser.

„Ganz sicher." Es mochte keine Zukunft für sie beide geben, aber zwischen ihnen herrschte so viel Vertrauen, dass Polly wusste, sie konnten das hier ohne Barrieren genießen.

Allein bei dem Gedanken spannten sich ihre Muskeln an. Er stöhnte und schob sich noch tiefer in sie. Sie bog sich ihm entgegen, und sein Griff an ihren Hüften wurde fordernder. Er hielt sie fest und stieß entschlossen in sie. Ihr Verlangen stieg ins Unermessliche. Das Gefühl, ihm völlig aufgeliefert zu sein, war erregend. Es war das, was sie immer mit ihm hatte erleben wollen. Sie gab sich der Erfahrung komplett hin, ließ sich auf die Matratze sinken, öffnete ihren Geist und ihren Körper für ihn.

Und dann begann er, sie in jeden seiner harten Stöße hineinzuziehen. Hitze züngelte wie Flammen über ihre Haut. Sie stöhnte, hielt die Augen geschlossen, konzentrierte sich ausschließlich auf das unbeschreibliche Wohlgefühl, das dieser Mann ihr bereitete. Nie zuvor hatte sie etwas Derartiges erlebt. Vielleicht war sie für ihn nur ein weiblicher Körper, an dem er den Stress, der ihn belastete, abarbeiten konnte, aber sie bereute es nicht, da der Orgasmus unaufhörlich näher rückte.

Als sie fühlte, dass es jeden Moment so weit sein würde, riss sie die Augen auf und stellte fest, dass Teague auf ihr Gesicht herunterschaute. Seine Finger waren wie Brandeisen auf ihrer Haut, als ihre Blicke sich trafen und er erneut tief in sie drang. Oh doch, er wusste genau, dass sie es war, und als ihr das klar wurde, wollte leichte Panik sie überfallen. Mit seinem nächsten Stoß zerstoben ihre Sorgen jedoch. Es war so gut, dass sie sich ihm entgegendrängte, obwohl er sie festhielt, und ihre Hüften kreisen ließ.

Als er etwas aus ihr herausglitt, schrie sie protestierend auf, aber schon war er wieder tief in ihr und bewegte sich in hartem Rhythmus. Sie blendete alles aus, richtete ihre Konzentration auf ihren Körper, sämtliche Muskeln spannten sich an. Und als Teague mit dem Daumen über ihre Klitoris strich, einmal, zweimal, bis die selige Erlösung sie wie eine Explosion in tausend Teile zu zerreißen schien, regnete ein Feuerwerk aus Glückseligkeit auf sie hernieder wie heiße Glückstränen.

Stöhnend drang Teague ein letztes Mal in sie ein, dann kam er, Schauer schüttelten seinen großen Körper.

Matt und ausgelaugt lag Polly schließlich mit geschlossenen Augen auf dem Bett, als Teague sich aus ihr zurückzog, sich neben sie schob und sich gegen die Kissen am Kopfende lehnte. Er schlang einen Arm um sie und zog sie an sich, sodass ihr Kopf an seiner Brust zu liegen kam. Mit einer Hand streichelte er sacht ihre Schultern.

Okay, dachte Polly und wappnete sich. Jetzt kam also die Reue. Jetzt würde er irgendeine Entschuldigung stammeln, hastig in seine Hose steigen und zusehen, dass er wegkam. Möglich, dass sie nie wieder von ihm hörte.

„Tja, Gator", sagte er leise. „Und was jetzt?"

Er ging also nicht, suchte nicht nach Ausflüchten. Stattdessen warf er den Ball in ihre Spielhälfte.

Pollys Herz raste. Sie konnte alle Karten auf den Tisch legen. Ihm ihr ultimatives Geheimnis verraten. Ihm ihre Liebe gestehen und sehen, wohin sie das führen würde. Sie öffnete den Mund. Worte kamen heraus, in der munteren, lebhaften Tonlage, die sie immer anschlug, wenn sie ihren Schülern an einem verregneten Tag die Pause im Klassenzimmer schmackhaft machen musste.

„Hast du noch nie von Freunden mit gewissen Vorzügen gehört?"

Das war genau das, was sie nie gewollt hatte.

Gage saß im Garten von Tess und David neben einem wuchtigen Pflanzenkübel halb verdeckt von den Wedeln einer prächtig gedeihenden Königspalme. Er nahm einen Schluck aus der Bierflasche, die er in der Hand hielt, und ließ den Blick umherschweifen. Nur eine Woche nach der großen Verlobungsparty spielte seine Schwester schon wieder die überdrehte Gastgeberin, dieses Mal sollte es eine leicht abgeänderte Babyparty für das Brautpaar sein. Die geladenen Gäste schienen dieselben zu sein, nur waren es nicht so viele. Trotzdem gab es auch heute einen Tisch, der sich unter Geschenkpaketen bog.

Auf diese Geschenke hielt er starr den Blick gerichtet, als sein Zwillingsbruder sich zu ihm gesellte und neben ihm stehen blieb. „Wo wollt ihr das ganze Zeug den unterbringen?", fragte er Griffin. „Hattest du nicht gesagt, Janes Apartment sei winzig? Und du nimmst ihr doch schon das Wenige an Platz weg."

„Wir sind auf Häuserjagd und sehen uns um. Um genau zu sein, wir haben da was richtig Interessantes gefunden, gar nicht weit von der Bucht entfernt."

Zwar erwiderte er nichts darauf, aber dieser Idee konnte er voll zustimmen. Wenn sein Bruder und Jane sich in Skyes Nähe niederließen, würde er die beiden ohne Hemmungen sofort damit beauftragen, sie im Auge zu behalten, sobald er wieder weg war. Insgeheim tat er das zurzeit selbst. Mit Blicken suchte er nach ihr, und als er sie entdeckte, musste er lächeln. Sie lachte gerade herzhaft zusammen mit Tess über irgendwas. Das Haar hatte sie kunstvoll aufgesteckt, Wellen schmiegten sich um Hals und Wange. Etwas an dieser lässigen Frisur weckte in ihm den Wunsch, die Haarnadeln herauszuziehen und Skye in sein Bett zu holen.

Letzteres hatte er häufig getan, seit sie vor ein paar Tagen im Captain Crow's ihre Hand in seine gelegt hatte. Skye hatte sich als enthusiastische Bettpartnerin entpuppt, ihre Ängste und ihre Zurückhaltung, so schien es, hatte sie komplett abgelegt und vergessen. Und weil er sehr zufrieden darüber war, wurde sein Lächeln noch breiter.

Sie hatte ihn nie gefragt, wieso er völlige Dunkelheit immer zu vermeiden suchte, aber seit sie neben ihm schlief, schaffte er es, sich mit dem Licht im Bad zu begnügen, das durch den Spalt der angelehnten Tür ins Schlafzimmer fiel. Er schlief auch schneller ein, und wenn er dann schlief, brachte der Schlaf ihm tatsächlich Erholung.

In den Tag hineinzuleben, zusammen mit Skye hier in der Bucht, hatte sich als die beste Idee erwiesen, die er in den letzten zehn Jahren gehabt hatte. Nichts würde das trüben, solange er etwas zu sagen hatte, dafür würde er schon sorgen.

Griffin räusperte sich. „Weißt du eigentlich, dass wir unser Gespräch, das wir auf der Verlobungsparty begonnen haben, nie beendet haben?"

„Welches Gespräch?", fragte Gage abwesend. Er zählte gerade die Knöpfe an Skyes meergrünem Sommerkleid. Sie fingen beim Ausschnitt an, gingen hinunter bis zu ihren Knien und hatten die Form von kleinen Seesternen. Das würde richtig Arbeit werden, die alle zu öffnen. Aber vielleicht gab es ja am Rücken einen verdeckten Reißverschluss …

„Das Gespräch, in dem du mir von deinem letzten Auftrag erzählen wolltest … und wieso, zum Teufel, du auf einmal wie vom Erdboden verschluckt warst."

Sein Verstand, jetzt hellwach, ging in Alarmstellung. *Mist.* Doch anstatt seinen Bruder sehen zu lassen, wie nervös er plötzlich war, trank Gage lässig einen großen Schluck Bier, stellte die Flasche neben sich auf dem Kübelrand ab und verschränkte die Arme vor der Brust. „Ich weiß nicht, wovon du da sprichst."

„Tut mir wirklich leid, wenn ich dir die Illusionen rauben muss", meinte Griffin, „aber deine Körpersprache verrät dich jedes Mal."

Still verfluchte Gage seinen Bruder mit seiner übertrieben scharfen Beobachtungsgabe. Verdammter Reporter. „Lass uns einfach über etwas anderes reden. Die Feier hier ist doch ein fröhlicher Anlass ... und alles für dich und Jane."

„Mit Jane und mir steht es zum Besten. Wir sind glücklich. Um dich mache ich mir allerdings schon Sorgen."

„Hör zu", begann Gage und krümmte sich innerlich, weil er unwillkürlich in Abwehrstellung ging, „ich habe dich auch nicht mit Fragen genervt, als du dich in Nr. 9 eingeigelt und dich seltsam benommen hast. Skye hat mir von den wilden Partys geschrieben, und Rex hat mir erzählt, dass du von den Klippen gesprungen bist. Je höher, desto besser."

„Ich gebe ja zu, dass ich Probleme hatte – habe. Aber ich arbeite daran."

„Dann lass mich an meinen Problemen auf meine Art arbeiten, ja?" Seine Art war die Skye-Art. Er würde den Sommer und ihren Duft bei jeder nur erdenklichen Gelegenheit in sich aufnehmen.

Der Seufzer seines Bruders klang nach Zustimmung, also riskierte Gage einen Blick auf ihn. Sein Zwilling starrte ihn an. Oft wurde er gefragt, ob es nicht unheimlich sei, das eigene Gesicht bei einem anderen Menschen zu sehen, doch wenn er seinen Bruder ansah, fielen ihm nur die Unterschiede auf. Griffin strahlte eine andere Haltung, eine andere Einstellung aus. Obwohl er nur wenige Minuten früher zur Welt gekommen war, haftete ihm eindeutig der Ernst des älteren Bruders an. Er dagegen war schon immer derjenige gewesen, der sich nie auch nur einen Deut um Konsequenzen scherte.

Bei diesem Gedanken meldete sich jetzt allerdings das schlechte Gewissen. Abrupt drehte er den Kopf und sah unauffällig zu Skye hinüber. Verhielt er sich ihr gegenüber vielleicht verantwortungslos? Die Art, wie sie lachte, und die relativ große Menge an bloßer Haut, die sie zeigte, lieferten ihm die Antwort: nein. Am Nachmittag hätte er sie fast so weit gehabt, sich im Badeanzug mit ihm an den Strand zu legen.

„Was guckst du dir an?", fragte Griffin misstrauisch.

„Nichts Bestimmtes." Gage nahm seine Bierflasche auf. „Ich überlege nur gerade, was alles zu den Pflichten eines Trauzeugen gehört. Was sollen wir zum Junggesellenabschied unternehmen? Ich könnte eine klassische Männerparty in Nr. 9 schmeißen. Du weißt schon … trockene Martinis, Poker und schlechte Manieren. Oder würde ein Wochenende in Vegas mit den Jungs in deinen Terminkalender passen?"

Am liebsten hätte er sich selbst getreten, sobald er den Vorschlag ausgesprochen hatte. Ein Trip nach Vegas hieße, dass er Skye zurücklassen müsste. Der endgültige Abschied würde auch so früh genug kommen.

„Nicht wirklich", antwortete Griffin. „Wenn Dad ankommt … warum gehen wir nicht einfach mit ihm und David zusammen auf ein paar Drinks? Dann können die beiden uns alles über die Freuden des Ehelebens erzählen."

Gage stöhnte. „Was denn? Bambussplitter unter den Fingernägeln und einen Nasenring, um dich zu zähmen?"

„Lass Mom bloß nicht hören, dass du die Ehe verunglimpfst."

„Ich verunglimpfe gar nichts. Ich denke, die Ehe ist eine gute Sache – für Mom und Dad. Und für Tess und David. Überall auf der Welt gibt es Menschen, für die die Ehe funktioniert."

„Jetzt auch für Jane und mich."

„Ja." Er musterte seinen Bruder, bemerkte das leichte Lächeln der Zufriedenheit um dessen Mund, die Gelassenheit, die er ausstrahlte. „Es ist tatsächlich das, was du willst, stimmt's?"

„Ja, es ist wirklich das, was ich will. *Sie* ist alles, was ich will."

„Gott, das ist so sacharinsüß, dass ich mich gleich in den Pflanzenkübel hier übergebe", ächzte Gage. „Aber ich muss zugeben, es gefällt mir, dich so zufrieden zu sehen. Jane wird dann wohl die Opfergabe für dein Glück."

Griffin schüttelte den Kopf. „Du bist so ein Idiot."

„Und du sagst das mit solcher Zuneigung." Ihre Blicke trafen sich wieder, und ein Dutzend unausgesprochener Botschaften standen darin zu lesen, die sich auf eine einzige Aussage zusammenstreichen ließen: *Ich werde dir immer den Rücken decken.*

„Also ...", sagte Griffin schließlich, „Dad, David und Drinks. Den genauen Abend sprechen wir dann noch ab. Ich hoffe, du bist nicht zu enttäuscht, weil du die Strip- und Tittenbars verpasst."

Gage winkte ab. „Überhaupt nicht."

Griffin stutzte. Regungslos musterte er ihn mit leicht zusammengekniffenen Augen. „Du hast regelmäßig Sex."

„Was?"

„Wenn du auf deine Gage-Völlerei-Sause gehst, bist du immer unruhig und überspannt. Rastlos, so als hättest du eine Überdosis Zucker im Blut." Griffin zeigte mit dem ausgestreckten Finger auf ihn. „Du bist ruhig und gelassen, geradezu friedlich, würde ich sagen, was bedeutet, dass du genug vom echten, dem wahren Sex erlebst, dem Sex, der die Libido befriedigt."

„Meine Libido ist überhaupt nicht befriedigt." Gage schnaubte. „Herrgott, ihr Schreiberlinge habt so eine überaktive Fantasie."

„Ich weiß, was ich weiß", sagte Griffin nur.

„Du weißt gar nichts", brummte Gage. „Und nur zu deiner Information – ich bin ruhig und gelassen, weil ... weil ich die Bucht mag. Es ist wirklich der perfekte Ort, um sich zu erholen. Meine Batterien sind fast wieder aufgeladen." Er trank noch einen Schluck Bier, achtete sorgsam darauf, nicht in die Richtung zu sehen, wo er Skye zuletzt erblickt hatte.

Doch dann blitzte eine Farbe in seinem Augenwinkel auf, und automatisch drehte er den Kopf zu dem flatternden blaugrünen Rock. Skyes Rock. Er konnte sich nicht zurückhalten und starrte auf ihre schlanken Beine, auf ihre schmale Taille, auf ihre ...

„Oh Mist", murmelte Griffin neben ihm.

Betont lässig wandte Gage seinem Bruder das Gesicht zu und hob fragend eine Augenbraue.

„Bei mir zieht das nicht" Griffin schnaubte. „Du bist mit Skye zusammen, oder?"

Er wollte eigentlich kein großes Geheimnis daraus machen. Auf jeden Fall schämte er sich nicht, mit ihr zusammen zu sein, nein, garantiert nicht. „Würdest du nicht ständig den Beschützer für sie spielen, hätte ich es wahrscheinlich längst erwähnt."

„Ihr beide seid zusammen", wiederholte Griffin, als müsse er das zweifelsfrei klären. „So richtig zusammen."

Dieses Verhör machte ihn langsam ungeduldig. Verärgert funkelte er seinen Bruder an. „Ja. Und?"

„Hast du dir das auch genau überlegt?"

Es gehörte wahrscheinlich nicht zum guten Ton, dem zukünftigen Bräutigam einen Schwinger zu verpassen. „Willst du die Wahrheit hören? Ich gebe mir die größte Mühe, überhaupt nicht zu denken. Na, wie klingt das für dich? Manche von uns halten nämlich nichts von konstanter Nabelschau, klar?" Zwei Wochen hatte er ohne ein anderes menschliches Wesen verbracht. Das war lang genug gewesen, um in sich zu gehen. Das reichte ihm fürs Leben.

Als sein Bruder ihn weiter stumm anstarrte, zwang Gage sich bewusst dazu, seine Stimme zu senken und die steifen Schultern zu lockern. „Es war … Dieser letzte Auftrag war eine unangenehme und anscheinend endlos andauernde Erfahrung."

Griffin nickte. „Bei manchen ist das so, ja."

„Ja, und manche sind schlimmer als andere." Gage sog tief die frische Luft ein. „Und bevor ich wieder zurückkehre zu Frust, Stress und miserablem Essen, entspanne ich mich eben in der Bucht und verbringe Zeit mit einer Frau, die ich wirklich mag. Diese … diese Zuneigung beruht übrigens auf Gegenseitigkeit. Skye und ich kennen uns sehr gut."

„Durch euren Briefwechsel."

„Genau. Daher ist es eigentlich nur natürlich, dass unsere Beziehung einen Schritt weitergegangen ist." Vollkommen natürlich. Deshalb bestand auch keine Notwendigkeit, das übermäßig zu analysieren.

„Und was passiert, wenn du wieder losziehst?"

Gage zuckte die Achseln. „Sie weiß, dass ich gehe. Aber bis dahin besteht das Leben aus Sonnenschein und Ozeanbrise und ..."

„... aus deinem kleinen Liebesnest am Strand", ergänzte Griffin.

Ein Grinsen zog auf sein Gesicht. Nr. 9 hatte die Macht, die Vergangenheit verblassen zu lassen und die Gegenwart – und ihn – mit Seligkeit zu erfüllen. „Du selbst hast doch dort auch eine sehr gute Zeit verbracht, oder etwa nicht?", bemerkte er.

Warum sollte er es noch verheimlichen? Vor allem, da er seine Bucht-Sirene auf sich zukommen sah. Also lenkte er das Grinsen auf seinen Lippen in ihre Richtung. Sie trug lange Ohrringe aus verschiedenfarbigen Glasperlen, die zu ihrem Kleid und ihren Augen passten.

Jetzt, da die Katze aus dem Sack war, zögerte er nicht, von seinem Sitzplatz zu gleiten und nach ihrer Hand zu fassen, um sie an sich zu ziehen. „Hey", grüßte er leise und sog genüsslich ihren Duft in seine Nase. „Wie geht's dir?"

Ihre grünen Augen gingen automatisch zu seinem Bruder, und Gage drückte ihre Finger. „Beachte den hässlichen Knilch da gar nicht", riet er ihr.

Sie lächelte „Hässlicher Knilch! Also wirklich", schalt sie leise.

Griffin klopfte ihr auf die Schulter. „Soll ich dir eine Liste mit all seinen Lastern zusammenstellen, Skye?"

„Nicht nötig", erwiderte sie und drückte Griffins Finger, als wäre er derjenige, der Trost brauchte. „Du kannst ganz beruhigt sein, mein Freund."

Wortlos zog Gage die Hand seines Bruders von ihrer bloßen Schulter. „Amüsierst du dich gut?", fragte er Skye leise und schaute ihr tief in die Augen, strich ihr dabei mit den Fingerknöcheln sanft über die Wange.

Griffin gab einen unverständlichen Laut von sich, drehte sich um und ging. Skye blickte ihm nach.

„Oh, oh. Dein Zwilling heißt das nicht gut."

„Vergiss meinen Zwilling." Er streichelte ihren Hals, und sie erschauerte. Ihr Blick blieb auf seinem Mund haften, und Zufriedenheit strömte warm durch seine Adern. „Möchtest du jetzt vielleicht einen Kuss von mir?"

„Doch nicht hier", sagte sie hastig und sah sich hektisch um.

„Ah." Er lächelte wissend. „An diese Art von Kuss dachtest du."

Das Rot, das in ihr Gesicht schoss, schaffte ihn. Er schlang die Arme um sie und zog sie an sich, stellte die Beine ein wenig gespreizt, damit sie sich an ihn schmiegen konnte. Die ausladenden Palmwedel verdeckten sie beide fast komplett, und er neigte den Kopf, um seinen Mund gierig auf ihre Lippen zu pressen. Zuerst schien Skye Bedenken zu haben und sich zurückziehen zu wollen, doch dann ließ sie sich an ihn sacken und krallte die Fingernägel in seine Brust wie ein kleines Kätzchen.

„Du bist gefährlich", murmelte er und drückte Küsse auf ihre Schläfe, ihre Wangen, ihre Nase. Er bekam einfach nicht genug von ihr. Bei dem Gedanken runzelte er die Stirn. Schon bald würde der Tag kommen, an dem er an Bord eines Flugzeugs steigen musste. Alles, was er bis dahin gehabt hatte, würde reichen müssen.

„Lass uns zur Bucht zurückfahren", sagte er. Das Bedürfnis, wieder dort an dem Ort mit ihr zusammen zu sein, wo er die Zukunft ausblenden konnte, war übermächtig. Er und Skye würden im Bett liegen, die Gegenwart ausschalten und in Glückseligkeit abdriften.

„Einverstanden, aber ... oh, fast hätte ich es vergessen. Ich habe jemanden getroffen, den du kennst. Du solltest sie erst begrüßen."

„Sie?" Himmel, sie war doch hoffentlich keiner Frau begegnet, mit der er früher einmal zusammen gewesen war. „Warte ..."

Sie zog ihn schon aus ihrem kleinen Versteck hinter der Palme hervor. „Ich habe sie eingeladen, uns übermorgen in der Bucht zu besuchen."

Erst jetzt ließ er sich mitziehen, denn er konnte sich nicht vorstellen, dass sie eine seiner ehemaligen Bettgespielinnen gebeten hätte, an ihren ganz speziellen Ort zu kommen. „Falls du Tante Joanna meinst ... die habe ich bereits begrüßt. Und bitte, wir werden uns eine Ausrede ausdenken, ja? Sie wird uns unter Garantie ihr Erdnusskrokant vorsetzen, das ist nämlich ihre Spezialität. Und ich habe keine Lust, mit abgebrochenen Zähnen um die Welt zu reisen."

Verdammt sollte Tante Joanna sein. Nur ihretwegen musste er an die bevorstehende Abreise denken.

„Dieses entsetzte Stirnrunzeln kannst du dir sparen. Es geht nicht um Tante Joanna, sondern um Mara Butler. Griffin kannte ihren Charlie auch. Letzte Woche hat er sie besucht, und heute ist sie hier. Sie meinte, dass sie dich gern sehen und mit dir reden würde."

Mara Butler. Charlie.

Charlie Butler. Sein Freund, der Kriegsberichterstatter, der entführt worden war – und umgebracht.

Gage verlangsamte seine Schritte. „Und sie kommt übermorgen in die Bucht?"

„Ja, zusammen mit ihrem kleinen Jungen. Charlies Sohn. Anthony."

Verdammt. Die Witwe seines Freundes würde zu Besuch kommen. Und, dachte er, während schmerzliches Bedauern sich in seiner Brust ausbreitete, sie würde unangenehme Erinnerungen an die Erlebnisse in seiner Vergangenheit mitbringen, die noch gar nicht so lange zurücklagen.

15. KAPITEL

Als Teague sich in der Dämmerung dem Strand von Crescent Cove näherte, dachte er, dass er eigentlich auf Wolke sieben schweben müsste. Das wäre zu erwarten, denn „Freunde mit gewissen Vorzügen" stand zusammen mit der „March Madness", der nationalen Hochschulmeisterschaft im Basketball, sowie Nachos mit einer Extraportion Jalapeños auf einer Stufe ganz oben auf der Favoritenliste eines jeden Mannes. Stattdessen fühlte er sich miserabel.

Diese miese Laune musste er jedoch schnellstens überwinden. Vor ein paar Tagen hätte Polly ihn fast komplett aus ihrem Leben gestrichen, und er konnte sich gut vorstellen, dass er seinen besten Kumpel auf die Palme bringen würde, wenn er zum heute stattfindenden Strandlagerfeuer mit der Laune eines angeschossenen Bären auftauchte.

Er wollte es nicht riskieren, sie zu verlieren. Es überraschte ihn, wie intensiv diese Furcht war. Obwohl ... Polly hatte ihm schon immer viel bedeutet.

Vielleicht war seine miese Stimmung ja nur ein verzögert einsetzender Kater. Vor zwei Abenden hatte er sich mit Whiskey betrunken, und eigentlich hätte er mit einem Brummschädel aufwachen müssen. Doch nachdem er Polly verlassen hatte – nach den Ereignissen und ihrem Vorschlag hatten sich die Gedanken in seinem Kopf wild überschlagen –, hatte er vorsorglich ein paar Kopfschmerztabletten mit einem halben Liter Wasser geschluckt und war ins eigene Bett gefallen. Als er dann am Morgen die Augen aufschlug, hatte er sich besser gefühlt, als er es verdient hätte.

Jetzt allerdings brannte das Gefühl, dass etwas schrecklich schiefgelaufen war, in seinem Magen. Er versuchte, es nicht zu beachten, und klammerte die Finger fest um das Rosenbouquet in seiner linken Hand. Man hatte ihn unerwartet für eine halbe Schicht zum Dienst gerufen, und das wiederum hatte bedeutet, dass er nicht zur Baby-Party hatte gehen können. Es war ihm also nicht möglich gewesen, Polly sofort „am Morgen danach" zu kontaktieren. Höchste Zeit, das geradezubiegen. Als er an Pollys Haustür klopfte, konnte er nur hoffen, dass das, was sich auf seinem Gesicht befand, wie ein Lächeln aussah und nicht wie Rigor Mortis. Sie zog die Tür auf, und ihre blauen Augen wurden rund und tellergroß.

„Was machst du denn hier?"

„Skye hat mir getextet. Das Lagerfeuer ..."

„Oh."

Polly sah erhitzt aus. Und schuldig. „Wäre es dir lieber, wenn ich nicht gekommen wäre?", fragte er, und sein Magen drehte sich bei der Vorstellung um.

„Doch, natürlich. Sicher." Sie wedelte vage mit der Hand durch die Luft. „Wir freuen uns immer alle, dich zu sehen."

Der Dorn, der ihn in den Finger stach, erinnerte ihn daran, dass er Blumen mitgebracht hatte – und dass er, weil er den Strauß so verkrampft hielt, fast die Stiele durchbrach. „Hier." Abrupt streckte er Polly das Bouquet hin. „Die sind für dich."

Automatisch nahm sie es, starrte es jedoch an, als wären es nicht romantische rote Rosen, ihre Lieblingsblumen, sondern Stinkmorcheln.

„Das hättest du nicht tun sollen."

„Ich wollte es aber."

Sie sah in sein Gesicht. „Nein, ich meine es wirklich so. Du hättest sie nicht mitbringen sollen. Hat dich jemand mit dem Strauß gesehen? Das wird Klatsch geben."

Er bemühte sich, die scharfen Krallen, mit denen seine schlechte Stimmung nach ihm packte, abzuschütteln. Polly verärgerte ihn nie, sie kamen immer gut miteinander zurecht ... Nun, bis vor Kurzem jedenfalls. Bis zu den beiden verwirrenden Vorfällen. Der erste, als sie sich vor seinen Augen ausgezogen hatte, der zweite, als sie diese rätselhafte Bemerkung hatte fallen lassen, dass er sie noch nie genagelt hätte. Tja, das hatte er ja wohl wettgemacht, was?

Er rieb sich die schmerzende Stirn. „Ich bringe doch ständig Sachen für dich mit."

„Muffins, den Kuli, den ich so toll fand, aber keine ..."

„Fein, verstehe schon", stieß er aus. „Dann kann ich nur hoffen, dass Skye nicht sauer auf mich ist, weil ich ihr das Rezept für S'mores überlassen habe. Hältst du das auch für die falsche Botschaft?"

„Falls es so sein sollte, wirst du das garantiert von Gage erfahren", erwiderte sie und ging Richtung Küche. „Vermutlich übermittelt er dir die Nachricht mit seiner Faust."

Das lenkte ihn für einen Moment ab. „Was?"

Das Haus war so klein, dass er von der Eingangstür aus mitverfolgen konnte, wie sie die Rosen ins Wasser stellte. Sie arrangierte sie in der Vase und warf dabei einen Blick über die Schulter zurück zu ihm.

„Ich hatte sie gewarnt, aber sie wollte ja nicht auf mich hören."

Er runzelte die Stirn. „Willst du damit andeuten, dass die beiden zusammen sind?"

„Mmh", brummte sie nur und fingerte an den Rosen herum. Sie trug eine weiße, an den Knöcheln aufgeschlagene Jeans, dazu ein weites Sweatshirt, das ... das eigentlich ihm gehörte, wie ihm klar wurde. Sein altes Sweatshirt, noch aus der Ausbildung. Früher war es Feuerwehrautorot gewesen, inzwischen ausgewaschen zu einem hellen Erdbeerrot.

Es verschaffte ihm seltsame Befriedigung, sie darin zu sehen, obwohl es diesen wunderbaren Körper, den er letztens gründlich erkundet hatte, komplett verdeckte. Sie war gebaut wie eine Turnerin. Schlank, aber muskulös, und er war hingerissen gewesen von ihrer Figur und dem festen Fleisch, hatte das mit Händen und den Lippen ausgekostet, auch wenn ein Teil von ihm es nicht hatte fassen können, dass er mit seinem besten Freund, der zufällig eine Frau war, im Bett lag.

Wie war es überhaupt dazu gekommen? Da waren ihre mitfühlenden Tränen gewesen, dann sein harmloser Kuss, und, peng, hatten ihre Münder sich aufeinandergepresst. Finger waren fiebrig über nackte Haut geglitten, und schließlich war er gierig und wild in sie eingedrungen.

Nein, zärtlich war er ganz bestimmt nicht gewesen, urteilte er, als er die Bilder in seinem Kopf noch einmal abrief. Es war nicht das erste Mal, dass er den Film in seiner Vorstellung ablaufen ließ, aber das erste Mal in ihrer Nähe. Hitze schoss in seinen Schritt. Was würde sie wohl tun, wenn er jetzt zu ihr ans Spülbecken ginge, sie einfach auf seine Arme nähme, sie ins Schlafzimmer trüge und nach Neandertalerart auf dieses hohe Bett, das so perfekt für seine Größe war, würfe und ...

Er blinzelte, als ihm klar wurde, dass sie ihn abwartend ansah. „Äh, was?" Er konnte nur hoffen, dass ihr die Ausbuchtung in seiner Hose nicht auffiel.

Polly steckte sich die goldblonden Strähnen hinters Ohr. Eine nervöse Geste, wo Nervosität doch eigentlich völlig untypisch für sie war.

„Ich sagte, Skye beharrt darauf, dass sie und Gage nur einen Urlaubsflirt haben."

Teague hatte Mühe, sich zu erinnern, wer Skye und Gage waren. „Urlaubsflirt", murmelte er. Das war noch so ein Punkt auf der Favoritenliste von Männern. Ob Polly und er sich vielleicht auch auf so etwas einlassen könnten?

Da lag allerdings diese Unruhe in ihrem Blick, als sie zu ihm hinsah, deshalb hielt er es für besser, nichts als selbstverständlich vorauszusetzen. Vor allem, wenn er bedachte, dass er sich wie ein zügelloser Barbar aufgeführt hatte, statt den sanften, zärtlichen Weg einzuschlagen. *Mist.* War er zu grob gewesen? Der Stress auf der Arbeit hatte ihn zermürbt, und als er dann auch noch angefangen hatte, darüber zu sprechen ... hatte es irgendwas in ihm aufgerissen.

Er war roh und unsensibel gewesen, im wahrsten Sinne des Wortes.

„Wir sollten uns auf den Weg machen", sagte Polly und deutete zum Strand. „Vor allem, wenn du für die S'mores verantwortlich bist."

Teague folgte ihr. Gleich neben Pollys winziger Hütte stand Skyes sehr viel solideres und geräumigeres Haus. Im Sand, nur wenige Meter von der Haustür entfernt, brannte bereits ein flackerndes Feuer in einer großen Metallschale. Gut ein Dutzend Leute hatte sich darum versammelt, manche standen, andere hatten sich auf Klappstühlen niedergelassen. Teague grüßte und wurde begrüßt, dann übernahm er bereitwillig die Aufgabe, mit Verstärker und iPod für Musik zu sorgen. Der Besitzer des iPods hatte eine Liste mit Musiktiteln zusammengestellt, und es dauerte nicht lange, bis Aaron Lewis' „Endless Summer" zu hören war, untermalt vom Knistern des Feuers und dem leisen Rauschen der Brandung, danach folgte Katy Perrys „California Girl".

Die heitere Sommerstimmung der Songs hob auch Teagues Laune. Er zog eine Bierdose aus der Kühlbox auf Skyes Veranda, nahm eine Dose Light-Bier für Polly heraus, das sie bevorzugte, und sah sich suchend nach ihr um.

Sie saß auf einem der Stühle am Feuer, der flackernde Schein fing sich in ihrem goldenen Haar und ließ ihr Gesicht sanft strahlen. Ihre Schönheit war nicht aufdringlich, schrie nicht laut: „Seht her!", nichtsdestotrotz fesselte ihr Äußeres. In all den Jahren ihrer Freundschaft, ob auf feuchtfröhlichen Partys oder beim Skilanglauf am frühen Morgen war es ihm immer gelungen, ihr Aussehen und ihren Sex-Appeal abzublocken und auszublenden.

Bis zu der einen Nacht neulich.

Er ertappte sie dabei, dass sie zu ihm schaute, und hielt die Bierdose in die Höhe, ein Angebot ohne Worte.

Hastig schüttelte sie den Kopf und vertiefte sich wieder in das Gespräch mit ihrer Sitznachbarin. Skye saß auf ihrer anderen Seite, und Teague fragte sich, ob sie sich absichtlich auf diesen Stuhl gesetzt hatte, flankiert von ihren Freundinnen, um ihm aus dem Weg zu gehen.

Dann erinnerte er sich daran, wie besorgt sie gewesen war, als er ihr den Strauß Rosen geschenkt hatte. *Das wird Klatsch geben.*

Dass sie sich deshalb Gedanken machte, regte ihn wieder auf. Er stapfte auf sie zu. Böse funkelte sie ihn an, sprang auf und ging in die andere Richtung. *Mist.* Anscheinend hatte er es mit dieser einen Nacht gründlich verbockt. Das ganze Ausblenden und Abblocken während der letzten fünf Jahre hatte also seinen guten Grund gehabt – es hatte verhindert, dass Sex die engste

Beziehung, die er zu einem anderen Menschen hatte, ruinierte. Jetzt, da sie in die Falle getappt waren, sah Polly ihn nicht einmal mehr an.

Mist hoch zwei!

„Du siehst wirklich sehr grimmig aus", sagte da jemand an seiner Seite.

Er sah auf Skye hinunter. Noch ein Freund, der eine Frau war. Skye kannte er länger als Polly, aber es war die blonde Ex-Cheerleaderin, die er anrief, wenn er Lust auf eine Fahrradtour hatte. Sie war die Frau, von der er sich das neue Hemd aussuchen ließ und deren missbilligendes Zungenschnalzen er sich zu Herzen nahm, wenn er mit dem Gedanken spielte, sich zu weigern, seine abgetragenen T-Shirts auszurangieren.

„Vielleicht mache ich mir ja Sorgen wegen dir und Gage", behauptete er und sah über ihre Schulter zu dem großen Mann hin, der lachend mit seinem Zwillingsbruder zusammenstand. „Weißt du ganz sicher, auf was du dich da einlässt?"

„Spiel du jetzt nicht auch noch Polly mit mir", wehrte sie sich. „Seit zwei Tagen sieht sie mich nur düster an und runzelt die Stirn."

Ist es meine Schuld, fragte Teague sich. „Meinst du, es könnte vielleicht einen anderen Grund haben?"

Skye zuckte mit den Schultern. „Aus ihr ist nichts herauszukriegen, sie hält sich eisern an ihre übliche ‚Mir geht's gut, wie immer'-Routine. Deswegen nenne ich sie ja auch die übertrieben diskrete Polly. Herauszufinden, was wirklich in ihrem Kopf vorgeht, ist so gut wie unmöglich."

Teague verspannte sich. Er hatte eine ziemlich genaue Vorstellung, was da vor sich ging, Zweifel wegen der Tatsache, dass sie ihre Freundschaft über das Platonische hinaus auf ein sexuelles Level geführt hatten. Verdammt! Er sah sich um, versuchte, zwischen all den Gesichtern in der Dunkelheit das von Polly auszumachen, aber ihres war nicht unter denen, welche von den Flammen erhellt wurden.

Gage gesellte sich zu ihnen. Teague unterhielt sich mit den beiden, ohne ein Wort von dem, was gesagt wurde, wirklich mitzukriegen. Er war zu beschäftigt damit, nach der abwesenden Polly Ausschau zu halten. Und während er jetzt den Songs zuhörte, die über den Strand schwebten, verdüsterte sich seine Laune immer mehr.

Gerade lief ein Fountain-of-Wayne-Song über ein Mädchen, das nicht aufzufinden war. Die Melodie klang heiter und unbeschwert, bis man auf den Text hörte und merkte, was unter dem Up-Beat lag: Ein Typ wehklagte, weil das Mädchen ihn hatte sitzen lassen. Danach folgte „The Warmth of the Sun". Die Beach Boys schafften es auf unnachahmliche Art, ihren Harmonien den typischen melancholischen Einschlag zu geben. Der nächste Song auf der Playliste war von Green Day – „When September Ends". Teague hatte das Gefühl, in ihm zog sich alles zusammen. So weit war es noch nicht, aber schon fühlte er Trauer in sich aufsteigen.

Um seine Freundschaft mit Polly?

Mist.

Er warf seine leere Bierdose in den bereitgestellten Abfallkorb und beschloss, sie zu suchen. Eine Frau hielt ihn am Handgelenk fest, als er an der Feuerstelle vorbeigehen wollte.

„Hier, nimm einen S'mores", sagte sie und drückte ihm eine Serviette mit dem süßen Snack in die Hand.

Verdutzt blickte Teague ihr ins Gesicht. „Tess. Ich hatte dich gar nicht gesehen."

„Wir sind auch gerade erst gekommen. Bis vor Kurzem hatte ich die Arme noch voller Kleiderbügel." Sie lächelte ihn an. „Wie geht es dir? In letzter Zeit hatten wir überhaupt keine Gelegenheit, uns zu unterhalten."

Verwundert musterte er sie. Klar, sie sah blendend aus, aber sie hatte keine Wirkung mehr auf seine Pulsrate. Was hatte Polly gesagt? *Du lenkst deine Gefühle auf eine Person, die keine Bedrohung darstellt. So kannst du dir sicher sein, dass dein Herz nicht in Gefahr gerät.*

Tess legte den Kopf etwas schief. „Also ...?"

„Ich ..." Er sah über ihre Schulter. Auf der anderen Seite des Feuers hatte er Polly erblickt. Sie sah zu ihm hin, doch in dem

Moment, in dem er sie beim Starren ertappte, drehte sie sich auf dem Absatz um und verschwand tiefer in die Dunkelheit, dorthin, wo der Schein der Flammen sie nicht erreichte. „Ich muss gehen." Er reichte den süßen Snack aus Graham Crackern, Marshmallows und Schokolade zurück an seine kurze – und ziemlich alberne, wie ihm jetzt bewusst wurde – Sommerschwärmerei und eilte der Frau nach, die alle seine Gedanken beherrschte.

Vor ihrer Haustür hatte er Polly eingeholt. Sie schien gedanklich meilenweit weg gewesen zu sein, denn als er ihr eine Hand an den Rücken legte, zuckte sie panisch zusammen.

Sie wirbelte herum und griff sich an den Hals. „Erschreck mich nicht so."

Mit zusammengekniffenen Augen musterte er ihr Gesicht, das vom Verandalicht beleuchtet wurde. *Erschreck mich nicht.* „Pol", er fasste sie bei den Schultern. „Ist es ... ist es das, was ich neulich Abend getan habe? Habe ich dich schockiert? Habe ich dir Angst eingejagt?"

„Natürlich nicht", antwortete sie, aber ihr Blick wich ihm aus.

Sein Griff wurde fester. „Freunde belügen sich nicht. Es tut mir leid, wenn meine Geschichte von den Schuhen ..."

„Dafür brauchst du dich nicht zu entschuldigen. Du musst mich nicht beschützen. Ich war froh, dass du dir wenigstens etwas von der Seele reden konntest."

„Du sollst mich nicht für eine Heulsuse halten ..."

Sie runzelte die Stirn und sah ihn an. „Du bist keine Heulsuse. Geheult hast du, als dein Team die Qualifikation für den Superbowl verbockt hat."

„Wirklich lustig." Dennoch brachte er kein Lächeln zustande, denn er wusste, dass die Dinge zwischen ihnen noch lange nicht in Ordnung gebracht waren. „Polly, das mit dem Sex ..."

Sie tat einen Schritt zurück, entzog sich seinem Griff. „Müssen wir unbedingt darüber sprechen?"

„Himmel. Ich wusste es." Für einen Moment schloss er die Augen. „Ich hätte es nicht zulassen dürfen. Es tut mir leid ..."

„Bitte hör endlich auf, dich ständig zu entschuldigen."

„Aber es tut mir wirklich ..."

Sie krallte die Finger in seinen Hemdkragen. „Wenn du dich noch einmal dafür entschuldigst, mit mir geschlafen zu haben, dann schreie ich."

„Wenn du schreist, wird dich bestimmt jemand hören. Und das wird definitiv Klatsch geben." Davor hatte sie doch die meiste Angst gehabt, als er mit den Rosen zu ihr gekommen war, oder? „Meiner Meinung nach bist du diejenige ..."

Weiter kam er nicht, denn sie presste ihre Lippen auf seine. Sie war eine relativ kleine Person, aber sie hatte sich auf die Zehenspitzen gestellt. Lust schoss gleißend durch seine Lenden. Teague lehnte sich auf die Fersen zurück, Polly folgte ihm jedoch, ihren Körper an seinen gepresst.

Er strauchelte, aus dem Gleichgewicht gebracht von ihrem geringen Gewicht und der brennenden Kraft des Kusses. Trotzdem schob er seine Zunge in ihren Mund. Die erotische Mischung aus Bier und Polly ließ seine Geschmacksknospen explodieren. Er griff an ihre Hüften und zog sie mit einem Ruck an sich.

Es war genau wie beim letzten Mal. Von null auf hundert in einem einzigen Herzschlag.

Da er irgendwann dringend Luft brauchte, hob er den Kopf und starrte in ihre blauen Augen und auf ihre feuchten Lippen. „Himmel, Polly. Wir sollten ... wir sollten reden."

Sie drehte sich um, ging voran durch die Haustür, als wäre sie einer Meinung mit ihm. Doch sobald die Tür hinter ihnen ins Schloss gefallen war, küsste sie ihn erneut, schlang ein Bein um ihn, sodass zwischen ihre beiden Unterkörper kein Haar mehr gepasst hätte.

„Ich will nicht reden", murmelte sie an seinem Kinn.

Ihre Finger nestelten bereits an den Knöpfen seines Hemdes. Teague wusste, er dürfte sich nicht kopfüber in die Sache fallen lassen, aber dieser Meteor flog noch immer gleißend hell über seinen persönlichen Himmel. Und obwohl seine Reaktion auf sie ihn nach wie vor erstaunte – schließlich war das hier Polly –, wurden alle seine Bedenken und jeder klare Gedanke zusammen mit seinem Hemd achtlos zur Seite geschleudert.

Sie strich über seine Brust, und er erwachte aus seiner Erstarrung und schob die Hände unter das Feuerwehrsweatshirt. Ihr Oberkörper war schmal und heiß an seinen Handflächen, und er erschauerte. Er war so erregt, dass seine Erektion hart gegen den Stoff seiner Hose drückte.

Dreh sie um, nimm sie, verlangten seine Instinkte. Er könnte sie an die Tür drücken und sie gleich hier nehmen, sich innerhalb von Sekunden in ihrer Hitze verlieren. Aber schon beim ersten Mal hatte er den Verstand komplett ausgeschaltet, und Polly hatte Besseres verdient. Seine Freundin verdiente die Zärtlichkeit, die er das letzte Mal völlig weggelassen hatte.

Er fasste eine ihrer Hände und zog sie mit sich den dunklen Korridor entlang zu ihrem Schlafzimmer. Das große Bett war akkurat gemacht, und er riss die Tages- und Bettdecken zur Seite, um die kühlen weißen Laken freizulegen.

Langsam, ermahnte er sich stumm, immer schön langsam. Seine Hände zitterten, während er ihr Gesicht umfasste. „Wunderschöne Polly", flüsterte er.

Sie fingerte am Knopf seiner Jeans, sodass er ihre übereifrigen Finger festhalten musste.

„Was?" Sie schmollte ein wenig. „Wieso nicht?"

Er schob das Sweatshirt an ihren Seiten hoch. „Weil wir das hier langsam angehen werden. Ich will sicher sein, dass du deinen fairen Anteil aus diesem Freunde-plus-Arrangement erhältst."

Ein Ausdruck huschte über ihr Gesicht, den er nicht zu deuten wusste, und sie widmete sich erneut seiner Hose, schließlich nestelten sie beide hektisch an den Klamotten des anderen. Dann waren es nicht nur Kleidungsstücke, nach denen sie griffen, was zu einer Serie von gierigen Küssen und fiebrigen Berührungen führte, bis sie endlich nackt auf das Bett fielen. Teague konnte nicht anders, lachend zog er ihr die Arme über den Kopf und hielt Polly an den Handgelenken fest, während er sie mit seinem Gewicht auf die Matratze drückte. „Benimm dich", rügte er sie gespielt streng.

„Hatte ich dir doch gestanden, dass ich ein böses Mädchen bin", erwiderte sie keck.

Dass sie scherzen konnten, obwohl sie dieses unbekannte und neue Terrain ausloteten, überwältigte ihn. An dem Abend, als Polly ihn am Strand sitzend gefunden hatte, war es schon außergewöhnlich gewesen, dass er ihr Dinge erzählt hatte, die er noch nie mit jemandem geteilt hatte. Sie hatte eine Seite in ihm herausgelockt, die er so gut wie nie an die Oberfläche ließ. Und das hier geschah ebenfalls selten – diese ultimative Intimität, die sowohl drängend als auch berauschend war.

Er senkte den Kopf, küsste sie auf den Hals, sog tief den Duft ein, den er fast fünf Jahre immer nur auf rein freundschaftlicher Basis genossen hatte. „Himmel. Ich werde jeden Zentimeter von dir ablecken."

Niemand konnte ihm nachsagen, er würde nicht zu seinem Wort stehen. Obwohl Polly atemlos flehte und sich einladend wand, liebkoste er sie mit der Zunge und dem Mund. Er musste sich anstrengen und sich zusammenreißen, doch sie verdiente das. Polly, seine Freundin, verdiente das … und so viel mehr. Er hatte ihren Geschmack noch immer auf den Lippen, als er sich auf sie schob.

Sie keuchte als Nachwirkung eines Orgasmus, und er strich ihr das feuchte Haar aus dem Gesicht. „Ich habe schon einmal keinen Schutz benutzt", raunte er ihr zu.

„Ich weiß", entgegnete sie leise.

Ihr Mund war tiefrot von seinen Küssen.

„Ich habe mir keine Sorgen gemacht, weil …"

„Ich erinnere mich", unterbrach sie ihn.

Natürlich erinnerte sie sich. Er wusste, dass sie die Pille nahm, und sie konnten sich sicher sein, dass sie beide gesund waren. Trotzdem … „Ich habe Kondome in meinem Portemonnaie."

„Im Schrank im Badezimmer liegen auch welche", entgegnete sie.

Er betrachtete ihr Gesicht. Übertrieben diskrete Polly, so hatte Skye sie genannt. Aber mit ihm war sie nicht zurückhaltend. „Da wir schon so viel miteinander geteilt haben …"

„Scheint es nur richtig, dass wir das hier ohne irgendwelche Schranken zwischen uns tun."

Das war die Erlaubnis, auf die er gehofft hatte. Langsam, einfach weil es sich so gut anfühlte, dass er jede Sekunde auskosten wollte, drang er in die feuchte Hitze vor. Polly keuchte auf, und erneut zog fiebrige Röte über ihr Gesicht.

Er schob seine Hände unter ihre Hüften und hob sie für sich an, damit er noch tiefer in sie stoßen konnte. Ein Schauer erfasste ihren Körper.

„Teague", stöhnte sie.

Er senkte den Kopf, während er tief in ihr war, küsste ihre harte Brustwarze und saugte daran. Polly bäumte sich auf, und er fühlte das verräterische Ziehen in seinem Schoß. Sowie er leicht in ihre festen Spitzen biss, schrie Polly ihre Lust hinaus und drückte den Rücken durch.

Teague schlug einen regelmäßigen Rhythmus an, fordernd und hart, und sie passte sich an und ging mit jeder seiner Bewegungen mit. Ein Knurren stieg tief aus seiner Kehle auf, er merkte, er würde nur noch wenige Sekunden durchhalten, dann wäre es so weit, doch er wollte sie mit sich reißen, deshalb glitt er mit einer Hand zwischen ihre Körper.

Sie spannte sich an, reckte ihm die Hüften entgegen, als er den Daumen auf dem empfindsamen Punkt kreisen ließ. Ihr nächster Lustschrei gab ihm den Rest und er kam, während ihre Muskeln sich flatternd anspannten.

Hinterher lag er auf dem Rücken, sie eng an sich gepresst. Verdammt zufrieden mit sich und dem Universum, stutzte er erst verwundert, dann hob er alarmiert den Kopf, als etwas Heißes, Nasses auf seine Schulter tropfte.

Polly. Sie weinte stumm.

Oh verdammter Mist! „Was ist?" Er stützte sich auf einen Ellbogen auf und sah auf sie hinunter. „Habe ich dir wehgetan?"

Sie schüttelte nur den Kopf.

Panik vertrieb alle Zufriedenheit. „Polly." *Großer Gott.* „Dieses Freunde-mit-gewissen-Vorzügen-Ding ist überhaupt keine gute Idee. Was kann ich tun? Wie kann ich es wiedergutmachen?"

„Es ist nicht deine Schuld, sondern meine." Sie hielt sich den Handrücken unter die Nase. „Ich … ich habe gelogen. Ich bin nicht wirklich dein Freund."

„Was?"

„Ich hätte nicht zulassen dürfen, dass das noch einmal passiert. Aber als ich dich mit Tess zusammenstehen sah, hat mich die Eifersucht gepackt. Ich kam mir so dumm vor, und ich wollte wütend auf dich sein, weil du sie liebst, obwohl ich weiß, dass das nicht fair ist."

„Was?", konnte er nur verständnislos wiederholen. Er dachte an das kurze Zusammentreffen mit der früheren Frau seiner Träume. Er hatte sie kaum bemerkt, denn er war in Gedanken komplett mit Polly beschäftigt gewesen.

„Du hast mich in den Wahnsinn getrieben", fuhr sie fort. „Dieses ganze Gerede von Kindern und Familie, die du angeblich so unbedingt haben willst. Und dann verliebst du dich in eine Frau, die längst vergeben ist."

„Tatsache ist …"

„Du solltest sie nicht lieben", sagte sie unwirsch. „Du liebst sie nur deshalb, weil du bei ihr nichts zu riskieren brauchst. Teague, du wirst sie niemals bekommen."

„Sicher, das weiß ich, aber was hat das hiermit zu tun? Mit uns?"

Sie rappelte sich vom Bett auf und schlüpfte hastig in ihren Bademantel. Dann warf sie ihm seine Jeans und seine Boxershorts zu. „Du musst gehen."

Ihre Miene war so finster, dass er sich widerspruchslos anzog. Die Hände an seinen Rücken gelegt schob sie ihn zur Tür. Er ließ es zu, doch er zog die Grenze bei seinem Hemd. Ohne es nicht vorher angezogen zu haben, würde er nicht abziehen – und auch nicht, bevor er nicht eine Erklärung von ihr bekommen hatte. „Meinst du das ernst? Wir sind keine Freunde?"

„Nein, wir sind keine Freunde." Sie schloss die Augen. „Es ist vorbei."

Gütiger Himmel, wie weh das tat. „Gator, ich verstehe nicht …"

„Schon seit Jahren liebe ich dich, okay? Ich liebe dich seit Jahren, und du hast es nie bemerkt. Hättest du mich wirklich gesehen, hättest du die Wahrheit erkannt."

Überrumpelt starrte er sie an. „Polly ..."

„Geh", sagte sie nur. „Geh und komm nicht wieder!"

Weil das Gewicht einer Feder ihn in diesem Moment hätte umwerfen können, tat er, was sie verlangte.

Skye verschloss die Tür des Archivs der Sunrise Pictures und ging zurück zum Strand. Mara Butler war an ihrer Seite und seufzte leise.

„Ich liebe die Geschichte von Ihren Urgroßeltern. Ihr Urgroßvater hat seine Karriere und seine Passion für sie geopfert."

„Hat er es wirklich als Opfer angesehen? Wir haben einen Brief von ihr gefunden, aus dem klar hervorgeht, dass sie es war, die aus dem Stummfilmbusiness aussteigen wollte. Aber das ist eben nur eine Seite dieser Angelegenheit. Ihrer Meinung nach hätte er lieber bis an sein Lebensende Filme gedreht, offensichtlich war es ihm jedoch wichtiger, Edith glücklich zu wissen."

Mara ließ einen weiteren Seufzer hören, dann beschattete sie ihre Augen mit einer Hand und sah den Strand hinunter. „Hoffentlich ist mit Anthony alles in Ordnung."

„Da bin ich ganz sicher. Tess passt auf ihn auf, und er kann mit ihren Söhnen spielen. Duncan und Oliver werden schon dafür sorgen, dass er Spaß hat."

„Sie haben recht." Mara lächelte zerknirscht. „Ich neige dazu, mich zu sehr an ihn zu klammern."

„Das wird Ihnen bestimmt niemand verübeln." Skye studierte das Profil der anderen Frau, während sie auf Strandhaus Nr. 9 zugingen, wo sich der Lowell-Quincy-Clan versammelt hatte, um die Hochzeitsdetails zu besprechen und Mara und Anthony Butler zu unterhalten. Maras Mann, ein Reporter, war im Nahen Osten als Geisel in Gefangenschaft geraten. Bei einem Befreiungsversuch durch amerikanische Soldaten war er getötet worden. Charlie Butler hatte seinen fünfjährigen Sohn Anthony hinterlassen und eine zierliche Ehefrau, die die unmögliche Aufgabe gehabt hatte, ihre Zustimmung zu diesem Befreiungsversuch ihres Mannes zu geben oder sie zu verweigern.

Mara zog die Schultern hoch und schob die Hände in die Taschen ihrer Shorts, sah dann sie an.

„Die Leute verurteilen mich trotzdem. Für andere Dinge."

Skyes Herz pochte plötzlich hart gegen ihre Rippen. „Doch sicher nicht …"

Der Kummer war deutlich in Maras blauen Augen zu erkennen.

„Nicht in jedem Land wird von den Ehepartnern verlangt, eine solche Entscheidung zu treffen. Aber so lautet das Gesetz in den USA. Es sind die nächsten Angehörigen, die entscheiden … und die dann auch die Schuld tragen, falls es fehlschlägt. Charlies Eltern werden mir niemals vergeben."

„Oh Mara, das ist furchtbar", meinte Skye.

Die andere Frau zuckte die Achseln. „Ich kann ihren Kummer verstehen. An manchen Tagen habe ich selbst Schwierigkeiten, mir zu vergeben. Aber … aber wir mussten es versuchen. Schon um Anthonys willen."

„Natürlich mussten Sie das." Skye legte Mara eine Hand auf die Schulter, sie konnte die Knochen unter der Haut spüren. „Es tut mir so schrecklich leid."

Hastig wischte Mara sich über die Wangen. „Nein, ich muss mich entschuldigen, weil ich das an einem so wunderschönen Tag an einem so wunderschönen Ort aufbringe." Sie lächelte Skye an. „Das ist ein herrliches Erbe, das Sie hier haben. An einem so wunderbaren Ort kann man unmöglich traurig sein."

„Ich denke, Trauer verspürt man unabhängig davon, wo man sich aufhält", erwiderte Skye. „Aber heute sollten wir alles geben und uns amüsieren." Das hatte sie zumindest mit ihrer Einladung beabsichtigt. „Und am besten fangen wir damit an, dass wir jetzt mit nackten Füßen durch das flache Wasser laufen. Meinen Sie nicht auch?"

Breit lächelnd streifte Mara ihre Sandalen ab, Skye tat es ihr gleich. Gemeinsam gingen sie bis zum Wasserrand, und beide schnappten sie nach Luft, als die eisige Gischt an ihren Zehen und Knöcheln leckte.

Skye sah Mara an. „Wie mein Dad immer zu sagen pflegt – erfrischend."

„Einfach ‚kalt' ist also nicht erlaubt?"

„Ich wurde immer ermahnt, es nicht kalt zu nennen", gestand Skye, während sie weiter auf Nr. 9 zugingen und mit jedem Schritt Wasser aufspritzten. „Schließlich wollen wir unsere Urlauber nicht verschrecken, die den ganzen Sommer über in die Bucht kommen und das Geschäft am Laufen halten." Sie deutete mit dem Kopf zu den vielen Tagesausflüglern und Cottagebewohnern.

Sobald der Herbst Einzug hielt, würde sich alles ändern. Schon jetzt konnte Skye die Veränderung bemerken. Die Luft roch bereits anders, weil der Sommer zu Ende ging, der leicht herbe Duft trocknender Gräser und wilder Kräuter mischte sich in das süße Aroma des Sonnenscheins.

„Wie ist es denn hier, wenn die Saison zu Ende ist?", fragte Mara, als hätte sie ihre Gedanken gelesen. „Wie beschäftigen Sie sich dann?"

„Oh, es gibt genug zu tun. Ich kümmere mich um nötige Renovierungen und kleine Reparaturen, die sich während der Hochsaison natürlich nicht erledigen lassen. Ich trete in die Fußstapfen meines Vaters, übernehme das, was ich kann, selbst. Das heißt, auf jeden Fall ein gründlicher Frühjahrsputz, und ich bin Experte mit Farbrollen und Pinseln. Aber bei Elektro- und Sanitärinstallationen lasse ich professionelle Handwerker kommen ... es sei denn, es handelt sich um etwas Kleineres, das sich mit meinen Grundkenntnissen beheben lässt."

„Ich spiele mit dem Gedanken, einen Do-it-yourself-Kurs zu belegen", sagte Mara. „Obwohl Charlie oft unterwegs war, hat er sich jedes Mal, sobald er zu Hause war, um alles gekümmert, was so anfiel. Es muss befriedigend sein, wenn man wenigstens ein paar Dinge selbst reparieren kann."

„Ja", murmelte Skye unverbindlich. Das war es auch gewesen, bis ihre Angst vor dem Schwarzen Mann ihr die Freude am Handwerkeln geraubt hatte. Wohl zum hundertsten Mal fragte sie sich, wie sie es durch die Strecke der ruhigen Monate, die vor ihr lag, schaffen sollte. Da waren Gages Briefe, auf die sie sich freuen konnte ... aber der Gedanke heiterte sie nicht besonders auf.

„Anthony!" Mara umklammerte plötzlich Skyes Arm. „Anthony hat laut geschrien!" Sie stürmte los, den Strand entlang.

Skye hatte sie gerade eingeholt, als Mara abrupt stehen blieb und sich mit zerknirschter Miene zu ihr umwandte.

„Alles in Ordnung. Das waren Freudenschreie", stieß sie erleichtert aus.

Ein Stück entfernt standen Gage und Griffin im Wasser, passten auf ihre Neffen auf und behielten natürlich auch Anthony im Auge. Duncan und Oliver, fünf und sieben Jahre alt, waren erfahren darin, im flachen Ozeanwasser zu planschen, Anthony dagegen wirkte noch nicht wirklich überzeugt, er trug grellrote Schwimmflügel um die dünnen Oberarme. Aber er quietschte jedes Mal fröhlich grinsend auf, wenn eine Welle von weißer Gischt gekrönt über seine Beine schwappte.

Duncan versuchte, den Jüngeren zu überreden, zusammen mit ihm und Oliver auf dem kleinen Segelfloß zu fahren. Anthony sah bittend zu Gage auf, und der beugte sich hinunter und hob den Jungen auf das Gefährt. Dann wateten die Zwillingsbrüder weiter ins Wasser hinein, einer versetzte dem Floß einen Stoß, sodass es von den Wellen an Land gespült wurde, der andere fing es ab, bevor es auf Sand lief, und der Spaß begann wieder von vorn.

Skye war klar, dass sie starrte. Der halb nackte Mann, der in den letzten Nächten allein ihr gehört hatte, faszinierte sie. Braun gebrannt, in Surfershorts, die ihm tief auf den Hüften saßen, strahlte er Kraft und Energie aus. An seinen Armen und seinem Rücken war deutlich das Muskelspiel zu sehen, während er das kleine Boot geschickt über das Wasser manövrierte.

Komm zurück in mein Bett und bleibe dort, bis es Zeit für mich wird und ich gehen muss.

Er war ihr Lover. Ihr Urlaubsflirt. Ein Prickeln lief über ihre Haut, als sie an die langen Nächte und die trägen Morgende mit ihm dachte. Manchmal fragte sie sich, ob sie sich nicht etwas mehr zurückhalten sollte, schon allein aus Selbstschutz, aber jedes Mal stellte er dann sofort alles ein, was er gerade tat, und blickte sie prüfend an. Es war, als könnte er fühlen, dass sie versuchte, sich von ihm zurückzuziehen. Sein Blick sagte ihr zweifelsfrei, dass er damit nicht einverstanden war. Sie lief in solchen Situationen prompt rot an, ihre Brüste spannten, und dieses Krampfen in ihrem Unterleib, das sie jetzt eindeutig als Erregung erkannte, setzte ein. Jeder Gedanke an Selbstschutz kam zu spät und war sowieso völlig wirkungslos.

In seine Augen trat dann immer ein Glitzern, und mit gekrümmtem Zeigefinger lockte er sie zu sich, so nah, dass sie seine Körperwärme spüren konnte, den Blick auf seinen Mund fixiert.

Auf diesen Mund, der sich zu einem männlich-überlegenen Macho-Lächeln verzog. *Du willst also geküsst werden.*

Es war nie eine Frage, denn ja, sie wollte immer geküsst werden.

Mara sagte etwas und Skye riss sich zusammen, löste den Blick von dem gebräunten Männerkörper, auf dem Wassertropfen glitzerten, und konzentrierte sich auf ihre Begleiterin, die darüber sprach, dass Griffin sehr gelassen wirkte für einen Mann, der demnächst heiraten würde.

„Auch Jane scheint die Ruhe selbst zu sein", fügte Mara hinzu.

„Stimmt", bestätigte Skye. „Vielleicht liegt es daran, dass die Hochzeit in Nr. 9 stattfindet. Da haben sie sich kennengelernt."

„Wie ich hörte, war es Ihr Vorschlag, die Trauungszeremonie dort auf der Terrasse zu vollziehen."

„Es bot sich an." Über den Strand sah Skye zum Haus hinüber und stellte sich vor, wie es am Tag der Hochzeit aussehen würde. Weißer Tüll um das Geländer gewickelt, überall Blumen und Kerzen. Jane, die barfuß auf den Altar zuging, ihr Weg zum Bräutigam markiert von verstreutem Sand. Sie seufzte.

Mara grinste sie an. „War das etwa ein neidvoller Seufzer?"

„Nein, nein ..." Sie bremste sich, bevor sie zu stark protestierte. „Aber ich muss zugeben, dass ich es sehr romantisch finde."

„Jane hat mir ein wenig von der stürmischen Romanze erzählt. Ich bin so froh, dass Griffin die Kriegsberichterstattung aufgibt. Das habe ich von Charlie nie verlangt..."

„Bedauern Sie das heute?", fragte Skye leise.

Die andere zuckte mit den Schultern. „Als ich ihn heiratete, wusste ich genau, wie sein Leben aussah, ich wusste, wie viel sein Job ihm bedeutete. Wäre es denn fair gewesen, von ihm zu verlangen, dass er sich ändert? Inzwischen frage ich mich das allerdings. Ihre Urgroßmutter hat ihren Mann gebeten, seine Passion aufzugeben... Vielleicht hätte ich Charlie auch darum bitten sollen."

Skye konnte nicht entscheiden, welche Antwort die richtige war. Ja, Max Sunstrum, ihr Urgroßvater, hatte seine Leidenschaft für das Filmemachen aufgegeben, weil seine Leidenschaft für seine Frau größer gewesen war als der Drang, Stummfilmklassiker wie „Sweet Safari" und „Der Ägypter" zu schaffen.

Genau wie Mara scheute auch Skye davor zurück, von einem Mann zu erwarten oder ihn direkt zu bitten, dass er das, was er liebte, aufgab für den Menschen, den er liebte.

„Das zwischen Gage und Ihnen... ist das etwas Ernstes?", fragte Mara jetzt.

Skye sah sie erstaunt an. „Woher wissen Sie, dass da etwas zwischen mir und ihm läuft?"

„Oh, das liegt in der Luft." Mara lachte. „Und Jane hat so etwas angedeutet."

Erleichtert, dass es vielleicht doch nicht so offensichtlich war, ließ Skye den Blick zu ihm gleiten. Er watete durch die Wellen und trug einen seiner Neffen auf den Schultern. Die Familienähnlichkeit war groß genug, dass man sie für Vater und Sohn hätte halten können. Für einen Moment – nur einen winzigen kurzen Moment – erlaubte Skye sich, es sich vorzustellen: ein Leben in der Bucht, zusammen mit Gage. Dunkelhaarige Kinder, die am Strand Piraten und Nixen spielten. Jungen, die mit Stöcken in angespültem Seetang stocherten, Mädchen, die, die

Hände voll mit ihren gesammelten Schätzen, nach Hause gerannt kamen, um die Muschelschalen oder das Seeglas sicher in Schalen und Kistchen zu verstauen.

Gage, der sie über die Köpfe der Kinder sinnlich anlächelte. *Du willst also geküsst werden.*

Mit einer abrupten Drehung riss Skye sich von dem Bild los. „Kommen Sie, suchen wir Jane und Tess", sagte sie zu Mara. „Unter einem Sonnenschirm können wir an kalten Getränken nippen und das Schauspiel von dort aus weiter verfolgen."

Sie nahm sich jedoch vor, darauf zu achten, dass sie etwas anderes fand, das sie sich ansehen konnte. Sie würde den Blick von Gage weglenken und ihre Gedanken von einer Zukunft, die niemals real werden würde.

Sie stapften durch den weichen Sand auf Nr. 9 zu, als sich plötzlich nasse Arme von hinten um Skye schlangen. Erschreckt schrie sie auf, aber sie wehrte sich nicht, denn sie wusste sofort, wer sie da gepackt hatte. Aus seinem Haar tropfte es auf ihre Bluse, als er an ihrem Hals knabberte.

„Hab dich!"

Gespielt empört schlug sie auf seine nackten Unterarme unterhalb ihres Busens ein. „Vor allem hast du mich ganz nass gemacht!"

Er schnaubte leise und strich mit den Lippen über ihr Ohr. „Komm mit zu mir, dann werde ich mich schon darum kümmern", raunte er ihr zu.

Unwillkürlich schloss sie die Augen bei dem gewisperten Versprechen. „Wir haben Besuch", entgegnete sie spröde. Mara war weitergegangen und stieg die Stufen zur Veranda von Nr. 9 hinauf.

Gage drehte sie in seinen Armen um. „Wie hält sie sich? Ich weiß es zu schätzen, dass du Zeit mit ihr verbringst und sie herumführst."

„Das tue ich gern. Sie ist nett, ich mag sie. Aber ich glaube, es fällt ihr schwer, darüber hinwegzukommen."

„Ja..."

Seine heitere Laune verdüsterte sich, sein Blick ging von ihrem Gesicht zum Horizont.

„Ich hoffe wirklich, dass die Magie von Crescent Cove ihr ein wenig hilft", sagte er.

Sie hob die Arme und schlang sie um seinen Nacken. „Alles in Ordnung mit dir?"

Er kniff kurz die Lippen zusammen. „Als ich den kleinen Anthony gesehen habe, ging mir vieles durch den Kopf. Ich habe an Charlie gedacht, und ich habe daran gedacht, was hätte sein können ..."

Was hätte sein können und was nicht sein kann, dachte Skye, als ihr die Bilder ihrer Tagträumerei von Gage und dunkelhaarigen Kindern, die aussahen wie er, einfiel. Als würde er spüren, dass ihre Stimmung ebenfalls umschlug, zog er sie enger an sich und drückte sacht ihren Kopf an seine nackte Brust.

Das Pochen seines Herzens an ihrer Wange ließ sofort wieder Hoffnung aufkeimen. Allein wegen der Tatsache, dass er lebte, schien alles möglich zu sein. Ihr Blick ging in die Richtung, in der sie Mara zuletzt gesehen hatte. Selbst mit dem Beispiel dieser Frau vor Augen, konnte sie es nicht lassen, sich eine Zukunft zu wünschen, die sich niemals ereignen würde.

16. KAPITEL

Nachdem Mara und Anthony wieder aus der Bucht abgefahren und Gages Familie nach Hause aufgebrochen war, bereitete Skye das Dinner für sie beide bei sich zu. Bisher hatten sie die Abende immer in Nr. 9 verbracht, doch sie war entschlossen, Gage diesmal in seine Hütte zu schicken und in ihrem Bett zu schlafen – allein.

Sie hatte zwar diesen Hoffnungsschimmer empfunden, aber es war nur vernünftig, wenn sie sich an ihren eigenen Rat hielt und sich nicht zu sehr an seine Gesellschaft gewöhnte.

Gage lief unruhig in der Küche auf und ab, während sie die Reste des Dinners wegräumte. Er schenkte ihr noch ein Glas Wein ein und nahm für sich ein Bier aus dem Kühlschrank.

„Schließe die Tür, durch die der kalte Wind bläst, und lehne dich entspannt zurück", sagte er und stieß mit seiner Bierflasche leicht an ihr Weinglas.

„Falls ich glaubte, du wüsstest, was das bedeuten soll, würde ich dich ja danach fragen", meinte sie. Sie wünschte, er würde zumindest Anzeichen erkennen lassen, dass er den Versuch unternahm, sich zu entspannen, aber er war rastloser, als sie ihn je erlebt hatte, langsam machte es sie auch nervös.

Vielleicht lag es daran, dass sie immer ihr einsames Bett vor sich sah. Niemanden an ihrer Seite, mit dem sie es in den dunklen Stunden ihrer Albträume teilen konnte.

Gage kramte in der kleinen Schale auf der Anrichte, in der sie alle möglichen Papierschnipsel aufbewahrte, von Pizza-Coupons über Kochrezepte bis hin zu Kassenbons und anderen Dingen, die eine ordentlichere Frau wohl öfter aussortieren und in den Abfall werfen würde. Sie fragte sich gerade, ob sie ihn nicht darauf hinweisen sollte, dass das wohl als Verletzung ihrer Privatsphäre angesehen werden könnte, als er plötzlich reglos innehielt.

Sie runzelte die Stirn und reckte den Hals, um zu sehen, was so jäh sein Interesse geweckt hatte. Gleichzeitig schickte sie ein Stoßgebet zum Himmel, dass er nicht zufällig auf einen der Zettel gestoßen war, auf die sie so lächerliche Highschool-Kritzeleien wie Herzchen und „Gage + Skye für immer" gemalt hatte.

„Wie gut kennst du ihn eigentlich?", fragte er.

„Wen?"

„Dagwood."

Gage drehte das Stück Papier, das er in den Fingern hielt, um und warf es in ihre Richtung. Es war ein Foto von ihr und Dalton, aufgenommen bei einer formellen Veranstaltung einer Geschäftsinnung. Sie war als Daltons Begleitung mitgegangen. Ein professioneller Fotograf hatte es gemacht, der von allen Gästen auf dem Weg zur Eingangstür Schnappschüsse geschossen hatte.

„Du weißt seinen richtigen Namen", rügte sie ihn. „Ich weiß wirklich nicht, warum du so tust, als wüsstest du ihn nicht."

„Weil er mich an den Dagwood aus dem Blondie-Comic erinnert", erwiderte Gage unbeeindruckt. „Aber jetzt mal ehrlich … wie gut kennst du ihn?"

Sie trocknete sich die Hände mit dem Geschirrtuch ab und sah stirnrunzelnd zu ihm hin. „Ich weiß nicht, worauf du hinauswillst."

„Könnte er es gewesen sein, der dich gefesselt hat?"

Schockiert über eine solche Frage, starrte sie ihn an. „Nein!"

„Denk nach, Liebling, reagiere nicht einfach nur. Könnte er es gewesen sein? Oder vielleicht irgendein abartiger Freund von ihm?"

„Nein." Aufgewühlt strich sie sich durchs Haar und schob die Hände in die Taschen ihrer Shorts. „Ich weiß wirklich nicht, wie du auf so was kommst."

„Weil ich das Rätsel gern lösen möchte."

„Meinst du, ich nicht? Die Polizei ist der Überzeugung, es handelt sich um einen Einzelfall. Hier in der Gegend ist so etwas bisher nicht vorgekommen und danach auch nicht wieder. Die Männer haben nur das Bargeld aus meinem Portemonnaie geholt und sind verschwunden. Viel haben sie nicht erbeutet, es gibt hier nichts als Anreiz, dass sie es noch einmal versuchen sollten."

Außer natürlich dieses widerliche Monster, *er*, kehrte zurück, um seine Drohung in die Tat umzusetzen.

Prompt sprangen die Bilder aus ihrer Erinnerung sie an. Sie fühlte wieder das Messer über ihre Brust streichen. Empfand die Verletzlichkeit, die von der zerfetzten Kleidung verstärkt worden war. Spürte den Druck der Augenbinde. Hörte die heisere, eklige Stimme. *Irgendwann komme ich zurück und bringe zu Ende, was ich angefangen habe.*

Ihr drehte sich der Magen, kalter Schweiß bildete sich auf ihrer Haut. „Oh Gott", murmelte sie und hastete ins Bad.

„Liebling, alles in Ordnung mit dir?"

Gages besorgte Stimme drang durch die geschlossene Tür.

„Ja, es geht schon wieder." Sie klammerte sich ans Waschbecken, wartete darauf, dass der Brechreiz sich legte.

„Kann ich dir irgendwie helfen?"

Sie spritzte sich kaltes Wasser ins Gesicht, atmete mehrere Male tief ein und aus, dann drehte sie den Türknauf, zog die Tür auf und stand Gage gegenüber. „Bring das nicht wieder auf, ja?" Sie presste sich eine Hand auf den Magen, hoffte, so den Panikanfall eindämmen zu können. Dieser Nachmittag mit Mara hatte sie definitiv aufgewühlt, und jetzt auch noch das.

„Es war nicht Dalton", sagte sie fest. „Es war niemand, den ich kenne. Da bin ich ganz sicher."

„Okay, okay." Er schnitt eine Grimasse. „Ich bin heute nicht besonders gut drauf. Tut mir leid."

Der Nachmittag mit Mara hatte auch ihn aufgeregt, hatte er dadurch doch an Charlie denken müssen. „Ja, schon gut."

Er versetzte ihr eine spielerische Kopfnuss mit den Fingerknöcheln, was es ihr noch leichter machte, ihm zu vergeben.

„Komm, lass uns ein wenig nach draußen an die frische Luft gehen", schlug er vor.

Auf der Veranda ihres Hauses standen zwei bequeme Polstersessel. Gage setzte sich in den einen, doch als sie sich auf dem anderen niederlassen wollte, zog er sie zu sich auf den Schoß. Seine Wärme und Stärke hüllten sie ein, und sie ließ sich an ihn sinken, entspannte sich langsam. Das rhythmische Rauschen der Brandung verjagte schließlich auch die letzten Reste der Übelkeit.

Du schläfst trotzdem heute Nacht allein, ermahnte sie sich im Stillen.

„Wirst du ihn wiedersehen?", fragte Gage nah an ihrem Ohr.

Sie drehte sich zu ihm um, sodass ihre Nasenspitzen sich fast berührten. Es überraschte sie, dass er fragte. „Wen? Dalton?"

„Ja. Wenn ich weg bin ... wirst du dich dann wieder mit ihm verabreden?"

Das ging ihn nichts an. Wie er ja selbst sagte ... er würde weg sein. Sie war jedoch zu ausgelaugt, um sich auf eine Diskussion einzulassen, und legte den Kopf an seine Schulter. „Nein."

Er strich mit den Fingern durch ihr Haar. „Was wollte er letztens überhaupt hier?"

„Mir mitteilen, dass er Schluss mit mir macht."

Gages Hand verharrte.

„Ich dachte, du hättest längst den Schlussstrich gezogen?"

Sie zuckte die Achseln. „Das hat er wohl praktischerweise vergessen."

„So ein Dagwood", lautete sein abfälliger Kommentar, und Skye lachte.

So saßen sie schweigend zusammen, nur das Rauschen der Wellen und die leise Musik vom Captain Crow's schwebten zu ihnen herüber. Sterne glitzerten am samtschwarzen Firmament, und Skye konnte dort oben den helleren Nebel der Milchstraße ausmachen. Der fahle Schein zog sich über den Himmel wie ein Brautschleier.

Sobald Gage von hier weggeht, werden wir nie wieder eine solche Nacht erleben, dachte sie, nicht einmal unter dem Himmel in den entgegengesetzten Teilen der Erde. Sie hatte gelernt, dass bei ihm am anderen Ende der Welt Nacht herrschte, wenn in der Bucht die Sonne alles hell erleuchtete.

Wenn sie ihn darum bat, würde er dann wohl morgens eine Kerze für sie anzünden?

„Gage." Sobald sie daran dachte, dass er schon bald wieder in die gefährlichen Gebiete der Welt zurückkehren würde, kam noch eine weitere Sorge hinzu. „Mara hat mir von dem verbindlichen Protokoll und den Vorsichtsmaßnahmen erzählt, die

Presseleute in Übersee zu beachten haben. Du hältst dich doch daran, oder? Ich meine, du achtest so gut wie nur möglich auf deine Sicherheit, nicht wahr?"

Sie fühlte, wie er sich kurz verspannte, dann rutschte er tiefer in die Polster, einen Arm sicher um ihre Taille geschlungen.

„Haben all die Vorsichtsmaßnahmen und das Protokoll Charlie etwa retten können?"

„Nein, aber du hinterlässt doch Informationen über deinen Aufenthaltsort und wann du wieder zurück sein wirst, oder?"

„Genau das hat Charlie auch immer getan."

„Gage …"

„Lass uns nicht mehr darüber reden, okay?" Er zog sie herum, sodass sie seitlich auf seinen Schenkeln saß, und senkte den Kopf. „Das ist doch viel besser, nicht wahr?", flüsterte er dicht an ihrem Mund.

Ja, das war es, selbst wenn sie wusste, dass er es nur darauf abzielte, sie abzulenken. Sie vergrub die Finger in seinem Haar und öffnete die Lippen für seine drängende Zunge. An ihrem Rücken spürte sie seine Hände, die er unter ihr Shirt schob, die leichten Schwielen an den Innenseiten jagten ihr eine Gänsehaut das Rückgrat hinauf bis zu ihrem Nacken und weiter über ihre Kopfhaut.

Gage stöhnte und fand den Verschluss ihres BHs, löste ihn ohne Mühe, strich über ihre Rippen bis zu ihren Brüsten, umfasste sie und schien sie in seinen Handflächen zu wiegen. Seine Lippen ließ er über ihre Wange hin zu ihrem Ohr wandern, während er mit den Fingern ihre aufgerichteten Brustwarzen reizte. Er knetete und massierte sie, bis Skye sich auf seinem Schoß zu winden begann. An ihrem Po fühlte sie, dass er hart und bereit war.

„Lass uns ins Bett gehen", raunte er ihr zu, sein warmer Atem kitzelte sie am Ohr. Er biss leicht in ihr Ohrläppchen, und sie erschauerte.

„Gage …" Er wollte nur ihren Verstand betäuben. Und sie hatte sich schließlich etwas vorgenommen. Das durfte sie nicht vergessen … sie musste sich daran erinnern …

An was genau sie sich erinnern musste, verschwamm, sobald er sie auf die Füße stellte und aufstand, ihr Gesicht mit beiden Händen umschloss und sie küsste. Danach schmiegte er seine Stirn an ihre.

„Ich will dich nackt sehen."

Das wollte sie ebenfalls. Sie holte tief Luft, um ihm das zu sagen, doch mit dem Sauerstoff kehrte auch die Klarheit zurück. Sie hatte beschlossen, dass sie in dieser Nacht allein schlafen würde. „Vielleicht sollten wir ..."

Ein weiterer köstlicher und fordernder Kuss ließ sie ihren Protest vergessen. Ohne nachzudenken, fuhr sie mit den Händen unter sein Shirt. Ihre Handflächen schienen die Hitze seiner Haut zu absorbieren, sie fühlte das Muskelspiel an seinem Rücken. Aus seiner Kehle stieg ein tiefes Knurren auf. Ihre Reaktion kam instinktiv, sie rieb sich verlangend an seinem Schritt und der Ausbuchtung in seiner Jeans.

Mit einer Hand griff er an ihr Hinterteil, um sie an sich zu drücken und sie ließ die Hüften kreisen, bis er den Kuss abbrach.

„Himmel, Skye ..."

Ein scharfer Pfiff durchschnitt die nächtliche Stille. Eine Gruppe Teenager balgte sich am Strand im flachen Wasser. „Habt ihr kein Bett?", rief einer ihnen zu.

Skye drückte ihr Gesicht an Gages Brustkorb, halb amüsiert, halb beschämt.

„Mist", entfuhr es Gage. „Gehen wir ins Haus zurück."

Ohne auf ihre Antwort zu warten, zog er sie mit. In der Tür jedoch sträubte sie sich, noch einen Schritt weiterzugehen. Ihr Verstand und ihre Hormone kämpften eine Schlacht miteinander. *Gewöhn dich erst gar nicht daran! – Aber uns bleibt doch nur so wenig Zeit!*

Gage blickte sie verständnislos an.

„Ich denke, ich sollte heute allein schlafen", sprudelte es aus ihr heraus.

Er hielt noch immer ihre Hand und drehte sich zu ihr um, musterte durchdringend ihr Gesicht.

„Also gut", meinte er nach einer Weile. „Wenn es das ist, was du willst."

Nein, es war nicht das, was sie wollte! Es würde niemals das sein, was sie wollte! „Ich ... Ach, vergiss es." Sie trat einen Schritt auf ihn zu, schlang die Arme um seine Hüfte und legte den Kopf an seine Schulter. „Es war ein langer Tag."

Sein schwerer Seufzer strich über ihr Haar.

„Ja. Ja, das war es." Tröstend streichelte er ihr den Rücken.

Skye schmiegte sich an ihn, sog seinen exotisch-würzigen Duft tief in ihre Lunge. Mit geschlossenen Augen kostete sie diesen Moment von Geborgenheit, Nähe und Wärme aus. Noch vor wenigen Wochen hatte sie es nicht ertragen, wenn ein Mann sie nur ansah, doch diesem einen hier war es gelungen, durch die Schutzbarrieren zu schlüpfen und ihr Vertrauen zu gewinnen. Weshalb also sollte sie ihn auf Abstand halten?

„Wäre es dir lieber, wir gehen zu Nr. 9 und verbringen die Nacht dort?" Mit den Fingerspitzen hob er ihr Kinn an, damit sie ihm in die Augen schaute.

Skye zögerte.

Erneut strich er ihren Rücken auf und ab. „Hier waren wir noch nicht zusammen im Bett. Ist es das, was dich stört? Du und ich in diesem Haus hier?"

Es waren die Ereignisse dieses Tages, die sie aufgerieben hatten und die sie störten. Die Zeit, die sie mit Mara verbracht hatte. So sympathisch sie die andere Frau auch fand und wie gut sie sie auch verstehen konnte, Maras Anwesenheit hatte ihr erneut die Gefahren deutlich gemacht, in die Gage sich in Zukunft wieder begeben würde. Schon bald würde er sich allen möglichen Risiken aussetzen, während sie mit jedem Moment, den sie mit ihm zusammen verbrachte, Gefahr lief, ihr Herz zu verlieren.

Bestehe darauf, dass du allein schlafen willst, forderte ihre Vernunft. *Du musst den Anfang machen, bringe endlich Abstand zwischen ihn und dich.*

„Es liegt nicht an dem Haus", erwiderte sie und rieb sich die rechte Schläfe, weil dort plötzlich ein Eispickel durch ihren Schädel bis in ihr Gehirn vorzudringen schien. Gage gab einen mitfühlenden Ton von sich.

„Du hast Kopfschmerzen." Er schlang die Finger um ihr Handgelenk und nahm ihre Hand herunter. „Da kann ich Abhilfe schaffen", sagte er und zog sie sanft hinter sich her.

Zu ihrer Überraschung führte er sie ins Bad, das zwei Türen hatte, eine zum Korridor, die andere in ihr Schlafzimmer. Es war ein großer Raum, gefliest mit altmodischen beigefarbenen und blassgelben Kacheln, und es gab zwei Waschbecken auf Sockeln und eine begehbare Dusche mit fest montierten Duschköpfen an den gegenüberliegenden Seiten.

„Was …"

„Schh", sagte er jedoch nur und verschwand für einen Moment, um das Licht im Schlafzimmer einzuschalten. Nachdem er zurückgekommen war, knipste er die Deckenlampe im Bad aus, sodass nur der Lichtschein vom anderen Zimmer den Raum schwach erhellte. Das Dämmerlicht brachte ihr sofort Erleichterung. Verwundert ließ sie sich von Gage auf den geschlossenen Toilettendeckel herunterdrücken.

Er griff in die Duschkabine und drehte beide Wasserhähne auf. Wassertropfen fielen weich wie Sommerregen aus den großen runden Duschköpfen. Dann kam er zurück zu ihr und hockte sich vor sie, um ihr die Sandalen von den Füßen zu streifen.

„Das kann ich allein", protestierte sie, doch wieder beruhigte er sie.

„Lass Dr. Lowell einfach seine Arbeit tun."

Innerhalb weniger Augenblicke war sie nackt, genau wie er, dann standen sie auch schon zusammen unter den warmen Wasserstrahlen.

„Schließe die Augen", flüsterte Gage und dirigierte ihren Kopf, sodass ihr Haar nass wurde.

Als Nächstes konnte sie ihr Shampoo riechen, er massierte ihr den Kopf und schäumte gleichzeitig das Haarwaschmittel auf. Die Kopfschmerzen schrumpften zu einem schwachen Pochen und schienen in den Abfluss zu entschwinden, als er sie wieder unter den warmen Wasserstrahl zog, um ihr das Shampoo aus den Haaren zu spülen. „Gut." Sie seufzte. Sie fühlte sich so matt und müde, jetzt, da der Schmerz endgültig verschwunden war.

„Gut", bestätigte er zufrieden und küsste sie flüchtig. Danach machte er sich mit Seife und Waschlappen an die Arbeit, wusch sie mit hypnotisierenden kreisenden Bewegungen. Keinen Zentimeter ließ er aus, fing bei ihrer Stirn an und arbeitete sich bis zu ihren Füßen hinunter, ohne jede Eile, zielgerichtet und doch sacht, zärtlich, aber nicht sinnlich.

Die Fürsorge lockerte ihre versteiften Gelenke und Muskeln, bis sie meinte, nicht mehr aufrecht stehen zu können, und sich an ihn lehnen musste. Er lachte leise an ihrem Ohr, und sie drückte einen Kuss auf seine nackte Schulter, während er sie wieder unter den Wasserstrahl steuerte.

„Ich denke, ich könnte dich jetzt in eine Wackelpeterform gießen."

„Mmh", machte sie nur und fühlte sich wie eine verwöhnte Katze.

„Besser?", fragte er.

„Sehr viel besser", antwortete sie. „Heute ..."

„Ja? Heute?", hakte er nach.

„Maras Trauer. Es war wie ein Schlag für mich."

„Ich weiß", sagte er leise und zog sie an sich.

Das Wasser von oben und sein Herzschlag an ihrer Wange waren so tröstend. Er war erregt, aber es hatte nicht den Anschein, als würde er das Feuer anfachen wollen.

„Lass uns schlafen gehen, Skye."

Sie blinzelte, die Wimpern schwer von den Wassertropfen. „Schlafen?"

Zärtlich lächelte er. „Ja, einfach nur schlafen. Für das andere bleibt uns noch alle Zeit der Welt."

Das stimmt doch gar nicht! Die Zeit rannte ihnen davon! Skye grauste es jedoch davor, diejenige zu sein, die es ausspach. Und so schwieg sie, während er sich ein Handtuch um die Hüften schlang und sie anschließend mit einem großen Laken abtrocknete.

Im Schlafzimmer kehrte er den Prozess mit den Lampen um, schaltete die im Bad ein und die im Schlafzimmer aus, sodass es fast komplett dunkel im Raum war.

„Nachthemd?", fragte er knapp, und sie nickte und ging zur Kommode.

Das ärmellose dünne Baumwollhemdchen klebte leicht an ihrer feuchten Haut, und als sie unter die Decke kroch, zitterte sie. Gage zog sie an sich, sein nackter Körper strahlte Wärme aus, und sie kuschelte sich mit dem Rücken an seine Brust und ergab sich dem Schlaf, glitt dahin auf einem Meer friedlichen Vergessens.

Als sie irgendwann später aufwachte, weil sie zur Toilette musste, lag Gages schwerer Arm über ihrer Taille. Vorsichtig machte sie sich aus seinem Griff frei, ging ins Bad und schaltete auf dem Weg zurück automatisch das Licht aus. Auf Zehenspitzen schlich sie zum Bett und hörte das leise Murren, das Gage von sich gab.

Er träumt, dachte sie und lächelte.

Dann stieg der nächste Laut aus seiner Kehle. Härter. Drängender.

„Muss aus dem Dunkel raus", murmelte er plötzlich. „Dunkelheit bringt mich um."

Seine heisere verzweifelte Stimme alarmierte sie. Er klang, als hätte er eine Woche lang ununterbrochen geschrien. „Gage." Sie eilte an seine Bettseite und setzte sich auf die Kante.

„Im Dunkeln kann ich die Briefe nicht lesen." Die Worte wirkten, als würde man sie aus ihm herausprügeln.

Skyes Magen zog sich zusammen. „Hey." Mit den Fingerspitzen berührte sie seine Schulter. Abrupt schnellte er auf. Selbst in dem dunklen Raum konnte sie erkennen, dass er die Augen weit aufgerissen hatte, obwohl er wild den Kopf von einer Seite zur anderen drehte, als wäre er blind.

„Gage." Sie legte eine Hand an seine stoppelige Wange. Bei ihrer Berührung schreckte er zusammen, dann packte er sie mit beiden Händen bei den Oberarmen und krallte die Finger in ihr Fleisch.

„Ihr verdammten Schweinehunde! Gebt mir endlich Licht!", schrie er mit dieser krächzenden Stimme. Er schaute sie an, aber er sah sie nicht. „Schaltet das verfluchte Licht wieder ein!"

Völlig schockiert konnte sie ihn nur stumm anstarren.

Dann begann er, sie bei den Schultern zu schütteln, so fest, dass ihre Zähne aufeinanderschlugen. Sie biss sich auf die Zunge und schrie vor Schmerz auf. In diesem Moment erstarrte Gage. Mehrere Male blinzelte er heftig, offensichtlich versuchte er, die Orientierung wiederzufinden, kämpfte darum, in die Realität, in die Gegenwart zurückzukehren.

„Großer Gott", stieß er aus. „Skye." Abrupt ließ er sie los, rutschte zum Bettrand und tastete fahrig nach dem Lichtschalter der Nachttischlampe. In seiner panischen Hektik hätte er die Lampe fast zu Boden gestoßen.

Sobald das Licht den Raum erhellte, atmete er tief durch, immer und immer wieder, als wäre der gelbe Schein lebensnotwendiger Sauerstoff. Gage saß auf der Bettkante mit dem Rücken zu ihr, und sie konnte sehen, dass sein Körper von heftigen Schauern geschüttelt wurde.

Hier stimmte etwas ganz und gar nicht. Etwas Großes. Das Problem, das Gages Zwilling geahnt hatte? „Gage …"

„Das Licht brannte nicht. Ich ertrage es nicht, wenn alle Lichter ausgeschaltet sind."

„Warum nicht?", fragte sie, wobei sie darauf achtete, ihre Stimme ruhig und leise zu halten.

Er winkte schwach ab. „Ist eine kleine Phobie von mir."

Wortlos stand sie vom Bett auf, holte ein Glas kaltes Wasser aus dem Bad und reichte es Gage. Im Schein der Lampe blieb sie vor ihm stehen.

Er trank mit großen Schlucken. „Mehr?", fragte sie und nahm das Glas von ihm entgegen.

Er schüttelte den Kopf, sah an ihr auf und erstarrte. „Oh Gott", wisperte er entsetzt. „Oh Baby." Seine Hand zitterte, als er behutsam an ihren Oberarm fasste.

Sie sah auf die Stelle. Ein Ring beginnender Hämatome zeichnete sich ab. Auf dem anderen Arm waren die gleichen roten

Flecke zu sehen. Mit den Fingerspitzen strich Gage darüber, das Gesicht wie eine steinerne Maske.

„Ich habe dir wehgetan."

Bevor sie etwas erwidern konnte, sprang er aus dem Bett. Er schloss sich im Bad ein, und sie konnte Wasser rauschen hören, dann das Rascheln von Kleidung. Offensichtlich hatte er vor, die Flucht zu ergreifen.

Entschlossen, das nicht zuzulassen, schlüpfte sie in ihren Bademantel und setzte sich abwartend auf die Bettkante. Ihr fiel etwas ein und sie hastete in die Küche und kehrte genauso schnell wieder zurück, faltete die Hände im Schoß und wappnete sich dafür, die Wahrheit herauszufinden.

Die Badezimmertür wurde aufgezogen, Gage trat heraus. Er blieb stehen, als er ihre erwartungsvolle Haltung erkannte.

„Du wirst mir erzählen, was mit dir los ist", sagte sie ruhig.

Aus seiner Miene ließ sich nichts ablesen, als er den Kopf schüttelte. „Nein." Er befühlte seine Hosentaschen, sah sich suchend um. „Hast du irgendwo meinen Autoschlüssel gesehen?"

Sie hob eine Hand und ließ das Schlüsselbund klimpern.

Sein Blick flog in Richtung des metallenen Geräuschs, dann kam er auf sie zumarschiert. Sie steckte die Schlüssel in ihre Bademanteltasche. „Erst wirst du es mir erzählen. Danach bekommst du deine Schlüssel."

Seine Miene verfinsterte sich, als er vor ihr stehen blieb. „Spiel keine Spielchen mit mir."

„Das ist kein Spiel. Es ist mir todernst."

Kopfschüttelnd tat er einen weiteren Schritt vor. Instinktiv wich sie vor ihm zurück, und abrupt stoppte er und presste sich die Handballen an die Augen.

„Verflucht! Jetzt jage ich dir auch noch Angst ein! Gib mir den Schlüssel und lass mich endlich von hier verschwinden!"

Skye drückte Schultern und Rücken durch. „Nicht, bevor du mit mir geredet hast."

„Du weißt nicht, was du da verlangst", stieß er hervor. Seine steinerne Maske bröckelte.

Zorn und Ärger strahlten aus jeder seiner Poren, ließen die Luft vibrieren.

„Du wirst dir wünschen, dass du es nie erfahren hättest."

Ihr Magen zog sich zusammen, aber weder davon noch von seiner finsteren Miene ließ sie sich einschüchtern. Sie verschränkte die Arme vor der Brust und nagelte ihn mit ihrem Blick fest. „Erzähle es mir trotzdem."

Als er es dann tat, wurde Skye klar, dass sie nie mehr Angst davor zu haben brauchte, allein zu schlafen.

Denn vermutlich würde sie nie wieder Schlaf finden.

20. Januar

Lieber Gage,
nach einer Woche mit grau verhangenem Himmel und konstantem Nieselregen können wir endlich wieder ein paar sonnige Tage genießen – Du weißt schon, diese Tage, an denen sie hoffentlich kein Golftournament aus Pebble Beach oder einen Surf-Wettbewerb in San Diego im Fernsehen übertragen. Wenn das passieren sollte und der Wetterbericht auch noch sonnige 25 Grad Celsius am südkalifornischen Strand voraussagt, kann man praktisch im ganzen Land die Automotoren anspringen hören, und jeder sollte sich auf Staus auf den Autobahnen einstellen.

Der Ozean ist wintergrün, gekrönt von schaumigem Weiß, die Wellen werfen sich an den Strand wie überdrehte Teenager sich auf ihr Bett fallen lassen. Der goldene Sand strahlt Wärme aus, und die Geldbäume stehen in voller Blüte, der Duft ihrer sternförmigen violetten Blüten hängt süß und verlockend in der Luft. Meine Mutter hat meiner Schwester und mir früher immer erzählt, es sei der Duft der Elfen, der nach einer Nacht voller magischer Streiche in der Luft hängen geblieben ist.
Alles Gute, Skye

Skye,
bitte schicke mir noch mehr von diesen wärmenden Worten! Die Höchsttemperatur hier betrug gestern knapp zwei Grad Celsius (das sind 35 Grad Fahrenheit für diejenigen, die sich lieber an diese Maßeinheit halten). Nachdem ich Deinen Brief gelesen hatte, habe ich mich zitternd und schlotternd zum Basar aufgemacht und mir einen shemagh (einen Wüstenschal) zugelegt, und zwar in den Farben von Sonne und Himmel („Skye", sic!). Dem Ladenbesitzer habe ich erzählt, dass ich aus Kalifornien stamme, und prompt hat er mich gefragt, wie viele Spieler der L. A. Lakers ich als Nachbarn hätte. Ich hatte nicht das Herz, den Mann zu enttäuschen und ihm zu gestehen, dass ich eigentlich überhaupt keine Nachbarn habe, da ich ja auch keinen wirklich festen Wohnsitz habe. Aber wenn ich mir ein Zuhause vorstellen soll, dann wandern meine Gedanken immer öfter zu Crescent Cove. Vielleicht sind ja da die Elfen am Werk?
Gage

Schäumend vor Wut über Skyes Sturheit stapfte Gage aus dem Raum. Die Bilder des Albtraums wirbelten noch immer klirrend und scheppernd durch seinen Kopf wie ein wirrer Mischmasch aus Schrauben und Muttern, die seine Synapsen blutig schlugen und seine Denkfähigkeit lahmlegten. Er sollte sich irgendeine Story einfallen lassen, am besten vielleicht etwas von Magenverstimmung oder Allergien, aber sein Kopf fühlte sich so schwer an. Er war nicht in der Lage, sich eine glaubhafte Lüge auszudenken.

Und dann war da ja auch noch Skye. Der Gedanke an sie war die einzige Lichtquelle während dieser zwei schrecklichen lichtlosen Wochen für ihn gewesen. Ihre Briefe waren zu seinen Talismanen geworden, die ihn die Zeit hatte überstehen lassen. Wenn sie ihn so ansah wie jetzt und er daran dachte, wie sehr sie ihm vertraute und wie viel sie ihm von sich gegeben hatte … Er konnte sie nicht belügen.

Diese Erkenntnis machte ihn nur noch wütender, denn er hatte nicht vorgehabt, es irgendjemandem zu erzählen. „Ich wurde entführt." Warum sollte er es nicht geradeheraus und unverblümt sagen? Daran gab es nichts schönzureden.

Ihr scharfes Nachluftschnappen kam eine Sekunde später, als bräuchte ihr Hirn Zeit, um den Sinn der Worte zu begreifen. Doch es hallte laut und schockiert in der Stille des dämmrigen Raumes wider.

„W... was?"

„Ich habe dir von dem neuen Kontakt geschrieben, den ich aufgetrieben hatte, weißt du nicht mehr?"

Sie schluckte. „Doch."

„Er sollte mich zu einem Trainingslager der Taliban in der Grenzregion führen." Jahandar war zu freundlich, zu unterwürfig gewesen, dachte Gage jetzt. Aber so stimmte das nicht ganz. Damals war der junge Mann ihm ernsthaft erschienen, und der Betrag, den er für seine Dienste verlangt hatte, hatte sich im Bereich des Üblichen bewegt, das er auch anderen bezahlt hatte.

„Doch stattdessen...?"

„Jedes Mal, wenn sich eine neue Gelegenheit ergibt, muss man eine Entscheidung treffen", fuhr er fort. „Man muss alles genau abwägen: was man bisher herausgefunden hat, wo was schieflaufen könnte, was man zu erreichen versucht."

„Mit anderen Worten, man setzt bewusst sein Leben aufs Spiel."

„Nein." Sein Temperament schäumte wieder auf, ließ seine Stimme barsch klingen. „Nun, in gewisser Weise schon. Aber das hat nichts mit Todessehnsucht zu tun, wie du andeutest."

Sie zog stumm eine Braue in die Höhe.

„Jemand muss die Informationen beschaffen, Skye." Er ließ sich auf den Sessel in der anderen Ecke des Raumes fallen. „Und ich bin gut in dem, was ich tue. Ich sehe die Dinge aus einer ganz bestimmten Perspektive, sodass für jeden deutlich wird, was da draußen vor sich geht."

„Und du liebst die Gefahr."

Sie versteht es nicht, dachte er kopfschüttelnd. „Wenn ich genau weiß, welche Gefahr auf mich wartet, gehe ich das Risiko nicht ein. Natürlich ist mir klar, dass ich von einem Querschläger getroffen werden könnte, oder dass mein Wagen auf eine Sprengmine treffen könnte. Aber das ist etwas anderes, als wäre ich ein direktes Ziel."

Verkrampft ballte er die Fäuste. „An jenem Tag ... das war eine Falle", meinte er. „Statt mich zu einem Talibanlager zu führen, fuhr Jahandar mich zu dem offensichtlich sehr lukrativen Familienbetrieb – eine Geiselfarm."

Skye zuckte zusammen.

„Ja, es ist genau das, wonach es sich anhört. Diese Leute haben sich auf Kidnapping spezialisiert. Hauptsächlich reiche Geschäftsmänner, aber sie hatten das Unternehmen wohl gerade auf die Journalistenbranche ausgeweitet. Auf jeden, der aussah, als hätte er Familie in Amerika, von der Geld herauszupressen war."

„Hat man dich ... hat man dich auf einer solchen Farm gefangen gehalten?", fragte sie leise.

Das bittere Lachen kratzte in seiner Kehle, als würde es ihm herausgerissen. „Ich wurde in ein Loch in der Erde geworfen."

Skye versteifte sich. „Ich denke, du solltest es mir lieber genau beschreiben, bevor ich mir irgendwelche Horrorszenarien ausmale."

„Die Realität ist bestimmt nicht viel besser." Dennoch erzählte er ihr, dass man mit ihm mitten ins Nichts gefahren war, wo er eigentlich erwartet hatte, den Talibanführer zu treffen. Stattdessen hatten am Zielort drei Männer Kalaschnikows auf ihn gerichtet. Adrenalin war durch seine Adern geströmt, als man ihn aus dem Wagen gezerrt und einen Trampelpfad entlanggetrieben hatte. Vor einem Loch von der Größe eines Kanalschachts, abgedeckt mit einer Sperrholzplatte, waren sie stehen geblieben.

„Und das sollte dann mein neues Zuhause werden", erzählte er. „Sie bemühten sich erst gar nicht, mich freundlich zum Einstieg aufzufordern, sie hoben mich hoch und warfen mich hinein.

Einer meiner neuen Freunde kam mir nach und drückte mir eine Pistole in den Rücken, damit ich weiter in den unterirdischen Tunnel ging."

Er fuhr sich mit den Fingern durchs Haar, versuchte, den Geruch von trockener Erde in seiner Nase und den Geschmack von beißender Asche und Staub auf seiner Zunge zu vergessen. „Irgendwann kamen wir bei einem ‚Raum' an, ungefähr zwei Meter lang, einen Meter breit und einen Meter zwanzig hoch. Ausgestattet war er mit einer dreckigen Decke, einem noch dreckigeren Kissen und einer einzelne Glühbirne, die mit Drähten an eine alte verrostete Autobatterie angeschlossen war. Nachdem man mir also meine Suite gezeigt hatte", fuhr er fort, „machte mein Gastgeber sich auf den Rückweg und verschloss vorsorglich den Weg zum Schacht. Natürlich habe ich versucht, das Holz wegzudrücken, aber es rührte sich keinen Millimeter."

Skye starrte ihn entsetzt an. „Wie hast du da unten atmen können?"

„Ein Rohr führte an die Erdoberfläche. Oh, ich hatte auch einen Eimer als Abort, einen rostigen Kanister mit angeblichem Trinkwasser, und es gab einen Rucksack voller Tetrapacks mit Mangosaft, vakuumverpackten Käsescheiben und Crackern."

Alle Wut und aller Ärger in ihm waren verpufft, hatten nur den dunklen, öligen Schlick der Erinnerung zurückgelassen.

„Wie lange hast du dort unten gesessen?"

„Volle zwei Wochen war ich in dem Loch."

Skye erschauerte. „Wie hast du das überstanden?"

„Mit deiner Hilfe …" Er zögerte, rieb sich die Handflächen an der Jeans ab. „Du hast mir geholfen, das durchzuhalten."

„Ich?" Sie riss die Augen auf.

„Deine Briefe. Ich hatte sie zufällig bei mir." Sie brauchte nicht unbedingt zu wissen, dass er den dünnen Stapel immer bei sich getragen hatte, sobald er seine angemietete Wohnung in Kabul verlassen hatte – aus Sorge, sie würden verloren gehen, sollte jemand bei ihm einbrechen, wenn er unterwegs war. „Ich habe sie wieder und wieder gelesen und die Bilder vor mir gesehen. Du, die Bucht … Das war besser als Fernsehen."

Sie versuchte zu lächeln, doch es misslang kläglich.

„Aber du hattest nicht immer Licht."

Mit den Fingern umklammerte er seine Knie. „Woher ...?"

Sie zuckte leicht mit einer Schulter. „Du hast im Schlaf geredet. Hast verlangt, dass das Licht eingeschaltet wird."

Wohl eher gefleht, dachte Gage und fühlte Hitze in seinen Nacken kriechen. Für einen Typen, der ständig Action brauchte, ständig in Bewegung war, gewöhnt an Freiheit, Unabhängigkeit und Selbstständigkeit ... sobald die Glühbirne zu flackern begonnen hatte, hatte er sich gefühlt, als würde er erdrückt. Wenn er sich selbst nicht sehen konnte, dann gab es ihn nicht mehr. Wenn er Skyes Briefe nicht lesen konnte – obwohl er sie längst auswendig gekannt hatte –, gab es weder Sonne noch Ozean noch Crescent Cove, wohin er eines Tages zurückkehren wollte.

Auch er versuchte sich an einem Lächeln, selbst wenn es schief ausfiel. „Sagen wir einfach, heute weiß ich den Wert neuer Autobatterien zu schätzen."

Skye sah ihn an und wickelte sich enger in ihren Bademantel ein, er hatte die Farbe junger Entlein und sah genauso flauschig aus. Sie runzelte die Stirn. „Wie bist du freigekommen?"

„Ich habe einen Kollegen, ein afghanischer Fotoreporter. Als sie mich nach einer Telefonnummer fragten, habe ich seine angegeben. Wir hatten ... eine Art Abmachung. Und um eine zwei Wochen lange Geschichte abzukürzen ... Er hatte einen Kontakt bei der Polizei. Sie haben das Oberhaupt des Entführer-Clans festgenommen und einen Deal ausgehandelt – er wurde gegen sämtliche Geiseln auf der Farm ausgetauscht."

Skye blinzelte. Der Morgen graute bereits, schickte fahlgraues Licht ins Zimmer, das sich mit dem goldenen Schein der Lampe vermischte. Es schuf eine seltsame optische Täuschung, ließ die Konturen ihrer Gestalt verschwommen wirken. Noch immer hielt Gage die Finger in seine Knie gekrallt und blieb, wo er war, kämpfte gegen das drängende Bedürfnis an, zu ihr zu gehen und sie zu berühren, um sich zu vergewissern, dass sie real und echt war.

„Du gehst wieder dorthin zurück, nicht wahr?", fragte sie. „Du gehst zurück zu diesem Clan, um zu sehen, ob sie ihr Geschäft weiterbetreiben."

Sein Mund klappte auf.

„Ich habe das aufgeschnappt, als du dich mit Rex an einem Nachmittag über deinen nächsten Auftrag unterhalten hast", ließ sie ihn wissen. „Ich kann nicht fassen, dass du freiwillig wieder in die Höhle des Löwen zurückgehst."

Er runzelte die Stirn. „Hör zu, sie sind genauso wenig Löwen, wie ich ein Lamm bin. Und soviel ich gehört habe, ist diese spezielle Gruppe zerschlagen worden."

„Warum dann ...?"

Sein Temperament flammte wieder auf, man merkte es an seinem Ton. „Weil ich muss. Ich muss zurückgehen und Fotos von diesen Löchern in der Erde machen. Ich muss mich vergewissern, dass ich nichts von mir in diesem Loch zurückgelassen habe."

Sie öffnete den Mund, bevor sie jedoch etwas sagen konnte, hielt er den ausgestreckten Zeigefinger seiner Rechten hoch. „Gerade du solltest das doch verstehen, Skye", sagte er. „Du solltest verstehen können, dass ich niemandem erlauben darf, einen Teil von mir zu behalten."

Im Zimmer war es hell genug, dass er das Rot auf ihre Wangen ziehen sah.

„Ich ..." Ihre Stimme erstarb. „Aber ..."

Wieder brach sie ab, sah jedoch unter gerunzelten Brauen mit einem aufrührerischen, bösen Blick in seine Richtung.

Punkt geklärt. Er lehnte sich in den Sessel zurück. Krise überwunden.

Doch erneut öffnete sie den Mund. „Warum weiß Griffin nichts davon?"

Gage erstarrte. „Ich ..."

„Wieso hast du deinen Kidnappern nicht seine Nummer gegeben? Und warum hat dein afghanischer Kollege nicht deinen Zwillingsbruder informiert? Verlangt das Protokoll nicht, dass du Informationen hinterlässt, wohin du unterwegs bist und wann du zurückerwartet werden kannst? Damit man weiß, dass etwas unternommen werden muss, wenn du nicht auftauchst?"

Die Schrauben und Muttern drehten sich wieder laut scheppernd wie in einem Betonmischer in seinem Kopf. Er presste die Handballen an die Stirn, wollte es aufhalten. „Ich konnte doch nicht … ich wollte nicht …"

„Großer Gott!", stieß Skye schockiert aus und legte sich eine Hand an den Hals. „Du ignorierst das Protokoll einfach."

Und wieder schaffte er es nicht, sie zu belügen. „Stimmt", gab er seufzend zu. „Du weißt doch, was passiert ist, als Charlie entführt wurde, du weißt, in welche Position man Mara gedrängt hat. Ich beschütze Griffin und meine Leute, sie alle. Meine Familie soll niemals ein solches Schuldgefühl mit sich herumschleppen wie das, mit dem Mara jetzt lebt."

Skye starrte ihn an. „So, bei dir ist es also völlig normal, dass du losziehst und dich in Gefahr begibst und niemand weiß, wo du bist, damit niemand sich aufregen kann, wenn du Hilfe brauchst? Gage, du könntest umkommen, und niemand würde es je erfahren."

„Skye …"

„Ich …" Sie schluckte, ihre Stimme klang belegt. „*Ich* würde es nie erfahren."

Jedes Wort traf auf seine Brust wie ein Schlag. „Liebling", sagte er leise, und sein Herz blutete. „An so etwas will doch niemand denken."

Ihre Stimme wurde schriller. „Natürlich muss man an so etwas denken."

„Skye." Gage stand auf, beherrscht nur von dem Gedanken, Trost zu spenden. Ihnen beiden.

Hektisch rutschte sie auf der Matratze zurück. „Bleib mir vom Leib."

Er blieb stehen, starrte sie an. „Was?"

„Ich will, dass du gehst." Sie hob abwehrend die Hände.

„Skye", sagte er sanft und streckte die Arme aus. „Komm her, Baby."

„Komm mir nicht mit deinem ‚Komm her, Baby'!" Sie sprang vom Bett auf.

„Hey, immer langsam", wollte er sie beruhigen.

Wütend schnaubend drehte sie sich zu ihm um, zog seinen Autoschlüssel aus der Tasche und schleuderte ihn in seine Richtung.

„Hey!" Nur ein reflexartig angezogenes Knie verhinderte in letzter Sekunde, dass das scharfe Metall seine Weichteile traf. „Was ist denn bloß in dich gefahren?"

Als Antwort warf sie ihm nur einen vernichtenden Blick zu, stapfte ins Bad und schlug lautstark die Tür hinter sich zu. Dann ertönte das harte Klicken des Schlosses. An beiden Türen.

Das Haus schien mit ihrer Wut angefüllt zu sein und zu vibrieren. Tja, er war auch wütend. Verdammt. Hatte er etwa nicht alles getan, um sie zu schützen? Um seine ganze Familie zu schützen, damit genau so etwas wie das hier nicht passierte? „Ich hatte es dir doch gesagt", brüllte er vor der verschlossenen Tür. „Ich wusste, dass du dir wünschen wirst, du wüsstest es nicht."

„Ich will nichts mehr mit dir zu tun haben!", schrie sie.

Schäumend vor Wut schleuderte Gage Blicke wie Dolche auf das Türblatt und hatte das sichere Gefühl, dass sie auf der anderen Seite genau das Gleiche tat. *Verdammt! Verdammt noch mal!* Wo, zum Teufel, war die süße, zurückhaltende, stille Skye Alexander geblieben?

Er fühlte sich ausgenutzt und getäuscht und eindeutig überfordert. Die Sirene der Bucht zeigte also ihr wahres – grausames – Gesicht. Er machte auf dem Absatz kehrt und stapfte zu ihrem Haus hinaus. Vielleicht konnte Nr. 9 einen Zauber liefern, der ihn vergessen ließ, dass das Ganze je passiert war.

17. KAPITEL

Teague wusste nicht, was er mit sich anfangen sollte, jetzt, da er seinen besten Freund verloren hatte. Natürlich war da seine Arbeit, aber wenn er nicht auf der Wache war, fühlte er sich entwurzelt. Von seinen Großeltern väterlicherseits hatte er ein hübsches altes Haus geerbt, erbaut um 1930 im typischen Craftsman-Stil. Die Garage war immer als eine Art Schreinerwerkstatt genutzt worden, und seit dem Tag, an dem er eingezogen war, hatte er die Werkzeuge seines Großvaters gut gebrauchen können.

Er war praktisch veranlagt.

Und tüchtig. Ein Jahr nach dem Einzug war alles perfekt gestrichen, innen und außen, die Holzarbeiten zu Ende gebracht, Küche und Bad renoviert. Sowohl der Vorgarten als auch der Garten hinter dem Haus waren makellos gepflegt, sogar das Wasser im Vogelbad war frisch und wurde regelmäßig gewechselt.

Somit hatte er nichts anderes zu tun, als zu grübeln.

Dieses ganze Gerede von Kindern und Familie, die du angeblich so unbedingt haben willst. Und dann verliebst du dich in eine Frau, die längst vergeben ist ... weil du dann nichts zu riskieren brauchst.

An Tag zwei im Leben ohne Polly hatte er das dringende Bedürfnis nach Gesellschaft. Doch erst, als er vor einer vertrauten Tür stand und klopfte, wurde ihm klar, dass seine Wahl auf den einzigen Menschen gefallen war, von dem er wusste, dass es ihm ebenso miserabel ging wie ihm selbst.

Wortlos zog Gary White die Fliegengittertür auf.

„Dad", grüßte Teague und folgte seinem schweigenden Vater mit dem steifen Rücken in die Küche.

Die Tageszeitung lag ausgebreitet auf dem Küchentisch, eine schlichte große Henkeltasse mit pechschwarzem Kaffee stand daneben. Sein Vater schenkte einen zweiten Becher ein, und Teague nahm die Tasse an, obwohl er wusste, dass das koffeinhaltige Gebräu nicht viel mit Kaffee zu tun hatte. „Danke", sagte er an die Anrichte gelehnt und hielt die Tontasse mit beiden Händen.

Gary setzte sich auf seinen Stuhl am Tisch und blätterte weiter im Sportteil der Zeitung.

Teague ließ den Blick durch die Küche schweifen. Seit dem Tag, an dem seine Mutter ihn und seinen Vater verlassen hatte, war hier nichts verändert worden. Da war er fünfzehn gewesen. Die Gardinen am Fenster über dem Spülbecken waren blassgelb gewesen, als seine Mutter sie auf ihrer Nähmaschine genäht hatte, inzwischen waren sie jedoch grau geworden und hingen schlaff herunter wie Flaggen der Kapitulation.

Ein altmodisches Telefon mit Wählscheibe war an der Wand neben dem Kühlschrank installiert. Noch immer klebte der Zettel mit den wichtigsten Rufnummern direkt daneben. In der Handschrift seiner Mutter standen die Gift-Notrufnummer, die Telefonnummer des Kinderarztes und die ihrer Eltern fein säuberlich auf den Linien. Nummern, die seit Jahren nicht mehr gebraucht wurden oder ungültig waren, da seine Großeltern mütterlicherseits seit über einer Dekade nicht mehr lebten.

„Was treibst du so den ganzen Tag, Dad?", versuchte Teague, ein Gespräch zu eröffnen. Sein Vater war mit der vollen Pension des Feuerwehrmannes in Rente gegangen. Körperlich war er topfit. Er hätte eine zweite berufliche Laufbahn starten können. Oder die ganze Welt bereisen. Oder mit Squaredance anfangen können.

Gary blätterte die Seite um. „Ich bin gerade dabei, die Ventile und Schwimmer in den Toiletten zu ersetzen."

Im Haus gab es zwei Bäder und ein WC, aber der Mann würde diese Aufgabe wahrscheinlich über mehrere Tage ziehen. Teague nippte an dem heißen Gebräu und fragte sich, wieso er so unbedingt hierhergeeilt war.

„Hast du dir mal die Broschüre angesehen, die ich letztens hiergelassen habe?" Die war für einen Angeltrip in Alaska gewesen. Teague hatte den Vorschlag gemacht, sie beide könnten eine Woche zusammen auf Tour gehen. Der Gedanke, die Stadt für eine Weile zu verlassen, gewann immer mehr an Reiz. „Lachs und Forellen im September und Oktober." Es war wahrscheinlich schon ziemlich spät für eine Buchung, aber verdammt, für zwei freie Plätze würde er sogar gerne etwas drauflegen. Das mit den freien Tagen würde sich sicher machen lassen. Feuerwehrmänner waren meistens bereit, Schichten zu tauschen.

Und der Himmel konnte bezeugen, dass bei seinem Vater nichts Dringendes im Terminkalender stand.

Teague sah zu dem Älteren hin. „Ernsthaft. Wenn du einen Computer hättest, könnten wir sofort ..."

„Ich brauche keinen Computer."

Teague unterdrückte einen Seufzer. Weder brauchte sein Vater noch wollte er etwas, das nicht vor fünfzehn Jahren in diesem Haus gewesen war – nur den einen Menschen, der damals die Koffer gepackt und dieses Heim verlassen hatte.

Janet White, seine Mutter, hatte ihm nie eine Begründung genannt, weshalb sie aus der Ehe ausgebrochen war. Und dass sie ihn zurückgelassen hatte ... nun, dafür hatte sie die Rechtfertigung angeführt, ein Sohn gehöre zum Vater. Wenn er ehrlich war, musste er sich eingestehen, dass sich nicht viel geändert hatte durch ihre Abwesenheit. Sie hatten lernen müssen, wie man die Waschmaschine bediente und ein Abendessen zusammenstellte, doch das Schweigen am Tisch war dasselbe geblieben.

Sein Vater war immer der festen Überzeugung gewesen, dass alles, was mit der Arbeit zu tun hatte, auf der Arbeit zu bleiben hatte. Generell ein stiller Mensch hatte er aber auch nie andere Themen erwähnt, über die er sich mit Frau und Sohn hätte unterhalten können. Teague hatte sich seine Kontakte außer Haus gesucht, hatte die Leere mit Freunden und allen möglichen Aktivitäten gefüllt. Heute vermutete er, dass seine Mutter sich verzweifelt nach einem Gemeinschaftsgefühl gesehnt hatte, das ihr emotionell zugeknöpfter Ehemann ihr nicht hatte geben können.

Er nahm noch einen Schluck vom teerigen Gebräu, den Blick fest auf seinen Vater gerichtet. Silberne Strähnen zogen sich durch dessen Haar, aber an der Breite seiner Schultern hatte sich nichts geändert, seine Arme waren muskulös wie eh und je, sein

Bauch flach. Mit seinen siebenundfünfzig würde er garantiert als ein um Jahre jüngerer Mann durchgehen.

„Weißt du, Dad, für einen alten Knacker hast du dich eigentlich ziemlich gut gehalten." Er lächelte, während er das sagte, hoffte, auch seinem Vater ein Lächeln zu entlocken. „Hast du schon mal daran gedacht, die Fühler wieder nach ehemaligen Bekannten auszustrecken? Vielleicht solltest du dich bei einer Partnervermittlung anmelden ... oder dich auf einer Singlebörse umhören. Ich gehe jede Wette ein, dass du ohne Probleme eine nette Lady findest, die dir gern den Lebensabend versüßen wird."

Gary Whites Blick aus braunen Augen flog zu seinem Gesicht. Der entsetzte Ausdruck darin sagte all das, was der Mann niemals aussprechen würde. Er hing noch immer an seiner Exfrau.

Mist. „Ach, vergiss es", murmelte Teague. „Bleiben wir besser beim Lachs. Was hältst du davon? Eine Woche? Im nächsten Monat?"

Sein Vater schüttelte sofort den Kopf. „So lange kann ich nicht wegbleiben."

„Wieso nicht?"

„Man weiß ja nie, ob nicht vielleicht ..." Er beschrieb eine vage Geste mit der Hand in der Luft.

Entnervt stellte Teague den Kaffeebecher ab. „Dad, sie wird nie zurückkommen", sagte er und hörte in seinem Kopf das Echo ähnlicher Worte. *Teague, du wirst sie nie bekommen.*

Sein Vater richtete den Blick wieder auf die Baseballergebnisse. „Das ist Privatsache", murmelte er.

Bei dir ist alles Privatsache, dachte Teague und biss die Zähne zusammen. Die Arbeit, die tagtäglichen Sorgen, der Stress, die Gefühle. Es war schon fast so etwas wie Tradition in diesem Haus geworden. Die Tradition der beiden Männer in dieser Küche.

Alles Unbequeme, alles Ehrliche, alles Heikle, alle Emotionen ... all das wurde auf das hohe Regal gestellt. Weit entfernt. Unerreichbar – wie die Frauen, die er und sein Vater sich in den Kopf gesetzt hatten.

Weil du dann nichts zu riskieren brauchst.
Herrgott. Was ist los mit mir, dachte er, inzwischen war er genauso frustriert wegen sich selbst wie wegen seines Dads, warum, um alles in der Welt, bin ich überhaupt hergekommen?

Weil du auf dem besten Wege bist, genau wie der Mann an diesem Tisch zu werden, beantwortete sein gesunder Menschenverstand die Frage. Ein emotional verkümmerter und verschlossener Mensch, der niemanden an sich heranließ.

Eine Erkenntnis, die noch bitterer schmeckte und schwärzer war als der Kaffee, den er jetzt in die Spüle goss. Er verabschiedete sich und verließ das Haus, trat hinaus in den hellen Sonnenschein, und die Strahlen trafen ihn wie ein Schwertstreich Gottes auf den Kopf.

Nur ein Mensch, nur eine einzige Beziehung konnte ihn davor bewahren, so zu werden wie sein Vater, wurde ihm klar. Sie wieder zurückzuerobern, würde bedeuten, dass er sich hochrecken und ihr alles zu Füßen legen musste.

Als er mit seinem Pick-up die enge Straße befuhr, die über die zerklüfteten Klippen oberhalb von Crescent Cove führte, stieß Teague endlich auf Polly. Sie trat in die Pedale und rollte mit einem Fahrrad mit großen Rädern und ohne Gangschaltung über den aufgeplatzten Asphalt. Den Wagen hinter sich hatte sie noch nicht bemerkt.

Ihr Haar schimmerte golden im Sonnenlicht. Teague runzelte die Stirn und dachte, dass sie besser einen Sturzhelm tragen sollte. Sie hatte sogar einen dabei, der lag aber in dem Korb, der auf dem Gepäckträger montiert war. Darin lag auch ein Strauß Margeriten, die weißen Köpfe mit den gelben Knöpfen in der Mitte hüpften bei jedem Schlagloch in der Straße auf und ab.

Wahrscheinlich hatte Polly die Rosen, die er ihr gebracht hatte, direkt in die Mülltonne geworfen.

Bei dem Gedanken biss er die Zähne zusammen, doch dann zwang er sich dazu, sich zu entspannen. Die Situation war heikel genug, auch ohne dass er sich in etwas hineinsteigerte. Er und Polly mussten reden, ruhig, vernünftig, sachlich.

Das konnten sie, davon war er überzeugt. Bevor mit einem Mal plötzlich alles drunter und drüber gegangen war, waren sie immer locker und lässig miteinander umgegangen, hatten sie doch beide ein ähnlich gelagertes Wesen.

Er nahm einen letzten tiefen Atemzug und trat vorsichtig aufs Gaspedal. Der Truck beschleunigte, aber Teague hielt eine geringe Geschwindigkeit bei. Als er auf gleicher Höhe mit Polly war, ließ er das Fenster auf der Beifahrerseite herunter.

Sie warf einen Blick auf das Gefährt neben sich, und ihre Augen wurden groß. Das Vorderrad des Fahrrads schlingerte bedrohlich.

„Vorsicht!", rief er. Auf der rechten Straßenseite fiel die Böschung steil ab, und Polly kam dem Rand gefährlich nahe. Teague bremste ab, verfolgte mit, wie sie mit dem Lenker kämpfte, um ihn auszurichten.

Das Rad fuhr wieder in der Spur, Polly trat fester in die Pedale, um von ihm fortzukommen. Er runzelte die Stirn und gab Gas. „Hey!", rief er ihr zu, als er erneut auf einer Höhe mit ihr war. „Ich habe dich gesucht. Ich denke, wir sollten reden."

„Da hast du falsch gedacht. Ich habe dir gesagt, dass du mich in Ruhe lassen sollst." Damit hob sie ihren hübschen Po vom Sattel und fuhr stehend weiter – mit erstaunlichem Tempo.

Ärger brodelte in ihm. Seine Finger griffen fester um das Steuer, obwohl er sich ermahnte, ruhig zu bleiben. *Bleib gelassen, nur nicht aufregen. Sie und ich werden ein ruhiges und vernünftiges Gespräch führen.*

Dazu sollten zwei Leute, die so lange Freunde gewesen waren, schließlich imstande sein.

Er klammerte sich an seinen rasant dünner werdenden Geduldsfaden und drückte aufs Gas. Sie kam jetzt schnell vorwärts, das Muskelspiel in ihren schlanken Beinen war deutlich zu erkennen, trug sie doch abgeschnittene Jeans. Diese golden gebräunten Schenkel in ihrer vollen Pacht zu sehen, lenkte ihn ab, und er bemerkte nicht, dass die Fahrbahn noch schmaler wurde. Als er wieder zu Polly aufschloss, kam sein Seitenspiegel ihrer Schulter viel zu nahe. Er riss das Steuer herum, um sie nicht anzustoßen.

Der Truck scherte nach links aus, er sah, dass Polly dem Manöver mit verschreckt aufgerissenen Augen folgte. Ihre Aufmerksamkeit konzentrierte sich nicht auf die Straße. Innerhalb eines Sekundenbruchteils war Polly verschwunden und nicht mehr zu sehen.

Teague schlug das Herz bis in den Hals hinauf. Er war aus seinem Wagen heraus, noch bevor sein Hirn die Situation überhaupt richtig erfasst hatte. „Polly!", rief er in Panik. „Polly!"

Er sah über den Rand der Böschung, versuchte, etwas im Gebüsch und den aufgewirbelten Staubwolken zu erkennen. Etwas Buntes blitzte auf, und er schlitterte den Hang über orangegelben Staub hinunter darauf zu. Ein Turnschuh.

Pollys Turnschuh.

Er hielt ihn in den Fingern und drückte zu, genau so zusammengepresst fühlte sich sein Herz an. *Gott, oh Gott!* „Polly!"

Ein Stück weiter zu seiner Linken raschelte etwas im dichten Buschwerk mit kleinen staubgrünen Blättern. Entweder war das irgendein aufgescheuchtes Tier, oder aber sein Mädchen lebte noch.

„Bist du verletzt?", rief er, während er über das unebene Terrain in diese Richtung schlitterte und rutschte.

Ein blonder Schopf stak zwischen zwei dornigen grünen Zweigen heraus. „Ich bin stinksauer."

Ihr wirres Haar und der wilde Blick, mit dem sie ihm entgegenstarrte, erinnerten ihn an eine gefährliche Kreatur.

„Was hast du dir nur dabei gedacht?"

Erleichterung durchflutete ihn wie frisches Quellwasser eine ausgetrocknete Kehle. Sie lebte, dem Himmel sei Dank! Sie lebte – und offensichtlich war sie nicht schwer gestürzt, denn sie hatte genügend Energie, um ihn anzufauchen. „Hast du dir was gebrochen?", fragte er trotzdem.

Sie ignorierte die Hand, die er ihr hinstreckte, und befreite sich selbst aus dem Unterholz. Abgesehen von ein paar roten Striemen schien sie nicht verletzt zu sein. Dennoch fachten die Kratzer seinen Ärger an. „Wo, zum Teufel, ist dein Sturzhelm?"

Sie klopfte sich den Staub von der Kehrseite und funkelte ihn an. „Zusammen mit dem Fahrrad etliche Meter weiter den Abhang hinunter."

Er gestatte sich nicht, aufzubrausen, schließlich wollte er sie doch umwerben. „Ich meinte, warum trägst du ihn nicht?"

„Ich konnte ja nicht ahnen, dass ich dem Trucker aus der Hölle begegnen würde. Und jetzt geh da runter und hol Skyes Rad wieder hoch. Wenn was kaputt ist, kommst du für den Schaden auf."

Vor sich hin schimpfend drückte er ihr ihren Schuh in die Hand und schlitterte um Büsche und Gestrüpp herum den Abhang hinab, bis er auf das Fahrrad mit den großen Rädern stieß. So weit sah es in Ordnung aus … bis auf den Strauß Margeriten, deren Stängel waren alle genickt. Mit grimmiger Befriedigung schleuderte er die Blumen den Hügel hinunter, schulterte das Rad und machte sich an den Anstieg.

Polly stand neben seinem Pick-up. Kaum hatte er das Fahrrad auf die Straße gestellt, versuchte sie, es ihm aus den Händen zu zerren, doch er hielt es eisern fest. „Was hast du vor?"

„Weiterfahren", sagte sie, ohne nachzulassen.

Wortlos schnappte er das Rad, hob es hoch und legte es auf die Ladefläche seines Trucks. Schließlich ließ er sich vom Ärger mitreißen, verschränkte die Arme vor der Brust und starrte Polly nieder. So, und was willst du jetzt dagegen tun, war die Botschaft in seinem Blick.

Sie starrte zurück, ihre blauen Augen sprühten Feuer wie die Sonnenstrahlen, die sich im Pazifik hinter ihrem Rücken auf dem Wasser brachen. Eine Windbö verfing sich in ihren Haaren, aber nichts konnte die hitzige Stimmung zwischen ihnen abkühlen.

Nach einer Weile wirbelte Polly auf dem Absatz herum – auf dem Absatz des Schuhs, den er gefunden und ihr zurückgegeben hatte und bei dessen Anblick sein Puls wieder härter schlug – und stapfte die Straße entlang. Verdattert, weil sie ihn tatsächlich einfach stehen ließ, sah er ihr nach, dann gab er sich einen Ruck und erwischte sie beim Ellbogen.

Sie fuhr herum und funkelte ihn wütend an. „Was ist in dich gefahren?"

„Ich ... ich ..." Teague bemühte sich angestrengt, das Chaos an Gefühlen zu beruhigen, das in seinem Magen rumorte wie ein wild gewordener tasmanischer Teufel. Er rief sich in Erinnerung, dass er vorgehabt hatte, ein vernünftiges Gespräch mit ihr zu führen. Ermahnte sich, dass sie jahrelang der beste Freund für ihn gewesen war. Sie waren immer perfekt miteinander ausgekommen, waren immer locker und ausgeglichen miteinander umgegangen.

Dann dachte er an ihre heißen Tränen und an ihr Geständnis – *ich liebe dich schon seit Jahren* –, an ihre Aufforderung, zu gehen und sie in Ruhe zu lassen ... und die Worte sprudelten aus ihm heraus.

„Ich bin tierisch sauer auf dich", sagte er.

Vielleicht hatte er es sogar laut geschrien, denn sie beide strauchelten rückwärts. Teague kämpfte darum, seinen Puls wieder zu beruhigen und die Kontrolle über sich zurückzugewinnen. Herrgott, noch nie im Leben war er so wütend auf eine Frau gewesen. Er bezauberte normalerweise mit seinem Charme, er brüllte nicht.

Für einen Augenblick überlegte er, was er da eigentlich tat. Dieser verzweifelte Mann, in den er sich in den letzten Tagen ohne Polly verwandelt hatte, war ihm unsympathisch. Seine Haut und seine Knochen schienen nicht stark genug zu sein, um all das einzudämmen und zu stützen, was er in seinem Innern fühlte. All das, was er für *sie* fühlte.

Sollte er der Angewohnheit nachgeben, die sein ganzes Leben bestimmte, und diese Gefühle unterdrücken und verdrängen, würde er enden wie sein Vater. Mit jedem einsamen Tag würde er ein Stückchen mehr vertrocknen und absterben. Niemals würde er dann das bekommen, was er wirklich wollte. *Wen* er wirklich wollte, trotz des Risikos.

Er gab sich noch einen Moment, damit seine Atmung sich wieder normalisieren konnte, dann sah er ihr direkt in die Augen und hielt seine Stimme bewusst leise und nüchtern, damit er sich wie ein vernünftiger Mensch anhörte. „Du wirfst mir vor, dich nicht tatsächlich zu sehen. Doch das ist nur eine billige Ausrede, Polly. Du hast nicht zugelassen, dass ich dich sehe."

„Ich …"

„Oh nein." Er hielt ihr den ausgestreckten Zeigefinger vor die Nase. „Jetzt bin ich damit dran, dir ein paar unangenehme Wahrheiten zu eröffnen. Ich habe vielleicht mein hohes Regal, doch du … du setzt deine putzmuntere Cheerleader-Maske auf, an der alles abperlt, und behältst deine Geheimnisse immer fein in deiner Seele verschlossen."

Ihr stand der Mund offen.

„Und beschwer dich jetzt bloß nicht über ‚putzmunter'. Zufälligerweise bewundere ich das nämlich an dir. Aber Herrgott, könntest du nicht wenigstens eine kleine Warnung von dir geben, bevor du einen Typen mit der nackten Wahrheit blendest?"

Sie hob die Arme, ließ sie wieder sinken. „Ich habe mir das Kleid vom Leib gerissen, und du hast den Wink mit dem Zaunpfahl wirklich nicht verstanden?"

Das war sicherlich ein Punkt für sie. Und er wusste auch genau, weshalb sie so lange gebraucht hatte, um ehrlich mit ihm zu sein. Das ergab sich wohl automatisch aus der Tatsache, dass sie schon so lange befreundet waren. Sein Ärger legte sich etwas. Männer, angefangen mit ihrem Vater, hatten sie ausgenutzt. Das männliche Geschlecht als solches hatte ihr nicht viel Grund gegeben, ihm zu vertrauen. Dass sie es sich tatsächlich erlaubt hatte, Gefühle für ihn zu entwickeln, musste das größte Kompliment sein, das er je in seinem Leben bekommen hatte.

„Oh Polly", entfuhr es ihm, und er streckte die Arme nach ihr aus.

Sie wich zurück, Misstrauen und Argwohn im Blick.

Oh Polly. „Ich liebe dich", sagte er leise, und der Schmerz in seiner Brust war kaum noch zu ertragen. „Ich weiß, ich bin ein Trottel, weil ich so lange gebraucht habe, um es zu erkennen. Inzwischen ist mir jedoch klar, dass ich dich liebe. Ich glaube sogar, dass ich das schon lange tue."

Hatte er erwartet, sie würde ihm jetzt um den Hals fallen? Aber nein, er kannte sie doch, also hatte er auch nicht wirklich damit gerechnet. Als sie einen Schritt zurücktrat, seufzte er. Seine Gereiztheit hatte sich nicht gelegt, trotzdem nahm er sich zusammen. Wegen dieser weit aufgerissenen blauen Augen, in denen Angst und Zweifel zu lesen standen, konnte er unmöglich wütend auf sie sein. „Du glaubst mir nicht", sagte er.

„Wieso sollte ich?" Sie tippte sich mit einem Finger auf die Brust. „Das ist nur, weil ich nicht zu haben bin. *Jetzt* fühlst du also angeblich etwas für mich."

„Ich ..." Als er den Atem ausstieß, klang es wie ein Seufzer. Er hätte es kommen sehen müssen. Aber das, was er für Polly fühlte, für seinen besten Freund, der zufällig auch eine Frau war, nun jedoch nicht länger sein bester Freund war ... das war so viel größer und intensiver und hatte nichts mit den albernen Schwärmereien für Tess oder Amethyst Lake oder die belgische Austauschschülerin gemein. Das für Polly war wesentlich ... es war lebenswichtig.

Dringend.

Riskant.

Sein Vater hatte seine Mutter geliebt, dennoch war sie gegangen. Aber sein Vater war auch nicht bereit gewesen, sein Herz und sein Leben mit seiner Frau zu teilen. Er würde beides tun müssen.

„Komm, Polly", sagte er und zog die Beifahrertür auf. „Steig ein."

„Wozu?"

Er umklammerte den Türgriff aus Chrom mit den Fingern und wies mit dem Kopf zur Straße. „Ich möchte dir etwas zeigen." Zwar rührte sie sich noch immer nicht, aber er traf die weise Entscheidung, sie nicht einfach zu packen und in den Pickup zu hieven. Er konnte sich vorstellen, dass es nicht gut aufgenommen werden würde. Also unternahm er einen neuerlichen Versuch. „Bitte, Gator. Um der alten Zeiten willen."

Ihre misstrauische Miene ließ seinen Zorn wieder aufflammen. Verdammt, an so etwas war er nicht gewöhnt. Sie hatte ihm immer viel bedeutet, doch jetzt ... jetzt hatten sie eine noch unendlich größere Bedeutung. Er hoffte nur, dass er Polly von seiner Liebe überzeugen konnte, damit er ihr nicht noch aus purer Frustration den Hals umdrehte.

Polly fühlte sich ramponiert, innerlich und äußerlich zerschlagen. Teague fuhr Richtung Norden. Die Fahrt verlief schweigend, obwohl sie sehen konnte, wie er die Finger ab und zu fester um das Lenkrad klammerte und seine Knöchel dann weiß hervortraten. Anfangs hatte er gemurmelt: „Du könntest mir wenigstens einen kleinen Vertrauensbonus zugestehen." Und: „Halte mir wenigstens zugute, dass ich meine Scheuklappen abgelegt habe."

Sie musste nur eine Weile hart bleiben. Er würde dieses hirnrissige Konzept – Liebe! Ha, jetzt, nach all der Zeit? – schon früh genug fallen lassen. Freunde würden sie wohl nie wieder sein, diese Beziehung hatten sie unter den zerwühlten Laken ihres Bettes begraben, aber zumindest wären sie dann beide an einem Punkt, von dem aus sie weitermachen konnten.

Erstaunlicherweise fuhr er zu ihrer Schule, stellte sie verblüfft fest, als er auf den Parkplatz des Schulgeländes einbog und parkte. Dort zog er sie mit sich zu dem Klassenzimmer, in dem sie in wenigen Tagen ihre Arbeit aufnehmen würde. Vor der verschlossenen Tür blieb er stehen.

„Hast du deine Schlüssel dabei oder soll ich Ted rufen?"

Sie sah zu ihm auf. „Ted? Du kennst unseren Hausmeister?"

Teague fuhr sich mit der Hand durchs Haar. „Ich habe ihn neulich kennengelernt. Er hat mich gestern und heute Vormittag reingelassen."

„Du warst in meinem Klassenzimmer?" Polly kramte in ihrer Hosentasche. „Er hat die Tür für einen Fremden aufgeschlossen?"

„Wirf ihm das nicht vor. Ich kann ziemlich überzeugend sein, wenn ich es darauf anlege. Und diese Feuerwehrmann-Sache ist praktisch so etwas wie der Generalschlüssel."

„Erzähl mir was Neues", sagte sie brummig, steckte den Schlüssel ins Schloss, drehte ihn, zog die Tür auf und ließ sie in den Türstopper an der Korridorwand einklinken. Der Geruch von frischer Farbe und Holz wehte ihr in die Nase.

„Was ...?" Sie trat über die Schwelle.

Teague fasste nach ihrem Arm, doch sie zuckte zusammen und wimmerte unterdrückt. Sofort drehte er ihren Arm um und musterte den Kratzer, den er mit dem Daumen berührt hatte.

„Oh, Süße", sagte er so mitfühlend, dass ihr fast die Tränen gekommen wären. „Ich hätte dich schon früher untersuchen sollen. Du hast bestimmt hier irgendwo einen Erste-Hilfe-Kasten. Lass mich erst deine Wunden verarzten."

„Nein." Sie wand den Arm aus seinem Griff. Dorthin, wo sie wirklich verletzt war, würde er nie gelangen.

„Pol ..."

Sie ging noch einen Schritt weiter. „Jetzt sag endlich, was wir hier ..." Ihre Stimme erstarb, als ihr Blick auf die Konstruktion in der hinteren Wand des Raumes fiel.

„Eigentlich hatte ich geplant, es dir erst zu zeigen, wenn alles fertig ist", sagte er, „aber ungeduldig, wie ich bin, konnte ich nicht so lange warten, dich wiederzusehen."

Um die Bücherregale war ein deckenhohes Konstrukt aus Spanplatten geschraubt worden. Außen auf den Platten waren große Steinblöcke für die Mauern vorgezeichnet und Ziegel für Türmchen und Zinnen, an denen sich Ranken emporwanden.

„Ein Schloss?"

„Den künstlerischen Teil hat mein Kollege Vin übernommen. Es ist natürlich nur ein erster Entwurf. Er kommt zurück und bringt es zu Ende, wenn ich fertig bin und alles vorgestrichen habe."

Sie konnte es sich schon jetzt genau vorstellen. Ein wunderschönes Schloss für all die Kindergartenprinzen und -prinzessinnen, für die Ritter und holden Maiden, die sie in den kommenden Jahren unterrichten würde. „Die Kinder werden gar nicht mehr abwarten können, bis die Lesestunde endlich anfängt."

„So war das auch gedacht", meinte Teague.

Das Herz schwoll ihr in der Brust an, war nicht länger zum Selbstschutz in sich zurückgezogen, der Schmerz verschwand jedoch nicht restlos. „Das ... das ist genau das, was ein ... ein Freund tun würde", murmelte sie.

„Nein, das ist genau das, was ein Mann tun würde, der dich liebt", berichtigte Teague sie.

„Nein", flüsterte sie und fühlte das Brennen von Tränen in ihren Augen.

„Doch." Teague zog sie zu sich herum, hob ihr Kinn an, bis ihr verschwommener Blick auf seinen traf. „Ich habe vielleicht die ganze Zeit über die falschen Dinge zu dir gesagt, Polly, aber ich habe immer die richtigen Dinge getan."

„Was meinst du?"

Mit seiner freien Hand langte er in die Gesäßtasche seiner Jeans und zog eine Quittung heraus. „Die Rechnung für das Material. Sieh dir das Datum an. Ich habe alles an dem Tag bestellt, als du davon sprachst, eine Leseecke in deinem neuen Klassenzimmer einzurichten."

Sie musste ihm so glauben, denn die Tränen ließen die Zahlen vor ihren Augen verschwimmen. „Ich verstehe nicht ..."

„Auf diese Art wollte ich dir zeigen, was ich fühle. Und es hat auch mir klargemacht, was ich fühle. Ich habe immer gern Dinge für dich getan – habe dir Muffins mitgebracht, habe deinen Schlüssel für dich gesucht. Ich habe immer gern Zeit mit dir verbracht." Er strich über das Haar an ihrem Hinterkopf. „Seit über vier Jahren bist du die Frau in meinem Leben, weil du die Frau bist, die ich liebe."

„Aber ... aber ..."

„Ich weiß, was du sagen willst. Ja, ich habe lange gebraucht, bis ich es erkannt habe. Doch wir beide hatten Probleme mit dem Vertrauen, die wir erst überwinden mussten."

Seine Mutter. Ihr Vater.

Teague blickte ihr tief in die Augen. „Diese Probleme haben wir gelöst, nicht wahr, Liebling? Nie ist mir jemand nähergekommen als du."

Polly lief rot an, als sie daran dachte, wie nah. Wie er sie ausgefüllt hatte. Nackte Haut auf nackter Haut. Das ultimative physische Vertrauen. Sollte sie ihm die Chance geben und ihn auch in ihr Herz lassen ...?

Seine Stimme wurde sanft, sein Blick zärtlich, als er sagte: „Du hast mir so oft vertraut, schon so lange. Bitte, wage es noch einmal und mache den Sprung. Glaube mir, wenn ich dir versichere, dass ich uns beide niemals aufgeben werde."

Ein Schauer lief ihr über den Rücken. „Das Risiko ist so groß ..."

„Du warst es, die mir das klargemacht hat", erwiderte Teague. „Aber jetzt ... jetzt bin ich es doch, der sich weit vorwagt, oder nicht?"

Als sie den Kopf abwandte, zog er sie wieder sanft zu sich herum.

„Ich liebe dich, Gator. Ich liebe dich unendlich."

Sie kräuselte die Nase. „Bist du dir sicher, dass ... dass es nicht nur daran liegt, dass ich plötzlich die Unerreichbare bin?"

„Sicher bin ich sicher." Er lachte. „Und ich werde deine Theorie sofort widerlegen."

Er senkte den Kopf und küsste sie, küsste sie gierig, leidenschaftlich und entschlossen. Dieser Kuss konnte nicht als kameradschaftlich missverstanden werden, und Polly ließ sich an Teagues Brust sinken.

„Siehst du?", murmelte er an ihren Lippen. „Für mich bist du völlig zugänglich, mal ganz davon abgesehen, dass du zu mir gehörst."

Weil sie irgendwo gelesen hatte, dass Freunde angeblich auch immer die besten Liebhaber seien und jetzt aus eigener Erfahrung bestätigen konnte, dass es stimmte, zog sie ihn so eng an sich, wie sie es sich immer erträumt hatte. „Ja, und du gehörst allein zu mir."

18. KAPITEL

Skye saß hinter dem Schreibtisch in dem kleinen Verwaltungsbüro und sortierte die Post, als ein schwungvolles Klopfen am Türrahmen ertönte. *Gage?* Für einen Augenblick wollte sich ihr Herz in die Lüfte schwingen, doch dann blieb es genau dort, wo es war. So, wie die Dinge zwischen ihnen standen, verdiente nichts die Beschreibung „schwungvoll". Die absolute Funkstille der letzten vierundzwanzig Stunden unterstrich das nur.

Sie sah auf. Polly wartete auf dem kleinen Absatz vor der Eingangstür. „Beschäftigt?", fragte sie und hielt zwei Kaffeebecher hoch.

„Nichts, was nicht warten kann", antwortete Skye und brachte sogar ein Lächeln zustande, als die Freundin ihr einen Pappbecher reichte.

Polly setzte sich auf den Besucherstuhl, runzelte die Stirn und musterte sie. „Was ist los? Du siehst nicht sehr glücklich aus."

„Natürlich bin ich glücklich", entgegnete Skye sofort. „Es ist Sommer, du hast mir etwas zu trinken mitgebracht und ..." Ihre Stimme erstarb, aber in ihrem Kopf lief die Aufzählung weiter: *Und dieser verantwortungslose Kerl, dieser Gage, wird wieder das Risiko suchen, noch dazu wird er es auf die gefährlichste Art und Weise überhaupt tun.*

Aus diesem Grund hatte sie beschlossen, nicht mehr an ihn zu denken.

Sie nippte an dem heißen Getränk. „Mmh, ein perfekter *Latte.*"

Polly zuckte die Achseln. „Von deinem Lieblingsbarista im Captain Crow's. Er lässt dir Grüße ausrichten."

„Danke." Skye lehnte sich in ihren Stuhl zurück und musterte ihre Freundin. „Du siehst richtig frisch aus."

„Nun, ja ..." Polly rutschte unruhig auf dem Sitz herum. „Ich muss dir etwas gestehen."

„Du triffst dich wieder mit Maureens Bruder."

„Wer?" Verständnislos sah Polly sie an.

„Deine Lehrerkollegin? Der schnuckelige Bruder? Dein Blind Date?"

„Oh." Polly schüttelte den Kopf. „Den hatte ich völlig vergessen."

Skye stellte den Becher ab und spielte mit den Briefumschlägen. „Ich kann nicht behaupten, dass mir das leidtut. Nach dem, was du erzählt hast, klang er wie ein netter Mann, aber ... da haben keine Funken gesprüht."

Funken. Das Wort ließ sie an Gage und ihren letzten Streit denken. Nachdem er ihr Haus mit einem lautstarken Türenschlagen verlassen hatte, hatte der Rauch ihres letzten feurigen Aufeinandertreffens noch lange in der Luft gelegen.

Du wirst dir wünschen, dass du es nie erfahren hättest.
Ich will nichts mehr mit dir zu tun haben!

„Skye, was ist los?"

Pollys Stimme drang in ihre Erinnerungen.

„Nichts", behauptete sie und schlitzte den obenauf liegenden braunen Umschlag mit dem Brieföffner auf. „Überhaupt nichts." Sie würde Gage einfach vergessen.

„Ich wollte dich auf jeden Fall wissen lassen ..." Polly starrte angelegentlich in ihren Kaffeebecher.

Skye runzelte die Stirn, sodass sich eine tiefe Falte bildete, und musterte ihre Freundin. Etwas stimmte nicht. „Wie war deine Fahrradtour heute Vormittag?"

„Ich fürchte, ich habe dein Fahrrad verbeult." Polly schnitt eine Grimasse und lief rot an.

„Dir ist doch hoffentlich nichts passiert?"

„Nein, ich ... mir geht es gut. Prächtig sogar, um genau zu sein." Sie sah auf und lächelte zerknirscht. „Teague hat mich von der Straße gedrängt."

„Was?"

„Er war richtig süß ... nein, eigentlich war er richtig sauer, aber ..."

Teague und sauer? Selbst als er behauptet hatte, sein Herz wäre Tess' wegen gebrochen, hatte er nicht gerade viel davon durchblicken lassen. Skye bezweifelte ernsthaft, dass dieser ausgeglichene Mann überhaupt zu Ärger fähig war.

„Ich glaube, man kann es sogar wütend nennen", gestand Polly. „Und er war sehr, sehr entschlossen."

„Entschlossen zu was?"

Ein Lächeln zog auf das Gesicht der Freundin, ließ ihre Augen strahlen und erhellte den ganzen Raum.

Polly stellte den Kaffeebecher ab und wedelte mit der linken Hand. „Entschlossen, mich dazu zu bringen, dass ich ihn heirate."

An Pollys Finger blitzte ein Diamantring auf. Skye starrte darauf, hob den Blick und sah ihrer Freundin in die strahlenden Augen. „Pol, das ist wunderbar! Er ist also endlich zur Vernunft gekommen?"

Polly nickte. „Er hat ein Schloss für mich gebaut", sagte sie.

Dann brach die übertrieben diskrete Polly in Tränen aus. Und so wurden als Nächstes Taschentücher hervorgeholt und Umarmungen ausgetauscht, und dann bekam Skye die ganze Geschichte zu hören, angefangen bei den „Freunden mit gewissen Vorzügen" bis hin zum Besuch beim Juwelier. Skye schaute Polly gespielt entrüstet an.

„Du hast mit keinem Wort angedeutet, dass du mit Teague geschlafen hast."

„Du warst ja damit beschäftigt, das Gleiche mit Gage zu tun."

„Oh." Skye setzte sich wieder auf ihren Stuhl. Sie machte sich erst gar nicht die Mühe zu erklären, dass eine Änderung der Umstände eingetreten war. Schließlich verschwendete sie keinen einzigen Gedanken mehr an ihn, das hatte sie sich fest vorgenommen. Sie zog ein Blatt Papier aus dem geöffneten Umschlag.

„Ich bin eigentlich gekommen, um meine Beichte bei dir abzulegen." Pollys Stimme wurde sehr leise.

Skye sah auf. „Was könnte denn noch großartiger sein, als dass du dich mit dem Mann verlobt hast, von dem du überzeugt warst, du würdest ihn niemals bekommen können?"

„Ich ziehe bei ihm ein. In Teagues Haus. Das hier ist meine offizielle Kündigung. Ich verlasse die Bucht."

Plötzlich schienen Schatten im Raum zu liegen. Hatte sich eine Wolke vor die Sonne geschoben? „Na... natürlich", brachte Skye schließlich heraus. Sie warf einen Blick über ihre Schulter. „Ich freue mich ehrlich für euch beide."

Polly kaute auf ihrer Unterlippe. „Danke ... und es tut mir leid. Ich meine, mir ist klar, dass ich unseren Schwur breche – Freundinnen über Männer."

„Oh." Skye versuchte zu lachen. „Das habe ich doch nicht wirklich ernst genommen, zerbrich dir deswegen nicht den Kopf. Ich bin froh, dass ihr euch endlich zusammengerauft habt." Es blieb ihr nur zu hoffen, dass ihre Stimme nicht so hohl klang, wie ihr Magen sich anfühlte. Sie senkte den Blick, um die plötzlich aufkeimende Furcht zu kaschieren.

Wenn der Herbst kam, würde sie allein sein.

„Skye ..."

Sie gab sich den Anschein, als würde sie interessiert lesen, was auf dem Blatt Papier in ihrer Hand stand. „Hey, sieh nur", sagte sie. „Das ist die Druckfahne des Artikels über Crescent Cove, der am Sonntag in der Zeitung erscheinen wird." Sie schob Polly das Blatt zu, dann erhob sie sich und stellte sich in die Tür, atmete tief die salzhaltige, sonnengewärmte Luft ein. „Bitte sage mir, dass das, was ich bei dem Interview von mir gegeben habe, nicht klingt, als würde es aus dem Mund einer Irren stammen."

In letzter Zeit hatte sie eine Menge idiotische Dinge getan – dazu zählte vor allem mit Gage zu schlafen, und nicht nur einmal, sondern unzählige Male, ihn viel zu nah an sich heranzulassen ...

Nein, sie durfte nicht mehr an ihn denken.

„Der Artikel ist großartig", lautete Pollys Urteil, nachdem sie die Spalten gelesen hatte. „Alle wichtigen Punkte sind erwähnt, und du triffst genau den richtigen Ton. Die wunderbare Liebesgeschichte deiner Urgroßeltern und das Rätsel um das kostbare Collier, um den ‚Kragen'. Ich garantiere schon jetzt, dass du für nächsten Sommer ausgebucht bist, sobald der Artikel erscheint."

„Das wird sicher gut", erwiderte sie ohne große Begeisterung.

Polly stand ebenfalls auf und stellte sich neben sie in die offene Tür. „Was schaust du dir an?"

Nichts. Mit leerem Blick starrte Skye den Strand entlang, ohne etwas zu sehen. Sie versuchte angestrengt, Erinnerungen und Ängste aus ihrem Kopf zu vertreiben.

„Oha", kam es mit einem Mal von Polly. „Da turnt schon wieder jemand auf den Felsen herum, obwohl du neue Schilder aufgestellt hast."

Skye runzelte die Stirn und kniff die Augen zusammen. Die Gestalt war nicht zu erkennen, weder Größe noch Aussehen, aber da kletterte auf jeden Fall ein Mensch die Felswand hinauf. Es gab noch einen anderen Weg, der direkt auf das oberste Plateau führte. Die meisten Leute nutzten ihn, wenn sie von ganz oben die Aussicht genießen wollten. Bei denjenigen, die die steile Route wählten, konnte man davon ausgehen, dass sie von den Klippen springen wollten und nicht an Sightseeing interessiert waren.

„Verdammt", fluchte sie und nahm ihre Schlüssel. Sie schob Polly zur Tür hinaus und verschloss das Büro. „Mir reicht's jetzt. Ich werde dem ein für alle Mal ein Ende setzen."

„Ein für alle Mal" war wohl eher ein utopisches Ziel, aber das hielt sie nicht davon ab, wütend über den Strand zu stapfen. Es wurde höchste Zeit, dass sie wenigstens über eine Sache in ihrem Leben die Kontrolle zurückerlangte.

Sie würdigte Strandhaus Nr. 9 keines Blickes, als sie daran vorbeirauschte, sondern begann gleich den Aufstieg über den Seitenpfad, der eigentlich nur für Ziegen geeignet war. Immer wieder führte er auf kleine Felsvorsprünge hinaus, die unerschrockene Hitzköpfe als Rampe nutzten, um von dort aus in den Ozean zu springen. Am Fuße der Klippen ragten Felsblöcke aus dem Wasser. Zwar waren sie nicht groß, und es gab auch nicht sehr viele davon, aber Unachtsamkeit könnte die schlimmsten Folgen nach sich ziehen.

Von der Gestalt, die sie vorhin gesehen hatte, war keine Spur zu entdecken. Es war durchaus möglich, dass diese Person sich bereits auf einem höheren Plateau befand oder sich vielleicht auf der anderen Seite an die Felsen drückte, sodass sie nicht gesehen werden konnte. Gesprungen war noch niemand, dessen war sie sich sicher.

Sie hielt sich an den Zweigen eines Salbeistrauchs fest, um auf den nächsten Vorsprung zu gelangen, einer der niedrigeren und daher beliebtesten Absprungpunkte. Als sie mit beiden Füßen auf dem Felsvorsprung stand, brachte eine starke Windbö sie ins Schwanken, doch ein kräftiger Arm packte sie von hinten um die Taille und zog sie an warme, solide Muskeln.

Die nächste Bö trug ihren erschreckten Aufschrei davon.

„Nur die Ruhe, Liebling", sagte Gage an ihrem Ohr. „Ich bin's."

Sie versuchte, sich aus seinem Griff frei zu machen, woraufhin er sie nur noch fester hielt. Sie wandte den Kopf um und funkelte ihn böse an. „Lass mich los."

„Es gibt hier nicht genügend Platz für zwei", erwiderte er.

Darauf antwortete sie mit einem kräftigen Ellbogenstoß in seinen Magen. Er lockerte seinen Griff, als ihm für einen Moment die Luft wegblieb, und Skye trat zur Seite. Natürlich gab es auf dem Vorsprung genug Platz für sie beide, der Überhang ließ zudem den Eindruck entstehen, sie befänden sich in einer kleinen Höhle. Skye weigerte sich, Gage anzusehen, lenkte den Blick stattdessen aufs Wasser hinaus. Der Ozean lag vor ihnen wie flüssige Seide, changierte von Silber zu Blau und Grün. „Ich dachte, du hättest zu Rex gesagt, dass das Klippenspringen dumme Kinderstreiche waren."

„Du hast also gelauscht!"

„Hatte ich ja schon zugegeben", sagte sie trotzig. „Aber jetzt bist du an der Reihe mit den Geständnissen. Du bist hier heraufgeklettert, um zu springen, oder etwa nicht?"

„Na und? Die Nostalgie hat mich eben überfallen."

„Du hast wirklich Nerven", fauchte sie ihn an, der Wind trieb ihr das Haar ins Gesicht und wehte es ihr in die Augen. Sie fing die wirbelnden Strähnen ein und wickelte sie sich um die Hand, um die Schlacht gegen Gage aufzunehmen. „Du dürftest gar nicht hier oben sein. Hast du die Warnschilder nicht gesehen?"

„Oh Baby", raunte er ihr mit seiner besten Imitation des Höllenfürsten zu. „Dir wird doch klar sein, dass ich sie immer missachtet habe, wenn ich in der Bucht bin, oder?"

Hitze kroch über ihre Haut, als sie sich daran erinnerte, wie er … Nein, sie wollte nicht mehr daran denken, nicht mehr an *ihn* denken. Sie hatte ihn aus ihren Gedanken verbannt. „Halt einfach den Mund", sagte sie verärgert, und dieses Mal tat er es und verfiel in Schweigen.

Auch sie stand stumm da, war nicht sicher, wie ihr nächster Schritt aussehen sollte. Wenn sie ging, würde er seinen Plan wahrscheinlich in die Tat umsetzen und von hier oben ins Wasser springen. Und schlimmer noch … er würde sich einbilden, dass sie vor ihm davonrannte.

Entschlossen hob sie das Kinn ein wenig höher und harrte aus, lehnte sich mit dem Rücken an die warme Felswand. Das Rauschen der Brandung dröhnte in ihren Ohren, die Ozeanbrise kühlte ihre Haut, die der Ärger aufgeheizt hatte. Ihre Lider schlossen sich wie von allein. Und der Moment erschien ihr mit einem Mal erstaunlich friedlich, trotz der Unstimmigkeit zwischen ihr und Gage.

Er war es, der als Erster die Stille durchbrach. Er begann leise zu singen: „Schöne Träumerin, Königin meines Liedes …"

Ihr stockte das Herz in der Brust. Sie presste sich dichter an den Felsen, noch immer mit geschlossenen Augen, hielt sich reglos wie unter einem Bann. Das war aus einer Strophe von Stephen Fosters „Beautiful Dreamer". Aus einer Laune heraus hatte sie den Text in einem ihrer Briefe an Gage niedergeschrieben und ihm erzählt, dass ihre Mutter dieses Lied oft für sie und ihre Schwester gesungen hatte. Es sei die Hymne der Meerleute in der Bucht, hatte ihre Mutter behauptet.

„Lausche, wie ich mit meiner sanften Melodie um dich werbe, vergessen sind des geschäftigen Lebens Sorgen."

Skye spürte, dass er sich neben ihr bewegte. Das Licht, das durch ihre Lider fiel, wurde schwächer, die Brise traf nicht länger ihre Haut. Gage hatte sich vor sie gestellt, schützte sie vor dem Wind, sacht umfasste er ihr Gesicht. Dann war er es, der sie statt des Windes streichelte und mit den Daumen über ihre Wangen strich.

„Schöne Träumerin, wach auf für mich", murmelte er in leisem melodischen Singsang.

Und Skye öffnete die Augen. Er stand direkt vor ihr, sein intensiver Blick suchte ihren. Er war so unglaublich hinreißend, tausendmal attraktiver als in den Fantasien, die sie um ihn gesponnen hatte, als sie nur die Briefbekanntschaft gepflegt hatten.

Er lächelte, sang dann die letzte Zeile der Strophe noch einmal. „Schöne Träumerin, wach auf für mich."

Die Wahrheit traf sie wie ein Schlag. Genau das hatte sie getan. Sie hatte geschlummert, sich praktisch versteckt, bis Gage in die Bucht gekommen war und sie aus dem Schlaf wach gerüttelt hatte.

Sie starrte in seine Augen, und das jähe Wissen, dass alle Warnschilder der Welt bei tiefer Faszination nichts bewirken konnten, erfüllte sie. Wie die Felsen die tollkühnen Klippenspringer anzogen, so war auch sie machtlos gegen Gages Anziehungskraft, die bis in jede einzelne ihrer Zellen reichte.

Ich habe mich in ihn verliebt, dachte sie. Es überraschte sie nicht wirklich, und so ergab sie sich schon halbwegs resigniert der Vorstellung. *Ich liebe ihn.*

„Skye", wisperte er, und sie las die Worte von seinen Lippen ab. „Du bist meine ganz eigene Meerjungfrau."

Dann senkte er den Kopf, sein Kuss war sanft und zärtlich, und sie schwebte selig auf einer Wolke süßer Verheißung dahin. Als sie sich voneinander lösten, um wieder Luft zu holen, hatte sie die Finger in die weiche Baumwolle seines T-Shirts gekrallt. Benommen und verwundert sah sie in sein Gesicht auf.

„Ich möchte dich um etwas bitten", sagte er leise.

„Hm?" Der Wind fing sich in seinem Haar, zerzauste es und stellte es auf wie einen Hahnenkamm. Ihr Lächeln ließ sich nicht zurückhalten. Er sah so jungenhaft aus, wie ihr Spielkamerad in jenen längst vergangenen Sommern.

„Du wirst doch Griffin ... und keinem anderen von meinem ... äh ... kleinen Abenteuer erzählen, oder?" Er drückte einen Kuss auf ihre Nasenspitze, ihre rechte Augenbraue, ihre linke ...

„Was?"

Seine Lippen glitten noch einmal flüchtig über ihre Brauen. „Gott, wie sehr ich dich vermisst habe. Lass uns nie wieder streiten."

„Was?", wiederholte sie, und ihre Hände ballten sich zu Fäusten.

„Ich habe dich vermisst." Er strich mit dem Mund über ihre Wangenknochen. „Streiten wir nicht mehr, Liebling."

„Nein, das davor." Sie rückte von ihm ab, weg von den Küssen, die sie ablenkten.

Er lächelte noch immer, während er mit dem Daumen wieder streichelnd ihr Gesicht liebkoste. „Ich meinte nur, dass, wenn die Familie von dem ... dem ..."

„Dem Kidnapping."

„Genau. ... erfährt, würde das garantiert die Wir-heiraten-bald-Stimmung verderben."

Sie starrte ihn an, fühlte, wie ihr Temperament zu brodeln begann. „Oh, das kann ich mir gut vorstellen. Ganz zu schweigen davon, wie die Reaktionen ausfallen würden, wüssten sie, wie wenig du dich an das Protokoll hältst. Ich könnte mir denken, das würde sie alle in helle Aufregung versetzen, vor allem, da du gerade kurz davorstehst, deinen nächsten Auftrag anzutreten."

Er sah unendlich erleichtert aus. „Ich wusste, du würdest es verstehen. Danke, Baby."

Er beugte sich zu ihr, doch sie hielt ihn auf, drückte die flachen Hände gegen seine Brust. Wut schäumte jetzt in ihr über. Oh ja, er war der Leibhaftige in Person. Der Höllenfürst. Oder vielleicht auch einfach nur ein mieser kleiner Pinscher!

Ihr war jetzt klar, wozu die ganzen Schmeicheleien, die Küsse, das „Baby" und das „Liebling" dienen sollten, er wollte sich ihre Komplizenschaft bei der riskanten Entscheidung sichern, die er allein für sich getroffen hatte.

Seine Meerjungfrau? Ha! Wohl eher sein Handlanger.

Aufsteigende Tränen brannten in ihren Augenwinkeln. Angestrengt blinzelte sie sie zurück. Sie würde ihn keine Tränen sehen lassen! Das verbot ihr der Stolz.

Gage runzelte die Stirn, als würde ihm ihr Stimmungsumschwung endlich bewusst werden.

„Skye ..."

Bevor er auch nur etwas ahnen konnte, bevor die Tränen die Chance hatten, überzulaufen, schritt sie zur Tat.

Ohne genauer zu überlegen – oder gar bösartige Gedanken zu hegen –, versetzte sie seinen Schultern mit beiden Händen einen kräftigen Stoß. Er strauchelte rückwärts. Und es kostete nur noch eine weitere Sekunde, um ihn über den Felsrand zu schubsen.

Sie wartete nicht einmal auf den Laut des aufspritzenden Wassers, wirbelte auf dem Absatz herum und lief den Trampelpfad hinunter zurück zu ihrem Heim. Befriedigt war sie nicht. Zwar hatte ihre Revanche es ihr vielleicht ermöglicht, das Gesicht zu wahren, sie hatte jedoch nicht dabei geholfen, Gage aus ihrem Kopf zu vertreiben.

Oder aus ihrem Herzen.

Nach dem Zusammenstoß mit Gage auf den Klippen beschloss Skye, sich einen Klageabend zu erlauben. Endlich hatte sie sich ihre Gefühle für ihn eingestanden, und nun würde sie in Selbstmitleid ertrinken. Ihre Hand schwebte schon über dem Telefon, um ihre Schwester anzurufen und sich für eine oder zwei „Oh, wie weh ist mir"-Stunden bei ihr auszuheulen.

Auch Meg hatte einst geliebt und verloren, aber jetzt lebte ihre Schwester in einer glücklichen Ehe. Und nicht nur wollte Skye keine dunkle Wolke auf das strahlende Glück der beiden werfen, sie hatte auch keine Lust, Zeuge von seliger Zweisamkeit zu werden – nicht einmal per Telefon.

Genau, dachte sie und schnitt eine Grimasse, mir ist *so* weh.

Es war nicht mal sechs Uhr abends, aber entschieden zog sie die Vorhänge vor und schaltete den Fernseher ein, in dem Moment begann die Kuhglocke an der Vordertür zu läuten. Skye sprang von der Couch auf und ging zur Haustür. „Hallo?", rief sie argwöhnisch.

Die Glocke klingelte wieder laut und jemand rüttelte am Türknauf.

„Aufmachen!", forderte eine bekannte weibliche Stimme. „Long John Silver und Holzbein-Polly verlangen Einlass!"

Skye zog die Brauen zusammen, hängte die Kuhglocke ab und zog die Tür ein Stückchen auf. Alles, was sie durch den Spalt sehen konnte, war ihre beste Freundin in einem von ihren Kindergartenkostümen – einem breitkrempigen schwarzen Filzhut mit wippenden roten Federn daran. Ein Mann stand neben ihr. „Ist es nicht noch zu früh für Halloween, Holzbein-Polly?"

Die Piratin ließ sich nicht abwimmeln und drückte gegen die Tür, sodass Skye nichts anderes übrig blieb, als zurückzutreten und Platz zu machen. Polly marschierte ins Haus, und ein ganzer Trupp folgte ihr – Teague, Jane und Griffin, der den alten Rex Monroe stützte.

Sie brachten den Duft von Grillhähnchen mit.

„Wir feiern eine Schatzjagd-Party", verkündete Polly.

Schwerelos tanzte sie in die Küche. Skye nahm an, dass der Rausch der Verlobung sie noch immer beflügelte.

Teague grinste ebenfalls breit. In der einen Hand trug er ein Bier-Pack, mit der anderen hielt er zwei Flaschen Wein hoch.

„Ist sie nicht wunderbar?", fragte er, während er ihr einen Kuss auf die Stirn drückte. „Das ist die Frau, die ich heiraten werde."

Es war rührend zu sehen, wie er vor Glück strahlte, so sehr, dass es Skye fast zum Heulen brachte. Sie weigerte sich jedoch, sich von Tränen überwältigen zu lassen, und so setzte sie ein Lächeln auf und sah zu, wie Rex von Griffin zu einem Sessel geführt wurde. „Ich weiß diesen Überfall ja zu schätzen..."

„Sie nennt es einen Überfall", rief Griffin in die Küche. „Jane, ich hatte dir und Polly doch gesagt, wir hätten besser vorher anrufen sollen."

Skye spürte verlegen Hitze an ihrem Nacken emporkriechen. „Ich meinte damit ... äh ... Ablenkung."

„Sie meinte Ablenkung", sagte Polly und reichte ihr das Glas Weißwein, das sie gerade eingeschenkt hatte. „Und es ist sowieso völlig unerheblich, was sie im Moment denkt, später wird sie uns dafür danken."

„Wenn ich wüsste, worum es hier geht, könnte ich euch vielleicht früher danken", warf Skye ein, wurde aber von der Vorschullehrerin, die die Organisation übernahm, ignoriert. Kurz darauf hatten die beiden Männer den Picknicktisch nach vorn an den Strand getragen, sodass sie alle den Sonnenuntergang miterleben konnten. Der Tisch wurde mit Papptellern und Partygeschirr gedeckt, das Essen aufgetragen, das sie mitgebracht hatten, und die Getränke wurden aus dem Haus geholt. Dann setzten sie sich alle um den Tisch herum, Rex erhielt den Ehrenplatz am Kopfende. Das Fest konnte beginnen.

Skyes Kummer schwächte nicht ab, auch wenn sie an den richtigen Stellen lachte und während der ganzen Zeit die nach oben gebogenen Mundwinkel fest an ihrem Platz hielt.

Nach einer Weile setzte sich jemand neben sie auf die Bank.

„Lass das Lächeln bloß nicht verrutschen", raunte der Mann, den sie am Nachmittag in den Ozean gestoßen hatte, an ihrem Ohr.

„Würde ich mir im Traum nicht einfallen lassen." Sie warf Gage einen Seitenblick zu, stählte sich, um ihre Reaktion auf seinen köstlichen würzigen Duft im Zaum zu halten. Er schien unter dem unverhofften Bad nicht gelitten zu haben. War das der Grund, weshalb er erst jetzt zur Party gestoßen war? Hatte er sich verspätet, weil er sich erst das Salzwasser aus den Haaren waschen musste? Selbst wenn ... sie fühlte sich nicht im Mindesten schuldig. „Warum sollte ich auch schlechte Laune haben?"

Abgesehen von der Tatsache, dass du mich dazu gebracht hast, dich zu lieben, und mir immer wieder vor Augen hältst, dass du bald gehst.

„Hör zu." Noch immer hielt er die Stimme gesenkt. „Sie alle haben ernste Konsequenzen vorausgesagt, falls wir zusammen schlafen sollten, und ich persönlich möchte ihnen den Triumph, recht zu haben, lieber nicht gönnen."

Sie drehte die Wattzahl ihres Lächelns voll auf. „Natürlich nicht. Aber sie irren sich ja auch. Nichts Ernstes, also auch keine Konsequenzen."

„Außer dem Salzwasser in meiner Lunge", murmelte er.

Noch immer schlief ihr Gewissen ruhig und selig. „Tja, so was passiert eben, wenn man kindische Dummheiten begeht."

„Oder sich mit kindischen Frauen zusammentut."

„Was flüstert ihr beide da?", wollte Rex vom Kopfende her wissen.

„Ich dachte, vielleicht kann Gage mir erklären, welchen Schatz ihr auf eurer Suche finden wollt", rief Skye dem alten Mann zu.

„Na, den ‚Kragen' natürlich, das Collier." Es war Polly, die antwortete. „Als ich heute den Artikel in der Zeitung las, kam mir ein Gedanke. Das Ding ist nie gefunden worden, in keinem Bankdepot oder Safe, und es war auch nicht unter den Familienerbstücken. Also kann es nur hier im Haus selbst sein."

„Ich weiß nicht..." Die Gerüchte um das berüchtigte Schmuckstück hatten die Öffentlichkeit mehr interessiert als Skyes Familie. Keiner von ihnen, wenn sie sich recht entsann, glaubte daran, dass es überhaupt noch existierte. Vielleicht hatte Edith es ja ins Meer geworfen, hatte sie doch tatsächlich mit dem Gedanken gespielt. Oder Max hatte die Steine aus der Fassung gebrochen und sie einzeln verkauft.

„Auf jeden Fall wird es ein aufregender Spaß werden", meinte Polly; unter der breiten Krempe ihres lächerlichen Piratenhutes hervor musterte die Freundin sie genau. „Ich denke, du kannst ein wenig Spaß gebrauchen."

Beste Freunde sahen häufig viel zu viel. Vielleicht war es aber auch die Vorschullehrerin, die genügend Erfahrung mit aufziehenden Wutanfällen und Weinkrämpfen hatte und daher jedes noch so kleine Anzeichen erkannte. „Sicher." Skye unterdrückte einen Seufzer und verzog nur mit Mühe die Lippen zu einem Lächeln. „Hört sich gut an."

Neben ihr meldete sich Gage: „Ich werde in der Kommode nachsehen, in der sie ihre Unterwäsche verstaut."

„Wirklich lustig." Skye warf ihm einen vernichtenden Blick zu. „Wenn ihr das tatsächlich ernst meint ... in den neuen Möbeln ist es ganz bestimmt nicht versteckt. Und die alten Stücke haben meine Eltern alle mit in die Provence genommen."

„Dann klopfen wir eben die Wände ab und überprüfen die Einbauschränke", kam es von Teague.

Skye setzte das nächste gekünstelte Lächeln auf. „Ein guter Anfang."

Nachdem alles aufgegessen und aufgeräumt war, machten ihre Freunde sich tatsächlich an die Arbeit. Sie klopften und pochten, fühlten mit den Fingerspitzen über die Fugen der Trennwände und über Schranknuten. Die fröhliche Begeisterung und das lustige Geplänkel deprimierten Skye nur noch mehr, denn ihr wurde klar, dass sie auch ihre Freunde zurücklassen würde, wenn sie die Bucht verließ.

Es bot sich an, dass sie nach Frankreich ging und sich irgendwo in der Nähe ihrer Eltern niederließ. Oder vielleicht nach San Francisco, näher zu Meg. Sie konnte nicht in dieser Gegend leben, das würde es umso schwerer machen, sobald sie das Erbe der Familie aufgab. Lebwohl, Edith, lebwohl, Max, dachte sie, probierte im Kopf aus, wie diese Worte sich anhörten. Sie würde nicht nur den Traum zurücklassen, den die beiden gehabt und in der Bucht realisiert hatten, sondern auch all die Anstrengungen der folgenden Generationen wertlos machen.

Niemand würde sich mehr an ihre Familie erinnern oder an den Clan der Bucht-Kids, die hier ihre Sommer wie in Nimmerland verbracht hatten. Vier dieser Kinder waren diesen Sommer wieder in die Bucht zurückgekehrt: Tess, Griffin, Teague und Gage.

Als die Schatzsuche zwei Stunden später ergebnislos abgebrochen wurde, konnte Skye sich nicht zurückhalten – sie ließ den Blick zu ihrem ehemaligen Lover schweifen. Gage hatte fleißig bei der Schatzsuche mitgewirkt, jetzt half er dem alten Rex, der die Suche beaufsichtigt hatte, aus dem Sessel.

„Ich bringe Rex nach Hause", sagte er zu seinem Zwillingsbruder. Sein Blick ging kurz zu ihr, bevor er die Augen wieder in die Runde richtete. „Dann gute Nacht, alle zusammen."

Sein Abschiedsgruß wurde vielstimmig erwidert, und auch die anderen machten sich auf den Heimweg.

Polly war die Letzte, sie blieb kurz in der Tür stehen. „Wir haben das Collier nicht gefunden."

„Hattest du wirklich damit gerechnet?", fragte Skye.

„Ich hatte damit gerechnet, dass ich dich aufmuntern könnte."

Skye lächelte. „Hey, ich bin aufgemuntert."

Unter ihrem Piratenhut schnaubte Polly leise. „Das kannst du sehr viel besser", sagte sie, dann trat auch sie über die Schwelle nach draußen, wo die Liebe ihres Lebens auf sie wartete.

Skye sah der Gruppe nach, bis die wippenden Federn am Hut ihrer Freundin in der Dunkelheit verschwanden. Die nächste Stunde verbrachte sie damit, das Haus wieder in Ordnung zu bringen. Die ganze Zeit über hallten Pollys letzte Worte in ihren Ohren nach. *Das kannst du sehr viel besser.*

Vielleicht kann ich das wirklich, dachte sie. Vielleicht sollte sie die Initiative ergreifen, anstatt sich in Selbstmitleid zu wälzen. Vielleicht sollte sie den Strand entlang zu Strandhaus Nr. 9 gehen und diesem nervenaufreibenden, arroganten Gage Lowell anständig die Meinung sagen. Bevor sie es sich anders überlegen konnte, joggte sie auch schon im Mondlicht über den Sand.

Den Anfang würde sie damit machen, ihm zu sagen, dass er verrückt war, auf diese Geiselfarm zurückzugehen und sich damit erneut in Gefahr zu bringen. Er konnte wieder gefangen genommen werden, vielleicht sogar getötet, als Vergeltung, weil er die Polizei alarmiert hatte.

Gerade du solltest das doch verstehen, Skye. Du solltest verstehen können, dass ich niemandem erlauben kann, einen Teil von mir zu behalten.

Na schön. Dann würde sie ihm eben klarmachen, wie schrecklich falsch es von ihm war, sich nicht an das Protokoll für Berichterstatter in Krisengebieten zu halten.

Nur … er tat es, um seine Familie davor zu bewahren, unvorstellbar grausame Entscheidungen treffen zu müssen. Maras Gesicht, verhärmt von Schmerz und Schuldgefühl, schob sich vor ihr geistiges Auge. *An manchen Tagen habe ich selbst Schwierigkeiten, mir zu vergeben.*

Dennoch zögerte sie nicht, die Stufen zu erklimmen, die vom Strand auf die Veranda führten. Oben angekommen blieb sie einen Moment stehen, nutzte die Gelegenheit, ihren Puls zu beruhigen und ihre Atmung zu normalisieren. Der Strahler, der mit dem Bewegungsmelder verbunden war, erhellte die Holzbohlen, der Lichtschein fiel auf die Terrassenmöbel – den Tisch mit dem Sonnenschirm in der Mitte, die Stühle, die beiden kleinen Sitzkissen und die große Sonnenliege.

Auf Letzterer lag Gage mit geschlossenen Augen ausgestreckt, er hatte ein leichtes Plaid über die Beine gebreitet und bis auf die Hüften hochgezogen. *Schöner Träumer.*

Skyes Mund wurde trocken, während sie ihn und seine attraktiven Gesichtszüge betrachtete. Ihr Blick blieb einen Moment an den langen geschwungenen Wimpern hängen. Das Haar fiel ihm wirr in die Stirn. Unwillkürlich tat sie einen Schritt vor. Es juckte ihr in den Fingern, ihm die Strähnen aus dem Gesicht zu streichen.

Sie blickte auf ihn hinab. Die Hände hielt er entspannt auf dem flachen Bauch, seine Brust hob und senkte sich regelmäßig. Er schlief. Sie wusste, wie schwer es für ihn war, Schlaf zu finden, aber sie musste sich unbedingt etwas von der Seele reden. Sie sollte ihn wach rütteln, ihm direkt in die wunderbaren laserblauen Augen sehen und ihm sagen, dass es nicht richtig von ihm war, dass er sie alleinließ. Und vielleicht sollte sie ihm sogar den genauen Grund dafür nennen.

Doch dann legte sich Resignation schwer auf ihre Schultern. Er würde dennoch abreisen. Denn er war ein Abenteurer, ein Mann, der bewusst und gerne Risiken einging. Daran hatte er von Anfang an keinen Zweifel gelassen. Er brauchte den Adrenalinschub, und es gab nur eine Sache, die ihn davon abhalten könnte, sich nicht auf die Suche nach dem nächsten Kick zu begeben.

Wenn man jemanden liebt, setzt man ihn nicht einer solchen Angst aus.

Da er also wieder zurückging, hieß das, dass er niemanden genug liebte, um sich von seinem Plan abbringen zu lassen.

Einschließlich ihr.

19. KAPITEL

In den zwei Wochen seiner Gefangenschaft im Höllenloch hatten Träume ihn gequält – was sicherlich niemanden überraschen dürfte. Nein, was Gage vielmehr verwundert hatte, war, dass er überhaupt geschlafen hatte. Sollte man nicht annehmen, dass man, wenn man das eigene Leben in Minuten zählte, jede einzelne davon wach erleben wollte?

Doch das Gehirn war ein erstaunlich mächtiges Instrument. Während sein Körper in einem schwarzen Loch gesteckt hatte, war er mit seiner Fantasie Tausende von Meilen weit entfernt nach Kalifornien gereist. Die Bucht hatte genau so ausgesehen, wie er sie in Erinnerung gehabt hatte – die bunten Strandhäuser, der blaue Himmel, die üppig blühende Bougainvillea in allen erdenklichen Rotschattierungen, die an den schuppigen Stämmen der Palmen emporrankten. Und Skye. Auch sie hatte er in seinen Träumen gesehen. Aber nicht das kleine Mädchen, das am Strand entlanggehüpft war oder in der Gischt am Wasserrand geplanscht hatte, sondern sie war zu einer lieblichen Meerjungfrau herangewachsen gewesen, und er hatte sie draußen im Ozean schwimmen gesehen, wie sie mit ihrem eleganten Fischschwanz schlug und mit der flinken Grazie eines Seelöwen durch die Wellen pflügte.

In seinen Träumen hatte er immer über ihr ausgelassenes Tollen gelächelt. Er hatte sich danach gesehnt, zu ihr zu gelangen. Doch ganz gleich, wie weit er auch hinausschwamm oder wie lange er im Wasser war, nie kam er nahe genug an sie heran, um sie zu berühren. Jedes Mal erwischte die Brandung ihn, bevor er sie erreichte, und spülte ihn an Land zurück, wo er erschöpft und ausgelaugt liegen blieb.

Jetzt, genau wie damals, fühlten sich seine Glieder bleiern und schwer an. Nur widerwillig und mit Mühe hob er die Lider. Wenn ein solcher Traum zu Ende gegangen war, wurde ihm jedes Mal aufs Neue klar, dass er noch immer unter der Erde saß. Wer würde da nicht versuchen, die hässliche Realität so lange wie möglich auszublenden?

Doch aus irgendeinem Grund öffnete er die Augen und entdeckte funkelnde Sterne und die fahle Sichel des Mondes am Himmel. Erleichterung flutete ihn, die kühle frische Luft reichte aus, um ihn trunken zu machen.

Eine Bewegung zog seinen Blick an. Er drehte den Kopf, und da stand sie – Skye. Den Fischschwanz hatte sie gegen zwei menschliche Beine eingetauscht.

Ein weiterer Schub Erleichterung schlug über ihm zusammen, rauschte durch seine Adern. Er streckte eine Hand aus, fasste nach ihrem Handgelenk und zog sie näher zu sich heran. „Du bist hier", sagte er, seine Stimme rau und träge vom Schlaf. „Genau dort, wo du hingehörst."

„Ist dem so, ja?" Sie klang wenig überzeugt.

Er runzelte die Stirn. Die Erinnerung an das, was sich kürzlich abgespielt hatte, kehrte zurück. „Du bist noch immer wütend auf mich."

Zögernd senkte sie den Blick, um die Geheimnisse in ihren Augen zu verbergen.

„Oh Gage. Ich bin hin und her gerissen bei … bei dem, was wir tun. Ich bin mir nicht sicher, ob ich jetzt überhaupt hier sein sollte."

Ohne sie loszulassen, drehte er sich um, rutschte ein Stück auf der Liege zur Seite und zog Skye zu sich herunter, sodass sie auf der Kante saß. „Was, wenn ich dir sagte, dass ich eine sehr gute Methode kenne, um alle deine Zweifel zu vertreiben, damit du wieder Ordnung in deine Gedanken bringen kannst?"

„Was, wenn ich dir sagte, dass ich es unbesehen glaube, dass du dir tatsächlich einbildest, das zu können, du arroganter Kerl?"

Er lachte. „So schlimm bin ich doch gar nicht, oder?"

„Nein." Sie schüttelte den Kopf. „Und genau das ist das Problem. Du bist wirklich nicht so schlimm."

„Komm her", lockte er sie. „Und ich erkläre dir, wie wir alle deine Sorgen zerstreuen." Er hob eine Ecke seiner Decke an und hielt sie einladend in die Höhe, wagte es jedoch nicht, sich seine Zufriedenheit anmerken zu lassen, als Skye zu ihm unter das

Plaid schlüpfte. So lagen sie Seite an Seite und starrten in den Himmel.

„Also …?", meinte Skye nach einer Weile. „Ich warte."

„Du bist viel zu ungeduldig."

„Uns bleibt nicht ewig Zeit."

Er musterte ihr Profil – die geschwungenen Wimpern, den geraden Nasenrücken, die volle Wölbung ihres Mundes. „Und genau da liegst du falsch", widersprach er ihr. „Wenn wir diesem Moment den richtigen Rahmen geben, werden wir ihn auf ewig so erhalten können."

Sie sah ihn an. „Und davon bist du überzeugt?"

Er rutschte näher und schob einen Arm unter ihre Schultern, sodass ihr Kopf an seiner Brust zu liegen kam. Er hob beide Hände, legte die ausgestreckten Finger aneinander und bildete damit einen Rahmen. „Ich werde jetzt das perfekte Bild für dich erschaffen."

Sie blieb reglos liegen.

„Schließe ein Auge", wies er sie an und richtete seine Hände so, dass sie genau in ihrem Sichtfeld lagen. „Was siehst du?"

„Den Halbmond und einen Stern."

„Jetzt blinzle mal." Als sie seine Anweisung befolgte, lächelte er. „Du hast gerade ein Foto davon geschossen."

Skeptisch sah sie ihn an.

„Ernsthaft. Schließe deine Augen." Er ließ die Hände sinken. „Was siehst du?"

„Einen Halbmond", wisperte sie. „Und einen Stern."

„Siehst du? Eingefangen für die Ewigkeit."

Ihr leiser Seufzer klang verloren, doch davon ließ er sich nicht von seinem Vorhaben abbringen. Er fühlte es bis ins Mark – ihnen war es bestimmt, zusammen zu sein, heute Nacht und all die Nächte, die ihm noch in der Bucht blieben. Er zog seinen Arm unter ihren Schultern hervor und setzte sich auf. Wieder bildete er einen Rahmen mit seinen Fingern, richtete ihn auf ihr Gesicht, sah hindurch. „Da", sagte er. „Dein hübsches Gesicht. Auf ewig mein."

Sie streckte ihm die Zunge heraus, und er tat, als würde er ein Foto davon aufnehmen, bevor er den Kopf senkte und sich einen

Kuss von ihr stahl. Ihr Geschmack haftete an seinen Lippen, und er wusste, auch der würde für ewig ihm gehören.

Als er sich aufrichtete, strich er mit der Daumenkuppe sacht die Feuchtigkeit von ihrer Oberlippe. „Nimm einen Rat von einem erfahrenen Bildredakteur an. Es gibt einen wirklich einfachen Weg, all die Sorgen und Zweifel, die dich stören und aufwühlen, auszublenden."

„Ich bin ganz Ohr."

Wieder schuf er einen Rahmen mit seinen Fingern, richtete ihn auf den einen Punkt, dann auf den nächsten, fing damit ihre Augen ein, eins ihrer Ohren, ihren Mund, ihr Kinn. „Streiche weg, was zu krass oder zu schrill ist, alles, was das Bild, das du in deinem Kopf siehst, stört, alles, was unpassend, fremd oder irrelevant ist. Was dann noch übrig bleibt, ist rein und klar. Die Wahrheit."

„Und was ist die Wahrheit?", fragte Skye.

Mit beiden Händen umfasste er ihr ihm inzwischen so vertrautes Gesicht. „Dass wir hier sind, genau jetzt, zusammen. Dass dieser Moment, diese Zeit in der Bucht allein uns gehört und wir sie voll auskosten. Diese Augenblicke sind nur für uns gemacht und werden uns immer gehören."

Der Kuss, der folgte, war länger und fordernder. Skye schmeckte nach süßer Kapitulation, und Gage spürte Hitze in sich aufsteigen. Er rutschte neben sie. Ein ursprünglicher Instinkt verlangte, dass er jeden möglichen Fluchtversuch ihrerseits von vornherein vereitelte. Sie spreizte leicht die Beine, bot seiner Erektion einen willigen Hafen.

Die Vorsicht mahnte ihn zu Behutsamkeit und Zärtlichkeit. Sie wirkte angespannt, nicht ihr Körper, sondern ihr Verstand, der nicht zur Ruhe kam. Deshalb riss er sich zusammen, holte tief Luft und bemühte sich, seinen rasenden Puls zu beruhigen. Schieß ein Foto, sagte er sich.

Von ihrem verhangen wirkenden Blick.

Von ihren geschwollenen Lippen.

Vom Kontrast zwischen seinen großen gebräunten Händen und den Knöpfen an ihrer weißen Bluse.

Ihr BH war aus elastischer Spitze, er zog die Körbchen hinunter unter ihren Busen. Der Stoff presste die hellen Hügel ein Stückchen nach oben, das feste Fleisch schimmerte im Mondlicht, und unter seinem Blick richteten die Brustwarzen sich auf. Er fand die harten Perlen mit seinen Daumen, reizte und liebkoste sie. Skyes schwere Atemzüge und ihre Seufzer waren ihm Bestätigung genug. Er fühlte, wie sie sich an ihm rieb.

Ohne Eile schob er ihr die Bluse von den Schultern, ließ das Teil zu Boden gleiten, dann senkte er den Kopf und nahm eine Brustwarze zwischen die Lippen. Skye stieß ein leises Wimmern aus, zog die Knie an und umklammerte seine Hüften mit ihren Beinen. Gage presste sich an sie, dort, wo ihre Schenkel zusammenfanden. Alles in ihm verzehrte sich danach, eins mit ihr zu werden.

„Gage", flüsterte sie.

Die Finger hatte sie in sein Haar geschoben, während er sich weiter mit ihren Brüsten amüsierte und leicht in ihren Busen biss.

„Bring mich ins Haus …"

„Nein." Er ließ seine Lippen zu ihrem Hals hinaufgleiten. „Lass uns draußen bleiben und unsere eigene Ewigkeit erschaffen, unter dem Mond, den ich für dich eingerahmt habe."

Sie erschauerte, als er ihre Ohrläppchen liebkoste. „Jemand wird vorbeikommen und uns sehen …"

„Nur ich werde dich sehen. Ich will dich anschauen, wie du im Mondlicht badest."

Sie öffnete den Mund, er verhinderte ihren Protest jedoch mit einem weiteren Kuss, bis sie keine Kraft mehr zum Sprechen hatte, bis ihre Hände schlaff von seinen Schultern glitten und matt an ihre Seiten fielen.

Die Seine, um ganz nach Belieben mit ihr zu verfahren.

Und doch hatte ihre willige Kapitulation keine beruhigende Wirkung auf ihn, im Gegenteil. Sie verlieh seinem Verlangen nach ihr eine verzweifelte Note. Sein Puls schnellte in die Höhe, sein Herz klopfte wie eine Stammestrommel in seiner Brust. Aus Furcht, sie könnte einen Blick auf das wilde Tier erhaschen, zu dem sich die Lust in ihm verwandelt hatte, richtete er sich auf und zog sie herum, sodass sie bäuchlings auf den Polstern lag.

Seine Finger nestelten fiebrig an ihrem BH-Verschluss, er streifte ihn ihr ab und schleuderte das Stoffstückchen weit von sich. Sein Atem ging schwer, während er fasziniert auf das sanfte Tal starrte, das ihre Wirbelsäule auf ihren Rücken zeichnete. Mit einer Hand schob er ihr das Haar aus dem Nacken.

Skye hob den Kopf und sah ihn über die Schulter an, den Blick verhangen, die Augen halb geschlossen, ohne jede Spur von Protest oder Widerstand.

Ein Anblick, der seine Lust anfachte.

Gage presste seinen Mund auf ihre erhitzte Haut, die in der Nachtluft langsam abkühlte, strich mit der Zunge über ihre Schulterblätter, dann hinunter an ihrer Wirbelsäule entlang. Er spürte, wie sie bei seinen Liebkosungen erschauerte.

Am Bund ihrer Jeans stoppte er und setzte sich auf. Er musste dringend seine Atmung unter Kontrolle bekommen.

„Gage", sagte sie und wand sich unter ihm.

Ihre Bewegung versetzte ihn in Panik. Er konnte sie jetzt nicht verlieren, daher beugte er sich hinunter, strich mit seinen Bartstoppeln über die Haut an ihrer Taille entlang, hinauf zu ihren Schultern, weiter zu ihrer Halsmulde. Aus einem Impuls heraus, den er sich nicht erklären konnte, biss er dort leicht zu, hielt Skye so auf die Liege niedergedrückt, während er mit seinen Händen um sie herumgriff, um den Verschluss ihrer Jeans zu öffnen.

Die Laute, die sie von sich gab, waren pure Musik in seinen Ohren, das lockende Lied einer Sirene bestehend aus lustvollem Stöhnen und heiseren Seufzern. Sein Mund lag an ihrer Wange, als er Denim und den winzigen Spitzenslip von ihren Beinen zog und ihr süße Nichtigkeiten ins Ohr flüsterte. „Du riechst so gut. Dein Körper ist absolut fantastisch." Er glitt mit einer Hand zwischen ihre Oberschenkel. „Oh Baby, du bist so heiß."

Ein erstickter Laut stieg aus ihrer Kehle auf, als die Erregung sie mitriss. Gage spürte an seiner Hand, dass sie zitterte. „Du brauchst nicht verlegen zu sein. Du ahnst nicht, was es mir bedeutet, dass ich das für dich tun kann."

„Ich will dich, Gage." Ihre Stimme war heiser.

„Ich weiß." Mit zwei Fingern drang er in sie, fühlte das Flattern ihrer seidigen Muskeln. Sie war heiß und bereit und doch so eng, dass ihm der Schweiß ausbrach. „Ich will dich auch."

Mit der anderen Hand massierte er die Rundungen ihres Pos, und sie reckte sich den Berührungen entgegen, hob halb kniend die Hüften an. Mondlicht fiel auf ihre feuchte Hitze, und Gage schloss die Augen. Es war einfach zu gut. Großer Gott, es war so gut.

So war es für ihn noch nie gewesen. Er mochte Frauen. Er mochte Sex. Verdammt, er liebte Sex. Doch das hier … das hier war etwas anderes. Das hier hob Sex auf ein völlig neues Level.

Adrenalin strömte durch seine Blutbahnen, als würden ihm Gewehrkugeln um die Ohren pfeifen. Oder wie bei dem einen Mal, als er in Kairo überfallen worden war.

Nur dass er jetzt um mehr fürchtete als darum, seinen Pass und sein Bargeld zu verlieren. Vielleicht sollte er besser auf Abstand gehen. Sich irgendeine Ausrede einfallen lassen, sich in seinen Wagen schwingen und so schnell wie möglich aus der Bucht verschwinden. Sich in die relative Sicherheit flüchten, die ihm ein Kriegsgebiet bot.

Doch in diesem Moment spannten sich ihre Muskeln um seine Finger an, und sie seufzte genüsslich. Er war verloren und wurde zum Sklaven ihrer Lust. Er spürte ihre Muskelzuckungen und begann selbst zu zittern. Mit fahrigen Bewegungen schaffte er es, den Reißverschluss seiner Jeans herunterzuziehen.

Seine Erektion drängte heraus, und er rieb die feuchte Spitze an ihrem Po. Sie stöhnten beide auf. Das reichte, um ihm die Schutzmaßnahmen in Erinnerung zu rufen. Schwitzend und leise fluchend zerrte er sein Portemonnaie aus der Hosentasche, suchte hektisch mit der freien Hand nach dem Kondompäckchen.

„Gage", flehte sie, „beeil dich."

„Ich weiß, ich weiß." Er riss das Päckchen mit den Zähnen auf. Nachdem er endlich so weit war, lehnte er sich über sie, das Hemd hochgeschoben, damit er ihre nackte Haut an seiner Brust fühlen konnte, und sie stemmte sich auf, streckte ihm ihren süßen Po entgegen.

Als er seine Hand zurückzog, schrie sie protestierend auf.

„Alles okay, Baby", murmelte er dicht an ihrem Hals und leckte das Salz von ihrer Haut. „Bin ja schon da." Er drang in sie ein. Ihr Körper nahm ihn langsam, Stück für Stück auf.

Mit den Knien spreizte er ihre Beine weiter und bekam einen zusätzlichen delikaten Zentimeter. Sie stöhnte erneut auf, rau und heiser, und er strich ihr das Haar aus der Stirn. „Alles in Ordnung?", fragte er und streichelte ihr Gesicht.

Statt zu antworten drehte sie den Kopf zur Seite, umschloss seinen Daumen mit den Lippen und saugte daran. *Oh Mist.* Er erstarrte, als prickelnde Schauer über seine Haut liefen und er das Gefühl hatte, dass seine Erektion noch größer und härter wurde. Vor Anstrengung, sich zurückzuhalten und Skye Zeit zu lassen, sich an ihn zu gewöhnen, zitterte er am ganzen Leib.

Irgendwann hielt er es nicht mehr aus, er musste sich bewegen. Musste es einfach. Der Drang war so unaufhaltsam wie die Wellen, die auf den Sand rollten. Er verfiel in denselben Rhythmus wie die Brandung, die an den Strand schwappte und sich wieder zurückzog. Ihre Körper passten so perfekt zusammen wie zwei Puzzleteilchen. Für einen Moment rieb ihn dieses Bild auf – was würde mit seinem Rand passieren, wenn er nicht an sie angepasst war? –, dann überwältigte ihn das Vergnügen. Skye reagierte traumhaft. Mit ihm vereint und unter seinem Körpergewicht, blieb ihr kaum eine Möglichkeit, sich viel zu bewegen, und ihre Geschmeidigkeit erregte ihn umso mehr. Sie hatte sich ihm komplett geöffnet, sie vertraute ihm und hieß ihn willkommen, und als er das Tempo steigerte und sie voranpeitschte, hielt sie mit ihm mit, so gut sie konnte, jeder Muskel in ihr angespannt, ein Zeugnis des bevorstehenden Orgasmus.

Er bewegte eine Hand über ihre Hüfte hin zu ihrem Bauch. Die Muskeln dort zuckten, schließlich fühlte er ihr seidiges Haar, ihre Feuchtigkeit und den kleinen harten, für seine Berührungen wie geschaffenen Lustknopf. Sie wand sich, als er darüberglitt, doch er ließ nicht nach, rieb und umkreiste ihn, ohne den harten Rhythmus zu unterbrechen.

Der Höhepunkt stand kurz bevor, jeder Muskel in ihm war angespannt, der Sauerstoff staute sich in seiner Lunge. Er kniff leicht in ihre Klitoris, und Skye erschauerte, biss in seinen Daumen und kam. Sie ließ die Hüften kreisen, ihre Muskeln zogen sich zusammen, lockerten sich, zogen sich wieder zusammen, rissen ihn mit sich in die süße dunkle Tiefe.

Nie mehr würde er Tod durch Ertrinken mit denselben Augen betrachten wie bisher.

Gage hatte wenig Erfahrung mit Probedinnern für Hochzeiten, aber dieses im Captain Crow's als Vorbereitung für die Zeremonie am kommenden Tag wirkte auf ihn sehr locker. Vielleicht, weil die Probe selbst auf ein Minimum beschränkt geblieben war. Außer, dass man ihm gesagt hatte, wo er zu stehen habe und dass er auf keinen Fall die Ringe vergessen dürfe, hatte seine Verantwortlichkeit hauptsächlich darin bestanden, seinen Eltern dabei zu helfen, die Kisten und Kartons mit der Dekoration aus dem Wagen zu holen und in Strandhaus Nr. 9 zu schleppen. Ein Partyorganisator kümmerte sich um den Großteil der Details, einschließlich des Caterings, aber seine Mutter hatte einen Hang zum Do it yourself, und sie wollte diejenige sein, die das Terrassendeck herrichtete, auf dem die Zeremonie stattfinden würde.

Seine Eltern waren vor vier Tagen aus Hawaii eingeflogen und in einem Hotel untergekommen, in dieser Nacht sollten sie jedoch im großen Hauptschlafzimmer in Nr. 9 schlafen, um am kommenden Morgen gleich am Ort des Geschehens zu sein.

Er könnte bei Skye übernachten – wenn sie es zuließ. Er warf ihr einen Blick zu. Sie saß ihm gegenüber auf der anderen Seite des Tisches und breitete gerade die Serviette über ihrem Schoß aus, während sie auf die Fülle der Vorspeisen warteten, die sie bestellt hatten. Er hatte sich fest vorgenommen, Skye für die restliche Zeit, die er noch in der Bucht war, genau im Auge zu behalten. Mit jedem Tag, der verging, war sie immer nervöser geworden, war praktisch genauso schreckhaft und fahrig wie am Tag seiner Ankunft hier.

Das machte auch ihn nervös. Es war eine beunruhigende Erinnerung daran, dass das Rätsel des Einbruchs vor Monaten nicht gelöst war. Bevor er das Land verließ, würde er ein ernstes Gespräch mit Teague und Griffin führen. Er würde beide bitten, auf Skye aufzupassen.

Es wäre aber nicht das Gleiche, als wenn er selbst auf sie aufpasste. Bei dem Gedanken setzte er sich unwillkürlich unruhig um. Mit der Bewegung zog er Skyes Blick auf sich. Sie sahen sich in die Augen, und er zuckte ein weiteres Mal zusammen, ohne dass er es hätte verhindern können. Die Erregung ließ sich nicht unterdrücken. Das ärmellose Kleid mit dem V-Ausschnitt, das sie trug, war eine faszinierende Kombination, bestehend aus einer Art Schlauch, der sich eng an ihren Körper schmiegte, und einer dünnen, durchsichtigen Tunika, die den gleichen Effekt hatte wie ein Filter über einer Kameralinse. Der feine Stoff floss über ihre Figur wie Wasser, ein Eindruck, der noch verstärkt wurde durch die Haarspange in Form eines Seesterns, die ihr langes dunkles Haar seitlich über einer Schulter zusammenhielt.

Beides erinnerte ihn an seinen Traum mit der Meerjungfrau. Es rieb ihn auf, wenn er an diese unbezähmbare Sehnsucht dachte, die ihn jedes Mal dabei befallen hatte. In keinem seiner Träume war es ihm gelungen, näher an sie heranzukommen, weil ihn die Wellen wieder an Land gespült hatten.

Nun, immerhin konnte er sie jetzt ohne Probleme jederzeit berühren. Ein Kuss, ein Streicheln, ein Hauch ihres frischen Parfüms ... alles würde die scharfen Kanten dieser seltsamen gereizten Stimmung glätten, in der er sich befand.

Er hatte sich halb von seinem Platz erhoben, als er sah, wie ihre Augen sich weiteten, als ahnte sie, was er vorhatte. Mit einem unmerklichen Kopfschütteln sandte sie ihm ihre stille Botschaft: *Nein, nicht hier. Nicht jetzt.*

Frustriert ließ er sich wieder auf den Stuhl sinken und schickte ihr seine Botschaft, indem er die Arme vor der Brust verschränkte: *stures Weibsbild*. Es war schon schwierig gewesen, sie überhaupt mit an den Tisch zu bekommen. Als Verwalterin der Bucht war sie natürlich während der Generalprobe anwesend gewesen, hatte für Fragen zur Verfügung gestanden und bei den Details geholfen, doch sobald das alles geregelt gewesen war, hatte sie versucht, sich heimlich davonzustehlen, als stünde ihr kein Platz beim gemeinsamen feierlichen Essen zu.

Seine Eltern hatten eine Bemerkung von ihr mitgehört und alle ihre Einwände sofort erstickt. Sie waren begeistert von der Möglichkeit, die Bekanntschaft mit der jetzt erwachsenen Version des kleinen Mädchens, an das sie sich erinnerten, wiederaufzufrischen. Vielleicht hatten sie ja auch das Band zwischen Skye und ihm bemerkt – Griffin behauptete ständig, dass die Funken, die zwischen ihnen flogen, jedes Lagerfeuer am Strand entzünden könnten – allerdings hatten seine Eltern bisher keine Andeutung fallen lassen.

Die Bedienungen kamen mit den Platten und reichten Sashimi, gebackene Shrimps mit Kokospanade, frittierte Tintenfischringe und Hummus mit Pita-Brot. Die Kellnerin trug ein volles Tablett mit den Drinks, der junge Mann, der sonst immer hinter der Bar stand, kam mit zwei Flaschen Wein und schenkte Rot und Weiß in die Gläser nach. Gage kniff argwöhnisch die Augen zusammen, als der Typ hinter Skye stehen blieb und ein paar freundliche Worte mit ihr wechselte.

Dann allerdings stellten sich seine Nackenhärchen auf, und er drehte den Kopf zur Seite. Seine Mutter, die zu seiner Rechten saß, flüsterte ihrem Mann etwas ins Ohr. Als sie seinen Blick bemerkte, lächelte sie ein unschuldiges Lächeln in seine Richtung.

„Worum geht's?", fragte er. „Du weißt, dass Klatsch Flecken auf der Seele hinterlässt, nicht wahr?"

„Weil Klatsch reine Spekulation ist."

Seine Mutter nahm ihren Martini auf. Sie war der Tess-Prototyp mit dunklem Haar ohne eine Spur von Grau und alterslosem Gesicht.

„Tatsachen dagegen sind Balsam für die Seele."

Misstrauisch musterte er sie. „Und welche Tatsachen genau ‚balsamieren' gerade deine Seele?"

„Es wäre wirklich schön, wenn alle meine drei Kinder in festen Händen wären", erwiderte sie darauf.

Gage stöhnte auf. Es gab Tatsachen, und dann gab es auch noch leere Hoffnungen. „Hör zu, Mom ..."

„Zeit für einen Trinkspruch!", ertönte da die Stimme seines Vaters von der anderen Seite.

Da es bereits mehrere davon gegeben hatte, sobald die erste Runde der Drinks serviert worden war, und sie alle irgendetwas mit der glücklichen Zukunft, der Gesundheit und dem langen Leben der Brautleute zu tun gehabt hatten, waren alle um den Tisch herum schon daran gewöhnt, automatisch die Gläser zu heben.

„Auf meinen zweiten Sohn ...", sagte Alec Lowell jetzt jedoch, und alle Blicke richteten sich auf ihn.

Mist. Ein weiteres Stöhnen schluckte Gage lieber herunter. Dieser Trinkspruch stand offensichtlich in direktem Zusammenhang mit dem Geflüster seiner Mutter ... und das verhieß nichts Gutes.

Sein Vater hob das Glas noch ein Stückchen höher. „Wünschen wir ihm Erfolg und Gesundheit und eine sichere Rückkehr zu den Menschen, die ihn lieben."

Auf der anderen Seite des Tisches zuckte Skye zusammen, als hätte sie einen Schlag mit dem Rohrstock erhalten. Gage fiel es auf, aber alle anderen fuhren ganz normal fort, stimmten dem Wunsch zu und tranken.

Auch er nahm einen kräftigen Schluck von seinem Drink und versuchte einzuschätzen, welche Wirkung die „sichere Rückkehr zu denen, die ihn liebten" auf seine Bucht-Sirene gehabt hatte. Er glaubte nicht, dass sie sein Geheimnis laut herausposaunen würde, aber es war nicht zu übersehen, dass das Stresslevel bei ihr stetig anstieg. Das lag aber nicht nur daran, dass er in drei Tagen abreisen würde. Polly steckte ebenfalls mitten im Umzug. Skyes beste Freundin hatte die meisten ihrer Habseligkeiten bereits aus dem winzigen Puppenhaus zu Teagues erheblich größerem Haus am Stadtrand gebracht.

Irgendwer schlug jetzt mit einer Gabel rhythmisch an ein Glas und zog die Aufmerksamkeit der Gesellschaft auf Tess am anderen Ende des Tisches. Tess saß zwischen Janes beiden Brüdern. Sehr gesprächig schienen sie nicht zu sein, aber seine Schwester nahm ihre Pflichten als Brautjungfer ernst, und es war ihr tatsächlich gelungen, die beiden in ein Gespräch zu verwickeln. Die Hoffnung, Griffins zukünftigen Schwiegervater dazu zu bringen, sich an der Unterhaltung zu beteiligen, hatte inzwischen jeder aufgegeben.

Noch einmal tippte Tess mit der Gabel gegen ihr Glas, dann stand sie auf und richtete ihren Blick auf ihn.

Mist, dachte er. Da seine Schwester ihren Erfahrungsschatz bereits an Jane und seinen Zwillingsbruder weitergegeben hatte, war davon auszugehen, dass er nun an der Reihe war.

„Auf Gage", sagte sie. „Der jetzt hier vor Zeugen verspricht, nie wieder den Kontakt abreißen zu lassen und sich regelmäßig zu melden."

Das Klirren von Glas setzte einen dramatischen Schlusspunkt unter diesen Trinkspruch. Alle Köpfe ruckten zu Skye herum, die ihren Stuhl zurückgeschoben hatte und abrupt aufgesprungen war. Die Scherben ihres zerbrochenen Weinglases lagen auf dem Boden zu ihren Füßen.

Gage überlegte gar nicht erst. Vielleicht war er sogar über den Tisch gesprungen, er konnte es nicht genau sagen. Auf jeden Fall stand er sofort an der Seite der Sirene, seine Hände lagen auf ihren Schultern, prüfend ließ er den Blick vom Kopf bis zu ihren bloßen Füßen in den Riemchensandaletten über sie gleiten.

„Warte, rühr dich nicht", ordnete er an. „Bist du verletzt? Hast du dich geschnitten?"

„Nein." Sie lief puterrot an. „Es ist mir nur so unendlich peinlich."

Er fühlte ihr Beben unter seinen Händen, spürte, dass sie jederzeit zur Flucht ansetzen könnte. „Es ist alles in Ordnung, nichts passiert. Und du bist unversehrt", versicherte er ihr, dann stieß er seinen Bruder, der neben Skye saß, leicht mit dem Ellbogen an. „Griff, lass uns die Plätze tauschen."

Aus dem Restaurant kam schon ein Helfer mit Handfeger und Kehrblech angelaufen, um die Scherben aufzufegen. Innerhalb von wenigen Augenblicken hatte Gage sich auf Skyes Stuhl gesetzt, nur für den Fall, dass vielleicht noch irgendwo Glassplitter übrig geblieben waren, und Skye nahm den Platz von Griffin ein, der sich auf der anderen Seite des Tisches niedergelassen hatte. Trotzdem hing verlegene Stille in der Luft. Er suchte verkrampft nach einer Bemerkung, mit der er die Unterhaltung wieder in Gang bringen konnte, aber ihm fiel nichts ein. Zur Hölle, er war doch hier nicht der Wortschmied!

Sein Blick schoss zu Griffin, der sich sofort räusperte.

„Äh …" Hilfe suchend sah Griffin zu seiner Braut. „Jane, hattest du mir nicht gerade etwas Interessantes erzählt über … äh …"

Panik war es nicht unbedingt, die sich in Gages Magen festsetzte, aber selbst mit dem gebührenden Abstand zwischen sich und Skye konnte er spüren, wie der Stress bei ihr sich in die Höhe schraubte. Sie kannte alle seine Geheimnisse – die Entführung, die Art, wie er die Sicherheitsauflagen seines Jobs missachtete, das enorme Risiko seines nächsten Auftrages – und mit jedem Moment, der verging, fiel ihr das Schweigen schwerer.

Gage starrte seinen Bruder an. *Nun mach schon!*

„Der Artikel!", kam es Griffin triumphierend über die Lippen. Lächelnd sah er in die Runde. „In der morgigen Sonntagsausgabe der Zeitung erscheint ein Bericht über die Bucht. Da erfährt man dann von der romantischen Liebesgeschichte der Gründer dieser Ferienkolonie und auch von dem geheimnisvollen und unschätzbar wertvollen Schmuckstück, um das sich ein Rätsel rankt."

Der Typ mit den Weinflaschen brachte ein neues Glas für Skye. Gage beobachtete, wie der Mann es vor sie auf den Tisch stellte und den Weißen einfüllte, den sie bevorzugte. Zwar trat er dann zurück, doch statt sich zurückzuziehen, blieb er stehen. Offensichtlich nahm er seine Pflichten übertrieben ernst.

Wenigstens kam die Unterhaltung dank Griffin wieder in Gang. Jane gab jetzt auch ihren Kommentar ab, und gemeinsam erzählten sie Janes Familie die Geschichte von Crescent Cove sowie von den Gerüchten, die sich um das berühmte Collier rankten, das unter dem Namen „der Kragen" bekannt geworden war. Immerhin schien es das Interesse des Pearson-Clans zu wecken. Janes Vater und ihre Brüder, allesamt Wissenschaftler, stellten die verschiedensten Hypothesen auf und diskutierten angeregt, während die anderen sich an den Vorspeisen gütlich hielten.

Skye ergänzte, dass das Collier nie wiederaufgetaucht war, weder in einem Bankschließfach noch in irgendeiner Schmuckschatulle. Auch in keinem Testament oder einem niedergeschriebenen Letzten Willen der Alexander-Familie war es erwähnt worden. Einzige Hinweise blieben die nach wie vor kursierenden Gerüchte und der Brief von Edith Essex an ihren Ehemann, in dem sie ihm mitteilte, dass sie das Schmuckstück an einem sicheren Platz verstaut habe, sodass weder ihr Mann noch sie jemals wieder daran würden denken müssen.

Natürlich wäre es die logische Schlussfolgerung, Ediths und Max' Haus als Aufbewahrungsort anzunehmen, und doch, wie Skye erzählte, war das Collier in den vergangenen fünfundachtzig Jahren nicht gefunden worden, auch nicht während der spontanen Schatzsuche, die sie erst vor ein paar Tagen abgehalten hatten.

Corbett Pearson, Janes Vater, tippte sich mit einem Finger ans Kinn. „Es wäre aber durchaus möglich, dass spätere Renovierungen die ursprünglichen Grundrisse des Hauses verändert und alte Nischen verdeckt und neuen toten Raum geschaffen haben. Existieren die originalen Architektenpläne noch?"

„Nun ... ja", antwortete Skye. „Sie müssten im Verwaltungsbüro liegen. Ich habe viele Pläne dort, vermutlich sogar für alle Strandhäuser."

Tess rutschte aufgeregt auf ihrem Stuhl nach vorn. „Oh, toll! Wir sollten sie holen und alle durchsehen. Vielleicht finden wir das Collier ja heute Abend."

„Ich denke, es steht auch so genügend Aufregung auf der Agenda, meinst du nicht?" Unter dem Tisch fasste Gage nach

Skyes Hand und drückte ihre Finger, doch sie entzog sie ihm und stand mit dem nächsten Atemzug schon auf den Füßen.

„Es schadet ja nichts, wenn ich mir die Pläne genauer ansehe", sagte sie und war bereits auf dem Weg zum Ausgang. „Es wird bestimmt nicht lange dauern. Bevor das Dinner serviert wird, bin ich wieder zurück."

Er wollte sich ebenfalls erheben. „Ich komme ..."

„Nein, du kannst unmöglich deine Familie hier ohne dich sitzen lassen. Dir bleibt doch nur noch so wenig Zeit mit ihnen."

Einen Wimpernschlag später war sie in einem Wirbel aus Farben verschwunden.

Er starrte ihr nach. Innerlich krümmte er sich, als ihre letzte leicht schneidende Bemerkung langsam in sein Bewusstsein sickerte. Es half ihm nicht, sich besser zu fühlen, nur weil er verstand, weshalb sie die erste Gelegenheit zur Flucht ergriffen hatte. Sie musste dem Druck der Situation für eine kleine Weile entkommen, um wieder atmen zu können.

Oder vielleicht auch für eine längere Weile.

Womöglich kam es ja nur ihm so lange vor, aber als er begann, mit den Fingern auf die Tischplatte zu trommeln, bedachte sein Zwilling ihn mit einem scharfen Blick.

„Eigentlich müsste sie längst wieder zurück sein", sagte Griffin. „Willst du einfach hier sitzen bleiben?"

„Sie braucht Luft zum Atmen", raunte er seinem Bruder leise unter dem Schutz der allgemeinen heiteren Konversation am Tisch zu. „Die Situation hat sie ... nun, ziemlich überspannt."

Griffin schüttelte missbilligend den Kopf. „Ich habe es dir gesagt ..."

„Du hast doch überhaupt keine Ahnung, was da gelaufen ist." Die hitzige Erwiderung half auch nicht, das Schuldgefühl, das ihm im Magen lag, zu mildern. Ja, vielleicht mochte sein Bruder nicht genau über alles im Bilde sein, was Skye anbelangte, aber die Schuld dafür lag bei ihm. Und trotzdem war er überzeugt, dass er richtig vorging und es die einzige Art war, wie er damit umgehen konnte.

Es war jedoch falsch, Skye so lange alleinzulassen, beschloss er. Hatte er sich nicht geschworen, ein Auge auf sie zu halten? Was, wenn ihr etwas zugestoßen war und sie …

Er schoss schon aus dem Stuhl hoch, noch bevor er den Gedanken zu Ende gedacht hatte. Dann eilte er die Stufen zum Strand hinunter und rannte auf das Verwaltungsbüro zu. Die gute Viertelmeile brachte er im Dauerspurt hinter sich. Was, wenn sie seine Hilfe brauchte und er zu spät kam?

Mist. Sie sollte sich wenigstens auf ihn verlassen können, solange er hier in der Bucht war.

Die Tür des Büros stand weit offen, der Raum war hell erleuchtet, als er über die Schwelle trat.

Da, da ist sie, dachte er erleichtert. Sie befand sich beim Schreibtisch, vergilbte Papiere vor sich ausgebreitet, eine Handvoll Schwarz-Weiß-Fotografien lag verteilt auf den Plänen.

„Skye?"

Sie sah auf, nahm seine Anwesenheit kaum wahr, senkte den Kopf wieder über die Zeichnungen und Fotos. Fast war es so, als wäre er ein Fremder für sie.

Bestenfalls ein ehemaliger Freund, schon halb aus ihrer Erinnerung gestrichen.

Mit der Sirene der Bucht, wie sie von den Andenken aus der Vergangenheit umgeben dastand, erhaschte Gage einen ersten Blick auf seine Zukunft.

20. KAPITEL

Schon seit Tagen hatte der Schmerz sich in Skyes Brust eingenistet und sich tiefer gebohrt, mit jedem Mal, wenn sie Gage ansah. Und da war dieses Pochen wie ein zweiter Herzschlag gleich unterhalb ihres Brustbeins. Doch dieses Pulsieren diente nicht dazu, Blut durch ihren Körper zu pumpen, es bot ihr nur den ersten bitteren Vorgeschmack auf die Einsamkeit, die sie bald einholen würde. Aus diesem Grund hielt sie den Kopf jetzt über die alten Unterlagen und Bilder gesenkt, hob eines der Fotos auf und drehte es um. Auf der Rückseite stand das Datum in einer altmodischen Handschrift notiert, vielleicht Ediths, vielleicht die von Max.

Gages Schritte waren zwar auf dem Hartholzboden kaum zu hören, doch sie spürte, dass er näher kam, als wäre sie ein in die Enge getriebenes Tier.

Er sollte sich dessen bewusst sein, schließlich war er es, der sie in diese Ecke gedrängt hatte.

Mit seiner Familie zusammen zu sein, während sie die einzige Eingeweihte war und Dinge von Gage wusste, von denen seine Leute nichts ahnten, ließ sie sich elend fühlen. Eigentlich reichte es schon zu wissen, was sie wusste, damit sie sich elend fühlte.

Nichtsdestotrotz tat es gut, sich eine Verschnaufpause vom Probedinner zu nehmen, zu dem sie allerdings zurückkehren wollte, trotz ihrer stetig sinkenden Laune hatte sie es aufgegeben, auf Abstand zu gehen. Stattdessen hatte sie beschlossen, Gages Hand zu halten, wann immer sie konnte, ihn so oft wie möglich zu küssen und jede noch verbleibende Nacht das Bett mit ihm zu teilen. Welche Wahl hatte sie denn, da die Körnchen in ihrer Sanduhr unaufhaltsam rieselten? Sicher, sie könnte sich schon jetzt seine Gesellschaft versagen, doch wozu sollte das gut sein? So oder so lagen mehr als genügend Tage ohne ihn vor ihr, diese Zeit würde sich endlos hinziehen, genau wie der weite Pazifik zum fernen Horizont.

„Hast du etwas Interessantes gefunden?", fragte er, als er um den Schreibtisch herumkam und ihr über die Schulter sah.

„Ich weiß nicht recht."

Mit einer Hand strich er ihr durch das Haar, mit der anderen nahm er eines der alten Fotos auf. „Edith und Max?"

Skye nickte.

„Auf dem Terrassendeck von Strandhaus Nr. 9", stellte er fest.

Wieder nickte sie und besah sich das Paar auf dem Foto. Max, lässig-elegant in heller Hose und weißem Hemd, das dunkle Haar zurückgekämmt, Edith in einem geblümten Sommerkleid. Das Gesicht hielt sie ihrem Mann zugewandt, eine Hand lag auf seiner Brust, direkt über seinem Herzen. Ihre Liebe und die Hingabe waren fast greifbar.

„Ich glaube, sie haben eine Weile dort gewohnt, vermutlich, um dem Hämmern und Sägen zu entkommen." Skye tippte mit einem Finger auf einen der Pläne, vergilbtes und brüchiges Papier. „Um die Zeit, als sie aus dem Filmgeschäft ausstiegen, haben sie zwei neue Räume an ihr Heim angebaut. Mein Heim. An das Haus, in dem wir das Collier nie gefunden haben."

Seine Hand an ihrem Haar hielt mitten im Streicheln inne. „Was willst du damit andeuten?"

Sie warf ihm einen Blick über die Schulter zu und sah hastig wieder fort. *So schön, und mir liegt so viel an ihm.* „Wenn ich die Daten der Renovierungspläne mit dem auf der Rückseite dieses Fotos und dem von Ediths Brief an ihren Mann vergleiche ..."

Er wickelte sich eine ihrer Haarsträhnen um die Finger und zog leicht daran. „Willst du damit sagen, Edith könnte das Collier irgendwo in Nr. 9 versteckt haben?"

„Vielleicht. Es wäre eine Möglichkeit. Obwohl ..." Sie zuckte mit den Schultern. „Ob es noch immer dort liegt ..."

Er drehte sie zu sich um und trat so nahe an sie heran, dass sie jede einzelne seiner schwarzen Wimpern hätte zählen können und die silbernen Einlagerungen in seinen türkisblauen Augen erkannte. Mit den Fingerknöcheln strich er ihr sacht über die Wange.

„Wirst du mir eine ehrliche Antwort geben, wenn ich dich etwas frage?"

„Was?", wisperte sie, weil seine zärtliche Berührung ihr die Kehle zuschnürte. Sein großer starker Körper so nah bei ihr ließ sie sich verletzlich und sicher zugleich fühlen. Er war wie ein Hafen. Seine Wärme hüllte sie ein, sein exotischer Duft erweckte alles Weibliche in ihr zum Leben. Sie wollte sich an seine nackte Haut schmiegen, wollte ihre Wange an seinem gebräunten Hals bergen, wollte an seinem Nacken knabbern. Das jäh aufflammende Verlangen ließ sie erschauern, sie lehnte die Stirn an seine Schulter. Dieser harmlose Kontakt mit einem einzelnen Punkt seines Körpers reichte fast aus, um ihren rasenden Puls zu beruhigen.

„Möchtest du lieber nach Hause gehen und den Rest der Party ausfallen lassen? Ich entschuldige dich bei den anderen."

Sie sah auf, überrascht, dass er ihr einen Ausweg anbot, nachdem er erst auf ihr Erscheinen bestanden hatte. „Weshalb fragst du das?"

„Ich werde mir wie eine Laus vorkommen, falls der vorübergehende Zustand dieser ... dieser Sache zwischen uns dich unglücklich machen sollte."

Unter seinem intensiven Blick zog sich ihr Herz zusammen. „Du hast doch gesagt, dass wir die Ewigkeit für uns haben, wenn wir nur den richtigen Rahmen finden."

Ein zerknirschtes Lächeln umspielte seine Lippen.

„Dir sollte klar sein, dass ich in diesem Moment alles gesagt hätte. Ich wollte unbedingt mit dir schlafen."

Das Geständnis bewirkte, dass sie überrascht loslachte. „Du bist wirklich unmöglich!"

„Stimmt, bin ich." Er nickte.

Was wollte er damit sagen? „Willst du ... Wäre es dir lieber, wir brechen die ... Sache gleich hier und jetzt ab?"

„Himmel, nein! Du weißt doch, wie egoistisch ich bin. Wenn es nach mir geht, will ich alles von dir, bis zur letzten Sekunde. Aber, Baby ..." Er kämmte ihr mit den Fingern zärtlich das Haar zurück und küsste sie auf die Stirn, die Nasenspitze, den Mund. „Rede mit mir. Sag mir die Wahrheit."

Drei kleine Worte lagen ihr auf der Zunge. Es wäre gefährlich einfach, sie über die Lippen schlüpfen zu lassen. Die Worte wollten hinaus, flatterten wild wie Vögel, die ihrem Käfig entfliehen und in die Freiheit fliegen wollten, doch sie fürchtete sich davor, sie auszusprechen, und so schluckte sie schwer, schluckte die Worte hinunter. „Die Wahrheit ist ..." Die Worte drängten sich erneut nach oben, saßen ihr wie ein Kloß aus ungeweinten Tränen in der Kehle. Ein weiteres Mal schluckte sie, sprach dann hastig, bevor es zu spät war. „Die Wahrheit ist, alles ist in Ordnung. Wir sollten jetzt wieder zur Party zurückgehen."

Sie hielt den Atem an, bis er schließlich nickte. Er nahm sie beim Arm und führte sie zurück in Richtung Captain Crow's. Vorhin hatte sie so unbedingt eine Pause von der Familienzusammenkunft gebraucht, jetzt hielt sie es für die beste Lösung, zu den vielen Menschen zurückzugehen. Das würde verhindern, dass sie sich verplapperte und ihr das gefährliche Geständnis ungewollt über die Lippen rutschte.

Kaum dass er und Skye wieder am langen Tisch Platz genommen hatten, verlangte Tess einen genauen Bericht. Und während die Kellner die Teller mit den herrlich duftenden Steaks und den Meeresfrüchten auftrugen, erzählte Skye also, was sie herausgefunden hatte. Seine Schwester schäumte über vor Enthusiasmus und wollte sofort mit der ganzen Mannschaft zu Nr. 9 aufbrechen und das Haus komplett auf den Kopf stellen, doch dem schob ihre Mutter einen Riegel vor.

„Heute Abend werden wir dieses köstliche Dinner in aller Ruhe genießen, und dann findet morgen bei Sonnenuntergang die Trauung statt. Die Suche nach dem Collier wird warten müssen, bis diese beiden Anlässe vorüber sind – falls Skye dem überhaupt zustimmt."

Tess fügte sich den Wünschen ihrer Mutter schneller und mit mehr Würde, als Gage erwartet hätte.

„Na schön", gab sie nach und schmollte nicht einmal so richtig. „Aber, Skye, wenn – oder besser, falls du dich dafür entscheiden solltest, in Nr. 9 auf die Suche zu gehen, darf ich dir dann dabei helfen?"

Skye musste über den bettelnden Kleinmädchenton lächeln. „Äh ..."

„Ich bereite auch eine Karaffe meiner Spezial-Mojitos vor und bringe sie mit und wir können einen Abend für Mädels daraus machen."

„Nun, wenn du den Mojito spendierst ...", meinte Skye gespielt nachdenklich. „Gut, einverstanden."

Gage runzelte die Stirn und sah sie an, während die anderen ihr Besteck aufnahmen. „Hast du schon mal einen von Tess' Spezial-Mojitos probiert?"

„Nein."

„Sie geht sehr freigiebig mit dem Rum um." Auf Skyes fragenden Blick hin fuhr er fort: „Ihr Gebräu haut dir die Beine weg. Es gibt mehrfach bestätigte Berichte über Tess' Mojito-Partys, die einen bedauerlichen Mangel an Zurückhaltung und Contenance beschreiben. Zudem sollen immer wieder Anfälle von kurzfristiger Amnesie vorgekommen sein – was auch der Grund ist, weshalb sie ihren Drink niemals in gemischter Gesellschaft anbietet."

„Mangel an Zurückhaltung? Kurzfristige Amnesie?" Skye schenkte ihm ein unschuldiges Lächeln. „Also, ich finde, das hört sich doch sehr interessant an."

Er runzelte die Stirn noch stärker, während er nach Messer und Gabel griff und den Blick auf sein Gedeck richtete. Er hatte Steak bestellt, genau wie am Tag seines ersten Dinners in der Bucht. Eine dicke Folienkartoffel lag mit auf dem Teller, gekrönt von einer großzügigen Haube aus saurer Sahne und bestreut mit frischem Schnittlauch. Als Beilagen waren in den Farben des Sommers junge Möhren, Bobby-Bohnen und Butternusskürbis rund um das Fleisch arrangiert. Das Gemüse war mit einer Soße beträufelt, die den schwachen Duft von Limonen ausströmte.

Wenn man bedachte, dass die Anzahl der anständigen Mahlzeiten, die er in Amerika noch würde genießen können, sich rapide gen null bewegte, hätte man annehmen sollen, dass er sich mit Heißhunger über das Mahl hermachen würde.

Seltsamerweise hatte er seinen Appetit jedoch komplett verloren.

Er setzte das Messer an und schnitt ein Stück vom Steak ab, schob es sich in den Mund und begann zu kauen – und schmeckte rein gar nichts. In Gedanken malte er sich bereits die Zukunft aus: Abende mit den Mädels und Mojito-Partys. Dass Tess den Kontakt zu Skye hielt und ihr Gesellschaft leistete, sollte ihm eigentlich zusagen, doch dass die Sirene so begeistert von Amnesieanfällen zu sein schien, ließ das Essen in seinem Magen verklumpen.

Sie wollte ihn vergessen.

Und was den Mangel an Zurückhaltung und Contenance betraf ... Er nahm an, dass sie sich bereits überlegte, wie ihre körperliche Reaktion beim nächsten Mann ausfallen würde, der Interesse an ihr zeigte. Den würde es garantiert geben, vermutlich schon, sobald er aus der Bucht abgereist war. Es sei denn, sie wollte den Rest ihres Lebens allein verbringen, was er bezweifelte.

Die Vorstellung von Skye mit einem männlichen Begleiter an ihrer Seite passte ihm ganz und gar nicht.

Er stocherte lustlos in seinem Essen und schaute zu Skye. Ihr Roter Schnapper schien sie genauso wenig zu reizen wie ihn seine Rinderlende. Sie musste seinen Blick spüren, denn sie hob den Kopf und sah ihn mit ihren meerwassergrünen großen Augen an.

Ein Stich fuhr in seine Brust. Für einen Moment glaubte er wirklich, er hätte einen Herzinfarkt, doch sein Herz schlug ganz normal, er konnte auch normal atmen. Aber in seinem Innern ballte sich etwas zusammen wie eine Faust, hämmerte gegen seine Rippen, verlangte unnachgiebig Gehör.

Wie kannst du sie hier allein zurücklassen? Was, wenn ihr wieder etwas zustößt? Wie kannst du dich umdrehen und gehen, wenn du nicht weißt, ob sie in Sicherheit sein wird?

Das ist nur dieser idiotische Traum, dachte er erbost. Der brachte seinen Verstand durcheinander. Es hatte ihn konstant geärgert, dass er sie darin nicht erreichen konnte, obwohl er sich so anstrengte. Aber die Gezeiten warfen ihn ständig zurück an Land. Doch nun konnte er auch die andere Seite sehen. In dem Traum war Skye ebenfalls der Gnade des Wassers ausgesetzt. Es kontrollierte sie, hob sie in die Luft, zog sie weiter und weiter mit sich auf das offene Meer hinaus, fort aus der Bucht.

Hinaus in die gefährlichen Tiefen des Ozeans. Völlig allein.

Als hätte sie seine Gedanken gelesen, erschauerte Skye neben ihm plötzlich und rieb sich über die bloßen Oberarme.

Er musste sich räuspern, bevor er sprechen konnte. „Alles in Ordnung mit dir?"

„Mir ist kalt." Sie sah auf ihren kaum angerührten Fisch. „Ich glaube, ich laufe schnell zu mir nach Hause und hole mir eine Strickjacke."

„Lass mich das tun", erbot er sich. Er brauchte dringend Raum. Vielleicht schaffte es die frische Brise, diesen verdammten Traum aus seinem Kopf zu vertreiben, sodass die Übelkeit auslösende Angst in seinem Magen sich legte.

„Würdest du das wirklich übernehmen?"

Er hielt ihr schon die Hand hin, damit sie ihm ihren Schlüssel gab, und stand vom Tisch auf. Seine Fingerspitzen strichen flüchtig über ihre Schulter, sonst berührte er sie jedoch nicht, als er sich an ihr vorbeischob. Der Spaziergang tat ihm gut, er konnte freier atmen. Und als er in ihrem Hausflur die Strickjacke vom Garderobenhaken nahm und ihr Duft ihm in die Nase stieg, verursachte das auch keinen Fast-Herzstillstand mehr bei ihm.

Dennoch blieb er noch eine Weile auf dem Strand vor ihrem Haus stehen. Er wollte ein paar Minuten Zeit schinden, bevor er sich wieder auf den Rückweg zum Captain Crow's machte. Herrgott, dachte er und rieb sich die Brust. Der dumpfe Schmerz schien sich darin festgesetzt zu haben, er war wirklich nicht auf eine Wiederholung erpicht.

Was er brauchte, war Abstand. Und warum, zum Teufel, fiel ihm das so schwer? In seinem Job war es ihm zur zweiten Natur geworden, Abstand zu halten, doch jetzt, wo er einen kleinen Puffer emotionaler Distanz gut gebrauchen könnte, brachte er es nicht zustande.

Diese verfluchten Seemannsknoten. Wie es schien, hatten sie unfehlbare Arbeit geleistet, angefangen beim Doppelten Palstek über die Engländerschlaufe bis hin zum Rattenschwanzstopper. Sie alle hatten sich unentwirrbar mit dem „Großen Problem" verwoben. Wieder massierte Gage sich die Brust und starrte dann lange nachdenklich auf seine Handflächen.

Genau! Das war das Problem! Das war der Grund für alles! Seit Wochen lief er mit leeren Händen herum, obwohl er doch sonst immer eine Kamera hielt. Seit er die Fotocollagen für Skye zusammengestellt hatte, hatte er keine einzige seiner Kameras in der Hand gehalten, sie alle lagen sicher verstaut in ihren Taschen. Was hatte er sich nur dabei gedacht? Hatte er Rex nicht erklärt, wie wichtig diese Apparate für ihn waren?

Die Kamera ist wie eine Rüstung ... der Puffer zwischen mir und dem, was ich sehe. Sie ist mein Schutzschild.

Nr. 9 lag nur eine knappe Meile weiter den Strand hinunter. Gage lief los. Es war plötzlich essenziell, das Gewicht einer Kamera in seinen Händen zu fühlen. Die Linse würde die Welt und alles Sonstige um ihn herum auf sicherem Abstand halten. Ganz gleich, wie nah ihm das Objekt im Sucher auch war, er brauchte nur das Objektiv zu verstellen, und schon würde es nicht an ihn herankommen.

Als er sich dem Haus vom Strand her näherte, bemerkte er verdutzt, dass die schmale Klappe zum kleinen Kriechkeller unterhalb des Terrassendecks offen stand. Was ihn noch mehr verwunderte war, dass die Strahler, die normalerweise bei jeder Bewegung ansprangen, dunkel blieben, obwohl es Nacht war.

Vielleicht der Cateringservice? Oder der Hochzeitsplaner? Ja, es musste wohl einer von ihnen sein. Vermutlich hatte jemand bemerkt, dass für morgen noch etwas fehlte, und hatte es schnell vorbeibringen wollen. Gage ging zu der offen stehenden Klapptür und stützte sich mit einer Hand darauf ab. „Hallo?", rief er und beugte sich vor, um in den Keller zu sehen.

Der Schlag auf den Hinterkopf ließ ihn taumeln. Ohne die Klappe loszulassen, die er nutzte, um das Gleichgewicht nicht zu verlieren, drehte er sich ruckartig um und erkannte zwei Gestalten vor sich. Ein Mann mit einer Skimütze mit Öffnungen für Augen und Mund, der andere mit einer Baseballkappe und einem Bandana vor dem Gesicht.

Gage blinzelte. Das ergab keinen Sinn. Er befühlte seinen schmerzenden Kopf und sah, wie Bandana eine lange Stablampe hob. Der Lichtstrahl blendete ihn, und bevor er noch einen Gedanken fassen oder etwas unternehmen konnte, traf ihn die schwere Lampe an der Schläfe. Seine Knie knickten ein, er fiel in den Sand.

Wie von weit her drang eine Stimme an seine Ohren. „Schließ ihn da unten ein."

Da unten einschließen? Niemals, zur Hölle! Gage konzentrierte sich angestrengt. Er musste die Kontrolle über seinen Verstand und seinen Körper zurückgewinnen. Er fühlte, wie Hände nach ihm packten, und stieß sie fort, trat mit den Beinen aus. Nein, er würde nicht da unten eingeschlossen werden. *Nie wieder!*

Nur wollte sein Körper ihm nicht gehorchen. In seinem Kopf schrie er laut, wollte die höllischen Schmerzen damit betäuben, doch dann fühlte er sich über den Sand gerollt und gezogen, hin zu diesem schwarzen Loch in der Erde unterhalb des Terrassendecks. Die Lider nur halb geschlossen, konnte er die Männer fluchen und ächzen hören, als sie versuchten, sein massiges Gewicht zu bewegen. Es verschaffte ihm ungemeine Befriedigung, dass sie sich so abmühen mussten. Der eine Mistkerl, der mit der Skimütze, atmete schwerer als der andere und riss sich fluchend die warme Wollmaske herunter.

Während die beiden ihn auf das dunkle Loch zurollten, bemühte Gage sich, das Gesicht des Mannes zu sehen. Von irgendwoher kenne ich ihn, dachte er benommen, doch Schwärze wollte sich um sein Bewusstsein legen. Das war der Typ aus dem Captain Crow's, der, der hinter der Bar stand. Der, der am Tisch die Weingläser aufgefüllt hatte …

Gage mühte sich angestrengt, nicht in den Tiefen der Bewusstlosigkeit zu versinken. Er verabscheute die Dunkelheit, ihren klebrigen Geschmack in seinem Mund, ihr erdrückendes Gewicht auf seiner Brust. Dieses Mal würde es ihn zerquetschen. Der Gedanke war so schrecklich, dass er sich von der Dunkelheit einhüllen ließ. Sie willkommen hieß ...

Nein!

Er musste sich wehren. Zwei Männer. Einer mit Skimütze, der andere mit Baseballkappe und Bandana. Wo hatte er das schon mal gehört ...?

Skyes Angreifer. Die Männer, die bei ihr eingebrochen waren. Er musste es ihr sagen. Musste sie beschützen. Musste die Kerle aufhalten. Sie durften nicht noch einmal die Chance erhalten, Skye zu verletzen ...

Ihm wurde klar, dass er mit dem Gesicht auf der Erde lag. Er versuchte vorwärtszukriechen, bekam Sand in den Mund, hustete. *Egal. Beweg dich. Sieh zu, dass du aus der Dunkelheit herauskommst ...*

Dann senkte sie sich endgültig über ihn.

Skye hatte sich fest vorgenommen, die Stimmung beim Probedinner auf keinen Fall zu verderben. Obwohl sie keinen wirklichen Appetit hatte, so freute sie sich doch mit an dem Glück, das die Anwesenden am Tisch verströmten. Griffins triumphierende Zufriedenheit über die bevorstehende Hochzeit war sowohl amüsant als auch anrührend. Er trug diese jungenhaftstolze Miene zur Schau, jedes Mal, wenn er zu Jane hinübersah, als wollte er sagen: Seht euch nur an, was ich Tolles gefunden habe! Und Jane ... Jane strahlte von innen heraus. Und als sie Griffin dabei ertappte, wie er sie anstarrte, funkelte etwas Sinnlich-Kesses in ihren Augen auf.

„Also wirklich, Zauberhase", sagte sie in diesem leicht tadelnden Ton.

Und er lachte. „Weißt du, was ich gerade denke, Engelchen?"

„Ich weiß, *woran* du denkst."

Er lachte nur noch lauter, weil sie rot anlief.

Skye sehnte sich schmerzlich nach einer solch vertrauten Intimität ohne Unsicherheit. Es war dieser Schmerz, der sie vom Tisch vertrieb. Sie murmelte eine Entschuldigung und behauptete, zum Waschraum zu gehen, stattdessen wanderte sie durch das Restaurant. Dabei schnappte sie auf, dass Tom, der Vollzeit-Barmann, sich beschwerte und wissen wollte, wo sein Helfer abgeblieben war.

Das Gleiche fragte sie sich wegen Gage.

Die Kälte jagte ihr eine Gänsehaut den Rücken entlang, und sie rieb sich erneut die Oberarme. Sie würde ihm entgegengehen und die Strickjacke in Empfang nehmen, entschied sie und stieg die Stufen zum Strand hinunter.

Natürlich war es draußen auch nicht wärmer, trotzdem ging sie energisch in Richtung Nr. 9 – oder so energisch, wie die hohen Absätze ihrer Riemchensandaletten es zuließen. Als sie gefährlich strauchelte, blieb sie stehen und zog sich die Schuhe aus, stapfte dann weiter über den Sand, der sich kühl und seidig an ihren Fußsohlen anfühlte.

Es wunderte sie, dass sie Gages Gestalt nicht in ihre Richtung kommen sah. Der Strand war menschenleer, auch wenn aus den Fenstern der meisten Hütten Licht nach draußen fiel. Die Strahler, die überwiegend so ausgerichtet waren, dass sie die heranrollenden Wellen anleuchteten, waren nicht alle eingeschaltet, und so erinnerte die Wasserlinie ein wenig an ein Schachbrett mit dunklen und hellen Karrees. Auf dem Sand spielten ebenfalls Schatten, Skye nahm an, dass sie Gage deshalb schlicht nicht erkennen konnte.

Als sie ihr Haus erreichte, war noch immer keine Spur von ihm zu entdecken.

Verwundert drehte sie am Knauf der Vordertür. Abgeschlossen.

Von ihrer Terrasse aus blickte sie zum Captain Crow's hinüber. Hatten sie sich irgendwie verpasst, oder waren sie aneinander vorbeigelaufen? Auf dem Strand ganz bestimmt nicht, aber womöglich hatte er den Weg hinter den Strandhäusern gewählt. Der führte auf den Parkplatz des Restaurants und zur vorderen Eingangstür.

Es ergab jedoch keinen Sinn, dass er den längeren Weg nehmen sollte.

Sie ließ ihre Sandaletten fallen und hüpfte von der Veranda in den Sand, ging weiter, bis sie vor ihrem Haus stand. Hier befand sie sich praktisch in der Mitte der Gesamtlänge der Bucht. Sie sah zur einen Seite in Richtung des Restaurants, aber da war niemand zwischen ihr und dem Captain Crow's zu sehen. Sie überprüfte den Abschnitt bis zum Südende mit den Klippen. Auch da war nichts zu erkennen.

Zwar warfen die Felsen und Dünen genügend tiefe Schatten, in denen ein Mann sich verstecken konnte, dazu hatte Gage jedoch keinerlei Anlass.

Ratlos starrte sie den Strand entlang. Dann fiel ihr etwas ein. War er vielleicht aus irgendeinem Grund zu Nr. 9 gegangen? Das wäre die einzig logische Antwort. Ihr Instinkt trieb sie an, und so beschloss sie, sich auf den Weg zu machen.

Sie ging mit schnellem Schritt und spürte die Gänsehaut jetzt auf ihrem ganzen Körper. Gegen Ende des Sommers waren die Tage zwar noch immer warm, doch sobald die Sonne unterging, fielen die Temperaturen rapide. Für diese Nacht waren magere fünfzehn Grad vorausgesagt worden, und man konnte die Kälte schon fühlen.

Als sie bei Nr. 9 ankam, bemerkte sie, dass die Strahler nicht eingeschaltet waren, aber das alarmierte sie nicht. Sie und Gages Mutter Dana hatten bereits abgesprochen, dass sie während der Hochzeitsfeier auf jeden Fall ausgeschaltet blieben. Die Trauungszeremonie war zum Beginn des Sonnenuntergangs angesetzt, Helligkeit sollten nur die vielen, überall aufgestellten Kerzen in den Sturmlampen spenden. Elektrisches Licht würde die Stimmung zerstören. Skye hatte der älteren Frau gezeigt, wo sich der Schalter für die Strahler befand.

Die nahen Klippen, die sich in den Himmel reckten, vertieften die Dunkelheit mit ihren Schatten, so kam es, dass Skye direkt vor den Verandastufen über etwas stolperte. Sie murmelte einen Fluch und bückte sich. Dann hob sie das Teil auf, über das sie fast gefallen wäre. Eine ungute Ahnung kroch ihr den Rücken hinauf.

Es war einer von Gages Schuhen, ein Loafer aus Antikleder. Er hatte diese Loafer zu einer leichten Sommerhose und einem schicken Hemd mit offen stehendem Kragen beim Essen getragen. Mit zusammengekniffenen Augen suchte sie den umliegenden Strand nach dem zweiten Schuh ab, doch in der Nähe lag er auf jeden Fall nicht. Das mulmige Gefühl wurde stärker.

Den Schuh in der Hand ging sie weiter bis zum Fuß der Treppe. „Gage?", rief sie. Ihre Stimme klang seltsam rau und krächzend. Sie schluckte und griff nach dem Geländer. Das Holz fühlte sich kühl und feucht unter ihrer Handfläche an, genau wie die Stufen an ihren bloßen Füßen, die sie jetzt langsam hinaufstieg. „Gage!", rief sie ein zweites Mal nach ihm, als sie das Terrassendeck erreicht hatte.

Sie ließ den Blick über das Deck gleiten. Alles schien so zu sein, wie sie es am Nachmittag verlassen hatten. Die Terrassenmöbel waren in der Garage untergebracht worden, die weißen Klappstühle standen an die Hauswand gelehnt bereit, um für die Zeremonie aufgestellt zu werden. Dann fiel ihr auf, dass im Haus ebenfalls kein Licht brannte. Alles war stockdunkel.

„Oh, verdammt", murmelte sie vor sich hin. Der Strom musste ausgefallen sein.

Das war mal wieder typisch. Der Abfallzerkleinerer funktionierte ausgerechnet an Thanksgiving nicht mehr, und die Toilette war garantiert zu Ostern verstopft. Skye wandte sich zum Strand um, in Gedanken ging sie bereits durch, welchen Handwerker sie gleich am Morgen anrufen konnte, wer in einem solchen Notfall herauskommen würde. Die Liste der Notdienste lag im Büro, doch dann sah sie auf den Schuh in ihrer Hand.

Wo war Gage?

Wahrscheinlich sucht er nach dem Sicherungskasten, dachte sie. Sie wusste, der lag an der nördlichen Außenwand, daher ging sie über die Terrasse, blieb aber stehen, als sie den Strahl einer Taschenlampe im Wohnraum aufblitzen sah. „Gage!", rief sie. „Wenn du den Sicherungskasten …"

Ihre Stimme erstarb. Das war nicht Gage, der da auf die Veranda hinaustrat, der Mann hatte eine völlig andere Statur.

Und er trug eine Baseballkappe und ein Bandana.

Sie schrie gellend auf, Adrenalin rauschte durch ihre Adern, und nur ein Gedanke beherrschte sie: Flucht.

Mit den nackten Füßen rutschte sie jedoch auf dem feuchten Holz aus, und statt dass sie zurück zum Strand rannte, wie sie es vorgehabt hatte, fand sie sich auf dem Boden auf ihrem Allerwertesten wieder. Ihr Gehirn hatte den Schmerz des Falls noch gar nicht richtig registriert, als sie sich auch schon hastig aufrappelte.

„Sieh einer an", sagte der Mann spöttisch. „Ich hatte doch versprochen, dass wir uns wiedersehen."

Diese Stimme ließ sie erstarren. Bilder blitzten in ihrer Erinnerung auf. Sie war wieder nackt, mit Gummiseilen an den Stuhl gefesselt. Der Geruch seines Schweißes stieg ihr in die Nase, und sie meinte, das scharfe Schaben der Messerspitze an ihrem Bauch entlang zu spüren. *Wir beide werden bestimmt viel Spaß zusammen haben.*

„Bleib schön da, wo du bist", befahl der Mann und kam langsam auf sie zu. „Dann wird niemand sonst verletzt."

Niemand sonst? War etwa schon jemand verletzt worden? Gage? „Bleiben Sie mir vom Leib, Sie Widerling", spie sie ihm entgegen und wich zu den Stufen zurück. „Wo ist Gage? Was haben Sie mit ihm gemacht?"

Ein zweiter Mann kam durch die Schiebeglastüren nach draußen, der mit der Skimütze. „Oh Mist", entfuhr es ihm, sobald er sie erblickte.

Skye blieb dennoch nicht stehen, zog sich immer weiter zurück. „Sagen Sie sofort, wo Gage ist. Sofort!"

„Hol sie dir", befahl der Mann mit dem Bandana seinem Komplizen und hielt den Lichtstrahl der Taschenlampe auf sie. „Wenn du tust, was wir dir sagen, Süße, werden wir dir sicher erzählen, was wir mit deinem Freund angestellt haben."

„Oh Mist", sagte der andere noch einmal.

„‚Oh Mist' wird uns nicht zum Versteck der Juwelen führen, die du mir versprochen hast, Cousin." Die Stimme des Mannes mit der Baseballkappe wurde scharf. „Und meinen kleinen Bonus bekomme ich dadurch auch nicht. Und jetzt los, schnapp dir die Frau."

Skimütze setzte sich in Bewegung, und Skye war klar, dass sie das ebenfalls tun musste. Sie wirbelte herum, wollte die Stufen hinunterspringen, hatte schon einen Fuß angehoben ... und fühlte den harten Griff an ihrem Arm, der sie zurückriss.

Sie stieß einen gellenden Schrei aus.

21. KAPITEL

Aus der Entfernung drang Lärm zu Gage. Stimmen. Einer von denen, die ihn gefangen genommen hatten, wollte wohl nachsehen, ob ihre Investition noch lebte. Jahandar oder einer seiner Brüder kamen alle zwei Tage mit einem rostigen Wasserkanister und um den Behelfsabort auszutauschen. Oh ja, wirklich erstklassiger Service in diesem Laden hier.

Nun, er würde sich nicht die Mühe machen und für den hohen Besuch aufwachen. Vernünftig mit diesen verdammten Pennern zu reden, hatte nichts gebracht, und auf Small Talk hatte er absolut keine Lust. Vor einigen Jahren hatte er an einem Seminar teilgenommen, in dem man angeblich lernen sollte, wie man sich in feindlicher Umgebung verhielt. Mit Blick auf Entführungen hatte der Kursleiter jedem wärmstens ans Herz gelegt, dass man seine Chancen zu überleben erhöhte, wenn die Entführer erkannten, dass die Geisel ein ganz normaler Mitmensch war. Ein paar Monate später war ein Freund und Reporterkollege, der mit ihm zusammen an dem Kurs teilgenommen hatte, von einem Dschungelwarlord für einen Spion gehalten und zwölf Stunden festgesetzt worden. Sein Freund hatte sich an die Lektion aus dem Kurs erinnert und auf die Tränendrüse gedrückt, hatte jedem seinen Ehering gezeigt und geklagt, wie sehr seine Kinder den Vater vermissen würden. Er hatte alles getan, um wie ein einfacher Mensch zu wirken.

Wie sich herausgestellt hatte, waren Tränen bei diesem Stamm absolut verpönt und wurden zudem als eine Art Schuldeingeständnis angesehen. Sein Freund hatte Glück gehabt, dass er nicht auf der Stelle erschossen worden war.

Deshalb hatte er auch nie versucht, die Schleusen zu öffnen. Stattdessen hatte er von seiner Kindheit in Kalifornien geredet. Er hatte eine hingebungsvolle Freundin namens Skye erfunden. Doch dann hatte Jahandars jüngerer Bruder gierig mehr saftige Details von der amerikanischen Lady hören wollen, und er hatte es bereut, dass er den Namen seiner Brieffreundin je in dieser hässlichen Umgebung erwähnt und in seine Entführung hineingezogen hatte.

Deshalb würde er auch jetzt nicht die Augen öffnen.

Er war sich nicht einmal sicher, ob er das überhaupt schaffen würde. Sein Schädel brummte höllisch, und irgendetwas Klebriges leimte seine Wimpern zusammen. Gott, er wurde mit jeder Stunde in diesem Loch dreckiger. Da war der Schlaf, der ihn überwältigen wollte, geradezu eine Gnade. Der einzige Weg, um dem Ganzen zu entfliehen.

Das Hämmern in seinem Kopf machte Schlaf jedoch vollkommen unmöglich, und da ihm nichts anderes übrig blieb, wurde er ein wenig wacher und klarer. Eventuell sollte er doch noch einmal versuchen, mit diesen Idioten zu reden. Vielleicht würde dabei ja sogar eine neue Autobatterie herausspringen. Bisher hatte die Glühbirne relativ gut funktioniert …

Nein, sie funktioniert überhaupt nicht, dachte er in Panik, als er sich der Dunkelheit vor seinen geschlossenen Lidern bewusst wurde. *Mist, Mist, Mist!*

Er rollte sich auf den Rücken und tastete mit den Händen seine Brust ab. Er musste unbedingt das Rascheln von Papier hören – der kleine Stapel mit den Briefen, den er direkt an seinem Herzen immer bei sich trug. Er war nicht mehr da!

Gage setzte sich auf und tastete die Erde ab. Wahrscheinlich lagen sie irgendwo auf dem harten, ausgetrockneten Lehm verstreut …

Doch was er berührte, war nicht hart. Und es war auch nicht trocken. Es war Sand.

Die Erinnerung kam in einem Schwall zurück: Crescent Cove. Hochzeit. Skye. Dinner. Er, der beschlossen hatte, nach Nr. 9 zu gehen.

Eine Taschenlampe, die an seiner Schläfe landete.

Ein Schrei.

Hatte er geschrien? Nein. Der Schrei kam in Echtzeit. Eine weibliche Stimme. Eine echte Frau.

Gage zuckte zusammen, die Trommeln in seinem Kopf schlugen doppelt so schnell. Er ignorierte sie, wischte sich mit dem

Unterarm über die Augen, nutzte sein Hemd, um die Krusten von seinen Wimpern zu entfernen, dann blinzelte er, blinzelte noch einmal und sah ...

Nichts.

Genau wie in dem Loch auf der Geiselfarm. Absolute Dunkelheit.

Erdrückend.

Machtlos.

Ein weiterer Schrei.

Skye.

Sein Gefühl von Hilflosigkeit löste sich auf, als würde sie in einem auflodernden Feuer verbrennen, zurück blieb nur Wut. Jemand tat Skye weh – diese beiden Kerle, an die er sich jetzt erinnerte. Sie hatten sie schon einmal terrorisiert. Auf allen Vieren kroch er durch das dunkle Loch, suchte nach einer Möglichkeit, herauszukommen. Die Betonpfeiler, die die Terrasse stützten, machten den niedrigen Keller zu einem Irrgarten. Gage war nass geschwitzt, bis ihm klar wurde, dass er wahrscheinlich in die entgegengesetzte Richtung, weg vom Auslass, gekrochen war, anstatt darauf zu. Reiß dich zusammen, befahl er sich. Denk nach, benutze deinen Kopf.

Er atmete tief ein, stieß die Luft wieder aus, versuchte, sich zu orientieren und seine Sinne einzusetzen. Sehen konnte er nicht, aber er konnte hören. Er musste sich so drehen, dass das Rauschen der Brandung von vorn kam. Also drehte er sich nach rechts und überlegte, wo die kleine Klapptür angebracht war.

Er rammte mit dem Kopf einen Pfeiler, mit einem Knie den nächsten, doch dann hatte er die Außenwand gefunden. Mit den Händen tastete er sich daran entlang, bis er den Türgriff fand. Mit aller Kraft stieß er die Klappe auf.

Kühle feuchte Luft strich über sein Gesicht. Er blinzelte, als das Mondlicht ihn blendete, fast war es zu hell, doch er kletterte aus dem Kriechkeller, richtete sich auf und wankte auf die Verandatreppe zu. „Skye!", rief er, um sie wissen zu lassen, dass er auf dem Weg zu ihr war, dass sie nicht allein war. „Skye, wo bist du?"

„Gage!"

„Hier bin ich, Liebling, hier!" So schnell er konnte, stolperte er durch den weichen Sand in die Richtung, aus der ihre Stimme gekommen war.

Als er am Fuß der Treppe ankam, sah er sie oben auf der Terrasse stehen. Sie sprang, und er wich hastig zurück, um einen Zusammenstoß zu vermeiden. Sie rollte sich ab, kam sofort wieder auf die Füße. In dem Moment, als er nach ihr greifen und sie stützen wollte, wirbelte sie herum.

Ein Mann mit Baseballkappe und Bandana kam eilig die Stufen herunter.

„Halten Sie sich von uns fern!", schrie Skye den Einbrecher an.

Sie prallte gegen seine Brust, und Gage strauchelte rückwärts, konnte sich gerade noch auf den Beinen halten.

Bandana beachtete ihre Warnung nicht. Das war der Moment, in dem Skye einen Arm hob und ausholte. Sie hielt etwas in der Hand, das sie mit Wucht auf den Mann schleuderte, der auf sie beide zugestürmt kam.

Der Kerl heulte auf und schlug sich die Hände über die Nase, dann knurrte er wie ein wildes Tier und stolperte vorwärts.

Mit weit ausgebreiteten Armen stand Skye zwischen ihm und ihrem Angreifer, ganz so, als wolle sie ihn beschützen, seine tapfere Meerjungfrau.

Er umfasste ihre Taille, schob Skye beiseite, ballte die Hände zu Fäusten und versetzte dem Typen einen Schlag ans Kinn. Bandana knurrte, hielt sich aber noch immer aufrecht und packte ihn am Hemdkragen.

Gage erinnerte sich an eine weitere Lektion aus dem Seminar über Verhaltensregeln in feindlichem Gebiet. Vergessen Sie die Queensberry-Regeln für faires Boxen. Wenn Sie müssen, kämpfen Sie wie eine Frau, hatte der Kursleiter geraten.

Er winkelte sein Knie an und stieß mit aller Kraft zu. Wie eine gefällte Eiche ging der Mann zu Boden.

Mit rasselndem Atem blieb er über dem zusammensackenden Eindringling stehen. Mit dem rechten Fuß – mit dem, an dem noch ein Schuh saß –, tippte er dem Kerl die Baseballkappe vom Kopf und legte einen kahl geschorenen Schädel frei. Dann bückte er sich und riss dem Typen auch das Bandana vom Gesicht.

Blut strömte dem Mann aus der Nase.

Gage sah zu Skye, die im fahlen Mondlicht entsetzt den Angreifer anstarrte. „Kennst du ihn?", fragte er.

„Nicht seinen Namen, aber … aber er ist einer von den beiden, die in mein Büro eingebrochen sind."

Sie trat näher, und Gage spürte, wie sie die Finger an seinem Rücken in sein Hemd krallte. „Und er", sie zeigte auf den Mann, der oben auf dem Treppenabsatz stand, „ist der andere."

Es war der Barista aus dem Captain Crow's, der Typ, der sich die Skimütze vom Kopf gerissen hatte, bevor die beiden Kerle ihn in den Kriechkeller gesperrt hatten. „Du bleibst hier stehen", wies er Skye grimmig an.

Da Bandana im Moment außer Gefecht gesetzt war, steuerte Gage vor Wut schäumend auf den zweiten Angreifer zu, die Hände bereits zu harten Fäusten geballt. „Und jetzt kümmere ich mich um dich."

„Das brauchen Sie gar nicht mehr", sagte der Mann kleinlaut und hielt sein Handy in die Höhe. „Ich habe die Polizei verständigt."

Die Braut und ihre Brautjungfern machten sich für die Hochzeit bereit. Gage und Griffin waren zu Rex Monroe nach nebenan geschickt worden. Jeder ein Glas in der Hand, saßen sie auf der Veranda und warteten darauf, dass die Mutter des Bräutigams sie rief. Gage verspürte erstaunliche Zufriedenheit und gedachte, sich an diesem Gefühl festzuhalten, solange es ging.

Bräutigam und Trauzeuge hatten nur wenig Zeit gebraucht, um sich umzuziehen. Beide trugen sie Leinenhose und Guayabera-Hemd. Da die Braut barfuß ging, hatten auch sie keine Schuhe an den Füßen. „Wenn ein Mann schon heiraten muss, dann ist das die perfekte Art", bemerkte er. „Ohne sich wie die Affen auszustaffieren."

„Was für ein Glück, dass wir den Frauen ausreden konnten, uns genau gleich anzuziehen, was?", meinte Griffin ironisch. „Das wäre ja wie in der ersten Klasse gewesen."

Gage warf einen Seitenblick auf seinen Bruder. Sie beide trugen ein türkisblaues Hemd, eins vielleicht minimal heller als das andere. „Hey, ich habe eine Idee. Wir könnten doch wie früher den Zwillingstrick anwenden. Mal sehen, ob Jane merkt, dass ich nicht ihr Bräutigam bin."

„Natürlich würde sie es bemerken, gleich auf den ersten Blick." Griffin war sich absolut sicher. Aus gutem Grund. „Hast du vergessen, dass deine Wunde genäht werden musste?"

„Ach richtig." Gage fasste sich an die Schläfe, wo ein Verband saß. „Dank dieser Idioten sehe ich jetzt auf allen Hochzeitsfotos ramponiert aus."

„Jane findet das gut. Sie meint, das wird bei allen eine bleibende Erinnerung an den Vorabend unserer Hochzeit hinterlassen."

Gage glaubte auch nicht, dass er das je vergessen würde. Nicht seine Panik, nicht seine Angst um Skye, nicht das Bild, wie sie sich zwischen ihn und den Angreifer gestellt hatte. „Sie hat dem Typen die Nase mit meinem Schuh gebrochen", murmelte er. „Ehrlich, Griffin, das hättest du sehen müssen!"

„Ich habe dich gesehen, das hat mir gereicht. Das ganze Gesicht blutverschmiert, dein Hemd darin getränkt … Kein Wunder, dass sie gemeint hat, dich beschützen zu müssen."

„Kopfwunden bluten immer stark. Und mir brummt der Schädel. Aber ich gehe jede Wette ein, dass unser Freund Bandana sich noch lange mit hoher Fistelstimme mit seinem Pflichtverteidiger besprechen wird." Das verschaffte ihm enorme Befriedigung. Dank Skimütze – Steve – kannten sie jetzt die ganze Geschichte. Steve und sein Cousin waren tatsächlich das Einbrecher-Duo vor ein paar Monaten gewesen. Als Examenskandidat in Filmgeschichte und Literatur war Steve auf die Gerüchte über das Collier fixiert gewesen, sein Cousin allerdings hatte eher auf den Profit spekuliert, der sich aus dem Verkauf des Schmuckstücks herausschlagen lassen würde. Deshalb hatten sie Skyes Haus durchsucht.

„Mein Cousin Doug ist kein besonders guter Mensch", hatte Steve zugegeben und dabei praktischerweise die eigene Beteiligung am Diebstahlsdelikt unter den Tisch fallen lassen. Ihn ansehen konnte der junge Mann jedoch nicht, während sie gemeinsam auf die Ankunft des Streifenwagens gewartet hatten. „Es tut mir unheimlich leid, was Skye zugestossen ist."

„Du hättest ihn gleich beim ersten Mal der Polizei melden sollen", hatte er geantwortet. Nur mit Mühe hatte er sich beherrscht, sonst wäre er dem Trottel an die Gurgel gegangen. „Und wieso hast du ihn zurückgeholt, um ein zweites Mal auf die Suche zu gehen?"

„Ich hatte an eurem Tisch aufgeschnappt, wie ihr euch darüber unterhalten habt, dass der Kragen vielleicht irgendwo in Nr. 9 liegen könnte. Und da tat sich ein schmales Zeitfenster auf … ihr alle beim Dinner … Doug war gerade in der Nähe und hatte Zeit."

Weil der gute Doug ein arbeitsloser Kleinkrimineller war und wohl die Karriereleiter in seiner Sparte hinaufklettern wollte. Da Steve ein volles Geständnis abgelegt hatte, ging die Polizei davon aus, dass man den brutalen Kerl für eine ganze Weile wegsperren würde.

Und da die Rätsel in der Bucht nun alle gelöst waren – Steve war auch der Mann mit der Skimütze gewesen, der in das Archiv der Sunrise Studios eingebrochen war, um an mögliche Informationen zu gelangen, wo das Collier zu finden sein könnte –, konnte Skye sich nun wieder sicher auf ihrem ganz speziellen Fleckchen Erde bewegen.

Zufrieden seufzend streckte Gage die Beine aus und legte sie an den Knöcheln übereinander. Bis Sonnenuntergang würde es wohl noch ungefähr vierzig Minuten dauern, der Himmel begann gerade, sich orange und violett zu verfärben.

Er stiess mit seinem Glas an das seines Bruders. „Ein Affe, der mich unterhält, ist besser als ein entlaufenes Reh."

Griffin hob eine Augenbraue. „Vermutlich kann ich darauf trinken, obwohl ich nicht die geringste Ahnung habe, was das bedeuten soll."

Es heißt einfach nur, dass das Leben im Moment großartig ist, dachte Gage. Da war diese wunderschöne Bucht, aus der die Schatten des Verbrechens vertrieben waren, und natürlich auch die Hochzeit, die seinen Zwillingsbruder mit der Frau vereinen würde, die dieser anbetete. „Sollte ich dir noch ein paar Ratschläge für die Hochzeitsnacht mitgeben?", fragte er neckend. „Muss ich dir das mit den Bienchen und den Blümchen erklären?"

Sein Zwilling kippte den Rest seines Whiskeys in einem Schluck herunter. „Gute Idee. Eine Erklärung ist auf jeden Fall dringend nötig. Ich muss dir nämlich unbedingt etwas sagen."

Gage stutzte. „Was denn?"

„Du bist ein verdammter Idiot!"

„Hä? Was …?"

„Spar dir den Blödsinn." Griffins Blick wurde stahlhart. „Ich weiß alles über dein kleines Abenteuer, über deinen nächsten Auftrag und über die endlos dumme Art, wie du deinen Job erledigst."

Mist. „Skye hätte dir nicht …"

„Skye hat gar nichts."

Ein sonderbarer Ausdruck trat in die Augen seines Bruders.

„Überrascht mich, dass du es ihr erzählt hast."

„Es ist unmöglich, ihr etwas zu verschweigen", murmelte Gage und starrte auf seine Fußspitzen.

„Über den Grund dafür solltest du vielleicht mal nachdenken, jedoch erst, nachdem ich dir einen Tritt in den Hintern verpasst habe."

Gage holte tief Luft. „Wie hast du es herausgefunden?"

„Du bist nicht der Einzige, der Freunde auf der anderen Seite der Welt hat. Ich habe meine Fühler ausgestreckt. Es hat zwar etwas gedauert, bis die Info kam, aber erreicht hat sie mich."

„Sag bloß Mom und Dad nichts", stieß Gage aus und fühlte sich wie ein Teenager, der mit einer schlechten Note in einer Klassenarbeit nach Hause gekommen war. „Und Tess braucht es auch nicht zu wissen."

„Nur, wenn du versprichst, ab sofort verantwortungsbewusst …"

„Ich bin verantwortungsbewusst, weil auf diese Art niemand außer mir selbst die Verantwortung tragen muss."

„Ja, sicher, mir ist schon klar, dass du davon überzeugt bist. Du darfst nicht vergessen, dass ich ziemlich genau weiß, was da oben in deinem Kopf vorgeht. Aber das ist nicht gut, Gage. Denk doch mal nach. Stell dir vor, ich wäre es, den man da draußen nicht finden könnte. Stell dir vor, ich wäre wie vom Erdboden verschluckt, ohne dass es die geringste Spur von mir gibt."

Der Whiskey schwappte in seinem Magen hin und her wie hoher Seegang. „Das ist nicht dasselbe."

„Es ist sogar hundertprozentig dasselbe."

„Na schön, vielleicht. Aber denk an Charlie."

„Du hast recht, Mara musste eine schwere Entscheidung treffen, und ganz bestimmt hast du recht damit, dass der Ausgang alles andere als wünschenswert war, doch in deinem Szenario hätte sie nicht einmal die Chance zu dem Versuch gehabt, ihrem Mann zu helfen. Womöglich hätte sie nie herausgefunden, was mit ihm passiert ist. Ist das etwa besser?"

„Ich hasse es, wenn du Gardinenpredigten hältst."

„Du hasst es, wenn ich recht habe." Griffin sah ihn an. „So ... jetzt brauche ich nur noch ein Hochzeitsgeschenk von dir."

„Ich habe mit Tess und David zusammengelegt. Ich hoffe, sie besorgen Rüschentischdecken oder irgendeine geschmacklose Obstschale oder so was Ähnliches."

Griffin ging überhaupt nicht darauf ein. „Du gibst meinen Namen an. Ich bin der Kontakt auf deiner Liste. Ich treffe die Entscheidungen, sollte der Fall eintreten, dass Entscheidungen getroffen werden müssen."

Gage schloss die Augen. „Du versaust mir den ganzen Tag."

„Und du stockst noch auf den glücklichsten Tag meines Lebens auf, wenn du zustimmst. Ich brauche diese Zusage von dir."

„Mist! Du hast noch nie fair gespielt."

„Das ist diese Sache mit dem älteren Bruder."

„Ganze verdammte elf Minuten!"

Griffin zuckte ungerührt mit den Schultern. „Elf Minuten sind elf Minuten." Dann zögerte er. „Du kannst mir vertrauen, dass ich das Richtige tun werde."

„Natürlich vertraue ich dir." Gage wusste, das klang, als hätte er es sich abgerungen. „Es ist nur ... Es werden keine Entscheidungen zu treffen sein, glaube mir. Ich begebe mich nicht mehr in riskante Situationen."

„Doch, das wirst du. Du planst schließlich, schnurstracks zurück zu dieser Geiselfarm zu gehen. Ich nehme an, dass es der Stress ist, der dich dorthin treibt."

„Ist es nicht. Es ist ..." Herrgott, er war eben nicht der mit dem Talent für die richtigen Worte. „Griff, du musst mir auch vertrauen."

Lange blieb es still, dann nickte sein Zwilling.

„Einverstanden. Du hast recht, und ich vertraue dir."

Griffins Handy klingelte. Er holte es hervor, und sobald er auf das Display sah, zog ein breites Lächeln auf sein Gesicht, die angespannte Atmosphäre zwischen ihnen verpuffte augenblicklich.

„Showtime?", wollte Gage wissen.

„Showtime", bestätigte Griffin.

Gleichzeitig standen sie auf und sahen einander an. Gage grinste. „Wirst du wieder sentimental werden?"

„Vermutlich."

Ihre Umarmung war fest und kam von Herzen. „Ich freue mich wirklich für dich, Griff."

Sein Zwilling machte sich frei und klatschte in die Hände. „Dann lass uns gehen, damit ich mir jetzt meine Frau holen kann."

Gage konnte nicht anders, er grinste breit über die Begeisterung seines Bruders. „Ja, gehen wir."

Als Griffin sich in Bewegung setzen wollte, hielt er ihn jedoch noch einmal am Arm fest. Mit fragend hochgezogenen Augenbrauen drehte sein Bruder sich um.

„Hör zu, wegen ..."

„Wegen Skye?"

„Genau." In einem solchen Fall war so ein Zwillingsbruder wirklich praktisch. Viele Worte waren meist unnötig.

„Jane und ich halten ein Auge auf sie."

„Ich werde ihr natürlich schreiben", versicherte er. „Ich verschwinde nicht komplett aus ihrem Leben."

Griffin lächelte. „Das hatte ich auch nie angenommen."

Gage zweifelte nicht an einer glücklichen Zukunft seines Bruders mit dessen frischgebackener Ehefrau. Die Trauung verlief glatt und genau nach Plan. Der Sonnenuntergang kam pünktlich wie vom Wetterdienst vorausgesagt, die siebzig geladenen Gäste saßen alle auf ihren Plätzen, als die Musik einsetzte.

Jane war eine strahlend schöne Braut in einem schulterfreien weißen Brautkleid. Der Saum des Kleides schwebte millimetergenau über dem ausgestreuten Sand, mit dem die Umrisse des Mittelschiffs einer Kirche nachgeahmt waren, alles ausgetüftelt ausgerechnet von ihrem in die Wissenschaft vernarrten Vater und ihren beiden Brüdern mithilfe von drei Laptops und fünf verschiedenen Computerprogrammen. Sie schienen recht zufrieden mit dem Ergebnis zu sein. Gage sah das Lächeln auf allen drei Gesichtern vorn in der ersten Reihe. Jane schritt strahlend und gemessen auf den aufgebauten Altar zu, den Blick auf Griffin gerichtet. Sie hatte entschieden, dass sie sich selbst ihrem Bräutigam übergeben würde.

Rex war derjenige, der die Trauung vollzog. Der greise Reporter hatte sich irgendwann eine Lizenz als eine Art Friedensrichter besorgt, der Hochzeitszeremonien ausführen durfte. Und er machte es wirklich gut, mit fester Stimme. Seine Kommentare waren eine perfekte Mischung aus Traditionellem und Persönlichem. Und das Beste daran – er fasste sich kurz.

Das Brautpaar hatte einen eigenen Wortlaut für das Gelübde zusammengestellt. Gage würde sich später das Hochzeitsvideo noch einmal ansehen müssen, um das Versprechen genau mitzuverfolgen, denn er war abgelenkt gewesen, weil Skye an der Schiebetür stand, die ins Haus führte. Seine Sirene der Bucht, die selbst ernannte Handwerkerin, die kleinere Reparaturen in eigener Regie erledigte.

Sie machte nicht den Eindruck, als hätte sie in der vergangenen Nacht Einbrecher gestellt. Auch heute trug sie wieder Grün, dieses Mal erinnerte die Farbe an den Ozean am frühen Morgen. Das lange Haar fiel ihr in Wellen über die Schultern. Und er dachte daran, wie er seine Hände in diese Fülle versenkt hatte, nachdem sie es endlich in ihr Bett geschafft hatten.

Er war so unendlich froh gewesen, als er sie schließlich dort gehabt hatte – eng an seiner Seite. Dieses euphorische Gefühl hatte sich noch immer nicht gelegt, trotz des unangenehmen Wortwechsels mit seinem Bruder auf Rex' Terrasse. Dieser Handel mit Griffin ging ihm zwar gegen den Strich, aber eigentlich war er ziemlich überzeugt, es würde nie dazu kommen, dass Griff aktiv werden musste. Wie er seinem Zwilling gesagt hatte, er hatte nicht vor, sich auf weitere Risiken einzulassen.

Es wurde Zeit für die Ringe, und er musste seine Aufmerksamkeit wieder auf die Trauung richten. Nach dem Ringtausch kam die Zeremonie auch bald zu einem Ende. Das Brautpaar küsste sich, die Gäste applaudierten, dann spielte eine Steeldrum-Band am Strand auf.

Die Stühle wurden beiseitegeschoben und kleine Tische aufgestellt, an die sich die Gäste zum Essen und Trinken setzten, es war Zeit, den Rest des Abends zu genießen.

Gage suchte nach Skye. Sie stand mit Vance und Layla zusammen. Man konnte geradezu sehen, wie die Liebe die beiden einhüllte.

„Es ist eine so schöne Hochzeit", schwärmte Layla, sie hatte große verträumt blickende braune Augen.

„Willst du jetzt auch am Strand heiraten?", fragte Vance sie.

„Nein, ich habe meine Meinung nicht geändert. Wir heiraten auf der Avocado-Ranch. Skye, was meinst du? Ob ich auf einem Pferd auf den Altar zureiten sollte?"

Vance stöhnte laut. „Sag Nein, Skye, bitte. Und überzeuge Layla davon, dass sie endlich nicht mehr auf die Vorschläge meiner Mutter eingehen soll. Der Himmel allein weiß, was der Frau sonst noch alles einfällt!"

Bevor Skye sich weiter auf dieses Gespräch einlassen konnte, zog Gage sie von dem Paar fort. „Sie spielen unser Lied", raunte er ihr zu, und nun erkannte auch sie die ersten Klänge von „The White Sandy Beach of Hawai'i". Sobald er sie in seine Arme zog, schwappte eine Welle von Euphorie über ihn, die ihn mit sich in die Höhen trug. Den Rest des Abends ritt er hoch auf dem Wellenkamm dahin.

Irgendwann schließlich neigte die Feier sich dem Ende, die Gäste verabschiedeten sich und gingen. Braut und Bräutigam brachen in die Flitterwochen auf, ihr genaues Ziel kannte niemand.

Da Gage achttausend Meilen weit weg sein würde, wenn das Brautpaar wieder zurückkam, bedachte Griffin ihn ein letztes Mal mit einem vielsagenden Blick.

„Ja, schon kapiert", versicherte er seinem Zwilling, klopfte ihm auf die Schulter und küsste seine Schwägerin zum Abschied die Wangen.

Von seinen Eltern verabschiedete er sich ebenfalls, denn er würde sie nicht mehr sehen, bevor er in drei Tagen in sein Flugzeug stieg. Seine Mutter verkraftete es besser, als er erwartet hatte, aber sie konnte sich ja auch auf zwei Wochen bei Tess und David freuen. Anscheinend machten Enkelkinder jederzeit mühelos die Abwesenheit eines Sohnes wett.

Schließlich waren nur noch er und Skye übrig. Sie standen vor Nr. 9 und winkten seinen Eltern nach. Ein Lächeln spielte um seine Lippen, er konnte es kaum erwarten, dass er Skye endlich ganz allein für sich hatte. Seine Sirene der Bucht.

„Es war schön, Sie wiederzusehen", rief sie dem Wagen mit seinen Eltern nach, als der am Ende von der Auffahrt abbog. „Auf ..."

Gage hatte keine Geduld mehr. Er packte sie und hob sie auf seine Arme.

Ihr Mund verzog sich zu einem sinnlichen Lächeln, als sie in sein Gesicht sah.

„... Wiedersehen", beendete sie den Satz.

Das war der Augenblick, in dem Gage vom Kamm der Welle fiel, mit einer Wucht, die ihn fast zerschmetterte. Denn, so wurde ihm jäh klar – das nächste Mal, wenn Skye diese Worte aussprach, galten sie ihm.

Skye hatte sich geschworen, jeden Moment auf Tuchfühlung mit Gage zu bleiben. Es war gleich, wie viele davon noch übrig waren, versicherte sie sich, wichtig war nur, dass sie jeden einzelnen mit Gage verbrachte. Keine Tränen, kein Bedauern, nur Lächeln und Fröhlichkeit.

Trotz dieses Schwurs fühlte sie sich am Tag nach der Hochzeitsfeier elend. Und noch elender am Tag darauf.

Es gelang ihr jedoch, es zu kaschieren, glaubte sie zumindest, vor allem, weil Gages Flugzeug schon am kommenden Abend ging.

An diesem Vormittag hatten sie ein Lunchpaket zusammengestellt und waren zusammen auf einen Ausflug gegangen. Sie wollten all die Plätze besuchen, an denen sie früher als Kinder gespielt hatten. Auf einer kleinen Anhöhe legten sie eine Pause ein. Seite an Seite sahen sie auf den Ozean hinaus.

„Ein weiterer perfekter Tag", murmelte Gage.

„Ja, das Wetter ist einfach großartig", stimmte sie zu.

„Und das Wasser wird endlich wärmer." Er suchte nach der Wasserflasche im Rucksack.

„Um diese Jahreszeit immer."

Sie sahen sich gleichzeitig an. Gage schnitt eine Grimasse. „Wir reden miteinander wie zwei höfliche Fremde."

In ein paar Monaten werden wir das auch sein, dachte sie. Er sagte zwar, dass sie sich weiter schreiben würden, aber sie glaubte nicht, dass sie eine Brieffreundschaft mit dem Mann führen wollte, den sie liebte.

Als sie nichts erwiderte, legte er sich in das sonnenwarme Gras und bedeckte seine Augen mit einem Arm. „Dieser Sommer war doch gar nicht so schlecht, oder?"

„Nein, wirklich nicht." Sie setzte ein Lächeln auf, obwohl er sie gar nicht sehen konnte. „Es war ein wunderbarer Sommer."

Er hob den Arm an, warf ihr einen kritischen Blick zu. „Du könntest ruhig etwas mehr Begeisterung an den Tag legen."

„Die Hochzeit deines Bruders war wunderschön. Und wir haben die bösen Buben geschnappt."

„Stimmt. Beides." Er setzte sich wieder auf. „Wirst du zurechtkommen? Ich meine, hier in der Bucht?"

„Ja." Das konnte sie mit Überzeugung behaupten. „Keine Monster mehr unter dem Bett."

„Und was ist mit dem Collier? Wirst du dich von Tessie mit Mojitos abfüllen lassen und auf Schatzsuche gehen?"

„Weiß ich noch nicht. Das Schmuckstück gehörte schließlich Edith, und sie hat es versteckt, damit niemand es findet. Vielleicht ist es besser, wenn es auf ewig in seinem Versteck liegt."

Gage nahm einen Schluck Wasser aus der Flasche und lenkte den Blick auf den Ozean hinaus. „Heute Morgen hatte ich endlich Gelegenheit, den Artikel in der Sonntagszeitung zu lesen."

„So?" Polly hatte recht behalten. Schon jetzt war das Interesse an der Bucht merklich angestiegen. Skye hatte die vielen Anrufe auf Voicemail umgeleitet, aber bevor sie losgegangen waren, hatte sie schnell noch das E-Mail-Postfach geprüft. Die Buchungsanfragen kamen in großer Anzahl herein.

„Mir war gar nicht klar, dass Max das Filmgeschäft für seine Frau aufgegeben hat."

Als sie nichts darauf erwiderte, sah Gage sie an.

„Dieses kleine Detail ist mir vollkommen entgangen. Ich habe immer angenommen, der Tonfilm hätte das Ende der Sunrise Studios eingeläutet."

Skye rappelte sich auf die Füße. Sie wollte nicht über Männer reden, die ihren geliebten Beruf für ihre Frau aufgaben. „Sollen wir weitergehen?", fragte sie und klopfte sich den Staub von den Shorts. „Wir wollten doch bei den Ebbetümpeln vorbeischauen."

Sie waren müde und hatten einen leichten Sonnenbrand, als sie wieder bei Nr. 9 ankamen. Und keinem von ihnen beiden gelang es noch, zu lächeln.

Nach einer Dusche und einem schnell zubereiteten einfachen Essen überraschte Gage sie damit, dass er eine von seinen Kameras hervorholte. Er hielt sie etwas ungeschickt in den Händen, besah sich den Apparat, als wäre er nicht sicher, wie man ihn bediente.

Skye hatte Mitleid mit ihm und lehnte sich näher zu ihm. Mit dem Zeigefinger drückte sie auf den Auslöser. „Siehst du, diesen großen schwarzen Knopf musst du drücken, dann sind die Bilder im Sucher für immer konserviert."

Er bedachte sie mit einem vernichtenden Blick. „Sehr lustig."

„Ich dachte, du hättest es vielleicht vergessen."

„Nein, vergessen habe ich es nicht."

Er verließ den Wohnraum, vermutlich, um die Kamera wieder zu verstauen. Als er Minuten später zurückkam, ließ er sich am anderen Ende der Couch nieder. Drückendes Schweigen legte sich über den Raum.

Ein Zittern überlief Skye. Im Halbdunkel sah sie Gage an.

„Kalt?"

„Nein."

Auf dem niedrigen Kaffeetisch vor ihnen lag die aufgeschlagene Zeitung, der Artikel aus dem Lifestyle-Teil direkt obenauf. Ein weites Panoramafoto der Bucht zierte die Seite. Gage stieß mit der Fußspitze gegen das Papier. „Edith Essex ist jung gestorben."

„Massive Lungenentzündung. Max blieb allein mit zwei kleinen Kindern zurück, die er aufziehen musste."

„Und er hat nie wieder geheiratet?"

„Nein."

„Hat er …"

„Könnten wir uns bitte über etwas anderes unterhalten?", fiel Skye ihm ins Wort. Ihr kam es seltsam vor, zu diesem Zeitpunkt darüber zu reden, was Max freiwillig geopfert hatte, um seine Frau glücklich zu machen.

„Ich wollte doch nur wissen, ob es irgendeinen Hinweis darauf gibt, wie er über die Sache gedacht hat. Was er gefühlt hat, als er sein Lebenswerk aufgegeben …"

„Nein, gibt es nicht, okay? Wir wissen gar nichts darüber."

„Schon gut, schon gut", sagte Gage beschwichtigend. „Ich will dich nicht aufregen. Um genau zu sein, ich …"

Argwöhnisch warf sie ihm einen Blick zu. „Um genau zu sein ... was?"

„Ich dachte, du solltest wissen, dass ich einen Deal mit Griffin geschlossen habe. Er hat das mit meiner Entführung herausgefunden und hat mir das Versprechen abgenommen, dass ich ... dass ich meine Vorgehensweise ändere. Ab jetzt werde ich jedes Mal, wenn ich unterwegs bin, vorher angeben, wohin ich gehe, und einen Plan B aufstellen. Ich werde sicherstellen, dass mein Rücken immer gedeckt ist ... für den Fall, dass etwas schiefläuft."

Skye starrte ihn an. Sie hatte das Gefühl, als hätte sich soeben die Hälfte eines Gewichts von ihrer Seele gehoben. „Oh, ich kann dir gar nicht sagen ..." Sie stieß bebend einen Seufzer der Erleichterung aus. „Ich bin so froh, das zu hören."

Lächelnd fasste er nach ihrer Hand. „Und wieso sitzt du dann so weit von mir entfernt?"

Sie trafen sich auf halbem Wege. Ihr Kuss schmeckte nach Verzweiflung und sich ankündigender Trauer, dennoch erwachte Verlangen bei ihr. Und während die Dämmerung hereinbrach und es nicht nur vor den Fenstern immer dunkler wurde, küssten sie sich, ihre gierigen Münder zu einer Einheit verschmolzen. Skye erwartete, dass Gage sich jeden Moment zurückziehen würde, er brauchte irgendeine kleine Lichtquelle, sobald es dunkel wurde, aber er machte keine Anstalten, sagte auch kein Wort. Im Gegenteil, er wurde sogar fordernder, erkundete fiebrig mit seiner Zunge ihren Mund, eine Hand an ihrer Brust, die andere zwischen ihren Oberschenkeln.

Es fehlte nicht viel und sie wäre gekommen, doch sie löste sich von ihm, weil sie mehr wollte. Mehr Intimität, nackte Haut auf nackter Haut. Sie stand auf und griff ihn an der Hand. „Ich will dich ... im Bett."

Sie war es, die die Initiative übernahm, die Gage den Korridor entlangzog und ihn im dämmrigen Schlafzimmer entkleidete. Und wieder fiel ihr verwundert auf, dass er sie nicht aufforderte, das Licht einzuschalten. Erst viel später kam ihr die Erkenntnis, dass er die Dunkelheit als Deckung genutzt hatte, um etwas zu kaschieren, das er sie noch nicht hatte sehen lassen wollen.

Sobald er nackt war, presste sie ihn sanft auf die Laken. Ihre Kleidung kam als Nächstes an die Reihe, und als sie sich zu ihm legte, zog er sie an sich. Für einen Moment genoss sie einfach die Wärme, die er ausstrahlte, kostete den Druck seiner harten Muskeln an ihrer Seite aus, dann fanden ihre Lippen sich erneut zu einem fiebrigen Kuss. Doch es ging ihr schon wieder alles viel zu schnell, sein Knie zwischen ihren Schenkeln könnte sie leicht auf den Höhepunkt katapultieren.

Trotz seines gemurmelten Protests befreite sie sich aus seinen Armen, aber nur, um sich neben seinen ausgestreckten Körper zu knien und ihn mit Fingerspitzen, Händen, Lippen und Zunge zu reizen und zu liebkosen. Gages nächstes Stöhnen war lauter, seine Brust hob und senkte sich heftig, und er legte eine Hand an ihren Nacken. Als sie seine Brustwarzen leckte und leicht an seinem Bizeps knabberte, um danach eine Spur von Küssen bis hin zu seinem Bauchnabel zu ziehen, krallte er seine Finger in ihr Haar.

Ihre Zunge fand die heiße glatte Spitze seiner Erektion und umkreiste sie. Gages Atemzüge hallten im Raum wider, abgehackte Laute von Lust und Verlangen. Begeisterung rauschte durch ihre Adern.

Sie war es, die das für ihn tat. Sie hatte diese Macht über den Mann, den sie liebte.

Das kühle Gewicht zwischen seinen Beinen umfassend, fuhr sie damit fort, seinen samtenen stahlharten Schaft zu erkunden, ließ die Zunge der Länge nach darübergleiten, nahm ihn in die warme Höhle ihres Mundes auf. Der Laut, der aus Gages Kehle aufstieg, bewirkte, dass ihre Brustwarzen sich schmerzend zusammenzogen, und sie rieb sie an seiner heißen Haut, während sie ihn mit ihren Lippen massierte.

Nach einer Weile hob sie den Blick, selbst in der Dunkelheit erkannte sie, wie hart sein Kinn war, wie seine Nasenflügel bebten, sah das begierige Glitzern in seinen halb geöffneten Augen. Gage ballte seine Hände in ihrem Haar zu Fäusten, strich ihr die

Strähnen aus dem Gesicht, und sie umschloss ihn noch weiter. Sie wusste, wie sehr er es genoss, dass sie ihm auf diese Art Vergnügen verschaffte.

Bei ihrem nächsten Zungenschlag war es um seine Beherrschung geschehen. Er entzog sich ihr und suchte fluchend nach dem Kondompäckchen. Kurz darauf fand Skye sich flach auf dem Rücken wieder, Gage schob sich auf sie, drängte sich ungeduldig zwischen ihre Schenkel und drang mit einem einzigen kräftigen Stoß in sie ein.

Sie schlang die Beine um seine Hüften und presste ihn näher an sich, und er verfiel in einen schweren Rhythmus. Bei jeder seiner Bewegungen bog sie sich ihm entgegen, und als er mit ihren empfindsamen Brustwarzen zu spielen begann, atmete sie scharf ein. Als er mit den Lippen über ihren Hals wanderte, sie küsste, sie biss, an ihrer sensiblen Haut saugte, ließ sie den Kopf zurückfallen und genoss die süße Folter.

Schließlich schaute Gage sie mit blitzenden Augen an, während er weiter in diesem fordernden Rhythmus in sie glitt.

„Gibt es etwas, das du mich fragen möchtest, Skye?"

Seine Stimme klang rau und heiser.

Ihn fragen? Was fragen?

„Du kannst es ruhig tun", raunte er ihr zu. „Etwas Ähnliches wie Edith ihren Max gefragt hat."

Edith hatte Max gebeten, keine Filme mehr zu produzieren. Edith hatte Max gebeten, seine Karriere aufzugeben. Skyes Herz schlug nun doppelt so schnell. Sie konnte Gage fragen ... konnte ihn bitten, zu bleiben.

Sie schlang die Arme um seinen Nacken und zog ihn zu sich herunter, küsste ihn mit wilder, hemmungsloser Verzweiflung. In ihrem Kopf überschlugen sich die Gedanken, Gänsehaut bedeckte ihren Körper.

Sie konnte ihn bitten zu bleiben.

Aber ... aber das wäre nicht richtig.

„Nein", murmelte sie dicht an seinem Mund, während ihr heiße Tränen aus den Augenwinkeln liefen. „Nein, ich werde dich um nichts bitten."

Er hob den Kopf. „Nicht?"
Die Tränen rollten unaufhörlich. „Nein, nie."
Er zügelte seinen Rhythmus, bewegte die Hüften ruckartig, bewusst hart, während er ihr die Tränen von den Schläfen leckte. Und als der Orgasmus sie überwältigte, brach ihr auch das Herz.

Tatsächlich gab es trotzdem ein paar Scherben, die noch stärker zersplittern konnten, wie sie wenig später feststellte. Gage stand auf und ging ins Bad und kam mit einem feuchten Waschlappen zu ihr zurück, um ihr Gesicht und ihren Körper damit abzutupfen. Danach schob er die Bettdecke bis zu ihrem Kinn hoch, packte sie warm ein, und erst dann schaltete er die Nachttischlampe ein … und zerstörte alles, was von ihrem Herzen in ihrer Brust noch übrig war.

Er hatte sich angekleidet. Seine Koffer waren gepackt. Sein Gepäck stand neben der Tür, eine Reisetasche und ein Rucksack.

Skye setzte sich auf, fühlte, wie alle Farbe aus ihrem Gesicht wich.

„Morgen wird es auch nicht einfacher", sagte er und ließ sich auf der Bettkante nieder. Er legte eine Hand an ihre Wange. „Wir beide leiden nur. Deshalb habe ich meinen Flug umgebucht. Ich fliege früher."

Sie starrte ihn nur stumm an.

„Ich gehe jetzt gleich. Es ist besser so."

„Ich …" Ihre Stimme versagte. „Du …"

Er lächelte traurig, rieb mit dem Daumen eine frische Träne fort. „Ja, ich weiß." Dann küsste er sie ein letztes Mal auf die Stirn und ging.

Benommen ließ Skye sich in die Kissen sinken. Emotionen tobten in ihr, aber sie starrte nur mit leerem Blick an die Schlafzimmerdecke. Verzweifelt bemühte sie sich, zu begreifen, was passiert war. Gage war weg. Er war gegangen, und sie hatte ihn gehen lassen.

Wenn sie ihn angefleht hätte zu bleiben … würde er dann jetzt neben ihr liegen?

Vermutlich. Er hätte es ihr nicht angeboten, wäre er nicht bereit gewesen, sich daran zu halten, doch auf diese Art wollte sie ihn nicht an sich binden.

Sie zog sein Kissen an ihre Brust und schlang die Arme darum, schloss die Augen und lauschte auf das Rauschen der Wellen, die an den Strand schlugen. Schon zu Ediths Zeiten hatten sie das getan, und auch, als Edith nicht mehr war, hatte der Rhythmus nicht aufgehört. Die Wellen waren in dem kurzen Sommer herangerollt, den Gage und sie zusammen verbracht hatten, und sie würden es weiter tun, auch jetzt, da Gage nicht mehr bei ihr war.

Skye schlief ein.

Mit dem ersten Morgengrauen wachte sie auf. Sie fühlte sich schwer und matt, als sie sich anzog und in die Küche ging. Dort goss sie frischen Kaffee ein, denn das war es doch, was Leute morgens taten. Mit einem Becher in der Hand, aus dem es verlockend dampfte, ging sie hinaus auf die Terrasse, setzte sich an den Tisch und starrte auf die See.

Zwei Seehundköpfe tauchten aus dem Wasser auf. Die Tiere spielten in den Wellen, genossen den frühen Morgen. Allgemein wurde angenommen, dass sie der Ursprung der Märchen und Legenden um Nixen und das Meervolk waren. Im richtigen Licht, so wie zum Beispiel jetzt im Morgengrauen, konnte man die schlanken Körper durchaus für mythische Wesen halten, die unter Wasser lebten. Skye lächelte über die Kapriolen, die sie schlugen.

Sie lächelte!

Warum sollte sie auch nicht lächeln? Ihr Blick glitt über das gesamte Halbrund der Bucht. Das war ihr Zuhause, ihr Erbe. Und sie war noch immer hier, es war noch immer ihr märchenhaftes, wunderschönes Fleckchen Erde. Gage hatte ihr geholfen, die Freude, die Sicherheit und die Fähigkeit wiederzuerlangen, die Schönheit ihrer Umgebung zu schätzen.

Sie schloss die Augen und atmete tief die salzhaltige Meerluft ein. Vielleicht, ganz vielleicht, waren die Meerleute in der Lage, ihr zu helfen und ihr Herz zu heilen.

Sie meinte, ihren Namen durch die Luft schweben zu hören, und lächelte erstaunt über die Kraft ihrer Fantasie. Gage war längst hoch oben in der Luft, vermutlich schon Tausende von Meilen entfernt. Es konnte also unmöglich seine Stimme sein.

„Skye!"

Sie zuckte zusammen und riss die Augen auf. Das ... das hörte sich genau an wie Gage. Sie sprang auf, als Schritte auf den Stufen widerhallten, die vom Strand zur Veranda hinaufführten. Und dann erblickte sie sein vertrautes Gesicht.

Der Mund wurde ihr trocken. „Gage?"

Kaum dass er auf der Terrasse stand, ließ er seine Taschen fallen und breitete die Arme aus.

Eine weitere Aufforderung brauchte Skye nicht, sie flog auf ihn zu, sodass er rückwärts strauchelte. Lachend hielt er ihre Beine umschlungen, die sie um seine Hüften geklammert hatte.

„Hey, Baby", sagte er und presste seine Wange an ihre. „Hast du mich vermisst?"

Sie schob die Finger in sein Haar und zog seinen Kopf herum, damit er sie ansah. „Ist dein Flug gestrichen worden?"

„Besser als das. Der bisherige Plan für mein Leben wurde gestrichen."

„Ich ... ich verstehe nicht."

„Ich weiß." Er hob sie höher auf seine Hüften, trug sie zur Doppelliege und setzte sich mit ihr auf dem Schoß hin. Dann suchten seine Lippen ihren Mund, und sie stürzte sich kopfüber in den fordernden Kuss – den Gage abbrach.

„Erst muss ich dir was sagen."

„Also schön", sagte sie, und ihr Argwohn flammte prompt wieder auf.

„Auf der Fahrt zum Flughafen ließen die Fragen in meinem Kopf mir keine Ruhe. Die wichtigste war, wieso ich es die ganze Zeit vermieden habe, hier in der Bucht die Kamera auszupacken. Ich meine, ich wollte gestern nicht einmal ein letztes Foto von dir aufnehmen."

„Ich habe vermutet, das läge am Sonnenbrand auf meiner Nase."

„Freche Göre", sagte er und drückte einen Kuss auf ihre Nasenspitze. „Die Antwort ist so simpel. Ich habe die Kamera immer als Puffer zwischen mir und dem, was ich fotografiere, eingesetzt. Aber zwischen dir und mir wollte ich keinen Puffer. Nicht gestern Nacht. Nie."

Skyes Herz hämmerte wild in ihrer Brust. Die Meerleute arbeiten fix, dachte sie. Ihr schwindelte, weil das Blut so schnell durch ihre Adern rauschte.

„Ich liebe dich, Skye", bekannte Gage. „Ich liebe dich so wahnsinnig."

Sie begann zu zittern. „Du weißt … ich meine, du weißt, dass ich …"

„Ja, ich weiß." Sein Grinsen kam sofort und wirkte sehr zufrieden. „Du kannst dich schon darauf einstellen, dass ich es immer wieder von dir hören will, aber jetzt lass mich zu Ende erzählen, wieso ich nicht in diesem Flugzeug sitze."

Skye presste die Handflächen aneinander und wartete gespannt.

„Als ich von Griffins posttraumatischem Stresssyndrom erfuhr, habe ich ein wenig recherchiert. Mediziner beschreiben noch einen anderen Zustand, den Menschen erfahren, nachdem sie etwas durchmachen, das ihr Leben in den Grundfesten erschüttert – PTW, posttraumatisches Wachstum. Man gewinnt eine neue Sichtweise, eine neue Einstellung zum Leben und zu den Beziehungen in seinem persönlichen Umfeld. Ein Mann stellt fest, dass er mehr Zeit in seine Familie investieren will, statt in seinen Beruf. Vielleicht kann er sich sogar vorstellen, endlich Wurzeln zu schlagen – auch wenn er weiter als Fotograf arbeiten will. Allerdings von einem Zuhause aus und mit einer Frau an seiner Seite, die sein Herz erfüllt und zufriedenstellt, nicht nur seine Lust auf Abenteuer."

Skye runzelte die Stirn. „Vielleicht will die Frau seine Abenteuerlust ja gar nicht drosseln."

Er lächelte sie verführerisch an. „Oh, sie stellt ein genügend großes Abenteuer dar, keine Sorge."

Da sie offenbar keineswegs überzeugt dreinblickte, lachte er auf. „Vertrau mir, Liebling." Dann wurde er wieder ernst. „Auf der Fahrt musste ich auch an Charlie denken, an etwas, das er zu mir gesagt hat. Wenige Wochen vor seiner Entführung war er durch Kabul gelaufen, damals ist eine Gewehrkugel direkt an seinem Kopf vorbeigeflogen und in einer Hauswand eingeschlagen. Es war reines Glück, dass sie ihn nicht erwischt hat. Danach fragte er sich, ob das nicht ein Wink des Schicksals war. Seit dem Moment hat er ständig daran gedacht, dass er so bald wie möglich nach Hause zurückkehren wollte, zurück zu Mara und Anthony."

Skye runzelte die Stirn. „Und dein Wink des Schicksals war also deine Entführung?"

„Mein Wink des Schicksals warst du. Erst deine Briefe, dann dein Lächeln und schließlich deine Liebe. Es ergibt überhaupt keinen Sinn, diese Liebe nicht zu schätzen und sie nicht festzuhalten, nicht mit dir zusammen zu sein, mit dem Menschen, der mich glücklich macht. Und deshalb … Hier bin ich."

„Ja, hier bist du." Sie lächelte, ihr Herz heil und in einem Stück. Sie war ungeduldig, endlich selbst mit dem Reden an die Reihe zu kommen. „Kann ich dir jetzt sagen, dass ich dich auch liebe?"

„Natürlich. Ich …" Sein Blick ging plötzlich über ihre Schulter, und er blinzelte. „Himmel, Skye, da draußen … da draußen im Wasser schwimmen die Meerleute."

Die Seehunde. „Ja, ich weiß", sagte sie, ohne sich umzudrehen. „Sie sind gekommen, um dich zu Hause willkommen zu heißen."

EPILOG

Skye stand auf dem Terrassendeck von Strandhaus Nr. 9 und beschattete ihre Augen mit einer Hand, um den Strand entlangzuschauen. An diesem Nachmittag hing kein Nebel über der Bucht, die Sonne schien strahlend vom blauen Himmel und begrüßte die Wochenendausflügler zum Memorial Day mit angenehmer Wärme. Sie lockerte die verspannten Schultern. Ihre Muskeln schmerzten ein wenig, aber das störte sie nicht weiter. Die vielen Vorbereitungsarbeiten für den nächsten Sommer in Crescent Cove waren abgeschlossen.

Die Gruppe der Freunde hatte es sogar geschafft, eine Woche in der Bucht zu einem gemeinsamen Urlaub zusammenzukommen, einschließlich Addy und ihrem Mann Baxter, die in Frankreich lebten. Und für alle, die in den Genuss gekommen waren und die wunderbare Magie von Strandhaus Nr. 9 erfahren hatten, hieß es nun, eine Woche lang Spiele am Strand und Grillabende auf der Terrasse. Man plante auch schon, abends zum Captain Crow's weiterzuziehen, um ein wenig das Tanzbein zu schwingen.

Vorausgesetzt, dass es Tess und David gelingen würde, die Söhne im Teenageralter zum Babysitten abzukommandieren. Rebecca, ihre Tochter, würde natürlich mit den Erwachsenen in die Bar gehen wollen.

Die Herde Kinder, auf die Skye wartete, kam in Sicht, und sie lächelte, während sie an ihren Clan der Nimmerland-Kids zurückdachte. Das Wissen, dass ein guter Anteil der Gruppe, die da über den Strand tollte, die Sprösslinge von Mitgliedern ihrer eigenen Jugendclique waren, machte die Erinnerungen nur noch schöner. Janes und Griffins dunkelhaariger R.J. – Rex Joseph – und die zierliche Amaryllis führten den Trupp an. Skyes Nichte, die Tochter ihrer Schwester und deren Mann Caleb, hieß Starr, genau wie ihre Mutter. Tina und Karen waren die Töchter von Polly und Teague White, die vor zehn Jahren hier in dieser Bucht endlich zueinandergefunden hatten.

Eine Dekade lag jener schicksalhafte Sommer bereits zurück, und die Zeit war wie im Flug vergangen, sah man von der wachsenden Zahl Kinder und den stets größer werdenden Familien ab. Vance und Layla Smith hatten inzwischen dreimal Nachwuchs bekommen, allerdings liefen nur ihre beiden Söhne in der Gruppe mit. Baby Katherine hielt zusammen mit ihrer Mutter ein Mittagsschläfchen in Nr. 9.

Als Letzte der Horde beeilte sich ein Zwillingspärchen, mit den anderen Schritt zu halten. Kaum zu glauben, dass Max und Neal bereits sechs Jahre alt sind, dachte Skye. Obwohl Gage ja immer behauptete, die Bengel hätten volle vierundzwanzig Monate ihres Lebens im Windeldelirium mit Magen-Darm-Verstimmungen verloren.

Als hätte er ihren Blick gespürt, sah Max auf und schickte ihr, seiner Mutter, mit einer überschwänglichen Geste den Gruß eines Seemanns herüber, der Land gesichtet hatte. Dann grüßte Neal sie mit der gleichen Handbewegung, und sie grinste. Ihr Herz schwoll an, ihre Liebe war so intensiv, dass es schmerzte. Ihre beiden Jungs.

Skye legte sich eine Hand auf den Bauch und fragte sich, ob sie wohl demnächst einer Tochter dieses Paradies zeigen durfte. Am Abend, wenn sie an ihren Mann gekuschelt im Haus weiter oben am Strand im Bett lag, würde sie ihm eröffnen, dass sie wieder schwanger war, und ihn fragen, ob er vielleicht eine Vorhersage machen wollte.

Ich wette, es wird ein Mädchen, dachte sie und rieb über ihren Bauchnabel. Eine kleine Edith.

Ihre Söhne winkten ihr begeistert zu, und sie winkte zurück.

Ihre Finger trafen auf hartes Metall ... und sie wachte auf.

Blinzelnd versuchte Skye, sich zu orientieren. Sie stand gar nicht auf dem Terrassendeck von Nr. 9, sondern lag ausgestreckt auf der Sonnenliege im Schatten eines Sonnenschirmes. Im Schlaf hatte sie einen Arm gehoben und war mit der Hand gegen die Stange geschlagen. Sie setzte sich auf und rieb sich die schmerzenden Knöchel. Was für ein Traum! Es hatte sich alles so real angefühlt. Dabei waren nun wirklich keine zehn Jahre seit dem Sommer der Liebe – wie Gage und sie es inzwischen nannten – in Strandhaus Nr. 9 vergangen.

Es war erst Ende September, und gerade vor ein paar Wochen war ihr Brieffreund und der Mann, den sie liebte, in ihr Leben getreten. Sie war zu Nr. 9 gegangen, um das Haus zum Ende der Saison zu verschließen, da Gage zu ihr in ihr Strandhaus gezogen war. Nachdem sie alle notwendigen Handgriffe erledigt hatte, hatte sie sich für eine Pause auf die Liege gesetzt und war offensichtlich eingeschlafen.

Vor sich hin lächelnd, stand sie auf. Sie und Gage hatten in der vergangenen Nacht nicht viel Schlaf bekommen ... sie hatten sozusagen bereits geübt für all die Babys, die sie in ihrem Traum gesehen hatte. Max und Neal und Edith? *Wow.*

Sie nahm Sitzkissen und Polster von Stühlen und Liegen und hielt den Stapel mit beiden Armen. Die würden bis zur nächsten Saison im Kriechkeller unter der Terrasse verstaut werden. Mit einem Fuß schob sie den kahlen Metallrahmen der Liege weiter an die Hausseite und vernahm ein Splittern und Knacken.

„Oh, Mist", murmelte sie und ließ die Kissen fallen, um sich den Schaden anzusehen. Das metallene Zahnrad, mit dem man die Rückenlehne der Liege aufstellen konnte, hatte sich in einer der Holzschindeln am unteren Rand der Hauswand verfangen und sie halb abgerissen. Skye stellte die Liege zur Seite, dann hockte sie sich hin und befühlte das gespaltene Holz. Es fiel ihr in die Hand. Fluchend legte sie sich flach auf den Bauch und blickte forschend in die entstandene Spalte, um zu sehen, wie sie den Rest der zerbrochenen Schindel herausholen könnte, ohne die darüberliegende auch noch zu beschädigen.

Was sie jedoch sah, war eine dunkle Nische, in der ein kleiner Leinensack steckte.

„Was treibst du da?"

Skye zuckte zusammen und drehte sich zu ihrem Verlobten um, der über die Terrasse auf sie zukam. „Ich denke, ich spiele wieder Pirat wie früher und habe soeben den verborgenen Schatz gefunden." Den Gedanken an Spinnen und anderes ekeliges Kriechgetier verdrängte sie, steckte eine Hand in die dunkle Nische und zog den kleinen Stoffsack heraus. Er wog schwer.

Sie rollte sich herum und setzte sich auf. Gage ließ sich auf den Holzplanken neben ihr nieder. Ihr Puls raste, als sie ihn ansah. „Könnte es vielleicht sein, dass das …?"

„Es gibt nur einen Weg, es herauszufinden, Liebling." Er beugte sich zu ihr und drückte einen Kuss auf ihre Schläfe. „Also, worauf wartest du noch? Mach auf."

„Ich weiß nicht …" Ihre Finger umklammerten den schmutzigen und vergilbten Stoff. Bewusst und sehr langsam löste sie sie und hielt Gage das Säckchen hin. „Hier, mach du auf."

Er hob abwehrend beide Hände. „Nein, ich nicht."

Skye zögerte noch einen Moment, dann schnaubte sie leise und zerrte an der Kordel. Im Stoffsack lag ein in Wachstuch eingewickeltes Päckchen, und als sie es auswickelte, kam eine mit Samt bezogene Schatulle zum Vorschein.

Als Skye den Deckel aufklappte, blinkten ihr aus einem weißen Seidenbett vier parallele Reihen von Edelsteinen entgegen, zusammengesetzt zu einem Collier. Die Steine hatten die Größe ihres Daumennagels bis hin zu einer kleinen Erbse. „Der Kragen", wisperte sie ehrfürchtig und hielt das Schmuckstück mit beiden Händen in die Höhe, ließ es wie Wasser durch ihre Finger gleiten.

Gage stieß einen langen Pfiff aus. „Ich bin ja kein Experte, aber ich würde sagen, das da sind Rubine, Saphire, Smaragde und Amethyste."

„Es hieß, Nicky Aston hätte Edith angebetet", sagte Skye leise, fasziniert davon, wie die Sonne sich in den Steinen fing und sie aufglühen ließ. „Sie soll es immer nur für einen PR-Gag gehalten haben, doch … wenn man sich diese Kette ansieht, fragt man sich unwillkürlich …"

Lange betrachteten sie das Collier, die einzigen Laute waren das Rauschen der Brandung und ihre Atemzüge.

„Was hast du jetzt damit vor?", fragte Gage schließlich.

„Gute Frage. Ich weiß es nicht ..." Doch dann kam ihr ein Gedanke. Sie sah über die Schulter zur Schiebeglastür, die ins Innere von Strandhaus Nr. 9 führte. Dieser Bungalow hatte in einem Sommer mehrere Menschen zu glücklichen Paaren zusammengeführt ... und vermutlich auch unzählige andere zu anderen Zeiten. Ihre Mutter hatte auf jeden Fall immer davon erzählt.

Würde sie ohne die Magie von Strandhaus Nr. 9 hier mit der Liebe ihres Lebens zusammensitzen?

„Wahrscheinlich wirst du mich für verrückt halten", warnte sie Gage vor.

„Solange du verrückt nach mir bist, kann es mir nur recht sein", erwiderte er lächelnd.

Sie reckte sich, um ihre Lippen auf seinen Mund zu pressen, hart und leidenschaftlich. „Das steht so oder so fest", sagte sie. Dann wickelte sie das wertvolle Schmuckstück wieder in seine Verpackungen ein und legte es in die Nische unter den Holzschindeln zurück, aus der sie es hervorgezogen hatte. Dabei fühlte sie nicht den leisesten Anflug von Bedauern. Provisorisch steckte sie die beiden Schindelhälften davor. Gleich am nächsten Morgen würde sie zurückkommen und es reparieren.

Gage hatte die Augenbrauen hochgezogen, als sie sich zu ihm umdrehte.

„Du lässt es dort in der Nische liegen?", fragte er verblüfft.

„Zumindest für den Moment, ja." Es mochte albern und vielleicht abergläubisch sein, aber sie fühlte, dass das Schmuckstück in seinem Versteck viel von der Magie in Strandhaus Nr. 9 ausmachte, vermutlich war es sogar die Quelle. In ihrer Vorstellung stand das Collier als Symbol für ein Herz voller Sehnsucht, ein Herz, das hier in Nr. 9 seinen Partner in diesem Sommer gefunden hatte. Und sie hoffte, dass noch viele solche Sommer folgen würden.

Gage erhob sich und zog sie mit sich auf die Füße. „Und was jetzt?"

Skye lächelte, überwältigt von der Gewissheit, dass dieser großartige Mann allein ihr gehörte. „Lass uns bei den Felsentümpeln vorbeischauen. Unterwegs kann ich dir von dem Traum erzählen, den ich hatte."

Inzwischen war sie überzeugt, dass dieser Traum in Erfüllung gehen würde.

– ENDE –

Lesen Sie auch von Christie Ridgway:

Deutsche Erstveröffentlichung

Christie Ridgway
Ein Sommer wie ein Leben

Diese sexy Schönheit soll Layla Parker sein? Als der Sanitäter Vance seinem sterbenden Patienten verspricht, sich im Sommer um seine Tochter zu kümmern, hatte er ein kleines Mädchen im Sinn …

Band-Nr. 25800

8,99 € (D)

ISBN: 978-3-95649-087-3

eBook: 978-3-95649-377-5

432 Seiten

Christie Ridgway
Der Sommer, der uns verband

Eine ausgelassene Strandparty – und mittendrin ein sexy Mann mit ozeanblauen Augen: Das ist Griffin Lowell? Jane hat einen grüblerischen Einzelgänger erwartet, nicht diesen Traumtypen. Schließlich soll sie ihm beim Schreiben seiner Biographie helfen …

Band-Nr. 25747

8,99 € (D)

ISBN: 978-3-95649-012-5

eBook: 978-3-95649-358-4

400 Seiten

Deutsche Erstveröffentlichung

Hat die erste Liebe eine zweite Chance verdient?

Deutsche Erstveröffentlichung

Band-Nr. 25836
9,99 € (D)
ISBN: 978-3-95649-179-5
eBook: 978-3-95649-435-2
432 Seiten

Kristan Higgins
Lieber mit dem Ex als gar kein Sex

In Sachen Liebe weiß Colleen O'Rourke genau, wie der Hase läuft. Zumindest theoretisch. Ihre Drinks serviert die junge Barbesitzerin garniert mit Beziehungstipps, und ihr Geschick als Kupplerin ist legendär! Ihr eigenes Liebesleben hingegen liegt bedauernswert brach. Woran nur Lucas Campbell schuld ist, der vor zehn Jahren unbedingt seine Freiheit wollte. Also hat Colleen mit ihm Schluss gemacht, bevor er sie abservieren konnte. Seitdem hat sie ihrem Herzen strenge Gefühlsabstinenz verordnet! Doch nun ist Lucas wieder da, und noch immer knistert es zwischen ihnen. Gehören sie vielleicht doch zusammen wie Cocktailglas und Papierschirmchen? Oder droht Colleen der schlimmste Liebeskater aller Zeiten?

„Eine hinreißende Geschichte mit erfrischendem Humor und Witz – sehr unterhaltsam."

People Magazine

> **„Der Humor, die Herzlichkeit und die großartigen Helden machen dieses Buch zur Pflichtlektüre."**
>
> *Romantic Times Book Reviews*

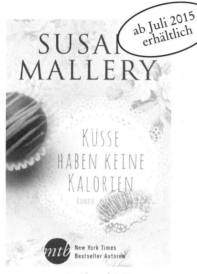

ab Juli 2015 erhältlich

Susan Mallery
Küsse haben keine Kalorien

Band-Nr. 25823
9,99 € (D)
ISBN: 978-3-95649-163-4
368 Seiten

Pralinen, Trüffel und feinste Schokoladen: Cafébesitzerin Allison Thomas ist Meisterin der süßen Verführung – allerdings nur, was die Herstellung zartschmelzender Köstlichkeiten angeht. Bei Männern hat sie leider kein so glückliches Händchen und lässt zur Sicherheit lieber die Finger vom starken Geschlecht. Bis Matt Baker in ihr Leben tritt. Der attraktive Handwerker renoviert nicht nur ihren Lagerraum, er ist auch die sinnlichste Versuchung, seit es Männer gibt. Doch obwohl Ali in seinen Armen dahinschmilzt, merkt sie, dass es in Matts Vergangenheit Dinge gibt, an denen er noch zu knabbern hat …

> **„,Küsse haben keine Kalorien' ist herzerwärmend und urkomisch."**
>
> *The Romance Reader*